Shai'lanhal

Die Legende vom ewigen Kampf

von Susanne Gavénis

Fantasy-Roman

Impressum

Neuauflage von „Shaans Bürde“ © 2008, 2012

Covergestaltung: Susanne Gavénis

Coverbild: fotolia, „Fantasy warrior armored woman attack with fire chains action illustration“ von breakermaximus, Nr. 85842437

www.susanne-gavenis.de

www.facebook.com/susannegavenis

Inhalt

Prolog: Die Geburt des Shai'lanhal

Gezackte Blitze spalteten den Himmel, leckten wie gierige Feuerzungen dem Boden entgegen und rissen das Land für Sekundenbruchteile aus der tiefen Finsternis, die es schon vor Tagen verschlungen hatte. Donner folgte ihnen dichtauf, hallte am Firmament wie von einer gewaltigen Kuppel wider und fand ein vielfältiges Echo an den Felsen und Berghängen rings um die Burg, die trutzig inmitten des Infernos aufragte. Und kaum war ein Donnerschlag verklungen, fuhr der nächste Blitz wie ein flammender Speer in die Erde und beschwor den Zorn der Luft erneut herauf.

Gefflan Geyseré zuckte bei jedem Grollen erschrocken zusammen, und längst hatte sich ein Schauder auf seine Haut gelegt, der nicht mehr weichen wollte. Dabei war er beileibe kein Kind mehr, sondern vierundzwanzig Jahre alt, alt genug also, um bei einem einfachen Gewitter nicht wie ein verängstigtes Kätzchen in Panik zu verfallen. Doch das Unwetter, das außerhalb der Burg seines Vaters, des Herzogs Garbass Geyseré, tobte, war weit mehr als das. Die Elemente selbst waren in einem Aufruhr begriffen, die er noch nie zuvor erlebt hatte.

Blitz und Donner wüteten seit einer Woche über den Bergen. Am Tage hingen die Wolken so tief und waren so dicht, dass kaum mehr als ein schummeriges Dämmerlicht den Boden erreichte, in der Nacht jedoch folgten die Blitze so schnell aufeinander, dass die Dunkelheit von ihrem fahlen, flackernden Schein heller erleuchtet wurde als der Tag.

Regen prasselte seit dem ersten Blitzschlag unaufhörlich auf die Erde nieder und hatte den kleinen Bach, der dicht neben der Burg vorbeifloss, längst in einen reißenden Strom verwandelt. Sein Rauschen mischte sich mit dem wüsten Trommeln der dicken Tropfen, die Metallkugeln gleich auf die Dächer der Gebäude und Turmhäuser trafen, sie zum Vibrieren brachten und inzwischen mehr als nur ein Loch gefunden hatten, um auch diese menschliche Zufluchtsstätte, die sich mit ihren wuchtigen Mauern den entfesselten Naturgewalten so trotzig entgegenstemmte, ein für alle Mal vom Gesicht der Erde zu tilgen. Wasser leckte allerorten durch die Ziegel und machte es nötig, dass die Bediensteten mit Eimern und Kannen herbeieilten, damit nicht auch auf den Fluren und Korridoren Rinnsale entstanden und das Mauerwerk von innen unterhöhlten.

Nur selten hatte der Regen in den letzten Tagen nachgelassen, und wenn er es getan hatte, war er gleich darauf als Eis niedergegangen. Hagelkörner so groß wie Taubeneier hatten bereits viele Fensterläden zerschmettert, Scheiben zertrümmert und es noch schwerer gemacht, das Unwetter aus den Räumen der Burg herauszuhalten.

Ein Knecht, der sich trotz des schlechten Wetters auf den Hof hinausgewagt hatte, weil ihm sein Hund in Panik davongelaufen und durch eine geborstene Scheibe ins Freie entwischt war, war von den

Hagelkörnern beinahe erschlagen worden. Mit tiefen, blutenden Wunden war er ins Haus zurückgewankt. Den Hund hatte er nicht gefunden, und Gefflan glaubte nicht daran, dass das Tier noch lebte. Entweder war es ertrunken, vom Blitz getroffen oder vom Sturm ergriffen und gegen den Fels geschleudert worden. Nichts und niemand konnte bei einer derartigen Hölle im Freien überleben.

Von den tobenden Gewalten zutiefst beunruhigt, ging Gefflan in seinem Studierzimmer, das hoch oben in einem der Turmhäuser der Burg lag, auf und ab. Manchmal trat er an die Scheibe, presste das Gesicht dagegen und versuchte, Einzelheiten in der dunklen Nacht zu erkennen. Natürlich waren die Läden vor allen Fenstern bereits zu Beginn des Gewitters verschlossen worden, doch viele von ihnen besaßen einen Spalt, der in dem massiven Holz ausgespart geblieben war und durch den man nach draußen sehen konnte.

Wann immer ein Blitz das gequälte Land in seinen grellen Schein tauchte, konnte Gefflan die Bäume erkennen, die sich am Rande des Burgbergs und auf benachbarten Kuppen erhoben. Sie bogen sich wie Schilfrohr in dem heftigen Sturm, der zusammen mit Blitz, Donner und Regen über die Berge hereingebrochen war. Manch einer von ihnen war bereits umgeknickt und wie von einer Riesenfaust zu Boden geschmettert worden, andere hatten mit ihren Wurzeln den Halt verloren, da die übermäßig angeschwollenen Gebirgsbäche jede Krume mit sich gerissen hatten, und die, die noch standen, fingen die Blitze ein und zerplatzten wie Glas unter der plötzlichen Hitze. Allein der wasserfallartige Regen verhinderte, dass die Haine rings um die Burg und an den gegenüberliegenden Felswänden in Flammen aufgingen, trotzdem war es abzusehen, dass kaum ein Baum das Ende des Gewitters erleben würde.

Auch die Burg selbst war in Gefahr. Orkanböen warfen sich mit unbändiger Macht gegen die Mauern, rissen an den Fensterläden und brachen die, die nur die geringste Schwäche aufwiesen, aus ihren Angeln, sie zerrten an den Dachziegeln, hoben die, die nicht fest mit dem First vernagelt waren, ab und schleuderten sie in den Hof hinunter, wo sie krachend zerbrachen.

Doch der Ton, der ihr Ende auf dem harten Stein verkündete, war kaum zu hören. Das Heulen des Windes war lauter als das eines Rudels Wölfe in mondheller Nacht, und der ohrenbetäubende Donner verschlang allemal die Laute, die nicht ihm selbst entsprangen.

Und als wäre es damit noch nicht genug, war auch die Erde in Wallung geraten. Seit der erste Blitz herniedergefahren war, bebte der sonst so feste Boden, vibrierte und zitterte, als wären die Feuerzungen Peitschenhiebe, die nacktes Fleisch trafen. Im ältesten Turmhaus der Burg hatten sich bereits Risse in den Mauern gebildet. Noch waren sie fein, doch sie liefen wie ein Abbild der Blitze in vielfach gezackter Bahn über die Wände, und an ihren Rändern bröckelte der Putz. Es war nur eine Frage der Zeit, bis sie breiter werden würden, so breit, dass wirklich Gefahr für den alten Gebäudetrakt bestand, und wenn die Natur sich nicht bald beruhigte, mochten auch die neueren, stabiler gebauten Bereiche der Burg in naher Zukunft ihren Gewalten erliegen.

Wieder einmal schlug der Regen in Hagel um. Gefflan wich erschrocken zurück, als das Eis krachend gegen die Fensterläden prasselte. Er stolperte beinahe, ruderte mit den Armen und fand an der Lehne eines riesenhaften, schweren Stuhls aus massivem Eichenholz Halt.

Mit zittrigen Knien ließ er sich darauf sinken und starrte nachdenklich auf die Tischplatte. Er konnte nicht zählen, wie oft er bereits hier gesessen und die Aufzeichnungen von den vorangegangenen Kämpfen - den Kämpfen jener Menschen, die auserwählt worden waren, für das Gleichgewicht der kosmischen Mächte zu fechten - studiert hatte. Es war seine Aufgabe, sie auf neues Papier zu übertragen, altertümliche Worte gegen neue, gebräuchliche auszutauschen und so dafür zu sorgen, dass die Berichte erhalten blieben, bis der nächste Kampf stattfand. Das hatte er getan, seit sein Vater ihn vor sechs Jahren in das große Geheimnis eingeweiht hatte, von dem außer ihm selbst und seinem ältesten Bruder niemand etwas ahnte. Sein Großvater hatte es ebenfalls gekannt, und vor ihm sein Vater und dessen Vorfahren.

Über unzählige Generationen hinweg, seit Anbeginn der Zeit, hatte seine Familie der Macht des Guten gedient, hatte die Überlieferung bewahrt und würde auch den Shai, den Beschützer und Kämpfer stellen, der an der Seite der Lanhal, der Inkarnation des Guten, für einen Erhalt der Welt ohne Magie und schwarzen Zauber eintrat.

Außer ihnen kannten nur die Erben jener Familie, die sich der Seite des Bösen verschrieben hatte, die Geschichte des kosmischen Ringens, hüteten die Regeln und bewahrten das Wissen darum, so wie er und sein Vater es taten. In ihren Reihen würde die Shai'yinyal geboren werden, die Beschützerin des Yinyal, der Inkarnation des Bösen. Wenn es an der Zeit war, würden die Lanhal und ihr Shai gegen den Yinyal und seine Shai antreten und das Schicksal der Welt erneut entscheiden, ohne dass der Rest der Menschheit davon auch nur das Geringste ahnte.

Im Moment allerdings waren das für Gefflan nicht mehr als hohle Worte, Buchstaben auf Papier, die er zwar sorgfältig zu übertragen und zu bewahren gedachte, die ansonsten für ihn und sein Leben jedoch nur wenig Bedeutung besaßen. Ein Blick zur drohenden Schwärze hinter dem Fenster ließ ihn sogar befürchten, dass, wenn Sturm, Regen, Blitze und Beben nicht bald ein Ende fanden, weder seine Familie noch irgendeine andere lange genug überleben würde, um sich in dem nächsten Kampf zwischen Gut und Böse gegenseitig an die Gurgel zu gehen. Die aufgebrachten Elemente legten tatsächlich den Schluss nahe, das Ende der Welt sei gekommen.

Gefflan schloss die Augen und ballte seine Hände zu Fäusten. Das durfte nicht sein! Sein Leben war noch jung, und ein anderes sollte erst noch beginnen. Sheena, seine Frau, würde bald ihr erstes Kind gebären. Sie lag seit Tagen in den Wehen. Als der erste Blitz den Himmel zerrissen hatte, hatte es angefangen, und seitdem war sie nicht mehr zur Ruhe gekommen, doch noch war das Kind nicht da.

Zornig presste er die Lippen aufeinander, als ein erneuter Donnerschlag die Wände der Burg erschütterte. Wie sollte sich eine Frau bei diesem Hundewetter auch auf eine Geburt konzentrieren können? Wie sollte sie all ihre Kraft darauf richten, wenn Erdbeben, Blitze, Donner und Sturm sie ängstigten und die bange Frage aufwarfen, ob ihr Baby noch ein Dach über dem Kopf haben würde, wenn es erst das Licht der Welt erblickt hatte?

Am liebsten wäre er zu Sheena geeilt und nicht von ihrer Seite gewichen, aber seine Mutter und die Hebamme hätten das nicht zugelassen. Sie glaubten, er würde es seiner Frau nur noch schwerer machen, wenn er wie ein aufgeregter Gockel um ihr Bett herumwackelte und mit seiner Nervosität alle ansteckte. Vielleicht hatten sie sogar recht damit, denn er war tatsächlich unruhig und überaus besorgt; andererseits glaubte er nicht, dass er die Bedingungen noch schlechter machen konnte, als sie ohnehin schon waren. Er wollte doch nur helfen, und die Untätigkeit wurde immer unerträglicher.

Grimmig entschlossen, sich nicht noch einmal abweisen zu lassen, lief er los. Er befand sich bereits auf halbem Weg zur Tür, als diese sich öffnete und Garbass Geyseré, sein Vater und Herzog über diesen Teil des Landes, eintrat. Er war ein großer, stattlicher Mann mit dichtem, braunem Haar, das noch keinen einzigen Schimmer Grau zeigte. Ein sorgsam gestutzter Vollbart bedeckte die untere Hälfte seines Gesichts und schuf einen auffälligen Kontrast zu seinen strahlenden grauen Augen, die stets mit großer Aufmerksamkeit, aber auch mit Güte und Wohlwollen das Treiben der Menschen um ihn herum beobachteten. Oft lag ein warmes, freundliches Lächeln auf seinen Lippen, doch heute war Garbass ernster als gewöhnlich. Als er sprach, klang seine Stimme dennoch ruhig und volltönend wie die eines geschulten Sängers.

„Ich dachte mir, dass ich dich hier finde."

Gefflan hatte seinen Vater oft um seine Stimme, die jeden seiner Zuhörer augenblicklich in ihren Bann schlagen konnte, und ebenso um seine abgeklärte Art, von der er selbst meilenweit entfernt war und wohl auch immer bleiben würde, beneidet, heute aber achtete er nicht einmal darauf. Seine Aufregung ließ seine Worte wie das schäumende Wasser eines Gebirgsbaches über seine Lippen sprudeln.

„Ist es endlich soweit? Ist mein Kind geboren? Wie geht es Sheena? Ist sie wohlauf?"

Sein Herz klopfte heftig gegen seine Rippen und trieb das Blut rauschend durch seine Adern. Er wagte nicht zu blinzeln, damit ihm nicht die kleinste Regung im Gesicht seines Vaters entging.

„Die Wehen kommen jetzt in kürzeren Abständen, wie deine Mutter mir sagte, aber noch ist es nicht soweit. Du wirst dich gedulden müssen."

„Aber das kann ich nicht! Ich warte schon so lange!"

Garbass legte ihm beruhigend eine Hand auf die Schulter. „Die Geburt eines Kindes richtet sich nur selten nach den Wünschen des Vaters, mein Sohn, das kannst du mir glauben. Auf dich musste ich auch sehr lange warten. Vier Tage vergingen von der ersten Wehe bis zu deiner Ankunft."

„Es sind bereits sieben Tage vergangen!"

„Ich weiß."

Gefflan entzog sich seinem Vater und nahm seine unruhige Wanderung durch das Zimmer wieder auf. „Daran ist nur dieses verfluchte Wetter schuld!", rief er zornig, als zwischen zwei Donnerschlägen kurzzeitig Stille einkehrte. „Bestimmt hat Sheena Angst. Ich sollte bei ihr sein!"

Der Herzog hob zweifelnd eine Augenbraue. „Damit du neben ihrem Bett wie ein gefangener Wolf auf und ab laufen kannst?"

Erst jetzt bemerkte Gefflan, wie wuchtig er seine Füße aufsetzte und wie heftig seine Bewegungen waren. Er fühlte sich wie eine Bogensehne kurz vor dem Schuss. Abrupt hielt er inne.

Sein Vater seufzte leise und warf einen langen Blick zum Fenster hinüber. Selbst durch den schmalen Spalt in den Läden waren die grellen Blitze gut zu erkennen.

Gefflan musste der Versuchung widerstehen, sich erneut in Bewegung zu setzen. Stattdessen ballte er die Hände zu Fäusten und grub seine Fingernägel tief in seine Handflächen. Bilder flackerten vor seinem inneren Auge auf, Bilder der Zukunft, die vor ihm lag. Sheena an seiner Seite und viele Kinder, mit denen er lachen und spielen konnte, so sollte es sein. Es waren schöne Fantasien. Früher waren sie stark, plastisch und voller Farben gewesen, doch je länger das Unwetter toste und je länger er auf die Geburt warten musste, desto mehr verblassten sie, verloren ihre Fülle, ihre Klarheit, ihr Leben. Sie wichen von ihm fort wie Wolken am Himmel, die vom Sturm erfasst und zum Horizont getragen wurden, ohne dass er sie aufhalten konnte.

Ein gequälter Laut entrang sich seiner Kehle. Wo er hergekommen war, wusste Gefflan nicht, er spürte nur, dass sich plötzlich eine eiserne Schelle um seinen Magen gelegt hatte, die sich enger und enger zusammenzog und danach trachtete, ihn gänzlich einzuschnüren.

„Habt ihr euch bereits einen Namen für euer Kind ausgedacht?", fragte sein Vater unvermittelt.

Gefflan zuckte zusammen. „Das kommt darauf an, ob es ein Junge oder ein Mädchen wird", antwortete er dumpf.

Sein Vater setzte eine ernste Miene auf. „Es wird ein Junge."

„Das kannst du nicht wissen."

„Nimm einfach an, dass es so sein wird. Wie wollt ihr ihn nennen?"

„Shaan."

Der Herzog nickte zufrieden. „Das ist ein guter Name."

„Sheena hat ihn gewählt."

„Das dachte ich mir."

„Vater, was hat das zu bedeuten? Wieso bist du dir so sicher, dass mein Kind ein Junge wird?"

Der Herzog seufzte schon wieder. Gefflan bekam es langsam mit der Angst zu tun.

„Es gibt einen Text, den ich dir bislang vorenthalten habe, mein Junge. Er beschreibt die Zeichen der Wiederkehr der Lanhal, des Yinyal und ihrer Beschützer. Du weißt, dass sie alle am gleichen Tag geboren werden?"

„Natürlich, aber was hat das mit Shaan zu tun?"

„Mehr als du ahnst. Die Zeit des Kampfes ist erneut gekommen."

Erschrocken wich Gefflan einen Schritt vor seinem Vater zurück. „Das kann nicht sein!"

„Es ist so. Der Text, den ich dir nie zum Lesen gab, berichtet, dass die Natur sich erhebt, dass Sturm, Blitz, Donner, Regen und Beben die Welt erschüttern, wenn die Inkarnationen des Guten und des Bösen ihre Ankunft ankündigen. Aber selbst wenn es diese Zeichen nicht gäbe, wüsste ich doch, welche Aufgabe auf dich und deinen Sohn zukommt. Die Überlieferung besagt, dass in unserer Familie in jeder zwanzigsten Generation der Shai'lanhal geboren wird." Sein Vater sah ihn bedeutungsschwanger an. „Du bist die neunzehnte Generation, Gefflan, Shaan die zwanzigste. Er ist der Shai'lanhal."

Gefflan wankte. Kalter Schweiß stand plötzlich auf seiner Stirn. „Du musst dich irren! Das kann gar nicht sein. Es *gibt* keine magischen Kräfte! Niemand kann die Natur beherrschen, so wie die Aufzeichnungen es über den Shai'lanhal und die Shai'yinyal berichten."

„Shaan wird es können. Die Elemente befinden sich allein deshalb in Aufruhr, weil sie an der Geburt der beiden Shais beteiligt sind. Sie geben ihren Teil hinzu und machen sie zu dem, was sie sein werden. Dachtest du, all das, was ich dir erzählt habe, sei nur ein *Märchen*?"

„Ich ... ich weiß es nicht", stammelte Gefflan erschüttert. „Ich habe schon daran geglaubt, aber ich hätte nie gedacht, dass die Zeit des Kampfes schon wieder gekommen ist. Wie soll ich damit umgehen? Wie soll ich Shaan darauf vorbereiten?"

Seine Gedanken wirbelten umher wie trockenes Herbstlaub im Sturm. „Vielleicht haben sich unsere Vorfahren verzählt! Vielleicht ist noch nicht die zwanzigste Generation seit dem letzten Kampf erreicht. Sheena könnte ein Mädchen gebären. Ja, ganz sicher sogar wird sie das. Ein Mädchen!"

Doch sein Vater schüttelte bedauernd den Kopf. „Du kannst weder mit deinen Worten noch mit deinen Wünschen, so stark und rein sie auch sein mögen, deine Bestimmung ändern. Seit unsere Blutlinie sich dem Guten verschrieben hat, waren immer wieder Väter gezwungen, ihre Söhne auszubilden und in den Kampf gegen das Böse zu schicken. Auch du kannst dem nicht entgehen. Du musst Shaans Lehrer sein, sein Sarn, so wie es vorherbestimmt ist. Denn wenn die Zeit des Kampfes gekommen ist, wird er sich aufmachen und die Lanhal suchen. Er wird an ihrer Seite stehen, ob du es willst oder nicht. Du kannst es nicht aufhalten, Gefflan, du kannst lediglich dafür sorgen, dass Shaan so gut wie möglich auf seine Aufgabe vorbereitet ist. Das ist deine Pflicht, dein Anteil an den bevorstehenden Ereignissen."

„Aber ich will das nicht! Das ist nicht das Leben, das ich mir für Sheena, mein Kind und mich vorgestellt hatte. Wenn es wahr ist, was du sagst, wenn Shaan tatsächlich der Shai'lanhal ist und gegen die Shai'yinyal antreten muss, könnte er *sterben*! Ich kann mein Kind nicht in dem Wissen aufziehen, dass es, noch bevor es richtig erwachsen geworden ist, in eine Auseinandersetzung verwickelt wird, die es das Leben kosten kann und darüber hinaus über das Schicksal der nächsten zwanzig Generationen entscheidet!"

„Du hast keine Wahl, Gefflan. Wenn du Shaan nicht entsprechend seiner Aufgabe erziehst und ihn nicht so gut wie möglich auf den Kampf vorbereitest, wird er auf jeden Fall sterben, denn dann wird er der Shai'yinyal nicht gewachsen sein. Und nicht nur er wird dann den Tod finden, sondern auch die Lanhal, und über die Welt wird das dunkle Zeitalter des Bösen hereinbrechen. Willst du das riskieren? Kannst du es verantworten, die Menschheit zwanzig Generationen lang Angst und Schrecken und der Macht bösartiger Magier auszuliefern, nur weil du dich deinem Schicksal verweigerst?"

„Hör auf damit!", schrie Gefflan erstickt. Tränen bahnten sich ihren Weg und rannen über seine Wangen. „Ich wollte doch nur ein normales Leben führen! Ich wollte mit Sheena und meiner Familie *glücklich* sein!"

„Das kannst du auch jetzt noch. Ganz sicher wird Sheena dir noch viele weitere Kinder gebären. Sie werden ganz normale Mädchen und Jungen sein, und es spricht nichts dagegen, dass du sie und Shaan gemeinsam aufziehst. Die Magie der Elemente, die er zu beherrschen lernen muss, ist nicht das Einzige, was für ihn wichtig sein wird. Alles Weitere kannst du ihm beibringen, ohne von den anderen getrennt zu sein. Lediglich wenn du ihn mit der Magie üben lässt, sollte das im Geheimen geschehen, damit niemand davon erfährt."

Gefflan rang um seine Beherrschung. Er wollte den Worten seines Vaters so gern Glauben schenken, aber es gelang ihm nicht. Sein Traum konnte sich nicht erfüllen, wenn Shaan tatsächlich der Shai'lanhal war. Sein Leben, Sheenas Leben und das aller Kinder, die sie noch haben mochten, würde unwiderruflich von dem bevorstehenden Kampf überschattet sein, überschattet von der Sichel des Todes, die jederzeit auf sie niedersausen und sie alle vernichten konnte.

Er zitterte so heftig wie der Boden, der wieder einmal unter seinen Füßen vibrierte. Blitze und Donner folgten jetzt noch schneller aufeinander, und der Sturm war so laut geworden, dass sein Vater die letzten Worte hatte schreien müssen. Der Aufruhr der Natur strebte einem neuen Höhepunkt zu, und Gefflan ahnte, dass die Geburt seines Sohnes unmittelbar bevorstand. Und damit auch die der Lanhal, des Yinyal und der Shai'yinyal. Sie alle würden in dieser grauenvollen Nacht zur Welt kommen, die keine Hoffnung versprach, sondern lediglich einen Vorgeschmack auf die Schlacht lieferte, die die Inkarnationen von Gut und Böse ausfechten würden. Doch bis es soweit war, konnten nur die Shais die Elemente beherrschen - nur Shaan und seine Gegenspielerin.

„Warum er?", schluchzte Gefflan gequält. „Warum mein Sohn?"

Aber er fand kein Mitleid, sondern nur Ernst in den Augen seines Vaters. „Du solltest diese Frage nicht stellen, Gefflan, denn du wirst keine Antwort darauf finden. Akzeptiere dein Schicksal. Du kannst von dem Weg, der dir vorherbestimmt ist, ebenso wenig abweichen wie Shaan. Und vergiss nicht: Die Bürde, die dein Sohn tragen muss, ist weitaus größer als deine."

* * *

Nach einer Weile ließ der Herzog Gefflan allein. Zuvor hatte er ein Buch aus einem der Regale genommen, es auf den Tisch gelegt und auf einer bestimmten Seite aufgeschlagen. Danach war er gegangen, ohne ein weiteres Wort zu sagen, aber natürlich hatte Gefflan den Wink verstanden.

Zunächst rührte er sich nicht von der Stelle, konnte jedoch nicht verhindern, dass sein Blick immer wieder zu dem Buch hinüberglitt. Selbst auf die Entfernung brannte sich das Bild, das den oberen Teil der Seite zierte, wie Säure in seine Augen. Es zeigte Blitze, dunkle, drohende Wolken, eine bebende Erde und Regen, der so dicht wie ein Fluss vom Himmel fiel.

Irgendwann trat er näher, um es genauer betrachten zu können, und schließlich setzte er sich. Mit fest zusammengepressten Lippen starrte er auf das Bild, das so trefflich die Ereignisse außerhalb der Burg wiedergab, und im dazugehörigen Text fand er den letzten Beweis, den er längst nicht mehr benötigte. Er konnte nicht leugnen, dass die Zeichen da waren.

Trotzdem las er die Zeilen wieder und wieder. Es war eine alte Schrift, verschnörkelt und schwer zu entziffern, und auch das Papier war vergilbt und spröde. Als er umblätterte, brach an der Seite eine kleine Ecke ab. Mechanisch stand Gefflan auf, holte sich neues Papier herbei, tunkte die Feder, die immer neben dem stets gefüllten Tintenfass auf dem Tisch ruhte, in die dunkle Flüssigkeit und begann, die Beschreibung der Zeichen, die von der Wiederkehr des Kampfes kündeten, gewissenhaft zu übertragen. Buchstabe für Buchstabe, Wort für Wort und Satz für Satz kopierte er die Schrift, auf dass sie auch für spätere Generationen erhalten blieb.

Als er fertig war, blätterte er weiter und fand eine Liste, in der all jene verzeichnet waren, die seit Anbeginn der Zeit auf der Seite des Guten gekämpft hatten. Sie umfasste unzählige Namen, Männer wie Frauen; seine Ahnen, die vor ihm das Wissen bewahrt und weitergegeben hatten.

Gefflan wurde der Mund trocken. Sein Name war der letzte auf der Liste. Er hob den Arm, füllte den Federkiel erneut mit Tinte und setzte die Spitze auf das Papier. Seine Hand zitterte, als er die Zahl Zwanzig und Shaans Namen eintrug. Dahinter setzte er das Zeichen des Shai'lanhal – eine Wellenlinie für das Wasser und einen Wirbel für den Wind, die Elemente, die Shaan sich untertan machen konnte, so wie jeder Shai'lanhal vor ihm es vermocht hatte.

Als es vollbracht war, hielt er inne und betrachtete mit stumpfem Blick sein Werk. Sein Vater hatte recht. Shaan war der Shai'lanhal. Daran konnte weder er noch irgendjemand sonst etwas ändern.

Er seufzte leise und lauschte überrascht dem melancholischen Laut, der traurig und verloren durch den Raum schwebte. Stille umgab ihn mit der erstickenden Schwere eines Leichentuchs. Von einer Sekunde auf die andere war der Donner verhallt, der Sturm verstummt, der Regen hatte ausgesetzt und die Erde schlief wieder. Gefflan begriff sofort, was das bedeutete.

„Shaan", flüsterte er.

Ein wimmernder Schrei wehte durch die Korridore der Burg. Er schien von ganz weit her zu kommen, und Gefflan war sich nicht sicher, ob er ihn tatsächlich gehört hatte. Eine Gänsehaut kroch seinen Rücken hinauf.

Ein süßer, schwerer Duft stieg ihm plötzlich in die Nase, und er erkannte ihn sofort. Es war das Parfüm, gewonnen aus den Kelchblättern roter Rosen, das Sheena so häufig benutzte. Ihm war, als könne er auch ihre Stimme hören, liebevoll und zärtlich, und ihre Gegenwart war auf einmal so nahe, als stünde sie direkt hinter ihm. Verwirrt sprang er auf und fuhr herum, doch da war niemand. Er war allein.

„Sheena?", rief er fragend. Nackte Angst krallte sich in seinen Magen.

Ein krachender Donnerschlag verkündete, dass die Macht des Gewitters noch nicht gebrochen war. Sein grollendes Echo verstreute den Rosenduft.

Gefflan erstarrte. „Sheena!", keuchte er erstickt, dann stürzte er in Richtung Tür, noch bevor der Donner gänzlich verstummt war. Mit langen Schritten hastete er die breite Treppe des Turmhauses hinab.

Eine kalte Hand umschloss sein Herz und schien seine Haut mit Raureif zu überziehen. Er ahnte das Unheil, fühlte es. Die Leere in seinem Inneren wuchs bereits, fraß sich dunkel und klamm in seine Seele und hinterließ ein Loch, das niemals wieder geschlossen werden konnte.

Noch einmal rief er den Namen seiner Frau, als er ihre Gemächer beinahe erreicht hatte. Canninen, Sheenas junge Zofe, trat eben aus der Tür und kam ihm entgegen, als sie ihn erblickte. Sie breitete die Arme aus, als wolle sie ihn auffangen. Tatsächlich stoppte sie seinen Lauf, doch dazu musste sie ihn nicht einmal berühren. Die Blässe und Starrheit ihres Gesichts bannten ihn auf der Stelle.

„Was ist mit meiner Frau? Wie geht es ihr?"

Canninen presste die Lippen aufeinander und wich seinem Blick aus. Erschrocken setzte er dazu an, sich an ihr vorbeizudrängen, doch sie schob sich ihm in den Weg. „Herr, verzeiht, aber Ihr dürft jetzt nicht hinein. Die Hebamme und die Herzogin kämpfen um das Leben Eurer Frau. Ihr dürft sie nicht stören."

Gefflan schwankte, als hätte sie ihm gerade ein Messer in die Brust gestoßen. Mit einer Hand stützte er sich schwer gegen die Korridorwand. „Was ... was ist geschehen?"

„Es ... gab Komplikationen. Die Lage des Kindes war falsch, und es kostete uns alle Mühe, sie zu korrigieren. Als es endlich gelungen war, war Eure Frau bereits sehr schwach. Sie hatte kaum noch genug Kraft, Euren Sohn zur Welt zu bringen. Und danach..." Sie stockte.

„Sie stirbt!", kreischte Gefflan mit schriller Stimme, packte Canninen an den Schultern und schüttelte sie heftig. „Sag mir warum!"

„Es ist im Verlauf der Geburt zu schweren Blutungen gekommen. Wenn es nicht gelingt, sie zu stoppen ..."

Sie schlug die Augen nieder.

Gefflan stieß sie von sich und hastete zur Tür. Als er hindurchstürzte, wäre er beinahe mit seiner Mutter zusammengeprallt. Seine Augen weiteten sich entsetzt, als er die Tränen auf ihren Wangen sah.

„Mutter", krächzte er. Er wollte sie bitten, sie anflehen, ihm nicht die Botschaft zu bringen, die er mehr als alles andere fürchtete, doch kein weiteres Wort kam über seine Lippen.

Sie schaute ihn an und schüttelte zutiefst bekümmert den Kopf.

Gefflan wich vor ihr zurück. „Nein, nicht sie! Nicht Sheena!"

Seine Mutter nahm ihn beim Arm und führte ihn stumm in den angrenzenden Raum. Er folgte ihr gehorsam wie ein kleines Kind, setzte mechanisch einen Fuß vor den anderen, bis er vor dem Bett seiner Frau stand. Die Hebamme hatte ein weißes Laken über sie gebreitet, doch dort, wo es nicht bis zum Boden reichte, konnte er das Betttuch sehen. Es war getränkt mit Sheenas Blut – getränkt mit ihrem Leben.

Neben dem Lager seiner Frau sank er auf die Knie. Er tastete nach ihrer Hand und presste sie an seine Wange. Tränen benetzten Sheenas zarte Haut, die durchscheinender war als je zuvor. Seine Augen hefteten sich auf ihr Gesicht, suchten verzweifelt nach einem Zeichen, nach einem Hauch von Leben, doch vergebens. Auch ihre Brust hob und senkte sich nicht. Sie lag still.

Aus dem Augenwinkel sah er seine Mutter und die Hebamme, die zu ihm traten. Die Hebamme hatte ein kleines Bündel im Arm. Gefflan schaute nicht zu ihr hin. Er vergrub das Gesicht in Sheenas langen, dunklen Haaren, die vor ihm auf dem Kissen ausgebreitet lagen, und sog tief Luft ein. Doch den Duft roter Rosen fand er nicht mehr.

* * *

Irgendwann spürte er eine leichte Berührung an der Schulter und hob langsam den Kopf.

„Es tut mir so leid für dich, mein Junge", hörte er seinen Vater wie aus weiter Ferne sagen.

Gefflan antwortete nicht, sondern starrte lediglich blicklos vor sich hin, während ihm Tränen ungehemmt über die Wangen liefen, auf das Kissen und auf Sheenas Haar tropften.

Garbass schwieg eine Weile, dann wies er in den hinteren Teil des Raumes, wo, einsam und verloren wirkend, eine Wiege stand.

„Du hast dir Shaan noch nicht angesehen."

Gefflan zuckte zusammen und biss sich auf die Lippe, bis er Blut schmeckte.

„Er ist dein Sohn", drängte der Herzog weiter.

Bitternis stieg in Gefflan empor, brachte den Geschmack von Galle auf seine Zunge. „Er ist der Shai'lanhal."

„Das macht ihn nicht weniger zu deinem Kind."

„Ich will ihn nicht sehen!", stieß Gefflan hervor und umklammerte die kalte Hand seiner Frau fester.

„Der Junge braucht dich."

„Und ich brauche Sheena! Wir wollten doch unser Leben miteinander teilen! Wir wollten..." Unsägliche Pein erstickte seine weiteren Worte.

Sein Vater kniete sich neben ihn und legte ihm sanft eine Hand auf die Schulter. „Es tut mir sehr leid."

Gefflan schüttelte seine Hand mit einem heftigen Ruck ab. „Tut es das?"

Der Herzog blinzelte verwirrt. „Was meinst du?"

„Du kennst die Aufzeichnungen besser als ich. Du wusstest sicher, dass die Mutter eines Shai'lanhals nicht leben kann."

Sein Vater wirkte schockiert. „Aber nein, mein Junge, wie kommst du nur darauf? Shaans magische Kräfte und Sheenas Tod haben nichts miteinander zu tun!"

„Tatsächlich nicht? Die *ganze Welt* ist in Aufruhr, nur weil er geboren wurde! Das Unwetter hat mehr Schaden angerichtet und mehr Leben gekostet als alle Frühjahrs- und Herbststürme der letzten Jahre zusammengenommen! Wie also könnte ich glauben, dass Sheenas Tod nicht auf Shaan zurückgeht? Sie ist bei seiner *Geburt* gestorben!"

„Es mag hart klingen, wenn ich das sage, aber daran ist nichts Ungewöhnliches. Viele Männer verlieren ihre Frauen ans Kindbett."

„Mutter hat sechs Kinder zur Welt gebracht!"

„Dafür bin ich dem Schicksal noch immer dankbar, Gefflan, aber es hätte auch anders sein können. Niemand kann im Voraus sagen, ob Mutter und Kind das Ende einer Schwangerschaft wohlbehalten überstehen."

„Wer weiß schon, was möglich ist, wenn man nur die richtigen Schriften kennt."

„Es ist nirgends verzeichnet, dass die Mutter eines Shai'lanhals unweigerlich sterben muss. *Soviel* bestimmt das Schicksal nicht voraus."

Gefflan presste die Lippen aufeinander. „Das glaube ich nicht."

„Gefflan, hör auf damit!", ermahnte ihn sein Vater streng. „Wenn es derartige Aufzeichnungen gegeben hätte, hätte ich dir davon erzählt."

„Und riskiert, dass ich mich entscheide, niemals zu heiraten?" Gefflan lachte bitter auf. „Mach mir doch nichts vor, Vater! Du hast mir nie gesagt, dass mein Kind der Shai'lanhal sein wird, weil du Angst hattest, ich könnte vor dieser Verantwortung davonlaufen. Ist es da nicht wahrscheinlich, dass du auch über Sheenas bevorstehenden Tod geschwiegen hast?"

Herausfordernd starrte er ihn an, doch sein Vater hielt seinem Blick ohne Mühe stand.

„Das habe ich nicht, denn dass sie starb, war nicht vorherbestimmt. Und was mein Schweigen angeht, solltest du eines wissen: Ich wollte, dass du ein unbeschwertes Leben führen kannst, bis das Schicksal sich erfüllt."

Gefflan sah von ihm fort. „Das läuft auf dasselbe hinaus. Du hast für mich die Wahl getroffen, indem du mir verheimlicht hast, wer mein Sohn sein wird, und warum hättest du das tun sollen, wenn nicht aus Sorge, ich könnte mich gegen mein Schicksal auflehnen? Du hattest sogar recht damit. Wenn ich gewusst hätte, dass Shaan der Shai'lanhal sein wird, hätte ich es nicht gewagt, eine Familie zu gründen. Das hätte ich meinen Geschwistern überlassen. Eins ihrer Kinder hätte genauso gut der Shai'lanhal sein können, aber das hast du geschickt verhindert. Du hast mir diese Bürde aufgeladen!" Er machte eine heftige Geste in Richtung der Wiege.

Sein Vater stand auf und sah mit gerunzelter Stirn auf ihn herunter. „Du bist mein ältester Sohn. Ich wäre nie auf die Idee gekommen, dass du dich hinter deinen jüngeren Geschwistern verstecken willst. Möchtest du ihnen eine Aufgabe zumuten, die du selbst nicht zu tragen bereit bist? Ist das die Einstellung zum Leben, die ich dich gelehrt habe? Wenn es so ist, habe ich versagt."

Gefflan schluchzte unter den anklagenden Worten seines Vaters hilflos auf. „Ich will Sheena zurück! Ich kann ohne sie nicht leben!"

„Ich verstehe deine Trauer und ich fühle mit dir, doch wenn du dich deinem Kummer ergibst, wird die Welt in Dunkelheit versinken. Tausende werden sterben, und kein Mensch wird lachen können, bis der nächste Kampf beginnt. Soll man sich so an dich erinnern? Soll die Aufzeichnung über dich berichten, dass du den Kampf aufgabst, noch bevor er begonnen hat? Dass du deinen Sohn im Stich ließest, obwohl er dich mehr als jedes andere Kind auf der Welt brauchte? Shaan kann nicht gewinnen, wenn du ihm deine Hilfe verweigerst, und dann, Gefflan, das bedenke wohl, wird Sheena umsonst gestorben sein."

Gefflan zuckte zusammen. Irgendwo in seinem Inneren gellte ein Schrei, doch über seine Kehle kam kein Laut.

„Das willst du doch nicht, oder?"

Stumm schüttelte Gefflan den Kopf.

Erst jetzt kehrte die Milde in die Augen seines Vaters zurück. „Lass dir Zeit bei deiner Trauer. Deine Mutter und ich werden uns solange um Shaan kümmern."

Damit ließ er ihn allein.

* * *

Elf endlose Tage behielt Gefflan seine Trauer bei. Die gesamte Zeit brütete er in seinem Gemach und verließ es nicht einmal, um mit seinen Eltern und seinen Geschwistern zu speisen. Er blieb für sich allein, lauschte über lange Stunden dem Heulen des Sturms, dem Donnergrollen, dem Prasseln des Regens und den Beben, die gemeinsam Sheenas Totenklage sangen.

Am zwölften Tag nach Sheenas Tod kehrte Ruhe ein. Das Unwetter klang ab, und die Erde beruhigte sich. Diener wagten es zum ersten Mal seit beinahe drei Wochen, die Fensterläden zu öffnen. Sie taten es auch in seinen Räumen, entfernten sich jedoch wieder, ohne ihn anzusprechen oder auf andere Weise zu stören.

Gefflan wartete, bis sie gegangen waren, dann trat er an eins der großen Fenster und schaute müßig hinaus. Noch hingen die Wolken tief und waren dunkel und schwer, doch je länger er dastand und sie betrachtete, desto heller wurden sie, und es war wohl nur noch eine Frage der Zeit, bis sie sich gänzlich lichteten. Eine bedrückende Stille lag über der Burg und ihrer Umgebung. Es schien, als hielten Mensch und Tier gleichermaßen den Atem an, als könnten sie noch nicht fassen, dass das Gewitter endlich vorüber und die Gefahr für Leib und Leben vorbei war. Ein leises Summen in ihrer aller Ohren zeugte noch von dem Geräuschorkan, der über lange Tage auf sie eingestürmt war, und ließ die nun eingekehrte Ruhe umso tiefer erscheinen.

Unbewegt in Herz und Leib gab sich Gefflan dem Schweigen hin, das nur von seinen eigenen dumpfen Atemzügen gebrochen wurde. Mit leerem Blick starrte er auf das rissige Glas der Scheibe, auf der unzählige Wassertropfen glitzerten, Zeugen des heftigen Regens, der noch vor wenigen Stunden den Boden rund um die Burg in Morast verwandelt hatte. Sie perlten als kleine Kugeln von der glatten Oberfläche ab. Mit ihrem gezackten und vielfach verzweigten Lauf erinnerten sie an die Blitze, die noch vor kurzem Himmel und Erde verbunden hatten – ein weiteres Andenken an das überstandene Inferno.

Derer gab es viele in der Burg. Es würde Wochen dauern, alle Schäden zu reparieren, und die Natur in den Bergen würde sogar Jahre benötigen, um sich gänzlich zu erholen. Von den Hainen an den Hängen ringsum war, wie Gefflan es erwartet hatte, kaum mehr als eine Handvoll Bäume geblieben. Alle anderen waren entwurzelt und umgerissen, unterspült und fortgeschwemmt oder von der Hitze der Blitze verbrannt worden.

Von der Tür her klang ein zögerndes Klopfen auf. Er antwortete mechanisch, ohne sich vom Fenster abzuwenden oder zu seinem Besucher umzudrehen. Bereits an der Art des Klopfens hatte er erkannt, dass es nur ein Diener sein konnte, der um Einlass bat, und die leise gesetzten Schritte, die er wenig später hinter sich vernahm, bestätigten seine Vermutung.

Es fiel ihm schwer, einen langen Seufzer zu unterdrücken. Er wusste, was nun folgen würde, denn das war ein Ritual, das vor elf Tagen seinen Anfang genommen hatte, und nur er allein besaß die Macht, es zu beenden. Er wusste nicht, ob er es heute tun sollte, und so schwieg er, bis der Diener ihn ansprach.

„Verzeiht, dass ich Euch störe, Herr. Der Herzog lässt fragen, ob Ihr einen Wunsch habt."

Gefflan verzog spöttisch die Lippen, und ein Anflug von Zynismus drängte ihn dazu zu antworten, dass nicht er es sei, der ein bestimmtes Begehren hegte. Seine Zeit für Wünsche und Träume war vorbei.

Doch er blieb stumm. Seine Gedanken und seine Trauer gehörten ihm allein. Der einzige Mensch, mit dem er alles hatte teilen wollen, war ihm entrissen worden.

„Herr?"

Gefflan holte tief Luft und gab sich einen Ruck. Letztlich konnte er dem Unvermeidlichen ohnehin nicht entgehen.

„Bring mir das Kind", sagte er, ohne den Blick von der Scheibe mit den tausend Wassertropfen zu nehmen – versprengtes Nass auf gesprungenem Glas.

„Ja, Herr", erwiderte der Diener hörbar erleichtert und zog sich zurück.

Gefflan wartete, sich im Herzen an Erinnerungen labend, regungslos auf seine Rückkehr.

Nach nur wenigen Minuten klopfte es erneut, und der Diener trat ein. In seinen Armen trug er, eingehüllt in eine warme, weiche Decke, den Säugling.

„Hier ist Euer Sohn, Herr", sagte er leise und reichte ihm das Kind.

Gefflan zögerte, dann nahm er das Bündel entgegen und wies den Diener mit einer stummen Geste an, sich zu entfernen.

Während die Schritte draußen auf dem Korridor verklangen, wandte er sich erneut dem Fenster zu und sah gedankenverloren in die Ferne. Das Gewicht in seinen Händen spürte er kaum, erst als der Säugling sich regte, senkte Gefflan den Blick.

Shaan war wach. Mit dunklen, fast schwarzen Augen schaute er ihn an. Er gluckste und streckte ihm die zierlichen Finger entgegen. Gefflan hielt ihm eine Hand hin, ließ zu, dass Shaan nach seinem Zeigefinger griff. Als sich die kleine Hand um seinen Finger schloss, zuckte er zusammen. Eine Gänsehaut stellte ihm die Haare auf Armen und im Nacken auf. Es drängte ihn, sich dem fordernden Griff seines Sohnes zu entziehen, doch stattdessen wandte er den Blick ab, sah über die vom Unwetter geschundenen Berge und seufzte schwer. Das enge Gefühl, das seit Sheenas Tod seine Körpermitte umfangen hielt, wurde noch stärker. Er wusste jetzt, dass es nie wieder von ihm weichen würde.

Mit ausdrucksloser Miene schaute er auf seinen Sohn herab und murmelte den Schwur, den sein Vater von ihm erwartete und das Schicksal von ihm verlangte.

„Shai'lanhal, wir sind geboren, um zu dienen, du der Lanhal und ich dir. So sei es, um Sheenas willen."

Während er sprach, rissen die Wolken auf und gaben den Blick auf die Sonne frei. Sie war bereits halb hinter dem Horizont versunken. Als tiefroter Glutball schickte sie ihre Strahlen über das Land, badete es in Feuer und verwandelte die Wassertropfen auf der Scheibe in ein Meer glitzernder Granatkristalle. Selbst durch das Glas war die Wärme zu spüren, die von dem scheidenden Himmelslicht ausging.

Shaan schien es ebenfalls zu fühlen. Er drehte sein rundliches Gesicht der Sonne entgegen und blinzelte, als seine Züge von dem flammenden Rot berührt wurden. Noch ehe die Sonne gänzlich versunken war, waren die Wassertropfen von der Scheibe verschwunden.

* * *

Gefflan blieb nicht lange allein. Sein Vater gesellte sich zu ihm und betrachtete gemeinsam mit ihm die Berge, die nun unaufhaltsam von der heraufziehenden Dämmerung verschlungen wurden. Noch immer hielt er Shaan in seinen Armen. Der Säugling war bereits vor einiger Zeit eingeschlafen.

Der Herzog räusperte sich, nachdem sie eine Weile schweigend beisammengestanden hatten. „Es ist schön, dass du Shaan endlich zu dir genommen hast."

Gefflan entging der leichte Tadel, der in den Worten seines Vaters mitschwang, keineswegs, doch er zuckte lediglich gleichgültig mit den Schultern. „Ich dachte mir, dass dir das gefällt", sagte er tonlos.

Sein Vater seufzte leise.

„Etwas anderes wird dir allerdings weniger gefallen."

„Was meinst du, mein Junge?"

„Ich werde die Burg verlassen."

Entgeistert riss der Herzog die Augen auf. „Und Shaan?"

„Ich werde ihn mitnehmen."

„Aber wohin willst du gehen? Die Burg wäre ein guter Ort für dein Kind, um heranzuwachsen."

„Das mag für andere gelten, aber nicht für Shaan. Er ist der Shai'lanhal. Er darf nicht hier bleiben."

„Ich kann dir nicht ganz folgen!"

„Was ist daran so schwer zu verstehen?", knurrte Gefflan. „Du selbst hast mir gesagt, dass ich Shaan auf seine Aufgabe vorbereiten muss. Genau das habe ich vor."

„Dazu müsstest du die Burg und deine Familie nicht verlassen."

„Doch, das muss ich. Die Magie soll ein Geheimnis bleiben, wie du sehr wohl weißt, und wir wissen *gar nichts* darüber, nicht, wann sie hervortreten und auch nicht, wie sie sich bemerkbar machen wird. Vielleicht gibt es unkontrollierte Ausbrüche seiner Kraft. Vielleicht zeigt sie sich gar, wenn er schläft. Zu viele Menschen könnten davon erfahren, wenn er bliebe."

„Aber du kannst ihn doch nicht von allen anderen Menschen fernhalten!"

„Es ist sogar meine Pflicht, das zu tun. Seine Kontakte mit anderen müssen auf ein Minimum reduziert werden. Nur so kann ich gewährleisten, dass seine Magie nicht bekannt wird."

„Ich weiß nicht", meinte der Herzog unsicher. „Es würde dem Jungen gewiss nicht gut tun, wenn er irgendwo in der Einöde aufwächst."

Gefflan schnaubte verächtlich. „Es geht nicht darum, was ihm *guttut*. Shaan ist kein gewöhnliches Kind. Er ist der Shai'lanhal! Hier in der Burg ließen sich seine Fähigkeiten niemals vollständig geheim halten, und wenn auch nur eine falsche Person davon erfährt, könnte das eine Katastrophe heraufbeschwören."

„Du meinst, dann könnte auch die Gegenseite ahnen, wer der Shai'lanhal ist?"

„Ja. Wenn ich der Sarn der Shai'yinyal wäre, würde ich sehr aufmerksam auf Gerüchte lauschen, die von einem Jungen berichten, der durch magische Hand Luft und Wasser beherrscht und sie seinem Willen untertan macht. Und wenn ich ein solches Gerücht gefunden hätte, würde ich zu dem Ort gehen, von dem es erzählt, und das Kind töten. Eine einfachere Möglichkeit, den Kampf zu entscheiden, noch bevor er begonnen hat, gibt es nicht. Die Lanhal kann nur gewinnen, wenn Shaan an ihrer Seite steht. Ohne ihn wird sie nicht einmal ahnen, wer sie ist."

Der Herzog blickte mit unglücklicher Miene auf den schlummernden Säugling herab. „Ich wünschte, ich könnte mich deinen Worten verschließen, Gefflan. Nenn es einen egoistischen Wunsch, aber ich hatte gehofft, meinen Enkel aufwachsen zu sehen."

„Damit musst du wohl oder übel warten, bis Paslan oder meine anderen Brüder und Schwestern Kinder bekommen. Das Schicksal fragt nicht danach, was wir wollen."

„Ich weiß, und du hast völlig recht. Wohin wirst du gehen?"

„Ich werde mich mit Shaan tief in die Berge zurückziehen und uns an einer geeigneten Stelle eine Heimstatt schaffen. Sie muss abgelegen sein und so weit von der nächsten Ortschaft entfernt, dass auch zufällige Begegnungen ausgeschlossen werden können. Shaan wird sich nur dann ausreichend im Gebrauch seiner Kräfte üben können, wenn er nicht ständig Angst haben muss, dass ein ungebetener Zuschauer ihn beobachtet."

„Ich denke, ich weiß einen Ort, der für dich und Shaan geeignet ist", erwiderte der Herzog. „Zehn Tagesreisen von hier gibt es ein Tal. Es heißt Hallagat und ist nur wenigen Menschen bekannt, da der Eingang zu ihm hinter riesigen Felsblöcken verborgen liegt. Es gibt dort einen kleinen Fluss, sodass Shaan Wasser hätte, an dem er seine Kräfte erproben kann und ihr, was wohl ebenso wichtig ist, nie Durst leiden müsstet, und die Umgebung ist so unwegsam und steinig, dass sich nur selten Menschen dorthin verirren."

„Gibt es Siedlungen in der Nähe?"
„Nicht in der unmittelbaren Umgebung. Die nächste Ansiedlung ist mehr als vier Tagesreisen entfernt. Ist dir das abgeschieden genug?"
„Ja, aber ich werde es mir trotzdem erst ansehen, bevor ich mich festlege."
„Selbstverständlich."
„Noch etwas: Wenn ich mich entschließe, mit Shaan im Hallagat zu bleiben, sollten auch in der Burg so wenig Menschen wie möglich davon wissen. Je weniger Personen unseren Aufenthaltsort kennen, desto besser."
„Einen Boten, der euch mit Geld, Kleidung, Nahrung und allem anderen Nötigen versorgt, müsstest du schon einweihen."
Gefflan verzog unwirsch das Gesicht. „Das ist mir klar. Außerdem werden mir leider einige Männer beim Bau eines Hauses helfen müssen. Eine Holzhütte wird nicht genügen, immerhin werden wir dort bis zum Zeitpunkt des Kampfes bleiben. Das Haus muss stark und fest genug sein, um uns auch im Winter Schutz zu bieten."
„Die Sorge kann ich dir abnehmen. Ein solches Haus existiert bereits."
„Tatsächlich?"
„Ja. Mein Großvater hat es vor langer Zeit bauen lassen. Es ist klein, da er es stets allein besuchte, aber für dich und Shaan wird es reichen. Mein Großvater zog sich einmal im Jahr für einige Tage dorthin zurück, um Ruhe zu finden, seinen Geist zu klären und sich an der Schönheit der Natur zu erfreuen."
Gefflan schürzte abfällig die Lippen. „Wichtig ist nur, dass Shaan durch nichts von seiner Aufgabe abgelenkt wird. Er wird sehr viel lernen müssen, andernfalls wird er keine Hilfe für die Lanhal sein."
„Du wirst die Aufzeichnungen von den früheren Kämpfen mitnehmen müssen, damit Shaan weiß, was auf ihn zukommt."
„Das werde ich. Die Geschichten und die Regeln werden ihm in Fleisch und Blut übergehen, so wie es sich für den Shai'lanhal gehört."
„Vergiss nicht, ihm beizubringen, wie man sich auch ohne Magie gegen Angriffe verteidigt. Es wird ganz sicher Situationen geben, in denen er nicht auf sie zurückgreifen kann."
„Das habe ich nicht vergessen", erwiderte Gefflan und warf seinem Vater einen langen Blick zu. „Und du hast es auch nicht. Ich verstehe jetzt, warum du die besten Soldaten aus dem Herzogtum zusammengerufen hast, damit sie mir von klein auf beibringen, mit Waffen und ohne sie zu kämpfen. Ich sollte dazu in der Lage sein, dieses Wissen dem Shai'lanhal zu vermitteln."
Seine Worte gerieten bitter und anklagend, ohne dass er es verhindern konnte oder auch nur wollte. Vieles, was er früher als selbstverständlich

hingenommen und nicht weiter hinterfragt hatte, erschien ihm plötzlich in einem anderen Licht. Shaan war der Shai'lanhal – das änderte alles.

Der Herzog winkelte die Arme an und drehte die Handflächen nach oben – eine entschuldigende Geste. „Ich wusste, dass du der Sarn des Shai'lanhals sein würdest."

Gefflan bohrte seinen Blick in die Augen seines Vaters. „Ja, das wusstest du."

Der Herzog versuchte nicht weiter, sein Handeln zu erklären, aber das war auch nicht nötig. Es war alles gesagt worden.

„Wann wirst du aufbrechen?"

„Sobald die Straßen wieder begehbar sind."

„Möchtest du nicht warten, bis Shaan etwas älter geworden ist?"

„Nein."

Sein Vater seufzte schwer. Da legte ihm Gefflan mit einer steifen Bewegung das Baby in den Arm.

„Nimm ihn mit, wenn du gehst, und nutze die Zeit, die dir mit ihm bleibt. Wenn wir aufbrechen, wird sie unwiderruflich vorbei sein."

Der Herzog presste den kleinen Shaan an seine Brust. Seine Augen glänzten feucht. Gefflan kümmerte es nicht. Er hatte sich bereits halb abgewandt und versuchte mit seinen Blicken die Dunkelheit zu durchdringen, die sich wie eine schwarze Decke über das Land gebreitet hatte.

„Mit unseren Gedanken und mit unserem Herzen werden wir stets bei euch sein", flüsterte sein Vater, trat einen Schritt an ihm vorbei und legte einen kleinen Gegenstand auf das Fensterbrett. Es war eine Metallplakette, die das Wappen der Geyserés zeigte – zwei weiße Möwen auf blauem Grund.

„Vergiss niemals, wer du bist", mahnte er Gefflan.

Gefflan sah ihn nicht an. „Das werde ich nicht."

Sein Vater seufzte abermals und zog sich ohne ein weiteres Wort zurück. Erst als sich die Tür hinter ihm geschlossen hatte, nahm Gefflan die Plakette in die Hand, drehte sie nachdenklich zwischen den Fingern und steckte sie schließlich mit dem ledernen Band, das an ihr befestigt war, in die Tasche.

Sieben Tage später verließ er mit Shaan die Burg seiner Ahnen.

1. Abseits von allem

Das klare, tragende Lied des Morgensängers, mit dem der winzige, unscheinbare Vogel auf unnachahmliche Weise die aufgehende Sonne begrüßte, hallte durch das Tal, brach sich an den Felsen zu einem vielfachen Echo und wehte durch das geöffnete Fenster des kleinen Backsteinhauses, über dem noch die Schatten der Nacht hingen. Die verspielte Melodie weckte Shaan, so wie an jedem Morgen.

Noch verschlafen öffnete er die Augen, fand sein Gesicht wie so oft unter statt auf dem Kissen wieder und drehte sich vom Bauch auf den Rücken. Das Laken, das sich im Schlaf fest um seine Körpermitte gewickelt hatte, schnürte ihn ein wie der Leib einer Riesenschlange. Schnaufend richtete sich Shaan auf, zog und zerrte daran, bis es ihn widerwillig freigab, und ließ sich danach ächzend auf die Matratze zurücksinken.

Mit einem leisen Stöhnen spähte er zum Fenster hinüber. Es öffnete sich nach Osten, sodass er die Sonne sehen konnte, wenn sie über den Bergen aufging. Ihr glühender Kreis lugte gerade erst über die Berggipfel hinweg, der Himmel hingegen erstrahlte bereits in feurigem Rot, das die kleinen Schäfchenwolken in lodernde Flammen verwandelte.

Die durchsichtige Gardine färbte sich ebenfalls blutig rot. Sie war zur Seite gezogen und bewegte sich rhythmisch in der leichten Brise, mit der der sommerlich warme Wind das Haus umschmeichelte. Draußen trällerte noch immer der Morgensänger, dem sich nun auch andere Vögel anschlossen, und die ersten, emsigen Bienen summten zu den Blumen, die vor dem Häuschen direkt unter der Fensterbank ihren lieblichen Duft verströmten, obwohl sich ihre Kelche gerade erst zu öffnen begannen.

Ein kleiner, bunter Schmetterling verirrte sich durch das Fenster ins Zimmer. Shaan rief seine Magie herbei und trug das zierliche Wesen mit einem sanften Windhauch zurück in die Freiheit. Er lächelte, als er ihm nachsah, dann seufzte er leise.

Die Strahlen der Sonne wurden stetig heller. Shaan zwinkerte, als sie ihn direkt in die Augen trafen, und drehte den Kopf, sodass sie nur noch seine Wange wärmten. Die Lider fielen ihm zu, doch als aus dem Inneren des Hauses ein Geräusch erklang, riss er sie erschrocken wieder auf. Sein Vater war sicher längst aufgestanden und bereitete das Frühstück zu.

Shaan holte tief Luft, um die Reste des Schlafs und die Schmerzen aus seiner übel verspannten Brustmuskulatur zu vertreiben. Sie waren eine Erinnerung an das quälende Seitenstechen, mit dem er sich gestern den gesamten Tag herumgeplagt hatte. Sein Vater hatte, wie schon so oft zuvor, seine Belastbarkeit testen wollen, und wieder einmal hatte er kläglich versagt. Sie waren viele Meilen über Stock und Stein gelaufen, stets im Trab, nie langsamer.

Gefflan war ihm wie üblich weit voraus gewesen. Er besaß die Ausdauer eines Wolfes und die Wendigkeit einer Berggämse. Shaan bewunderte ihn dafür. Ihm selbst war nach der Hälfte der Strecke die Luft knapp geworden, nach dreiviertel hätte er am liebsten aufgegeben, und auf dem letzten Viertel war er so erschöpft gewesen, dass sich alles um ihn gedreht hatte. Nur weil er sich schmerzlich der tadelnden Blicke seines Vaters bewusst gewesen war, hatte er sich zusammengerissen und bis zum Ende durchgehalten. Wäre er jedoch nur ein einziges Mal gestolpert und gestürzt, hätte er sich nicht mehr auf die Beine ziehen können, soviel war sicher.

Kalter Schweiß trat ihm auf die Stirn, und eine warnende Stimme in seinem Innern drängte ihn dazu, keine Zeit mehr zu vertrödeln. Er biss die Zähne zusammen, missachtete den Schmerz in seinen übermäßig strapazierten Gliedern und setzte die Füße auf den Boden. Als er sich das Schlafhemd über den Kopf zog, stöhnte er erneut und hoffte, der heutige Tag möge weniger anstrengend werden als der gestrige. Nur glauben konnte er nicht daran.

Mit einem fatalistischen Seufzen griff er abermals auf seine Magie zurück, konzentrierte sich und schickte seinen Geist suchend durch das Fenster nach draußen. Er fand den kleinen Bach, der sich durch das Tal schlängelte, langte in das klare Wasser hinein und zog einen guten eimervoll heraus. Wie von Geisterhänden geführt, schwebte es als fetter, wabernder Tropfen über die Wiese auf sein Fenster zu.

Eigentlich hatte er vorgehabt, es in die Schale zu befördern, die auf dem Tisch neben seinem Bett stand, doch dann kam ihm eine bessere Idee. Er hob es über seinen Kopf - und entließ es aus seiner Magie.

Das kühle Nass stürzte wie ein gewaltiger Regentropfen auf ihn herab. Er streckte ihm das Gesicht entgegen, genoss es, als es seine nackte Haut benetzte und den Schweißfilm mit sich fortspülte. Mit einer zweiten Fuhre Wasser wusch er sich gründlich und trocknete sich danach mit einem warmen Luftstrom, den er selbst herbeirief. Die Reste seiner ungewöhnlichen Dusche ließ er im Boden versickern. Darin hatte er längst Übung. Anschließend zog er eine feste Hose und ein dünnes Hemd über. Später würde er es vermutlich wieder ablegen, denn die Strahlen der Sonne verkündeten bereits jetzt, dass es ein heißer Tag werden würde - falls er es nicht änderte. Er konnte Regen rufen, wenn er es wollte, und nicht selten hatte Gefflan genau das von ihm verlangt.

In die Gedanken an frühere Martyrien versunken, fuhr er sich mit einem Kamm durch die dunklen Haare, und obwohl er sich nach Kräften bemühte, gab es stets eine widerspenstige Strähne, die immer wieder in seine Stirn zurückfiel. Nach ein paar erfolglosen Versuchen, sie zu bändigen, streckte er die Waffen und beeilte sich, sein Zimmer zu verlassen. Sein Vater mochte es nicht, wenn er sich zu viel Zeit beim Aufstehen ließ.

Er öffnete die Tür und trat barfuß auf den schmalen Flur hinaus. Angenehm kühle Luft schlug ihm entgegen; selbst an den heißesten Sommertagen behielt sie ihre mäßige Temperatur bei, denn das Haus war direkt an den Fels gebaut, und einige der Räume, wie etwa die Vorratskammer, waren sogar ins Gestein selbst hineingetrieben worden.

Ohne innezuhalten, hastete Shaan an mehreren Zimmern vorbei zur Küche. Unwillkürlich leiser auftretend, spähte er umher und schluckte, als er die regungslose Gestalt seines Vaters erblickte. Gefflan verweilte, ihm mit der Seite zugewandt, starr vor dem großen, weit geöffneten Küchenfenster. Der laue Wind, der aus dem Hallagat heranwehte, spielte mit seinen dunklen Haaren, die von unzähligen grauen Strähnen durchzogen waren, ansonsten stand er still, als wäre er in Stein gemeißelt.

Shaan betrachtete seinen Vater stumm. Gefflan war groß und kräftig, besaß dabei aber die Geschmeidigkeit einer Wildkatze, gepaart mit der tödlichen Präzision eines jagenden Falken. Er verstand es, seine Bewegungen in einer Weise zu kontrollieren, von der er selbst nur träumen konnte. Seine Augen waren, wie so oft, auf einen Punkt weit jenseits des Tals gerichtet, zeugten von der Wanderung seiner Gedanken in die Vergangenheit, in eine Zeit, die nunmehr fast sechzehn Jahre zurücklag. Sein Gesicht war unbewegt, einer Maske aus poliertem Marmor gleich, nur in den Augen- und Mundwinkeln hatten sich spröde Falten tief in die Haut eingegraben. Manchmal sahen sie wie Risse aus, die sich in Porzellan bildeten, kurz bevor es endgültig zersprang.

Die Lippen seines Vaters waren dünn, lediglich zwei schmale Striche, die stets dicht aufeinanderlagen, so als wollten sie jedes Wort nur mit Widerwillen entweichen lassen. Wo sie zusammentrafen, zogen sie sich leicht nach unten, mal mehr, mal weniger. Zum Lächeln waren sie nicht geschaffen.

Shaan wartete geduldig. Sein Vater schätzte es nicht, aus seinen Erinnerungen gerissen zu werden, und er neigte dann dazu, ihn noch mehr zu drangsalieren, als er es ohnehin schon tat.

Die Stille zwischen ihnen hielt an, bis von draußen ein lautes Platschen erklang. Shaan griff mit seinem Geist hinaus, um die Ursache des Geräuschs zu erkunden, und fand sie sofort.

Ein Zittern lief wie eine Welle über den Körper seines Vaters, holte ihn aus seiner Starre und brachte ihn, zumindest für diesen Moment, in die Gegenwart zurück. Er wandte sich zu ihm um und musterte ihn scharf. Seine Augen glänzten wie nasse Kiesel am Rande eines kalten Gebirgsbaches.

„Warst du das?“, fragte er, und seine Mundwinkel wiesen um einen Deut mehr als gewöhnlich nach unten.

„Nein, Vater", beeilte sich Shaan zu versichern. „Eine Forelle sprang nach einem Insekt, nichts weiter."

Gefflan starrte ihn noch einen Augenblick lang finster an, dann drehte er sich ruckartig um, ging mit steifen Bewegungen zum bereits gedeckten Tisch hinüber und setzte sich.

Shaan folgte ihm und nahm ihm gegenüber Platz. „Das ist ein schöner Morgen, nicht wahr?", sagte er hoffnungsvoll.

Gefflan nickte nur und begann zu essen.

Mit einem Seufzen, das irgendwo tief in seinem Inneren entstand und auch dort gefangen blieb, griff Shaan nach dem Krug mit Wasser und füllte sich einen Becher voll ein. Sein Vater trank heißen Kaffee, dem Shaan nur wenig abgewinnen konnte. Er mochte keine warmen Getränke. Ihm war das Wasser lieber, wenn es kühl und in seinem ursprünglichen, klaren Zustand belassen war.

Sie aßen schweigend und ohne aufzusehen, erst als das Frühstück beendet war, hob Shaan den Kopf und blickte seinen Vater fragend an.

„Marzen Besite wird im Verlauf des Vormittags eintreffen", erklärte Gefflan wie beiläufig. „Er bringt uns neue Vorräte."

Shaan wartete.

„Ich will, dass du mit ihm sprichst."

„Tatsächlich?", entfuhr es Shaan verblüfft. Normalerweise hielt sein Vater ihn von anderen Menschen überaus sorgsam fern – außer er verfolgte eine ganz bestimmte Absicht damit.

„Es ist eine gute Gelegenheit, deine Fähigkeit, Personen zu beeinflussen, zu testen. Du musst dich auch darin üben, wenn du ausreichend auf den Kampf vorbereitet sein willst."

Shaan sah seine Befürchtung bestätigt. „Ist das wirklich nötig?", fragte er vorsichtig.

„Ich muss dir nicht erst sagen, dass du diese Gabe bald dringend brauchen wirst."

„Nein, Vater."

„Gut, dann hör mir genau zu. Ich will, dass du Marzen aus dem Tal lenkst, ihn zum nächsten Abgrund führst und über die Klippe treten lässt."

Entsetzt sprang Shaan auf. „Das kann nicht dein Ernst sein! Ich kann doch keinen Menschen umbringen!"

„Das sollst du auch nicht", erklärte Gefflan ungerührt. „Du kannst Marzen jederzeit mithilfe deiner Luftmagie auffangen."

„Könnte ich nicht etwas anderes mit ihm tun?"

„Nein. Es ist wichtig, dass du lernst, einen Menschen auch dann zu manipulieren, wenn es seinem tiefsten Überlebensinstinkt widerspricht."

„Aber Marzen wird sich zu Tode ängstigen!"

„Das soll er auch, ansonsten würde er sich kaum angemessen gegen deine Beeinflussung wehren."

„Er *kann* sich gar nicht wehren! Niemand kann das."

„Das weißt du nicht. Du bist bisher zwar niemals auf Widerstand gestoßen, aber das wundert mich nicht. Alles, was du bisher mit Marzen versucht hast, waren bloße Spielereien. Es war nichts dabei, was für ihn eine Gefahr bedeutet hätte oder auch nur unangenehm gewesen wäre. Vermutlich hat er nicht einmal bemerkt, dass du ihm deinen Willen aufgezwungen hast. Es ist höchste Zeit, dass du dich ernsthafter darin übst."

Shaan rieb sich fahrig den Hals. „Ich ... ich möchte niemandem ein Leid zufügen."

Gefflans Mundwinkel sanken noch etwas tiefer herab. „Glaubst du, die Shai'yinyal würde Skrupel haben? Glaubst du, sie würde zögern, ihre Fähigkeiten bis zum Äußersten auszureizen?"

„Nein", gab Shaan kleinlaut zu.

„Natürlich nicht! Ihre Macht ist das Maß, das du an deine Anstrengungen anlegen musst. Wenn du nicht *alle* deine Kräfte trainierst, könnte sie am Ende noch über *dich* Kontrolle gewinnen!"

„Ich glaube nicht, dass das möglich ist!"

„Etwas zu glauben genügt nicht, wenn es um deine Aufgabe geht! Du musst dir deiner Fähigkeiten absolut sicher sein, oder willst du, dass die Lanhal getötet wird?"

Shaan schüttelte stumm den Kopf.

„Dann tu, was ich gesagt habe!"

„Gibt es wirklich keinen anderen Weg?"

„Nenn mir einen, auf dem dich der gleiche Widerstand erwartet."

Hilflos zuckte Shaan mit den Schultern. „Das kann ich nicht."

„Dann weißt du, was du zu tun hast."

Shaan sah zu Boden. „Ja, Vater."

Und in seinen geheimsten Gedanken reihte er diesen Tag in die lange Reihe derer ein, die er zu hassen anfing, noch bevor sie richtig begonnen hatten.

* * *

Nachdem sein Vater ihn entlassen hatte, beeilte sich Shaan, ins Freie zu kommen. Ihm lag nichts daran, in der beklemmenden Enge des Hauses und seiner düsteren Stille länger als nötig zu verweilen. In der Hand hielt er ein Buch, einen Geschichtsfolianten, in dem einer der früheren Kämpfe zwischen Gut und Böse beschrieben war. Gefflan hatte ihm aufgetragen, darin zu lesen, oder besser, es auswendig zu lernen, so wie all die anderen Geschichten, die er sich bereits in sein Hirn eingebrannt hatte, denn da

Besuch bevorstand, konnte er sich nicht in seiner Magie üben. Niemand durfte etwas von seinen erstaunlichen Kräften erfahren, denn auch dieser Kampf würde, wie alle vorangegangenen, im Verborgenen ausgetragen werden.

Noch immer barfuß schritt Shaan über die Wiese, spürte das feste, kühle Gras unter seinen Füßen, an dessen Halmen noch die Reste des Morgentaus hingen, und dazwischen die Krumen der schweren, feuchten Erde. Einmal sah er sich um und betrachtete nachdenklich das kleine Backsteingebäude, das nun schon seit so vielen Jahren sein Zuhause war. Es schmiegte sich eng an die Felswand am Ende des Tals, und sein Dach verschwand halb unter einem bedrohlich wirkenden Überhang, der aussah, als wolle er jeden Augenblick abbrechen und das winzige Häuschen gänzlich unter sich begraben. Von dort wucherte wilder Efeu wie grüner Regen auf die dunklen Ziegel herab, bedeckte sie fast vollständig und kroch spinnengleich über die Wände, die irgendwann einmal weiß getüncht gewesen waren. Heute besaßen sie eher die graue Farbe regenschwangerer Wolken und vermochten das Licht der Sonne nicht mehr zu reflektieren.

An sonnigen Tagen wie heute fiel das besonders auf, zumal die Felsen des Hallagat ganz eigener Natur waren. An manchen Stellen waren sie weiß wie Schnee, an anderen schwarz wie die Nacht. Helles und dunkles Gestein in den Basaltbrocken wechselten so oft, dass sie kaum mehr als feinste Adern bildeten, die sich gegenseitig umschlungen hielten, als hätte man das rabenschwarze Haar einer jungen Frau mit den gebleichten Strähnen einer Greisin verflochten. Wo immer die Sonnenstrahlen auf das weiße Quarzgestein trafen, wurden sie so blendend zurückgeworfen, dass Shaan zwinkern musste, und wo sie auf den dunklen Fels fielen, wurden sie verschluckt wie das Licht schwacher Fackeln in tiefer Finsternis.

Als er seinen Vater aus der Tür des Hauses treten sah, wandte er sich hastig wieder um und setzte seinen Weg fort. Er folgte dem Verlauf des kleinen, fröhlich vor sich hin plätschernden Baches, der direkt neben dem Haus entsprang und sich, an die natürlichen Gegebenheiten des Talbodens angepasst, wie der Leib einer großen, trägen Schlange zwischen Bäumen, Sträuchern und Wiesenkräutern dahinwand. Am anderen Ende des Hallagat suchte er sich durch die engen Felsen einen Weg nach draußen und floh schließlich durch die einzige Öffnung, die es in den Talwänden gab.

Jeder, der das Hallagat betreten wollte, musste dem Bach folgen, und auf mehreren Metern blieb einem Besucher sogar nichts anderes übrig, als durch das kühle, klare Wasser zu waten. Ein Wagen oder auch nur ein Pferd hätten niemals Einlass ins Tal gefunden, dazu war die Bresche im Fels zu winzig. Sie gewährte nur Menschen und kleineren Tieren Zutritt.

So weit ging Shaan heute Morgen allerdings nicht. Das Hallagat war wie ein Halbmond geschwungen, und sein Ziel lag am Scheitelpunkt der Wölbung. Dort besaß der Bach einen weiteren Zufluss, der irgendwo weiter oben im Fels entsprang und als kleiner Wasserfall munter die Bergflanke herabsprudelte. Das kühle Nass benetzte die zarten, gelappten Blätter und die rachenförmigen, violetten Blüten des Zaibakrautes, das überall im Hallagat in Felsnischen und Gesteinsspalten wuchs, sammelte sich in einem rundlichen Becken aus weißem Stein, bevor es über dessen Rand quoll, von dort aus quer über die Wiese zum Bach hin eilte und sich schließlich mit ihm vereinigte.

Als Shaan sich der Stelle näherte, sah er zwei kleine Spatzen, die sich von der flachen Seite des Beckens vorsichtig in das Wasser vorwagten. Sie tauchten mit den Köpfen unter und schlugen heftig mit den Flügeln, sodass winzige Tropfen wie Splitter aus Sonnenlicht wild umherflogen. Er blieb stehen und wartete, bis die Vögel ihr genüssliches Bad beendet hatten. Als sie aus dem Wasser herauskamen und ihre Federn zum Trocknen spreizten, verursachte er einen leichten Luftstrom, der sanft in ihr Gefieder fuhr. Die Spatzen piepsten überrascht und erfreut. Gleich darauf tanzten sie munter im warmen Wind auf und ab, bis die Reste der Feuchtigkeit vertrieben waren, zwitscherten fröhlich und flogen davon.

Erst jetzt setzte er sich wieder in Bewegung. Auf einem kniehohen Findling, der neben dem Becken aus dem Boden ragte, ließ er sich nieder, streckte die Beine aus und tauchte die Zehenspitzen in das klare Wasser. Die Sandkörner, die an seinen Füßen hafteten, wurden fortgespült, als er spielerisch mit den Zehen wackelte, anschließend zog er die Beine an und faltete sie im Schneidersitz übereinander. In dieser Haltung konnte er stundenlang verweilen.

Er legte das Buch auf seine Knie und fuhr mit den Fingerspitzen langsam über den dicken, ledernen Einband, unentschlossen, ob er es öffnen sollte oder nicht. Es enthielt eine ausführliche Beschreibung der Geschehnisse des letzten Kampfes, der vor zwanzig Generationen stattgefunden hatte, erzählte, wie der Shai'lanhal dem Ruf der Lanhal gefolgt war, wie er sie getroffen und vor den Angriffen der Shai'yinyal beschützt hatte, bis der Augenblick der finalen Konfrontation, die allein zwischen der Lanhal und dem Yinyal ausgetragen wurde, gekommen war.

Trotz aller Detailgenauigkeit vermisste Shaan jedoch einen Aspekt der Schilderung schmerzlich: Zu gern hätte er gewusst, was der Junge, der vor ihm der Shai'lanhal gewesen war, angesichts der immensen Aufgabe, der er sich hatte stellen müssen, empfunden hatte. Wie hatte er sich innerlich darauf vorbereitet? Hatte er sich bereit gefühlt, der Lanhal zur Seite zu stehen?

Shaan seufzte schwer. Er selbst fühlte sich *nicht* bereit. Sobald er auch nur daran dachte, wie nahe die Zeit des Kampfes bereits gekommen war, pulsierte das Blut schneller durch seine Adern, begann in seinen Ohren zu rauschen, und alles, was er gelernt und geübt hatte, wich von ihm fort wie welke Blätter, die vom Herbststurm erfasst und achtlos davongeweht wurden.

Mit einer heftigen Bewegung schlug er das Buch auf, und wie von selbst fanden seine Augen die Zeilen, in denen das Wirken der vorherigen Shai'yinyal beschrieben wurde. Ihr war nicht die geringste Schwäche anzumerken. Sie war, wie sein Vater es gesagt hatte, absolut skrupellos, hatte Dinge getan, an die er nicht einmal zu *denken* wagte. Er fragte sich ernsthaft, wie er gegen einen solchen Menschen bestehen sollte. Nur in einem hatte Gefflan unrecht: Die Shai'yinyal konnte einem Shai'lanhal nicht ihren Willen aufzwingen. Das war noch nie zuvor geschehen, obwohl es Aufzeichnungen gab, die besagten, dass sie es in früheren Kämpfen versucht hatte. Die Beeinflussung wirkte jedoch nicht bei ihm, so wie auch er sie nicht unter seine Kontrolle zu bringen vermochte.

Selbst Gefflan wäre, sollte die Shai'yinyal je auf ihn treffen, gegen ihren Einfluss gefeit. Alle Berichte bestätigten, dass die beiden Sarns, also sein Vater und der der Shai'yinyal, weder von ihm noch von der Shai'yinyal dazu gezwungen werden konnten, gegen ihren eigenen Willen zu handeln. Vielleicht zeigte sich auf diese Weise in der neunzehnten Generation bereits ein wenig von der Magie, die in der zwanzigsten zu ihrer vollen Entfaltung gelangte.

Aber auch wenn er selbst und Gefflan keine Marionetten der Shai'yinyal werden konnten, war die Beschützerin des Yinyal, der Inkarnation des Bösen, dennoch eine mächtige Gegnerin. Sie konnte die Elemente Erde und Feuer beherrschen, und es würde gewiss nicht einfach werden, diesen Attacken mit Luft und Wasser zu begegnen. Natürlich vermochte Wasser Brände zu löschen, und ohne Luft würde jede Flamme ersticken, aber die Glut der Shai'yinyal war nicht das gleiche wie eine Herdstelle oder ein schlichtes Lagerfeuer. Leider hatte er nichts anderes, woran er sich üben konnte.

Gedankenverloren griff Shaan mit seiner Magie hinaus, erspürte die Feuchtigkeit, die fein verteilt in der Luft hing, und zog sie zu sich heran. Innerhalb von Sekunden triefte seine Kleidung vor Nässe, und ebenso schnell wurde sie wieder trocken, als er den Wind herbeirief. Doch obwohl ihn diese Dinge kaum Mühe kosteten, waren sie, wie sein Vater nicht müde wurde zu betonen, bestenfalls Spielereien, banaler Kinderkram ohne jeglichen Belang. Manchmal fragte er sich, ob überhaupt irgendetwas von dem, was er tat, mehr war als das.

Als hätte er mit seinen tristen Gedanken ein geheimes Stichwort gegeben, erscholl plötzlich ein Horn vom Eingang des Tals her, dessen trauriger Klang als mehrfaches Echo von den Felswänden zurückgeworfen wurde. Bereits beim ersten Ton war er zusammengezuckt, beim zweiten aufgesprungen, und die folgenden begleiteten seine schnellen Schritte, mit denen er dem Talende entgegeneilte. Marzen Besite würde wie immer draußen warten. Er wagte es nie, das Hallagat zu betreten, bevor Gefflan ihn nicht ausdrücklich dazu aufgefordert hatte, deshalb gab er mit dem Horn seine Ankunft bekannt.

Das Herz klopfte Shaan bis zum Hals, als er den schmalen Einschnitt zwischen den Felsen erreichte, ins knietiefe Wasser stieg und gebückt durch die Öffnung schlüpfte, die nach draußen führte. Normalerweise hätte er sich gefreut, Marzen zu sehen, doch heute...

Fröstelnd dachte er an die schaurige Aufgabe, die sein Vater ihm gestellt hatte.

Als er aus dem Schatten des Felsspalts trat, empfingen ihn die grellen Strahlen der Mittagssonne. Sie brannten hier viel stärker als im Hallagat auf die Erde herab, dörrten sie aus und erlaubten nur in der Nähe des Baches üppigen Graswuchs. Der umliegende Boden war verödet und staubtrocken, und darüber flimmerte die heiße Luft wie in einem Backofen.

Marzen Besite litt ebenfalls unter der Hitze. Er hatte seinen großen, breitkrempigen Hut, der ebenso natürlich zu ihm zu gehören schien wie sein lockiger Haarschopf, abgenommen und fächelte sich schwitzend Luft zu, während er sich sorgsam in den kargen Schatten des Wagens drückte, mit dem er gekommen war.

Als er Shaan sah, stoppte seine Bewegung, und er trat beherzt in die gnadenlose Sonne hinaus, wobei er sich rasch wieder seinen gewaltigen Hut auf den Kopf setzte. Marzen war ein kleiner, stets verschmitzt dreinblickender Mann, etwa so alt wie Gefflan, jedoch von völlig anderem Temperament. Gegen seinen Vater wirkte er wie ein verspielter Welpe. Lachfalten umrahmten seine strahlenden, blauen Augen, und er grinste breit, so als hätte er nie etwas anderes getan. Seine Fröhlichkeit verlor sich auch nicht, als er eine schneidige Verbeugung vor Shaan vollführte und ihm dabei humorvoll zuzwinkerte.

„Mein Herr, es ist schön, Euch zu sehen."

Shaan wurde seltsam beklommen zumute. Marzens Begrüßung war das Einzige, das ihn von Zeit zu Zeit daran erinnerte, von welchem Blut er war. Der Diener war bereits seit vielen Jahren ein Mitglied der Familie Geyseré, der Familie, der er selbst angehörte, obwohl er noch niemals einen von ihnen gesehen hatte - bis auf seinen Vater natürlich.

Er unterdrückte ein Seufzen und nuschelte den Gruß ohne große Begeisterung zurück. Dann stieg er steif aus dem Wasser. Seine Füße trockneten auf der warmen Erde schnell.

„Bringst du uns Vorräte?", fragte er, doch sein erwartungsvoller Blick galt weniger dem Wagen als der kleinen Umhängetasche, die Marzen bei sich trug. Manchmal hatte der Diener einen Brief des Herzogs dabei. Sie waren zwar nie an ihn persönlich gerichtet, aber Shaan hätte es schon genügt, wenigstens einen flüchtigen Blick darauf werfen zu können.

Ein Räuspern verhinderte, dass Marzen antwortete. Er schaute an Shaan vorbei und verneigte sich erneut.

„Mein Herr", begrüßte er Gefflan förmlich; das Lächeln verschwand von seinem Gesicht.

Shaan wandte sich ebenfalls um, und trotz der sommerlichen Hitze rann ihm ein Schauder den Rücken hinunter.

„Wir werden den Wagen sofort entladen", befahl Gefflan knapp.

Shaan und Marzen nickten stumm und machten sich sogleich daran, die wetterfeste Plane von den Seitenwänden des Karrens zu lösen.

Die Vorräte von der Ladefläche zu hieven und ins Haus zu schaffen, erwies sich bald als anstrengende Plackerei. Da der Diener nur einmal im Monat zu ihnen kam, waren die Kisten stets bis zum Rand vollgestopft und entsprechend schwer. Shaan und Marzen keuchten, wann immer sie sich unter der unbarmherzig niederbrennenden Sonne erneut eine üppige Last auf die Schultern luden, lediglich Gefflan blieb davon unberührt, als sei sein Leib aus Stein, dem die Hitze nichts anhaben konnte. Ab und an rief Shaan seine Windmagie herbei und fächelte ihnen einen kühlenden Luftstrom zu, doch als er den missbilligenden Blick seines Vaters bemerkte, hörte er damit auf.

Als sie endlich fertig waren, kehrten sie erschöpft zum Fuhrwerk zurück. Marzen lehnte sich ächzend gegen eins der hohen Räder und wischte sich den Schweiß von der Stirn. Auch seine Brust glänzte feucht, obwohl er das Hemd weit aufgeknöpft hatte.

Shaan hat seines längst im Haus zurückgelassen. Unruhig trat er von einem Fuß auf den anderen. Die erhitzten Steine brannten unter seinen blanken Fußsohlen. In seinem Nacken fühlte er nicht weniger heiß den Blick seines Vaters und wusste ihn wohl zu deuten. Trotzdem zögerte er.

Marzen rieb sich noch einmal über die Stirn. „Ich werde jetzt besser aufbrechen", erklärte er dann mit einem Blick auf die beiden Zugpferde. Die Tiere ließen, obwohl Shaan sie zwischendurch ausreichend getränkt hatte, wie welke Blumen die Köpfe hängen und wirkten matt und kraftlos.

„Fahr nicht zu weit", bat er Marzen. „Wenn du eine schattige Stelle findest, halte an und gönne den Pferden eine Pause."

Der Diener nickte. „Das werde ich tun." Er seufzte. „Leider ist der nächste Schatten weit."

Anschließend machte er Anstalten, den Kutschbock zu erklimmen.

„Shaan!"

Shaan zuckte zusammen. Sein Vater hatte die Stimme nicht erhoben, aber ihr scharfer Klang schnitt ihm dennoch wie ein Messer in den Magen. Selbst Marzen erschrak und hielt mitten in der Bewegung inne. Verwirrt ging sein Blick zwischen ihm und Gefflan hin und her.

Shaan schluckte und trat hastig vor. Wie von selbst legte sich seine Hand auf Marzens Arm. Eine Verbindung entstand, zart wie ein Windhauch, der durch seine Seele fuhr.

„Komm mit mir!", befahl er dem Diener.

Marzen gehorchte sofort. Es gab keinen Widerstand in seinen Gedanken.

Shaan schritt schnell aus. Er wusste genau, wo sich der nächste Abhang befand, und strebte direkt darauf zu. Marzen folgte ihm. Er würde ihm überallhin folgen, solange Shaan ihn nicht aus dem Bann entließ.

„Hast du dich je gefragt, wie es ist, von einer Klippe zu stürzen?", fragte er ihn.

Der Diener zögerte. Seine Augen waren klar, denn außer dem Befehl, mit ihm zu kommen, hatte Shaan nichts in ihm verändert. „Nein, Herr." Er überlegte kurz. „Es ist sicher kein schöner Tod."

Unbehagen schwang in seiner Stimme mit. Shaan warf einen flehenden Blick über seine Schulter zurück.

Gefflan war dicht hinter ihm. Sein Gesicht war unbewegt, und er sagte nichts, sondern schritt so energisch aus, dass Shaan unweigerlich mit ihm zusammengeprallt wäre, wäre er nur einen Deut langsamer gegangen.

Traurig sah er wieder nach vorn. Die Kante des Abhangs kam in Sicht. Shaan fröstelte heftig, denn er wusste, wie steil es dort nach unten ging. Es war ein tiefer Fall, und scharfe Felsen verhießen einen grausamen Tod. Ein Dutzend Meter vor der Klippe blieb er abrupt stehen. Marzen hielt ebenfalls inne.

„Lass ihn weitergehen." Gefflans grimmige Stimme erinnerte an das Unheil verkündende Grollen eines heraufziehenden Gewitters.

„Geh weiter", wies Shaan den Diener an und verweilte selbst auf der Stelle.

Noch immer gab es keinen Widerstand. Marzen marschierte in schnurgerader Linie auf den Abgrund zu. Und er sah es natürlich. Sein Kopf drehte sich unruhig hin und her. Es waren nur noch zehn Schritte.

„Ich werde abstürzen!", schrie er plötzlich voller Angst.

Shaan sah, dass er anzuhalten versuchte, aber natürlich konnte er es nicht. Alles in ihm verkrampfte sich. „Bleib stehen!"

Der kleine Mann stoppte sofort, als sei er gegen eine unsichtbare Wand gelaufen. Shaan ignorierte den verächtlichen Laut seines Vaters, eilte zu Marzen und nahm ihn beim Arm. Er spürte, dass der Diener zitterte. Seine Augen waren starr auf den drohenden Abgrund gerichtet, und dicke Schweißperlen glitzerten auf seiner Stirn.

„Ich ... ich möchte dort wirklich nicht hinunterfallen", krächzte er heiser.

Die mitleiderregende Angst des Dieners fuhr Shaan wie die Kralle eines Raubtiers in den Leib. Er zog Marzen hastig von der Kante fort und führte ihn den Weg zurück zum Wagen. Als er an seinem Vater vorbeikam, wich er dessen Blick aus. Er musste ihn nicht erst ansehen, um den Ausdruck auf seinem Gesicht zu erkennen. Er war ihm nur zu gut vertraut.

Marzen hatte es sichtlich eilig, sich zu verabschieden. Seine Verwirrung beschämte Shaan. Schuldbewusst berührte er ihn noch einmal und veranlasste ihn dazu, den Vorfall und - was wohl am wichtigsten war - auch seine Furcht zu vergessen. Gänzlich konnte er ihn leider nicht davon befreien. Irgendwann würde die Erinnerung zurückkehren, und mit ihr das schockierende Wissen, sich beinahe ohne Grund in den Tod gestürzt zu haben.

Shaan sah ihm nicht nach, als er fuhr. Mit gesenktem Kopf blickte er zu Boden, wartete ergeben auf den unausweichlichen Tadel.

Kiesel knirschten hart, als Gefflan neben ihn trat. Sein Vater schwieg, bis das Fuhrwerk außer Sicht war, dann knurrte er gefährlich leise: „Warum?"

Seine Stimme war jetzt schneidend wie Stahl.

Shaan wagte nicht, zu ihm aufzusehen. „Ich ... ich wollte ... ich konnte ..."

Er fand nicht die richtigen Worte und verstummte.

„Du hast nicht getan, was ich dir befohlen habe", stellte Gefflan kalt fest.

Shaan riss sich zusammen. „Das Risiko war zu groß."

„Das hätte dich nicht kümmern dürfen. Du wirst niemals gegen die Shai'yinyal bestehen können, wenn du derart jämmerlich versagst!"

Ein Anflug von Trotz ließ Shaan aufblicken. „Ich habe nicht versagt!"

„So? Ich habe niemanden fallen sehen. Du etwa?"

„Marzen *wäre* gesprungen, wenn ich es ihm befohlen hätte. Genau das sollte ich dir zeigen, und ich habe es getan."

„Dafür gibt es keinen Beweis. Du hast den Test abgebrochen, bevor er aussagekräftig werden konnte."

„Das stimmt nicht. Trotz seiner Angst ist Marzen weitergegangen. Welchen Beweis willst du denn noch haben? Meiner Beeinflussung kann sich *niemand* widersetzen, selbst wenn ich ihm den Selbstmord befehle!" Seine Stimme zitterte vor Abscheu.

Gefflan machte eine wegwerfende Handbewegung.

„Vater, versteh doch, wenn Marzen gesprungen wäre, hätte ich ihn nur mithilfe meiner Luftmagie vor dem Tod retten können, und damit hätte ich sie ihm offenbart. Wolltest du das? Ich dachte, die Magie soll geheim gehalten werden!"

„Du bist doch dazu in der Lage, ihm die Erinnerung daran zu nehmen. Das hast du auch vorhin getan, oder etwa nicht?"

„Natürlich, aber ich kann stets nur eine einzige Person zur gleichen Zeit beeinflussen. Sobald ich mithilfe der Magie einen anderen Menschen unter meinen Willen zwinge, wird der Bann von Marzen weichen, und er wird sich wieder an alles erinnern. So, wie dieser Morgen verlaufen ist, wird er vielleicht denken, er sei aus einer merkwürdigen Laune heraus zum Abhang gegangen, vielleicht, weil ich ihn gefragt habe, wie ein Sprung in die Tiefe sein mag, und er wird sich vermutlich nicht erklären können, warum er einfach nicht anhalten konnte, doch wenn er *gefallen* wäre und ich ihn aufgefangen hätte, hätte er unweigerlich erkannt, dass Magie im Spiel ist. In der Natur gibt es keinen Wind, der einen Menschen vor einem tödlichen Sturz bewahrt, weißt du!"

„Das hätte keine Rolle gespielt. Wenn du den nächsten Menschen beeinflusst, bist du längst nicht mehr hier. Du wirst es dort tun, wo die Lanhal ist, und niemand weiß, wo das sein mag." Gefflan warf ihm einen eisigen Blick zu, der ihm durch Mark und Bein fuhr. „Mach mir nichts vor, Shaan. Du warst zu schwach. Das ist alles, was es zu deinem Versagen zu sagen gibt."

Bekümmert ließ Shaan die Schultern hängen. Er versuchte nicht mehr, den harschen Vorwürfen zu widersprechen, denn sein Vater hatte recht.

Gefflan wandte sich abrupt von ihm ab. Durch den Spalt im Fels kehrte er ins Hallagat zurück. Shaan folgte ihm schweigend.

* * *

Ein Schwarm bunter Schmetterlinge tanzte verspielt über der Wiese, als Shaan und sein Vater zu ihrem Haus zurückkehrten. Gefflan stampfte direkt auf sie zu, schien sie überhaupt nicht wahrzunehmen. Seine Augen waren starr geradeaus gerichtet, und seine Miene zeigte dieselbe schroffe Unnahbarkeit wie die Felsen der Berge ringsum. Shaan ging einige Schritte hinter ihm und hob hastig den gesamten Schwarm an, bevor sein Vater ihn erreichte. Er schwebte über ihre Köpfe hinweg und stob schließlich in alle Richtungen auseinander.

Gedankenverloren verfolgte Shaan eines der Paare, das sich weit in den Himmel aufschwang, mit seinen Blicken. Es hatte die obere Kante der Felsen beinahe erreicht, als es sich eines Besseren besann und in die angenehme Kühle des Tals zurückglitt. Außerhalb des Hallagat hätten die Schmetterlinge auch nur wenig Nahrung oder Schatten gefunden. Das Tal war eine kleine Oase inmitten einer trostlosen Basaltwüste.

Gefflan verschwand wortlos im Inneren des Hauses. Shaan zögerte einen Augenblick, dann schlug er den Weg zu dem Wasserfall ein, wo er am Morgen gesessen hatte, nahm das Buch auf, das noch immer auf dem Findling lag, und hastete zurück zur Hütte. Sein Vater kam ihm bereits wieder entgegen. In der Hand hielt er zwei Stöcke, jeder von ihnen eine doppelte Armspanne lang. Shaan stöhnte innerlich auf, beeilte sich, das Buch in die große Truhe, in der Gefflan alle Aufzeichnungen über die Kämpfe verwahrte, zurückzulegen und folgte seinem Vater nach draußen.

Der wartete bereits ungeduldig auf ihn und warf ihm einen der beiden Langstöcke zu, kaum dass er aus der Tür getreten war. Shaan sah sofort, dass er ihn nicht mehr rechtzeitig würde auffangen können, erzeugte rasch einen kleinen Luftwirbel und bremste den Flug der Stange ab, während er sie gleichzeitig zu sich heranzog. Seine Finger schlossen sich um das glatte Holz, und ein Lächeln huschte über sein Gesicht.

Sein Vater schüttelte tadelnd den Kopf. „Du verlässt dich viel zu sehr auf deine Magie, Shaan. Wenn du etwas schneller reagiert hättest, hättest du ihre Hilfe nicht gebraucht."

Shaan nickte ergeben. Er wusste selbst, dass er nicht der Schnellste war.

Gefflan bezog ihm gegenüber Aufstellung. „Wir werden einen kleinen Trainingskampf ausfechten. Vielleicht stellen sich deine Instinkte dadurch wieder ein."

Sein Tonfall und der Ausdruck in seinen Augen ließen Shaan einen Schauder über den Rücken laufen. Hastig ging er in Verteidigungsstellung.

Er war beinahe zu langsam. Die Stäbe prallten hart aufeinander. Ein kurzer, abgehackter Laut erklang und wurde von den Felswänden als vielfältiges Echo zurückgeworfen. Sein Vater drang energisch auf ihn ein. Seine Schläge waren schnell und präzise. Shaan bemühte sich, sie so gut wie möglich abzuwehren. Einen eigenen Angriff versuchte er erst gar nicht. Gefflan war ihm im Stockkampf weit überlegen. Er war kräftiger, geschickter und vermochte jede Schwäche sofort zu erkennen.

Shaan keuchte vor Anstrengung, als sein Vater ihn mit gezielten Hieben quer durch das Tal trieb. „Du bist viel zu passiv", rief er ihm zwischen zwei Schlägen zu. „Mit Verteidigung allein kannst du keinen Kampf gewinnen!"

„Das weiß ich", presste Shaan hervor, verzweifelt bemüht, seinen Block aufrechtzuerhalten.

Wieder krachten die Hölzer mit einem dumpfen Laut gegeneinander. Gefflans Angriff wurde abgeschmettert, doch selbst daraus zog er neuen Schwung und ließ seinen Stock wie eine Sense herabsausen.

Shaan sah ihn kommen und riss seine Waffe hastig in eine andere Paradestellung. Es gelang ihm mit knapper Not, den Hieb abzufangen.

Kalter Schweiß trat ihm auf die Stirn. Früher oder später würde sein Vater seine Deckung durchbrechen, das wusste er aus leidvoller Erfahrung. Er konnte ihm nie lange Widerstand leisten. Früher hatte er es besser vermocht, doch im letzten halben Jahr war er ziemlich stark gewachsen. Damit hatte sich alles verändert. Bewegungen, die ihm bis dahin einigermaßen gelungen waren, brachte er einfach nicht mehr zustande, und sein gesamter Kampfstil war ungelenk geworden. Verglichen mit seinem Vater hatte er allerdings nie anders als ein blutiger Anfänger gewirkt.

„Du bist immer noch zu langsam", kommentierte Gefflan abfällig und trieb ihn bis an die Felswand zurück.

Unvermittelt spürte Shaan den kühlen, rauen Stein in seinem Rücken. Er duckte sich, gerade noch rechtzeitig. Gefflans Stab dröhnte heftig gegen den Fels. Splitter aus weißem und schwarzem Basalt regneten auf Shaan herab. Einige drangen ihm in die Augen, und sein Blick verschwamm.

„Vater, warte!", rief er und löste die linke Hand von seinem Stock, um sich die Augen zu reiben.

Gefflan knurrte verächtlich. „In einem echten Kampf gibt es auch keine Pause. Lass dir etwas einfallen!"

Erschrocken tänzelte Shaan zur Seite, war jedoch nicht schnell genug. Der Stab seines Vaters zuckte vor wie der Kopf einer Viper und traf ihn wuchtig am rechten Handgelenk. Mit einem Aufschrei ließ er seinen eigenen Stock fallen. Tränen schossen ihm in die Augen und spülten die Splitter fort - zu spät. An seine Waffe kam er nicht mehr heran. Gefflan hatte den Fuß darauf gesetzt und hielt sie am Boden fest.

„Keine Magie, hörst du, Shaan? Du wirst dich wie ein normaler Mensch zur Wehr setzen!"

Shaan wich vor ihm zurück. Die getroffene Hand presste er in dem vergeblichen Versuch, die pochenden Schmerzen in seinem Gelenk zu lindern, vor seinen Bauch. Der Stab seines Vaters fuhr summend durch die Luft. Er hatte auf seine Beine gezielt. Shaan sprang hoch, entging dem Schlag und warf sich nach vorn. Es war eine pure Verzweiflungstat, und er rechnete nicht mit einem Erfolg, doch er bekam tatsächlich den Stock seines Vaters zu fassen.

„Schon etwas besser", knurrte Gefflan. „Mal sehen, ob du daraus einen Vorteil gewinnen kannst."

Noch während er sprach, riss er wild an dem Stab. Shaan hielt eisern fest, aber seine rechte Hand war noch immer taub vor Schmerz und verweigerte ihm den Dienst. Die Waffe entglitt seinem Griff, und nur einen Moment später stieß Gefflan ihm das Holz grob vor die Brust. Shaan röchelte und wankte rückwärts. Sein Vater holte erneut aus, bevor er noch sein Gleichgewicht hatte wiederfinden können. Er stolperte endgültig und fiel hart auf den Rücken. Und noch immer setzte Gefflan ihm nach.

„Vater, bitte hör auf!“ Verzweifelt rollte er sich zur Seite, als der Stock erneut auf ihn zuraste. Er bohrte sich wie eine Messerklinge neben seinem Kopf ins Gras.

„Du willst schon aufgeben?“

„Du hast doch längst gewonnen!“

Gefflan starrte grimmig auf ihn herab. „In einem echten Kampf wäre das dein Tod.“

Noch während er sprach, holte er weit aus.

Shaan riss entsetzt die Augen auf. Panik sprang ihn an, ließ ihn instinktiv handeln. In Sekundenschnelle entfaltete sich eine blaue, schimmernde Blase um ihn herum, hob ihn vom Boden hoch und schloss ihn ein. Als der Stock auf ihre Oberfläche traf, wurde er blitzartig zurückgeschleudert. Der Ruck war so stark, dass das Holz aus den Händen seines Vaters gerissen wurde, in hohem Bogen quer durch das Tal flog und an der gegenüberliegenden Seite gegen die Felsen prallte, wo es krachend in zwei Teile zerbarst.

Gefflan sah ihm nach, und für einen Moment legte sich ein Ausdruck vollkommener Verblüffung auf seine sonst so kontrollierten Züge. Als er sich wieder zu Shaan umdrehte, war seine Miene jedoch so steinern und beherrscht wie eh und je, und seine Lippen waren so fest zusammengepresst wie Schraubzwingen.

Shaan wandte den Kopf von seinem Vater ab, wagte nicht, ihn länger anzusehen, obwohl seine Schöpfung durchsichtig war und lediglich ein zarter blauer Schleier seinen Blick getrübt hätte. Er schwebte im Inneren der schützenden Kugel aus Wasser und Wind, hatte die Beine eng an den Körper gezogen und die Arme fest um den Leib geschlungen. Ein wirbelnder Luftstrom hielt ihn genau in ihrer Mitte, während um ihn herum entfesselte Elemente tobten. Sein Atem ging schwer, und sein Puls raste. Sein rechtes Handgelenk war dick angeschwollen und pochte schmerzhaft im Rhythmus seines Herzschlags. Beinahe unbewusst schuf er einen neuen Zauber, verband die Elemente auf andere Weise, und ein Eismantel legte sich um sein malträtiertes Gelenk.

„Shaan, hör sofort mit diesem Unsinn auf!“, hörte er die ungnädige Stimme seines Vaters. Sie wurde durch das leise Rauschen, das die Kugel erfüllte, gedämpft, war aber noch immer gut zu verstehen.

Shaan schüttelte furchtsam den Kopf und kauerte sich noch stärker zusammen.

Gefflan trat dicht an die Blase heran. „Komm auf der Stelle da heraus!“, forderte er ungeduldig und hob eine Hand. Es schien, als wolle er der Kugel einen Schlag versetzen, doch kaum hatte er sie berührt, wurde auch seine Hand, wie der Stock kurz zuvor, heftig weggestoßen. Gefflan taumelte einige Schritte zurück, und die Falten um seine Mundwinkel vertieften sich.

Shaan zitterte, und Tränen liefen über seine Wangen. Er fand nicht die Kraft, sie abzuwischen, obwohl er wusste, dass es seinem Vater nicht gefallen würde, ihn weinen zu sehen. Durch den bläulichen Schemen aus rasender Luft und wirbelndem Wasser starrten sie sich an.

„Deine Reaktion zeigt, dass du begriffen hast, wie wichtig es ist, niemals nachzulassen", erklärte sein Vater nach einer Weile steif. „Du darfst keinen Kampf verloren geben. Nicht nur dein Leben hängt davon ab, sondern auch das unzähliger anderer Menschen."

Shaan schniefte unterdrückt. Der Hals war ihm zu eng, um antworten zu können.

„Was ist das für ein Zauber?", fragte Gefflan schließlich und wies auf die Kugel.

Shaan schwieg.

Die Augen seines Vaters verengten sich. „Ich werde nicht noch einmal fragen."

„Es ist ... es ist ein Schutzzauber."

„Das habe ich gemerkt. Wie erzeugst du ihn?"

Shaan beruhigte sich allmählich wieder. „Ich verbinde beide Elemente zu einer neuen Form. Jeder Angriff wird von ihr abgewiesen. Solange man sich im Inneren der Kugel aufhält, ist man völlig sicher."

Gefflans Gesicht blieb unbewegt. „Du hast mir das bislang noch nie gezeigt. Wie lange übst du bereits daran?"

Shaan zögerte. „Sechs Jahre."

Sein Vater zog missbilligend die Augenbrauen zusammen. „So lange?"

„Ich ... ich wollte, dass es perfekt ist."

„Das wird es niemals sein."

„Aber nichts kann die Kugel durchdringen, das hast du selbst erlebt."

Gefflan schnaubte unwillig. „Selbst wenn dein Zauber auch gegen das Feuer der Shai'yinyal bestehen könnte, wäre er kaum von Nutzen. Wen oder was willst du damit schützen? Die Lanhal?"

Er wartete seine Antwort nicht ab. „Du hast wieder einmal nicht weit genug gedacht. Wie lautet die wichtigste Regel?"

„Ich darf meine Magie niemals so einsetzen, dass die Lanhal sie als Magie und mich als ihre Quelle erkennen kann."

Ein spöttischer Ausdruck kräuselte Gefflans Lippen. „Dein Schutzzauber macht einen ziemlich magischen Eindruck, findest du nicht?"

„Aber ich könnte die Lanhal damit retten."

„Und den Kampf verlieren."

„Wenn die Lanhal stirbt, ist er ebenfalls verloren."

„Du wirst es nie lernen, Shaan! Du verlässt dich immer nur auf deine Magie, aber wenn du der Lanhal sinnvoll zur Seite stehen willst, musst du dir Möglichkeiten ausdenken, sie auch ohne Einsatz deiner Zauberkraft zu schützen - oder es wenigstens so versteckt zu tun, dass sie nichts davon bemerkt. Diese Kugel kannst du auf gar keinen Fall benutzen. Sie ist viel zu auffällig. Und nicht nur das. Als du in Bedrängnis geraten bist, hast du sie aktiviert, ohne nachzudenken. Wenn die Lanhal neben dir gestanden hätte, wäre der Kampf in diesem Augenblick für euch vorüber gewesen und zwanzig Generationen hätten unter der Knute des Bösen leiden müssen!"

Betreten senkte Shaan den Kopf. „Ich weiß."

„Dann hör endlich auf, mit diesen Kindereien deine Zeit zu verschwenden! Der Kampf rückt immer näher. Wie willst du ausreichend darauf vorbereitet sein, wenn du dich nicht auf das konzentrierst, was wichtig ist?"

„Ich werde ohnehin versagen", flüsterte Shaan deprimiert. Das Rauschen der Elemente verschluckte seine Worte.

„Ich warte auf deine Antwort!"

„Ich werde mich anstrengen", sagte Shaan etwas lauter, jedoch ohne innere Überzeugung.

Gefflan schaute ihn noch einen Moment lang skeptisch an, dann winkte er ihm. „Komm mit! Ich habe eine Aufgabe für dich, bei der du deinen Willen unter Beweis stellen kannst."

Mit einem unguten Gefühl im Bauch gab Shaan seinen Zauber auf und eilte seinem Vater nach.

* * *

Als sie das Hallagat verließen, stand die Sonne hoch über ihnen im Zenit. Außerhalb des Tals gab es jetzt überhaupt keine Schatten mehr. Die Luft war heiß und trocken, der Boden ausgedörrt und spröde und die Steine so glühend, dass Shaan kaum seine Füße darauf setzen konnte. Er beeilte sich, die Schuhe überzustreifen, die er stets beim Ausgang des Hallagats in einer Nische für den Fall bereithielt, dass sein Vater mit ihm einen unerwarteten Ausflug in die Umgebung machte.

Im Tal selbst trug er sie nie, doch außerhalb davon war es nicht ratsam, ohne sie zu laufen. Auf den scharfkantigen Felsen konnte sich auch ein geschickter Läufer alsbald blutige Fußsohlen holen, das wusste er aus schmerzlicher Erfahrung. Früher hatte er seine Schuhe manchmal vergessen, und sein Vater neigte nicht dazu, ihm die Gelegenheit zu geben, Versäumtes nachzuholen.

Gefflan sagte kein einziges Wort und drehte sich auch nicht zu ihm um, während sie unwegsame Geröllhalden überquerten, enge Schluchten passierten und sich steile Abhänge hinaufquälten. Die zirpenden Laute von Grashüpfern begleiteten sie auf ihrem einsamen Marsch. Die winzigen Tierchen verbargen sich in den gelblichen, halb verwelkten

Grasbüscheln, die vereinzelt zwischen den Felsen wuchsen, vor der Mittagshitze; ihr monotoner Gesang schien die Luft noch heißer zu machen, als sie ohnehin schon war.

Alle anderen Tiere blieben stumm und ließen sich schon gar nicht blicken. Nicht einmal Mücken oder die sonst allgegenwärtigen Bremsen belästigten sie, und die Vögel trauten sich sowieso nur in den kühleren Morgen- und Abendstunden aus dem Hallagat.

Inständig wünschte Shaan, er könnte es ihnen gleichtun. Das Eis, das sein Handgelenk umschloss, schmolz unter dem gleißenden Himmelslicht zusehends dahin. Als es gänzlich verschwunden war, kehrte der Schmerz zurück, dumpf und pochend, und auch die Schwellung war nur unwesentlich zurückgegangen. Vermutlich war die Hand verstaucht, und ganz sicher würde es Tage dauern, bis er sie wieder normal gebrauchen konnte.

Vorsichtig legte er die andere Hand auf das verletzte Gelenk und presste den Arm dicht an seinen Körper, um unbedachte Bewegungen oder Erschütterungen zu vermeiden. Er dankte dem Schicksal dafür, dass sein Vater vorausging. Gefflan sollte nicht sehen, dass er auf seiner Unterlippe herumkaute, angestrengt darum bemüht, die Tränen, die der Schmerz ihm in die Augen zu treiben drohte, zu unterdrücken. Längst schmeckte er Blut auf seiner Zunge, doch er hörte nicht auf damit. Einen neuen Eiszauber erzeugte er nicht mehr, obwohl er ihm sicherlich Linderung verschafft hätte, aber Shaan ahnte, dass er seine gesamte Kraft sehr bald brauchen würde. Wenn sein Vater davon sprach, dass er seinen Willen unter Beweis stellen sollte, stand ihm stets eine Zerreißprobe bevor.

Gefflan führte ihn weit vom Tal fort und hielt erst inne, als sie vor einem gewaltigen Felsblock standen, der so breit war, dass man gewiss sieben Männer benötigt hätte, um ihn zu umspannen. Der Stein besaß einen rötlichen Farbton und eine glatte Oberfläche, auf der Quarzkristalle wie Wassertropfen in der Sonne glitzerten. Regen, Wind und Sandkörner hatten ihn poliert und ihm eine rundliche Form gegeben, sodass er wie ein riesiges Ei anmutete, das zur Hälfte in der Erde versunken war. Es musste sehr, sehr lange gedauert haben, bis er diese Form angenommen hatte, denn er bestand aus Granit, der härter und wetterfester war als alle anderen Mineralien in der näheren Umgebung.

Shaan biss sich noch stärker auf die Unterlippe. Ihm schwante Übles, als sein Vater steif an den Granitblock herantrat, die Hand darauf legte und ihn finster anstarrte.

„Du wirst deine heutige Magieübung darauf konzentrieren, dem Erdelement zu begegnen. Die Shai'yinyal wird diesen Zauber ganz gewiss gegen dich und die Lanhal zum Einsatz bringen, und du musst darauf vorbereitet sein. Auf welche Weise könnte sie ihre Magie nutzen?"

Shaan überlegte hastig. Der grimmige Blick seines Vaters verunsicherte ihn und schien seine Gedanken in zähen Brei zu verwandeln. „Sie könnte Beben erzeugen und Erdspalten aufreißen."

Gefflan machte lediglich eine kurze Handbewegung, bedeutete ihm damit weiterzusprechen.

„Und sie könnte Dünen aufwerfen, oder Menschen im Boden versinken lassen."

„Mehr fällt dir nicht ein?"

Hilflos zuckte Shaan mit den Schultern.

Gefflan klopfte mit einer Hand auf den Granit. „Das Erdelement unterliegt vollkommen ihrer Kontrolle, so wie dir Wasser und Wind gehorchen. Sie kann damit tun, was ihr beliebt. Was du gesagt hast, ist zwar richtig, umfasst aber nur einen kleinen Teil ihrer Möglichkeiten. Sie könnte dich oder die Lanhal zum Beispiel auch in massivem Gestein einzuschließen versuchen. Wie würdest du dich dagegen zur Wehr setzen?"

„Massives Gestein", murmelte Shaan und dachte fieberhaft nach. Wind und Wasser konnten harte Felsen verformen, so wie der Granitblock abgerundet worden war, aber das dauerte viel zu lange, und wenn er seine Kräfte nicht völlig unterschätzte, vermochte er den Vorgang nicht so stark zu beschleunigen, dass er ihm in einem Kampf von Nutzen gewesen wäre.

„Vielleicht könnte ich das Wasser der Luft zu Hilfe nehmen und den Boden unter dem Fels aufweichen", schlug er zögernd vor. „Dann würde das Gestein einsinken, bevor es uns umschließen kann."

„Das wäre nur möglich, wenn eine ausreichend tiefe Sandschicht den Boden bildet, aber das ist nicht überall der Fall. Sieht dich nur um! Hier umgibt uns reiner Fels. Wie willst du den aufweichen?"

Es war eine rhetorische Frage.

„Es geht nicht", gab Shaan kleinlaut zu.

„Dann überlege weiter!"

Er tat es, leider ohne Erfolg. Er hatte sich zwar bereits mit dem Gedanken beschäftigt, wie er gegen das Erdelement antreten konnte, doch seine Überlegungen hatten sich viel mehr darum gedreht, wie er Dünen mithilfe eines Sturms fortblasen und sandige Böden in Schlamm verwandeln konnte, damit er über das Wasser auch Macht über die Form der Erde erhielt, oder wie er seine Magie einsetzte, um einen Fall in eine Erdspalte zu verhindern. Festes Gestein war etwas ganz anderes. Es vermochte einen Menschen innerhalb weniger Sekunden zu zermalmen und war absolut tödlich - zweifellos eine effektive Waffe in den Händen der Shai'yinyal.

„Nun?"

Shaan schwitzte, und daran war nicht mehr allein die Mittagshitze schuld. Sein Vater wusste sicher längst, welches Vorgehen in einem solchen Fall am geeignetsten wäre. Obwohl er über keine Magie verfügte, schien sie ihm oft viel vertrauter zu sein als Shaan. Gefflan wusste stets, wie man sie anwenden konnte, um eine bestimmte Wirkung zu erzielen, während er selbst seine meisten Ideen aus den Büchern und Aufzeichnungen seiner Vorgänger bezogen hatte. Ideenreichtum war nicht gerade eine Stärke von ihm.

Gefflan musterte ihn aus zusammengekniffenen Augen. „Erwarte nicht, dass ich dir bei der Lösung helfe. Du weißt, dass du schon sehr bald allein zurechtkommen musst. Und lass dir nicht zu viel Zeit! Während du noch grübelst, könnte die Shai'yinyal die Lanhal längst getötet haben!"

Seine Worte senkten sich wie ein zentnerschweres Gewicht auf Shaan herab und machten es ihm nicht gerade leichter, seine Gedanken auf das Problem zu richten. Der Schmerz in seiner rechten Hand lenkte ihn zusätzlich ab. Schließlich rief er doch seine Magie herbei und schuf erneut eine Eismanschette um das Gelenk. Als er fühlte, wie sich der kühlende Mantel auf seiner Haut ausbreitete, kam ihm plötzlich eine Idee.

„Eis!", rief er impulsiv.

In Gefflans Gesicht zogen sich die Augenbrauen ein Stück dichter zusammen.

Shaan beeilte sich, seinen Einfall zu erklären. „Ich könnte Wasser in die Risse des Steins pressen und es mithilfe der Windmagie gefrieren lassen. Eis nimmt mehr Raum ein als Wasser. Es wird die Risse erweitern und den Felsen sprengen."

„Und wie lange dauert das?", fragte sein Vater zweifelnd.

„Ich weiß nicht genau. Ich habe so etwas noch nie ausprobiert."

„Dann tue es jetzt! Sprenge diesen Fels!" Gefflan klopfte noch einmal mit der Hand auf den Granitblock.

Shaan schluckte nervös. „Ich werde es versuchen."

„Du darfst dich nicht damit begnügen, den Stein lediglich in zwei Teile zu spalten. Das wäre zu einfach. Trage ihn gänzlich ab. Keines der Stücke, die von ihm übrig bleiben, sollte größer als eine Hand sein. Zerstreue den Felsen in alle Winde!"

„Aber ich weiß nicht, ob er so viele Risse besitzt", begehrte Shaan halbherzig auf.

Gefflan winkte ungeduldig ab. „Wenn du erst begonnen hast, wird er neue bekommen. Fang an!"

Shaan atmete tief durch und schickte seinen Geist suchend aus. Er musste Wasser finden, mit dem er seinen Plan in die Tat umsetzen konnte, denn aus dem Nichts heraus konnte er es nicht erschaffen, und die Luft war einfach zu trocken, um in dieser Hinsicht besonders ergiebig zu sein.

Leider war das auch bei der kargen Umgebung der Fall. Dennoch blieb ihm keine Wahl. Er zog das wenige Wasser, das er aufspürte, zusammen, verdichtete es und ließ es auf der Spitze des Granitblocks kondensieren. Ein Teil davon verdampfte sofort wieder, weil der Stein von der Sonne so stark erhitzt war. Shaan holte es zurück, hielt es noch fester zusammen und schickte es auf die Suche nach einem Riss. Schließlich entdeckte er einen, und das Wasser sickerte hinein, als werde es von einem Schwamm aufgesogen. Sogleich sandte er die Luftmagie hinterher. Aus dem Inneren des Felsbrockens ertönte ein leises Knirschen, als das erste Eis entstand, aber noch war es viel zu wenig.

Dicht vor dem Block ließ sich Shaan auf die Knie nieder und schloss die Augen. Er brauchte mehr Wasser. Nach einem Augenblick der Besinnung bündelte er seine Magie zu einer unsichtbaren Hand und setzte sie in Bewegung. Schlangengleich folgte sie dem Pfad, den er und sein Vater auf dem Hinweg genommen hatten. Das war keine leichte Aufgabe, da er den Weg präzise in seiner Vorstellung erscheinen lassen musste, doch schließlich fand er den Bach am Ausgang des Hallagats und holte von dort weiteres Wasser herbei. Es lag an der Grenze seiner Fähigkeiten, es über eine so weite Strecke zu transportieren, aber er ließ nicht locker. Er durfte nicht schon wieder versagen.

Tropfen für Tropfen presste er in den Fels, fand selbst feinste Spalten und erweiterte sie geduldig. Splitternd sprangen die ersten kleinen Stücke vom Granit ab, keines größer als ein Finger. Winzige Quarzkristalle rieselten jetzt unaufhörlich zu Boden und verursachten Geräusche, die an das Fallen von Regen erinnerten. Im Inneren des Steines knirschte es vernehmlich. Plötzlich, als Shaan schon fast nicht mehr damit gerechnet hatte, zerplatzte der Felsbrocken donnernd in drei große Teile, die wie die Blütenblätter einer sich gerade entfaltenden Tulpe auseinanderwichen. Staub stob auf, als sie auf den Boden krachten.

Shaan fuhr mit seiner Windmagie hinein und blies ihn fort, dann hob er die Lider und starrte schwer atmend auf sein Zerstörungswerk. Schweißtropfen rannen ihm von der Stirn in die Augen und brachten sie zum Brennen, aber er hatte keine Zeit, sie fortzuzwinkern. Seine Aufgabe nahm seine gesamte Aufmerksamkeit in Anspruch.

Ein Teil des Felsens zerbarst unter dem Einsatz seiner Magie schnell, bald darauf nahm die Geschwindigkeit des Zerfalls jedoch rapide ab. Die Erzeugung von Eis war keine einfache Angelegenheit, und es war außerordentlich anstrengend, die Magie so lange ununterbrochen aufrechtzuerhalten. Er spürte bereits, wie ihm seine Konzentration zu entgleiten drohte, dabei hatte er noch nicht einmal die Hälfte des Steins zertrümmert. Er ballte die Fäuste, grub die Fingernägel in seine Handflächen und biss die Zähne aufeinander. Es half – für eine Weile. Irgendwann hielt er keuchend inne; sein Körper schmerzte und fühlte sich so heiß an wie der Staub unter seinen Füßen, und in seinen Ohren rauschte es.

Wie von Ferne hörte er Gefflans schneidende Stimme. „Streng dich an! Deine Aufgabe ist noch nicht erledigt!"

Shaan antwortete nicht, sondern zwang sich, sein Zerstörungswerk schneller voranzutreiben.

„Denke immer daran, dass du bald gegen die Shai'yinyal antreten musst. Sie wird sich dir mit all ihrer Macht entgegenstemmen!"

Shaan stöhnte. Die Sonne brannte ihm unbarmherzig auf Kopf und Nacken, schien sein Gehirn zu braten. Ein dumpfer Druck sammelte sich hinter seiner Stirn, heiß und pochend, und nagte an seiner Konzentration.

„Du wirst immer langsamer, Shaan. Reiß dich zusammen! Du darfst nicht lockerlassen!"

„Ich ... ich kann nicht mehr", keuchte er erstickt.

Gefflan zischte unwillig. „Die Shai'yinyal wird keine Rücksicht auf deine Erschöpfung nehmen. Sie wird deine Schwäche nutzen, um dich und die Lanhal zu töten!"

Shaan kämpfte weiter. Tränen mischten sich mit dem Schweiß, der in Strömen über sein Gesicht lief.

„Denke immer daran, wer du bist. Du bist der Shai'lanhal! Du bist geboren, um zu dienen!"

Staub flog durch die Luft. Shaan schaffte es nicht mehr, ihn mithilfe der Windmagie fortzublasen.

„Du allein hast die Macht, die Lanhal zu schützen und die Welt vor dem Yinyal und seiner Shai zu bewahren."

Das unentwegte Rieseln der Gesteinssplitter verwob sich mit Gefflans Worten zu einem hypnotischen, beschwörenden Rhythmus.

„Du darfst nicht aufgeben! Wenn du versagst, wird das Böse siegen. Das Schicksal von zwanzig Generationen liegt in deiner Hand!"

Shaan schrie vor Anstrengung. Warmes Blut lief an der Innenseite seiner Handflächen herab, wo er die Fingernägel tief in seine Haut gegraben hatte. Er presste die Augenlider zusammen, konzentrierte sich mit beinahe übermenschlicher Kraft. In seinem Kopf dröhnte es, und der Boden schwankte bedrohlich unter seinen Füßen. Gefflans Worte hämmerten wie Schläge auf ihn ein, doch er verstand sie nicht mehr. Das Blut rauschte zu laut in seinen Adern. Sein Atem ging hektisch, und sein Puls raste wie nach einem zweistündigen Stockkampftraining. Die Erschöpfung zerrte wie mit tausend gierigen Händen an ihm, und ihm war so heiß, als trachte ein Feuer der Shai'yinyal danach, ihn zu verschlingen. Verzweifelt lehnte er sich gegen seine Schwäche auf und klammerte sich in Gedanken an die Vorstellung dessen, was er erreichen wollte. Er durfte nicht innehalten, bis er seine Aufgabe erfüllt hatte.

Irgendwann rüttelte ihn sein Vater heftig an der Schulter.

„Hör auf!“

Shaan stöhnte gequält, entließ die Elemente aus seiner Gewalt - und verlor augenblicklich das Bewusstsein.

* * *

Als er wieder erwachte, war er völlig verwirrt. Er konnte sich nicht daran erinnern, eingeschlafen zu sein, und es kam ihm auch nicht so vor, als wäre die Zeit zum Schlafengehen bereits gekommen. Trotzdem saß ihm die Müdigkeit bleiern in den Gliedern. Nur mit Mühe zwang er seine Augenlider auseinander, und als er sie endlich geöffnet hatte, starrte er verständnislos an die Decke seines Zimmers.

Seine Desorientierung verstärkte sich. Er wusste nicht, wie er hierhergekommen war.

Ein harter, stechender Schmerz pochte in seinem Schädel und machte es ihm beinahe unmöglich, einen klaren Gedanken zu fassen, und doch war gerade er es, der die Erinnerung schließlich zurückbrachte. Shaan hatte ihn oft genug erlebt, um ihn deuten zu können. Kopfschmerzen dieser Art erwarteten ihn jedes Mal, wenn er es mit seiner Magie übertrieben hatte - so wie heute.

Er stöhnte leise, schloss die Augen wieder und rieb sich die Schläfe.

Es half kaum. Er spürte lediglich, wie heiß sein Gesicht war. Auch der Atem, der seine Lungen verließ, war fiebrig und heiß wie der Hauch eines Drachen, und er fror erbärmlich - nicht, weil es so kalt im Zimmer gewesen wäre, sondern weil seine Haut am ganzen Körper glühte wie ein Ofen. Auch das war eine Folge des übermäßigen Magieeinsatzes.

Shaan zwang sich, die Lider wieder zu heben. Der Widerschein des Sonnenlichts, das, von den weißen Felswänden reflektiert, durch sein Fenster fiel, hatte mittlerweile einen goldenen Farbton angenommen. Schon bald würde er ins Rötliche umschlagen und die Sonne hinter dem Horizont versinken.

Sein Herz setzte einen Schlag aus, als er begriff, dass er den gesamten Nachmittag verschlafen haben musste. Hastig richtete er sich im Bett auf und wurde sofort für seine unbedachte Handlung bestraft. Der Boden begann so heftig unter ihm zu schwanken, als hätte ihn die Shai'yinyal persönlich in Wallung versetzt. Er krallte sich mit beiden Händen an der Bettkante fest und atmete tief durch, bis der Schwindelanfall vorüber war. Danach bewegte er sich vorsichtiger.

Als er schließlich stand, verharrte er für einen Moment dicht vor dem Bett auf der Stelle. Seine Beine fühlten sich bemitleidenswert schwach an und zitterten, als hätte er eben erst einen fünfstündigen Dauerlauf hinter sich gebracht. Shaan wünschte, es wäre so. Jedes körperliche Fitnesstraining, das sein Vater sich je für ihn ausgedacht hatte, war ihm bei Weitem lieber als eines, das die Magie betraf. Seitenstechen und Muskelkater waren im Vergleich zu seinem jetzigen Zustand wie Mückenstiche, bedeutungslose Ärgernisse, an die man keinen weiteren Gedanken verschwendete. Dies hier war übler.

Durch die geschlossene Tür hörte er leise Geräusche. Sein Vater ging den Flur entlang und öffnete die Tür zur Speisekammer, die leicht in ihren Angeln quietschte. Offenbar hatte er damit begonnen, die Vorräte und anderen Gegenstände, die Marzen am Morgen geliefert hatte, aus den Kisten auszupacken, zu sichten und zu sortieren.

Shaan wandte sich ab und schlurfte langsam zum Fenster hinüber. Draußen plätscherte verheißungsvoll der klare Quellbach und machte ihn auf den quälenden Durst aufmerksam, der seine Kehle marterte. Doch anders als am Morgen versuchte er diesmal nicht, mithilfe seiner Magie das Wasser zu sich zu holen, denn das hätte seinen Kopfschmerz nur verschlimmert, sondern kletterte kurzerhand aus dem Fenster. Eine angenehm frische Brise, die vom nahen Abend kündete, strich durch das Tal, bewegte die Grashalme, die Blätter der Büsche und Bäume und ließ ihr raunendes Lied erklingen. Der Luftzug war allerdings bei Weitem nicht ausreichend, um seinen überhitzten Körper zu kühlen, deshalb folgte er dem Verlauf des Hallagats, bis er an die Stelle gelangte, an der der Bach am breitesten war. Dort zog er seine Schuhe aus, kniete nieder und tauchte die Hände ins Wasser. Seine Handflächen prickelten, als das getrocknete Blut weich wurde, und er rieb es gänzlich fort. Danach formte er aus seinen Händen eine Schale, füllte sie, trank einen kleinen Schluck und tauchte dann sein Gesicht hinein. Diesen Vorgang wiederholte er, einem stummen Ritual gleich, vier, fünf Mal, anschließend stieg er mit den Füßen voran in den Bach und streckte sich der Länge nach aus. Das Wasser war gerade tief genug, dass es ihn vollständig überspülen konnte. Er ließ sich hineinsinken, hielt nur das Gesicht über der Oberfläche und seufzte erleichtert.

Langsam nahm seine erhitzte Haut wieder eine normale Temperatur an, und im gleichen Maß verschwand auch der dumpfe Druck hinter seiner Stirn. Als er schließlich aus dem Wasser stieg, war sein Gesicht nicht mehr heiß, sein Kopf wieder klar, und die Schwäche in seinen Beinen hatte sich verringert. Neben dem Bach ließ er sich auf einem Stein nieder und sah gedankenversunken in den Himmel hinauf. Das Firmament hatte mittlerweile einen tiefblauen Farbton angenommen, und hoch oben, fast schon zwischen den Wolken, kreisten in Paaren oder allein die Vögel, die sich tagsüber in ihren schattigen Nischen im Hallagat verbargen. Ihre Rufe waren bis hier unten zu hören. Shaan seufzte schwer.

Eine Weile sah er den Vögeln noch zu, dann blickte er nachdenklich zu Boden, nahm einen Kiesel auf, der vor seinen Füßen lag, und drehte ihn zwischen den Fingern seiner linken Hand hin und her. Besorgt fragte er sich, ob er die Aufgabe seines Vaters wohl erfüllt haben mochte. Er erinnerte sich nur noch vage daran, dass Gefflan ihn an der Schulter gerüttelt hatte, aber ob er es getan hatte, weil der Fels vollständig zerbröselt war, oder weil er geglaubt hatte, dass er es nicht mehr schaffen würde, wusste Shaan nicht. Sein Mund wurde plötzlich staubtrocken, seine Schultern sanken nach unten, und er stützte schwer die Ellenbogen auf die Knie. Mit hängendem Kopf saß er regungslos da.

Einen Moment später gab er sich einen Ruck und stand abrupt auf. Es half ihm nicht, Trübsal zu blasen. Wenn er wissen wollte, ob er versagt hatte oder nicht, musste er sein Werk begutachten – und er sollte sich besser damit beeilen. Die ersten Federwolken nahmen bereits eine rötliche Färbung an. Er musste wieder zurück sein, bevor es dunkel wurde.

Hastig klaubte er seine Schuhe vom Boden auf und verließ das Hallagat, und in einer Zeit, für die ihn nicht einmal sein Vater getadelt hätte, erreichte er die Stelle, an der sich noch heute Morgen der riesige Granitblock massiv wie ein Berg in den Himmel gereckt hatte.

Shaan vergaß vor Aufregung beinahe zu atmen. Wo vormals der Fels gewesen war, war nun eine kleine Mulde entstanden. Sie sah aus wie eine flache Schale oder ein Teller, und ihre Oberfläche war spiegelglatt poliert und reflektierte das Licht der untergehenden Sonne.

Ungläubig stieß er Luft aus, eilte auf die Mulde zu und strich staunend mit den Fingern über ihre Kante. Er hatte es tatsächlich geschafft! Mithilfe seiner Wasser- und Windmagie hatte er den massigen Felsbrocken im wahrsten Sinne des Wortes dem Erdboden gleichgemacht und lediglich winzige Krümelchen übrig gelassen.

Zitternd vor Freude und Erleichterung richtete er sich wieder auf und machte sich auf den Rückweg.

Als er das Hallagat erreichte, war die Abenddämmerung bereits weit vorangeschritten. Durch das Fenster zur Küche fiel das Licht des Herdfeuers nach draußen, und in seinem trüben Schein konnte er die einsame Gestalt seines Vaters als dunklen Schattenriss erkennen. Shaan verzichtete darauf, durch sein Schlafzimmerfenster zurück ins Haus zu klettern, sondern hielt direkt auf die Tür zu. Gefflan hatte vermutlich ohnehin bereits gemerkt, dass er unterwegs gewesen war.

Sein Vater saß auf einem der Stühle am Tisch und hatte vor sich eines der Bücher liegen. Es war aufgeschlagen, doch er schien nicht darin zu lesen. Sein Blick war, wie so oft, in die Ferne gerichtet. Als Shaan eintrat, hob er den Kopf und schaute ihn stumm an.

Shaan erwiderte seinen Blick tapfer, und wieder einmal fiel ihm auf, wie sehr er im vergangenen halben Jahr gewachsen war. Früher hatte ihm sein Vater auch im Sitzen geradewegs in die Augen sehen können, wenn er vor ihm stand, doch heute musste er zu ihm aufblicken.

Verstohlen blinzelte er an sich selbst herab. Seine Hose hing ihm in den Kniekehlen, als sei sie zu oft zu heiß gewaschen worden. Er hatte sie schon lange nicht mehr umkrempeln müssen, wenn er in den Bach stieg, und auch seine Hemden, die er im Sommer allerdings nicht sehr häufig trug, waren in den Ärmeln längst zu kurz geworden und zwickten unter seinen Achselhöhlen.

Gefflan musterte ihn von oben bis unten, runzelte die Stirn und stand mit einem Ruck auf. „Unter den Sachen, die Marzen mitgebracht hat, sind auch einige neue Kleidungsstücke für dich. So wie es aussieht, kannst du sie gut gebrauchen."

„Ich hoffe, sie haben die richtige Größe", sagte Shaan wenig hoffnungsvoll.

„Das werden sie. Mein Vater weiß sehr genau, wie alt du bist. Er wird die Schneider entsprechend instruiert haben."

Shaan schluckte, und sein Magen fühlte sich plötzlich hart und verkrampft an. Er selbst wusste ebenfalls nur zu gut, wie alt er war. Sein sechzehnter Geburtstag war nahe - *viel* zu nahe. Der Ruf der Lanhal konnte nun jeden Tag einsetzen. Mit klopfendem Herzen fragte er sich, wie er ihn spüren würde, ob es ein Raunen in seinen Ohren, ein Kribbeln auf seiner Haut oder einfach ein Gefühl in seinem tiefsten Inneren sein würde. So oder so, der Ruf würde ihn in jedem Fall erreichen, ganz gleich, wo die Lanhal auch sein mochte, daran hegte er nicht den geringsten Zweifel.

Sein Vater riss ihn rüde aus seinen Gedanken. „Du warst beim Felsen?"

„Ja. Ich wollte sehen, ob ich es geschafft habe."

„Das hast du."

Shaan lächelte zaghaft.

Gefflans Blick blieb kühl. „Das nächste Mal solltest du allerdings auf deinen eigenen Beinen zurücklaufen."

„Das werde ich", versprach Shaan hastig.

Gefflan wandte sich von ihm ab. „Wir werden sehen."

2. Der Ruf der Lanhal

Am nächsten Morgen wurde Shaan vom Raunen des Windes und nicht, wie sonst, vom fröhlichen Zwitschern der Vögel geweckt. Es war noch früh; die Sonne war noch nicht aufgegangen, aber die Dämmerung schritt bereits deutlich voran und tauchte die Welt in ein geheimnisvolles Zwielicht, in dem die Schatten lebendig zu werden schienen und die Natur noch einmal Atem holte, bevor der Tag endgültig anbrach und die Nacht für kurze Zeit hinter den Horizont verbannte.

Shaan drehte sich im Bett herum, bis er auf dem Rücken lag, und blickte durch das Fenster in den tiefblauen Himmel hinauf, an dem hier und da noch einer der hellen Sterne blitzte. Mit einem tiefen Atemzug sog er die klare, kühle Luft des Morgens ein, richtete sich auf und ließ prüfend die Muskeln seines Körpers spielen. Es ging ihm erstaunlich gut. Die Nachwirkungen des exzessiven Magieeinsatzes waren abgeklungen, und Muskelkater hatte er ebenfalls keinen mehr.

Genüsslich reckte und streckte er sich und genoss das ungewohnt positive Körpergefühl. Der einzige Wermutstropfen war sein verstauchtes Handgelenk. Es war über Nacht noch dicker angeschwollen und pochte dumpf und schmerzhaft vor sich hin. Am Übergang zwischen Handrücken und Gelenk hatte sich ein großer, dunkler Bluterguss gebildet, der ihn anklagend anzustarren schien. Vorsichtig bewegte er die Finger der rechten Hand, ließ es aber sofort wieder bleiben, als greller Schmerz bis zu seinem Ellbogen hinaufzuckte. Er stöhnte auf und stellte hastig einen Eisverband her, der die lodernde Flamme in seinem Gelenk zumindest kurzzeitig durch ein herrliches Gefühl der Taubheit ersetzte.

Anschließend griff er erneut auf seine Magie zurück und kondensierte die Luftfeuchtigkeit in der Waschschale, die wie immer auf dem Tisch neben seinem Bett stand. Sie füllte sich binnen Sekunden. Als er sich über die Schüssel beugte und sich sein jugendliches Gesicht auf der glatten Oberfläche des Wassers spiegelte, wurde ihm mit qualvoller Eindringlichkeit klar, dass er schon bald nicht mehr derart selbstverständlich mit seinen Fähigkeiten hantieren durfte. Sobald der Ruf der Lanhal ihn erreichte, würde seine Magie allein für den Kampf bestimmt sein. Jede andere Nutzung wäre eine Spielerei, die wertvolle Kraft verschwendete, die eigentlich dem Schutz der Lanhal zukommen sollte.

Schuldbewusst senkte er den Kopf. Leider neigte er dazu, seine Magie an Kleinigkeiten zu vergeuden. Das sollte er besser eher früher als später ändern, denn sein sechzehnter Geburtstag rückte immer näher und damit auch die Zeit des Kampfes. Ihm wurde übel, sobald er nur daran dachte.

Nachdem er sich gewaschen und angekleidet hatte, trat er an die Kommode, in der seine Kleidung verstaut war, zog eine Schublade auf und nahm ein kleines Tuch heraus. Er faltete es zu einem schmalen Streifen zusammen und wickelte es um seine rechte Hand. Es war nicht gerade einfach, sich selbst zu verbinden, aber er behalf sich, indem er ein Ende des Tuchs mit den Zähnen festhielt, während er es mit dem anderen zu einem Knoten verschlang. Der Verband geriet nicht so fest, wie er es sich gewünscht hätte, aber er musste genügen.

Eine Weile starrte er mit leerem Blick auf seine notdürftig verarztete Hand, und ein dumpfer Druck sammelte sich in seiner Körpermitte. Als er es bemerkte, sah er hastig fort, doch der Druck blieb. Er wich auch nicht, als er schließlich sein Zimmer verließ und mit schleppenden Schritten in die Küche ging. Wortkarg begrüßte er seinen Vater, half ihm, das Frühstück herzurichten und setzte sich, ohne auch nur ein einziges Mal den Kopf zu heben.

Nach einigen Minuten bedrückenden Schweigens stieß Gefflan ein zischendes Geräusch aus und fragte ungehalten: „Was ist los?"

Shaan schluckte nervös. Es war sicher nicht gut, seinen Vater wissen zu lassen, woran er gedacht hatte. Andererseits würde er nicht mehr viele Gelegenheiten dafür bekommen. Der heutige Morgen konnte durchaus die letzte sein.

„Könntest du mir etwas über meinen Großvater erzählen?", fragte er zögernd.

Gefflans Mundwinkel bogen sich sofort nach unten. „Da gibt es nichts, was ich dir nicht schon erzählt hätte. Du weißt, was du wissen musst."

Shaan zuckte zusammen. Gewiss, er kannte den Namen des Herzogs, den seiner Frau und die seiner anderen Kinder, die, wenn er es sich recht bedachte, seine Tanten und Onkel waren. Er hatte auch irgendwann einmal erfahren, dass seine zwei Tanten verheiratet und ihren Männern in deren Besitzungen gefolgt waren und dass seine drei Onkel ebenfalls Familien gegründet hatten, aber das war auch schon alles. Er hatte keinen von ihnen bislang kennengelernt, wusste nicht, wie sie aussahen, nicht, was für Menschen sie waren, geschweige denn, wie das Leben eines Herzogs wohl sein mochte. Oft hatte er versucht, sich vorzustellen, wie es war, auf einer Burg zu leben - ohne Erfolg.

„Ich würde sie gern einmal kennenlernen", entfuhr es ihm.

Gefflans Augen verengten sich zu schmalen Schlitzen. „Wen?"

Shaan fühlte, wie der Druck in seinem Bauch unvermittelt anzuwachsen begann. „Meine ... meine Großeltern."

„Nein."

Eigentlich hatte er nichts anderes erwarten dürfen. Er hatte die gleiche Bitte schon früher geäußert, und stets war sie von seinem Vater mit derselben schroffen Endgültigkeit abgeschmettert worden. Heute jedoch nahm er seinen gesamten Mut zusammen. „Warum nicht?"

Gefflan hatte sich bereits wieder von ihm abgewandt und die Angelegenheit offensichtlich als erledigt betrachtet. Sein Kopf fuhr ruckartig hoch.

„Du kennst deine Pflichten, Shaan! Du hast nicht mehr viel Zeit, und deshalb werde ich keine Ablenkung, welcher Art auch immer, dulden. Deine Aufgabe ist zu wichtig."

„Was könnte ich jetzt schon noch lernen? Bald ist mein sechzehnter Geburtstag!"

Gefflans Gesicht verhärtete sich. „Du hast bei Marzen versagt, im Stockkampf hast du gegen mich verloren, und auch der Einsatz deiner Magie lässt noch zu wünschen übrig! Es gibt noch mehr als genug für dich zu tun!"

„Aber ich habe den Felsen zerstört, so wie du es von mir verlangt hast! Die Splitter waren sogar kleiner, als du es wolltest!"

„Das mag ja sein, aber du hast viel zu lange benötigt, bis dir eine geeignete Vorgehensweise eingefallen ist. Außerdem brauche ich dich sicher nicht daran zu erinnern, dass du kaum genug Durchhaltevermögen bewiesen hast, um deine Aufgabe zu beenden!"

„Aber ich *habe* sie beendet! Das allein zählt doch, oder etwa nicht?"

Gefflan machte eine wegwerfende Handbewegung. „Nein, tut es nicht. Doch das ist ohnehin irrelevant. Der Ruf der Lanhal wird bald erfolgen, wie du selbst gesagt hast. Du musst dich dafür bereithalten, und das kannst du nicht, wenn du das Hallagat verlässt."

Shaan fühlte dumpfe Verzweiflung in sich aufsteigen. „Aber was ist, wenn ich den Kampf verliere? Soll ich denn sterben, ohne je meine Familie kennengelernt zu haben?"

„Die Familie ist für dich ohne Bedeutung. Du bist der Shai'lanhal. Du bist allein zu dem Zweck geboren worden, der Lanhal zu dienen. Die Bindung an deine Großeltern oder an deine Tanten und Onkel, an deine Cousinen und Cousins würde dich nur behindern."

„Aber ...

„Nichts aber! Glaubst du, ich habe dich zu meinem Vergnügen in diese Einöde gebracht? Glaubst du, ich habe mich *freiwillig* aus meiner Heimat und von allem, was mir vertraut war, zurückgezogen? Als du geboren wurdest, hat mein Vater mich eindringlich darauf hingewiesen, dass es meine Pflicht sei, dich nach allen Kräften auf deine Aufgabe vorzubereiten. Das habe ich getan, und ich werde es in der noch verbleibenden Zeit auch weiterhin tun, aber denke nicht, dass dies das Leben ist, was ich für mich selbst gewählt hätte. Das Schicksal hat es so bestimmt, nicht ich!" Gefflans Worte klangen scharf vor Bitterkeit und Zorn. Shaan wich seinem Blick aus, senkte den Kopf und schwieg. Was hätte er jetzt auch noch sagen können?

Sein Vater wandte sich wieder seinem Frühstück zu, und seine angespannte Körperhaltung machte deutlich, dass er die Diskussion nicht mehr weiterzuführen gedachte. Shaan selbst bekam keinen Bissen mehr herunter.

„Nach dem Frühstück werden wir das Stocktraining fortsetzen", erklärte Gefflan nach einer Weile übergangslos.

Erschrocken starrte Shaan ihn an. „Aber meine Hand ..."

Gefflan warf einen abfälligen Blick auf den provisorischen Verband. „Was soll damit sein?"

Shaan wurde ganz flau im Magen. Der pochende Schmerz in seinem Gelenk wurde plötzlich stärker und schien sich über seine Angst lustig zu machen. Er wusste wirklich nicht, ob er seinen Stock würde festhalten können, wenn sein Vater mit seiner Waffe heftig dagegenschlug. Und doch schwieg er. Es blieb ihm nichts anderes übrig, als sich zu fügen. Wann hätte er auch je eine Wahl gehabt?

Gefflan schob seinen Teller beiseite, stand auf und sah von oben auf ihn herab. „Nach dem Mittagessen wirst du noch einmal mit deiner Magie gegen das Erdelement antreten. Ich habe mir eine weitere Möglichkeit ausgedacht, deine ..."

Seine Stimme verstummte plötzlich, als hätte sich von einem Moment zum anderen eine unendlich tiefe Kluft zwischen ihnen aufgetan. Kein einziges Geräusch der Umgebung drang mehr an Shaans Ohren. Seine Augen standen weit offen, doch er nahm nichts wahr, lauschte allein dem hellen, glockenklaren Lied, das mit einem Mal seine Seele erfüllte. Eine Melodie, zarter und lieblicher als alles, was er je zuvor vernommen hatte, hallte rein und licht in ihm wider und machte ihm das Herz schwer und weit zugleich.

„Shaan, du hörst mir nicht zu!" Gefflans Stimme war kalt wie Eis.

„Es ist der Ruf", flüsterte Shaan ergriffen, stand abrupt auf und eilte zum Fenster. Dort richtete sich sein Blick in die Ferne, in der er die Lanhal wusste. Es war kein innerer Zwang, der ihm die Richtung wies, eher eine sanfte Resonanz, die ihn wie ein warmer Sommerwind umschmeichelte und ihm zuraunte, wohin er gehen musste.

„Du weißt, wo sich die Lanhal aufhält?", fragte sein Vater, ohne sich vom Tisch zu erheben.

Shaan sah sich nicht zu ihm um. „Ja. Ich kann es fühlen. Sie ruft mich. Sie wartet auf mich!"

Während er sprach, begann sein Herz wild gegen seine Rippen zu hämmern. „Wir werden einundzwanzig Tage benötigen, um zu ihr zu gelangen", sagte er leise, ohne den geringsten Zweifel. Er wagte nicht, lauter zu sprechen. Auf keinen Fall wollte er das suchende, tastende Flüstern in seinem Inneren übertönen.

„Wenn wir noch heute aufbrechen, werden wir genau an deinem sechzehnten Geburtstag bei ihr eintreffen - genau rechtzeitig zum Kampf", bemerkte Gefflan kühl. „*Deshalb* durftest du das Hallagat nicht verlassen!"

Shaan senkte ergeben den Kopf. Sein Vater hatte recht gehabt - wie immer.

* * *

Der Ruf der Lanhal ersparte Shaan eine weitere Demütigung im Stockkampftraining, die mit seiner verstauchten Hand so unausweichlich gewesen wäre, wie der Winter dem Sommer folgte. Stattdessen kehrte er nach dem Frühstück in sein Zimmer zurück und begann zu packen. In einem großen Rucksack verstaute er jene Kleidung, die Marzen Besite erst gestern mitgebracht hatte. Dazu legte er noch eine seiner alten Hosen und mehrere zerschlissene Hemden, die zwar an den Ärmeln und in den Beinen zu kurz, für die Reise jedoch allemal gut genug waren.

Ein zweites Paar Schuhe und einen warmen Umhang für den Fall, dass es regnete, ließ er ebenfalls im Rucksack verschwinden; mehr brauchte er nicht, und mehr besaß er auch nicht. Die Bücher, aus denen er die Regeln des bevorstehenden Kampfes gelernt hatte, konnte er nicht mitnehmen, da sie viel zu schwer und unhandlich waren, aber das spielte keine Rolle. Die meisten Geschichten hatte er ohnehin im Kopf und hätte sie, wenn nötig, Wort für Wort und Zeile für Zeile wiedergeben können.

Als er fertig gepackt hatte, hob er die Tasche vom Tisch, stellte sie auf den Boden und sah sich ein letztes Mal in seinem Zimmer um. Der Hals wurde ihm eng, sein Herz schwer. Wie in Trance ging er zum geöffneten Fenster hinüber und begann, die Fensterläden, die links und rechts vom Rahmen an der Hauswand befestigt waren, auszuhaken und zu schließen.

Sein Magen krampfte sich zusammen, und seine Hände fingen an zu zittern. Je mehr sich die Läden einander näherten, desto dunkler wurde es im Raum. Als sie sich schließlich berührten, wurden die Schatten nur noch von einem schmalen Streifen Sonnenlicht durchbrochen, der durch den feinen Spalt im Holz von draußen hereinfiel. Er huschte über den glatten Lehmboden, zauberte eine helle Spur quer über den Rucksack und lief zur Tür hinaus auf den Flur.

Shaan verriegelte die Läden von innen, schloss die Scheibe des Fensters, nahm die Tasche auf und folgte dem Licht. Die Tür zog er sorgfältig hinter sich zu.

Sein Vater kam ihm auf dem Gang entgegen. Auch er hielt eine große Tasche in der Hand und winkte ihm stumm. Gemeinsam suchten sie die Vorratskammer auf und packten Proviant ein. Zum Glück mussten sie sich nicht für die gesamte Reise eindecken, sondern lediglich dafür sorgen, dass sie genug zu essen hatten, bis sie in eine dichter besiedelte Gegend kamen, als es die Berge rund um das Hallagat waren. Dort konnten sie neue Verpflegung kaufen.

An Geld mangelte es ihnen nicht. Der Herzog ließ ihnen über Marzen stets genug zukommen, und vermutlich war er dieses Mal besonders großzügig gewesen. Auch er musste wissen, dass der Kampf kurz bevorstand.

Bevor sie die Kammer verließen, nahm Gefflan zwei große Feldflaschen aus einem der Regale, danach zog er die Tür zu und verriegelte sie. Shaan schloss indessen auch die Läden des einzigen Fensters im Flur.

Anschließend gingen sie in die Küche. Jede Spur des eben erst zu Ende gegangenen Frühstücks war verschwunden. Das Geschirr war in den Schränken verstaut, die Stühle waren an den Tisch gerückt, und nirgends lag noch ein Buch herum. Es schien, als sei der Raum niemals benutzt worden, als fordere er die Stille und Einsamkeit zurück, die sie mit ihrer Anwesenheit im Hallagat über so viele Jahre hinweg gebrochen hatten.

Ohne ein einziges Wort miteinander zu wechseln, schlossen Shaan und sein Vater die Vorbereitungen für die Reise ab. Zuletzt legten sie zwei warme Decken über ihre Rucksäcke, banden sie darauf fest und schulterten die schweren Taschen. Gefflan nahm einen der Kampfstöcke zur Hand. Anscheinend wollte er ihn als Wanderstab benutzen.

Shaan ging voraus, als sie das Haus verließen. Der dumpfe Laut, der aufklang, als sein Vater die Tür hinter ihnen schloss, fuhr ihm durch Mark und Bein. Beklommen sah er sich um und warf einen letzten Blick auf sein Heim, das mit den verschlossenen Fensterläden und der verriegelten Tür so abweisend wirkte wie die schroffen Felsen der Berge, die auf allen Seiten um sie herum in die Höhe ragten.

Ein lähmendes Gefühl des Verlustes senkte sich auf Shaan herab und ließ ihn mit den Tränen kämpfen, während sie quer über die Wiese dem Talausgang entgegenstrebten. Traurig drehte er seinen Kopf hierhin und dorthin, versuchte jeden Baum und jeden Strauch, jede Blume und jeden Stein mit seinen Blicken zu erfassen, sie in seiner Erinnerung zu bewahren. Schmetterlinge tanzten im leichten Wind, und auch einige Vögel kreisten anmutig über dem Hallagat und ließen ihre klagenden Rufe ertönen, die wie ein letzter Abschiedsgruß zu ihm herunterwehten.

Über dem Bach schwebte eine glitzernde Libelle, schwirrte blitzartig hin und her, flüchtig wie eine Luftspiegelung. Schließlich ließ sie sich neben dem kleinen Wasserfall auf dem Stein nieder, auf dem er selbst so oft gesessen hatte.

Bekümmert richtete er seine Augen zu Boden und nahm sie nicht mehr fort, bis sie den Ausgang des Hallagats erreicht hatten. Gefflan passierte die Engstelle zuerst, Shaan folgte ihm, sorgsam darauf bedacht, mit dem unförmigen Rucksack nicht an den Felsen anzuecken und ihn vielleicht zu beschädigen. Als auch er hindurch war, warteten sie, bis ihre Füße auf den warmen Steinen getrocknet waren, dann zogen sie ihre Strümpfe und festen Schuhe an, die sie bislang in den Händen getragen hatten.

Anschließend füllte Gefflan die beiden Flaschen. Eine reichte er Shaan, die andere hängte er sich selbst um. „Du musst vorgehen", wies er ihn an.

Shaan nickte stumm. Schweigend setzten sie sich in Bewegung. Sein Vater hielt sich mehrere Schritte hinter ihm. Shaan sah sich nicht zu ihm um, und wenn er nicht Gefflans gleichmäßigen Atem gehört hätte und das rhythmische Pochen seines Stabes auf dem steinigen Boden, hätte er glauben können, völlig allein zu sein.

Der Weg, der vor ihnen lag, war beschwerlich. Die Sonne brannte heiß vom Himmel herunter, heizte die Felsen auf und brachte die Luft zum Flimmern. Staub stob unter seinen Füßen auf, schwebte in die Höhe und ließ sich auf seiner Kleidung und auf seiner Haut wieder nieder, drang ihm in die Nase, reizte ihn zum Niesen und dörrte seine Kehle aus. Schon nach kurzer Zeit hätte er am liebsten innegehalten und etwas getrunken, wartete jedoch, bis sein Vater das erste Mal zu seiner Feldflasche griff.

Gegen Mittag wurde es am schlimmsten. Sie überquerten eine lang gestreckte Geröllhalde, auf der es keinen einzigen Schatten gab, nichts, was sie vor der glühenden Sonne hätte schützen können. Natürlich hätte er einen Windzauber beschwören und ihnen damit Linderung verschaffen können, aber er tat es nicht. Erst am Morgen hatte er sich vorgenommen, den Gebrauch seiner Magie einzuschränken, und er wollte nicht sogleich wieder von diesem Entschluss abweichen. Der Ruf der Lanhal hallte noch immer machtvoll in ihm wider, begleitete jeden seiner Schritte und gemahnte ihn eindringlich daran, dass die Zeit, in der er seine Kräfte für Spielereien und Nichtigkeiten vergeudet hatte, endgültig vorbei war.

3. In der Fremde

Am fünften Tag ihrer Reise ließen Shaan und sein Vater die kargen, unwirtlichen Bereiche des Gebirges hinter sich, und ein anfangs noch lichter, später zunehmend dichter werdender Nadelwald nahm sie auf. Die ausladenden Wipfel der Bäume streckten sich weit in den Himmel hinauf und bildeten ein Dach, das die gnadenlos niederbrennenden Sonnenstrahlen abschirmte und ihnen auf diese Weise endlich ein wenig Schatten spendete, für den Shaan allen Göttern des Kosmos aus tiefstem Herzen dankte. Nur hier und da fiel noch eine lange Spur hellen Lichts durch die niemals endende Dämmerung des Waldes, und wo sie auf den Boden traf, wuchsen Gräser und Kräuter, als seien sie durch eine magische Berührung aus einem dunklen, traumlosen Schlaf erweckt worden.

Diese Orte des blühenden und summenden Lebens waren allerdings selten, ansonsten war die Erde kahl, lediglich von einer dicken Schicht alter, abgestorbener Nadeln bedeckt, die weich jeden Schritt dämpfte. Nach dem langen Marsch über hartes Gestein und Geröll war Shaan auch darüber außerordentlich erleichtert, da sich seine Fußsohlen mittlerweile anfühlten, als seien sie von einem grobschlächtigen Schmied ausgiebig mit einem Hammer bearbeitet worden, und seine Muskeln würden wahrscheinlich noch tagelang gegen die Tortur protestieren, die er ihnen aufgezwungen hatte.

Die Melodien der Vögel begleiteten sie auf ihrem einsamen Weg. Aus den Baumkronen schollen die fröhlichen Rufe der in den Zweigen verborgenen Sänger zu ihnen herab, hallten an den gewaltigen Stämmen wie an den Wänden einer riesigen Kathedrale wider und fanden über Meilen hinweg ihr vielfältiges Echo, sodass es schien, als habe sich ein tirilierender Klangteppich über den gesamten Wald ausgebreitet.

Einmal hockte ein Eichhörnchen auf der Kuppe eines kleinen Erdhügels und nagte eifrig an den langen Zapfen, die aus den Wipfeln herabgefallen waren. Als es sie kommen sah, sprang es auf, flitzte den nächstgelegenen Baumstamm hinauf und keckerte erbost über die unerwartete Störung, sobald es die Sicherheit eines hoch gelegenen Astes erreicht hatte.

Am Mittag des achten Tages lichtete sich der Wald vor ihnen. Ein Sturm vergangener Tage hatte einige Bäume umgeworfen, und ihre halb zerfallenen und von Moos und Flechten überwucherten Stämme lagen, mit der Krone voran, hangabwärts zwischen den Tannen, die verschont geblieben waren. Die auf diese Weise entstandene Bresche gestattete einen atemberaubenden Blick über das weite Land, das sich in alle Richtungen vor ihnen erstreckte.

Gefflan bedeutete Shaan mit einer stummen Geste, dass sie hier Rast machen würden. Shaan ließ sich seufzend auf einem der entwurzelten

Baumstämme nieder und schaute sich neugierig um, während er sein karges Mahl verzehrte, schließlich bekam er zum ersten Mal etwas anderes außer den Bergen rund um das Hallagat zu sehen.

Nicht weit voraus verloren sich die Ausläufer des Gebirges als kleine Hügel in der Ebene. Wälder, Wiesen und Felder leuchteten in tiefen, satten Farben von dort zu ihnen herauf, und am Horizont öffnete sich eine riesige, funkelnde Fläche, die in der Sonne wie poliertes Silber schimmerte. Shaan schnappte überrascht nach Luft.

„Was ist das?“, fragte er staunend und wies in die Ferne.

„Das ist Gol - das Meer“, antwortete Gefflan, folgte seinem Blick und zog die Stirn in Falten. „Liegt dort unser Ziel?“

Shaan nickte mit klopfendem Herzen.

„Das ist gut. Wenn die Lanhal am Meer wohnt, wirst du stets genügend Wasser für deine Magie zur Verfügung haben.“

Verblüfft riss Shaan die Augen auf. „Das ist alles *Wasser*?“

„Ja. Ein Meer ist wie ein See, nur größer.“

„Sehr viel größer“, flüsterte Shaan ergriffen und mochte gar nicht den Blick vom noch weit entfernten Gol nehmen. Kurz vergaß er sogar den Kampf, der ihm bevorstand, und verspürte nichts anderes als die drängende Sehnsucht, am Strand zu stehen, die Gischt der Wellen auf seiner Haut zu fühlen, die Seeluft zu riechen und den salzigen Geschmack auf der Zunge zu schmecken.

Als Gefflan ihn erneut ansprach, zerplatzte die Illusion wie ein Eidotter auf der Bratpfanne. „Gehen wir. Wir haben keine Zeit zu vergeuden.“

Gleich darauf marschierten sie weiter. Der Weg, der vor ihnen lag, führte von nun an langsam, aber stetig nach unten, wand sich wie eine Schlange um den Berghang, den natürlichen Gegebenheiten der Felsen folgend.

Der Abstieg kostete sie den gesamten Nachmittag, und als der Pfad schließlich den Wald hinter sich ließ und sich in der Ebene verlor, war die Sonne bereits tief gesunken und berührte beinahe den Horizont. Ihre rötlichen Strahlen tauchten die wogenden Kornfelder, die bis dicht an den Wald heranreichten, in goldene Glut. Noch waren die Halme grün und die Ähren schmal. Bis sie reif waren, mussten noch einige Wochen ins Land gehen.

Neugierig sah sich Shaan um. Zwischen den Feldern lagen auch Wiesen, auf denen Kühe, Schafe und Ziegen geweidet wurden. Hirtenjungen gaben allein oder zusammen mit ihren Hunden auf die Herden acht und sorgten mit wachsamen Augen dafür, dass keines der Tiere in die Felder eindrang oder gar ganz entwischte.

Weiter voraus zeichnete sich die Silhouette eines Dorfes vorm Horizont ab. Es war das erste, das sie auf ihrer Reise zu Gesicht bekamen, und es war größer als alle anderen, die er je gesehen hatte. Rund um das Hallagat gab es nur wenige Ansiedlungen. Die meisten von ihnen waren einige Tagesreisen vom Tal entfernt, und sie waren sehr klein, meist nicht mehr als eine Handvoll niedriger Hütten, die sich zwischen die Felsen duckten. Das karge Land hätte wohl auch nicht mehr Familien ernähren können.

Das Dorf vor ihnen war anders. Es besaß einen hohen Palisadenzaun, der es gänzlich umschloss und einen trutzigen und abweisenden Eindruck erweckte. Dahinter erhoben sich die Dächer von gut fünf Dutzend Häusern.

Rauch stieg aus mehreren Schornsteinen auf, und der Duft von Essen wurde von der abendlichen Brise bis über die Grenzen des Dorfes hinausgetragen. Als Shaan schnuppernd Luft einsog, begann sein Magen demonstrativ zu knurren. Die Anstrengung des langen Abstiegs hatte ihn hungrig werden lassen, und er war todmüde. Er betete darum, dass sein Vater nicht vorhatte, noch lange weiterzumarschieren, immerhin hatte die Abenddämmerung bereits eingesetzt.

Eben warf Gefflan einen prüfenden Blick in den Himmel hinauf, dann kniff er die Augen zu schmalen Schlitzen zusammen, als habe etwas seinen Unmut erregt.

„Es gibt sicher einen Gasthof im Ort", knurrte er mürrisch, ohne Shaan dabei anzusehen. „Wir werden dort einkehren."

Shaan hütete sich davor, seine Freude allzu offen zu zeigen, damit sein Vater es sich nicht noch einmal anders überlegte, und setzte sich in Bewegung. Als sie schließlich den Torbogen erreichten, der einen Durchlass in der Palisade öffnete, tauchte plötzlich wie aus dem Nichts ein Mann vor ihnen auf, der in eine schlichte Uniform aus dunkler Baumwolle mit Lederbesatz gekleidet war. Er winkte ihnen, stehen zu bleiben.

„Wohin des Weges?", fragte er und musterte sie prüfend. Besonders lange blieb sein Blick auf dem Kampfstab hängen, den Gefflan nach wie vor als Wanderstock benutzte.

„Wir sind auf dem Weg zum Meer", erklärte Gefflan. Er war ruhig, wie immer, selbst die misstrauische Miene des Wächters änderte nichts daran. Shaan beneidete ihn darum.

„Ihr wollt nach Golgamat?"

Gefflan warf Shaan einen kurzen Blick zu.

Shaan zuckte mit den Schultern. Er hatte keine Ahnung, was Golgamat war, geschweige denn, ob dort sein Ziel lag. Er spürte nur die Richtung, in die er gehen musste.

„Ist Golgamat eine Stadt?", fragte er neugierig.

Der Wächter grinste plötzlich. „Die größte, die es in diesem Teil des Landes gibt. Hast du nie von ihr gehört, Junge?"

„Sie ist unser Ziel", mischte sich Gefflan ein, bevor Shaan etwas erwidern konnte. „Mein Sohn und ich wollen dort nach einem Schiff suchen, mit dem wir über das Meer setzen können."

Verblüfft starrte Shaan seinen Vater an. Das war glattweg gelogen! Allerdings durften sie dem Torwächter kaum die Wahrheit sagen, also nickte er stumm.

Der Posten runzelte die Stirn. „Dann habt ihr noch einen weiten Weg vor euch."

„So ist es", fuhr Gefflan fort, „und noch länger sind die Tage gewesen, die wir bereits auf der Reise sind. Gibt es in diesem Ort einen Gasthof, in dem wir übernachten können?"

Der Mann bemaß sie mit einem letzten, aufmerksamen Blick und wies schließlich die breite Dorfstraße hinunter. „Folgt dem Weg bis zum zentralen Platz, dann werdet ihr direkt darauf stoßen."

Gefflan bedankte sich und ging nach einem kurzen Abschiedsgruß weiter. Shaan folgte ihm schweigend. Die Straßen waren trotz der bevorstehenden Dämmerung belebt. Alte Frauen und Männer saßen auf hölzernen Bänken, die überall vor den Häusern standen, beisammen und plauderten, während die jüngeren Dorfbewohner noch emsig damit beschäftigt waren, ihr Tagewerk zu vollenden. Jugendliche Mädchen und Jungen halfen ihnen dabei, während die kleinen Kinder auf der Straße spielten.

An einer Gruppe von fünf Jungen, die allesamt keine zehn Jahre alt waren, kamen sie direkt vorbei. Die Kinder warfen mit kleinen Steinen und zielten dabei in die Kreise, die sie zuvor mit dünnen Zweigen in den Sand gezeichnet hatten. Freudiges Gelächter klang auf, wann immer einer der Jungen den am weitesten von ihnen entfernten Kreis traf, und einmal rangelten sie kurz miteinander und balgten sich im Staub, doch das Grinsen auf ihren Gesichtern zeigte, dass es ihnen nicht ernst war.

Gefflan würdigte sie mit keinem Blick, Shaan jedoch wäre am liebsten bei ihnen stehen geblieben und hätte ihnen zugesehen; da sein Vater aber forsch ausschritt, konnte er nicht innehalten, und so warf er lediglich einige bedauernde Blicke zurück, bis die fünf Jungen von ihren Müttern zum Abendessen gerufen wurden. Sie gaben ihr Spiel auf und verließen flink die Straße.

Shaan seufzte und sah wieder nach vorn. Das Dorf war tatsächlich das größte, das er je kennengelernt hatte. Sie waren der Straße bereits um zwei Biegungen gefolgt, und noch immer war von dem Platz keine Spur zu entdecken. Die Sonne war inzwischen gänzlich hinter dem Horizont versunken, und die Dämmerung schritt schnell voran. Eine friedliche Stille breitete sich über der Siedlung aus, und mit ihr zogen sich die Menschen nach und nach in ihre Häuser zurück, um mit ihren Familien die Ruhe des Abends zu genießen.

Aber nicht alle taten es. Ein Mann, groß wie ein Baum und breit wie ein Fels, kam ihnen mit wuchtigen Schritten entgegen. Seine Hände waren zu Fäusten geballt, sein Gesicht im Zorn verzerrt. Er verschwand in einem der Häuser vor ihnen. Nur einen Moment später hörte Shaan ihn unbeherrscht brüllen.

„Wo ist mein nichtsnutziger Sohn?"

Ein Krachen begleitete seine Worte, und irgendetwas ging scheppernd zu Bruch.

„Wo ist er?"

Es klatschte, und eine Frau schrie auf. Der Laut fuhr Shaan durch Mark und Bein. Nur eine Sekunde später sprang ein kleiner Junge flink wie ein Eichhörnchen aus einem der ebenerdig gelegenen Fenster des Hauses und rannte los.

Der Vater schien ihn noch gesehen zu haben, denn er grölte hinter ihm her: „Bleib sofort stehen, oder ich breche dir alle Knochen im Leib!"

Der Junge dachte gar nicht daran. Er hastete weiter und lief dabei genau auf Shaan und Gefflan zu. Blanke Furcht stand in seinen Augen.

Der Mann tauchte in der Tür auf. Er rannte ebenfalls.

Der Junge drehte sich um, sah seinen Vater und versuchte, noch schneller zu laufen, geriet in seiner Eile jedoch ins Stolpern. Mit dem Gesicht voran fiel er in den Staub, rutschte, vom eigenen Schwung getragen, an Gefflan vorbei und blieb genau vor Shaan liegen. Tränen rannen über seine Wangen, als er sich hastig aufzuraffen versuchte.

Der Mann walzte mit der Gewalt eines losbrechenden Unwetters heran. Es war abzusehen, dass sein Sohn ihm nicht entkommen konnte. Der Junge erkannte es ebenfalls, gab auf, rollte sich mitten auf der Straße zusammen und verbarg den Kopf in den Händen. Shaan hörte ihn leise wimmern und handelte, ohne nachzudenken. Mit einem beherzten Schritt trat er zwischen den Jungen und seinen tobenden Vater. Der war so überrascht, dass er abrupt stehen blieb. Eine dicke Zornesader schwoll auf seiner Stirn, und sein Gesicht verfärbte sich dunkelrot.

„Geh mir aus dem Weg, Bursche!", knurrte er drohend.

Shaan sah zu ihm hoch. Der Mann war ein wahrer Riese, viel größer als er selbst und bestimmt doppelt so breit. Starke Muskeln, dick wie die Hinterbeine eines Bullen, zeichneten sich unter seinem verschwitzten Hemd ab, und sie waren gefährlich angespannt. Shaan war, als würde ein Berg vor ihm aufragen, zu allem Überfluss einer, der im Begriff war, auf ihn niederzustürzen, doch er wich keinen Schritt zurück. Hinter sich konnte er noch immer den Jungen schluchzen hören.

„Shaan, was soll das? Tritt zur Seite!", befahl Gefflan scharf.

Shaan sah ihn nicht an. Sein Blick heftete sich auf die Frau, die eben aus dem Haus trat und zitternd und weinend zu ihm und ihrem Mann hinüberstarrte. Eine Hälfte ihres Gesichts war dick geschwollen, und um ein Auge lag ein dunkler Schatten.

Shaan brauchte eine Sekunde, um zu begreifen, dann biss er zornig die Zähne aufeinander und schüttelte störrisch den Kopf.

Der Mann knurrte wie ein gereizter Wolf und sprang vor, doch Shaan war darauf vorbereitet. Er wich geschmeidig aus, griff mit einer Hand nach dem Arm des Grobians und bekam ihn zu fassen. Sofort war der Kontakt, den er benötigte, hergestellt.

„Bleib stehen!", rief er energisch.

Der Riese gehorchte. Seine Augen rollten voller Wut, doch er rührte sich nicht mehr.

Shaan hielt ihn weiterhin am Arm fest. Es wäre nicht nötig gewesen, aber er wollte kein Risiko eingehen. „Du wirst deinen Sohn nicht schlagen! Und du wirst auch deiner Frau und keinem anderen Menschen ein Leid zufügen", befahl er, lauter und wütender, als er jemals zuvor gesprochen hatte.

Die Muskeln des Mannes verkrampften sich unter seinem Griff, als er sich gegen die Beeinflussung zur Wehr zu setzen versuchte, aber er konnte natürlich nichts dagegen tun. Shaan zügelte seine Wut, senkte seine Stimme und beugte sich dicht zu dem Mann heran, damit der Junge, der noch immer hinter ihm am Boden lag, die Worte nicht verstehen konnte.

„Du wirst vergessen, dass ich dir diesen Befehl gegeben habe. Du wirst glauben, dass du selbst beschlossen hast, niemandem mehr zu schaden."

Der Blick des anderen verlor an Glanz. Er starrte plötzlich durch ihn hindurch, als sei Shaan mit einem Mal unsichtbar für ihn geworden.

„Geh jetzt", fuhr Shaan fort. „Besuche einen Bekannten oder einen Freund und bleibe über Nacht bei ihm. Dein Haus wirst du erst morgen wieder betreten."

Danach ließ er den Mann los. Der wandte sich ab und marschierte zielstrebig die Straße hinunter, als habe er noch eine wichtige Aufgabe zu erledigen, die keinerlei Aufschub duldete. Seinen Sohn beachtete er nicht einmal. Kaum war er um die Ecke verschwunden, löste sich die Frau vom Türrahmen, an dem sie sich bis eben angstvoll festgeklammert hatte, und kam herbeigelaufen. Neben dem Jungen sank sie auf die Knie und umarmte ihn wortlos. Das Kind drückte sein Gesicht an ihre Brust und schluchzte herzzerreißend. Shaan half beiden auf die Beine.

„Ich ... ich weiß nicht, wie du das fertiggebracht hast", sagte die Frau erstickt. „Ich dachte, dieses Mal würde er meinen Sohn ..."

Sie brach ab, presste den Jungen mit einem Arm dicht an sich, den anderen streckte sie nach Shaan aus; zögernd, als wage sie es kaum, ihn zu berühren. Ihre Hand strich flüchtig wie die Brise eines warmen Sommerwindes über seine Schulter.

„Wie kann ich dir nur danken?"

„Das müsst Ihr nicht", lächelte Shaan.

„Aber du hast uns geholfen!" Ein Schatten glitt über ihr Gesicht. „Mehr, als du ahnst."

Shaan sah bekümmert in die Richtung, in die ihr Ehemann verschwunden war. „Es wird nicht für immer sein. Irgendwann wird sich Euer Mann entschließen, die Prügel, die er heute nicht ausgeteilt hat, nachzuholen."

Ein Ruck ging durch ihre schmale Gestalt. „Dann werde ich nicht mehr hier sein."

Shaan nickte nur. Das war sicherlich eine kluge Entscheidung.

Mutter und Sohn kehrten ins Haus zurück. Shaan wandte sich zu seinem Vater um und erschrak, als er dessen steinerne Züge sah. Zwar sagte Gefflan nichts, aber das war auch nicht nötig. Sein Gesicht sprach Bände.

Sein Schweigen tat es ebenfalls. Er behielt es bei, bis sie den Gasthof erreicht hatten, und brach es auch dann nur, um mit dem Wirt handelseinig zu werden. Anschließend brachten sie ihr Gepäck in ihr Zimmer hinauf, kehrten in die Gaststube zurück und aßen ausgiebig, nachdem sie sich im Hof am Brunnen erfrischt hatten. Gefflan strafte Shaan mit völliger Missachtung, erst als sie ihre Mahlzeit beendet und wieder ihr Quartier aufgesucht hatten, heftete sich sein stechender Blick auf ihn. Seine Stimme war kalt wie Eis und schien die Luft im Raum gefrieren zu lassen.

„Warum?"

Shaan zuckte zusammen, sah seinem Vater jedoch direkt in die Augen. „Das Kind war in Gefahr!"

„Was geht dich das an?"

„Ich konnte ihm helfen. Ich hatte die Macht dazu!"

„Deine Macht ist nicht für einzelne bestimmt, aber du begreifst das offensichtlich nicht! Du lässt dich immer wieder von deiner wahren Aufgabe ablenken!"

„Das stimmt nicht! Dies hier hatte nichts mit meiner Aufgabe zu tun. Wir sind nicht einmal aufgehalten worden!"

„Du hättest verletzt werden können, und dann wärst du ein leichtes Opfer für die Shai'yinyal gewesen! Das hast du wohl nicht bedacht, nehme ich an?"

Shaan umklammerte sein rechtes Handgelenk. Die Verstauchung war noch immer nicht gänzlich abgeklungen. Starrsinnig drückte er den Rücken durch.

„Die Gefahr war nur gering. Immerhin konnte ich den Mann beeinflussen."

„Dazu musstest du ihn erst berühren. Was hättest du getan, wenn die erste Berührung ein Schlag gewesen wäre?"

„Sie *war* ein Schlag, und ich bin ihm ausgewichen!"

„Weil du Glück hattest. Wenn du nur einen Deut langsamer gewesen wärst, hätte dich der Kerl windelweich geprügelt!"

„Das hättest du doch sicher nicht zugelassen“, gab Shaan verstockt zurück.

„Ich kann dir nicht ewig helfen, das weißt du genau. Deshalb wärst du gut beraten, dich aus allem, was dich nichts angeht, in Zukunft herauszuhalten. Du könntest sonst alles gefährden. Was wäre wohl geschehen, wenn du im Affekt auf deine Wind- oder Wassermagie zurückgegriffen hättest? Du wärst über Wochen und Monate hinaus das Gesprächsthema Nummer eins im Dorf gewesen, und genau diese Aufmerksamkeit ist es, die dir mehr als alles andere schaden kann! Denke immer daran: Du kannst deine Aufgabe nur erfüllen, wenn du im Verborgenen arbeitest.“

„Das ist mir klar, deshalb habe ich den Mann auch lediglich beeinflusst. Das hat meiner Aufgabe nicht geschadet!“

Gefflan trat einen schnellen Schritt auf ihn zu und packte ihn hart am rechten Handgelenk. Seine Finger drückten so fest zu, dass es sofort wieder zu schmerzen begann.

„Du *hast* ihr geschadet, begreife das endlich! Die Frau kennt ihren Mann gut genug, um zu wissen, dass die Angelegenheit nicht mit rechten Dingen zugegangen ist. Wie soll sie sich die heutigen Ereignisse erklären, wenn nicht durch ein Wunder? Sie wird sich daran erinnern, und sie wird vielleicht sogar mit anderen darüber reden.“

Shaan versuchte, sich seinem Vater zu entziehen. „Noch ist die Lanhal viele Tage entfernt! Sie wird sicher nichts davon erfahren, und die Shai'yinyal auch nicht.“

Gefflan fasste noch härter zu und zog Shaan grob zu sich heran. „Mit dem Ruf der Lanhal hat sich einiges verändert. Die Shai'yinyal kann von nun an spüren, wenn du deine Magie einsetzt – und *wo* du es tust!“

Erschrocken riss Shaan die Augen auf.

Gefflan stieß ihn zornig von sich. „Du hast es vergessen! Verdammt, Shaan, wann lernst du es endlich, dich zu konzentrieren, deine Gedanken zusammenzuhalten und nur noch das zu tun, wozu das Schicksal dich bestimmt hat? Du hast deine Macht nicht erhalten, damit du den barmherzigen Samariter spielen kannst! Was ist schon das Leben einzelner gegen das aller Menschen der nächsten zwanzig Generationen? Dir muss stets bewusst sein, wie viel Unglück du über die Welt bringen wirst, wenn du unbedacht handelst.“

„Das ist es“, presste Shaan mühsam hervor.

„Dann handele auch danach! Du kannst von Glück sagen, dass wir lediglich auf der Durchreise sind. So hat die Shai'yinyal zwar deine Magie gespürt, aber sie wird kaum Nutzen daraus ziehen können, wenn sie sich nicht gerade in der unmittelbaren Nachbarschaft befindet. Aber je näher wir dem Ziel kommen, desto vorsichtiger musst du sein. Jedes Mal, wenn du deine Fähigkeiten einsetzt, könntest du die Shai'yinyal auf dich und, was noch viel schlimmer wäre, auf die Lanhal aufmerksam machen."

Shaan rieb sich sein pochendes Handgelenk. „Ich werde daran denken."

„Vergiss es nicht wieder! Und wenn das nächste Mal ein weinendes Kind vor deine Füße fällt, gehe daran vorbei, ohne dich darum zu kümmern!"

Shaan schluckte. „Das ... das kann ich nicht!"

Gefflan schlug ihm hart ins Gesicht. Shaan taumelte einen Schritt zurück, wie betäubt vor Schmerz und Schreck.

Sein Vater folgte ihm, die Hand noch immer erhoben. „Besinne dich!", schrie er ihn an. „Besinne dich auf deine Aufgabe, oder die Shai'yinyal hat bereits gewonnen! Willst du das, Shaan? Willst du, dass all die Opfer, die ich für dich gebracht habe, umsonst gewesen sind?"

Shaan duckte sich. Tränen stiegen ihm in die Augen. „Nein."

„Dann tu, was ich dir sage!"

„Ja, Vater", erwiderte er erstickt.

Erst jetzt ließ Gefflan die Hand wieder sinken. Den Rest des Abends sprachen sie kein Wort mehr miteinander. Als die Nacht hereinbrach, weinte sich Shaan stumm in den Schlaf.

* * *

Die nächsten sieben Tage der Reise vermied es Shaan, seinen Vater anzusprechen, so gut er nur konnte. Er sah ihn nicht einmal an und ging stets voraus, froh darüber, dass nur er die Richtung kannte. Gefflan machte keinerlei Anstalten, zu ihm aufzuschließen, und Shaan wiederum verspürte wenig Verlangen, sich zu ihm umzudrehen, obwohl seine kalten Blicke in seinem Rücken brannten und sich wie mit Haken in sein Fleisch zu bohren schienen.

Stattdessen widmete er seine gesamte Konzentration der Landschaft und den Dörfern, durch die sie wanderten, und sog alle neuen Eindrücke begierig in sich auf. Die Kleidung anderer Reisender fand dabei ebenso seine Beachtung wie die Technik einer Korbflechterin, die Bauart der Häuser und die Haltung der Tiere.

Wehmütig wünschte er, sein Vater hätte mit ihm schon früher einmal eine längere Reise unternommen. Die armseligen Dörfchen in der Nähe des Hallagat waren ganz offensichtlich nicht repräsentativ für das Leben der Menschen in diesem Teil des Herzogtums, und er wusste, wie er sich nach und nach bekümmert eingestehen musste, nur sehr wenig über Land und Leute.

Manchmal überlegte er, ob er seinem Vater die Fragen stellen sollte, die ihn bewegten, aber er konnte sich nie dazu durchringen. Er fürchtete, dass

Gefflan sein Interesse als erneuten Verlust der Konzentration auf das Wesentliche empfunden hätte, und er selbst war sich nicht sicher, ob das nicht tatsächlich der Fall war. In der Tat beobachtete er seine Umgebung mit weitaus größerer Faszination, als dass er nach innen lauschte, und mehr als einmal hatte er Angst, der Ruf der Lanhal könnte verschwunden sein, weil er so lange nicht darauf geachtet hatte, doch seine Furcht bestätigte sich nie. Der Ruf war in ihm und führte ihn sicher. Wie er bereits geahnt hatte, lenkte er ihn tatsächlich in Richtung des Meeres, und je näher sie der Küste kamen, desto größer wurde die Gewissheit in ihm, dass Golgamat, die Stadt, von der der Wächter im ersten Dorf auf ihrem Weg gesprochen hatte, das Ziel ihrer Reise war.

Shaan war nicht wohl bei dem Gedanken daran. Er war noch nie zuvor in einer Stadt gewesen, und Golgamat war gleich die größte im Land. Die Frage, was ihn dort erwarten mochte, ließ ihn nicht mehr zu Ruhe kommen, und noch beängstigender war, dass er im Grunde nicht die leiseste Ahnung hatte, mit was er überhaupt rechnen konnte.

An diesem Tag setzten sie ihren Marsch ungewöhnlich lange fort. Wegweisern am Rande der Straße hatten sie entnehmen können, dass es in der Nähe ein Dorf geben musste, und sie gingen weiter, bis sie es gefunden hatten. Die Dämmerung hatte längst eingesetzt, trotzdem sah man schon von Weitem, dass es in der Ortschaft ziemlich lebhaft zuging. Männer, Frauen und Kinder waren auf den Beinen und strebten einem ausgedehnten Feld entgegen, das etwas abseits des Dorfes lag. Sie trugen Holzscheite, Bretter, Äste und anderes brennbares Material in den Händen und schichteten es in der Mitte des Feldes zu einem Haufen aufeinander, der bereits jetzt enorme Ausmaße angenommen hatte.

Neugierig schaute Shaan den Leuten bei ihrer emsigen Arbeit zu. Rund um die Feuerstelle wurden Bänke aufgestellt, dünne, übermannshohe Pfähle in den Boden gerammt und mit Girlanden und Blumen geschmückt. Am Rande der Wiese wurde gerade letzte Hand an eine provisorische Theke gelegt. Riesige Fässer türmten sich neben ihr auf, und gleich daneben standen Wagen, auf denen sich Körbe mit Brot und Backwaren stapelten.

Kinder rannten lachend und jauchzend zwischen den arbeitenden Menschen hin und her. Auch die Erwachsenen wirkten fröhlich und entspannt.

Shaan fragte sich, was für eine Art Fest die Dorfbewohner wohl feiern wollten. Zum ersten Mal seit Langem sah er sich zu seinem Vater um, doch der verschlossene Ausdruck in seinem Gesicht ließ ihn schweigen. Seine Neugier jedoch war ungebrochen. Er hatte noch nie ein Fest erlebt, ja er wusste nicht einmal, welche Gelegenheiten sich überhaupt zu feiern lohnten. Gab es einen bestimmten Anlass für Feste oder gehörten derartige Zusammenkünfte einfach zum alltäglichen Leben dazu?

Als sie am Festplatz vorbeigingen, lauschte er angestrengt, ob er den Worten, die die Dorfbewohner miteinander wechselten, eine Antwort auf seine Fragen entnehmen konnte, aber leider waren ihm die Gesprächsfetzen unverständlich, und je tiefer sie ins Dorf eindrangen, desto weniger Leute begegneten ihnen. Als sie schließlich einen Gasthof entdeckten, waren die Straßen wie ausgestorben, und nur ein einzelner, gelangweilt dreinblickender Mann trat aus der Tür des Gebäudes nach draußen. Als er sie kommen sah, blieb er stehen und musterte sie fragend.

„Wollt Ihr hier einkehren?"

Gefflan trat an Shaan vorbei. „Ja, mein Herr. Seid Ihr der Wirt?"

Der Mann streckte sein Kreuz durch und richtete sich zu seiner vollen Größe auf, die Hände lässig links und rechts in den Gürtel gehakt. „Der bin ich. Mein Name ist Benna Zosten. Mein Gasthaus ist das beste am Ort." Er grinste breit. „Und das einzige."

„Wir haben keine besonderen Ansprüche. Wir möchten nur ein Zimmer für uns zwei."

„Für eine Nacht?"

„Ja."

Der Wirt seufzte. „Dann seid Ihr sicher nicht wegen des Festes gekommen. Niemand würde an einem solchem Abend ein Zimmer bestellen, wenn er vorhat zu feiern."

„Wir haben eine lange Reise hinter uns und werden sicher früh zu Bett gehen, denn auch morgen ist unser Weg nicht weniger beschwerlich."

Benna Zosten öffnete die Tür und machte eine einladende Geste. „Dann kommt herein. Ein Zimmer könnt Ihr bekommen, nur leider kann ich Euch heute nicht mit warmer Küche dienen. Meine Belegschaft ist beim Fest, um dort die Leute zu bewirten, aber meine Frau ist im Haus. Sie kann Euch ein einfaches Mahl bereiten."

„Wir danken Euch", sagte Gefflan förmlich.

Die Gattin des Wirtes hieß Lilassia. Sie war eine pummelige Frau in den Vierzigern mit einem warmherzigen, gutmütigen Lächeln. Sie bediente sie freundlich und versuchte, mit ihnen zu plaudern, doch Gefflans verschlossene Art brachte sie sehr bald wieder davon ab. Shaan selbst schwieg ebenfalls. So und nicht anders erwartete sein Vater es von ihm.

Nach dem Essen zeigte ihnen Lilassia ihr Quartier und ließ sie allein. Gefflan und Shaan gingen in den Hof hinab, wuschen sich dort an einem kleinen Brunnen und machten sich zum Schlafen bereit. Die Sonne war bereits untergegangen und die Dämmerung weit vorangeschritten. Nur eine einzelne Kerze im Zimmer spendete noch Licht, als sie dorthin zurückkehrten, und Gefflan blies auch sie aus, nachdem sie sich beide niedergelegt hatten.

Tiefe, regelmäßige Atemzüge vom Bett seines Vaters her ließen Shaan bald darauf ahnen, dass dieser eingeschlafen war. Er selbst fand keine Ruhe, denn das Fenster stand offen, und ein leichter Wind trug die Geräusche des Festes durch die Öffnung bis zu ihm herein. Die Gespräche und das Lachen der Menschen verschmolzen auf diese Entfernung zu einem murmelnden Raunen, das von heller, fröhlicher Musik begleitet wurde.

Obwohl auch er müde war, lauschte Shaan angestrengt in die Nacht hinaus und wagte kaum zu atmen. Er wollte nicht, dass ihm auch nur ein einziger Ton entging. Nie zuvor hatte er eine derart komplexe Musik gehört. Er kannte lediglich die einfachen Melodien, die Marzen Besite bei seinen Besuchen ab und an vor sich hin gesummt hatte, und in einem der Dörfer in der Nähe des Hallagats hatte er einmal einen Jungen auf einer Flöte spielen hören. Das hier war etwas ganz anderes. Eine Flöte war wohl auch dabei, daneben spielten aber auch Instrumente, die ihm völlig fremd waren.

Irgendwann versuchte er, dennoch zu schlafen, musste allerdings bald die Sinnlosigkeit seiner Bemühungen einsehen. Entnervt richtete er sich im Bett auf, blickte zum Fenster und fasste einen Entschluss. Wenn er nicht hinausging und sich das Fest ansah, würde er in dieser Nacht sicher keine einzige Minute Ruhe finden.

Ängstlich horchte er auf den Atem seines Vaters, doch der ging unverändert tief und gleichmäßig, und das änderte sich auch nicht, als er vorsichtig aufstand und nach seiner Kleidung griff. Er schlüpfte rasch hinein, nur die Schuhe behielt er zunächst in der Hand.

Das Herz schlug ihm bis in den Hals, als er leise aus dem Zimmer huschte. Wenn sein Vater bemerkte, dass er sich fortschlich, hätte er wieder einmal mit einer eindringlichen und vermutlich äußerst schmerzhaften Predigt über seine Pflichten und Aufgaben zu rechnen. Schuldbewusst sah er zurück, kehrte jedoch nicht um. Vielleicht war es das einzige Fest, das er jemals zu Gesicht bekommen würde, und er hatte schließlich nicht vor, lange dort zu bleiben. Er wollte doch nur einen kurzen Eindruck gewinnen.

Erst draußen vor dem Haus zog er seine Schuhe an und beeilte sich, über die dunklen Straßen den Rand des Dorfes zu erreichen. Schon von Weitem sah er den Schein eines großen Feuers das Firmament in eine rote Glut tauchen. Es leckte in hohen, gierigen Flammen dem Himmel entgegen, als wolle es seinem engen Gefängnis entkommen und hinaus in die Nacht fliehen.

Das Feld war jetzt dicht mit Menschen bevölkert. Jeder einzelne Bewohner des Dorfes schien trotz der späten Stunde auf den Beinen zu sein, selbst allerkleinste Kinder und Babys nahmen, in den Armen ihrer Mütter ruhend, an dem Fest teil. Es wurde viel gelacht und auch viel getrunken. Shaan entdeckte den Wirt hinter der Theke. Er hatte sich eine große, bunt karierte Schürze umgebunden und kam seiner Aufgabe, jedem so schnell und so viel wie möglich auszuschenken, mit ungeheurem Eifer nach. Seine Wangen glühten rot im Widerschein der Flammen.

Shaan schlenderte eine Weile ziellos umher und suchte sich schließlich auf einer der Bänke einen freien Platz. Es wurden gerade welche frei, als er sich näherte. Einem geheimen Ritual folgend, erhoben sich die Menschen, drängten sich dicht um das Feuer und warfen reihum etwas hinein. Er konnte nicht genau erkennen, was es war, aber es schien den Dorfbewohnern wichtig zu sein, denn sie machten ein ernstes, feierliches Gesicht, wenn sie an die wild lodernden Flammen herantraten, und auch die Kapelle, die etwas abseits stand und spielte, hatte jetzt eine getragene Melodie gewählt.

Ein leichter Stoß an der Schulter schreckte ihn aus seinen Betrachtungen auf. Benna Zosten hatte seine Theke einem Gehilfen überlassen und war zu ihm getreten.

„Du bist ja doch gekommen, Junge. Warst du neugierig?"

Shaan nickte.

Der Wirt lachte. „Das dachte ich mir. Ich habe es dir gleich angesehen." Er warf einen suchenden Blick in die Runde. „Deinen Vater hast du wohl nicht mitgebracht, oder?"

Shaan errötete. „Nein. Er ... er schläft."

Benna hob die Augenbrauen. „Nun, das macht gar nichts. Du darfst auch gern ohne ihn am Fest teilnehmen. Alt genug bist du ja."

„Wofür?", fragte Shaan verwirrt.

„Um zu feiern, natürlich."

„Was für ein Fest ist das hier eigentlich?"

„Das weißt du nicht? Junge, jeder sollte das Fest der Sommerweihe kennen! Hat dein Vater nie davon erzählt?"

Shaan musste hart schlucken, um die Enge in seiner Kehle zu überwinden. „Nein, wir ... wir kommen nicht aus der Gegend."

„Die Sommerweihe wird überall im Land gefeiert. Von so weit her kannst du gar nicht kommen, dass du das noch nie miterlebt hast."

Shaan warf dem Wirt einen hilflosen Blick zu.

„Oder vielleicht doch?", fragte Benna vorsichtiger nach.

„Ich bin noch nicht viel in der Welt herumgekommen", gestand Shaan beschämt ein. „Mein Vater und ich leben nicht in einem Dorf, sondern tief in den Bergen."

„Nur du und er?"

Shaan nickte stumm.

Der Wirt stieß geräuschvoll Luft aus und ließ sich neben ihm auf die Bank fallen. „Ich erkläre dir den Ablauf des Festes, wenn du magst."

Erfreut sah Shaan ihn an. „Das wäre sehr nett."

„Gut, Junge, dann hör mir zu!"

„Ich heiße Shaan."

„In Ordnung, Shaan also. Das Fest der Sommerweihe findet jedes Jahr zum gleichen Zeitpunkt statt, immer dann, wenn alle Felder bereits bestellt sind, aber die Ernte noch fern ist. Manche sagen, dass an diesem Tag die kürzeste Nacht des Jahres folgt, aber ich weiß nicht, ob das stimmt. So viel verstehe ich nicht davon. Aber kurz genug ist die Nacht allemal. Niemand wird heute schlafen gehen, wir werden feiern und tanzen, bis wir zu müde sind, um auf den eigenen Beinen zu stehen, und dann werden wir immer noch weitermachen."

„Wieso werfen die Menschen etwas ins Feuer?"

„Das sind ihre geheimen Wünsche. Sie schreiben oder zeichnen auf, was sie sich für diesen Sommer erhoffen, und übergeben die Zettel den Flammen."

„Gehen die Wünsche dadurch in Erfüllung?"

„Manchmal ja, manchmal nein, je nachdem wie rein der Wunsch war. Und er darf natürlich nicht gegen die Gemeinschaft gerichtet sein. All das wird im Feuer gereinigt. Nur das Gute besteht."

Zosten stieß ihn mit dem Ellenbogen an. „Was ist mit dir, Shaan? Möchtest du es nicht auch versuchen?"

„Ich?"

„Warum nicht? Du hast doch sicher auch einen Wunsch, der dir am Herzen liegt, oder etwa nicht?"

Shaan starrte auf das riesige Feuer. Natürlich hatte er das, aber es kam ihm reichlich unpassend vor, seinen Wunsch den Flammen anzuvertrauen. Denn das Feuer war ein Element der Shai'yinyal.

„Lieber nicht", gab er ausweichend zurück. „Es ist nicht mein Fest."

„Uns ist jeder willkommen", versicherte Benna Zosten sofort. „Glaube nur nicht, dass alle Menschen, die du hier siehst, im Dorf wohnen. Einige reisen von weither an, um Verwandte zu besuchen und mit ihnen gemeinsam zu feiern."

„Aber ich bin bloß auf der Durchreise."

„Du sitzt jetzt hier, oder nicht? Feiern kann jeder, ganz gleich, von wo er kommt."

Er stand auf und winkte Shaan. „Komm, ich spendiere dir etwas zu trinken! Vielleicht bist du dann mehr dazu aufgelegt, fröhlich zu sein."

Shaan begriff nicht ganz, was ein fröhlicher Gemütszustand und Trinken miteinander zu tun haben sollten. Als er sich jedoch der Theke näherte, die weiterhin guten Zulauf fand, musste er zugeben, dass offenbar doch ein Zusammenhang zwischen beidem bestand. Die Kundschaft des Wirts, überwiegend grobschlächtige Männer mit dicken Muskeln und buschigen Bärten, grölte zotige Lieder, und einige von ihnen schienen bereits jetzt nicht mehr sicher auf den eigenen Beinen zu stehen.

An ihrer Müdigkeit schien das aber nicht zu liegen, obwohl ihre Lider ebenso schwer aussahen, wie ihre Zungen waren.

Bemüht, niemanden versehentlich umzustoßen, folgte Shaan Benna. Der Wirt drängte seinen Gehilfen beiseite und nahm seinen Platz hinter der Theke wieder ein, als wäre es der einzige Ort, an dem er sich je wohlgefühlt hatte. Er strahlte über das ganze Gesicht, als er Shaan einen großen Becher reichte.

„Trink, Junge!“

Shaan nahm den Becher vorsichtig entgegen. Er war tatsächlich ziemlich durstig, ließ das kühle Nass genüsslich in seine Kehle rinnen – und plötzlich war ihm, als stünde sein Hals in Flammen. Er röchelte, und Tränen traten ihm in die Augen.

„Das ... das ist kein Wasser!“, keuchte er.

Benna sah ihn an, als hätte er den Verstand verloren, und auch die Männer ringsum rissen verblüfft die Augen auf. Dann begannen sie schallend zu lachen.

Verunsichert sah sich Shaan um, doch die Männer lachten nur noch stärker, wenn sein verwirrter Blick sie traf. Einige sackten halb in die Knie und hielten sich grölend den Bauch, so sehr erheiterten sie sich über ihn.

Benna runzelte die Stirn. „Du hast tatsächlich mit Wasser gerechnet?“

Shaan nickte zaghaft.

„Dann gib mir den Becher lieber wieder zurück. Nichts für ungut, aber ich glaube, das ist nichts für dich.“

Er streckte die Hand aus, und Shaan kam der Aufforderung eilig nach. Er hätte ohnehin nicht einen einzigen weiteren Schluck von diesem grausigen Gesöff hinunterbekommen. Einige der Männer lachten noch immer, als er sich hastig von der Theke entfernte und in der Menge untertauchte.

Dieses Mal war es schwieriger, einen Platz auf einer der Bänke zu ergattern. Nachdem er eine Weile erfolglos gesucht hatte, ließ er sich schließlich dicht neben der Kapelle auf dem Boden nieder und schlug die Beine übereinander. Auf einer freien Fläche zwischen dem Feuer und der Kapelle hatten inzwischen einige junge Leute zu tanzen begonnen und wiegten sich im Rhythmus der Musik geschmeidig hin und her.

Shaan sah ihnen staunend zu. Eine ganze Reihe der Jungen und Mädchen war sicherlich nicht viel älter als er selbst. Sie wirbelten ausgelassen herum, lachten und genossen eine unbeschwerte Fröhlichkeit. Ihm wurde schwer ums Herz, je länger er sie beobachtete.

Eine Gruppe von fünf Mädchen fand seine besondere Aufmerksamkeit. Sie standen neben der Tanzfläche, warfen den jungen Männern, die tanzten oder auf der anderen Seite verweilten, lange Blicke zu, tuschelten miteinander, und manchmal lachte eins von ihnen laut auf. Er betrachtete sie nachdenklich und fragte sich, ob die Lanhal wie sie war. Er konnte es sich nicht vorstellen, immerhin war sie die Inkarnation des Guten, diejenige, die den Kampf für die nächsten zwanzig Generationen entscheiden musste, doch er wusste natürlich aus den Geschichten, dass die Lanhal stets als gewöhnliches Mädchen aufwuchs. Sie wusste nicht, wer sie war, welche wichtige Bedeutung ihr Leben hatte, und sie ahnte auch nichts von den Kräften, die ihr eines Tages - von dem Moment an, in dem sie erkannte, dass sie die Lanhal war - zur Verfügung stehen würden. Sie konnte also durchaus diesen Mädchen gleichen.

Die fünf jungen Frauen bemerkten bald, dass er sie beobachtete. Sie steckten die Köpfe zusammen, sahen in seine Richtung und setzten sich gleich darauf geschlossen in Bewegung. Erschrocken erkannte Shaan, dass sie direkt auf ihn zukamen. Er sprang auf die Beine und trat hastig einen Schritt zurück.

„Wo willst du denn hin?“, rief das größte der Mädchen ihm übermütig zu. Sie war vermutlich etwas älter als er selbst und besaß langes, dunkles Haar, das sie offen trug. Es wehte wie die Mähne eines edlen Pferdes hinter ihr her, als sie voller Schwung auf ihn zuwirbelte und dicht vor ihm stehen blieb. Der Duft von Parfüm stieg ihm in die Nase.

Die anderen vier Mädchen kamen ebenfalls näher. Sie kreisten ihn ein und kicherten leise. Shaan sah sich nervös um.

„Tanz mit mir“, forderte die Schwarzhaarige ihn auf und lächelte.

Unsicher spähte er an ihr vorbei zu den Jugendlichen, die sich selbstvergessen und fröhlich zum Klang der Musik bewegten. „Ich kann nicht tanzen.“

„Aber du möchtest es doch, nicht wahr?“

„Natürlich will er“, hörte Shaan eines der anderen Mädchen flüstern. „So wie er uns angestarrt hat!“

Zaghaft schüttelte er den Kopf. „Ich möchte einfach nur hier sitzen und zusehen.“

Zwei der Mädchen stimmten ein bedauerndes Klagen an. Die Schwarzhaarige gab jedoch nicht so leicht auf.

„Sei nicht so schüchtern! Ich kann dir beibringen, wie man tanzt.“

Während sie sprach, schlug sie die Augen nieder und blickte erwartungsvoll unter ihren Wimpern hervor zu ihm auf. „Du musst dich nur von mir führen lassen.“

Eine ihrer Freundinnen stieß ein prustendes Gelächter aus. Shaan runzelte die Stirn. Er hatte das vage Gefühl, dass es hier nicht nur ums Tanzen ging. Aber worum dann?

Abwehrend hob er die Hände. „Ich möchte wirklich nicht.“

„Tatsächlich?“, gurrte die Schwarzhaarige und schob sich noch näher an ihn heran.

Shaan wollte vor ihr zurückweichen, konnte es aber nicht, da er dann gegen die anderen Mädchen gestoßen wäre.

Die Schwarzhaarige stand jetzt keine Tuchbreite mehr von ihm entfernt. Er konnte ihren Atem auf seiner Haut spüren, und sein Herz klopfte plötzlich wie wild. Er fühlte sich beengt, wollte weg. Doch das Mädchen schmiegte sich an ihn und schlang ihm beide Arme um den Hals.

„Willst du noch immer nicht mit mir tanzen?", hauchte sie ihm ins Ohr.

Er erstarrte, schüttelte lediglich schwach den Kopf.

Ihre Hände zupften an seinem Haar. „Die Nacht ist lang", raunte sie ihm zu und drängte sich noch dichter an ihn. „Ich kenne diese Blicke."

„Was für Blicke?" Er hatte keine Ahnung, wovon sie sprach.

Halbherzig versuchte er, vor ihr zurückzuweichen, hob die Hände, um ihre Arme von seinem Hals zu ziehen, doch sie ließ ihn nicht los. Er hätte ihr schon wehtun müssen. So ließ er seine Hände wieder sinken.

„Bitte, ich ... ich möchte gehen."

„Du machst ihm Angst, Nefna", kicherte eins der Mädchen hinter seinem Rücken.

Auch die anderen lachten leise vor sich hin, während Shaan immer verwirrter wurde. Seine Wangen brannten.

„Ich möchte gehen!", rief er noch einmal.

Nefna ließ ihn nicht los. „Ich will das aber nicht!"

Schon wieder spürte er ihren Atem auf seiner Haut. Er strich so dicht darüber, dass sie gleich mit ihren Lippen seinen Hals berühren musste.

„Lass mich gehen!", befahl er erschrocken. Er wusste sich nicht mehr anders zu helfen. Sie geriet sofort unter seinen Willen und wich zurück.

Erleichtert atmete er auf und drängte sich an den anderen Mädchen vorbei.

„Warum hast du ihn losgelassen, Nefna?", hörte er eins von ihnen sagen. „Der war richtig süß!"

„Unschuldig wie ein Kind", fügte eine andere hinzu.

„Wie ein Baby", meinte Nefna und spitzte die Lippen.

Dann lachten sie alle.

Shaan beeilte sich, aus ihrer Nähe zu entkommen. Er hatte nicht die geringste Ahnung, was die Mädchen von ihm gewollt hatten, aber es hatte ihm ganz und gar nicht gefallen. Und noch weniger gefiel es ihm, dass er nun schon zum zweiten Mal an diesem Abend ausgelacht worden war. Er kam sich wie ein kompletter Idiot vor, und unwissend und tollpatschig war er allemal. Er hatte schon wieder seine Magie eingesetzt, und das in einer Situation, die vermutlich niemand außer ihm als bedrohlich empfunden hätte. Damit hatte er der Shai'yinyal einen zweiten Hinweis darauf geliefert, wo er sich befand und aus welcher Richtung er sich dem Ziel näherte.

Das allein war schon schlimm genug, doch noch übler war, dass er die Frau und den Jungen, die er vor einigen Tagen vor dem gewalttätigen

Grobian beschützt hatte, durch seine glorreiche Tat wieder an ihn ausgeliefert hatte. Sein Einfluss auf den Mann war in dem Moment erloschen, in dem er das Mädchen unter seinen Willen zwang, und er hoffte inständig, dass die Frau tatsächlich ihr Dorf inzwischen verlassen hatte und beide in Sicherheit waren. Wenn nicht, würden sie ab heute wieder unter der Brutalität des Kerls leiden müssen. Er hatte ihr Wohlergehen durch seine Unbeholfenheit auf dümmste Weise gefährdet.

Mit hängenden Schultern schlich er vom Festplatz. Er wollte nicht länger bleiben, wollte nicht noch mehr Beweise dafür bekommen, dass er der großen Aufgabe, die vor ihm lag, offensichtlich nicht im Mindesten gewachsen war. So wie es aussah, konnte er sich nicht einmal in einem kleinen Dorf bewegen, ohne Aufsehen zu erregen. Wie also sollte ihm das in einer Stadt wie Golgamat gelingen? Und wie sollte er die Lanhal schützen, wenn er sich nicht einmal mit alltäglichen Gegebenheiten zurechtfand?

Traurig und mutlos kehrte Shaan in das Zimmer im Gasthof zurück.

4. Deleja

Beim ersten Anzeichen der Morgendämmerung begann sich der kleine Pirol, der in einem großen Käfig gleich neben dem Fenster seine Heimstatt besaß, zu regen. Er flatterte mit den Flügeln, hüpfte von einer Stange zur nächsten und stieß drei volle, wohltönende Flötenpfiffe aus.

Deleja blinzelte verschlafen, sah im ersten Moment jedoch nichts als weiße Falten vor ihren Augen, da sie ihr Gesicht wieder einmal tief in ihr Kissen eingegraben hatte. Ihre langen, lockigen Haare fielen ihr über die Wangen und kitzelten sie. Leise gähnend schob sie sie zurück, rieb sich die Augen und setzte sich im Bett auf.

Ihr erster Blick galt dem Pirol. Der Vogel war noch jung, ein Männchen, in dessen Gefieder sich die prachtvolle gelbe Farbe, die er später einmal haben würde, noch nicht ausgeprägt hatte.

„Guten Morgen", begrüßte sie ihn mit einem Lächeln.

Der Vogel antwortete ihr mit einem schrillen, fordernden Kreischen, das keinen Zweifel an seinen Absichten ließ.

Deleja lachte leise. „Ist schon gut, ich komme ja!"

Sie schwang ihre Beine aus dem Bett und huschte, nur mit ihrem Nachthemd bekleidet und mit bloßen Füßen, über den weichen Teppich, der die hölzernen Bohlen in ihrem Zimmer bedeckte, zu dem kleinen Tisch hinüber, der in der Mitte des Raums stand und eine weiße Decke mit kunstvoller Spitze trug. Linari Duhey, die Haushälterin und der gute Geist des Hauses Albite, hatte sie geklöppelt. Deleja beneidete sie um ihre Fingerfertigkeit, und schon oft hatte sie sich gewünscht, Linari möge ihr den einen oder anderen Kniff beibringen, doch das war eine närrische Träumerei. In ihrem Leben hatten Zerstreuung und Müßiggang keinen Platz, und daran würde sich auch niemals etwas ändern.

Der Pirol klagte erneut und begann, unruhig mit den Flügeln zu schlagen. Seine Schwungfedern strichen am Käfiggitter entlang und erzeugten dabei dumpf vibrierende Laute, die die friedliche Stille des Morgens in zitternde Bewegung zu versetzen schienen, wie einen Teich, in den jemand einen Stein geworfen hat. Deleja griff hastig nach der Porzellanschale, die auf dem Tisch stand, wandte sich zum Vogelkäfig um und bedachte das hin und her hüpfende Tier mit einem gespielt vorwurfsvollen Blick.

„Sei still, mein Kleiner! Du weckst ja das ganze Haus auf!"

Der Pirol sah sie mit seinen winzigen, schwarzen Knopfaugen an, kam zur Ruhe und antwortete ihr mit einem leisen Pfiff.

„Du bekommst ja dein Frühstück", versprach sie ihm und schwenkte die kleine Schale, die mit dunklen, fast schwarzen Kirschen gefüllt war, dicht vor dem Käfig hin und her.

Der Kopf des Vogels folgte der Bewegung, als werde er von einem Faden mitgezogen, und seine Augen glitzerten erwartungsvoll.

Deleja öffnete ein Türchen im Käfig und legte einige Kirschen hinein.

„Nun friss, du willst doch schließlich ein schönes Männchen werden, oder nicht?"

Der Pirol pfiff begeistert und tat sich an den Kirschen gütlich. Mit beachtlicher Geschwindigkeit schmolz das Häufchen dahin und wanderte in den schon bald prall gefüllten Vogelmagen. Deleja schmunzelte. Ohne die Kirschen würde der Pirol nie das goldene Gefieder bekommen, für das die edlen Vögel überall im Land bekannt waren, sondern stets die grünlichen Federn des Weibchens behalten. Linari hatte ihr das gesagt, und Deleja glaubte daran, denn Linari war eine sehr kluge Frau.

Während der Vogel schmatzend sein Frühstück verspeiste, trat sie an das weit geöffnete Fenster und schaute nachdenklich hinaus. Sie schloss es nur, wenn Stürme und Unwetter sie dazu zwangen, in sternklaren, lauen Nächten, wie die letzte eine gewesen war, jedoch nie. Zum Glück lag ihr Zimmer hoch oben im dritten Stockwerk des Hauses, und so musste sie keine Furcht haben, dass zwielichtige Gestalten hineinsehen oder gar bei ihr eindringen konnten, obwohl das Fenster nicht zum Innenhof, sondern zur Straße hin wies. Ungetrübt konnte sie die Aussicht über die Stadt genießen.

Golgamat lag im Schein des ersten Tageslichts noch still und wie ausgestorben da. Nichts regte sich, nur eine weiß-rot gefleckte Katze schlich träge über das Kopfsteinpflaster des weitläufigen Platzes, der sich direkt vor den Toren des Hauses erstreckte. Das Tier labte sich ohne Hast an dem Wasser des Brunnens, der nicht einmal fünfzig Meter vom Eingang des Kontors ihres Vaters entfernt errichtet worden war und den Menschen aus den Gebäuden und Geschäften ringsum als Treffpunkt diente. Auch die Angestellten ihres Vaters gingen in ihren Pausen dorthin, um mit anderen zu plaudern oder sich einfach zu entspannen, indem sie dem leisen Plätschern des Wassers lauschten.

Deleja sah ihnen manchmal von ihrem Zimmerfenster aus zu, oder sie ließ ihre Blicke träumerisch über die riesige Stadt und darüber hinaus schweifen. Jenseits der festen, hohen Mauern Golgamats erhob sich im Norden ein schmaler Gebirgszug, der den Blick begrenzte, im Osten hingegen war er frei bis zum Horizont. Dort zeigte sich eben die erste zaghafte Rundung der Sonne. Die Dunstschwaden, die über den Feldern und Wiesen rings um Golgamat wallten, legten sich wie ein zarter Schleier vor den roten Glutball am Himmel, als wollten sie die Menschen vor den sengenden Strahlen schützen, die schon bald unbarmherzig auf die Stadt und das Land niederbrennen würden. Einige weiße Federwölkchen am Firmament schienen bereits in Flammen zu stehen, ein Versprechen auf die Hitze des kommenden Tages.

In anderen Fenstern des Hauses begannen, angespornt von den Pfiffen des Pirols, der erneut zu trällern angefangen hatte, die Ziervögel ihrer Schwestern zu singen, und ihr Zwitschern fand schnell ein vielfältiges Echo, als sich die Vögel der Nachbarhäuser dem fröhlichen Konzert anschlossen. Die Töne der munteren Melodien schwebten leicht und tänzelnd wie Schmetterlinge im Wind über Dächer und Straßen und erweckten Golgamat zum Leben.

Ein Hund bellte irgendwo in der Nähe, und bald darauf ließen sich die ersten Menschen blicken. Emsig eilten sie über den Platz ihrem Tagewerk entgegen, und zwischen ihnen rumpelte eine kleine Kolonne aus sieben Fuhrwerken über das harte Kopfsteinpflaster. Sie gehörten Morujan Albite, ihrem Vater, und brachten wie an jedem Morgen Waren aus dem großen Lager in die verschiedenen Geschäfte, die er in allen Teilen der Stadt besaß. Er war stets als Erster auf den Beinen und sorgte oft noch vor dem Frühstück dafür, dass alles in seinem Kontor, in den Läden, an der Mole und im Lager seinen rechten Gang nahm.

Ihr Vater war einer der wohlhabendsten und einflussreichsten Kaufleute Golgamats. Mit seinem Ehrgeiz und seinem Können konnte sich kaum jemand messen, sie erst recht nicht, obwohl er viel daransetzte, ihr alles Wissen zu vermitteln, das ein fähiger Kaufmann benötigte. Er hatte sogar eigens für sie einen Hauslehrer eingestellt, der sie schon von Kindesbeinen an unterrichtete und längst zu einem Teil der Familie geworden war.

Leider war sie nicht so klug, wie ihr Vater sich das wohl gewünscht hätte, und ob sie je eine würdige Nachfolgerin für sein Geschäft werden konnte, wie es ihre Stellung als älteste Tochter und Erbin verlangte, bezweifelte sie doch sehr. Sie bemühte sich zwar nach Kräften, aber die Begeisterung, die ihr Vater für seine Arbeit aufbrachte, vermochte sie nicht zu empfinden, so sehr sie sich auch dafür geißelte.

Sie wusste nicht, ob er etwas von ihren Gefühlen ahnte. Wenn er es herausfand, würde es ihn mit Sicherheit tief betrüben, und so versuchte sie, sich ihre Abneigung nie anmerken zu lassen. Sie wollte ihm keinen Kummer bereiten.

Ein fröhliches Klopfen riss sie aus ihren düsteren Gedanken. Sie wandte sich der Tür zu und rief Linari herein. Die große, dunkelhaarige Frau mit der molligen Figur und dem pausbäckigen Gesicht trat sofort ein. Sie war vierzig Jahre alt und hatte bereits als ganz junges Mädchen im Haus Albite gearbeitet. Aus dem täglichen Geschehen des Kontors war sie nicht wegzudenken, nicht nur, weil sie für alle Hausarbeiten ein ungewöhnliches Talent besaß und auf unvergleichliche Art selbst ins größte Chaos noch Ordnung bringen konnte, sondern auch, weil sie für jeden stets ein herzliches Lächeln bereithielt und ihr Elan alle anderen mitriss und anspornte.

Auch jetzt wirbelte sie auf Deleja zu, schloss sie in ihre Arme und drückte sie kurz an sich. Dann nahm sie sie bei den Schultern, hielt sie eine Armeslänge von sich und musterte sie prüfend.

„Guten Morgen, Kind. Hast du gut geschlafen?“

„Ja.“

„Und keine schlimmen Träume?“

Deleja fröstelte und beeilte sich, den Kopf zu schütteln. „Nein, heute nicht.“

An vielen Tagen hatte sie jedoch eine andere Antwort geben müssen. Sie war, wie ihre beiden jüngeren Schwestern nie müde wurden zu betonen, so ängstlich wie ein scheues Kaninchen, und das verfolgte sie selbst bis in den Schlaf. Sie konnte sich zwar nie an Einzelheiten ihrer Albträume erinnern, aber wann immer sie einen gehabt hatte, wachte sie schweißgebadet auf, und das Gefühl einer unbekannten, in ihrer zornigen Präsenz Furcht einflößenden und tödlichen Bedrohung ließ sie den gesamten Tag nicht mehr los.

Linari strich ihr mit einer Hand sanft über das Haar. „Vielleicht verschwinden sie allmählich.“

„Das wäre schön“, flüsterte Deleja; glauben konnte sie allerdings nicht daran. Die Träume begleiteten sie, seit sie denken konnte. Wieso sollte sich ausgerechnet jetzt etwas daran ändern?

Die Haushälterin kniff ihr aufmunternd in die Wange. „Mach nicht so ein bekümmertes Gesicht, Deleja! Alles ändert sich irgendwann einmal. Schau, du wirst bald sechzehn Jahre alt. Ist es da nicht natürlich, wenn deine kindlichen Sorgen in der Vergangenheit zurückbleiben?“

„Ich weiß nicht.“

„Du wirst schon sehen. Glaub mir, ich weiß, wovon ich spreche!“

Deleja nickte wenig überzeugt. Linari seufzte, bugsierte sie zum Frisiertisch und drückte sie mit sanfter Gewalt auf den Stuhl, der davor stand. Während sie ihr die Haare zu kämmen begann, betrachtete Deleja traurig ihr Spiegelbild. Ihr Gesicht war schmal und wirkte blässlich. Sie besaß eine kleine Stupsnase, helle, geschwungene Augenbrauen und lange Wimpern. Die Iris ihrer Augen war grün, von einigen kleinen, braunen Tupfen abgesehen, die wie Bernstein zwischen Tannennadeln schimmerten.

Manchmal, wenn sie ihr Spiegelbild anschaute, glaubte Deleja, ihrer Mutter ins Antlitz zu blicken. Obwohl sie schon vor neun langen Jahren gestorben war, konnte sie sich noch so genau an sie, an ihr warmherziges Lächeln, die Liebe in ihren Augen und ihre sanfte Stimme erinnern, als sei sie gerade erst bei ihr im Zimmer gewesen und hätte es nur kurz verlassen, um ein wenig durch das Kontor zu schlendern. Mit jedem Jahr, das sie selbst älter geworden war, sah sie ihr ähnlicher, vor allem wenn ihr rotblondes Haar in langen Locken offen bis über ihre Schultern hinabhing. Ihre Mutter hatte es stets auf die gleiche Weise getragen.

Allerdings war das Gesicht ihrer Mutter viel schöner und weiblicher gewesen, nicht so hager wie ihr eigenes, und auch in jeder anderen Hinsicht trennten sie Welten. Sie würde nie so werden wie sie.

Bekümmert sah Deleja zu Boden und blickte erst wieder auf, als Linari aufhörte, ihre Haare zu kämmen, und ihr lächelnd eine Strähne in die Stirn zupfte.

„Was hältst du davon, deine Haare heute offen zu tragen?"

Deleja schrak zusammen. „Das geht nicht!"

„Es würde dich sicher nicht stören, Kleines."

Deleja wich Linaris erwartungsvollem Blick aus. So gern würde sie ihren Vorschlag annehmen, aber sie durfte es nicht. Durch eine solche gedankenlose Narretei würde ihr Vater in ihr ihre Mutter wiedererkennen, und das war eine schreckliche Vorstellung. Er grämte sich noch immer über den Tod seiner Frau, und es war schlimm genug, dass Vanaja, ihre fünfzehnjährige Schwester, ihrer Mutter im Aussehen ebenfalls ähnelte und sie nie einen Hehl daraus machte, im Gegenteil sogar alles dafür tat, um so zu sein wie sie. Sie kleidete sich wie sie, bewegte sich wie sie und sprach wie sie. Schmerz und Kummer erschienen wie Relikte eines längst versunkenen Schiffes, die von den Gezeiten des Meeres ans Ufer gespült wurden, in den Augen ihres Vaters, wann immer er das Erbe seiner Frau in Vanaja entdeckte. Deleja wollte es ihm nicht noch schwerer machen. Sie wollte ihn nicht ständig daran erinnern, was er verloren hatte, so wie es ihre Schwester in ihrer törichten, oberflächlichen Eitelkeit und ihrer selbstgefälligen Egozentrik jeden Tag aufs Neue tat.

„Flechte mir die gleiche Frisur wie immer", wies sie Linari mit belegter Stimme an.

Die Haushälterin seufzte leise. „Na schön."

Sie begann, ihr Haar zu einer kunstvollen, aber strengen Frisur zu verzwirbeln. Schon bald würde es eng wie der Helm eines Soldaten an ihrem Kopf anliegen und kaum noch erkennen lassen, wie lang und seidig es tatsächlich war. Als Linari ihr Werk beendet hatte, musterte sie es kritisch und mit deutlichem Bedauern. Deleja warf keinen Blick darauf. Sie wusste nur zu gut, wie sie aussah.

Anschließend brachte ihr die Haushälterin Wasser zum Waschen und legte ihr einen Stoß frischer Kleidung zurecht. Deleja betrachtete sie scheu und biss sich auf die Lippe. Eine Hose, ein Hemd und eine Weste - Jungenkleidung.

Liss Banagi, ihre langjährige Freundin, beneidete sie darum, dass sie - zumindest im Haus - so etwas anziehen durfte, ihr selbst lag hingegen nur wenig daran. Sie hätte auch lieber Kleider getragen, so wie ihre Schwestern es taten, aber sie verzichtete darauf - ihrem Vater zuliebe. Er betonte so oft, dass er auf einen Sohn nicht weniger stolz wäre als auf sie. Wie könnte sie ihn da enttäuschen?

Linari ließ sie allein, damit sie ihre Morgentoilette erledigen konnte. Deleja trödelte wie üblich herum und verfiel alsbald in ein dumpfes Grübeln. Sie hatte wahrlich mehr Grund, Liss zu beneiden, als das umgekehrt der Fall war. Ihre Freundin war schon seit zwei Jahren in denselben Jungen verliebt, und er erwiderte ihre Gefühle mit einer tiefen, aufrichtigen Intensität, die ihresgleichen suchte. In wenigen Tagen würde er im Kontor der Albites eine Stelle als Lehrling antreten. Das tat er allein für Liss, und Deleja zweifelte nicht daran, dass er irgendwann um Liss' Hand anhalten würde. Sie würden bestimmt sehr glücklich miteinander werden.

Sie seufzte schwer. Bevor sie das Zimmer verließ, steckte sie dem Pirol noch ein paar Kirschen in seinen Käfig. Wenigstens sein Gefieder sollte so schön wie möglich werden.

* * *

Von ihrem Raum aus gelangte Deleja auf den Gang, der den Ostflügel des Hauses auf der vollen Länge des dritten Stockwerks durchschnitt. Hier lagen auch die Zimmer ihrer beiden Schwestern. Die Räume stießen allerdings nicht direkt aneinander, sondern waren durch kleine Flurabschnitte getrennt, die blind vor den Außenwänden endeten.

Große Fenster in den Mauern verhinderten den Eindruck von muffiger Enge und Düsternis, wie er in so vielen anderen Herrenhäusern Golgamats herrschte, deren bedrückende, beinahe grabesähnliche Stimmung sich wie eine schwere Decke über Herz und Gemüt breitete, einzig durchbrochen vom monotonen Ticken überdimensionaler Wanduhren, das die sterilen Räume erfüllte wie der Pulsschlag der Ewigkeit.

Nicht so im Hause Albite. Linari hatte die Fenster allesamt geöffnet, und so konnte das Licht der aufgehenden Sonne ungehindert in den Gang strömen und Speere blutig roter Helligkeit auf die Teppiche und die Tapete werfen, und die frische Morgenluft vertrieb energisch die Reste der Nacht aus den langen Fluren und Korridoren. Die Fenster zum Hof lagen hingegen noch in düsterem Schatten. Erst kurz vor Mittag würde die Sonne hoch genug steigen, um ihre Strahlen auch in den Innenhof des Haupthauses schicken zu können.

Es besaß insgesamt drei jeweils dreistöckige Gebäudeflügel, die im Norden, Osten und Westen den Hof umrahmten. Im Süden wurde er von einem ebenso hohen Kontorgebäude begrenzt, sodass er im Inneren eines perfekten Karrees lag. Die obere Etage des Ostflügels gehörte ihr und ihren Schwestern, in denen darunter befanden sich die große Bibliothek ihres Vaters, die Lehr- und Studierzimmer sowie die Konferenzräume, in denen sich Morujan Albite mit seinen Geschäftskunden besprach. Im Erdgeschoss wurden stets mehrere Zimmer für unerwartete Gäste bereitgehalten, und auch Linari Duhey und Herness Bajanare, ihr Hauslehrer, besaßen dort jeweils einige Räume für sich.

Im Nordflügel waren die Angestellten des Kontors, die Stallburschen und Lagerarbeiter, die Mägde und Köche, kurz die gesamte Dienerschaft des Hauses, untergebracht. Im Erdgeschoss dieses Flügels lagen auch der gemeinschaftliche Waschraum für die Bediensteten, die Wäscherei, die Großküche und der Speisesaal der Angestellten.

Abwässer aller Art wurden von dort aus in einen kleinen Bach, der hinter den Mauern des Nordflügels zum nahen Meer floss, abgeleitet. Er war zwar überdacht, trotzdem besaß das Haus in seine Richtung keine Fenster, sodass eine Geruchsbelästigung weitgehend vermieden werden konnte. Ohnehin hätte es nach Norden hin außer den weiß getünchten Mauern der benachbarten Häuser nicht viel zu sehen gegeben.

Der Westflügel hingegen war ganz der Familie vorbehalten. Unten lagen die Baderäume, in der ersten Etage gab es einen Rauchsalon und ein Musikzimmer, und die anderen Räume der ersten und zweiten Etage wurden je nach Bedarf genutzt. Hoch oben im dritten Stock befand sich der Speisesaal, in dem die täglichen Mahlzeiten der Familie eingenommen wurden. Damit das Essen nicht kalt wurde, wurde es nicht vom Nordflügel dorthin gebracht, sondern in einer kleinen, eigenständigen Küche zubereitet, in der Linari das unangefochtene Regiment führte.

Den weitaus größten Teil des oberen Stockwerks nahm jedoch der riesige Festsaal ein, in dem ihr Vater schon so manche berauschende Feier veranstaltet hatte, von der noch lange in den erlauchten Kreisen der Gesellschaft gesprochen worden war. Von dort aus hatte man durch zwei Dutzend hohe, bogenförmige Fenster einen fantastischen Ausblick auf den Hafen und die Weiten des Ozeans, und noch besser wurde das Panorama, sobald man die Terrasse betrat, die sich an der Außenmauer des Festsaals entlang über die gesamte Breite des Daches des großen Lagers erstreckte, das sich gleich an das Wohnhaus zum Meer hin anschloss.

Dort hatte Deleja so manche verträumte Stunde zugebracht, dem geschäftigen Treiben auf dem Kai zugesehen und beobachtet, wie die Arbeiter die Schiffe ihres Vaters mithilfe der monströsen Kräne, die an der Hafenmauer verankert waren, entluden. Dieser kleine Teil des Hafens gehörte ihm und war deshalb sorgfältig von den restlichen Kais abgegrenzt. Die kostbaren Waren, die Morujan Albite einschiffen ließ, hätten andernfalls vermutlich eine Menge zwielichtiges Gesindel angezogen.

Natürlich war das ohnehin der Fall, aber der Pförtner, der an dem großen Tor saß, das ins Innere des Kontors führte, und der Vorarbeiter ihres Vaters gaben stets sorgsam darauf acht, dass sich niemand auf das Gelände verirrte, der nicht dorthin gehörte, und so war das Kontor eine kleine, in sich abgeschlossene Welt inmitten des lärmenden Trubels der übrigen Stadt. Deleja kannte alle Arbeiter und Bediensteten beim Namen. Viele waren schon so lange im Haus, dass sie für sie fast ein Teil der Familie waren, und mit manchen von ihnen hätte sie ganz gewiss lieber zusammen gegessen als mit ihren beiden jüngeren Schwestern.

Sie seufzte leise und ging weiter. Im Grunde hätte sie, um in den Speisesaal im Westteil zu gelangen, das Innere des Gebäudes nicht verlassen müssen, denn es gab natürlich eine Reihe von Fluren, Gängen und Korridoren, die die drei Flügel des Hauses miteinander verbanden, doch sie zog es vor, einen anderen Weg zu nehmen. Sie wollte die frische Morgenluft genießen und trat deshalb auf den obersten der Altane hinaus.

Die hölzernen Galerien schmiegten sich auf allen Stockwerken an die Flügel des Wohnhauses; ausgenommen war lediglich die Südmauer. Da sie zum Kontor gehörte, besaß sie weder Türen noch Fenster in dieser Richtung, sondern lediglich einen bogenförmigen Durchgang zum Hof des Kontors. Dieser wurde von Lagerschuppen und Ställen umgrenzt, und nur von dort aus konnte das eigentliche Anwesen betreten werden.

Die Südmauer war ebenso hoch wie die drei Flügel des Wohnhauses und auf ihrer gesamten Höhe und Breite mit verschlungenen, üppigen Rosenranken bedeckt. Die Zweige krochen sogar bis aufs Dach hinauf und wuchsen dort, wo der Ost- und der Westflügel an die Südmauer stießen, in die hölzernen Streben der Altane hinein, als hätten sie den geheimen Plan gefasst, irgendwann einmal das gesamte Gebäude restlos zu überwuchern. Sie entsprangen zwei unterschiedlichen Rosenstöcken, einem, der weiße, und einem, der rote Blüten trug. Überall zeigten sich zarte Knospen zwischen dem Grün, aber nur ganz wenige waren bereits geöffnet. Fast alle davon gehörten den weißen Blüten. Die roten würden wahrscheinlich noch eine bis zwei Wochen brauchen, um zu ihren Geschwistern aufzuschließen.

Deleja lächelte still vor sich hin, während sie auf dem Altan den Hof umrundete und dabei versonnen nach unten blickte. Ein aus weißen Steinen gemauerter Brunnen nahm die Mitte des Hofs ein. Er war ein verkleinertes Abbild des Brunnens vor den Toren des Kontors und bot auf seinen Stufen Platz zum Sitzen und Träumen. Wann immer ihre Pflichten es zuließen, ließ sie sich dort nieder und las, falls es sie nicht mehr danach drängte, mit ihren Blicken über das weite Meer zu schweifen. Neben der Terrasse war dies ihr Lieblingsort.

Die Tür ins Innere der oberen Etage des Westflügels stand offen, doch Deleja ging an ihr vorbei bis zum Ende des Altans und streckte ihre Hand nach einer Rosenranke aus, die einen der kunstvoll geschnitzten Pfeiler wie eine schimmernde Girlande aus Licht und Schatten umschlang. Sie trug mehrere weiße Knospen, die sich schon beinahe gänzlich geöffnet hatten. Deleja berührte die zarten Kelchblätter, strich mit den Fingerspitzen den Tau von ihrer Oberfläche und beugte sich schließlich vor, um an den fragilen, zerbrechlich wirkenden Blüten zu riechen. Sie mochte den Duft der Rosen mehr als jeden anderen, vor allem den der roten.

Während sie sacht Luft einsog, schloss sie die Augen und erinnerte sich an die Zeit, als sie noch ein kleines Kind gewesen war. Damals hatte ihr ihre Mutter jeden Abend vor dem Schlafengehen aus dicken, ledergebundenen Folianten vorgelesen, sie an rührenden Geschichten über junge Helden und schöne Frauen, über Abenteuer und die große Liebe zwischen zwei Menschen, die das Schicksal zusammengeführt hatte, teilhaben lassen.

Ihre Mutter hatte diese Geschichten geliebt, und sie war es auch gewesen, die die Bücher gesammelt hatte. Als sie gestorben war, hatte Deleja jedes einzelne von ihnen immer und immer wieder gelesen, sich die Texte und Illustrationen so genau eingeprägt, als gelte es, einen kostbaren Schatz in ihrem Herzen zu bewahren. Rosenkränze, Rosenzweige und Rosenblüten zierten die Seiten, bildeten komplexe Muster und verschnörkelte Ornamente, und nicht nur in einem Buch standen die Liebenden, als sie endlich zueinandergefunden hatten, unter einem Bogen aus wunderschönen, roten Rosen, der wie eine Verheißung ihres zukünftigen Lebens über ihnen aufragte und ihnen den Weg leuchtete.

Deleja hielt die Augen noch immer geschlossen und gab sich ihrem geheimsten, innigsten Traum hin. Sie sah sich selbst unter einem Bogen roter Rosen stehen, ihre rotblonden Locken fielen offen wie ein Mantel aus Feuer und Licht über den geschmeidigen Stoff eines smaragdgrünen Kleides und dufteten nach den edlen Blumen, die sie umgaben. Vor ihr stand ein junger Mann, ein Held, der für sie in den Kampf gezogen war und allen Gefahren getrotzt hatte, um ihr Herz zu gewinnen. Sie konnte sein Gesicht nicht genau erkennen, aber sie wusste, dass er schön war, und sie wusste, dass sein Lächeln ihr allein galt. Er erklärte ihr seine Liebe und bat sie, mit ihm zu gehen. Deleja lächelte glücklich.

Ein heftiger Stoß riss sie brutal aus ihren schillernden Fantasien. Erschrocken schlug sie die Augen auf, fuhr herum und sah sich ihren beiden Schwestern gegenüber.

„Träumst du mal wieder, Deleja?“, höhnte Vanaja spöttisch, und Inhira, die ein Stück hinter Vanaja stand, kicherte anstößig.

Vanaja war es, die Deleja meistens anging, doch Inhira war bei all ihren Streichen und allen Streitereien, die sie anzettelte, ihre begeisterte Komplizin.

„Ich habe nicht geträumt!“, gab Deleja hastig zurück und versuchte, ihren Worten einen möglichst festen Klang zu verleihen. Das war allerdings leichter gesagt als getan. Bei der Erinnerung an ihren Tagtraum wurden ihr jetzt noch die Knie weich.

Vanaja spähte an ihr vorbei auf die Rosenblüten und schürzte verächtlich die Lippen. „Das glaube ich dir nicht. Ich weiß, was du denkst, wenn du deine Nase in eine Blume steckst. Vergiss nicht, dass ich die Geschichten ebenfalls kenne!"

Deleja wich ihrem Blick aus. Natürlich kannte Vanaja die Geschichten, immerhin hatte ihre Mutter sie ihnen allen gemeinsam vorgelesen, aber Vanaja und Inhira hatten sich nie dafür begeistern können. Und seit Mutter tot war, wurden sie es nicht müde zu betonen, wie albern und kindisch die Erzählungen seien. Sie hatten keine Träume, die den ihren glichen, und sie brauchten sie auch nicht. Im Gegensatz zu ihr selbst besaßen ihre Schwestern, obwohl sie beide jünger waren, gleich eine ganze Handvoll gut aussehender, schmachtender Verehrer, die ihnen den Hof machten und sie mit Präsenten überhäuften.

Vanaja lächelte herablassend. „Deine Tagträumereien sind reine Zeitverschwendung. Welcher Edelmann würde auch schon einen *Jungen* haben wollen?"

Deleja spürte einen schmerzhaften Stich in der Magengegend. „Ich bin kein Junge!"

„Tatsächlich nicht? Du siehst aber wie einer aus."

„Und du benimmst dich wie einer", fügte Inhira boshaft hinzu.

„Das stimmt nicht! Ich bin genauso ein Mädchen wie ihr!"

„Vater scheint das anders zu sehen, andernfalls würdest du so wie wir sticken und nähen lernen", erwiderte Vanaja kühl.

„Ich bin Vaters Erbin und werde ihm schon bald bei seinen Geschäften zur Seite stehen. Es ist nur recht, dass er mich darauf vorbereitet."

„Das ist die Aufgabe eines Jungen!"

„Wir haben nun einmal keine Brüder, Vanaja! Soll Vater das Geschäft in fremde Hände legen, nur weil das Schicksal ihm einen Sohn versagt hat?"

Vanaja grinste anzüglich. „Er hat doch einen Sohn. Schließlich tragen nur Inhira und ich Kleider, die einer Tochter aus gutem Hause angemessen sind."

Sie streckte die Brust heraus und raschelte demonstrativ mit den Unterröcken ihres Kleides.

Inhira tat es ihr sofort gleich.

Deleja blitzte sie wütend an. „Ich könnte genauso wie ihr Kleider tragen, wenn ich es wollte!"

„So?", fragte Vanaja spitz und bemaß sie mit einem kritischen Blick, der an ihrer Figur von oben bis unten herabwanderte. „Solange du nicht an einigen Stellen gehörig ausgepolstert wirst, kannst du davon doch nur träumen!"

Deleja sah an sich selbst herab und biss sich auf die Lippe. Sie hasste es, wenn Vanaja das zu ihr sagte, und noch mehr hasste sie es, ihr Recht geben zu müssen. Ihre Taille war wenig ausgeprägt, ihre Hüfte schmal, ihre Brust flach. Alles in allem war sie tatsächlich eher knabenhaft als üppig gebaut.

Vanaja und Inhira dagegen waren von der Natur reichlicher ausgestattet worden, das zeigte sich bereits jetzt, obwohl Vanaja ein Jahr und Inhira sogar zwei Jahre jünger war als sie selbst.

„Wenn ich mehr essen würde, sähe ich sicher nicht anders aus als ihr!"

Vanaja lachte. „Davon würdest du höchstens fetter, aber nicht weiblicher werden."

Deleja sackte unter dem Gelächter ihrer Schwestern ein Stück in sich zusammen und blickte traurig zu Boden. In Momenten wie diesem wünschte sie, sie sähe ihrer Mutter noch viel ähnlicher, als es tatsächlich der Fall war. Ihre Mutter war eine schöne Frau gewesen. Jeder hatte ihren Vater um sie beneidet und ihm Komplimente gemacht. Sie hatte schon viele Leute sagen hören, Panandra Albite sei durch ihre Anmut, ihr warmherziges Wesen und ihr ebenmäßiges Antlitz der Inbegriff der Weiblichkeit gewesen. Deleja behielt diese Worte ebenso wie das Bild ihrer Mutter stets in ihrem Herzen. Wenn sie nur so wäre wie sie, könnten ihre Schwestern sie nicht einen Jungen schimpfen und über sie spotten, als wäre sie irgendein drolliger Hofnarr und nicht die Tochter eines der reichsten Männer Golgamats. Doch wie sollte das jemals geschehen?

Ganz sicher hätten Vanaja und Inhira sie noch weiter gepiesackt, aber vibrierende Schritte auf dem Holz des Altans hielten sie davon ab. Sie wandten sich um, und auch Deleja sah auf.

Ihr Vater schritt auf sie zu. Er war groß und stattlich, mit dunkelblondem, dichtem Haar und einem sorgsam gestutzten Vollbart, der sein Kinn und seine Wangen bedeckte. Das Lächeln, mit dem er sie begrüßte, verschwand dennoch nicht darin.

„Guten Morgen, meine drei Hübschen!"

„Guten Morgen, Vater", antworteten sie wie aus einem Mund.

Im selben Moment schalt sich Deleja für ihren egoistischen Wunsch, ihrer Mutter gleichen zu wollen, denn als der Blick ihres Vaters Vanaja streifte, ließen Kummer und Schmerz sein Lächeln zu einer starren Maske gefrieren. Vanaja schaffte es immer wieder, ihm seinen großen Verlust vor Augen zu halten. Sie ließ ihn einfach nicht vergessen.

„Können wir hineingehen?", sagte Deleja hastig. „Ich habe Hunger."

Ihr Versuch abzulenken war plump und leicht zu durchschauen, doch wenigstens erreichte sie ihr Ziel. Der Blick ihres Vaters klärte sich, und für einen Moment gehörte sein Lächeln ihr allein.

„Natürlich, Deleja. Linari wartet ohnehin schon auf uns. Kommt!"

Deleja ließ die anderen vorgehen. Bevor sie selbst in den Schatten des Hauses trat, warf sie noch einen letzten Blick zurück. Hoch oben auf der Südmauer waren die ersten Sonnenstrahlen erschienen und tauchten einige der weißen Rosenblüten in ihren warmen Schein. Die roten waren noch immer geschlossen.

* * *

Am Abend zog sich Deleja auf die Dachterrasse zurück. Das letzte Mahl des Tages war eben zu Ende gegangen, und sie empfand das starke Bedürfnis, allein zu sein. Über eine der breiten Treppen des Westflügels erreichte sie das obere Stockwerk und huschte leise in den großen Festsaal. Nur dort gab es die Türen, über die man die Terrasse betreten konnte.

Der Saal lag dunkel und verlassen vor ihr. Ganz anders als der Rest des Hauses, ganz anders als selbst die Räume, die nicht so häufig benutzt wurden, wirkte er leblos, so als gehörte er einer anderen, stilleren Welt an, einer Welt lautlos fallender Schneeflocken und erhaben am Himmel dahinziehender Wolken, wo jedes Geräusch eine Störung in der natürlichen Ordnung der Dinge darstellte. Stühle, Tische und die gepolsterten Möbelstücke waren mit großen, weißen Laken abgedeckt worden, die den Staub fernhielten, und die langen Gardinen aus festem, dunklem Stoff, die von der Decke bis zum Boden reichten, waren auf beiden Seiten des Saals geschlossen und sperrten das Tageslicht aus. Nur vor einem der westlichen Fenster waren sie zurückgezogen worden, und in den rötlichen Strahlen des letzten Sonnenlichts, die von draußen hereinfielen, tanzten feine Staubkörner zu einer unhörbaren Melodie.

Auch die Scheibe stand weit offen und ließ eine frische Brise hinein, doch für einen so großen Raum war das bei Weitem nicht ausreichend. Trotz der nahen See war die Luft trocken und kratzte in der Kehle, und darin verwoben schwebten - kaum wahrnehmbar - die Gerüche längst vergangener Feiern, stumme Zeugen der strahlenden Feste, die der Saal erlebt hatte.

Nur dann, wenn die Kapelle auf dem kleinen Podest am Kopfende des Saals spielte, nur dann, wenn mindestens vierzig Menschen im Raum plauderten, lachten und tanzten, füllte er sich mit Leben, zu jeder anderen Zeit wurde er von einer so tief greifenden Ruhe beherrscht, dass man sich fühlte wie auf dem Grunde des Ozeans oder in den lichtlosen Hallen eines verwunschenen Schlosses.

Deleja trat unwillkürlich leise auf und beeilte sich, den Raum durch das geöffnete Fenster, das gleichsam auch eine Tür zur Terrasse war, zu verlassen.

Kaum hatte sie einen Schritt nach draußen getan, empfing sie das Raunen des Meeres sanft wie eine geflüsterte Liebeserklärung. Der Wind, der landeinwärts wehte und den salzigen Geruch von Tang, Fisch und Muscheln mit sich trug, strich zärtlich über ihr Gesicht, und die Schreie der Möwen, die sich in den Lüften über der Küste voller Lebensfreude tummelten, begrüßten sie wie einen alten Freund.

Mit einigen schnellen Schritten war sie bei der steinernen Brüstung der Terrasse und legte die Hände auf den rauen Stein. Er war noch immer von den Strahlen der Sonne erhitzt, die nun weit draußen über dem Meer dem Horizont entgegensank.

Deleja beugte sich leicht nach vorn und spähte nach unten. Direkt unterhalb der Terrasse lag der Kai ihres Vaters. Derzeit waren zwei kleinere und ein großes, prächtiges Segelschiff mit vier Masten an ihm vertäut, deren Segel im Licht der Dämmerung die Farbe von geschmolzenem Eisen angenommen hatten. Ein breiter Steg führte vom Kai zum Deck der Galeone hinüber, und in einer langen Schlange, die aus der Höhe wie eine Kolonne emsiger Ameisen anmutete, schleppten die Arbeiter kleinere Kisten und Ballen an Bord. Zwischen den beiden mittleren, größten Masten stand eine Frachtluke weit offen und verschlang, dem gefräßigen Maul eines gierigen Untiers gleich, die Waren, die, da sie zu massig zum Tragen waren, von dem Hafenkran in den Bauch des Schiffes gesenkt wurden.

Unter den Menschen auf dem Pier erkannte Deleja auch ihren Vater. Er war sofort nach dem Essen hinausgeeilt und erteilte lautstark Kommandos. Er schien überall gleichzeitig zu sein, und seine energische Stimme und seine Anwesenheit brachten Ordnung in das geschäftige Treiben. Ganz sicher würde das Schiff planmäßig zur Abfahrt bereit sein. Es sollte morgen früh, beim ersten Anzeichen der Dämmerung, auslaufen.

Die Boote, die in anderen Teilen des Hafens vor Anker lagen, machten sich bereits jetzt bereit abzulegen. Die meisten von ihnen waren kleine Dschunken der Fischer Golgamats. Sie würden die gesamte Nacht über in den Gewässern vor der Küste auf Fang gehen, und genauso lange würden die hellen Laternen, mit denen sie die Fische anzulocken versuchten, in der Finsternis wie Glühwürmchen auf und ab schaukeln.

Deleja ließ ihren Blick vom Hafen weg nach links wandern. Dort lag die Insel Talgolma. Der Sand des Flusses, der Golgamat in zwei Hälften spaltete und genau gegenüber der Insel ins Meer mündete, hatte sie irgendwann einmal aufgeschwemmt, und inzwischen war sie mit starken Mauern besser befestigt als die Stadt selbst. Der Herzog Benan Gerais lebte dort mit seiner Familie in einem prächtigen Palast, dessen wunderschöne Gärten überall im Land berühmt waren.

Es sollte auf Talgolma viele Rosen geben, die man in keiner anderen Gegend des Herzogtums fand. Deleja versuchte oft, sich die Gärten vorzustellen. Gesehen hatte sie sie noch nie, denn nur wenige durften die Insel betreten.

Ihr Vater war, da er zum Rat der Stadt und darüber hinaus zu den reichsten Männern in Golgamat gehörte, bereits mehrmals dort gewesen, denn der Herzog bat die Stadtoberen regelmäßig zu sich, wenn es wichtige Neuerungen zu besprechen gab. Vielleicht konnte er sie später einmal mitnehmen, immerhin war sie seine Erbin.

Viel Hoffnung machte sie sich allerdings nicht. Zwar mochte er in ihr seine Nachfolgerin sehen, was das Geschäft anbelangte, doch als Frau würde sie niemals seinen Platz im Rat übernehmen können. So etwas hatte es noch nie gegeben, und es war wenig wahrscheinlich, dass sich die Regeln ausgerechnet für sie ändern würden.

Über Mitglieder des Rates hinaus ließ Benan Gerais nur Gleichgestellte wie die Familie des Herzogs Garbass Geyseré, dem das benachbarte Herzogtum unterstand, zu sich auf die Insel. Die Geyserés waren schon seit Langem mit Gerais befreundet.

Deleja seufzte leise und lenkte ihren Blick von Talgolma fort, ließ ihn über die langen Molen, die die Hafeneinfahrt markierten, schweifen und schließlich aufs weite Meer hinauswandern. Die Sonne war inzwischen so tief gesunken, dass ihre runde Scheibe das Wasser berührte. Ihre leuchtenden Strahlen glitzerten wie ein Teppich aus Diamanten auf den Schaumkronen der Wellen, und eine Pfeilspitze aus rotem, blutigem Licht lief über die Oberfläche des Meeres zielstrebig in Richtung Ufer.

Deleja sah in seine Richtung, und plötzlich war ihr, als schösse der Pfeil mit zornigem Singen direkt auf sie zu, bereit, sie zu durchbohren und ihre Seele zu Asche zu verbrennen. Erschrocken stolperte sie einen Schritt von der Brüstung zurück. Ein eiskalter Schauer kroch ihren Rücken hinauf, ihr Herz begann zu rasen, und ihr Magen verschlang sich unter dem düsteren Gefühl einer unheilvollen Bedrohung zu einem harten Knoten.

Sie schalt sich selbst eine Närrin, gab es doch nichts, was sie fürchten musste, aber ihre Angst war stärker als ihre Vernunft. Unter den roten Strahlen der Sonne, die wärmend und labend hätten sein sollen, stellten sich ihr die Haare im Nacken auf, und sie duckte sich zusammen wie ein Kätzchen, das sich beim ersten Donnergrollen eines Gewitters zitternd in die hinterste Ecke der Küche verkriecht. Ein Gefühl lähmender Einsamkeit überkam sie und hielt an, solange das Licht der Sonne sie berührte.

Auch ihr Frösteln nahm erst wieder ab, als der lohende Feuerball tiefer in das Meer eintauchte und seine Glut nach und nach gelöscht wurde. Langsam wich die Hitze des Tages einer angenehmen, klaren Kühle. Auch der Wind frischte auf, als die Sonne gänzlich versank, streichelte sanft ihre Wangen und löste eine lange Haarsträhne aus ihrer strengen Frisur. Es war, als wollte er sie trösten, und sie lauschte seinem Lied mit Wehmut im Herzen, zugleich angerührt und auf seltsame Weise verwirrt.

Ihre Einsamkeit verlor sich, so beschützt vom Wind und der starken Präsenz des nahen Meeres, und doch wollte in ihren Geist keine Ruhe einkehren. Die anheimelnde Stille des Abends, die ihr sonst Frieden verschafft hatte, half ihr nicht mehr. Schon seit sechzehn Tagen erging es ihr so, und ihre Nervosität wurde mit jedem Tag größer. Sie konnte sich kaum noch auf ihren Unterricht konzentrieren. Bisher hatte sie es zu vertuschen vermocht, doch heute war es Herness Bajanare, ihrem Lehrer, aufgefallen. Er hatte sie nach dem Grund gefragt, aber sie hatte ihm keine Antwort geben können. Sie verstand es ja selbst nicht.

Manchmal fragte sie sich, ob ihre Albträume, die in der letzten Zeit weniger Zugang zu ihrem Schlaf gefunden hatten, sich vielleicht auf diese Weise zu zeigen versuchten, aber sie ahnte, dass das nicht stimmte. Ihre Unrast war groß, doch sie war nicht so kalt und finster wie das klamme, erstickende Gefühl, das nach einem ihrer Albträume in ihrer Seele zurückblieb und sie zu verzehren suchte. Ignorieren konnte sie sie allerdings genauso wenig.

Als ihr Blick verschwamm, blinzelte sie hastig und wischte sich mit einer Hand über das Gesicht. Eine Träne hatte sich in ihre Augenwinkel verirrt, und sie zu spüren, machte sie noch trauriger. Warum wurde sie nur ständig von so verwirrenden und völlig grundlosen Gefühlen geknechtet? Ihr Leben war doch einfach und vorhersehbar wie die Gezeiten des Meeres, bar jeder Geheimnisse, blinder Flecke oder düsterer Mysterien. Es gab absolut nichts, was ihre verworrenen Emotionen hätte erklären können. Das machte ihr Angst.

„Deleja?"

Bis aufs Blut erschrocken, fuhr sie herum.

Ihr Vater trat zu ihr und lächelte entschuldigend. „Es tut mir leid, Kleines, ich wollte dich nicht erschrecken."

Sie winkte stumm ab, bemüht, ihr Zittern zu verbergen.

Er kam näher, stellte sich neben sie an die Brüstung, holte tief Luft und stieß sie voller Wohlgefallen wieder aus. „Ich kann verstehen, warum du so oft hier oben bist. Die Aussicht ist herrlich."

„Ja, Vater."

„Ich habe dich vom Kai aus gesehen, deshalb dachte ich, ich komme zu dir herauf."

„Ist das Schiff schon fertig beladen?"

„Noch nicht ganz, aber mit dem Rest kommt Afnan allein zurecht."

Afnan Janei war der Vorarbeiter ihres Vaters, ein kluger, fähiger Mann, der allerdings oft etwas zu streng mit seinen Untergebenen umging, wie Deleja fand.

„Wohin wird die *Lanhagolti* fahren?"

Lanhagolti war der Name der großen Galeone. Er bedeutete so viel wie Göttin der Meere, eine durchaus passende Bezeichnung für den stolzen Segler.

„Sie fährt nach Barrastar. Eine Ladung edler Gewürze steht dort für Golgamat bereit."

Als sie pflichtbewusst nachfragte, begann er ihr genau zu erklären, welche Gewürze er geordert hatte und zu welchen Preisen er sie verkaufen konnte. Seine Augen leuchteten voller Begeisterung, während er davon sprach. Er wusste längst genau, welche Mengen er in welchem seiner Läden anbieten wollte.

Deleja hörte ihm schweigend zu, nickte ab und an, und im Inneren ihres Herzens wuchs ihr Kummer. So wie er könnte sie niemals sein, ganz gleich, wie sehr er es sich auch wünschte, und ganz gleich, wie sehr sie sich auch darum bemühte. Irgendwann würde sie ihn enttäuschen.

Sie sah zu Boden, und wie schon oft zuvor wünschte sie, sie wäre wirklich ein Junge. Vieles wäre einfacher gewesen, für sie und für ihren Vater.

Der hielt plötzlich in seiner enthusiastischen Schilderung inne und bemaß sie mit einem prüfenden Blick. „Hast du Kummer, Deleja? Du wirkst so betrübt."

Deleja sah an ihm vorbei aufs Meer hinaus. „Es geht mir gut", versicherte sie schnell.

„Bist du sicher?"

„Ja."

„Du weißt, dass du mit mir über alles reden kannst, nicht wahr?"

Sie nickte mechanisch. Wenn es doch nur so wäre!

„Herness hat mit gesagt, dass du heute unkonzentriert warst. Er meinte auch, dass es dir schon seit Tagen schwerfällt zu lernen."

Verblüfft und erschrocken sah Deleja auf. Offenbar hatte sie ihre Stimmung vor ihrem Hauslehrer doch nicht so gut geheim halten können, wie sie geglaubt hatte. „Es ist nichts", gab sie ausweichend zurück.

„Nichts?"

Deleja seufzte. Eigentlich hatte sie nicht vorgehabt, über ihre Unrast zu reden. Sie hatte ihn nicht damit belasten wollen, aber jetzt zappelte sie am Haken. Er würde die Angelegenheit nicht auf sich beruhen lassen, und gewiss war es besser, mit ihm *darüber* zu sprechen, als ihm zu beichten, wie sehr sie daran zweifelte, dass sie ihm eine würdige Nachfolgerin sein konnte.

„Ich bin nur etwas nervös."

„Warum?"

„Ich weiß es nicht. Das Gefühl war einfach da. Es ist ..." Sie stockte. Plötzlich begriff sie, welcher Art ihre Unruhe war. „Es ist, als ob ich auf etwas warte."

Sie hatte befürchtet, dass ihr Vater nun besorgt oder verwirrt sein würde, doch stattdessen lächelte er und drückte ihre Hand.

„Es stehen dir tatsächlich gewichtige Veränderungen bevor, Deleja. Ich habe eigentlich schon längst mit dir darüber reden wollen, doch bislang keine Zeit dafür gefunden. Du hast das vermutlich gespürt und bist deshalb unruhig."

„Veränderungen?" Deleja biss sich auf die Lippe. Jetzt war sie erst recht nervös.

Ihr Vater nahm sie bei den Schultern und sah sie mit großem Ernst an. „In vier Tagen wirst du sechzehn Jahre alt, und damit wird es Zeit, dich in die Welt der Erwachsenen zu holen. Ich habe lange darauf gewartet, und jetzt ist es endlich soweit."

„Soll ich dir bei deiner Arbeit helfen?", fragte Deleja zaghaft. Sie glaubte nicht, dass sie dafür schon bereit war. Es gab noch viel zu vieles, was sie nicht wusste.

„Das auch, aber das ist nicht das Wichtigste. Du wirst einen Mann bekommen."

„Ich?", krächzte Deleja.

Ihr Vater strahlte sie an. „Natürlich du! Hast du etwa geglaubt, ich würde Vanaja und Inhira vor dir verheiraten? Sie sind beide jünger als du. Es geziemt sich, dass du als Erste vermählt wirst."

„Aber … aber ich dachte, ich soll deine Nachfolgerin werden!"

„Das wirst du auch, warum hätte ich dich wohl sonst all die Fähigkeiten gelehrt, die ein Kaufmann benötigt? Das Erbe geht allein in deine Hände, auch wenn du verheiratet bist." Er lachte. „Stell dir nur vor, ich hätte dich so erziehen lassen wie deine Schwestern! Dann hättest du wohl oder übel deinem zukünftigen Mann die Führung des Kontors überlassen müssen, weil du nichts davon verstanden hättest. Das Geschäft hätte mehr ihm gehört als dir, und das ist inakzeptabel. Ich habe zu lange dafür gearbeitet, um es auf diese Weise zu verlieren!"

„Wieso soll ich dann überhaupt heiraten?"

„Möchtest du das denn nicht, Deleja? Ich dachte immer, du wünschst dir eine Familie."

Deleja wurde rot und nickte verlegen.

Ihr Vater drückte sie an sich. „Das wusste ich, mein Kind. Genau deshalb habe ich deine Verlobung geplant."

„Mit wem?"

Er schmunzelte. „Es gibt mehr Bewerber, als du glaubst. Die meisten kommen für dich allerdings nicht infrage. In ganz Golgamat sind nur zwei Familien von unserem Stand: die der Olvives und die der Lymas."

Puross Olvive und Reuss Lymas waren wie ihr Vater reiche Kaufleute. Reuss Lymas war darüber hinaus seit langen Jahren Bürgermeister der Stadt. Beide besaßen neben mehreren Töchtern je einen Sohn, die beide wie sie selbst in wenigen Tagen sechzehn Jahre alt wurden: Trist Olvive und Enjun Lymas.

Deleja konnte nicht behaupten, dass diese Auswahl ihr Herz zum Frohlocken gebracht hätte. Besonders Enjun besaß in der Stadt einen eher zweifelhaften Ruf, und die wenigen Male, die sie ihn getroffen hatte, hatten vollkommen ausgereicht, um sie davon zu überzeugen, dass sie ihn ganz und gar nicht mochte. Mit Trist erging es ihr ähnlich, nur zettelte der nicht bei jeder Gelegenheit eine Schlägerei an, so wie Enjun es tat.

„Hast du dich schon entschieden, wer mein Verlobter werden soll?", fragte sie mit schwankender Stimme.

„Das habe ich."

„Wer? Enjun?"

„Nein, mein Kind. Der Junge ist ein Nichtsnutz, auch wenn sein Vater das Gegenteil behauptet und ihn immer in Schutz nimmt. Er würde nicht zu dir passen."

Zumindest dieser Krug war also an ihr vorübergegangen. Allerdings kamen ihr sofort neue Zweifel. „Ist Trist wirklich besser als Enjun?"

„Ja, das glaube ich schon. Enjun macht keinen Hehl daraus, dass ihn das Geschäft seines Vaters nicht mehr interessiert als der Dreck unter seinen Stiefeln. Der Kerl ist lediglich darauf aus, durch die Straßen zu streifen und Ärger anzuzetteln. Trist hingegen ist ausgesprochen fleißig, wie ich von seinen Eltern erfahren konnte. Er arbeitet sehr viel mit seinem Vater zusammen, und von ihm hörte ich auch, dass er das rechte Geschick als Kaufmann besitzt. Er wird dir, wenn du später mehr Verantwortung in meinem Kontor tragen musst und es irgendwann einmal ganz übernimmst, mit Rat und Tat zur Seite stehen."

„Meinst du wirklich?"

„Natürlich. Trist ist sein gesamtes Leben lang darauf vorbereitet worden, ein Geschäft zu führen, so wie du auch. Ihr werdet euch hervorragend ergänzen."

Ihr Vater glaubte das tatsächlich. Sie sah es an seinen leuchtenden Augen. Ganz sicher stellte er sich bereits das neue, vergrößerte Handelsimperium vor, das durch den Zusammenschluss ihrer Familie mit der der Olvives entstehen würde. Puross Olvive unterhielt vielfältige Handelsbeziehungen ins Innere des Landes und besaß mehrere Karawanen, ihr Vater hingegen nannte ein halbes Dutzend große Schiffe sein eigen und konnte von jenseits des Meeres Waren beschaffen, die es bei ihnen selbst nicht gab. Somit war das Argument, dass sich die Familien ergänzen würden, nicht von der Hand zu weisen, zumindest was ihre Wirkungskreise betraf. Ob das bei ihr und Trist genauso der Fall sein würde, bezweifelte sie jedoch stark.

„Ist die Verlobung bereits beschlossene Sache?", fragte sie vorsichtig. „Ich ... ich meine, ich kenne Trist doch kaum!"

„Seine Familie und er sind häufig bei uns gewesen, Deleja. Hast du dich denn nicht mit ihm unterhalten?"

„Nein, wir haben nie mehr als die üblichen Begrüßungsworte gewechselt. Zu mehr hat sich irgendwie nie die Gelegenheit ergeben."

Deleja bemühte sich, dem Blick ihres Vaters auszuweichen. Sie wusste nur zu gut, warum sie nicht mit Trist gesprochen hatte. Er war nicht gerade ein Junge, den man mit einem der Helden aus den Büchern ihrer Mutter vergleichen konnte. Er war kühl wie ein Eiszapfen und gab sich stets überlegen und weltgewandt. Sie konnte sich beim besten Willen nicht vorstellen, dass er dazu in der Lage war, den Blick über das weite Meer zu genießen. In seinem Kopf schien es nichts als Zahlen und Kalkulationen zu geben.

Abgesehen davon hatte auch er sich von ihr ferngehalten. Sein Interesse galt viel mehr Vanaja als ihr, besonders seit ihre Schwester angefangen hatte, Kleider zu tragen, deren Dekolletés gewagter waren, als es für ein so junges Mädchen schicklich war.

Ihr Vater lächelte ihr zu. „Schon bald wirst du die Gelegenheit haben, Trist genauer kennenzulernen. Ich werde zwei Tage nach deinem Geburtstag ein Fest zu deinen Ehren veranstalten, zu dem ich Trist und seine Eltern bereits eingeladen habe. Eigentlich sollte es eine Überraschung sein, aber ich denke, es ist gut, dass ich es dir gesagt habe. So musst du dir nicht länger Gedanken machen, was dich erwarten könnte und hast etwas, worauf du dich freuen kannst. Wer weiß, wenn alles gut verläuft, könnte die Verlobung noch am selben Abend bekanntgegeben werden."

Halt suchend griff Deleja nach der Brüstung. Ihr schwindelte. „So schnell?"

„Warum warten? Wäre es nicht schön für dich, jemanden zu haben, der sich allein um dich kümmert? Der sich um dich sorgt und nie zulässt, dass dir ein Leid geschieht?"

Deleja spürte, wie ihr der Hals eng wurde. Das war ihr größter, ihr innigster Wunsch, aber Trist war nicht der Mann, mit dem sie sich im Traum ihres Lebens unter dem Rosenbogen hatte stehen sehen, das war gewiss.

„Weiß Trist Bescheid?", fragte sie erstickt. Eine stählerne Klammer hatte sich um ihre Brust gelegt und ließ ihr kaum noch Luft zum Atmen.

„Noch nicht, aber seine Eltern werden mit ihm reden, bevor sie auf das Fest kommen. Und sobald er es weiß, wird seine gesamte Aufmerksamkeit allein dir gehören, Deleja, das verspreche ich dir! Er wird dir nicht mehr von der Seite weichen, sodass ihr euch in aller Ruhe kennenlernen könnt."

Deleja sah zu Boden und bemühte sich, ihren Kummer in ihrem Herzen zu verschließen. Ihr Vater hatte es gut gemeint. Er hatte ihr ihren sehnlichsten Wunsch erfüllen wollen, und er freute sich so darüber, dass er die Verlobung in die Wege geleitet hatte. Sie konnte ihm nicht ins

Gesicht sagen, dass sie sich nun weiter als jemals zuvor von der Erfüllung ihres Traums entfernt fühlte.

Trotzdem schien ihr Vater ihre trübe Stimmung zu bemerken. Er trat zu ihr und legte ihr eine Hand auf die Schulter. „Ich weiß, dass dies eine große Veränderung sein wird, Deleja, und ich kann verstehen, dass sie dir Sorge bereitet, aber es wird sich alles zum Besten wenden, glaube mir. Deine Mutter und ich kannten uns auch kaum, als wir von unseren Eltern zusammengeführt wurden, aber wir haben uns sehr schnell kennen- und liebengelernt. Dir wird es genauso ergehen."

Deleja schwieg. Was hätte sie jetzt auch noch sagen können?

5. Golgamat

Shaan schlief, gefangen in Träumen, die ihn in Finsternis stürzten, tiefer als die der dunkelsten Nacht, tiefer als das mondlose Schwarz des Firmaments und der Grund eines Ozeans in der eisigen Umklammerung des Winters. Es gab kein Licht und keinen Stern, die ihm den Weg wiesen, und so stolperte er orientierungslos über den unebenen Boden voran. Einzig der Ruf der Lanhal lenkte ihn. Sie war irgendwo vor ihm, verborgen von der Düsternis und noch zu weit entfernt, um sie mit ihrem tröstlichen Schein erhellen zu können.

Grelle Schmerzen rannen ihm wie brennendes Öl den Rücken hinunter und trieben ihn gnadenlos vorwärts - der Flammenatem der Shai'yinyal. Sie war dicht hinter ihm. Feuer, von ihrer Zauberkraft geformt, leckte in kleinen Zungen an ihm vorbei. Es hätte ihn verschlingen können, doch es ignorierte ihn. Wie vernunftbegabte Wesen hielten die Flammen mit ihm Schritt, bestrebt, sein Ziel vor ihm zu erreichen.

Shaan versuchte, schneller zu laufen, doch die Dunkelheit stemmte sich ihm wie zäher Teer entgegen. Mühsam musste er sich vorankämpfen, während die Flammen, genährt von der schwarzen Masse um ihn herum, höher und höher züngelten. Die Shai'yinyal schloss unaufhaltsam zu ihm auf. Er konnte ihren Atem bereits in seinem Nacken spüren.

Weit vor ihm erhellte plötzlich ein fahles Licht die Finsternis - das Licht der Lanhal. Noch konnte er lediglich ihre Silhouette erkennen. Ihr Umriss war von einer strahlend weißen Aureole umgeben. Sie rief stärker und eindringlicher nach ihm als je zuvor, ein Ruf voller Angst und Verzweiflung. Sie brauchte ihn! Er musste sie beschützen!

Entschlossen, die Shai'yinyal zu stellen, warf er sich herum - zu spät. Eine unsichtbare, riesenhafte Faust krachte mit grausamer Wucht gegen seine Brust und schleuderte ihn zur Seite. Er schlug hart auf, schrie noch im Fallen eine Warnung.

Im selben Moment stach eine grelle Feuerlanze durch die Dunkelheit und traf die Lanhal. Ihre Silhouette erzitterte, und ihre Aura verlor sich in der alles verzehrenden Glut. Ihr Ruf verstummte, als sie zu kleinen Ascheflocken verbrannte, die sofort von den Flammen erfasst und wie welke Blätter im Sturm davongetragen wurden.

Mit einem Schrei auf den Lippen fuhr Shaan hoch - und erwachte. Starr vor Furcht spürte er nach dem Ruf der Lanhal, fand ihn sanft und raunend im Inneren seiner Seele und ließ sich stöhnend auf sein Lager zurückfallen.

Kalter Schweiß stand ihm auf der Stirn, sein Puls raste und sein Atem ging so schwer, als hätte er gerade einen Marathonlauf hinter sich bringen müssen. Er fröstelte so heftig, dass er durchgeschüttelt wurde wie eine

Maus, die von einer gierigen Katze im Nacken gepackt worden war. Und mehr als eine Maus war er nicht, verglichen mit der Shai'yinyal.

Noch immer schaudernd blickte er zur Öffnung der kleinen Höhle, in der er und sein Vater gestern Abend Schutz gefunden hatten. Noch war es draußen so finster wie in seinen Träumen, doch nur wenig später zeigte sich am Himmel der erste Schimmer der Morgendämmerung wie ein Fanal bevorstehenden Schreckens.

Shaan sah fort, das Herz zu Eis erstarrt. Der Tag, dessen Beginn sich am östlichen Horizont ankündigte, war sein sechzehnter Geburtstag. Es war der Tag, an dem der Kampf unwiderruflich beginnen würde, denn nur noch wenige Stunden Fußmarsch entfernt lag die Stadt Golgamat. Dort lebte die Lanhal – und der Yinyal. Und dort würde er alsbald auf die Shai'yinyal treffen, sie besiegen oder ihr unterliegen.

Die Furcht vor dem Kampf verschloss seine Kehle wie ein massiver Pfropf und nahm ihm die Luft zum Atmen. Wie sollte er nur vorgehen? Wie sollte er gegen die schreckliche Shai'yinyal bestehen können?

Der Morgen brach herein und sein Vater erwachte, ohne dass er Antworten darauf gefunden hätte. Stumm und bedrückt nahm er sein Frühstück ein, wusch sich und zog sich anschließend zum ersten Mal die Kleidungsstücke an, die Marzen Besite ihm mitgebracht hatte. Bei der ersten Begegnung mit der Lanhal wollte er nicht wie ein dahergelaufener Bettler aussehen. Die Sachen passten ihm gut, aber das war nichts, worauf er mehr als nur einen Funken Aufmerksamkeit verwendet hätte. Mit fest zusammengepressten Lippen packte er sein Bündel und trat neben seinen Vater.

Gefflan stand reglos am Eingang der Felsgrotte und starrte in die heraufziehende Dämmerung. Seine Gedanken waren wie so oft in der Vergangenheit verloren.

Außerhalb der Höhle kroch Bodennebel in dünnen Schlieren durch die Zweige der Büsche und Bäume ringsum und schlug sich auf ihren Blättern als dicke, kühlende Tautropfen nieder. Die aufgehende Sonne warf lange Spuren aus Licht über das Land. Schon bald würde sich der Nebel heben und die Strahlen ungehindert auf die Erde treffen, sie ausdörren und verbrennen und in toten Staub verwandeln.

Shaan schulterte seinen Rucksack. „Es ist soweit", sagte er. Heute wollte er nicht darauf warten, dass Gefflan ihn von sich aus ansprach.

Sein Vater fuhr so abrupt zu ihm herum, dass er unwillkürlich zurückwich. Doch Gefflan erhob nicht den Arm gegen ihn, wie so oft zuvor, sondern streckte ihm wortlos eine Hand hin. Auf der Handfläche lag eine ovale Plakette. Sie zeigte ein kleines Bild: zwei weiße Möwen auf blauem Grund.

Beschämt über sein Erschrecken tappte Shaan hastig einen Schritt näher. „Was ist das?"

Gefflan sah ihn nicht an. „Das ist das Wappen der Geyserés. Mein Vater hat es mir an dem Tag gegeben, an dem du geboren wurdest."

„Das Wappen", flüsterte Shaan, gleichermaßen ergriffen wie verwirrt. So oft hatte er seinen Vater gebeten, ihm das Familienwappen zu zeigen, aber Gefflan war nie dazu bereit gewesen. Er hatte sich schon damit abgefunden, sterben zu müssen, ohne es je zu Gesicht bekommen zu haben.

„Wieso ... wieso zeigst du es mir?"

„Es gehört dir. Mein Vater wollte, dass du es bekommst."

Und als Shaan zögerte, drückte ihm Gefflan die Plakette grob in die Finger. Seine Mundwinkel bogen sich weit nach unten, als er ihn streng ansah.

„Du darfst das Wappen auf gar keinen Fall tragen, bevor die Lanhal nicht über das Böse gesiegt hat. Wenn du es tätest, könnte die Shai'yinyal erfahren, zu welcher Familie du gehörst, und den Kampf für alle Zeiten entscheiden."

Shaan umklammerte die Plakette so fest, dass ihm das Metall schmerzhaft in die Haut stach. „Das würde ich niemals riskieren."

„Gut", knurrte Gefflan und wandte sich von ihm ab, um erneut blicklos in die Ferne zu starren.

Unruhig trat Shaan von einem Fuß auf den anderen. „Wir müssen gehen!"

Gefflan schüttelte den Kopf, ohne ihn anzusehen. „Nicht *wir*, sondern du!"

„Du kommst nicht mit mir nach Golgamat?", fragte Shaan erschrocken.

„Nein, du wirst allein weitergehen. Ich bleibe hier und warte, bis der Kampf beendet ist."

„Ich ... ich hatte gedacht ... ich hatte gehofft, du könntest mir noch ein wenig zur Seite stehen."

„Du bist der Shai'lanhal, nicht ich! Es ist dein Kampf, nicht meiner."

„Aber du bist mein Sarn!"

„Das war ich bis zu diesem Tag. Meine Aufgabe ist nun erfüllt."

„Aber ..."

„Du kennst die Regeln. Ich darf dir nicht mehr helfen, selbst wenn ich es wollte."

„Die Regeln besagen nicht, dass du mich nicht bis zum Wohnort der Lanhal begleiten darfst. Du darfst mir erst dann nicht mehr helfen, wenn ich sie bereits getroffen habe."

Gefflan zog unwillig die Stirn in Falten. „Das sind Spitzfindigkeiten, Shaan. Welche Hilfe könntest du schon auf den letzten Stunden Fußmarsch zur Stadt noch benötigen? Habe ich dich so wenig gelehrt, dass du dich nicht einmal dem gewachsen fühlst?"

Shaan biss sich auf die Lippe. „Ich war noch nie in einer Stadt", erklärte er trotzig.

Gefflan überhörte seinen anklagenden Tonfall. „Eine Stadt ist nichts anderes als ein zu groß geratenes Dorf. Es gibt kaum Unterschiede."

Das hätte ihn nicht einmal dann beruhigt, wenn er das alltägliche Leben in den Dörfern besser gekannt hätte, als er es in seiner erbarmungswürdigen Unwissenheit tat.

„Ich weiß nicht, wie ich mich verhalten soll", sagte er leise, den Blick am Boden.

„Die Sorge um die Lanhal wird dein gesamtes Handeln bestimmen. Du musst sie um jeden Preis beschützen, alles andere ist zweitrangig! Vergiss nie, dass dir die Shai'yinyal stets sehr nahe sein wird. Sie kann es spüren, wenn du deine Magie einsetzt, also tue es niemals dort, wo die Lanhal wohnt. Du darfst die Shai'yinyal nicht zu ihr locken."

Shaan nickte stumm und trostlos.

„Bevor du gehst, nenne mir noch einmal die Regeln!"

Shaan schluckte hart und begann mit rauer Stimme, die Regeln zu rezitieren.

„Die Lehrer dürfen die Shais nach der Begegnung mit den Inkarnationen nicht mehr unterstützen. Die Shais dürfen die Inkarnationen nicht über ihre Bedeutung und ihre latenten Kräfte aufklären, und sie dürfen ihre eigene Rolle nicht preisgeben. Sie dürfen vor ihrer Inkarnation ihre Magie niemals so einsetzen, dass sie sie als Magie und den Shai als deren Urheber erkennen kann. Die Shais dürfen niemals über Magie Einfluss auf die Inkarnationen ausüben."

Gefflan packte Shaan am Arm. Sein Griff war so fest, dass er ihm wehtat. „Vergiss die Regeln niemals! Wenn du sie missachtest, hast du verloren!"

„Das weiß ich", presste Shaan hervor.

Gefflan ließ ihn los.

„Geh jetzt! Je früher du die Stadt erreichst, desto besser. Die Shai'yinyal wird ebenfalls keine Zeit verlieren."

Shaan zögerte. Nie zuvor hatte er sich seiner Aufgabe so wenig gewachsen gefühlt wie in diesem Augenblick. Und wer sollte die Geschichte des Kampfes für kommende Generationen festhalten? Er könnte es tun, falls er gewann, doch wenn er versagte, ging die Erzählung unwiderruflich verloren. Wäre es nicht die Pflicht seines Vaters, das zu verhindern?

Doch Gefflans Blick hatte sich längst wieder in die Vergangenheit gerichtet, und Shaan wagte nicht, seine Gedanken offen auszusprechen.

„Ich werde zurückkommen, wenn der Kampf vorüber ist", versprach er zittrig.

Gefflan sah ihn nicht an, machte sich nicht einmal die Mühe, ihm zum Abschied zuzunicken. Da wandte sich Shaan brüsk von ihm ab und trat aus der Höhle hinaus. Er ging, ohne sich noch ein einziges Mal umzusehen.

* * *

Während die Sonne ihre ewige Bahn am Himmel emporkletterte, näherte sich Shaan durch die Ausläufer des Gebirges, durch das sie in den letzten Tagen gewandert waren, Golgamat. Über zwei Stunden war er nun schon unterwegs. Der Ruf der Lanhal raunte ihm zu, dass er den größten Teil der Strecke bereits geschafft hatte, trotzdem hatte er das Gefühl, kaum voranzukommen. Seine Füße waren so schwer, als wären Bleigewichte um seine Knöchel geschlungen, und die grelle Sonne schien ihm jede Kraft aus den Muskeln zu saugen.

Den Kopf hielt er die meiste Zeit gesenkt. Ihm war nicht danach, seine Umgebung zu betrachten. Ein verworrenes Gemisch heftiger Emotionen brodelte in ihm - Neugier gehörte jedoch nicht zu ihnen.

Sein einsamer Marsch führte ihn über einen schmalen, staubigen Gebirgspfad. Seit er die Höhle verlassen hatte, war er keiner Menschenseele begegnet. Schon seit geraumer Zeit folgte der Weg schlangengleich dem Verlauf einer Schlucht mit hohen, dicht beieinanderstehenden Felsen. Gute vier Meter unterhalb von ihm schoss ein ungestümer Wildbach gurgelnd durch den Talgrund. Das Wasser war sicherlich nicht tief, doch die Enge des Bachbettes und das nicht unbeträchtliche Gefälle verliehen ihm eine starke, reißende Strömung. An manchen Stellen hatte es runde Becken im Gestein ausgewaschen, in denen sich schäumende, brodelnde Wirbel formten, bevor es mit ungebrochener Kraft weitersprudelte. Sein wildes Rauschen hallte vielfach von den steilen Felswänden wider und schluckte jedes andere Geräusch.

Shaan starrte dumpf vor sich hin, bis der Pfad zu einer hölzernen Brücke gelangte, die über den Bach auf die andere Seite der Schlucht führte. Feuchtigkeit hatte auf ihren Bohlen grüne Algen wuchern lassen, die durch die Nässe des Spritzwassers einen schmierigen, spiegelglatten Film bildeten und ihn zu größerer Aufmerksamkeit zwangen. Vorsichtig setzte er die Füße voreinander, dabei sorgsam das Tau umfassend, das linker Hand von einem Ende der Brücke zum anderen gespannt worden war. Es war der einzige Halt, der ihm blieb, sollte er ausgleiten und in den Bach zu stürzen drohen, denn ein festes Geländer gab es nicht.

Als er unversehrt die andere Seite der Kluft erreicht hatte, atmete er erleichtert auf, schrak jedoch heftig zusammen, als ein schrilles Kreischen plötzlich das Tosen des Wassers übertönte. Es erklang direkt über ihm, gleichzeitig strich ein großer Schatten dicht über seinen Kopf hinweg. Er duckte sich und blickte nach oben. Ein Raubvogel mit beachtlicher Spannweite segelte majestätisch in die Schlucht hinab, ließ sich auf einer Kante in der Nähe der Brücke nieder und brach bei der Landung einige kleine Steine los. Sie rollten den Felsen hinab und tauchten dumpf platschend in das brodelnde Wasser.

Shaan sog tief Luft ein und versuchte, sein wild hämmerndes Herz zu beruhigen. Mit weit aufgerissenen Augen starrte er auf den Vogel, die Glieder vor Schreck zur Reglosigkeit verdammt. Es war ihm schmerzlich bewusst, dass, wäre der Schatten ein von der Shai'yinyal geworfener Gesteinsbrocken und kein harmloses Tier gewesen, er in der Konfrontation keine gute Figur gemacht hätte.

Seine Hände ballten sich zu Fäusten, und seine Kiefermuskulatur verkrampfte sich, als er in ohnmächtiger Verzweiflung mit den Zähnen knirschte. Er wollte sich gerade wieder in Bewegung setzen, als auf der anderen Seite der Schlucht plötzlich ein Pferd um eine Kehre des Pfades bog. Seine Hufe klapperten hart auf den Felsen, und es schnaubte mürrisch. Seine Reiterin versuchte es mit Zureden und Streicheln zu beruhigen, dennoch tänzelte es bedrohlich dicht an der Kante des Abhangs entlang.

Shaan blieb überrascht stehen und musterte die Frau. Sie mochte ein wenig älter sein als sein Vater. Ihre dunklen Haare waren zu einer kunstvollen Frisur aufgetürmt, und ihr Kleid bestand aus einem leuchtenden blauen Stoff, der sicher zu teuer war, um für einen Ausritt in die Berge geeignet zu sein.

Auch das Pferd war etwas Besonderes, schlank und von ungewöhnlich zierlicher Statur, nicht zu vergleichen mit den starken, robusten Tieren, die er im Verlauf seiner Reise gesehen hatte. Sein Fell war schneeweiß, und es besaß einen edlen Kopf, der nervös von einer Seite zur anderen ruckte.

Selbst auf die Entfernung sah er, dass das Pferd voller Angst mit den Augen rollte und die Ohren anlegte, als die Frau es zur Brücke lenkte. Es schien ihm nicht sonderlich zu behagen, den schnell strömenden Bach zu überqueren, doch die Reiterin trieb es mit leichten Schlägen ihrer Gerte voran. Widerwillig trat es auf die Bohlen.

Es hatte erst wenige Schritte getan, als plötzlich der Raubvogel erneut kreischte, heftig mit den Flügeln schlug und weitere Steine losriss. Sie polterten lautstark den Felsen hinab und krachten direkt vor dem Pferd auf die Brücke. Das Tier stieß ein schrilles Wiehern aus und stieg erschrocken auf die Hinterhand. Die Frau schrie auf und griff hastig nach vorn, um sich am Sattelknauf festzuhalten, aber sie war zu langsam. Sie verfehlte den Knauf, kippte nach hinten und ruderte verzweifelt mit den Armen, konnte ihren Sturz jedoch nicht verhindern.

Hart prallte sie auf die Bohlen der Brücke und rollte sofort über deren Kante hinaus. Zwar versuchte sie, sich festzuklammern, aber das Holz war viel zu glitschig. Ihre Finger glitten ab, und sie stürzte in den mehrere Meter tiefer dahinschießenden Fluss, das Pferd hinterdrein. Beide verschwanden kurz in den brodelnden Fluten, tauchten dann wieder auf und wurden von der Strömung mitgerissen.

Shaan begann zu laufen, hastete den Pfad entlang und versuchte, mit der Frau, die reglos wie eine Stoffpuppe im Wasser trieb, Schritt zu halten. Kurz überlegte er, ob er hinter ihr herspringen sollte, verzichtete aber darauf, weil er sich nicht verletzen durfte, wenn er im bevorstehenden Kampf nicht unterliegen wollte. Also blieb ihm nur seine Magie.

Er zögerte nicht, sie einzusetzen, obwohl ihm klar war, dass er damit gegen die strikten Anordnungen seines Vaters verstieß. Doch sein Vater war nicht hier, und noch war er nicht in Golgamat. Noch war er fern von der Lanhal.

Noch immer rennend, griff er mit seiner Macht hinaus, brachte den Wildbach unter seine Kontrolle und formte die Strömung nach seinem Willen. Die Frau wurde auf den Rücken gedreht, ihr Gesicht über die Oberfläche gehoben und dort gehalten. Er hätte sie sogar vom Wasser aus zu sich emporschweben lassen können, verzichtete jedoch notgedrungen darauf. Falls sie wieder zu sich kam und Zeuge eines offensichtlichen Wunders wurde, wäre seine Aufgabe akut gefährdet. Das durfte er nicht riskieren, aber ebenso wenig konnte er die Frau einfach ihrem Schicksal überlassen. Also hielt er sie über Wasser und von den gefährlichen Kanten der Felsen fern.

Der Pfad senkte sich glücklicherweise allmählich ab, und nach nur drei Wegbiegungen sah Shaan eine Stelle, an der der Weg mit dem Fluss auf einer Ebene war.

Er lief schneller, damit er vor ihr dort war, streifte den Rucksack ab, zog Schuhe und Strümpfe aus und watete bis zu den Knien ins Wasser. Es war eiskalt und die Strömung so stark, dass sie ihn umzureißen drohte. Doch er hielt sie noch immer unter seiner Kontrolle, sodass sie keine Gefahr für ihn darstellte.

Das Pferd trieb zuerst an ihm vorbei. Er ignorierte es, obwohl es ihm einen Stich versetzte, den verzweifelten Kampf des Tieres unbeachtet zu lassen, doch auch die Frau war schon beinahe heran. Das Wasser wirbelte sie ihm entgegen wie einen Korken, der mit Überdruck aus einem Flaschenhals schoss, dann packte er sie mit beiden Händen an den Schultern und zog sie, Schritt für Schritt rückwärtsgehend, mit sich. Die nassen Kleider vergrößerten ihr Gewicht beträchtlich, aber mittels seiner Magie brachte er das Wasser dazu, ihm dabei zu helfen, sie aus dem Bach zu heben und auf einem Felsen niederzulegen.

Als er das geschafft hatte, entließ er die Strömung aus seiner Gewalt und wandte sich besorgt der Frau zu. Sie war bewusstlos, ihr Gesicht bleich, und an ihrer rechten Schläfe sickerte zwischen ihren nassen Haaren Blut hervor. Sie musste sich beim Sturz den Kopf aufgeschlagen haben. Und sie atmete nicht!

Shaan schloss die Augen und konzentrierte seine Magie auf ihren reglosen Körper. Er fand die Flüssigkeit, die in ihre Lungen eingedrungen war und sie am Atmen hinderte, brachte sie unter seinen Willen, öffnete die Augen wieder und drehte die Frau auf die Seite. Sofort floss Wasser aus ihrem Mund und ihrer Nase heraus, gleich darauf beschwor er einen leichten Windzauber und blies ihr frischen Atem ein.

Als die Luft labend in ihre Lungen strömte, begann sie sich zu regen. Ihre Lider flatterten, sie hustete, schlug dann die Augen auf.

„Was ist passiert?“, fragte sie schwach und versuchte, sich aufzusetzen.

Shaan half ihr dabei. „Ihr seid mit Eurem Pferd von der Brücke gestürzt.“

Die Frau reagierte kaum. Ihr Blick war noch nicht wieder richtig klar. Sie stöhnte und rieb sich die Schläfe. Als sie das Blut an ihrer Hand sah, stieß sie einen erschrockenen Laut aus.

„Es ist nur eine kleine Wunde“, erklärte Shaan beruhigend. „Wartet, ich helfe Euch.“

Er stand auf, ging zu seinem Rucksack und kramte das Tuch heraus, mit dem er sich am Beginn der Reise das Handgelenk verbunden hatte. Inzwischen war die Verstauchung abgeklungen, also benötigte er es nicht mehr. Er reichte es ihr und lächelte.

„Drückt das Tuch auf die Verletzung, dann wird die Blutung bald aufhören.“

Die Frau nahm den Stoff entgegen und presste ihn stumm gegen ihre Schläfe. Shaan klaubte derweil seine Schuhe und Strümpfe vom Boden auf und zog sie wieder an. Sie beobachtete ihn dabei, und allmählich kehrte der Glanz in ihre Augen zurück.

„Hast du mich aus dem Wasser gezogen?“, fragte sie.

„Ja. Euer Pferd konnte ich leider nicht retten.“

Ihre Augen wurden groß. „Rede nicht von dem Tier. Du hast mir das Leben gerettet! Ich bin dir zu tiefem Dank verpflichtet.“

„Ihr müsst mir nicht danken. Jeder hätte Euch in dieser Situation geholfen.“

Nur sein Vater nicht, wäre er bei ihm gewesen.

Auf dem Gesicht der Frau erschien ein zweifelnder Ausdruck, verschwand jedoch sofort wieder. Sie musterte ihn offen und freundlich. „Wie heißt du, Junge?“

„Shaan.“

Er sah ihr an, dass sie auch seinen Nachnamen erfahren wollte, aber den behielt er für sich. Niemand durfte wissen, dass er ein Geyseré war; im Grunde stimmte es ja auch gar nicht. Er war der Shai'lanhal - sonst nichts.

Die Frau akzeptierte sein Schweigen und ergriff wieder das Wort. „Ich bin Madala Olvive."

Shaan neigte leicht den Kopf in ihre Richtung, so wie sein Vater es ihm beigebracht hatte. „Es freut mich, Euch kennenzulernen, werte Dame.

Ein überraschtes Aufblitzen in ihren Augen zeigte ihm sofort, dass sie eine andere Geste erwartet hatte.

„Woher kommst du, Shaan? Du bist sicher nicht aus Golgamat."

Shaan rieb sich unwillkürlich den Magen. „Merkt man mir das an?"

Sie lachte leise. „Ja."

Bekümmert senkte Shaan den Kopf. Er war dumm, unbeholfen und offenbar ein wahrer Trampel. Das musste er ändern, je schneller, desto besser. „Warum?", hakte er tapfer nach.

„Du hast meinen Namen nicht erkannt, andernfalls hättest du mich anders begrüßt."

„Habe ich Euch etwa beleidigt?", fragte er erschrocken.

„Nein, das hast du nicht, keine Sorge. Ich bin es wohl nur zu sehr gewöhnt, dass alle Welt vor mir einen Diener macht, sodass es mich schon überrascht, wenn mich ein junger Mann wie eine normale Frau behandelt."

„Das ... das tut mir leid. Könnt Ihr mir bitte sagen, wie ich mich hätte verhalten müssen?"

„An jedem anderen Ort wäre deine Begrüßung nicht aufgefallen, aber nicht in Golgamat. In der Stadt regieren Wohlstand und Reichtum, und zufälligerweise zählt mein Mann zu den begütertsten Kaufleuten in Golgamat. Jeder, selbst der ärmste Schlucker und das kleinste Kind, kennt unseren Namen und würde sich tief vor mir verneigen, wenn er mit mir redet. Außerdem spricht man mich nur selten mit werte Dame an. Man nennt mich Lady Olvive."

„Sind das nicht Ehrenbezeugungen, die einem Herzog und seiner Familie zustehen?", fragte Shaan verwirrt. So stand es in den Büchern, und so hatte Gefflan es ihn gelehrt.

„Das stimmt zwar, aber in Golgamat geht das Leben manchmal seltsame Wege. Wir sind Menschen von einem ganz eigenen Schlag."

Shaan nahm seinen gesamten Mut zusammen. „Könnt Ihr mir mehr über die Stadt erzählen?"

„Natürlich. Und ich habe auch eine Bitte an dich. Auf mein Pferd muss ich ja nun leider verzichten, und ich fürchte, ich bin noch etwas schwach auf den Beinen. Würdest du mich zur Stadt begleiten und mich stützen, falls es notwendig ist?"

Shaan verneigte sich vor ihr. „Das tue ich gern, Lady Olvive."
Ein belustigtes Lächeln umspielte ihre Lippen. „Du lernst schnell."
Shaan schluckte. „Ich ... ich bemühe mich."
Sie streckte ihm eine Hand hin, er ergriff sie und zog sie auf die Beine.
„Könnt Ihr einen Moment allein stehen?"
„Ja, ich denke schon."
Shaan ließ sie los, nahm seinen Rucksack vom Boden auf und schulterte ihn. Dann trat er wieder zu ihr und fasste sie am Arm.
Natürlich wusste er, dass er, wenn er ihr half, länger zur Stadt benötigen würde als ohne sie. Gefflan hätte ihn dafür getadelt, aber es gab gute Gründe für sein Handeln. Wenn er von Madala Olvive etwas über das Leben in Golgamat erfahren konnte, war das weit mehr wert als eine oder zwei verlorene Stunden. Je mehr Informationen er besaß, desto besser würde er später seine Aufgabe erfüllen können.
Lady Olvive warf einen Blick auf sein Gepäck. „Kommst du von weit her?", fragte sie neugierig.
Shaan beschloss, so nah wie möglich bei der Wahrheit zu bleiben. Wenn man ihn schon auf den ersten Blick als Fremden in der Stadt erkannte, wären seine Lügen vermutlich nicht weniger schwer zu entlarven.
„Ich bin seit über zwanzig Tagen unterwegs."
„Das ist ein langer Marsch. Was willst du in Golgamat tun?"
Das war eine gefährliche Frage. „Ich suche jemanden", gab er unbestimmt zurück und hoffte, dass sie nicht weiter in ihn drang. Wenn sie es tat, würde er schweigen.
Zum Glück hakte sie nicht nach, sondern begann, mit einer Hand die Feuchtigkeit aus ihrem Kleid zu reiben.
„Friert Ihr?", fragte Shaan besorgt. „Ich könnte Euch eine Decke geben."
Sie winkte ab. „Das ist nicht nötig. Die Sonne ist ziemlich warm. Sicher werden meine Gewänder schon in kurzer Zeit trocken sein."
„Ihr könntet Euch dennoch erkälten. Das Wasser war sehr kalt."
Madala Olvive schüttelte den Kopf. „Du bist wirklich kein Kind Golgamats. Die Menschen dort helfen einander nicht so bereitwillig, wie du es tust."
„Dann ist Golgamat keine schöne Stadt?", fragte er beklommen.
„Doch, doch, das ist sie – zumindest äußerlich. Manches Mal, wenn ich sie von meiner Dachterrasse aus betrachte, wirkt sie wie ein glitzerndes Juwel, trotzdem könnte ich dir ohne zu zögern ein Dutzend Orte nennen, an denen ich lieber leben würde." Sie seufzte schwer. „Ich schätze, deshalb zieht es mich so oft vor die Tore der Stadt. Ich mache jeden Morgen einen Ausritt in die Berge. So ein Missgeschick wie heute ist mir allerdings noch nie passiert. Ich hatte großes Glück, dass du in der Nähe warst."

Shaan sah verlegen auf seine Fußspitzen. „Ich bin froh, dass ich helfen konnte.“

* * *

Madala Olvive erholte sich zusehends. Außer der kleinen Platzwunde am Kopf hatte sie keine weiteren Verletzungen erlitten, und sie setzte ihre Füße schon bald wieder sicherer auf. Trotzdem behielt sie weiterhin eine Hand auf seinem Arm und plauderte munter über das Leben in Golgamat. Wären ihre Schritte so schnell gewesen wie der Fluss ihrer Worte, hätten sie die Stadt vermutlich innerhalb kürzester Zeit erreicht, so aber dauerte es doch ein Weilchen, bis sie die Schlucht und später den letzten Ausläufer des Gebirges hinter sich ließen und ein sonnendurchfluteter Laubwald sie aufnahm. Laut Lady Olvives Beschreibung erstreckte er sich bis dicht vor die Tore Golgamats.

„Der Forst gehört dem Herzog Gerais“, erklärte sie ihm. „Der Herzog ist ein kluger, besonnener Mann und hat, wie seine Väter vor ihm, den Hain unter seinen persönlichen Schutz gestellt. Es ist jedem unter strenger Strafe verboten, hier Bäume zu fällen. Andernfalls gäbe es heute vermutlich längst keine Wälder mehr in der Nähe Golgamats.“

Shaan begrüßte den Entschluss des Herzogs mit einem verständigen Nicken. Verschiedenartigste Bäume und Sträucher säumten ihren Pfad, bunte Blumen bedeckten den Boden dort, wo das Unterholz nicht so verfilzt war, weiches Moos wuchs zwischen den mächtigen Baumstämmen, und am Wegesrand wucherten verschlungene Himbeerranken dem Himmel entgegen. Im Gebüsch, in den Baumkronen und in der Luft summte und raschelte es allgegenwärtig, und die Wipfel der Birken, Buchen und knorrigen Eichen spendeten labenden Schatten für die Tiere des Waldes und für Wanderer wie sie. Shaan lächelte verträumt. Dieser Ort war es gewiss wert, erhalten zu werden. Für die Bewohner Golgamats ergab sich daraus allerdings ein nicht unerhebliches Problem.

„Wie wird der Holzbedarf der Stadt gedeckt?“, fragte er und dachte an die langen Wanderungen zurück, die ihn und seinen Vater so manches Mal aus der näheren Umgebung des Hallagats herausgeführt hatten. Es war in der kargen Berglandschaft nie einfach für sie gewesen, das nötige Feuerholz aufzutreiben. In der Stadt gab es ungleich mehr Feuerstellen, und darüber hinaus wurde sicher viel Holz für den Bau neuer und den Erhalt bereits bestehender Häuser benötigt.

Lady Olvive beobachtete eine Libelle, die vor ihnen in der Luft auf und ab tanzte. „Weit oben am Flusslauf des Tiloksan – dem Strom, der quer durch Golgamat fließt – gibt es noch immer riesige Waldflächen. Alle paar Monate machen sich der Holzmeister Golgamats und seine Gesellen dorthin auf den Weg, fällen so viele Bäume, wie man in der Stadt braucht, binden sie zu Flößen zusammen und reisen auf ihnen wieder flussabwärts. Die Strömung bringt sie von selbst in die Stadt zurück. Es ist jedes Mal ein großes Ereignis, wenn die Flöße eintreffen. Sie alle aus dem Tiloksan zu ziehen, dauert meist den gesamten Tag, und dann müssen sie noch verteilt werden. Der Stadtrat legt schon lange vor dem Aufbruch des Holzmeisters Listen aus, in denen jeder seinen Bedarf eintragen kann. Nach ihnen erfolgt die Abgabe."

„Dann müssen sich die Leute schon früh Gedanken darüber machen, ob sie etwas brauchen oder nicht", schloss Shaan nachdenklich. „Bei uns war das anders. Mein Vater und ich haben uns immer erst auf den Weg gemacht, wenn wir bereits einen Mangel an Holz hatten."

„In kleineren Dörfern wird auch nicht anders verfahren, aber in einer Stadt wie Golgamat würde man so nicht weiterkommen, und das gilt für die meisten übrigen Bereiche des täglichen Lebens in gleicher Weise. Du wirst sehr bald merken, dass bei uns viele Abläufe streng organisiert sind."

„Gilt das auch für meine Ankunft?"

„Ja. Wenn du nicht nur auf der Durchreise bist, sondern länger als fünf Tage bleiben willst, musst du dich in das Register der Stadt eintragen lassen. Es gibt zwei davon, eins für Menschen, die für längere Zeit bleiben, aber trotzdem in einer Herberge oder einem Gasthof leben, und ein anderes für die, die einen festen Wohnsitz in der Stadt annehmen. Welches wird für dich infrage kommen?"

Shaan zuckte mit den Schultern. „Ich weiß es noch nicht."

Das hing ganz davon ab, ob er es schaffte, unauffällig in die Nähe der Lanhal zu gelangen. Es wäre von erheblichem Vorteil, wenn er mit ihr in einem Haus wohnen könnte, aber ob das möglich sein würde, stand noch in den Sternen. Er wusste ja noch nicht einmal, wer sie war. Vielleicht war sie arm und fristete ein kärgliches Dasein in der Gosse, vielleicht war sie aber auch reich und führte ein Leben in Prunk und Luxus. Erst wenn er mehr über ihre konkreten Lebensumstände in Erfahrung gebracht hatte, konnte er sich für ein bestimmtes Vorgehen entscheiden. Und ob er es, wenn er das getan hatte, auch erfolgreich würde umsetzen können, war noch eine ganz andere Frage.

Madala Olvive schreckte ihn aus seinen Gedanken auf. „Golgamat ist die erste große Stadt, die du besuchst, nicht wahr?"

Shaan seufzte. „Das stimmt leider. Bisher habe ich nur kleine Dörfer kennengelernt, und selbst die sind mir im Grunde fremd. Die meiste Zeit meines Lebens habe ich allein mit meinem Vater in den Bergen verbracht."

Die Lady schüttelte leicht den Kopf. „Wenn das so ist, werde ich dir besser einige Ratschläge geben, wie du dich in Golgamat verhalten solltest."

Shaan lächelte dankbar. „Das wäre sicher gut."

„Du bist ein netter Junge, Shaan. Am wichtigsten ist für dich zu erkennen, dass nicht alle so sind wie du. Traue nicht jedem, dem du begegnest. Es gibt eine Menge Schwindler in der Stadt, die versuchen werden, dir dein Geld abzuschwatzen. Du hast doch Geld, oder?"

Er nickte. Er trug fast das gesamte Geld bei sich, das nach der langen Reise noch übrig war. Es waren genug Goldmark, um ihm für eine ganze Weile ein passables Leben zu ermöglichen, selbst wenn in Golgamat alles erheblich teurer sein sollte, als er es von den Siedlungen in den Bergen her kannte.

„Trage es stets bei dir. Lass es nie in deinem Zimmer zurück, falls du in eine Herberge oder einen Gasthof einkehren solltest, und gib auch auf deine Tasche acht. In Golgamat hat alles Beine, was keinen strengen Besitzer hat."

„Gibt es so viele Diebe in der Stadt?", fragte er erschrocken. So hatte er sich den Ort, an dem die Lanhal lebte, nun wirklich nicht vorgestellt. Allerdings war sie dort nicht allein. Der Yinyal wohnte ebenfalls in Golgamat. Sie wurden stets am gleichen Ort geboren.

Lady Olvive winkelte die Arme an und drehte die Handflächen nach oben - eine entschuldigende Geste. „Viele Menschen in der Stadt sind reich, und Reichtum hat von jeher eine Menge Gesindel angezogen. Dagegen sind oft sogar die Stadtwachen machtlos, auch wenn sie sich nach Kräften bemühen, Golgamats Bewohner zu schützen und ihr Leben sicher zu machen. Aber leider können auch sie nicht überall zugleich sein. Auf eins achten sie jedoch sehr genau: Niemand darf auf den Straßen oder den Plätzen der Stadt nächtigen. Alle Obdachlosen müssen Golgamat bei Anbruch der Dämmerung verlassen. Deshalb solltest du dir unbedingt noch heute eine Unterkunft besorgen."

„Das werde ich."

„Wenn es dir nicht gelingt, schon heute den Menschen zu finden, den du suchst, scheue dich nicht, an meine Tür zu klopfen. Ich würde dir mit Freude ein Dach über dem Kopf gewähren."

„Ich danke Euch, Lady Olvive, aber das wird nicht nötig sein." Er hatte sich fest vorgenommen, so schnell wie möglich die Lanhal aufzuspüren und sich an ihre Fersen zu heften.

„Ich werde mich dir bestimmt nicht aufdrängen, aber du kannst getrost auf mein Angebot zurückkommen, falls du kein Glück hast. Ich schulde dir mehr als ein Quartier für eine Nacht."

„Ihr schuldet mir nichts, Lady Olvive."

Sie lächelte. „Und doch werde ich nie vergessen, dass du mir das Leben gerettet hast."

Shaan erwiderte nichts darauf, und während sie unter den Schatten spendenden Bäumen dahinwanderten und die warme Luft seinen Körper umschmeichelte, begann er, seinen Gedanken nachzuhängen. Lady Olvive tat es ihm gleich. Schon bald wünschte er jedoch, sie würde ihren Redefluss wieder aufnehmen. Ihre Erzählungen hatten ihn wirkungsvoll von der gewaltigen Aufgabe abgelenkt, die ihm bevorstand. Als sie nun schwieg, fing sein Puls wieder einmal an zu rasen, und es gelang ihm nicht mehr, ihn zu beruhigen. Die Zeit der Entscheidung war nahe.

Wenig später öffnete sich vor ihnen der Wald und gab den Blick auf eine weite Ebene frei. Golgamat lag direkt vor ihnen, und dahinter schimmerte eine blaue, mit kleinen Schaumkronen durchsetzte Fläche, die sich bis zum Horizont und weit darüber hinaus erstreckte: Gol - das Meer.

Zwischen dem Wald und den ersten Mauern breiteten sich üppige Felder aus. Grünes Korn wogte wie die aufgewühlte Oberfläche eines Sees in der landauswärts wehenden Brise. Linker Hand verlief nicht weit von ihnen entfernt der breite Strom des Tiloksan. Er hielt in sanftem Schwung auf Golgamat zu und teilte die Stadt in zwei Hälften.

Eine große, steinerne Brücke führte quer über den Fluss. Mehr als dreißig gewaltige Pfeiler ragten wie mächtige Granitzähne aus dem tiefen, dunkelgrün schimmernden Wasser, das in steter Eile dem Meer entgegenstrebte. Kleine Boote dümpelten auf den Wellen und wurden von der Strömung rasch davongetragen, einige Kähne hingegen waren mit dicken Tauen an Pflöcken verknotet, die, mehrere Meter vom Ufer des Flusses entfernt, in sein Bett gerammt worden waren. Angelruten und Stricke mit voluminösen Reusen hingen über die Bootsränder und trieben wie gierige Raubfische mit weit geöffnetem Maul im Wasser.

An der Stelle, an der der Tiloksan in der Stadt verschwand, führten zwei breite Gräben zu beiden Seiten weg. Sie verliefen vor den hohen, massiv aussehenden Wehrmauern Golgamats und wanden sich schlangengleich um die Spitzen der Schanzen, die in regelmäßigen Abständen die Wälle unterbrachen und wie Messerklingen von der Stadt fort ins Landesinnere wiesen. Auf einigen dieser Schanzen erhoben sich grimmige, zinnenbewehrte Türme mit unzähligen Schießscharten, die zweifellos einen effektiven Schutz für die Verteidiger Golgamats darstellten, sollte es tatsächlich einmal zu einem Angriff kommen.

Der schmale Pfad, dem sie im Wald gefolgt waren, mündete nun in eine breite Straße, auf der es ausgesprochen lebhaft zuging. Einzelne Wanderer, Reiter und Fuhrwerke, kleine Wagenkolonnen und Gruppen uniformierter Berittener mischten sich bunt durcheinander und sorgten zusammen mit dem Rumpeln der Karren, dem Klappern der Pferdehufe und dem murmelnden Stimmengewirr für eine brodelnde Aktivität, die beinahe die Sinne betäubte.

Trotzdem atmete Shaan erleichtert auf, als sie in der Menge der Menschen untertauchten, denn er hatte nicht vergessen, dass die Shai'yinyal seinen Magieeinsatz gespürt haben musste. Wenn sie der

Richtung gefolgt und dabei von der Stadt her gekommen wäre, wäre sie auf dem engen Waldweg unweigerlich auf ihn getroffen und hätte ihn sicher erkannt. Die Verletzung und die zerknitterte Kleidung der Lady verrieten nur zu deutlich, wozu er seine Macht verwandt hatte.

Erst jetzt, da diese Gefahr gebannt war, brachte er es fertig, einen neugierigen Blick auf die Stadt zu werfen. Golgamat war gewaltig und viel größer, als er sich in seinen wildesten Träumen vorgestellt hatte. Allein auf den ersten Blick zählte er bestimmt vierzig hohe Tempeltürme, auf deren Spitzen unterschiedliche Symbole prangten. Sie zeugten davon, welcher Religion in diesem Hause nachgegangen wurde.

Zwischen den Türmen erhoben sich unzählige hoch aufragende Gebäude, und vor allem zum Meer hin nahm die Zahl der großen, prunkvollen Bauten enorm zu. Von ihren Dächern wurden die Strahlen der Sonne ebenso gleißend zurückgeworfen wie von den hellen Mauern des Ringwalls um die Stadt. Auf den Schanzen stachen glänzende Masten weit in den Himmel hinauf, trugen bunte Flaggen mit den unterschiedlichsten Wappen, die, vom kräftigen Wind aufgespannt, um die Wette zu flattern schienen, so als versuche jede von ihnen, die Aufmerksamkeit der Menschen allein auf sich zu lenken.

Als sie sich einer dieser Schanzen näherten, bemerkte Shaan eine breite, hölzerne Brücke, die über den Wehrgraben führte und an dicken, eisernen Ketten vollständig hochgezogen werden konnte, falls Gefahr drohen sollte.

Derzeit war sie heruntergelassen und gewährte Händlern und Reisenden Einlass in die Stadt. Die Hufe der Pferde erzeugten auf den dicken Bohlen dumpfe Laute, das Holz knirschte unter den Rädern der schweren Fuhrwerke, und die Glieder der Eisenketten klirrten wie Glockenspiele, wann immer sich ein Windstoß in ihnen verfing.

Zwei Wachposten in dunklen Uniformen standen am Ende der Brücke und musterten die Ankömmlinge mit strengem Blick. Einer war noch jung, höchstens zehn Jahre älter als Shaan, der andere mochte etwa in Lady Olvives Alter sein. Beide Männer hielten in ihrer rechten Hand einen langen Speer mit einer gefährlich aussehenden, scharfen Klinge. Die Waffen ruhten mit dem stumpfen Ende auf dem Boden. Darüber hinaus trugen beide Posten ein Schwert am breiten Ledergürtel, das den grimmigen Eindruck von gespannter Wachsamkeit und Entschlossenheit noch verstärkte und jedem Besucher eine eindeutige Botschaft vermittelte, was mit denen passierte, die nicht nach den Regeln zu spielen gedachten.

Als Shaan und Lady Olvive sich ihnen näherten, fiel der Blick der Wachen alsbald auf sie. Shaan schluckte, als er sah, wie sich die Augen der beiden Männer verengten. Gleich darauf hob der ältere die Hand und trat ihnen in den Weg.

„Lady Olvive“, grüßten die Soldaten und verneigten sich tief, ohne Shaan dabei gänzlich aus den Augen zu lassen.

Shaan trat nervös von einem Fuß auf den anderen.

Der ältere Gardist, ein großer, breitschultriger Mann mit schwarzem Haar und ebenso dunklen Augenbrauen, die so schmal waren, als wären sie mit einem dünnen Pinsel auf seine markanten Züge gezeichnet worden, beendete die Ehrenbezeugung zuerst und warf Shaan einen langen, misstrauischen Blick zu.

„Bereitet Euch der Junge Schwierigkeiten, Lady Olvive?“

Shaan zuckte erschrocken zusammen, doch Madala Olvive drückte beruhigend seinen Arm.

„Keineswegs, Hauptmann Stain. Im Gegenteil, dieser junge Mann hat mir sehr geholfen.“

Stain runzelte die Stirn und musterte Shaan eindringlich. „Ich kenne dich nicht. Du stammst nicht aus Golgamat.“

„Er ist tatsächlich neu hier“, antwortete Madala Olvive, noch bevor Shaan etwas erwidern konnte. „Und er wird für eine Weile bleiben. Er möchte in der Stadt einen ... einen Verwandten besuchen.“

Während sie sprach, warf sie Shaan einen kurzen Blick zu. Er nickte nicht, schüttelte aber auch nicht den Kopf.

Lady Olvive fuhr fort. „Seid Ihr damit zufrieden, Hauptmann Stain?“

Der Soldat nickte. „Natürlich, Lady Olvive. Weiß der Junge, wie er sich in der Stadt zu verhalten hat?“

„Ja, ich habe es ihm erklärt.“

„Dann ist es gut.“

Shaan atmete auf.

Madala Olvive zog leicht an seinem Arm. „Komm. Ich möchte nach Hause. Mein Kopf schmerzt ein wenig.“

„Wenn Ihr es wünscht, werde ich Euch gern begleiten“, bot sich der Hauptmann augenblicklich an.

„Das ist nicht nötig. Mein junger Freund hat mich aus dem Wald bis hierher gebracht, also wird er mir auch auf den letzten Metern Hilfe genug sein.“ Sie sah Shaan fragend an. „Natürlich nur, wenn du die Zeit erübrigen kannst.“

Vielleicht spürte sie seine Unruhe, das Drängen, das ihn antrieb weiterzugehen, je länger er untätig auf der Stelle verweilte. Er nickte sofort, denn es war sicher keine gute Idee, sich vor den Augen des Hauptmanns von Lady Olvive zu trennen, sonst kam der Mann noch auf den Gedanken, ihn ausführlicher über seine Herkunft und seine Pläne auszufragen.

Die Frau verabschiedete sich mit einem höflichen Lächeln von den beiden Soldaten und zog Shaan mit sich. Sie passierten den Torbogen und gelangten auf die Schanze. Von dort aus mussten sie dem Verlauf der

Mauer folgen, denn vor ihnen lag ein zweiter, wenn auch etwas kleinerer Graben, der erst auf der nächsten Schanze eine Brücke zur Stadt hin besaß. Sie schritten über sie hinweg und betraten schließlich das eigentliche Golgamat.

Staunend und neugierig sah sich Shaan um. Feste, aus weißen Steinen gemauerte Häuser erhoben sich dicht an dicht an den Rändern der Straßen. Nirgends erblickte er Wände aus Lehm oder Holz, nirgends ein Dach aus Ried oder Stroh. Ziegel deckten die Dächer hinter den Feuerzinnen, und sorgfältig verlegtes Kopfsteinpflaster bedeckte die Straßen.

Die größeren besaßen links und rechts Bürgersteige, die durch eine Rinne von der Fahrbahn abgesetzt waren. Beide waren sauber, obwohl reichlich Verkehr herrschte. Junge und ältere Männer mit Reisigbesen kehrten das Pflaster, und wann immer ein Ross Unrat auf die Straße fallen ließ, huschte aus irgendeiner Ecke ein Kind herbei, schaufelte die Pferdeäpfel flink in einen Sack und verschmolz wieder mit den Schatten.

Der Weg zum Anwesen der Olvives war nicht weit, und als sie dort ankamen, sah Shaan, dass seine Begleiterin hinsichtlich des Reichtums und der gesellschaftlichen Stellung ihres Gatten nicht übertrieben hatte. Ein wuchtiger Torbogen bildete den Eingang zu einem gewaltigen Hof, der nicht kleiner war als einige der Plätze, die sie auf dem Weg hierher passiert hatten. Ställe, Schuppen und Lager grenzten ohne Lücke aneinander. Shaan erblickte ein gutes Dutzend Pferde, von denen einige gestriegelt, andere vor ein Fuhrwerk gespannt oder gerade gesattelt wurden. Im hinteren Teil des Hofs wuselten Stallburschen, Träger und Gesellen geschäftig wie Ameisen durcheinander, eilig darum bemüht, die lautstarken Befehle ihres Vorarbeiters auszuführen und eine Kolonne kleiner Wagen zu beladen.

Trotz der emsigen Betriebsamkeit wurden Shaan und seine Begleiterin sehr schnell bemerkt. Der Vorarbeiter ließ seine Untergebenen im Stich, stapfte schnaufend zu ihnen herüber und musterte Lady Olvive mit einer abgrundtief finsteren Miene, die sieben Tage Regenwetter verhieß, während er Shaan mit einem Blick bedachte, der kaum weniger misstrauisch war als der der Wachen beim Stadttor.

Madala Olvive beeilte sich, ihm zu erzählen, was sich zugetragen hatte, und so schwand der Argwohn aus den Augen des Mannes. Stattdessen begann er wie ein Waschweib zu lamentieren, dass er ein derartiges Unglück schon längst habe kommen sehen und welch unverantwortliche Narretei diese grässlichen Reitausflüge doch seien und dass er vor lauter Sorgen ja gar nicht mehr wüsste, wo ihm der Kopf stünde. Lady Olvive nickte geduldig zu den Vorhaltungen, doch Shaan hatte nicht den Eindruck, als sei sie richtig bei der Sache. Sie ließ den Mann auch nicht lange gewähren, sondern schickte ihn mit einem freundlichen, aber bestimmten Kopfnicken an seine Arbeit zurück.

Wieder ungestört, wenn auch nicht unbeachtet, überquerten sie den Hof und gelangten zu einem mehrstöckigen Haus, das schöner und prunkvoller war als alle anderen Gebäude rings um den Platz. Vermutlich war es das Wohnhaus der Familie. Ein Junge trat aus der hohen Eingangstür, kurz bevor sie sie erreichten.

Shaan schätzte, dass er etwa in seinem Alter war, doch er war bestimmt einen halben Kopf größer und auch deutlich kräftiger gebaut als er selbst. Sein Haar war von dunklerem Blond und seine Augen grau wie der Himmel an einem eisigen Wintertag. Nicht der geringste Schimmer Sorge keimte in ihnen auf, als sie sich auf Lady Olvive richteten, im Gegenteil verdunkelten sie sich noch um eine Nuance, als fiele der Schatten einer Wolke über sie und raube ihnen endgültig jegliche Wärme. Ein harter Zug lag um seine schmalen Lippen, und sie verzogen sich leicht, als er Shaan kurz mit seinem Blick streifte und sich dann an Lady Olvive wandte.

„Haben sich die Unkenrufe unseres Vorarbeiters also doch bewahrheitet, Mutter", sagte er kühl. „Du hättest besser auf ihn hören sollen!"

Shaan spürte, wie Madala Olvive an seiner Seite erstarrte.

„Lady Olvive trifft keine Schuld", sagte er sofort. „Ein Vogel hat ihr Pferd erschreckt, und sie ist daraufhin in einen Wildbach gestürzt."

Die Winteraugen hefteten sich übergangslos auf ihn. „Und du hast sie wohl gerettet?"

Irgendwie klang es nicht wie eine Frage. Shaan nickte dennoch.

„Wie edelmütig", spottete der Junge.

„Halte wenigstens einmal dein freches Mundwerk im Zaum", wies Lady Olvive ihn zurecht.

Der Junge vollführte eine übertriebene, unecht wirkende Verbeugung.

Madala Olvive wandte sich an Shaan. „Shaan, das ist Trist, mein Sohn. Er glaubt nicht an Hilfsbereitschaft ohne Hintergedanken."

„Wenn ich das täte, wäre ich kaum geeignet, Vater bei seinen Geschäften zu unterstützen."

Seine Mutter beachtete seinen Einwand nicht. Vermutlich hegten die beiden einen alten und bislang ungelösten Streit miteinander.

„Möchtest du zum Essen bleiben?", fragte ihn Lady Olvive. „Die Sonne steht bald im Zenit."

„Ich danke Euch, aber ich kann nicht annehmen."

„Drängt es dich so sehr, deinen Verwandten zu suchen?"

„Ja. Es ist ... sehr wichtig für mich."

„Dann bleibt mir nur, dir viel Glück zu wünschen."

„Danke, Lady Olvive. Ich kann es brauchen."

Madala verabschiedete sich von ihm und ging ins Haus. Shaan hatte eigentlich erwartet, dass Trist ihr folgte, doch der Junge blieb regungslos stehen, bis seine Mutter durch die Tür verschwunden war, dann kam er die wenigen flachen Stufen zu ihm herab.

„Ich geleite dich zum Tor hinaus", erklärte er in einem Tonfall, der wenig Widerspruch duldete.

Shaan nahm es hin und setzte sich mit einem Achselzucken in Bewegung. „Wenn du es wünschst."

Sie gingen schweigend, doch Shaan bemerkte sehr wohl, dass Trist ihn aus dem Augenwinkel heraus durchdringend musterte. Kurz bevor sie das Tor erreichten, sprach er ihn an.

„Was verlangst du für die Rettung?"

Shaan blinzelte verblüfft. „Was sollte ich dafür verlangen?"

Trist schnaubte verächtlich. „Was schon? Geld natürlich. Wie viel willst du?"

„Nichts."

„Das ist nicht dein Ernst!"

Verärgert biss sich Shaan auf die Lippen. „Doch, das ist es."

Da lachte Trist abfällig. „Wenn das so ist, wirst du es in Golgamat sicher noch weit bringen."

Shaan öffnete den Mund, um etwas darauf zu entgegnen, schloss ihn aber sogleich wieder, verunsichert von dem Widerspruch zwischen Trists Worten und der Art, wie er sie sprach.

Deshalb verabschiedete sich am Tor lediglich mit einer stummen, ein wenig hilflosen Geste. Als er seine Schritte vom Hof der Olvives fortlenkte, hörte er Trists unangenehmes Lachen noch einmal hinter sich. Es spürte zielsicher den tief in ihm verwurzelten Zweifel auf und nährte ihn.

6. Stilles Erkennen

Der Ruf der Lanhal führte Shaan quer durch die Stadt und näher an die Küste heran. Schließlich gelangte er auf einen lang gestreckten, rechteckigen Platz, an dessen Rändern sich Gebäude so dicht aneinanderdrängten, als seien sie neugierige Zuschauer, die sich das quirlige Treiben der Menschen zu ihren Füßen auf keinen Fall entgehen lassen wollten.

Ein halbes Dutzend Straßen mündete auf die riesige Fläche und machte damit klar, dass er es hier offensichtlich mit einem bedeutenden Punkt in Golgamat zu tun hatte. Als er auf das Forum hinaustrat, wies ihn ein Schild darauf hin, dass es sich bei diesem Ort um den *Platz des gerechten Maßes* handelte.

Er verstand den Sinn des Namens nicht, bis er an einem vierkantigen Obelisken vorbeikam. Der Stein erhob sich wie ein kleiner Berg über das Pflaster und die Köpfe der ihn umringenden Menschen, warf einen wuchtigen Schatten und streckte sich wie ein mahnender Finger gen Himmel. Feine Fugen auf der sorgsam glattpolierten Oberfläche verrieten, wo ein Steinquader an den nächsten stieß.

Als sich Shaan dem Obelisken näherte, bemerkte er die Reliefe, die auf jeder seiner vier Seiten angebracht worden waren. Ein Schriftzug am Kopf des Steins tat kund, dass sie die genormte Größe für einen Laib Brot, für Semmeln und Wecken, eines Holzkohlenkübels und das Grundmaß von Elle und Fuß angaben. Darüber hinaus waren an den Kanten mehrere Metallhaken in den Felsblock eingelassen worden, an denen jeweils zehn Gefäße hingen, die über kurze Ketten fest mit dem Obelisken verbunden waren. Sie waren von unten nach oben von immer kleinerem Volumen und entsprechend beschriftet. Am gegenüberliegenden Ende des Platzes stand ein zweiter, gleichartiger Obelisk. Beide wurden eifrig frequentiert.

Im Vorbeigehen beobachtete Shaan eine junge Frau, die dicht an den Stein herantrat, ein langes Leinentuch entfaltete und es gewissenhaft an die aufgezeichnete Elle anlegte. Schließlich nickte sie zufrieden und verschwand wieder in der Menge, aus der sofort jemand nachrückte, um ebenfalls die Maße einer von ihm erworbenen Ware zu prüfen.

Er begriff schnell, dass die Stadtverwaltung den Schwindlern und Betrügern, von denen es ja laut Madala Olvive in Golgamat nur so wimmeln sollte, geschickt entgegenarbeitete, indem sie die in der Stadt gebräuchlichen Standardmaße öffentlich zugänglich machte. Das war sicherlich eine gute Sache, doch er verwandte kaum mehr als einen beiläufigen Gedanken darauf. Wie von einer unsichtbaren Hand geführt marschierte er am Obelisken vorbei, den Blick einzig auf den großen, auffälligen Gebäudekomplex gerichtet, der sich über ein Drittel der längeren Seite des Platzes erstreckte. Von dort kam der Ruf.

Shaan atmete keuchend, wie im Fieber. Die Lanhal war jetzt so nahe, dass es schien, als bräuchte er nur die Hand auszustrecken, um sie zu berühren. Ihr Ruf war zu einer lauten, jubilierenden Melodie in seinem Herzen angeschwollen, und es fiel ihm schwer, seine Schritte zu bremsen. Am liebsten wäre er gelaufen.

Unter Aufbietung seines gesamten Willens hielt er sich zurück, erfasste jedoch jede Einzelheit der Gebäudeanlage, noch bevor er vor ihr stand. Die breite, reich verzierte Fassade des Wohnhauses ragte rechter Hand drei Stockwerke in die Höhe. Kleine Erker schmiegten sich beinahe verspielt in den beiden unteren Etagen an die Hausfront, und dazwischen durchbrachen große, bogenförmige Fenster die Mauern, jedes von ihnen so hoch gelegen, dass man sie von der Straße aus nicht ohne Mühe hätte erreichen können - ein weiterer Hinweis auf die Gesetzestreue und moralische Integrität der Bürger Golgamats.

In einigen der Fenster standen Käfige mit bunten Vögeln. Die Federlinge sangen, tirilierten und zwitscherten sich so hingebungsvoll die Kehle aus dem Schnabel, als wollten sie um die Aufmerksamkeit der Menschen unten auf der Straße und auf dem Forum buhlen, doch niemand außer ihm selbst sah zu den kleinen Sängern hinauf.

In anderen Fenstern erblickte Shaan schmale Pflanzenkübel, in denen unter den warmen Strahlen der Sonne Thymian, Majoran, Basilikum und Pfefferminze ihren würzigen Duft entfalteten.

Dem Wohnhaus schloss sich unmittelbar ein weiteres Bauwerk an, das ebenso hoch war, aber im Gegensatz zu diesem keine Fenster und Erker besaß. Es führte mehrere Dutzend Meter weit an der Straße entlang und wurde schließlich von einer Einfahrt durchbrochen, die so riesig war, dass auch größere Fuhrwerke sie mühelos passieren konnten. Links und rechts von ihr hingen dicke, hölzerne Türflügel mit starken Eisenbeschlägen in kräftigen Angeln. Sie waren weit geöffnet, sodass Shaan einen Blick in den dahinterliegenden Hof werfen konnte. Er ähnelte dem der Familie Olvive, und auch hier wurde mit ameisenhafter Betriebsamkeit gearbeitet.

Links vom Tor luden hohe Schaufenster und eine ebenfalls weit geöffnete Tür Menschen zum Stöbern und Geldausgeben ein. Männer, aber vor allem Frauen gingen dort geschäftig ein und aus, angelockt von dem verschnörkelten Schriftzug, der über Tür und Schaufenster prangte und verkündete, hier würden edle Gewürze ferner Länder verkauft. Er nannte auch den Besitzer des Ladens: Morujan Albite.

Shaan verlangsamte seinen Schritt und blieb schließlich bei einem Brunnen stehen, der, kaum zwei Dutzend Meter von der Front des Wohnhauses entfernt, Platz zum Rasten und Ausruhen bot. Sein großes, kreisrundes Überlaufbecken war ringsum von einer hüfthohen Mauer und konzentrisch angelegten Stufen umgeben, die dazu einluden, sich für ein paar Minuten dort niederzulassen und dem Trubel des Forums den Rücken zu kehren.

Nachdem er sich gesetzt hatte, starrte Shaan reglos zum Haus hinüber, doch in ihm tobte es, als habe er gerade den ersten Herbststurm des Jahres verschluckt. Sein gesamtes Leben war er auf die Begegnung mit der Lanhal vorbereitet worden, und nun stand sie unmittelbar bevor. Er musste zu ihr gehen, musste sich einen Platz an ihrer Seite erobern, damit er sie langsam an die Erkenntnis ihres wahren Seins heranführen und sie ausreichend beschützen konnte.

Ein heißer Schauder überlief ihn. Irgendwo ganz in seiner Nähe, irgendwo in Golgamat war auch die Shai'yinyal unterwegs. Sie folgte dem Ruf des Yinyal, und vielleicht hatte sie ihn bereits gefunden. Der Kampf hatte begonnen, war so unaufhaltsam wie die erste Begegnung selbst.

Angst krallte sich in seine Seele, raubte ihm beinahe die Kraft zum Atmen. Wie, bei allen Mächten des Schicksals, sollte er bloß seine Aufgabe erfüllen? Noch wusste er nicht einmal, wer die Lanhal war; er spürte lediglich, dass sie sich in jenem Wohnhaus aufhielt, in einem Zimmer im dritten Stock. Wie sollte er nach ihr fragen, ohne Verdacht zu erregen? Wie ihr nahe kommen?

Die Sonne kletterte das letzte Stück zum Zenit hinauf, während er sich erfolglos das Hirn nach einer Antwort zermarterte. Plötzlich tönten mehrere laute Gongschläge über den großen Hof des Kontors auf den Platz hinaus und rissen ihn aus seinen unerquicklichen Gedanken. Wenig später trat eine Gruppe Männer aus der Einfahrt und näherte sich zielstrebig dem Brunnen. Dicht neben ihm ließen sie sich auf den Stufen des Beckens nieder.

Hurtig packten sie ihre Brotzeit aus, aßen und plauderten munter miteinander. Shaan pochte das Herz bis zum Hals, während er wie abwesend in das Wasser des Brunnens starrte, dabei jedoch aufmerksam wie ein Kaninchen die Ohren spitzte. Die Männer waren Arbeiter im Kontor von Morujan Albite. Wenn er ihre Gespräche belauschte, konnte er vielleicht etwas über die Lanhal in Erfahrung bringen. Er durfte sich nur nicht so ungeschickt anstellen, dass sie es bemerkten.

Zum Glück achtete niemand auf ihn, obwohl er das Gefühl hatte, sein Herz schlüge so laut und dröhnend wie eine Signaltrommel.

„Habt ihr gehört, welch teure Geschenke Herr Albite seiner Tochter gemacht hat?", fragte einer der Arbeiter die anderen.

„Nicht nur gehört, ich habe sie *gesehen*!", erwiderte ein zweiter angeberisch. „Es war feinste Seide darunter und ein Schmuckstück, das auch einer Lady angemessen wäre."

„Deleja ist bald eine Lady", fügte ein dritter beinahe ehrfürchtig hinzu. „Sie ist jetzt sechzehn. Lasst sie nur noch ein Jahr älter werden, dann steht sie ihrer Mutter in Schönheit und Anmut in nichts mehr nach."

Die anderen murmelten zustimmend.

Shaan stand abrupt auf. Er war wie elektrisiert. Die Stimmen der Männer sanken zu einem verschwommenen, weit entfernten Raunen herab. Steif trat er ein paar Schritte vor. Seine Augen waren fest auf das hoch oben im dritten Stock liegende Fenster gerichtet. Dort war die Lanhal. Jetzt kannte er ihren Namen.

„Deleja", flüsterte er.

Der Ruf in seinem Inneren schwoll an wie ein mächtiger Strom, sang in ihm und erfüllte ihn mit hellen, klaren Tönen, die schöner waren als jede andere Melodie, die er je zuvor gehört hatte. Gebannt lauschte er, unfähig, sich zu rühren oder auch nur den Blick vom Fenster abzuwenden. Die Gardine bewegte sich plötzlich, als eine Gestalt an die Öffnung trat und sich leicht hinausbeugte. Es war ein Mädchen. Es war Deleja - die Lanhal!

Shaan starrte zu ihr empor. Sie erwiderte seinen Blick.

Er vergaß zu atmen. Sekunden dehnten sich ins Endlose.

Dann wandte sich die Lanhal von einem Moment zum anderen ab und verschwand. Shaan stolperte einen Schritt zurück wie eine Marionette, deren Fäden durchtrennt worden waren, und plumpste unsanft auf die harten Steinstufen.

Verstört schlug er die Hände vors Gesicht. Sein Herz raste wie wild, sein Atem ging kurz und abgehackt, und er zitterte heftig. Er hatte die Lanhal gesehen! Er hatte sie wahrhaftig *gesehen*!

Stöhnend grub er sein Gesicht tiefer in seine Hände.

„Geht es dir nicht gut?", fragte plötzlich eine junge Stimme.

Shaan ließ erschrocken die Hände sinken. Vor ihm stand ein kleines, strohblondes Mädchen, kaum älter als fünf oder sechs Jahre. Es sah mit seinen großen, leuchtend blauen Augen zu ihm herauf.

Plötzlich spürte er den kalten Schweiß, der in feinen Tropfen auf seiner Stirn stand. Mit einer fahrigen Geste wischte er ihn fort.

Das Mädchen beobachtete ihn dabei und setzte eine ernste Miene auf. „Du solltest aus der Sonne gehen!"

Shaan schluckte. Sein Hals war eng und kratzig, ließ kaum seine Worte passieren. „Ich fühle mich bestens."

„Das glaube ich nicht. Du bist blass und zittrig, und meine Mama sagt immer, dass so etwas passieren kann, wenn man zu lange in der Sonne bleibt."

„Tatsächlich?"

„Ja, weißt du das nicht?"

„Nein."

„Komm mit, ich zeige dir einen Ort, wo Schatten ist."

Shaan entschied, sich darauf einzulassen. Vielleicht konnte er mit der Kleinen reden. Sie wirkte vertrauensselig und aufgeschlossen.

Möglicherweise erzählte sie ihm etwas über die Albites, ohne dass er sie erst beeinflussen musste.

„Ich heiße Sinsailin", erklärte sie ihm ungefragt. „Wer bist du?"

„Shaan."

Sie sah ihn von oben bis unten an, nickte, als wüsste sie etwas mit dem Namen anzufangen, und lief voraus. Er folgte ihr rasch. Zusammen betraten sie eine schmale Gasse, in der in regelmäßigen Abständen Bäume gerade und majestätisch dem Himmel entgegenwuchsen. Ihre breiten Wipfel warfen kühlenden Schatten auf die Bänke, die sich wie Ringe um die Stämme schlossen. Das Mädchen wies auf die nächstbeste.

„Setz dich dorthin."

Shaan tat es gehorsam. „Ich danke dir, Sinsailin."

Sie streckte den Rücken durch. „Das habe ich gern getan."

Als sie Anstalten machte zu gehen, faltete Shaan nervös die Hände ineinander. „Kannst du mir vielleicht noch einmal helfen?"

Eine Falte erschien auf Sinsailins Stirn. „Was möchtest du denn?"

„Kennst du Morujan Albite?"

„Jeder in Golgamat kennt ihn."

Shaan überlegte fieberhaft. Er musste der Kleinen genauere Fragen stellen, sonst würde er nicht erfahren, was er wissen wollte. Nur leider wusste er nicht einmal selbst genau, was er herausbekommen musste.

In seiner Not dachte er an einen der früheren Kämpfe zurück. Auch damals war die Lanhal als Tochter eines begüterten Mannes geboren worden. Der damalige Shai'lanhal hatte sich als bislang unbekannter Verwandter eines der Angestellten ausgegeben. Das könnte er ebenfalls tun, aber wen sollte er sich als Wahlverwandten aussuchen? Er konnte nur einen einzigen Menschen beeinflussen, also musste es jemand sein, der keine Familie besaß und auch sonst eher für sich allein blieb.

Hastig ging er in Gedanken das durch, was Madala Olvive ihm über ihr Leben erzählt hatte. Da auch sie reich war, würden sich wahrscheinlich viele Abläufe in ihrem Haus und in dem der Albites gleichen. Sie hatte von Dienern berichtet, aber als Diener aufzutreten war nicht gut. Er musste Zeit haben, um sich um die Lanhal zu kümmern, und das konnte er nicht, wenn er den gesamten Tag über schuften musste. Außerdem hatten viele Diener nicht direkt etwas mit der Familie zu tun. In engerem Kontakt standen schon eher die Haushälterin und der Hauslehrer.

„Beschäftigt Morujan Albite einen Hauslehrer für seine Kinder?"

Sinsailin nickte und schaute ihn gleichzeitig neugierig an. „Ja, warum?"

„Ich glaube, ich bin mit ihm verwandt."

Die Falte auf Sinsailins Stirn wurde tiefer. „Das weißt du nicht?"

„Ich habe ihn lange nicht gesehen", erwiderte Shaan ausweichend. „Hat er Frau und Kinder?"

„Nein."
Shaan atmete auf.
„Und wie heißt er?"
„Herness Bajanare."
Shaan dachte nach. Irgendwie musste er mit dem Hauslehrer zusammentreffen, damit er ihn beeinflussen konnte, aber das durfte nicht in der Nähe des Kontors geschehen.
„Ist er nun dein Verwandter?", riss Sinsailin ihn aus seinen Gedanken.
Shaan nickte eilig. „Ja. Sag, Sinsailin, weißt du, ob Herness manchmal allein außer Haus geht?"
„Warum gehst du nicht einfach zu ihm?"
„Ich will erst allein mit ihm reden."
„Wieso?"
Shaan geriet ins Schwitzen. „Die ... die Albites sind reich. Sie könnten mich für einen Schwindler halten, wenn ich bei ihnen auftauche, ohne zuvor mit Herness gesprochen zu haben."
Sinsailins Gesicht hellte sich auf. „Das verstehe ich. Du hast Glück. Herr Bajanare geht jeden Tag kurz vor dem Abendessen spazieren. Du kannst vor dem Haus auf ihn warten."
„Wie kann ich ihn erkennen? Wie sieht er aus?"
„Weißt du das etwa auch nicht?"
Shaan biss sich auf die Lippe und senkte bekümmert den Kopf. Er kannte von keinem seiner Verwandten das Aussehen, also hätte er Herness nicht einmal dann erkannt, wenn er tatsächlich zu seiner Familie gehört hätte.
„Ich war noch sehr jung, als ich ihn das letzte Mal gesehen habe, viel jünger als du jetzt bist. Ich kann mich nicht mehr genau an ihn erinnern."
Sinsailin nickte altklug und beschrieb ihm den Hauslehrer der Albites so exakt, wie sie es vermochte. Durch ihre Worte formte sich schnell ein detailliertes Bild in seiner Vorstellung.
„Ich muss dir schon wieder danken, Sinsailin", sagte er, als sie geendet hatte.
„Das ist nicht nötig. Hast du noch mehr Fragen? Ich muss nämlich bald gehen. Meine Mutter wartet sicher schon mit dem Essen auf mich."
Shaan schüttelte den Kopf. „Geh nur. Ich möchte dich nicht aufhalten."
Die Kleine zögerte kurz, huschte dann aber davon. Shaan sah ihr versonnen nach. Erst als sie hinter einer Ecke der Gasse verschwunden war, stand er auf und kehrte zum *Platz des gerechten Maßes* zurück. Dort ließ er sich erneut auf dem Brunnen nieder und behielt das Haus der Albites wachsam im Auge.

* * *

Es war ihr sechzehnter Geburtstag, doch Deleja war weder in festlicher noch in besonders fröhlicher Stimmung. Seit dem Frühstück war sie nun schon in ihrem Zimmer eingekerkert. Stunde um Stunde war verstrichen, während Linari den Stoff, aus dem ihr Abendkleid geschneidert werden sollte, zuschnitt, ihr die Streifen mit der stoischen Ruhe eines grasenden Wasserbüffels an ihre Hüfte pappte und aneinander feststeckte, sobald sie mit dem Ergebnis zufrieden war.

Die gesamte Zeit über musste Deleja steif und mit durchgedrücktem Rücken wie die alberne Parodie einer Vogelscheuche auf einem niedrigen Hocker stehen und stillhalten, doch zumindest heute war sie von dieser Aufgabe hoffnungslos überfordert. Schon am Morgen war sie mit einem nervösen Pochen in der Brust erwacht, als habe sich ein arbeitswütiger Specht in ihren Brustkorb verirrt, und es drängte sie danach, immer wieder zum Fenster zu blicken. Dabei trat sie beinahe unablässig von einem Fuß auf den anderen oder zappelte anderweitig herum und gebärdete sich ganz allgemein so überdreht und quengelig wie ein fünfjähriges Kind auf Bonbonentzug.

Und so kam es, dass das Kleid auch nach Stunden noch nicht einmal in seinen groben Abmessungen geschnitten war, doch Linari hatte sie nicht ein einziges Mal gerügt, sondern stets so geduldig wie ein Fels gewartet, bis sie wieder ruhig stand.

Im Augenblick saß die Haushälterin zu ihren Füßen auf einem zweiten Schemel und steckte den unteren Saum des Kleides zurecht; hinter ihr lagen auf dem Tisch die beiden Ballen glatter, kostbarer Seide, die ihr Vater ihr zu ihrem heutigen Geburtstag geschenkt hatte. Sie waren aus langen, schier endlosen Metern Stoff gewickelt, viel zu viel Material für das eine Gewand und ihren jämmerlich unweiblichen Körper. Linari konnte später noch eine Menge anderer Kleider daraus schneidern.

Ihr Vater hatte zweifellos gut gewählt. Die Seide besaß genau jenen tiefen, smaragdgrünen Farbton, den sie so sehr liebte. Eigentlich sollte sie sich darüber freuen, aber stattdessen verzehrte bohrende Unruhe all ihre Gefühle und machte sie reizbar und unleidlich.

Irgendwann richtete sich Linari ächzend auf, trat zum Tisch und kehrte mit weiteren kleinen Seidenbahnen in der Hand zu ihr zurück. Geschickt legte sie sie in bauschige Rüschen und hielt diese an die Schultern des Kleides an.

„Gefällt es dir so?"

Deleja runzelte die Stirn. „Ich weiß nicht recht", murmelte sie zögernd und tastete mit den Fingern einer Hand über ihren Hals und ihr Dekolleté.

Das Kleid war sehr viel tiefer ausgeschnitten als ihre bisherigen Gewänder. Soviel Luft auf der Haut zu spüren, war für sie ziemlich ungewohnt.

„Muss der Ausschnitt so riesig sein?", fragte sie Linari unbehaglich.

„Ja, Kind. Du möchtest doch sicher die Kette tragen, die dein Vater dir geschenkt hat, oder?"

Deleja erwiderte nichts darauf, trotzdem ging Linari zum Tisch, nahm die Kette aus einer kleinen, mit Samt ausgeschlagenen Schatulle und legte sie Deleja um. Die feinen Glieder aus hellem Silber schmiegten sich sanft wie Tautropfen an ihre Haut und wurden vom Gewicht der milchig schimmernden Perle, die in einen zierlichen Anhänger eingefasst war, gestrafft. Der Ausschnitt des Kleides war in der Tat so geformt, dass die Perle perfekt zur Geltung kam.

Nachdenklich nahm sie das kostbare Kleinod in die Hand, drehte es zwischen ihren Fingern und betrachtete es. Die Perle war von ebenmäßigem Wuchs und glatt wie geschliffener Kristall, und wenn sie genau hinsah, konnte sie dicht unter der Oberfläche ein Schillern in allen Regenbogenfarben erkennen. Ein so wunderschönes Stück fand vermutlich selbst in den Schmucksortimenten der wohlhabendsten Frauen Golgamats kaum seinesgleichen.

Ihr Vater hatte ihr die Kette mit überschwänglicher Freude überreicht, hatte er doch befürchtet, das Geschenk könnte nicht rechtzeitig eintreffen. Eines seiner kleineren Schiffe, die *Senshaan* - was so viel bedeutete wie *Kleine Seeschwalbe* - hatte sie von einem fernen Ort abgeholt und war erst gestern zurückgekehrt.

Mit einem Seufzen nahm Deleja die Kette wieder ab und reichte sie Linari. Ihr lag nicht viel an teuren Geschenken.

Die Haushälterin legte die Perle sorgsam in die Schatulle zurück, steckte Deleja danach die Rüschen an und begutachtete ihr vorläufiges Werk. Emsig zupfte sie den Stoff über der Taille zurecht und bauschte ihn vor ihrer Brust ein wenig auf.

„Vielleicht sollte ich hier und da ein paar kleine Polster einnähen", murmelte sie versonnen.

Deleja zuckte zusammen. „Das will ich nicht! Entweder du schneiderst mir das Kleid auf den Leib, oder wir vergessen es! Ich will nicht ausgestopft werden wie eine verdammte Puppe!"

Die Haushälterin tätschelte ihr den Arm. „Ist schon gut, Kleines, es war nur eine dumme Idee von mir." Sie lächelte. „Ich habe es schon vergessen."

Deleja biss die Zähne aufeinander. „Gut", presste sie hervor.

Linari bemaß sie mit einem prüfenden Blick. „Haben Vanaja und Inhira dich wieder geärgert?"

„Sie ... sie sagen, dass ich wie ein Junge aussehe!"

„Das ist nicht wahr, Kleines. Du bist zwar sehr schlank, aber niemand, der Augen im Kopf hat, käme auf die Idee, dich für einen Jungen zu halten."

„Vanaja und Inhira behaupten, ich könnte nicht einmal Kleider tragen, wenn ich sie nicht vorher auspolstere!"

Linari schnaubte verächtlich. „Dicke Brüste machen noch keine schöne Frau. Vanaja ist ein dummes Ding, wenn sie das glaubt."

Deleja war den Tränen nahe. „Aber sie ist viel hübscher als ich! Sie sieht Mutter so ähnlich, und Mutter war die schönste Frau, die ich kenne!"

Linari strich ihre tröstend über die Wange. „Du bist deiner Mutter viel ähnlicher, als Vanaja es je sein kann."

„Meinst du wirklich?"

„Natürlich. Schau, als deine Mutter in deinem Alter war, war sie genauso schlank wie du. Ihre Weiblichkeit hat sich erst später entfaltet wie die Blätter einer Rosenblüte, und sie war tatsächlich wunderschön. Nicht mehr lange, und du wirst ebenso erblühen wie sie."

Deleja fühlte sich kaum getröstet. Niemals könnte sie die vollkommene Schönheit ihrer Mutter erreichen, und selbst wenn es so wäre, würde es nichts bedeuten. Ihr Vater hatte ihren zukünftigen Mann gewählt. Es war gleichgültig, ob sie anderen gefiel.

Linari erriet ihre Gedanken. „Machst du dir Sorgen wegen des Festes?"

Deleja nickte stumm.

„Das musst du nicht. Es ist noch nichts entschieden."

„Das stimmt nicht. Vater wäre es am liebsten, wenn Trist und ich schon übermorgen die Verlobungsringe tauschen!"

„Lass dich nicht drängen, Deleja. Nimm dir ruhig die Zeit, Trist in Augenschein zu nehmen."

„Das ändert nichts. Vater hat seine Wahl getroffen. Ich frage mich nur, warum er ausgerechnet ihn ausgesucht hat. Trist ist so ... so..."

Sie sprach es nicht aus, aber sie wusste, dass Linari Trist gut genug kannte, um zu wissen, was sie meinte.

„Vielleicht ändert er sich noch."

Deleja lachte bitter auf. „Wie denn? Als Trist die letzten Male zu Besuch war, hatte ich eher den Eindruck, als würde er seinem Vater immer ähnlicher."

„Noch besteht die Möglichkeit, dass sich auch der Einfluss seiner Mutter bei ihm ausprägt."

„Ach, Linari, du weißt doch, dass sie sich nicht leiden können. Wieso sollte er irgendetwas von ihr annehmen?"

Es war ein offenes Geheimnis in Golgamat, dass Madala Olvive im Haus ihres Mannes keinen leichten Stand hatte. Sie und ihr einziger Sohn gerieten oft in Streit, und die drei jüngeren Töchter der Olvives vergötterten ihren Bruder und schlugen sich stets auf dessen Seite. Deleja mochte sie nicht besonders. Außer Lady Madala mochte sie eigentlich niemanden aus dieser Familie, und der Gedanke, mit ihnen einen engeren Kontakt zu pflegen, als es allein aufgrund der geschäftlichen Beziehungen zwischen Puross Olvive und ihrem Vater nötig war, hatte wenig Erquickliches. Nur leider konnte sie dem, so wie die Dinge standen, kaum entgehen.

Selbst Linari erwiderte nichts mehr darauf, obwohl sie sonst stets dazu neigte, alles von der positivsten Seite zu betrachten. Doch wo es keine solche gab, vermochte auch sie keine zu finden. Deleja wusste das, deshalb ließ das Schweigen der Haushälterin ihren Mut noch weiter sinken.

Die Zeit zum Mittagessen war längst gekommen, als Linari ihre Arbeit soweit beendet hatte, dass Deleja das Kleid endlich ablegen konnte. Mit gemischten Gefühlen schlüpfte sie in ihre Jungenkleidung, während die dralle Haushälterin ihr Werk behutsam aufnahm und sich zum Gehen wandte.

„Das gibt eine Menge Arbeit", verkündete sie. „Ich hoffe, ich werde bis zum Fest mit dem Nähen fertig." Dann huschte sie geschwind auf den Korridor hinaus und zog die Tür hinter sich zu.

Deleja sah zu Boden und wünschte das Gegenteil. Leider würde es nichts ändern. Welches Kleid sie trug, war unerheblich für die Zukunft, die sie erwartete.

Mit hängendem Kopf ließ sie sich auf ihr Bett sinken und schämte sich, weil sie dem Leben, das ihr Vater für sie vorgesehen hatte, so wenig abgewinnen konnte. Er meinte es doch nur gut mit ihr. Wer war sie schon, dass sie es besser wusste als er? Ganz sicher würde sich alles so entwickeln, wie er gesagt hatte.

Bekümmert starrte sie auf die kärglichen Reste der grünen Seide, die in verdrehten Schlangen am Boden lagen, bis der Pirol zu trällern begann. Deleja lächelte matt.

„Was willst du denn, mein kleiner Freund?"

Ein heller Flötenpfiff war die Antwort.

„Eine Kirsche?"

Wieder ein Pfiff.

„Na gut, aber nur eine."

Deleja stand auf, ging zum Tisch und trug die Schale zum Käfig, den sie am Morgen von seinem angestammten Fensterplatz genommen hatte, damit sie besser hinaussehen konnte. Schon lange bevor Linari zu ihr gekommen war, hatte sie mit wild klopfendem Herzen den Horizont betrachtet, aufgeschreckt von üblen Albträumen, die sie die gesamte Nacht über nicht aus ihren Klauen gelassen hatten.

Der Pirol verfolgte ihre Bewegungen aufmerksam mit seinen kleinen, schwarzen Augen und schlug so aufgeregt mit den Flügeln, dass sie ihm schließlich doch mehrere Kirschen in den Käfig legte. Sein Pfeifen verstummte, als er gierig fraß.

Sie sah ihm müßig dabei zu, während sie den Geräuschen lauschte, die sich vom *Platz des gerechten Maßes* zu ihr emporschwangen. Das Murmeln dunkler Männerstimmen verwob sich mit dem Rattern der Fuhrwerke und dem Klappern von Hufen, altbekannte, seit ihrer Kindheit vertraute Töne, die längst zu einem natürlichen Bestandteil ihres Lebens geworden waren. Aber da war noch mehr, ein Raunen, nicht hörbar, und doch rief es sie mit machtvoller Stimme.

Deleja vergaß den Pirol, wandte sich um und bewegte sich wie in Trance aufs Fenster zu. Ihr Herz pochte laut und drängend, und ihre Trübsal schwand dahin wie Gewitterwolken, die von einem frischen Wind auseinandergetrieben wurden, je näher sie der Öffnung kam. Als sie ihre Hände auf den Rahmen legte, brach ihr vor Aufregung der Schweiß aus. Auf der Suche nach der Quelle des Raunens wanderten ihre Blicke sofort zum Brunnen hinab - und fanden einen dunkelhaarigen Jungen.

Er stand dicht neben einer Gruppe Arbeiter aus dem Kontor, gehörte jedoch eindeutig nicht zu ihnen, sondern wirkte allein und irgendwie verloren. Er war nicht besonders groß, hatte nichts Außergewöhnliches an sich, ja sie konnte nicht einmal sein Gesicht genau erkennen, und doch starrte sie wie gebannt zu ihm herab. Und er sah zu ihr hinauf. Sie spürte, dass ihre Blicke sich trafen.

Mit einem leisen Aufschrei schloss sie ihre Hände fest um das Fensterbrett. Sie wankte leicht, ihre Knie zitterten, und ihr Puls raste. Der Anblick des fremden Jungen brachte tief in ihr eine Saite zum Schwingen, die sie nie zuvor wahrgenommen, deren Existenz sie nicht einmal geahnt hatte. Es war, als streichelte ein lauer Wind ihre Haut oder als berührten die warmen Tropfen eines Frühlingsregens sanft ihre Wangen.

Darauf hatte sie gewartet. Darauf hatte sie ihr Leben lang gewartet!

„Deleja?"

Deleja regte sich nicht. Der Ruf wurde gedämpft von der geschlossenen Tür, zu schwach, um sie zu berühren.

„Deleja!"

Die Stimme war jetzt lauter, eindringlicher. Sie erkannte Linari, wusste, dass sie ihr antworten musste, aber sie konnte nicht. Wie in Erz gegossen stand sie da.

„Deleja, Kind! Ist alles in Ordnung?"

Linari hatte die Tür geöffnet. Ihre Schritte brachten die hölzernen Bohlen des Bodens zum Vibrieren, als sie sich anschickte, zu ihr zu treten. Da fuhr Deleja hastig herum. Linari sollte den Jungen nicht sehen. *Niemand* sollte ihn sehen!

Eilig kam sie der Haushälterin entgegen. „Ich war nur in Gedanken. Was gibt es?"

„Ich habe das Essen für dich gerichtet. Dein Vater erwartet dich. Er wird dir zur Feier des Tages bereits heute Mittag Gesellschaft leisten."

An jedem anderen Tag hätte sie sich darüber sehr gefreut, denn allzu oft hatte ihr Vater so viel zu tun, dass sie ihn nur morgens und abends bei den Mahlzeiten zu Gesicht bekam, doch heute stieg heftiger Widerwille in ihr auf. Sie wollte nicht gehen. Sie wollte ihren Platz am Fenster nicht verlassen.

„Geh schon vor. Ich komme gleich", bat sie Linari, wartete, bis die Haushälterin verschwunden war, und stürzte zurück zum Fenster. Doch der Junge war fort, und auch das anmutige Raunen in ihrer Seele war verstummt.

Traurig ließ sie den Kopf hängen. Es war nichts als eine Täuschung gewesen, eine dumme, abergläubische Einbildung. Ihr Vater hätte sie für derartige Träumereien gescholten. Den Rest des Tages vermied sie jeden weiteren Blick aus dem Fenster.

7. Die erste Begegnung

Die Hitze der Sonne und der feine Staub auf dem Pflaster, der Shaan nach und nach in die Kleidung und in die Nase drang, machten ihm das Warten auf Herness Bajanare zur Qual. Er saß den gesamten Nachmittag über beim Brunnen und wagte nicht, das Anwesen der Albites auch nur für einen kurzen Moment aus den Augen zu lassen. Zu groß war das Risiko, den Hauslehrer zu verpassen.

Das aber durfte nicht geschehen. In die Nähe der Lanhal zu gelangen, war ein überaus wichtiger Schritt. Wenn er dabei versagte, war sein Stand von vornherein schlecht. Deshalb brauchte er auch einen guten Plan. Er musste sich überlegen, auf welche Weise er vorgehen und mit welcher Geschichte er sich im Haus der Albites einführen wollte.

In den sengenden Strahlen der Sonne brütend, lagen seine Nerven bald blank. Es gab so viel zu bedenken, so viele Möglichkeiten für Fehler. Wie sollte er ihnen allen ausweichen? Wie sollte er eine so große Lüge auf Dauer aufrechterhalten, wo er doch nur Herness allein beeinflussen konnte?

Natürlich versuchte er, die Fragen, die man ihm oder dem Hauslehrer über seine Person stellen könnte, vorauszuahnen, musste aber bald seinem kümmerlichen Wissensstand Tribut zollen. Er kannte zu wenig vom alltäglichen Leben der Stadtleute, um sich in sie hineinversetzen zu können. Das war sein persönlicher Fluch: Er wusste zu wenig und vermochte zu wenig.

Bekümmert über sein Unvermögen, die Situation auch nur in Gedanken sicher handhaben zu können, beschloss er, soweit wie möglich die Wahrheit über sich und seine Vergangenheit zu sagen, seine wahre Rolle gegenüber der Lanhal durch Auslassungen zu verschweigen und nur dann, wenn es gar nicht anders ging, Änderungen in seiner Lebensgeschichte vorzunehmen, die man getrost auch als Lügen bezeichnen konnte. Wenn es nur wenige waren, müsste selbst er dazu imstande sein, sie im Kopf zu behalten und sich nicht in einem Gespinst aus Widersprüchen zu verstricken. Das hoffte er zumindest.

Als spät am Nachmittag endlich ein Mann aus dem Haus der Albites trat, auf den Sinsailins Beschreibung zutraf, sprang Shaan so hastig auf, als habe neben ihm ein Blitz eingeschlagen. Am liebsten wäre er sofort auf den Mann zugestürzt, um diese unselige Sache schnell hinter sich zu bringen, trotzdem rührte er sich nicht vom Fleck.

Seine Zähne mahlten knirschend aufeinander. Er durfte Herness nicht beeinflussen, solange sie sich noch so nahe beim Kontor befanden. Die Shai'yinyal konnte es spüren, wenn er einen Menschen unter seinen Willen zwang. Zwar fühlte sie nur den Moment, in dem seine Macht über den anderen begann, aber das genügte vollauf, um sie zu Deleja zu führen, sollte er unbedacht handeln und den Hauslehrer direkt vor der Tür des Kontors abfangen.

Und so begnügte er sich zunächst mit Beobachten. Herness Bajanare war ein sehr großer und sehr dünner Mann. Er hielt seine Gestalt kerzengerade aufrecht und setzte seine Schritte steif voran wie eine Krähe auf Futtersuche. Sein Haar war zwar nicht füllig, ging ihm aber auch noch nicht aus, obwohl er sicherlich schon beinahe fünfzig Jahre alt war. Lediglich an den Schläfen war es grau meliert, ansonsten von dunklem Braun.

Sein Gesicht war hager und markant. Die schwarzen Augenbrauen wirkten darin wie schmale Risse in hellem Felsgestein, und seine Miene war ausdruckslos. Was auch immer er über die Umgebung, in der er sich bewegte, dachte, er verschloss es in seinem Inneren.

Shaan ließ Herness einen ordentlichen Vorsprung, bevor er ihm folgte. Dabei versuchte er, sich möglichst unauffällig zwischen müßig dahinwatschelnden Spaziergängern, rumpelnden Pferde- und Ochsenkarren und emsig ihrem Tagewerk nachgehenden Männern und Frauen zu verbergen. Herness Bajanare durfte ihn auf keinen Fall entdecken, bevor sie sich nicht in einer angemessenen Entfernung zum Haus der Albites befanden.

Zum Glück nahm sein Opfer stets die belebtere Straße, wann immer sich vor ihm eine Weggabelung zeigte, sodass ständig genug Leute um ihn herum waren, die ihm als Deckung dienen konnten.

Angespannt folgte Shaan Herness durch die halbe Stadt und begann allmählich, dichter zu ihm aufzuschließen. Bevor er sich ihm jedoch bis auf Schrittweite nähern konnte, trat der Hauslehrer auf einen großen, weitläufigen Platz hinaus, wo sich eine Unzahl kleiner Zelte, Stände und Wagen eng aneinanderschmiegte, und obwohl sich der Nachmittag bereits dem Ende entgegenneigte, wimmelten Menschen wie aufgescheuchte Ameisen zwischen ihnen hin und her, schwatzten, lachten, stießen einander zur Seite oder begutachteten Waren, die überall zum Verkauf auslagen.

Shaan ging schneller. Dieser Ort war neutral genug, um Herness Bajanare zu beeinflussen. Die Shai'yinyal würde nie erfahren, wohin er sich von hier aus gewandt hatte.

Auch der Hauslehrer beschleunigte seine Schritte und steuerte schnurstracks auf das dichteste Gewühl zu. Shaan versuchte, den Abstand zu ihm zu verringern, doch der massige Rucksack auf seinem Rücken behinderte ihn. Immer wieder stieß er an Karren und Stände oder streifte andere Menschen. Böse Blicke und unflätige Schimpfworte folgten ihm wie Schmeißfliegen, während er noch hastiger weiterlief, weil er kaum noch den Haarschopf seines Opfers in der Menge ausmachen konnte.

Allmählich begann er zu verzweifeln. Die Menschen wogten als dichte, undurchdringliche Masse um ihn herum, engten ihn ein, erdrückten ihn beinahe. Im Strom der Passanten wurde er hierhin und dorthin geschoben, nur die Richtung, die er einschlagen wollte, war nicht darunter. Er hätte schon grob werden müssen, um sich seinen Weg durch die Menge zu bahnen.

Halbherzig versuchte er es, doch andere wandten diese Taktik weitaus besser an als er. Ein riesenhafter Mann tauchte plötzlich wie ein Berg vor ihm auf und stieß ihn mit einer einzigen beiläufigen Bewegung zur Seite. Shaan verlor sein Gleichgewicht und fiel in den Staub.

Ein paar Leute lachten über ihn, die meisten aber beachteten ihn nicht einmal. Hastig rappelte er sich wieder auf und spähte panisch umher, doch seine Augen fanden kein Ziel. Herness Bajanare war nirgends mehr zu sehen, und in dem dichten Gewühl aus Leibern würde er ihn niemals wiederfinden können.

Shaan war wie betäubt. Er ließ zu, dass die Menge ihn mit sich zerrte, und wurde schließlich vom Markt gedrängt. Es war, als gehörten die Menschen dort zu einem einzigen, lebendigen Organismus, der ihn als Fremdkörper erkannt und ausgespien hatte.

Mit hängendem Kopf schlurfte er zum Rand des Platzes und setzte sich auf eine brusthohe Mauer. Er hatte versagt - wieder einmal. Weil er Herness nicht vor dem Haus der Albites beeinflussen konnte, machte es keinen Sinn, dort auf ihn zu warten, also musste er sich gedulden, bis der Lehrer das Kontor morgen erneut verließ, und hoffen, dass er dann mehr Glück haben würde als heute. Dadurch verlor er einen ganzen Tag.

Sein Blick verschleierte sich. Alles, was er anpackte, misslang ihm. Wie sollte er die Lanhal wirksam vor der Shai'yinyal beschützen, wenn er nicht einmal in der Lage war, einem alten Mann durch die Stadt zu folgen?

Das war einfach nicht fair! Deleja sollte eine Chance haben. Sie durfte nicht getötet werden, nur weil das Schicksal einen derart unfähigen Shai für sie bestimmt hatte.

Plötzlich fiel ein Schatten auf ihn. Shaan fuhr erschrocken zusammen, blickte auf - und fand sich unvermittelt Herness Bajanare gegenüber.

„Ich denke, wir haben genug gespielt", erklärte der ältere Mann grimmig.

Shaan schluckte, wollte antworten, bekam aber kein Wort heraus.

Herness musterte ihn unbewegt mit grauen Augen, deren Blick so scharf war wie der eines Falken auf der Jagd. Nicht eine einzige Regung schien ihnen zu entgehen.

„Du siehst nicht aus wie ein Dieb, Junge, aber du bist mir wie einer gefolgt. Was willst du von mir?"

Da begriff Shaan endlich, dass er die Chance bekam, sein Versagen ungeschehen zu machen. Er rutschte von der Mauer.

„Ich ... ich habe Euch gesucht."

„Das habe ich bemerkt. Und aus welchem Grund?"

Vorsichtig schob sich Shaan einen Schritt näher. „Ich muss mit Euch sprechen."

„Warum?"

Statt einer Antwort streckte Shaan ihm die Hand zur Begrüßung hin. „Ich bin Shaan."

„Müsste ich dich kennen?", fragte Herness kühl, nahm aber die Hand. Augenblicklich erfolgte der Kontakt.

„Ja, Ihr kennt mich."

Herness nickte sofort.

Shaan winkte ihm. „Gehen wir ein Stück spazieren."

Noch während er sprach, blickte er sich nervös um. Sie mussten sofort weg von hier. Es war nicht gut, an dem Ort zu bleiben, an dem der Einfluss seinen Anfang genommen hatte. Die Menge würde ihn und Herness zwar vor den Blicken der Shai'yinyal schützen, außerdem wusste sie nicht, wie er aussah, aber er war nicht gewillt, auch nur das geringste Risiko einzugehen.

Der Lehrer folgte ihm widerstandslos, und ebenso bereitwillig erzählte er ihm alle Einzelheiten über das Leben im Haus Albite, die er wissen wollte. Shaan passte seine Geschichte daran an, veränderte Herness' Erinnerungen entsprechend und gab ihm genaue Anweisungen, wie er sich ihm gegenüber verhalten sollte. Als das getan war, befahl er ihm, die Begegnung selbst zu vergessen und seinen Spaziergang wie gewohnt fortzusetzen, danach entließ er ihn.

Herness Bajanare ging, ohne sich noch einmal zu ihm umzusehen. Shaan behielt ihn mit gemischten Gefühlen im Auge, bis er in der Menge verschwunden war. Hatte er dieses Mal alles richtig gemacht?

Er hoffte es, denn nun war sein Quantum erfüllt. Solange er in Golgamat weilte, durfte er keinen anderen Menschen mehr beeinflussen, denn wenn er es tat, würde der Bann von Herness Bajanare fallen und seine Lüge ans Licht kommen.

Geschicktere und klügere Shai'lanhals als er hatten es in früheren Kämpfen vermocht, auch ohne Beeinflussung in die Nähe der Lanhal zu gelangen, und es wäre zweifellos besser gewesen, wenn er es ihnen hätte gleichtun können, da er im Kampf gegen die Shai'yinyal nun auf eine wertvolle Gabe verzichten musste. Bei ihr selbst wäre zwar jeder geistige Manipulationsversuch seinerseits wirkungslos, aber es war durchaus denkbar, dass sie Menschen, die sie zuvor unter ihren Willen gezwungen hatte, gegen die Lanhal schickte. Die könnte er jetzt nicht mehr stoppen, indem er einfach den Bann brach, der ihr Bewusstsein verdunkelte, sondern würde sie auf andere Weise abwehren müssen.

Er hatte kein gutes Gefühl dabei, und noch größer waren seine Zweifel, ob sein Plan überhaupt funktionieren konnte. Herness stand zwar unter seiner Kontrolle, aber würden auch die Albites ihm glauben?

* * *

Auf dem Rückweg zum Kontor ließ sich Shaan Zeit. Er durfte Herness nicht direkt folgen, da dieser ihn vermutlich erneut bemerkt hätte. Zwar würde er ihn nun nicht mehr für einen Dieb halten, sondern in ihm seinen Neffen erkennen, aber er wollte nicht zusammen mit dem Lehrer vor dem Anwesen der Albites auftauchen. Das hätte den Eindruck erwecken können, er hätte Herness außerhalb des Hauses abgepasst, und ganz sicher Morujan Albites Misstrauen heraufbeschworen. Das aber durfte nicht geschehen. Der Kaufmann musste Herness Bajanare uneingeschränkt Glauben schenken, wenn sein Plan gelingen sollte.

Zum Glück brauchte er den Lehrer nicht, um zum Kontor zurückfinden zu können. Zwar sahen die sorgfältig gepflasterten Straßen Golgamats für ihn alle gleich aus, trotzdem bewegte er sich mit großer Zielsicherheit, denn der Ruf der Lanhal führte ihn auch weiterhin, als werde er von einem unsichtbaren Band zu ihr hingezogen. Solange der Kampf nicht beendet war, würde er ihm stets mit höchster Genauigkeit zuraunen, wo sie sich befand und wie weit er von ihr entfernt war.

Da er langsam ging, war die Sonne bereits tief gesunken, als er endlich den *Platz des gerechten Maßes* erreichte. Er lag fast verlassen da. Die meisten Menschen hatten sich in ihre Häuser zurückgezogen, um zu Abend zu essen.

Es behagte ihm nicht, allein und für jeden weithin sichtbar über die freie Fläche marschieren zu müssen. Jeder zufällige Beobachter würde sofort erkennen, dass er zum Kontor wollte, und das könnte mehr Aufmerksamkeit erregen, als ihm lieb war. Es wäre besser gewesen, hätte er sich noch immer zwischen anderen Menschen verstecken können.

Deshalb versuchte er, wie unabsichtlich in Richtung des Anwesens zu schlendern, aber dann verdrängte jähes Entsetzen seine Vorsicht. Die großen, hölzernen Torflügel des Kontors waren geschlossen worden. Er würde klopfen müssen, wenn er hinein wollte. Doch würde dort noch jemand wachen, um achtzugeben, ob ein später Besucher Einlass begehrte? Würde er sich bemerkbar machen können? Wenn nicht, hatte er letztlich doch einen ganzen Tag verschwendet.

Kalter Schweiß trat ihm auf die Stirn, und sein Herz schlug hart und dumpf gegen seine Rippen, als er eilig auf das Tor zulief. In Gedanken flehte er die Macht des Guten an, der er sein Leben verdankte, ihm beizustehen. Gleichzeitig war ihm, als könne er das verächtliche Lachen seines Vaters hören, und begriff. Sein Winseln um Beistand war umsonst.

Die Kraft des Guten hatte aus unerfindlichen Gründen beschlossen, Menschen in Gestalt der Lanhal und ihres Shais für sich kämpfen zu lassen, statt es selbst zu tun. Von dieser Seite konnte er nun wirklich keine Hilfe erwarten; sie erwartete vielmehr Hilfe von *ihm*.

Er biss sich auf die Lippe, legte die letzten paar Meter in überstürzter Hast zurück und klopfte mit zittriger Hand an die Tür. Der Laut geriet jämmerlich leise und rief keine Reaktion hervor. Hinter dem Tor blieb es still.

Nach einem langen, tiefen Atemzug und dem verzweifelten Versuch, seinen rasenden Puls zu beruhigen, pochte er erneut gegen das Tor, dieses Mal lauter. Er konnte hören, wie das Klopfen jenseits des Portals zwischen den Wänden des Hofs widerhallte.

Endlich rührte sich etwas. Schritte näherten sich auf der anderen Seite dem Tor, und gleich darauf fuhr eine kleine Luke, die in Kopfhöhe in der Tür angebracht war, auf. Ein Paar eisgrauer, streng dreinblickender Augen spähte hindurch. Sie waren halb von einer düsteren Haarsträhne verdeckt, und unterhalb von ihnen verschwand das Gesicht hinter einem dichten, dunklen Vollbart.

„Was willst du?", brummte der Mann unfreundlich.

Shaan rang nach Atem, der seine plötzlich eng gewordene Kehle nicht passieren wollte. In seinem Hirn herrschte auf einmal gähnende Leere, und seine Zunge war schwer wie eine nasse Socke.

Die eisgrauen Augen zogen sich zusammen. „Wenn du nicht den Mund aufmachst, gehe ich wieder."

Schon begann sich die Luke wieder zu schließen.

„Wartet!", krächzte Shaan.

Die Bewegung stoppte, die Augen kehrten unwillig zu ihm zurück. Shaan riss sich zusammen. Der Mann hinter der Tür würde weder seine Frage wiederholen noch länger auf eine Antwort warten.

„Ich bin Shaan Bajanare. Könnte ich bitte mit Herness Bajanare sprechen?"

„Bist du ein Verwandter von ihm?"

„Ich bin sein Neffe."

„Hmm."

Ein prüfender Blick voll unverhohlenen Misstrauens glitt an Shaan herauf und wieder herunter, trotzdem versuchte Shaan, ihm nicht auszuweichen.

„Bitte, ich möchte mit meinem Onkel reden."

„Warte hier", knurrte der andere.

Die Luke schlug mit einem dumpfen Knall zu, Schritte entfernten sich.

Halt suchend stützte sich Shaan mit einer Hand gegen die Wand. Der Anfang war gemacht. Von jetzt an würde er sich auf sehr dünnem Eis bewegen.

Es dauerte eine Weile, bis der Mann zurückkehrte, erneut die Luke aufriss, sein Gesicht von innen dagegenpresste und Shaan mit einem stechenden Blick durchbohrte.

„Bist du allein?“

„Ja, Herr.“

„Gut, du kannst hereinkommen. Herr Bajanare erwartet dich.“

Endlich ging das Tor für ihn auf, jedoch nur einen Spalt weit. Shaan beeilte sich einzutreten, bevor es sich der Wächter noch einmal anders überlegte.

Als er hindurch war, sah er ihn zum ersten Mal in voller Gestalt. Der Mann war groß wie eine Eiche und starrte, die muskulösen Arme drohend in die Hüften gestemmt, grimmig auf ihn herab. Sein langer, dunkler Bart schien das letzte Licht des Tages einzufangen und nicht wieder loslassen zu wollen, so buschig und finster bedeckte er sein Gesicht. Seine Haare waren ebenfalls sehr lang und wurden von einem ledernen Band zusammengehalten. Das Hemd des Mannes schien ihm fast zu klein zu sein. Als er kurz die Muskeln spielen ließ, spannte es sich, als würden sich starke Wurzeln anschicken, den Erdboden von unten her zu durchbrechen.

Der Riese winkte Shaan und wandte sich wortlos ab. Seine Schritte waren seiner Größe angemessen und derart raumgreifend, dass Shaan beinahe laufen musste, um mit ihm auf einer Höhe zu bleiben. Er folgte ihm quer über den Hof und schaute sich währenddessen hastig um, um sich einen ersten Eindruck von den Örtlichkeiten zu verschaffen.

Linker Hand lagen große Stallungen. Der Geruch von Pferden drang durch die Fenster und mischte sich mit dem würzigen Aroma von trockenem Heu und Stroh.

Dem Eingang genau gegenüber durchbrach ein weiteres, ebenfalls verschlossenes Tor die Mauern. Dicht daneben befand sich ein Brunnen, der von mehreren Tränken umgeben war.

An der rechten Seite des Hofes erhoben sich weitere Gebäude. Durch eins von ihnen führte ein im Vergleich zum Haupttor beinahe zwergenhaft winziger Durchlass; ein Fuhrwerk hätte ihn nicht passieren können, und auch ein Reiter hätte arg den Kopf einziehen müssen. Angesichts dessen, was er von außen von dem Anwesen der Albites gesehen hatte, vermutete Shaan jenseits der Öffnung den Innenhof des eigentlichen Wohnhauses.

Er täuschte sich nicht. Der schweigsame Wächter geleitete ihn, ihn dabei misstrauisch im Auge behaltend, in einen zweiten, kleineren Hof, der, anders als der größere, nicht von Zweckmäßigkeit geprägt, sondern eher nach ästhetischen Gesichtspunkten angelegt worden war.

Hölzerne Altane aus dunklem Holz liefen auf allen Stockwerken rund um den Hof, dessen Mitte von einem Brunnen aus weißem Marmorgestein eingenommen wurde. Die gesamte Südmauer wurde von gewaltigen Rosenstöcken bedeckt. Die Ranken wuchsen bis zum obersten Stock hinauf und wanden sich dort um die Pfeiler der Galerien.

Der Riese betrat zügig den Westflügel des Hauses, eilte über Gänge und Treppen ins zweite Stockwerk und hielt erst vor einer großen Tür mit kunstvollen Schnitzereien inne.

Obgleich Shaan ihm so schnell, wie er es vermochte, gefolgt war, kam er erst einige Sekunden nach ihm dort an. Das Gewicht seines Rucksacks, die lange Reise und die Tatsache, dass er an diesem Tag vor Aufregung kaum einen Bissen herunterbekommen hatte, setzten ihm arg zu. Er war außer Atem, und in seinen Rippen hatte sich ein unangenehmes Seitenstechen breitgemacht.

Der Riese klopfte, und eine dunkle, volltönende Stimme antwortete aus dem Inneren des Raumes. Der Wächter öffnete die Tür und trat ein. Shaan tat es ihm gleich.

Das Zimmer, das ihn aufnahm, war nicht besonders groß, doch geschmackvoll eingerichtet. Ein flauschiger Teppich mit verschlungenen Mustern aus beige und schwarz gezeichneten Formen, wie sie Shaan noch nie zuvor gesehen hatte, bedeckte den Boden, und ein ähnliches Kunstwerk hing an der Wand gegenüber der Tür.

Linker Hand erblickte er die Höhlung eines nicht entzündeten Kamins, in dem sorgfältig ein kleiner Stapel Brennholz aufgeschichtet worden war. Auf seinem Sims und auf Regalen daneben standen Kerzen, deren warmer Schein das Licht der versunkenen Sonne auszugleichen suchte. Rechts von ihm zog sich ein großer Schrank aus dunklem Edelholz über die gesamte Länge der Wand, und in der Mitte des Raumes standen eine voluminöse Couch, ein niedriger Tisch mit filigranen Schnitzereien und mehrere Sessel.

Alle Möbelstücke waren aus dem gleichen, kostbaren Holz geschaffen worden wie der Schrank, die Couch und die Sessel darüber hinaus mit weichen, dunkelblau gefärbten Polstern überzogen.

In einem der Sessel saß Herness Bajanare, in einem zweiten ein anderer Mann - vermutlich Morujan Albite. Auf dem Tisch vor ihnen stand ein Aschenbecher, aus dem, ausgehend von den Köpfen abenteuerlich geschwungener Pfeifen, lange, kräuselnde Rauchwölkchen zur Decke emporstiegen.

Trübe Schlieren hingen in der Luft und reizten Shaan augenblicklich zum Husten. Der Qualm besaß eine harzige und zugleich würzige Note, die in geringerem Ausmaß vielleicht angenehm gerochen hätte, für seinen Geschmack jedoch eindeutig zu intensiv war. Er rang nach Luft, verstärkte damit aber das Brennen in seiner Kehle nur noch. Ein Hustenkrampf schüttelte ihn durch, und als er das Kitzeln in seinem Hals endlich unter seine Kontrolle gezwungen hatte, bemühte er sich, so flach wie möglich zu atmen.

Der Torwächter nickte Herness knapp zu und wandte sich dann an den zweiten Mann. „Das ist der Junge, der angibt, Shaan Bajanare zu sein, Herr."

Morujan Albite stand auf. „Danke, Afnan, du kannst jetzt gehen. Aber lass die Tür offen. Ich glaube, unser Gast ist unseren Vergnügungen ein wenig abhold."

Afnan grunzte bestätigend und entfernte sich.

Shaan schaute ihm nicht nach, sondern wollte Morujan Albite für seine Rücksichtnahme danken, doch da eilte Herness Bajanare stürmisch auf ihn zu, ergriff ihn bei den Schultern, betrachtete ihn von oben bis unten und machte ein Gesicht, als habe er gerade etwas ganz und gar Unglaubliches erblickt.

„Shaan, Junge, du bist es wirklich!"

Ehrliche Freude blitzte in den Augen des Lehrers auf, die ihn noch vorhin so abschätzend und distanziert gemustert hatten. Herness Bajanare empfand diese Freude tatsächlich - so hatte Shaan es ihm eingegeben.

Verlegen senkte er den Kopf und fühlte, wie ihm das Blut in die Wangen schoss. Auch wenn es um die Lanhal ging, war es falsch, einen Menschen so zu manipulieren, wie er es mit Herness getan hatte, ihm Erinnerungen und Emotionen einzupflanzen, die nichts als Lügen waren. Er benutzte den Lehrer wie einen Gegenstand, und das war kein gutes Gefühl. Nur leider hatte er keine Wahl.

„Onkel Herness", presste er mit krächzender Stimme hervor. Mehr bekam er nicht heraus.

Morujan Albite trat zu ihnen. Er war ein großer, stattlicher Mann und trug wie Afnan einen Vollbart, aber während der Riese verschlossen und brummig wirkte, machte Delejas Vater eher einen offenen und freundlichen Eindruck. Vielleicht lag es an seinen leuchtenden blauen Augen, um die herum sich unzählige Lachfältchen eingegraben hatten und die sich jetzt neugierig auf Shaan richteten.

„Du bist Herness' Neffe?", fragte er mit einer Stimme, die Ruhe und Gelassenheit ausstrahlte, in deren Unterton aber auch etwas von der Kraft und dem Willen zu spüren war, die der Kaufmann benötigte, um seine Geschäfte zu führen.

Shaan nickte hastig. „Ja, Herr."

Mit gerunzelter Stirn wandte sich Morujan Albite an Herness. „Du hast mir nie etwas davon erzählt, dass du Geschwister, geschweige denn einen Neffen, besitzt."

Shaan hielt den Atem an, als der Lehrer antwortete. Jetzt musste es sich entscheiden, ob seine Geschichte glaubwürdig war.

„Ich habe einen Bruder, Herr. Sein Name ist Gefflan. Leider haben er und ich uns nie gut verstanden. Wir waren oftmals unterschiedlicher Meinung über dieses und jenes, und besonders schlimm wurde es, als Shaans Mutter bei seiner Geburt starb."

Shaan zuckte zusammen, obwohl er natürlich jedes Wort, das Herness sagte, genau kannte. Und er fragte sich plötzlich, wie sein Leben wohl verlaufen wäre, wenn seine Mutter nicht gestorben wäre.

„Gefflan konnte den Tod seiner Frau nicht verwinden", fuhr Herness fort - eine Annahme, die Shaan gemacht hatte, weil die Gedanken seines Vaters so oft in der Vergangenheit weilten. „Er wandte sich vom alltäglichen Leben ab und zog sich in ein einsam gelegenes Tal zurück, in dem er sich, abseits von allem, seinem Kummer hingeben wollte."

Ein betrübter Ausdruck erschien auf dem Gesicht des Kaufmanns, und für einen kurzen Moment glitten seine Augen in eine unbestimmte Ferne, so wie Shaan es nur allzu oft bei seinem Vater gesehen hatte. Er erschrak, doch anders als bei Gefflan wurde Morujan Albites Blick bald wieder klar.

„Ich kann den Kummer deines Bruders gut nachvollziehen, Herness", sagte er und wandte sich an Shaan. „Du musst wissen, dass auch meine Frau vor neun Jahren gestorben ist."

„Das tut mir leid", antwortete Shaan rau. Sein Hals war immer noch so eng, dass er nicht normal sprechen konnte. Denn noch war nichts entschieden.

Morujan Albite winkte ab.

Herness schüttelte derweil mit strenger Miene den Kopf. „Auch ich habe seinen Schmerz verstanden, aber es war trotzdem nicht richtig, seinen Sohn in die Einsamkeit mitzunehmen und ihn von allem abzuschneiden, was ein normales Leben hätte sein können."

Ein harter, schmerzender Knoten schnürte Shaan den Magen ein. Das war die Wahrheit; er wünschte, es wäre nicht so.

Morujan Albite bedachte ihn mit einem mitfühlenden Blick, bevor er weiter Herness' Erzählung lauschte.

„Ich habe versucht, es ihm auszureden und ihn dazu zu bewegen, Shaan wenigstens ab und zu bei mir wohnen zu lassen, aber Gefflan blieb stur."

Shaan senkte den Kopf. Er hatte seine Großeltern nie kennengelernt.

„Schließlich gerieten wir in immer heftigeren Streit, und irgendwann verbot mir Gefflan, Shaan auch weiterhin in der Einöde zu besuchen. Das war, kurz bevor ich die Stelle in Eurem Haus annahm. Ich habe meinem Bruder noch eine Nachricht geschickt und ihm mitgeteilt, wo er mich finden kann, falls er sich wieder mit mir aussöhnen möchte, aber er hat nie darauf geantwortet."

Shaan kaute auf seiner Lippe. Auch das mochte der Wahrheit nahe kommen. Hatte der Herzog Geyseré ihn vielleicht sehen wollen und Gefflan hatte es nicht zugelassen?

Morujan Albite zog nachdenklich die Augenbrauen zusammen. „Du bist seit zwölf Jahren bei uns, Herness. Erkennst du Shaan nach so langer Zeit tatsächlich wieder?"

Erschrocken sah Shaan ihn an, doch Herr Albite lächelte. „Nimm meine Frage bitte nicht persönlich, aber ich möchte wirklich sicher sein, wer du bist."

Shaan schluckte und nickte verkrampft.

Herness trat dicht zu ihm. „Natürlich erkenne ich ihn wieder! Shaan ist mein einziger Neffe, und ich werde sein Gesicht nicht vergessen, auch wenn er noch ein Kind war, als ich ihn das letzte Mal gesehen habe. Außerdem hat er sich nicht so stark verändert. Er ist immer noch der kleine Shaan."

Das entsprach weitaus mehr seinen wahren Gefühlen, als es Shaan lieb war. Er war wahrhaftig klein – zu jung und zu unerfahren für die wichtige Aufgabe, die vor ihm lag.

„Wie alt bist du, Junge?", fragte Morujan.

„Fünfzehn", stieß Shaan, einer spontanen Eingebung folgend, hervor. Wenn er über sein Alter log, würde es der Shai'yinyal schwerer fallen, ihn aufzuspüren. Sie würde davon ausgehen, dass er sechzehn war.

Herness nickte bestätigend, obwohl Shaan ihm das nicht eingegeben hatte. Aber er würde ihm niemals widersprechen, so hatte er es ihm befohlen.

„Und wieso bist du hier? Wenn es stimmt, was Herness sagt, wollte dein Vater dich nicht aus dem Tal herauslassen. Hat er es sich anders überlegt?"

Shaan schüttelte stumm den Kopf. Jetzt kam die größte Lüge, und die schwierigste. Er wusste nicht, wie er sie über die Lippen bekommen sollte.

„Das glaube ich nicht", mischte sich Herness ein. „Er hätte sich bei mir gemeldet, wenn er Shaan freiwillig zu mir geschickt hätte." Er nahm Shaan bei den Schultern und sah ihn ernst an. „Bist du weggelaufen?"

„Nein, ich ... mein Vater ist ... er ..."

Er brach ab, fluchte insgeheim über seine Unfähigkeit zu lügen, die ihn jetzt nur unzusammenhängendes Gestammel herausbringen ließ. Er holte tief Luft, versuchte, sich neu zu sammeln, doch da weiteten sich Herness' Augen plötzlich, und sein Gesicht bekam einen erschrockenen Ausdruck.

„Ist er tot?"

Shaan nickte beklommen.

Herness' Hände schlossen sich noch fester um seine Schultern. Trauer um einen Bruder, den er gar nicht hatte, grub sich in seine Züge. Shaan sah beschämt zu Boden.

Morujan Albite trat zu ihnen. „Das tut mir sehr leid für dich, Junge. Ist Herness jetzt dein einziger Verwandter?“

Shaan nickte, ohne aufzublicken.

Der Kaufmann legte Herness eine Hand auf den Arm. „Der Junge sollte erst einmal in deiner Nähe bleiben. Ich werde Linari sagen, dass sie ein Zimmer dicht neben deinem für ihn vorbereitet.“

Herness schaute unsicher zwischen Shaan und Herrn Albite hin und her. „Das kann ich nicht verlangen.“

„Das tust du doch auch gar nicht. Ich biete es dir an - und dir natürlich auch.“

Die letzten Worte richtete er an Shaan.

Shaan holte tief Luft, verscheuchte die Enge in seiner Kehle. Jetzt, da er schon so gut wie aufgenommen war, gelang es ihm besser, aber der schale Nachgeschmack der Lüge blieb. Er würde sich wohl oder übel daran gewöhnen müssen.

„Ich danke Euch, Herr Albite. Ich ... ich hätte nicht gewusst, wohin ich sonst hätte gehen können.“

„Dein Dank ist unnötig. Ich kann es mir leisten, einen weiteren Esser unter meinem Dach zu beherbergen.“

Damit war es beschlossen. Die erste Etappe des Kampfes hatte er gemeistert. Shaan begann vor Erleichterung zu zittern.

Herness Bajanare musterte ihn mitfühlend. „Du siehst erschöpft aus, mein Junge. Komm mit mir. Linari bereitet am besten gleich ein Zimmer für dich vor.“

Herr Albite nickte knapp und entließ sie mit einem Wink.

Shaan folgte Herness, bebend an Körper und Geist und so froh, dass er hätte jubeln mögen. Der Hauslehrer warf ihm immer wieder freundliche Blicke zu, und ab und an legte er ihm gar eine Hand auf die Schulter, als könne er noch immer nicht recht glauben, dass er tatsächlich hier war. Auf dem Innenhof, der inzwischen gänzlich von der Dunkelheit verschlungen worden wäre, hätten die Bediensteten des Hauses nicht die an den Pfeilern der Altane hängenden Windlichter entzündet, hielt Herness inne.

„Ich werde Linari suchen. Sie ist die Haushälterin und kümmert sich um die Familie und die Angestellten. Vermutlich wird es einen Moment dauern, bis ich sie gefunden habe. Wenn du möchtest, kannst du hier beim Brunnen sitzen bleiben und dich ausruhen. Ich hole dich ab, sobald alles bereit ist.“

Shaan nickte dankbar und ließ zu, dass Herness ihn am Arm zum Brunnen führte und sacht auf die Stufen drückte. Er sah ihm nicht nach, als der Lehrer im Ostflügel des Hauses verschwand, sondern nahm seufzend seinen Rucksack ab. Die harten Riemen schnitten ihm schon seit geraumer Zeit schmerzhaft in die Schultern, und es war eine Wohltat, das

Gewicht des Gepäcks von seinem Rücken weichen zu spüren. Zum ersten Mal an diesem Tag konnte er frei durchatmen.

Kopfschüttelnd lehnte er sich gegen den Brunnenrand, noch immer staunend, dass er es tatsächlich geschafft hatte, Deleja nahe zu kommen. Während er noch zu ergründen versuchte, welch gnädiges Schicksal ihn dieses Mal vor Fehlern bewahrt hatte, fielen ihm die Augen zu.

* * *

Nach dem Abendessen zog sich Deleja sogleich auf die Terrasse zurück und ließ ihre Blicke träumerisch über das weite Meer schweifen. Gol lag an diesem Tag ruhiger da als gewöhnlich. Nur wenige der Wellen waren mit einer Schaumkrone geschmückt, und das Rauschen der Brandung war leiser als sonst, fast so, als hielte das Meer den Atem an.

Deleja betrachtete die riesige, silbrig schimmernde Fläche, während sich die Sonne stetig tiefer herabsenkte und, noch bevor sie den Horizont erreicht hatte, in einer dichten Wolkenbank verschwand, die in großer Ferne über dem Meer wogte und die abendliche Glut löschte.

Eine kleine Seeschwalbe flog über ihren Kopf hinweg, schlug ein paar elegante Schleifen am Himmel und ließ sich schließlich nicht weit von ihr entfernt auf der steinernen Brüstung der Terrasse nieder.

Deleja wandte sich vorsichtig dem Tier zu und wünschte, sie hätte einige Brotkrumen bei sich, die sie ihm geben konnte. Das schneeweiße Gefieder des Vogels schimmerte trotz der hereinbrechenden Dämmerung hell wie gestaltgewordenes Licht, und große, schwarz glitzernde Augen ließen sie keine Sekunde lang aus den Augen.

Deleja pfiff leise eine Tonfolge, die ihr Pirol des Öfteren sang. Die Seeschwalbe legte den Kopf schräg und trippelte einen Schritt näher, als habe sie beschlossen, dass sie keine Gefahr für sie darstellte.

Deleja hielt ganz still. Der Vogel war nun kaum noch eine Armeslänge von ihr entfernt. Hätte sie die Hand nach ihm ausgestreckt, hätten ihre Finger bereits sein feines Gefieder berühren können. Jetzt spreizte er die Flügel und ließ seine zerbrechlichen Federn im Wind spielen, der vom Meer her aufkam, als die Dämmerung Gols Weiten zu verschlingen begann und erste Sterne am Firmament aufblitzten.

Schweigend und regungslos sah Deleja der Seeschwalbe zu. Nun schwang sie sich wieder in die Höhe und zog eine enge, anmutige Kurve um sie, noch immer so nahe bei ihr, dass sie sie hätte streicheln können, hätte sie es nur versucht. Erst als sie Deleja ein zweites Mal umkreist hatte, tanzte sie auf ihren zierlichen Schwingen höher in den Himmel hinauf, und das durchscheinende Weiß ihrer Federn verlor sich alsbald in der Dunkelheit.

Mit einem Lächeln auf den Lippen wandte sich Deleja ab. Sie summte sogar leise vor sich hin - und blieb verwirrt stehen, als sie es bemerkte. Sie hatte keinen Grund für gute Laune. Ihr Geburtstag war trotz der liebevollen Aufmerksamkeit ihres Vaters von den unangenehmen Veränderungen überschattet gewesen, die ihr in der nächsten Zeit bevorstanden. Eigentlich hätte sie auch jetzt Trübsal blasen sollen. Und war sie nicht den gesamten Tag über traurig gewesen?

Stirnrunzelnd lauschte sie in sich hinein. Ihr Kummer war verflogen, ohne dass sie es bemerkt hatte. Und noch etwas war verschwunden: die erwartungsvolle, drängende Unruhe, die sie in den letzten Tagen so gequält und ihr jede freie Minute vergällt hatte. Sie war von ihr gewichen, als das unerklärliche Raunen in ihrem Inneren sie gegen Mittag ans Fenster geführt hatte.

Sofort schalt sie sich eine Närrin für ihre albernen Märchenprinz-Fantasien. Zwar hatte sie einen Jungen gesehen, aber das hatte nichts zu bedeuten. Viele Menschen saßen Tag für Tag beim Brunnen, warum also sollte ausgerechnet dieser eine, dessen Gesicht sie nicht einmal genau hatte erkennen können, etwas mit ihr zu tun haben?

Außerdem war er verschwunden, als sie ein zweites Mal aus dem Fenster geschaut hatte. Ganz sicher war er nur eine Täuschung gewesen, genauso wie das Raunen selbst. Es musste ihren romantischen Träumen entsprungen sein, die, wie sie nun nur zu gut wusste, wenig Realitätsgehalt besaßen.

Und doch - es ging ihr viel besser als in den letzten Tagen, und irgendwo tief in ihr schien ein sanfter Wind ihre Seele zu streicheln. Das Gefühl war zu schön, als dass sie es als bloße Einbildung abtun mochte.

Ohne einen bewussten Entschluss gefasst zu haben, verließ sie die Terrasse, durchquerte den Westflügel des Wohnhauses und trat auf Höhe der dritten Etage auf die Altane des Innenhofs hinaus. Die hölzernen Bohlen knarrten vertraut unter ihren Füßen, und der warme, anheimelnde Schein der Windlichter, die ringsum an den Pfeilern entzündet worden waren, umschmeichelte sie wie eine zärtliche Berührung.

Doch statt über die friedliche Stille im Hof zu lächeln, wie sie es sonst oft tat, und den Weg zu ihrem Zimmer einzuschlagen, blieb sie wie vom Blitz getroffen stehen. Ihre Augen weiteten sich, als das Raunen in ihrem Inneren unvermittelt anschwoll wie eine gewaltige Flutwelle, gleichzeitig begann ihr Herz aufgeregt gegen ihre Rippen zu hämmern. Es drängte sie, an die Brüstung des Altans zu stürzen und nach unten zu spähen.

Deleja verharrte regungslos auf der Stelle. Es war dumm von ihr, sich schon wieder diesen törichten Gefühlen zu ergeben, dumm zu glauben, unten im Hof könnte tatsächlich der Junge sitzen, den sie am Mittag beim Brunnen auf dem Platz gesehen hatte. Nicht einmal tagsüber könnte ein Fremder unbemerkt in das Kontor gelangen, und nach Einbruch der

Dunkelheit würde es ihm erst recht nicht gelingen. Wenn sie dem Drängen nachgab und trotzdem nach unten blickte, war sie wirklich ein hoffnungsloser Fall. Aber solange das Raunen in ihr war, konnte sie unmöglich auf ihr Zimmer gehen. Sie würde kein Auge zubekommen, solange sie sich nicht Gewissheit verschafft hatte.

Sie stieß einen schweren Seufzer aus, trat vor, sich in Gedanken gegen eine erneute Enttäuschung wappnend, spähte nach unten - und keuchte überrascht auf. Dann presste sie zitternd eine Hand auf den Mund, während ihr Herz einen Sprung nach dem anderen tat.

Der Junge war da! Er war hier, saß unten im Hof beim Brunnen. Sie wusste, dass er es war, obwohl sie weder am Mittag noch jetzt sein Gesicht hatte erkennen können. Nur einen einzigen Unterschied gab es: Eben hatte er nicht zu ihr heraufgesehen.

Mit wild klopfendem Herzen stürzte Deleja die Treppen der Altane hinab, ohne auch nur eine Sekunde lang den Blick von dem Jungen zu nehmen. Wenn sie es täte, verschwand er vielleicht wieder.

Das aber durfte nicht geschehen. Sie musste unbedingt mit ihm reden. Sie musste herausfinden, ob es ihn wirklich gab oder ob er nur in ihrer Einbildung existierte. Waren ihre Träume vielleicht so stark geworden, dass sie den Sinn für die Realität verlor? Der Gedanke ängstigte sie.

Doch der Junge verschwand nicht, sondern blieb regungslos auf der Stelle sitzen, den Rücken gegen die Einfassung des Brunnens gestützt, den Kopf an den Brunnenrand gelegt. Seine Augen waren geschlossen, und seine Lider öffneten sich auch nicht, als sie vor ihn trat. Seine Brust hob und senkte sich in gleichmäßigen, schweren Zügen.

Deleja starrte ihn an, als wolle sie ihn mit ihren Blicken verschlingen. Er war nicht sehr groß, vermutlich nur einen halben Kopf größer als sie, wenn er stand. Sein Körper war von schmalem Wuchs, nicht wirklich dürr, dennoch wirkte er irgendwie zerbrechlich. Sein schwarzes Haar war leicht zerzaust, und eine widerspenstige Strähne hing ihm keck in die Stirn. Hohe Wangenknochen verliehen seinem ovalen Gesicht ebenso wie die schmalen, dunklen Augenbrauen einen aristokratischen Zug, der jedoch von seiner offensichtlichen Jugend abgeschwächt wurde. Er war noch jung, höchstens so alt wie sie, vermutlich jünger.

Mit seinem Aussehen hätte er gut in die höhere Gesellschaft Golgamats gepasst, dem Rest seiner Erscheinung nach wirkte er allerdings eher wie ein Bauernjunge oder ein Wanderer, der einen weiten Weg hinter sich gebracht hatte. Seine einfache Kleidung schien noch relativ neu zu sein, war jedoch stark zerknittert, seine festen Schuhe waren staubig und zeigten deutliche Spuren der Abnutzung, und der schwere Rucksack, den er neben sich abgestellt hatte, erzählte die gleiche Geschichte. Die beiden Decken, die ganz zuoberst auf die Tasche geschnallt waren, hatten ihm sicherlich dazu gedient, im Freien zu übernachten.

Und jetzt war er hier, schlief im Hof ihres Vaters. Das allein war schon erstaunlich genug. Afnan, der heute Nacht die Wache beim Tor innehatte, hätte niemals einen Fremden ins Kontor hereingelassen, und ebenso unwahrscheinlich war es, dass ihr Vater es einem Unbekannten gestattete, in ihrem Hof zu kampieren. Die Situation war so unwirklich, dass ihr schon wieder Zweifel daran kamen, ob der Junge überhaupt existierte.

Hastig beugte sie sich nach vorn und berührte ihn an der Schulter. Ihre Finger glitten nicht durch ihn hindurch, und er löste sich auch nicht in Luft auf. Im Gegenteil - für eine Sekunde schien es ihr, als wäre er das einzig Reale außer ihr auf der Welt. Ihr Herz begann schon wieder zu rasen und wummerte so heftig gegen ihre Rippen, als wolle es sie von innen heraus sprengen. Verschreckt zog sie ihre Finger von ihm fort und stolperte einen Schritt zurück.

Im gleichen Moment hob er die Lider. Zwei Augen, so dunkel wie unergründliche Seen in sternklarer Nacht, richteten sich auf sie. Nur eine Sekunde später weiteten sie sich erschrocken. Der Junge sprang so hastig auf die Füße, als sei sie ein schauerliches Albtraumwesen, das sich anschickte, ihn zu vertilgen, und verneigte sich tief vor ihr.

„Lady ... Lady Deleja", grüßte er sie stammelnd, mit einer Stimme, die so jung und unsicher klang, dass sie sich um Jahre älter fühlte.

Es überraschte sie nicht, dass er ihren Namen kannte, seine wunderliche Begrüßung ließ sie jedoch lächeln.

„Du musst dich nicht vor mir verbeugen. Ich bin keine Lady."

Jedenfalls war sie es *noch* nicht. Die Verlobung und Heirat mit Trist würden das ändern. Seltsamerweise konnte der Gedanke daran sie in diesem Moment kaum berühren.

Der Junge richtete sich auf. Seine Wangen glühten, und er wirkte so ängstlich wie ein Welpe, der zum ersten Mal den schützenden Bau der Mutter verlassen hatte - ohne dabei auf ihre Unterstützung hoffen zu können. Deleja spürte, dass er kein weiteres Wort herausbekommen würde, deshalb sprach sie selbst weiter.

„Du kannst mich schlicht mit Deleja anreden."

Seine dunklen Augen ruhten noch immer auf ihr. „Deleja", wiederholte er flüsternd, kaum lauter als das Raunen des Windes in lauen Nächten.

Und doch lief ihr ein Schauer den Rücken herunter. Nie zuvor hatte jemand ihren Namen auf eine derartige Weise ausgesprochen, so voller Ehrfurcht und - Angst? Nicht vor ihr, das war ihr klar, sondern vor etwas anderem, Unbekannten. Die Haare auf ihrer Haut richteten sich steil auf.

„Wer bist du?", fragte sie hastig.

Das Rot auf seinen Wangen vertiefte sich, und er sah zu Boden. „Ich bin Shaan Bajanare. Herness Bajanare ist mein Onkel."

„Tatsächlich?", rief Deleja, gleichermaßen erstaunt und enttäuscht. Sie hatte sich also doch etwas vorgemacht. Das sanfte Raunen in ihrer Seele, das Gefühl des Wiedererkennens – all das war allein ihrer Fantasie entsprungen. Der Junge war ein ganz gewöhnlicher Besucher.

Shaan nickte zaghaft. „Ja."

Unwillkürlich musterte sie ihn scharf. Trotz ihrer Enttäuschung, trotz seiner Worte war das Raunen noch immer da, und trotz aller Vernunft wollte ein Teil von ihr nicht glauben, dass nichts Besonderes an ihm war.

Shaan begann unter ihrem eindringlichen Starren unruhig von einem Fuß auf den anderen zu treten.

Da riss sich Deleja zusammen. Es war nicht fair, ihn unter ihren Hirngespinsten leiden zu lassen. „Bleibst du für eine Weile?", fragte sie im unverbindlichsten Plauderton.

„Ja."

„Wie lange?"

„Ich ... ich weiß nicht genau."

„Ist Herness bei Linari, damit sie dir ein Zimmer vorbereitet?"

„Ja."

Deleja seufzte im Stillen. So einsilbig, wie Shaan sich gab, würde sie wohl energisch bohren müssen, wenn sie etwas Genaueres über ihn erfahren wollte. Das tat sie dann auch, und er berichtete ihr stockend, was ihn nach Golgamat geführt hatte. Und während er sprach, begriff sie, warum er wie ein verwaister Welpe wirkte – er war einer.

Betroffen stellte sie sich vor, wie sie sich fühlen würde, wenn sie auch noch ihren Vater verlor, und augenblicklich zog sich ihr Magen zu einem schmerzhaften Knoten zusammen.

„Das tut mir sehr leid für dich."

„Danke", erwiderte Shaan bedrückt, wich ihrem Blick allerdings aus. Fast schien es ihr, als sei ihr Mitgefühl ihm unangenehm, doch vermutlich war er nur besorgt, was aus ihm werden sollte. Sie an seiner Stelle wäre es.

„Mein Vater ist ein großzügiger Mensch", versicherte sie ihm schnell. „Du kannst ganz bestimmt so lange bei uns bleiben, bis du herausgefunden hast, wie dein Leben weitergehen soll."

Shaans Gesicht verzerrte sich unter einem Ansturm von Furcht und Zweifel. In diesem Moment wirkte er so einsam und verlassen, als sei er der letzte Mensch auf der Welt.

„Du hast doch immer noch deinen Onkel. Er wird dir helfen", versuchte sie ihn aufzumuntern.

Ihr Versuch schlug fehl. Der Schatten auf seinen Zügen blieb. „Ich ... ich weiß nicht, ob er das kann."

Da schenkte sie ihm ihr optimistischstes Lächeln. „Bestimmt kann er das!"

Er zögerte, atmete dann so tief durch, als wolle er eine enge Klammer um seine Brust sprengen. „Immerhin bin ich jetzt hier", sagte er leise.

„Das ist der beste Anfang, den du haben könntest. Mein Vater wird dir ebenfalls unter die Arme greifen. Herness ist sein Freund, deshalb ist es nur natürlich, dass auch er dich unterstützt."

Shaans dunkle Augen sahen kurz an ihr vorbei und richteten sich in eine unbekannte Ferne, bevor sie wieder auf sie fielen. Als er ihr antwortete, ließen sie sie jedoch nicht noch einmal los. „Ich werde selbst tun, was ich kann."

Das klang so ernst und gleichzeitig wie ein Versprechen. Doch wieso richtete er es an sie?

8. Vom Schweigen und Lügen

Zwei krachende Schläge dröhnten dumpf durch die geschlossene Scheibe des Fensters und rissen Shaan unsanft aus dem Schlaf. Erschrocken fuhr er in seinem Bett hoch, und jähe Desorientierung ließ ihn schwindeln. Er glaubte, im Hallagat zu sein; erst auf den zweiten Blick erkannte er das Zimmer, das Linari ihm gestern Abend zugewiesen hatte. Er war nicht mehr im Tal, sondern befand sich in Golgamat, und sein Plan, in die Nähe der Lanhal zu gelangen, war aufgegangen.

Der Gedanke daran half ihm, seinen rasenden Herzschlag wieder zu beruhigen. Hastig kämpfte er sich aus seinem Laken hervor und tappte mit bloßen Füßen zum Fenster hinüber, um nachzusehen, welche Ursache der Lärm besaß, der ihn so rüde geweckt hatte.

Als er das Fenster öffnete, strömte ihm klare, frische Luft entgegen und vertrieb die unangenehme Schwüle in seinem Zimmer. Shaan atmete tief durch. Ihm war, als würde ein erstickender Schal von seinem Gesicht fortgenommen.

Wahrlich, er war es nicht gewöhnt, bei geschlossenem Fenster zu schlafen; leider ließ sich das in Golgamat wohl nicht vermeiden. Herness hatte ihn eindringlich darauf hingewiesen, die Scheibe nicht über Nacht offen stehen zu lassen, da sich sein Quartier im Erdgeschoss befand. Vielleicht konnte er aber in der nächsten Nacht stattdessen die Tür zum Flur einen Spalt weit geöffnet halten.

Draußen vor seinem Fenster spielte sich derweil ein verwirrendes und außerordentlich befremdliches Schauspiel ab. Auf einem Fuhrwerk, das ganz in der Nähe des Kontors am Straßenrand stand, saß ein hässlicher, glatzköpfiger Greis, starrte nach hinten auf die Ladefläche und fluchte, was das Zeug hielt. Dort mühte sich gerade ein kaum vierzehn Jahre alter Junge, geduckt unter den derben Worten und den bösen Blicken des Alten, damit ab, ein großes Fass auf den Karren zurückzuheben.

Ein Stück vom Wagen entfernt lag ein zweites Fass unbeachtet und offensichtlich hoffnungslos geborsten auf der Straße. Rote Flüssigkeit sickerte wie Blut daraus hervor, lief über die Pflastersteine und sammelte sich in kleinen Vertiefungen zu dunklen, schillernden Pfützen. Kaum hatte der Gehilfe das heile Fass auf die Ladefläche zurückgewuchtet und die Überreste des zweiten eingesammelt, lösten sich zerlumpte, schmutzstarrende Gestalten aus den Schatten der Gebäude. Einige schienen nur widerwillig in das Licht der Sonne zu treten, doch die verschüttete Flüssigkeit lockte sie an wie eine süße, aufgeschnittene Frucht einen Schwarm Fliegen.

Der Alte auf dem Kutschbock fluchte erneut, als er die heranschlurfenden Männer und Frauen sah, die ihre Finger gierig in das verspritzte Nass steckten und es dann mit ekelerregendem Schmatzen davon ableckten, und schüttelte die Fäuste drohend in ihre Richtung, doch sein Krakeelen beeindruckte niemanden.

Tatsächlich schien er nicht vorzuhaben, dem Vorfall weitere Beachtung zu schenken. Er schnalzte mit der Zunge und gab die Zügel frei, noch bevor der Junge auf die Ladefläche zurückgekehrt war. Die Pferde setzten sich gehorsam in Bewegung, und der Wagen ruckte an. Der Gehilfe lief hastig hinterdrein, und kurz darauf waren beide um eine Ecke der Straße verschwunden.

Auch die abgerissenen Gestalten, die sich an der verschütteten Flüssigkeit gütlich getan hatten, waren nur wenig später wieder mit den Schatten verschmolzen und von den Pfützen lediglich kleine, dunkle Flecken auf den Pflastersteinen geblieben. Sie glänzten noch klebrig, selbst nachdem die warmen Strahlen der Sonne sie gänzlich getrocknet hatten.

Shaan fühlte sich von der unwürdigen Szene gleichermaßen verwirrt und abgestoßen. Er wusste nicht, was geschehen musste, damit ein Mensch wie ein Hund Flüssigkeit vom Boden leckte, nur eins begriff er in aller Deutlichkeit: Neben den Reichen und Wohlhabenden gab es in Golgamat auch genug Arme, die offenbar jede Gelegenheit nutzten, um etwas umsonst zu bekommen.

Als ein warmer Windhauch vom Platz her über sein Gesicht strich, blickte er unwillkürlich nach oben – und erschrak. Die Sonne stand bereits hoch am Himmel. Der Morgen war längst vorüber, der Vormittag deutlich vorangeschritten. Er hatte kostbare Stunden, in denen er hätte handeln sollen, nutzlos verschwendet.

Hastig schloss er das Fenster wieder und zog sich aus, um sich zu waschen. Eine Waschschale stand ebenso wie ein Krug mit Wasser auf einem kleinen Tisch für ihn bereit. Linari hatte ihm beides gestern Abend gebracht, nachdem sie ihn kurz in die Küche entführt und mit einem herzhaften Abendessen verwöhnt hatte. Für Seife und Handtücher hatte sie ebenfalls gesorgt.

Mit der Tageszeit angemessener Eile erfrischte er sich und zog sich wieder an. Er wählte andere Kleidung als gestern, denn die, die er am Vortag getragen hatte, war staubig und verschmutzt. Linari hatte ihm gesagt, dass sie sie noch heute säubern würde.

Und noch während er die Knöpfe seines Hemdes schloss, lauschte er bang nach innen. Erleichtert fand er den Ruf der Lanhal. Deleja hielt sich irgendwo über ihm im zweiten Stock des Hauses auf.

Zum Glück hatte sein unverantwortlicher Egoismus sie nicht in Gefahr gebracht. In so kurzer Zeit hatte die Shai'yinyal noch nicht herausfinden können, dass Deleja die Lanhal war. Und an ihm selbst war es, den Yinyal aufzuspüren.

Ein Schauder lief ihm über den Rücken und drängte ihn zu noch größerer Eile. Überstürzt verließ er sein Zimmer und traf, kaum dass er einige Schritte gegangen war, auf Linari. Sie strahlte über das ganze Gesicht, als sie ihn sah, und stürmte sofort auf ihn zu.

„Guten Morgen, Shaan. Wie geht es dir? Hast du gut geschlafen? Wie gefällt dir dein Zimmer?"

Die vielen Fragen, die wie das Wasser eines klaren Gebirgsbaches über Linaris Lippen sprudelten, vertrieben sein Frösteln für den Augenblick.

„Guten Morgen", antwortete er lächelnd. „Ich habe so fest geschlafen wie schon lange nicht mehr."

Außerdem hatten ihn im Gegensatz zu den vorangegangenen Tagen keine Albträume gequält.

Linari grinste schelmisch. „Vermutlich auch länger als sonst."

„Das stimmt. Wie spät ist es? Werde ich meinen Onkel beim Frühstück treffen?"

„Nein, die anderen haben bereits gegessen. Sie wollten dich nicht wecken, weil du eine so anstrengende Reise hinter dir hast. Du solltest dich erholen können."

Shaan biss sich auf die Lippe. Erholung und Ruhe waren das Letzte, das er in Golgamat finden würde. Das konnte er Linari allerdings kaum erklären.

„Heute Abend kannst du zusammen mit der Familie speisen", fuhr die Haushälterin fort. „Es gibt bei uns tagsüber nur zwei geregelte Mahlzeiten: das Frühstück und das Abendessen. Wenn du mittags Hunger hast, kommst du einfach zu mir oder gehst gleich in die Küche. Die anderen tun das auch."

Shaan sah verlegen zu Boden. „Ich fürchte, ich habe mir gestern den Weg dorthin nicht merken können."

„Das macht doch nichts. Komm, ich zeige ihn dir!"

Als er sich ihr anschloss, plauderte sie munter weiter.

„Ich dachte mir schon, dass du nicht mehr weißt, wohin du dich wenden musst. Was hältst du davon, wenn ich dich ein wenig im Haus herumführe, damit du dich später allein zurechtfinden kannst?"

„Jetzt gleich?" Das käme ihm überhaupt nicht zupass. Er hatte andere Pläne.

„Nein, natürlich nicht. Erst bekommst du ein ordentliches Frühstück und danach musst du zum Rathaus gehen. Da du eine Weile bleiben wirst, musst du dich in das Einwohnerregister der Stadt eintragen."

„Davon habe ich bereits gehört", erwiderte Shaan nachdenklich. Und er musste ohnehin ins Rathaus, denn dort konnte er vielleicht in Erfahrung bringen, wer der Yinyal war. Allerdings gab es da ein kleines Problem.

„Ich weiß nicht, wo das Rathaus ist."

„Du musst nicht allein gehen. Herr Albite hat vor zwei Tagen einen neuen Lehrling aufgenommen. Er muss sich ebenfalls noch anmelden."

„Kennt er den Weg?"
„Ja."
„Das ist gut. Dann werde ich mich wenigstens nicht verlaufen." Und damit weitere wertvolle Zeit vergeuden.
Linari lachte. „Das wird dir in Golgamat früher oder später ohnehin passieren. Die Stadt ist groß und für Neuankömmlinge ein wahres Labyrinth. Herness sollte dich unbedingt einmal herumführen. Das würde euch beiden gewiss Spaß machen."
Eine andere Begleitung wäre ihm lieber, aber darum konnte er sich später kümmern. „Wo ist mein Onkel im Augenblick?"
„Er unterrichtet Deleja."
„Tut er das jeden Tag?"
„Ja, außer an Sonn- und Feiertagen oder ihrem Geburtstag. Herr Albite legt sehr viel Wert darauf, seine älteste Tochter in kaufmännischen Belangen auszubilden. Sie soll ihn später so gut unterstützen können, wie ein Sohn es getan hätte."
„Muss sie den gesamten Tag über lernen?"
„Nein, aber lange genug. Der Morgen ist mit Unterricht verplant und ein Teil des Nachmittags ebenfalls."
Shaan nickte versonnen. Das war gut. So konnte er sicher sein, dass Deleja das Haus nicht verließ, solange er in der Stadt unterwegs war. Es war besser, wenn er von nun an stets bei ihr war, wenn sie es tat.

* * *

Der neue Lehrling holte Shaan nach dem Frühstück an der Küchentür ab. Linari hatte eine Magd nach ihm geschickt, eine andere damit beauftragt, Shaan eine Mahlzeit zuzubereiten, und sich dann zurückgezogen.
Der Lehrling war noch jung, höchstens ein Jahr älter als Shaan, dafür aber größer. Als er vor ihm stand, überragte er ihn um eine gesamte Kopflänge, und er war auch deutlich breiter gebaut. Seine Arme waren mit eindrucksvollen Muskeln bepackt, die davon zeugten, dass er es von Kindesbeinen an gewohnt war, schwerste Arbeiten zu verrichten, seine Haut war braun gebrannt, als hätte er sich die meiste Zeit seines Lebens im Freien aufgehalten, und seine Bewegungen waren geschmeidig und sicher. Er schien sich seiner Stärke sehr wohl bewusst zu sein.
Dennoch machte er nicht etwa einen überheblichen oder arroganten Eindruck, sondern wirkte im Gegenteil offen und freundlich. Aus seinen klaren, blauen Augen lugte der Schalk, und seine braunen, lockigen Haare standen verwegen von seinem Kopf ab. Als er Shaan sah, grinste er ihm fröhlich zu.
„Ich bin Talnin Sorko."
„Und ich bin Shaan Bajanare, Herness' Neffe."

Talnin nickte knapp. „Man sagte mir, ich solle dich zum Rathaus begleiten."

„Das stimmt. Ich bin neu in der Stadt und kenne deshalb den Weg nicht."

„Dann komm!"

Talnin winkte ihm und führte ihn aus dem Haus in den kleinen Innenhof und von dort durch den großen Hof des Kontors zur Einfahrt. Heute war es zwar nicht Afnan, der dort wachte, aber der Mann, der sich mit demonstrativ vor der Brust verschränkten Armen am Tor neben dem Pförtnerhäuschen aufgebaut hatte und alle, die es passieren wollten, mit scharfen Habichtsaugen zu sezieren schien, wirkte auch nicht vertrauenerweckender als der grimmige Riese mit dem monströsen Bart. Shaan konnte sich gut vorstellen, dass Leute, die im Kontor nichts zu suchen hatten, allein durch das schaurige Auftreten der Pförtner von ihren finsteren Plänen abgeschreckt wurden.

Außerhalb des Anwesens schlug Talnin ohne Zögern eine bestimmte Richtung ein, und wann immer sie an eine Weggabelung kamen, wählte er zielsicher eine der Straßen aus.

Shaan staunte. „Du scheinst dich gut in Golgamat auszukennen."

Talnin nickte. „Das stimmt. Ich bin hier aufgewachsen."

„Wieso musst du dich dann ins Register eintragen?"

„Weil ich jetzt nicht mehr Zuhause, sondern im Kontor der Albites wohne. Die Verwaltung nimmt es damit sehr genau."

Shaan nickte verständig, war in Gedanken jedoch ganz woanders.

Talnin musterte ihn neugierig, doch als Shaan nichts weiter sagte, begann er selbst zu sprechen. „Es ist ein großes Glück für mich, dass Herr Albite mich als Lehrling in seinem Kontor aufgenommen hat. Es ist allseits bekannt, dass junge Männer, die im Haus Albite gelernt haben, auch an anderer Stelle gern gesehen werden, wenn sie ihre Lehrzeit beendet haben. Außerdem kann man auch bei Herrn Albite selbst durchaus aufsteigen. Afnan Janei war anfangs auch nur ein gewöhnlicher Angestellter. Heute ist er der Vorarbeiter und damit nach Herr Albite derjenige, der das Sagen hat. Und er verdient gut."

Talnins Augen leuchteten begeistert. Shaan beschloss, dass es nichts schaden konnte, mehr über das Kontor zu erfahren.

„Wie lange wird deine Lehrzeit dauern?"

„Vier Jahre."

„Das ist eine lange Zeit."

„Nicht, wenn du ein klares Ziel vor Augen hast."

„Und was ist dein Ziel?"

Talnin senkte verschwörerisch die Stimme. „Ich verrate dir ein Geheimnis, Shaan, aber du darfst niemandem davon erzählen. Versprichst du mir das?"

„Ja."

„Kannst du wirklich schweigen?"

Ein bitterer Geschmack stieg Shaan in die Kehle. Mit Geheimnissen kannte er sich wahrlich aus. „Du hast mein Ehrenwort darauf."

„Ich habe eine Freundin", platzte Talnin heraus. „Sie wohnt hier in der Stadt. Wir kennen uns schon ziemlich lange und wollen heiraten, aber bevor ich keine Stellung vorzuweisen habe, mit der ich ihren Vater von mir einnehmen kann, wird er die Verbindung kaum gestatten. Deshalb weiß er auch noch nichts von unserer Liebe. Wenn ich aber erst im Haus Albite gelernt habe und später vielleicht sogar weiter dort arbeiten darf, kann ich ohne Sorge um Liss' Hand anhalten."

Es war offensichtlich, dass sich Talnin seinem Vorhaben mit Leib und Seele verschrieben hatte. Shaan wünschte, er könnte Ähnliches von sich selbst behaupten.

„Das ist ein großes Ziel", sagte er langsam. „Hast du nie Angst, dass du es nicht erreichen könntest?"

„Bevor ich die Stelle bei Herrn Albite bekam, war ich manchmal besorgt, aber jetzt nicht mehr. Ich bin fleißig und stark. Ich kann alle Aufgaben erfüllen, die man mir aufträgt, da bin ich mir ganz sicher."

Shaan schluckte, senkte den Kopf und starrte auf die Pflastersteine, die unter seinen Füßen vorbeizogen. Wenn er doch nur auch so viel Selbstvertrauen hätte wie Talnin! Er war sich leider ganz und gar nicht sicher, ob er seine Aufgabe erfüllen konnte; und wenn er versagte, stand auch Talnins Lebensplan auf tönernen Füßen. Sollte er zulassen, dass Deleja starb, würde niemand in den nächsten zwanzig Generationen ein glückliches Leben führen können. Talnins hochfliegende Träume und seine Begeisterung machten ihm schmerzlich bewusst, wie groß seine Verantwortung tatsächlich war.

„Was ist mit dir, Shaan? Wie stellst du dir deine Zukunft vor?"

Shaan schrak zusammen. „Ich ... ich weiß nicht", gab er stockend zurück.

Darüber hatte er nie nachgedacht. Er sollte Deleja beschützen, allein zu diesem Zweck war er geboren worden; die Zeit danach lag für ihn im Dunkeln. Vielleicht konnte er seine Familie besuchen, falls Deleja gewann. Und falls er versagte, hatte er keine Zukunft. Aber darüber durfte er nicht sprechen.

Seine Hände ballten sich zu Fäusten. Wie schön wäre es, wenn er es hätte tun können. Wie schön wäre es, sich jemandem zu offenbaren und von der schrecklichen Last zu erzählen, die auf seine Schultern gelegt worden war.

Er biss sich so heftig auf die Lippe, dass er Blut schmeckte. Es hätte ihm sicher geholfen, mit jemandem über seine große Furcht zu reden, die wie ein dunkles, unheilvolles Gewächs tief in seiner Seele Wurzeln geschlagen hatte und mit jeder Stunde, die verstrich, weiter in ihm wucherte. Doch dieser Weg stand ihm nicht offen. Talnin konnte über seine Pläne, Ziele und Träume sprechen. Jeder konnte das - nur er nicht.

Talnin stieß ihn aufmunternd an. „Nun lass den Kopf nicht hängen! Du wirst sicher etwas finden, das dir Spaß macht und wo du deine Talente entfalten kannst."

Shaan hätte beinahe gelacht, aber es wäre ganz gewiss kein fröhlicher Laut geworden. „Mag sein", gab er unbestimmt zurück.

Den Rest des Weges schwiegen sie. Es war ohnehin nicht mehr weit. Die Straße wurde stetig breiter und belebter und mündete schließlich vor ihnen auf einen großen Platz. Shaan erkannte ihn sofort wieder. Es war der Marktplatz, auf dem er gestern Herness Bajanare aus den Augen verloren hatte. Das brodelnde Gedränge zwischen den Ständen war heute um keinen Deut geringer und erfüllte ihn augenblicklich mit Unbehagen.

Zum Glück machte Talnin einen Bogen um das dichteste Gewühl und führte ihn am Rande des Platzes an den Buden und Verkaufsständen vorbei. Wenig später stoppten sie vor einem gewaltigen, steinernen Gebäude, das wie ein kleiner Berg in den Himmel aufragte und die übrigen Bauwerke in seiner Nähe allein durch seine schiere Masse zur Bedeutungslosigkeit verurteilte.

„Ist das das Rathaus?", fragte Shaan beinahe andächtig und legte den Kopf in den Nacken, um bis zum Dach emporsehen zu können. Das war wahrhaftig das größte Haus, das er jemals erblickt hatte, und er war angemessen beeindruckt.

Talnin nickte. „Ja. Lass uns gleich hineingehen."

Der Junge hatte es plötzlich eilig, huschte die breite Treppe hoch und wartete ungeduldig, dass Shaan zu ihm aufschloss. Nachdem sie das große, schwere Eichenportal passiert hatten, gelangten sie in eine weite Halle, in der die Luft angenehm kühl war, ganz anders als draußen auf dem Platz, auf den die Sonne bereits erbarmungslos niederbrannte.

Mehrere Gänge und Treppen führten von dort aus tiefer ins Gebäude. Über eine der Treppen erreichten sie den ersten Stock und marschierten danach einen hohen Korridor entlang bis zu einer Tür, vor der sich bereits unzählige Männer und Frauen drängten. Leise Stimmen hallten ebenso wie ihre Schritte hohl von den kahlen, steinernen Wänden wider.

Talnin bedeutete ihm mit einer knappen Geste zu warten. Shaan setzte eine neutrale Miene auf und lehnte sich gegenüber der Tür an die Wand; insgeheim war ihm jedoch äußerst unwohl zumute, und seine Muskeln waren angespannt und kampfbereit. Aus den Augenwinkeln musterte er die Leute um ihn herum, vor allem die Frauen. Eine von ihnen könnte die Shai'yinyal sein, denn da auch sie vorerst in der Stadt blieb, musste sie sich ebenfalls registrieren lassen.

Allerdings besaß keine der Frauen das richtige Alter. Sie waren viel älter als er, damit auch älter als die Shai'yinyal. Trotzdem war nicht auszuschließen, dass sie hier auftauchte, falls sie längere Zeit warten mussten.

Zum Glück ließen die Beamten stets zwei oder drei der Wartenden auf einmal eintreten, sodass sich die Schlange vor ihnen schnell verkürzte. Andere kamen neu hinzu, reihten sich hinter ihnen ein, während Angestellte des Rathauses im Amtszimmer geschäftig ein und aus gingen. Shaan sprang hinzu, als eine etwa dreißig Jahre alte Frau, die schwer an mehreren voluminösen Schriftrollen trug, sich damit abmühte, trotz ihrer Last die Tür zu öffnen, und hielt sie für sie auf. Sie musterte ihn überrascht und murmelte einen leisen Dank.

Wenig später waren Talnin und er selbst an der Reihe. Das Zimmer, das sie aufnahm, war viel größer, als Shaan vermutet hatte. Vier wuchtige Tische standen links und rechts neben der Tür. An einem von ihnen führte ein junger Mann gerade ein hitziges, offenbar aussichtsloses Gespräch mit einem grau melierten Beamten, der jedes Argument des anderen mit einer ungeduldigen Geste hinfortwischte. Talnin grinste und steuerte zielstrebig auf den Tresen gegenüber der Tür zu. Dort thronte auf einem hochlehnigen Stuhl ein hagerer, finster dreinblickender Mann, dessen Gesicht so faltig war, als habe man ein Stück Pergament zerknüllt und anschließend nicht wieder geglättet. Sein schneeweißer Bart war zu schütter, um die Spuren des Alters verbergen zu können.

Seine Augen verengten sich zu schmalen Schlitzen, durch die er stechende Blicke auf sie abschoss. „Was wollt ihr?", knurrte er unfreundlich.

Talnin erklärte ihr Anliegen.

„Geht dort hinüber", befahl der Alte brüsk und wies auf einen der Tische, an dem ein glatzköpfiger, Ehrfurcht gebietend fetter Mann saß. Er hatte es sich auf seinem breiten Stuhl bequem gemacht, die Hände vor dem massigen Bauch gefaltet und strahlte die Zufriedenheit eines Menschen aus, der gerade gut gegessen hatte und sich vorerst nicht mehr vom Leben wünschte. Seine Miene blieb auch dann freundlich, als sie zu ihm traten.

„Ihr seid also neu in der Stadt", konstatierte er und reckte sich ächzend nach einem schweren Folianten, der zwischen einem Stapel anderer, fast identischer Bücher auf seinem Schreibtisch lag. Das Buch war in braunes Leder eingebunden, auf dem die Spuren vielfacher Benutzung deutlich erkennbar waren. Die Ecken waren heller, abgewetzt von den vielen Gelegenheiten, zu denen es aus dem Schrank genommen und wieder zurückgestellt worden war.

„Das gilt nur für Shaan", erklärte Talnin. „Ich selbst habe lediglich innerhalb der Stadt meinen Wohnsitz gewechselt.

„So, so“, murmelte ihr Gegenüber versonnen, ohne zu ihnen aufzublicken. In aller Gemütsruhe schlug er das Buch auf und blätterte raschelnd die Seiten um, bis er endlich eine fand, auf der noch Platz war.

Talnin war zuerst an der Reihe. Er musste seinen bisherigen Wohnort nennen, anschließend fragte der Mann nach seinem Namen, Alter, Beruf und jetzigen Wohnsitz und trug die Daten sorgfältig in das Buch ein. Danach wiederholte er den Vorgang bei Shaan.

Als er sich nach seinem Beruf erkundigte, zögerte Shaan. „Ich ... ich habe keinen“, sagte er stockend.

Die Augenbrauen des anderen gingen steil in die Höhe. „Keinen Beruf? Du musst doch einen Beruf haben! Wieso bist du in die Stadt gekommen, wenn du nicht arbeiten willst?“

Für jemanden, der sich keinen Zentimeter zu viel zu bewegen schien, wenn es nicht nötig war, geriet sein Tonfall reichlich anklagend.

Shaan sah verlegen zu Boden. Er wusste nicht, was er darauf erwidern sollte.

„Shaan lernt bei seinem Onkel das Kaufmannshandwerk“, half Talnin aus.

„Und wer ist sein Onkel?“

„Herness Bajanare, der Hauslehrer der Albites.“

Sofort verschwanden Skepsis und Misstrauen aus dem pausbäckigen Mondgesicht ihres Gegenübers. „Jetzt verstehe ich. Das ist natürlich etwas anderes.“

Shaan konnte sich den plötzlichen Gesinnungswandel des fetten Beamten zwar nicht recht erklären, war aber froh, dass Talnin für ihn die Hürde genommen hatte. Gleichzeitig brannte sich sein Blick auf der aufgeschlagenen Seite fest. Zwei weitere Namen standen darauf, vermutlich von Menschen, die ebenfalls gerade erst zugezogen waren.

„Darf man das Register einsehen?“, fragte er, einem spontanen Impuls folgend.

„Natürlich nicht!“, rief der Beamte entrüstet. „Das Verzeichnis ist nur den Angestellten des Rathauses zugänglich. Der Himmel allein weiß, welches Schindluder damit getrieben würde, wenn es offen auslägе.“

Plötzlich fand sich Shaan einer unangenehmen Musterung unterzogen. „Wieso fragst du, Junge?“

„Es ... es war nur so ein Gedanke, nichts Wichtiges“, erklärte er hastig und versuchte, seine Enttäuschung zu verbergen.

Die Shai'yinyal war wie er neu in Golgamat. Ein Blick ins Register hätte ihm ihren Namen verraten können. Der einzige Trost war, dass sie umgekehrt auch seinen nicht in Erfahrung zu bringen vermochte, denn in einem Raum voller Beamter, die ohnehin jeden mit Argwohn betrachteten, würde sie es vermutlich nicht wagen, den Mann zu beeinflussen, um so doch ihren Willen zu bekommen. Ebenso wenig wie er konnte sie es sich leisten aufzufallen.

Sie verabschiedeten sich mit einem förmlichen Gruß und verließen das Rathaus. Auf den Stufen vor dem Gebäude hielt Shaan inne und schaute Talnin an.

„Wirst du sofort zum Kontor zurückkehren?"

„Ja, ich muss arbeiten. Afnan hat mich nur für die Eintragung ins Register freigestellt."

„Dann wirst du allein gehen müssen. Ich werde mich noch ein wenig in der Stadt umsehen."

„Hältst du das für eine gute Idee? Golgamat ist ein Irrgarten, und du kennst dich noch nicht gut genug aus, um dich zurechtzufinden. Am Ende verläufst du dich noch!"

„Keine Sorge, das werde ich nicht. Ich habe mir die Namen der Straßen gemerkt, die wir gegangen sind."

Außerdem würde der Ruf der Lanhal ihn stets sicher wie ein Signalfeuer zum Kontor zurückführen. Er konnte sie gar nicht verfehlen.

„Ich verlasse mich darauf", erwiderte Talnin grinsend. „Linari würde mir die Ohren abreißen, wenn wir dich in einer Woche halb verhungert aus dem Rinnstein zögen."

Damit verabschiedete er sich. Shaan wartete, bis er aus seinem Blickfeld verschwunden war, dann kehrte er in das Rathaus zurück. Er hatte gelogen. Die Stadt interessierte ihn nicht. Er musste herausfinden, wer der Yinyal war.

Die penible Buchführung in Golgamat konnte ihm dabei behilflich sein - vorausgesetzt, die Geburtenbücher wurden nicht ebenso verschlossen gehalten wie das Register. Wenn er sie einsehen durfte, würde es nicht schwer sein, den Kreis der jungen Männer, die der Yinyal sein konnten, einzugrenzen, immerhin war die Inkarnation des Bösen am gleichen Tag wie die Lanhal geboren worden - der Tag, an dem auch sein Leben und das der Shai'yinyal begonnen hatten.

* * *

Zurück in der großen Eingangshalle des Rathauses sah sich Shaan suchend um. Ins Amtszimmer zurückzukehren und dort nach den Geburtenbüchern zu fragen, kam ihm ungeschickt vor. So hätte er mit Sicherheit Misstrauen erregt. Doch wohin sollte er sich sonst wenden?

Der Zufall kam ihm zu Hilfe. Die Frau, der er vorhin die Tür aufgehalten hatte, trat aus einem der Seitengänge in die Halle und strebte in seine Richtung. Sie war eine schlanke, hochgewachsene Person mit langem, kastanienbraunem Haar, das sie kunstvoll geflochten trug.

„Hat man dir im Amtszimmer nicht helfen können?", fragte sie ihn freundlich.

„Das schon", antwortete er zögernd und überlegte hastig, wie er sein Anliegen möglichst unverfänglich vortragen konnte. „Ich wurde ins Register der Stadt aufgenommen."

„Hast du noch ein anderes Begehren?"

Shaan wünschte, er wüsste, wie er seine Bitte erklären sollte. Natürlich würde er nicht die Wahrheit sagen können, aber nicht einmal eine Lüge fiel ihm ein. Unglücklich entschied er sich für einen Kompromiss. „Ich suche jemanden, von dem ich denke, dass er in Golgamat wohnt. Deshalb wollte ich im Einwohnerregister nachsehen, aber das wurde mir nicht gestattet."

Die Frau nickte. „Der Bürgermeister hat es verboten. In der Vergangenheit hat so mancher Taugenichts die Bücher genutzt, um sich auf einfache Art und Weise seine Opfer zu suchen."

„Ich verstehe", murmelte Shaan. Allein schon der Beruf verriet viel über den Status eines Menschen, und da im Register auch die Adresse verzeichnet war, konnten sich Gauner und Diebe leicht ausrechnen, wo Beute zu holen und für welche Schwindeleien jemand anfällig war.

„Gilt für die Geburtenbücher die gleiche Beschränkung?", fragte er zaghaft.

Die Augenbrauen der Frau gingen überrascht in die Höhe. „Wie sollten dir diese Bücher helfen?"

Shaan überlegte fieberhaft. „Ich ... ich weiß nicht, wie derjenige heißt, den ich suche. Ich kenne lediglich sein Geburtsdatum."

„Wie sollte das zugehen?"

„Ich habe einen Zwilling. Wir wurden ganz in der Nähe von Golgamat geboren, aber unsere Eltern trennten sich gleich nach unserer Geburt. Ich ging mit meinem Vater, mein Zwilling mit meiner Mutter. Ich habe erst jetzt erfahren, dass ich ein Geschwister habe und versuche nun, ihn zu finden."

„Sieht dein Zwilling so aus wie du oder seid ihr ungleich?"

„Er müsste mir ähnlich sein."

Die Frau legte die Stirn in Falten. „Das ist seltsam."

Ein ungutes Gefühl beschlich Shaan. „Warum?"

„Weil gestern ein Mädchen hier war und ebenfalls die Bücher einsehen wollte. Sie hat mir denselben Grund genannt wie du. Und sie war in deinem Alter. Es hätte gut sein können, dass ihr ein Geschwisterpaar seid."

Für einen Moment schien der Boden unter Shaan zu schwanken. „Könnt Ihr mir das Mädchen beschreiben?"

„Natürlich. Eine Erscheinung wie die ihre vergisst man nicht so leicht. Sie war schlank und hatte wallendes schwarzes Haar, das ihr bis zur

Hüfte herabfiel, und ihr Gesicht war bildschön. Ihre Haut war von zartem Weiß, und ihre Augen blitzten so feurig, wie ich es selten zuvor bei jemandem gesehen habe. Dieses Mädchen hat vermutlich ein Temperament, das die meisten Männer glattweg aus ihren Schuhen hauen würde, da bin ich sicher!" Sie lachte.

Shaan bekam kaum Luft. Die Shai'yinyal – das musste sie sein! Und sie war ihm voraus!

„Kennt Ihr auch ihren Namen?"

„Nein, danach habe ich nicht gefragt."

Enttäuscht sah er zu Boden.

„Ist sie mit dir verwandt?"

„Nein!", rief er, etwas zu schnell und etwas zu laut.

„Aber du kennst sie."

„Ich ... ich bin mir nicht ganz sicher", log er. „Die Beschreibung passt auf ein Mädchen, das zu einer verfeindeten Familie gehört."

„Ihr führt eine Blutfehde?", fragte die Frau erschrocken.

Shaan nickte. Das kam der Wahrheit nahe genug.

„Ja, aber sie ging nicht von uns aus. Mein Vater hat oft versucht, den Streit zu beenden, aber ihr Hass war wohl zu groß. Jetzt ist mein Vater tot, und mein Zwilling ist einer der wenigen, die noch von meiner Familie übrig sind. Ich muss ihn finden und warnen. Ganz sicher ist sie ebenfalls hier, um ihn zu suchen."

„Duelle und Fehdekämpfe sind in Golgamat streng untersagt! Wende dich an Hauptmann Stain."

„Das werde ich, sobald ich meinen Zwilling gefunden habe. Hat das Mädchen die Geburtenbücher eingesehen?"

Die Frau nickte unglücklich. „Ja. Da dort nur Name und Abstammung verzeichnet sind, sind sie jedem zugänglich."

„Dann ist sie mir voraus."

Die Frau winkte ihm energisch. „Komm mit!"

Shaan folgte ihr mit pochendem Herzen und verkrampftem Magen, froh darüber, dass seine Begleiterin so rasch ausschritt. Auf dem Weg durch die hohen, kühlen Gänge sprach er sie erneut an.

„Es wäre möglich, dass das Mädchen zurückkommt und wissen möchte, ob noch jemand nach den Geburtenbüchern gefragt hat. Könntet Ihr ihr bitte verschweigen, dass ich hier gewesen bin, falls das geschehen sollte, werte Dame?"

„Natürlich. Von mir wird sie nichts erfahren."

Shaan senkte den Kopf und hoffte inständig, dass der Shai'yinyal die Idee gar nicht erst in den Sinn kam. Denn wenn sie mit der Frau allein war, konnte sie sie auf die eine oder andere Weise auf jeden Fall zum Reden bringen.

„Ich danke Euch", erwiderte er rau.

Ohne weitere Worte führte sie ihn in ein großes Zimmer, in dem lange Regale mit dicken Folianten die grauen, fensterlosen Wände bedeckten. Der Raum wurde allein vom dämmrigen Schein kleiner Lampen erhellt. Staub stob in Wolken vom Boden auf, als die Tür einen Luftzug verursachte, und kitzelte Shaan in der Nase.

„Ich nehme an, du möchtest das Buch von vor sechzehn Jahre einsehen."

Shaan nickte stumm.

„Das dachte ich mir. Danach hat auch das Mädchen gefragt."

Shaan biss sich auf die Lippe und versuchte, den heftigen Schauer, der ihm den Rücken hinauf- und wieder hinunterlief, so weit unter seiner Kontrolle zu halten, dass er nicht vor Furcht zu zittern begann.

Die Frau legte das entsprechende Buch auf dem kleinen Tisch ab, der in einer Ecke des Raumes stand, und zog sich ein Stück zurück. Shaan war froh, dass sie ihm nicht über die Schulter blicken wollte, setzte sich und begann, vorsichtig in dem Folianten zu blättern. Das Papier war alt und vergilbt, und er wollte es nicht beschädigen; es fehlten ohnehin schon hier und da einige Ecken.

Das Prinzip, nach dem das Buch aufgebaut war, war denkbar einfach. Die Geburten waren nur einmal im Monat registriert worden, der genaue Tag wurde dabei nicht angegeben. Neben dem Namen des Kindes wurden die der Eltern und der Großeltern aufgeführt.

Shaan hielt vor banger Nervosität den Atem an, als er den richtigen Monat aufschlug. Es waren mehr Namen, als er erwartet hatte. Insgesamt waren acht Mädchen und drei Jungen zu jener Zeit geboren worden.

Hastig ging er die Liste durch. Sein Blick stoppte, als er den ersten männlichen Namen traf.

„Trist Olvive", murmelte er überrascht. War er dem Yinyal bereits begegnet?

„Enjun Lymas. Jannor Trela."

So hießen die beiden anderen. Einer von ihnen war der Yinyal, die Inkarnation des Bösen. Wenn er herausbekommen wollte, welcher von ihnen, musste er schnell handeln und mehr über sie in Erfahrung bringen. Trist kannte er bereits, wenn auch nur von einer kurzen Begegnung.

Seine Schultern sackten nach unten. Die Anweisungen seines Vaters waren klar und eindeutig. Da er den Yinyal vermutlich kaum anhand seines Aussehens entlarven konnte, lag sein weiteres Vorgehen auf der Hand: Er sollte die infrage kommenden Kandidaten der Reihe nach töten.

Der Gedanke daran war so schrecklich, dass ihm bittere Galle bis in den Hals stieg. Mühsam würgte er sie wieder herunter, bekümmert über seine eigene Schwäche. Die Shai'yinyal hatte diesbezüglich gewiss keine Skrupel. Kein einziges der Mädchen, die mit Deleja zusammen in einem Monat geboren worden waren, war jetzt noch sicher.

Shaan sah die Liste noch einmal durch und versuchte, sich auch die Namen der Mädchen zu merken. Seine Augen brannten plötzlich, als habe er zu lange in die Sonne geblickt, und seine Handflächen wurden feucht. Acht Namen.

„Vanara Welda, Kammi Lessna, Cellil Patna ..." las er leise vor. Seine Stimme versagte, fing sich erst am Ende der Liste wieder. „Liss Banagi, Deleja Albite."

Beschämt nahm er seine Erleichterung darüber wahr, dass Deleja als letzte in der Reihe stand. Nur leider würde sie das nicht lange schützen, denn die Zahl der anderen Mädchen würde sich schon sehr bald reduzieren. Niemand konnte die Shai'yinyal daran hindern, sie zu töten, niemand - außer ihm. Aber sollte er überhaupt eingreifen? Durfte er versuchen, auch die übrigen Mädchen zu beschützen?

Er konnte nicht an acht Stellen gleichzeitig sein, und wenn er einem der anderen Mädchen zu Hilfe eilte, ließ er Deleja wehrlos zurück. Vielleicht rechnete die Shai'yinyal sogar damit. Sie wusste, dass er ihre Magie spüren konnte, so wie sie die seine. Vielleicht würde sie das ausnutzen, um ihn von Deleja fortzulocken.

Andererseits konnte sie nicht wissen, wer Deleja war, zumindest noch nicht. Und wenn er die anderen Mädchen nicht zu retten versuchte, würden sie sterben, und dann wäre bald nur noch Deleja übrig, was genauso verräterisch sein würde wie die Tatsache, dass ihr allein geholfen worden war. Die einzige sichere Art, sie zu schützen, wäre allerdings, den gleichen Weg wie die Shai'yinyal einzuschlagen und Enjun, Trist und Jannor nacheinander zu eliminieren.

Shaan stöhnte gequält. Er konnte das nicht tun! Aber genauso wenig konnte er die ahnungslosen Mädchen dem Höllenfeuer der Shai'yinyal überlassen, auch wenn es vielleicht das Vernünftigste gewesen wäre.

Für einen Moment war ihm, als könnte er die Stimme seines Vaters hören. „Wenn das so ist, hat die Shai'yinyal bereits gewonnen."

Shaan erhob sich, langsam und benommen wie ein Schlafwandler, dankte der Frau und verließ zitternd den Raum. Weniger denn je wusste er, was er tun sollte.

9. Ein Hauch von Wahrheit

Die Stunden bei Herness zogen sich an diesem Morgen in die Länge wie zäher Sirup und waren so unerquicklich wie ein Wortgefecht mit ihren Schwestern. Deleja mühte sich damit ab, die Aufgaben zu lösen, die ihr Lehrer ihr gestellt hatte. Natürlich waren es ausgerechnet heute komplizierte logistische Kalkulationen, die von Anfang bis Ende gut durchdacht sein mussten.

Herness stand unerschütterlich wie ein Fels hinter ihr, sah ihr über die Schulter und korrigierte sie unermüdlich, wann immer sie einen Fehler machte, obwohl er insgeheim vermutlich fassungslos die Hände über dem Kopf zusammenschlug. Ihre gegenwärtige Aufgabe hatte sie schon zum vierten Mal von vorne beginnen müssen, und auch bei den vorangegangenen war sie nie ohne ein halbes Dutzend Irrwege zum Ziel gekommen. Es war zum Verzweifeln, wenn schon nicht für Herness, dann doch zumindest für sie selbst. Sie vermochte sich einfach nicht zu konzentrieren.

Die nagende Nervosität, die sie in den vergangenen Tagen beim Lernen beeinträchtigt hatte, war heute allerdings nicht schuld daran, denn sie war seit gestern ganz plötzlich verflogen. Anfangs war es ihr nicht einmal aufgefallen, doch als sie am Abend zu Bett gegangen war, hatten sich ihre Gedanken wie von selbst geglättet, während es ihr an den Abenden zuvor schwergefallen war, sich zu entspannen und der Umarmung des Schlafs zu ergeben. Verwundert und erfreut hatte sie bemerkt, dass die grundlose Unrast sie nicht mehr zu quälen gedachte, und war beruhigt eingeschlafen.

Als sie am Morgen jedoch mit dem Gedanken an die kurz bevorstehende Verlobung mit Trist aufgewacht war, war ihre Ausgeglichenheit von ihr gewichen wie eine Wolke, die von einem heraufziehenden Sturm am Himmel auseinandergerissen wurde, und von dumpfer, hohler Niedergeschlagenheit ersetzt worden. Warum sollte sie jetzt noch weiter lernen und sich abrackern? Wenn sie erst mit Trist verheiratet war, würde er das Geschäft führen, und sie würde bald mit einem dicken Bauch im Bett herumliegen und sich auf die vielen wonnevollen Jahre mit ihrem Ehegatten freuen. Ihr Vater machte sich etwas vor, wenn er glaubte, es würde anders kommen.

Als vom Hof her leise Gongschläge den Beginn der Mittagspause verkündeten, seufzte nicht nur Deleja. Herness Bajanare rieb sich ächzend den Nacken und streckte sich, dass seine Knochen knackten wie trockenes Reisig. Er hatte wohl einmal zu oft über ihrer Tafel gebeugt gestanden, um ihre Fortschritte - oder besser deren Ausbleiben - zu verfolgen.

Deleja wischte schuldbewusst die Zahlen aus. „Ich fürchte, ich war heute nicht recht bei der Sache“, gab sie kleinlaut zu.

Insgeheim erwartete sie einen strengen Blick oder einen seiner berüchtigten Tadel, doch Herness nickte lediglich verständig und lächelte nachsichtig. „Das ist mir nicht entgangen, aber gräme dich nicht, Deleja. Du bist nicht die Einzige, die heute unkonzentriert war."

Deleja blinzelte verblüfft. „Habt Ihr an Euren Neffen gedacht?"

„Ja, Kind, und ehrlich gesagt mache ich mir Sorgen um ihn. Ich weiß nicht, was aus ihm werden soll. Sicher ist, dass er deinem Vater nicht ewig auf der Tasche liegen kann."

„Shaan ist doch erst gestern angekommen. Lasst ihm Zeit, sich einzugewöhnen."

„Das werde ich. Trotzdem muss ich mir überlegen, wie seine Zukunft aussehen soll."

Deleja schwieg und senkte den Kopf, um einen Anflug von Ärger zu verbergen. Erwachsene neigten offenbar stets dazu, das Leben ihrer Kinder zu bestimmen und sie wie ein Schoßhündchen an der Leine hinter sich her zu zerren. Vielleicht hatte Shaan eigene Pläne. Daran aber dachte Herness nicht.

„Ich weiß nicht einmal, über welche Fähigkeiten er verfügt", fuhr ihr Hauslehrer nachdenklich fort. „Wenn ich es wüsste, könnte ich genauere Überlegungen anstellen."

Deleja rollte mit den Augen. „Fragt ihn danach! Oder bringt ihn mit in den Unterricht. Er muss ja nicht die gleichen Aufgaben bekommen wie ich, aber Ihr könntet Euch mit ihm beschäftigen, während ich meine Berechnungen durchführe."

„Ich weiß nicht", murmelte Herness und rieb sich das Kinn. „Ich möchte nicht, dass du zu kurz kommst. Damit wäre dein Vater sicher nicht einverstanden."

„Das wird nicht geschehen", erwiderte Deleja mit aller Entschiedenheit, zu der sie fähig war. Wie schön wäre es doch, beim Lernen ein wenig Gesellschaft zu haben! Darum hatte sie Vanaja und Inhira schon immer beneidet. Die beiden wurden stets gemeinsam von Linari unterwiesen.

„Herness, bitte, gebt Eurem Herzen einen Stoß! Ich werde selbst mit meinem Vater sprechen, und er hat ganz bestimmt nichts dagegen. Ich werde ihn gleich heute Abend danach fragen."

„Also schön, es ist vermutlich wirklich eine gute Idee."

Deleja strahlte. „Danke, Herness!"

Ihre Niedergeschlagenheit war wie weggeblasen. Sie summte leise vor sich hin, als sie den Raum verließ und über die verwinkelten Gänge und Stufen zu ihrem Zimmer eilte. Wie üblich wollte sie von dort aus eine Weile die Menschen auf dem Platz und beim Brunnen beobachten, bevor sie sich in die Küche begab. Das war der sicherste Weg, um eine unerfreuliche Begegnung mit ihren Schwestern zu vermeiden.

Der junge Pirol empfing sie mit einem melodischen Flötenpfiff, als sie die Tür öffnete. Deleja ahmte ihn übermütig nach, lächelte und trat ans Fenster. Auf dem *Platz des gerechten Maßes* ging es im Augenblick ziemlich ruhig zu. Die Menschen hatten sich, da die Sonne heute außergewöhnlich heiß auf das Pflaster der Straßen herunterbrannte, in die wenigen noch verbliebenen Schatten zurückgezogen und dösten still vor sich hin.

Die sengenden Strahlen erhitzten die Luft wie in einem Backofen und ließen sie in flimmernden Schlieren aufsteigen. Die wabernde Glut schlug Deleja wie Drachenodem ins Gesicht, als sie sich ein wenig aus dem Fenster beugte und zum Himmel hinaufspähte. Keine einzige Wolke zeigte sich am azurblauen Firmament; der Feuerball der Sonne herrschte uneingeschränkt in seiner einsamen Höhe.

Als ein leichter Windhauch sie berührte, blickte sie unwillkürlich nach unten und entdeckte eine schmale Gestalt, die quer über den weiten Platz dem Tor des Kontors entgegenstrebte. Sofort erkannte sie Shaan. Es schien, als habe er sich noch ein wenig in der Stadt umgesehen, nachdem er im Rathaus gewesen war. Nun würde er sicher Hunger haben.

Augenblicklich stieß sich Deleja vom Fenster ab und verließ ihr Zimmer. Es wurde wirklich Zeit, dass sie die Küche aufsuchte.

* * *

Ausnahmsweise nahm Deleja nicht den Weg über die Altane, sondern eilte über die geschwungenen Treppen und langen Korridore innerhalb des Hauses zur kleinen Küche, die der Familie, Herness und Linari vorbehalten war. Stille begleitete sie wie ein Schatten, da die Bediensteten in ihrem eigenen Gebäudetrakt speisten oder sich gerade ausruhten. Nicht einmal Linari ließ sich blicken, aber damit hatte Deleja auch nicht gerechnet, denn die Haushälterin hatte mit den Vorbereitungen des Festes gewiss alle Hände voll zu tun.

Ein junges Mädchen knickste höflich, als sie die Küche betrat, und fragte sie nach ihren Wünschen. Deleja trug ihr auf, für mehrere Personen Brote, Obst und etwas Salat herzurichten, denn sie nahm an, dass Herness und Shaan ihr bald Gesellschaft leisten würden.

Tatsächlich steckten ihr Lehrer und sein Neffe nur wenig später ihren Kopf zur Tür herein. Herness nickte ihr zu, Shaan ebenso, doch seine Geste wirkte starr und verkrampft, als müsse er gegen eine große innere Angst ankämpfen. Es hätte sie nicht erstaunt, wenn er sich erneut vor ihr verneigt hätte.

Zum Glück tat er es nicht, trat dafür jedoch unruhig von einem Fuß auf den anderen, bis sie und Herness Platz genommen hatten. Erst als sie ihm winkte, setzte er sich ebenfalls, wenn auch so zögernd, als sei er es nicht wert, mit ihr an einem Tisch zu speisen. Auch als sie ihm aufmunternd zulächelte, blieb er angespannt und schien bereit, von einer Sekunde zur nächsten wieder aufzuspringen, sollte sie es von ihm verlangen.

Deleja runzelte die Stirn, sagte aber nichts, um ihn nicht in Verlegenheit zu bringen. Er würde sich schon daran gewöhnen, zusammen mit den Mitgliedern einer reichen Familie zu essen.

Die Magd kam mit mehreren silbernen Platten zurück, auf denen sie Brote, Obst und Salat kunstvoll drapiert hatte. Kleine Figuren aus Gemüse oder Obst, Rosetten und Blumenmuster erhoben das einfache Mahl zu einer wahren Augenweide. Deleja staunte jeden Tag aufs Neue darüber, obwohl sie schon so häufig gesehen hatte, wie Linari und ihre Gehilfinnen in Sekundenschnelle aus Essbarem wunderhübsche Dekorationen zauberten, die fast zu schön zum schnöden Vertilgen waren.

Die junge Bedienstete erkundigte sich höflich nach ihren Getränkewünschen. Deleja verlangte das Übliche, Herness bestellte einen Eistee. Als Letztes wandte sich das Mädchen an Shaan.

„Was wünscht Ihr, junger Herr?"

Shaan nahm die förmliche Anrede gelassener hin, als Deleja erwartet hatte. Er schien sich kaum etwas dabei zu denken.

„Bring mir bitte Wasser."

Deleja schaute ihn überrascht an. „Du könntest auch Säfte, Tee oder Kaffee bekommen."

„Das ist nicht nötig."

„Wirklich nicht? Du musst nicht das Gleiche trinken wie ich."

„Es ist meine freie Wahl. Ich kann süßen Säften und heißen Getränken nur wenig abgewinnen. Am liebsten trinke ich Wasser, rein, klar und kalt."

„So wie ich!", rief Deleja verblüfft. Sie hatte immer angenommen, ihre diesbezügliche Vorliebe sei eine weitere, absonderliche Marotte – über die sich ihre Schwestern mit der hirnlosen Begeisterung von gackernden Hühnern immer wieder aufs Neue lustig machten. Nie hätte sie geglaubt, einmal jemanden kennenzulernen, der den gleichen Geschmack besaß wie sie.

Shaan hingegen wirkte nicht im Mindesten überrascht. Zaghaft lächelnd sah er sie an, und für einen Moment schien ein Funke tiefen Begreifens in seinen Augen aufzuleuchten. Deleja erwiderte seinen Blick, und ihr war, als würde die geheimnisvolle, unergründliche Tiefe zweier schattendunkler Seen sie einfangen und sanft ihre Seele berühren. Nur zu bereitwillig tauchte sie darin ein.

Ein Räuspern ließ sie beide zusammenschrecken. Shaan brach den Augenkontakt hastig ab und blickte eindringlich auf die Tischplatte vor sich. Deleja tat es ihm gleich, konnte aber nicht verhindern, dass ihr eine verräterische Wärme die Wangen hinaufstieg. Wie lange hatte sie Shaan angestarrt? Auf jeden Fall zu lange, andernfalls hätte Herness es nicht für nötig befunden, sich dezent bemerkbar zu machen.

Ihr Lehrer hielt eine kleine Lobrede über das sorgsam hergerichtete Essen und überspielte so den peinlichen Moment. Deleja nickte ihm dankbar zu und langte nach einer Apfelsine. Auch Shaan und sein Onkel begannen nun mit ihrem Mahl. Da alle drei intensiv auf ihren Teller starrten, wollte kein Gespräch in Gang kommen, und eine lastende Stille legte sich über den Raum. Deleja musterte Shaan unauffällig aus den Augenwinkeln, während sie ihre Apfelsine zerpflückte und verzweifelt nach einem Aufhänger für eine zwanglose Plauderei suchte.

Das Schweigen tat Shaan nicht gut. Seine Schultern sanken Stück für Stück nach unten, und sein Blick verlor sich in einer unerreichbaren Ferne.

„Warst du heute Morgen im Rathaus?", fragte sie ihn, bevor er sich gänzlich Kummer und Niedergeschlagenheit ergeben konnte.

Shaan sah auf, seine dunklen Augen blieben jedoch stumpf. Er nickte matt.

Doch so leicht ließ sich Deleja nicht entmutigen. „Sicher hast du auf dem Weg dorthin einiges von der Stadt kennengelernt. Wie gefällt dir Golgamat?"

Insgeheim befürchtete sie, er könnte einfach mit einem schlichten *Gut* oder *Nicht gut* antworten, doch Shaan straffte sich, als müsste er ein schweres Joch abwerfen, und seine Erwiderung fiel länger aus als erwartet.

„Es ist außerordentlich beeindruckend. Ich habe nie zuvor eine derart gewaltige Stadt gesehen."

„Golgamat ist tatsächlich die größte Stadt in diesem Teil des Landes, aber es gibt in benachbarten Herzogtümern durchaus einige, die sich mit ihr messen können. Hast du je eine von ihnen besucht?"

Shaan sah zu Boden. „Nein, ich kannte bislang nur kleine Dörfer, und auch die habe ich bloß selten zu Gesicht bekommen. Ich hatte nicht oft Gelegenheit, das Tal, in dem ich lebte, zu verlassen."

Der bedrückte, traurige Tonfall seiner Stimme rührte Deleja an. „Golgamat muss dir völlig fremd sein."

Shaan blickte wieder auf, wirkte jedoch noch niedergeschlagener als zuvor. „Fremd und verwirrend", gestand er gepresst ein. „Ich habe mich von Talnin Sorko getrennt, weil ich mich noch ein wenig umschauen wollte, und mich dabei hoffnungslos verlaufen. Deshalb bin ich erst so spät wieder zurückgekommen."

Deleja wandte sich an Herness. „Ihr solltet Shaan bald die Stadt zeigen, damit er sich besser zurechtfindet."

Sie erwartete ein Nicken, doch stattdessen spähte der Hauslehrer kurz zu Shaan hinüber. Ein eigentümlich entrückter Ausdruck erschien auf seinem Gesicht, dann hellten sich seine Züge schlagartig auf. „Möchtest du das nicht übernehmen, Deleja?"

Vor Überraschung klappte ihr die Kinnlade herunter. „Ich?"

„Warum nicht? Du kennst dich gut aus in der Stadt. Du könntest Shaan ebenso gut herumführen wie ich. Vorausgesetzt natürlich, du hast nichts dagegen einzuwenden."

„Ganz bestimmt nicht!", versicherte Deleja begeistert. „Aber was ist mit dem Unterricht? Soll ich nach dem Essen nicht weiterlernen?"

Herness winkte ab. „Ich denke, wir werden die Stunden heute Nachmittag ausfallen lassen. Da du im Augenblick so unkonzentriert bist, hat der Unterricht ohnehin nur wenig Sinn."

Deleja kam aus dem Staunen gar nicht mehr heraus. So kannte sie Herness gar nicht. Noch nie hatte er den Unterricht vorzeitig beendet! Und er kam nicht einmal auf die Idee, dass ihrem Vater diese Entscheidung missfallen könnte. Sie dachte jedoch nicht daran, ihn darauf hinzuweisen.

* * *

Nach dem Mittagessen zog sich Deleja in Windeseile um, denn es wäre unschicklich gewesen, in Jungenkleidung auf die Straße zu treten. Auf dem Weg über den Hof hielt sie sich leicht geduckt, ständig fürchtend, gleich von einem Ruf ihres Vaters aufgehalten zu werden, aber er war nirgends zu sehen, und so konnten sie und Shaan das Kontor ungehindert verlassen.

Wenig später schlenderten sie Seite an Seite quer über den *Platz des gerechten Maßes*. Shaan überließ ihr die Führung, und sie versprach ihm, ihm einige bedeutsame Sehenswürdigkeiten der Stadt zu zeigen.

Auf dem Weg durch die Straßen und Gassen blickte sich Shaan unaufhörlich um. Anfangs schien er nervös und angespannt zu sein, als rechne er jede Sekunde damit, von einer Horde Banditen überfallen zu werden, letztlich gewann jedoch seine Neugier die Oberhand. Sie konnte ihm anmerken, dass ihm ein Berg von Fragen auf der Zunge brannte, und sie ermunterte ihn, sie auch zu stellen.

Zunächst zögerte er noch, ging schließlich aber auf ihr Angebot ein. Deleja antwortete ihm, so gut sie konnte und versuchte gleichzeitig, ihre Betroffenheit zu verbergen. Shaan war nicht nur die Stadt an sich, sondern auch das gewöhnliche alltägliche Leben völlig fremd. Er kannte die Spiele, die die Jungen und Mädchen auf den Straßen spielten, nicht, obwohl sie im ganzen Land verbreitet waren, wusste nichts über einfachste Arbeiten wie etwa die des Bäckers, des Müllers und des Schmieds, und über einen Flaschenzug, der niemandem im Golgamat auch nur einen zweiten Blick abgerungen hätte, staunte er wie ein kleines Kind. Etwas Vergleichbares hatte er offensichtlich noch nie gesehen, und das galt, wie es schien, für viele Dinge.

Auf ihrem Weg kamen sie auch an verschiedenen Tempeln vorbei. Protzige, in der Sonne funkelnde Embleme an Wänden und auf den Dächern wiesen die darin angebeteten Gottheiten aus. Schließlich blieb Shaan vor einem von ihnen stehen, musterte kurz den metallischen Falken, der auf dem Giebel thronte, und wandte sich dann zu ihr um.

„Es existieren ziemlich viele unterschiedliche Tempel in Golgamat. Wenn ich die Wappen richtig gedeutet habe, gibt es einen Gott des Windes und einen des Meeres, den des Waldes und der Blumen, den der Erde und den des Feuers sowie einige Tiergötzen. Ist das in anderen Städten ähnlich?"

Deleja hatte neben ihm haltgemacht und schüttelte den Kopf. „Nein, in den Dörfern rings um Golgamat und auch weiter hinten im Land wird meist nur eine einzige Gottheit verehrt. In anderen Städten sind es vielleicht zwei oder drei. Golgamat ist mit seinen zahllosen Tempeln eine echte Ausnahme."

„Gehört deine Familie einem der Tempel an?"

„Nein, nicht mehr."

„Früher schon?"

„Ja. Meine Mutter glaubte an den Gott des Meeres. Sie hat zu ihm gebetet und mich manchmal zu den Messen in den Tempel mitgenommen. Nachdem sie gestorben war, bin ich jedoch nicht wieder dorthin gegangen."

„Warum nicht?"

Deleja seufzte schwer. „Mein Vater wollte es nicht. Er hat nie viel von der Religion meiner Mutter gehalten. Das war vermutlich das Einzige, in dem sie sich uneins waren."

„Glaubst du trotzdem noch an den Gott des Meeres?"

„Nein, ich denke nicht. Damals war ich noch ein Kind. Jetzt bin ich vernünftiger."

Das war eine Antwort, auf die ihr Vater stolz gewesen wäre. Trotzdem fühlte sie sich schal an.

Shaan schien es zu spüren, denn ein Schatten fiel auf sein Gesicht. „Glaubst du auch nicht an Wunder?"

Deleja sog heftig Luft ein. Wunder waren so irreal wie ihre Träume. An der Wirklichkeit zerbrachen sie. „Ich habe noch nie eins erlebt", sagte sie bitter.

Shaan ließ sie nicht mehr aus den Augen. „Könnte es nicht dennoch eine Macht geben, die hinter allem steht?"

„Was meinst du?"

„Eine Kraft des Guten."

„Wie sollte die aussehen? Wie sollte sie sich offenbaren?"

„Indem Menschen in Not zur rechten Zeit Hilfe erreicht. Vielleicht gibt es sogar nur deshalb glückliche Menschen, weil das Gute über sie wacht."

„Mein Vater sagt, dass jeder sein Schicksal selbst in der Hand hat. Jeder ist selbst dafür verantwortlich, was er aus seinem Leben macht."

„Glaubst du das auch?"

„Ich ... ich denke schon. Mein Vater hat bewiesen, dass er recht hat. Als er das Kontor von seinem Vater übernommen hat, war es nur ein ganz kleines Geschäft. Durch sein Können und seine Beharrlichkeit hat er es zu dem erfolgreichen Unternehmen gemacht, das es heute ist, und ich glaube kaum, dass ihm dabei irgendein Gott geholfen hat."

Und noch während sie sprach, senkte sie bekümmert den Kopf. Ihr Vater war auf eine derartige Unterstützung nicht angewiesen, sie selbst hingegen hatte sie weitaus nötiger. Ihr Vater wusste das, andernfalls hätte er nicht ausgerechnet Trist zu ihrem zukünftigen Verlobten bestimmt. Denn da er nicht an Götter glaubte, musste er ihr einen Menschen zur Seite stellen, der ihre mangelnden Fertigkeiten auszugleichen verstand. Sie schniefte unterdrückt, spürte dann sinnlosen Zorn in sich aufwallen.

„Wenn es wirklich das Gute gibt, wieso sind dann so viele Menschen unglücklich?", rief sie anklagend. „Wieso hilft das Gute ihnen nicht? Wieso bewahrt es sie nicht vor Schmerz, Verlusten oder einem frühen Tod?"

„Vielleicht kann es das nicht."

„Warum nicht? Eine göttliche Kraft sollte stark genug dazu sein!"

„Nicht, wenn ihr eine gleichwertige Macht entgegenwirkt."

„Du meinst eine Kraft des Bösen?"

„Ja."

Seine Antwort klang ernst und unumstößlich. Deleja zog die Schultern ein.

„Wenn es das Böse gäbe, müsste es stärker in Erscheinung treten", versuchte sie hastig abzuwiegeln. „So schlecht ist die Welt nun auch wieder nicht."

„Weil noch das Gute überwiegt", erwiderte Shaan so düster, als verkünde er den kurz bevorstehenden Weltuntergang.

Deleja zuckte zusammen. Seine Worte bohrten sich wie die gierigen Krallen eines jagenden Raubvogels in ihre Seele, rissen an ihr und taten ihr weh. Abwehrend hob sie die Hände.

„Ich kann mir keine Welt vorstellen, in der das Böse regiert."

„Ich schon. Es gäbe keine Wunder mehr, verdorbene Seelen würden schwarze Magie und finsteren Zauber einsetzen, um alle Unschuldigen zu versklaven, und niemand könnte auf etwas Gutes hoffen, niemand sich geborgen fühlen oder auch nur darauf vertrauen, den nächsten Tag noch zu ..."

„Hör auf!“, unterbrach Deleja ihn heftig. „Davon bekommt man ja Angst!“

Sie zitterte am ganzen Leib. Shaan hatte mit seinen unheilschwangeren Worten das elend beklemmende Gefühl heraufbeschworen, das sie auch in ihren Albträumen zu verschlingen suchte. Sie durfte es nicht zulassen! Wenn sie ihm nur einen Moment Raum gab, würde es sie für den Rest des Tages quälen.

„Es ... es tut mir leid“, stammelte Shaan zerknirscht.

Deleja atmete tief durch und winkte ab. „Es ist schon gut.“

Sie gingen schweigend weiter, aber eins interessierte Deleja dann doch noch. „Was ist mit dir?“, fragte sie. „Glaubst du an eine Kraft des Guten?“

Shaan zuckte zusammen, als hätte sie ihn bei etwas Verbotenem ertappt. Er wurde um eine Nuance bleicher, als er antwortete. „Ich versuche, darauf zu vertrauen.“

Deleja wünschte, seine Antwort hätte sicherer geklungen. Seine Schreckensvision wirkte noch in ihr nach, trieb Nadeln der Furcht in ihr Herz. Verdorbene Seelen! Was hatte er damit gemeint? Ihr Vater betonte stets, dass manche Menschen böse handelten, weil es ihr Charakter war und nicht weil höhere Mächte sie dazu anstifteten. Aber wenn er sich nun irrte?

Ihr Vater hätte sie streng getadelt, hätte er geahnt, dass sie den Keim des Aberglaubens erneut in ihr Herz ließ, aber sie konnte nicht anders. Im Augenblick war die Möglichkeit, dass es eine Kraft des Guten und des Bösen gab, für sie viel realer als die Menschen und Straßen Golgamats, realer selbst als Shaans Anwesenheit an ihrer Seite. Und eins war sicher: Das Gute sollte besser stark genug sein, das Böse zu besiegen.

* * *

Verstohlen wischte sich Shaan den Schweiß ab, der ihm in kalten Perlen auf der Stirn stand. Auch sein Hemd war feucht, klebte klamm an seinem Rücken, sein Herz pochte laut und protestierend gegen seine Rippen, und seine Knie waren weich wie Pudding. Er hatte den ersten Schritt getan, hatte Deleja einen Einblick in eine Welt, in der Gut und Böse miteinander rangen, gewährt.

Jetzt lagen seine Nerven blank. Hatte er es klug angefangen? Konnte er den Verlauf des Gesprächs als Erfolg werten? Und hatte er nicht zu viel gesagt?

Ein eisiger Schauer überlief ihn. Wenn er nur ein einziges Mal nicht achtgab, wenn er nur ein Wort zu viel sagte und damit die Regeln des Kampfes brach, war alles verloren. Dann musste er das Unglück zwanzig künftiger Generationen auf sein Gewissen laden.

Froh, den Tempel und ihre Diskussion hinter sich lassen zu können, ging Shaan weiter. Deleja hielt sich schweigend neben ihm. Sie blickte mit bleicher Miene zu Boden, und die Haare auf ihren Armen hatten sich beharrlich aufgerichtet, obwohl es so warm war.

Bitterkeit überkam ihn. *Das* war sein Erfolg - und sein Verschulden. Er hatte sie mit seinem Gefasel über eine böse Macht, die die Herrschaft über die Welt an sich zu reißen versuchte, in Angst und Schrecken versetzt. Ihre Furcht zu sehen und zu wissen, dass er sie geschürt hatte, beschämte ihn, und am liebsten hätte er nie wieder davon gesprochen, doch diese Wahl hatte er nicht. Er musste Deleja davon überzeugen, dass es das Böse gab. Sie musste daran glauben, andernfalls würde sie nie das Bedürfnis verspüren, sich ihm zu widersetzen, und ohne diesen Willen konnte sie niemals als Lanhal erwachen.

Da sie zu verstört war, um eine Richtung vorzugeben, begann er, ihren Weg zu lenken. Ihr musste es so scheinen, als wählte er ganz willkürlich mal die eine, mal die andere Straße, doch tatsächlich hatte er klar umrissene Ziele. Er hatte nach seinem Besuch im Rathaus versucht herauszubekommen, wo die Mädchen und Jungen wohnten, die wie Deleja im gleichen Monat geboren worden waren. Dazu hatte er einfach die Leute auf dem Marktplatz befragt, und so wenig hilfsbereit die Menschen Golgamats auch waren, eine Auskunft gaben sie dann doch.

Während ihres Streifzugs hatte er mehrere der Häuser, in denen die Mädchen wohnten, bereits entdeckt, da Deleja ihn zufällig dort vorbeigeführt hatte. Es war nicht schwer gewesen, sie zu identifizieren, da an den Fassaden der Gebäude Verzierungen und Inschriften angebracht waren, die den Besitzer nannten.

Shaan blickte zu Boden und versank in dumpfes Grübeln. Die Mädchen waren im Grunde nicht wichtig, sein Hauptaugenmerk musste neben Deleja vor allem den drei Jungen gelten. Trist Olvive kannte er bereits, wenn auch nur flüchtig, und über Jannor Trela und Enjun Lymas hatte er ebenfalls etwas in Erfahrung bringen können - in beiden Fällen nichts Ermutigendes.

Jannor Trela war der Sohn eines überall in Golgamat bekannten und viel gerühmten Schmieds und hatte von Kindesbeinen an mit den Elementen Feuer und Erde Tag für Tag zu tun gehabt. Falls er der Yinyal war, würde sein Verständnis für die Möglichkeiten der beiden Elemente und sein Geschick im Umgang mit ihnen unübertroffen sein.

Enjun Lymas hingegen war der Sohn von Reuss Lymas, dem Bürgermeister der Stadt. Seine Familie war reich wie die der Olvives und der Albites, und durch die Position seines Vaters war er sicher mit Macht - wenn auch nur mit solcher politischer und nicht magischer Natur - vertraut. Auch das wertete Shaan nicht als gutes Zeichen.

Trist, Jannor und Enjun. Würde man einem von ihnen ansehen, dass er der Yinyal war? Wie er sein Glück kannte, gewiss nicht.

Wie zufällig lenkte er seine Schritte langsam in Richtung Schmiede. Deleja folgte ihm widerspruchslos, noch immer tief in Gedanken versunken.

Schon von Weitem sah er das Wappen der Schmiedezunft gleich unter dem Familiennamen der Trelas an einer Hauswand prangen. Rauch stieg in kleinen Wolken aus einem Schlot in den Himmel auf, und die klirrenden Schläge mehrerer Hämmer hallten rhythmisch durch die schmale Gasse.

Mit bangem Herzen trat Shaan an das Fenster des Gebäudes. Es stand weit offen und gewährte ihm freien Einblick in die Werkstatt, in der ein etwa vierzig Jahre alter, stattlicher Mann mit breiten Schultern und Armen, die dick und knorrig wie Baumstämme waren, drei junge Leute lautstark herumkommandierte. Einer von ihnen war Jannor. Shaan hörte, wie sein Vater ihn beim Namen rief.

Der Schmied und seine Gesellen waren allesamt nur mit einer Hose bekleidet und ihre Oberkörper waren, abgesehen von der ledernen Schürze, die vor ihre Brust gebunden war, nackt. Ihre Haare waren nass und klebten an ihren Köpfen, und auch ihre Haut glänzte vor Schweiß, sodass sich die züngelnden Flammen der Schmiedefeuer darauf spiegelten.

Heiße Luft strömte durch das Fenster nach draußen, und Shaan trat hastig einen Schritt zurück, um dem Gluthauch auszuweichen. Im Inneren der Schmiede musste die Hitze schier unerträglich sein, trotzdem schienen die vier Männer ausgesprochen gute Laune zu haben. Sie pfiffen und sangen so unbeschwert, als gäbe es irgendwo ein verstecktes Publikum, das unterhalten werden wollte, und ließen ihre Hämmer im Takt ihrer Musik auf die Ambosse herabkrachen wie eine Kapelle, die zum Tanz aufspielte.

Als eine rundliche Frau mit einem gütigen Lächeln aus dem weiter hinten gelegenen Teil des Hauses in die Werkstatt trat, hielten sie in ihrem vergnüglichen Tun inne. Jannor lief augenblicklich herbei und nahm ihr den schweren Korb ab, den sie in den Händen trug. Dann gab er ihr einen zärtlichen Kuss auf die Wange. Der Schmied kam hinzu und legte der Frau einen Arm um die Schulter, danach machten er und seine Gehilfen sich über die Mahlzeit im Korb her.

Mit tief gerunzelter Stirn wandte sich Shaan ab. Ein so liebevolles und fröhliches Auftreten, wie Jannor es offenbart hatte, erwartete er eigentlich nicht vom Yinyal. Angesichts der Harmonie in der Werkstatt erschien die Vorstellung, der Sohn des Schmieds könnte zur Inkarnation des Bösen mutieren, lächerlich und befremdlich. Trotzdem musste er auf ihn ebenso ein Auge haben wie auf Trist und Enjun.

Enjun – es wurde Zeit, dass er auch den Sohn des Bürgermeisters in Augenschein nahm. Dieses Mal irrte er eine Weile umher, bevor er die richtige Richtung fand, denn Deleja wollte er nicht fragen. Er hätte ihr kaum erklären können, warum er ausgerechnet das Haus des Bürgermeisters sehen wollte. Außerdem wirkte sie noch immer ziemlich geistesabwesend.

Zum Glück war die Straße, in der die Familie Lymas wohnte, nicht schwer zu finden, als er erst einmal in ihre Nähe gelangt war. Sie war viel breiter als die engen Gassen, durch sie sie zuvor geschritten waren, und die hohen Eichen, die sich links und rechts des Wegs in regelmäßigen Abständen wie mahnende Finger dem Himmel entgegenstreckten, verliehen ihr ein pompöses und majestätisches Aussehen.

Zwischen den mächtigen Baumstämmen luden immer wieder Bänke zur Rast ein. Ihre Aufforderung wurde allerdings kaum genutzt, denn es war noch zu früh am Tag, als dass es sich die Bewohner Golgamats hätten leisten können, dem gepflegten Müßiggang zu frönen. Lediglich eine Bank am oberen Ende der Straße wurde von einer Gruppe kleiner Kinder besetzt gehalten, die anderen standen, von einer Ausnahme abgesehen, leer.

Vor einem großen Haus mit auffällig verzierter Fassade lümmelte ein Jugendlicher, kaum älter als sie selbst, im Schatten herum. Erst als sie schon fast mit ihm auf einer Höhe waren, hob er träge den Kopf, aber als seine Augen Deleja trafen, kam urplötzlich Leben in ihn. Er sprang von der Bank und schlenderte ihnen lässig entgegen.

Sofort schob sich Shaan ein Stück dichter an Deleja heran und versuchte, zwischen ihr und dem anderen zu bleiben. Angespannt musterte er sein Gegenüber. Der Junge war zwar nicht viel größer als er selbst, in den Schultern jedoch deutlich breiter, und unter seinem dünnen Hemd zeichneten sich eindrucksvolle Muskelstränge ab, die auf den Oberarmen in massige Bizeps mündeten. Er bewegte sich mit der geschmeidigen, kraftvollen Eleganz einer Raubkatze, die keinen Feind zu fürchten hatte.

Die Haut des Jungen war tief gebräunt, und die Sonne hatte in sein dunkelblondes Haar einige helle Strähnen gebrannt. Eine hing ihm verwegen in die Stirn und verdeckte halb eine seiner Augenbrauen, die an der Nasenwurzel als schmaler Strich ansetzten, zu den Schläfen hin jedoch zunehmend buschiger wurden. Sie wölbten sich hoch über seine bernsteinfarbenen Augen, in denen die kaum erloschene Glut eines Feuers zu schwelen schien, das jederzeit wieder hell auflodern konnte.

Und doch war der Blick, mit dem er Shaan bedachte, genauso kühl und berechnend wie der, den Trist ihm gestern zugeworfen hatte. Er baute sich vor ihnen auf, stemmte die Hände in die Hüften und musterte Shaan eindringlich. Gleich darauf kräuselte ein überhebliches Grinsen seine

Lippen. Er stieß einen abfälligen Laut aus und wandte sich so abrupt Deleja zu, als hätte Shaan von einer Sekunde zur anderen zu existieren aufgehört.

„Was willst du hier, Deleja Albite?“, knurrte er unfreundlich. „Und wer ist dieses Kerlchen? Etwa noch ein Günstling deines Vaters?“

Deleja schnaubte empört. „Das geht dich gar nichts an, Enjun! Lass uns einfach in Ruhe.“

Der Name traf Shaan wie ein Schlag ins Genick. Das war Enjun?

Auf Enjuns Stirn erschien eine steile Falte. „Was starrst du mich so an?“

Shaan erwiderte nichts. Er war wie gelähmt und unfähig, die Augen von seinem Gegenüber zu nehmen.

Enjun stach mit dem Finger nach ihm, als wolle er ihn auf eine Lanze spießen. „Dich meine ich, du Büttel! Was ist los? Ist mir gerade ein zweiter Kopf gewachsen?“

Mit gehörigem Willensaufwand riss Shaan sich zusammen und wandte betont den Blick ab. „Nein, natürlich nicht. Ich ... ich war nur in Gedanken.“

„In Gedanken? Und das soll ich glauben?“

„Es ist so“, versicherte Shaan hastig. „Es hat nichts mit dir zu tun.“

Enjun schien plötzlich um ein paar Zentimeter zu wachsen.

Deleja zupfte Shaan wie ein ängstlicher Vogel am Ärmel. „Wir sollten gehen.“

Er nickte sofort. Das war ihm nur recht.

„Lass uns vorbei“, forderte Deleja daraufhin von Enjun, der nach wie vor ihren Weg blockierte.

Der Sohn des Bürgermeisters verzog das Gesicht zu einem triumphierenden Grinsen. Shaan wäre jede Wette eingegangen, dass er Ärger machen würde, doch Enjun vollführte lediglich eine übertriebene Verbeugung und tänzelte einen Schritt zur Seite.

„Ganz wie die Lady es wünscht“, säuselte er.

Deleja runzelte die Stirn und beeilte sich, an Enjun vorbeizutreten. Shaan folgte ihr hurtig, innerlich angespannt wie eine Bogensehne. Der Sohn des Bürgermeisters fletschte die Zähne und ließ die Muskeln unter seinem Hemd spielen, hielt ihn aber nicht auf. Kaum war er jedoch an ihm vorbei, erreichte ihn sein Ruf.

„He, Büttel!“

Shaan fuhr herum, schon halb geduckt und doch nicht schnell genug. Enjuns Faust war bereits auf dem Weg und hämmerte ihm mit der Wucht eines austretenden Pferdes gegen das Kinn. Der Schlag riss Shaan brutal den Kopf zurück, er stürzte und krachte mit dem Hinterkopf voran auf das harte Pflaster. Er verlor augenblicklich das Bewusstsein.

* * *

„Shaan!“, kreischte Deleja entsetzt, als er dicht neben ihr zu Boden ging und reglos liegenblieb.

„Das wird ihn lehren, mich nicht so anzugaffen“, knurrte Enjun und versetzte Shaan einen rüden Tritt in die Seite.

Er schrie nicht, wehrte sich nicht; seine Augen blieben fest geschlossen. Und Enjun holte schon wieder aus.

„Hör auf damit!“, schrie Deleja und fiel Enjun ohne zu überlegen in den Arm.

Seine Augen verengten sich zu schmalen Schlitzen. „Wie willst du mich aufhalten?“, höhnte er und entzog sich ihr so heftig, dass sie ins Straucheln geriet.

Während sie um ihr Gleichgewicht rang, trat er Shaan ein zweites Mal, noch brutaler als zuvor.

„Shaan ist Gast meines Vaters!“, rief Deleja verzweifelt.

Da wirbelte Enjun zu ihr herum. „Das kümmert mich einen Dreck!“, zischte er.

Erschrocken zuckte sie vor dem lodernden Zorn in seinen Augen zurück. Am liebsten wäre sie fortgelaufen, doch dann bliebe Shaan hilflos Enjuns Ungnade ausgeliefert. Sie musste wenigstens versuchen, ihn abzulenken, bis Shaan wieder zu sich kam.

„Das sollte es aber“, hielt sie ihm entgegen, krampfhaft darum bemüht, das Zittern ihrer Stimme unter Kontrolle zu behalten. „Mein Vater ist ein einflussreicher Mann in Golgamat!“

Enjun stieß verächtlich Luft aus. „Ein Mann mit einem erbärmlichen Geschmack.“

Deleja runzelte die Stirn. „Was meinst du damit?“

„Gib dich nicht so naiv! Du weißt genau, wovon ich rede! Jeder in Golgamat spricht darüber, dass dich dein Vater an Trist Olvive verschachern will. Dabei ist Trist die denkbar schlechteste Wahl!“

Sein kalter Tonfall jagte ihr einen Schauer über den Rücken. Ihre Nackenhaare richteten sich steil auf, während sie abwehrend die Hände hob. „Mein Vater hat nun einmal so entschieden!“

„Das war ein Fehler! Er sollte ihn besser revidieren.“

„Das wird er nicht.“ Zum ersten Mal war sie froh darüber.

„Das werden wir noch sehen“, knirschte Enjun, und noch während er sprach, zuckte seine Hand wie eine Viper vor. Er packte ihren Arm und zog sie dicht zu sich heran.

„Lass mich los!“, rief Deleja erschrocken und stemmte sich gegen seinen Griff, kam jedoch nicht von ihm los.

Enjun sah höhnisch auf sie herab. „Das nützt dir gar nichts.“

Als sie es trotzdem noch einmal versuchte, schlossen sich seine Finger so fest um ihren Arm, dass sie ihr wie Messerklingen ins Fleisch drangen.

„Hör auf!“, flehte Deleja verängstigt. „Du tust mir weh!“

„Halt still und hör mir zu, dann tut es auch nicht weh. Richte deinem Vater aus, dass er *mich* wählen soll. Trist Olvive ist ein Niemand. Warum will er ausgerechnet ihm sein Geld in den Rachen stopfen?“

„Es ... es geht nicht nur um das Erbe meines Vaters.“

„Ach nein? Worum geht es dann? Weshalb, glaubst du, sollte sich Trist auf die Verlobung mit dir einlassen, wenn nicht, um an das Geld deines Vaters zu kommen? Du bist nicht mehr als eine lästige, aber leider unabdingbare Beigabe.“

„Das ist nicht wahr!“, schluchzte Deleja erstickt.

„Doch, das ist es, und du weißt das auch. Niemand würde um *dich* buhlen!“

Damit stieß er sie heftig von sich. Sie stolperte und fiel neben Shaan auf das Pflaster. Im Stillen flehte sie ihn an, endlich wieder zu sich zu kommen, aber er regte sich noch immer nicht. Den Tränen nahe blickte sie zu Enjun auf. Seinem Gesichtsausdruck nach zu urteilen, hatte er nicht vor, sie oder Shaan vom Haken zu lassen. Schon kam er erneut auf sie zu.

Doch bevor er sie erreichte, bannte ihn eine befehlsgewohnte Stimme auf der Stelle.

„Was ist hier los?“

Deleja drehte den Kopf und rappelte sich erleichtert vom Boden hoch. „Hauptmann Stain!“

Er nickte ihr knapp zu und ließ seine Augen über die Szenerie schweifen. Sein Blick blieb kurz an Shaan hängen, dann trat er neben Deleja und sah Enjun fest an.

„Du solltest besser Land gewinnen, Enjun Lymas. Für heute hast du bereits genug Ärger gemacht.“

Enjun ballte erbost die Fäuste. „Ihr habt mir gar nichts zu befehlen, Hauptmann. Ich kann tun und lassen, was ich will!“

„Träume nachts weiter, Junge! Wenn du Leute verletzt, fällt das sehr wohl in meinen Zuständigkeitsbereich. Du hast die Wahl: Entweder du verschwindest, oder ich sperre dich für einen Tag ein.“

„Das wagt Ihr nicht! Mein Vater ...“

„... wird dir auch nicht helfen können, wenn deine Schuld zweifelsfrei erwiesen ist. Und da ich kaum annehme, dass Deleja den armen Burschen dort verprügelt hat, kommst nur du dafür infrage. Wie also willst du dich dieses Mal herausreden?“

Enjun gab grollend nach. Schritt für Schritt rückwärtsgehend, zog er sich auf das Grundstück seines Vaters zurück, dann warf er sich herum und stolzierte wie ein eitler Pfau zum Eingang des Hauses. Dort angekommen, wandte er sich noch einmal um. Seine Augen glühten vor Hass.

„Das werde ich nicht vergessen, Hauptmann."

Deleja fröstelte, Hauptmann Stain jedoch blieb völlig unbeeindruckt.

„Ich auch nicht, Enjun. Darauf gebe ich dir mein Wort."

Endlich verschwand Enjun im Haus, und erst jetzt wandte sich der Soldat Deleja zu. Der kühle, beherrschte Ausdruck wich aus seinen Augen, und er musterte sie besorgt.

„Geht es dir gut?"

Deleja brauchte ihre gesamte Willenskraft, um nicht auf der Stelle in Tränen auszubrechen. „Wir müssen Shaan helfen!"

„Was ist überhaupt passiert?"

„Enjun hat ihn geschlagen. Er ist unglücklich gefallen und seitdem bewusstlos."

Mit flatternden Knien eilte sie zu Shaan. Hauptmann Stain war schneller bei ihm als sie, beugte sich zu ihm herab und fühlte nach seinem Puls.

Als er sich wieder aufrichtete, lächelte er ihr aufmunternd zu. „Der Junge ist in Ordnung. Er wird bald wieder zu sich kommen."

Er versetzte Shaan einen leichten Klaps auf die Wange. Shaans Lider begannen zu zucken, und keine Sekunde später riss er sie ruckartig auf. Mit einem Schrei auf den Lippen fuhr er hoch.

„Deleja!"

„Ich bin hier!" Sie ging neben ihm in die Knie. Seine Augen weiteten sich noch mehr. Ein heftiger Schauder schüttelte ihn durch.

„Deleja", flüsterte er so schmerzhaft erleichtert, als hätte er sie schutzlos in den Fängen eines Teufels zurückgelassen und nicht damit gerechnet, sie lebend wiederzusehen.

Fast hätte sie doch noch zu weinen begonnen. Hauptmann Stain rettete sie, indem er Shaan eine Hand auf die Schulter legte und seine Aufmerksamkeit auf sich zog.

„Ganz ruhig, Junge. Heute bist du derjenige, der Hilfe braucht."

Deleja achtete nicht auf Stains Worte. Sie starrte Shaan an, der mit kalkweißem Gesicht eine Hand hob und über seinen Hinterkopf tastete. Als er die Finger zurückzog, klebte hellrotes Blut daran.

„Du bist verletzt!", rief Deleja erschrocken.

Shaan schwieg, doch Schmerz irrlichterte in seinen dunklen Augen und zwang seinem Gesicht einen gequälten Zug auf.

Deleja hielt seinem Blick nicht stand. Ihre Hände schlossen und öffneten sich krampfhaft. Das war alles ihre Schuld! Sie hätte Shaan warnen müssen. Enjun hätte ihn nicht so kalt erwischt, wenn er sein verschlagenes Naturell besser einzuschätzen vermocht hätte.

Hauptmann Stain begutachtete die Verletzung mit geübtem Blick. „Das ist nur eine harmlose Platzwunde, also nicht weiter schlimm. Allerdings solltest du besser nach Hause gehen."

Shaan nickte kaum wahrnehmbar, doch als ihn der Soldat behutsam auf die Füße zog, zuckte er zusammen, wurde noch etwas bleicher und legte stöhnend eine Hand auf seine linke Seite.

„Was ist los?", fragte der Gardist alarmiert.

„Enjun hat ihn getreten", erwiderte Deleja erstickt. „Zweimal. Ich ... ich konnte es nicht verhindern."

Stain schickte einen rüden Fluch an Enjuns Adresse, schob Shaans Hemd beiseite und tastete über seine Rippen. Shaan hinderte ihn nicht daran, stand jedoch da, als wollte ihm der Hauptmann ein Messer in die Brust rammen. Seine verkrampfte Haltung änderte sich auch dann nicht, als der Soldat seine Untersuchung beendet hatte.

„Ich schätze, es ist nichts gebrochen, nur geprellt, aber Linari sollte auf jeden Fall einen Blick darauf werfen." Stain schüttelte den Kopf, fasste Shaan beim Arm und hob mahnend die Brauen. „Du solltest dich wirklich niemals mit Enjun einlassen, Junge."

Shaan sagte nichts, sondern starrte mit zusammengepressten Lippen zu Boden. Seine Gedanken schienen in irgendeinem dunklen Winkel seines Geistes gefangen.

„Wie ist es überhaupt dazu gekommen?", wollte Stain wissen.

Als Shaan weiter schwieg, sprang Deleja für ihn ein.

„Shaan trägt keine Schuld. Er hat Enjun lediglich *angesehen,* mehr nicht."

„Menschen wie Enjun verstehen es wirklich, selbst die harmlosesten Anlässe als Provokation aufzufassen", grollte der Hauptmann ungnädig und fragte nicht weiter. Für ihn schien die Angelegenheit gänzlich geklärt.

Für Deleja war sie es nicht. Um Shaan nicht noch mehr Ärger einzubrocken, hatte sie es dem Hauptmann verschwiegen, aber Fakt war, Shaan hatte Enjun nicht einfach bloß angesehen, er hatte ihn *angestarrt*. Sie hätte gern gewusst warum.

* * *

Auf dem Weg zurück zum Kontor der Albites sprach Shaan kein Wort. Bohrende Schmerzen schienen seinen Schädel in zwei Teile spalten zu wollen, und seine linke Seite pochte höllisch, als würde mit einem Messer darin herumgerührt. Dazu rauschte ihm sein Blut, angetrieben von den harten, abgehackten Schlägen seines Herzens, das wie ein stählerner Hammer gegen seine Rippen wummerte, so laut in den Ohren, dass er nicht hören konnte, was Hauptmann Stain und Deleja miteinander sprachen. Aber selbst wenn er es vermocht hätte, wäre doch kein Laut über seine Lippen gekommen. Seine Gefühle und Gedanken waren in eisigem Schock gefangen.

Er hatte entsetzlich versagt! Er hatte sich von Enjun überrumpeln lassen - ein schlimmer, unverzeihlicher Fehler. Ob Yinyal oder nicht, Enjun war ein übler Geselle und völlig unberechenbar. Nicht auszudenken, was er Deleja angetan hätte, wäre Hauptmann Stain nicht zufällig aufgetaucht. Und er wagte nicht sich vorzustellen, wie Enjun vor dem Erscheinen des Soldaten mit ihr umgesprungen war. Er hatte ihr Angst gemacht, ihr vielleicht sogar wehgetan!

Shaan war zum Schreien zumute. Es wäre seine Pflicht gewesen, Deleja zu beschützen, doch er hatte sie kläglich im Stich gelassen. Wieder einmal war er viel zu langsam gewesen. Enjuns Schlag hatte ihn wie einen blutigen Anfänger niedergestreckt, obwohl er zumindest halb mit einem Angriff gerechnet hatte. Er hatte es nicht einmal fertiggebracht, seinen Sturz so abzufangen, dass er nicht wie ein nasser Sack aufs Pflaster platschte.

In der nächsten brenzligen Situation könnte sein Versagen gut und gerne Delejas Tod bedeuten. Hatte er das noch immer nicht begriffen? Er war einfach zu dumm, zu dumm und zu langsam! Deleja hatte einen besseren Shai als ihn verdient! Und die Welt hatte einen besseren Kämpfer verdient! Wenn er sich nicht endlich am Riemen riss, würde er alle Menschen ins Unglück stürzen.

Seine düsteren Gedanken ließen den Weg vor seinen Augen verschwimmen. Mechanisch setzte er einen Schritt vor den anderen, erst als er, Deleja und Hauptmann Stain das Kontor erreichten, wurde sein Blick wieder etwas klarer.

Morujan Albite arbeitete im großen Hof hinter dem Haupteingang, deshalb sah er sie schon von Weitem kommen. Er ließ augenblicklich alles stehen und liegen und eilte ihnen entgegen. Sichtlich erschrocken ließ er sich von Hauptmann Stain berichten, was geschehen war, und während der Soldat sprach, wandelte sich der Schreck auf seiner Miene in Zorn. Schließlich wandte er sich mit tief gerunzelter Stirn Shaan zu.

„Halte dich in Zukunft von Enjun fern", ermahnte er ihn ernst. „Der Bursche ist ein faules Früchtchen. Er nutzt jede Gelegenheit, um sich zu prügeln oder auf andere Weise Unfrieden zu stiften."

Shaan nickte hastig - eine äußerst unkluge Bewegung. Plötzlicher Schwindel ließ ihn taumeln. Hauptmann Stain verstärkte den Griff um seinen Arm.

„Ich glaube, in seinem Kopf ist ein wenig durcheinander geraten", hörte er den Gardisten mit seltsam dumpfer Stimme sagen; das Blut rauschte und pochte noch immer derart laut in seinen Ohren, als wolle es seine Schädeldecke sprengen und sich einen Weg ins Freie bahnen.

Er wollte widersprechen, bekam jedoch keinen Ton heraus. Er musste sich zu sehr darauf konzentrieren, auf den Beinen zu bleiben.

Morujan Albite reagierte sofort. „Deleja, begleite Shaan zu Linari. Sie soll sich um ihn kümmern. Und du" - er blickte Shaan streng an - „wirst dich danach für den Rest des Tages hinlegen und ausruhen!"

Shaan zuckte zusammen. Das ging nicht. Er durfte Deleja nicht allein lassen. „Aber ..."

Morujan Albite unterbrach ihn mit einer herrischen Geste. „Keine Widerrede, junger Mann! Eine Verletzung am Kopf darf man nicht auf die leichte Schulter nehmen."

„Ja, Herr Albite", fügte sich Shaan zähneknirschend. Er hatte keine Wahl, wenn er den Kaufmann nicht verärgern wollte.

Delejas Vater nickte zufrieden. „Gut. Geht jetzt!"

Hauptmann Stain ließ Shaan los, und Deleja zog ihn sachte mit sich. Gemeinsam schlurften sie davon, hatten aber kaum ein paar Meter zurückgelegt, als ein Ruf sie erreichte.

„Deleja!"

Sie wandte sich um. „Ja, Vater?"

„Du solltest deinen Unterricht nicht vernachlässigen."

Shaan spürte, wie Deleja leicht zusammenzuckte. „Das habe ich nicht."

„Tatsächlich nicht? Wenn mich nicht alles täuscht, solltest du um diese Zeit im Studierzimmer sein."

Deleja erbleichte. „Herness hat mir gestattet, Shaan die Stadt zu zeigen."

Morujan Albite bedachte sie mit einem tadelnden Blick. „Das nächste Mal wirst du mich um Erlaubnis bitten."

„Ja, Vater", erwiderte Deleja kleinlaut.

Der Kaufmann gab ihr einen knappen Wink und entließ sie damit endgültig.

Um Shaan begann sich die Welt erneut zu drehen. Noch ein Fehler! Er hätte sich vergewissern müssen, dass Morujan Albite den Spaziergang guthieß. Wenn er weiterhin so unbedacht handelte, würde er Delejas Vater noch ernsthaft gegen sich aufbringen.

Sein Mut sank auf einen neuen, nie zuvor gekannten Tiefpunkt. Das war wahrlich *kein* guter Anfang mehr.

10. Verschleiert

In der Nacht fand Shaan lange Zeit keine Ruhe. Aufgewühlt starrte er in die Finsternis, die sich wie eine lebendige Masse in seinem Zimmer zusammenballte und ihn zu erdrücken drohte, und ging in Gedanken die Begegnung mit Enjun immer wieder durch. Er versuchte, seinen Fehler zu finden - was leider nur allzu leicht war - und bessere Handlungsmöglichkeiten zu ersinnen - was ihm deutlich schwerer fiel. Stets stieß er in seiner Vorstellung an eine unüberwindliche Grenze - an seine beschränkten Fähigkeiten, die jede Hoffnung auf Erfüllung seiner Aufgabe bereits im Keim erstickten.

Erst gegen Morgen dämmerte er in einen unruhigen Schlaf hinüber, doch Erholung brachte ihm auch das nicht. Denn mit dem Schlaf kamen die Träume.

Sie warfen ihn in eine öde, raue Gebirgslandschaft, auf die die Sonne mit unerbittlicher Macht herabbrannte. Ihre Strahlen stachen wie spitze Dolche in seine Haut, und die sengende Hitze lag wie ein schweres Joch auf seinen Schultern. Die glühende Luft waberte in dicken Schlieren über dem ausgedörrten Gestein, das sich von Horizont zu Horizont erstreckte. Felsen ragten wie monströse Zähne aus dem kargen Boden, spendeten jedoch keinerlei Schatten.

Sie versperrten ihm den Blick in die Ferne - und auf Deleja. Shaan spürte ihren Ruf tief in sich und wandte sich ohne Zögern in ihre Richtung, doch kaum hatte er sich in Bewegung gesetzt, als ein greller Schmerz durch seine Seele peitschte wie ein Blitz, der auf nacktes Land herabfuhr - das Echo der Magie der Shai'yinyal.

Ein urtümliches Grollen, so tief, als spräche die Erde selbst, hob an, Felsen begannen zu schwanken und rieben knirschend aneinander, und Staub stob in dichten Wolken auf. Shaan ruderte mit den Armen, um nicht das Gleichgewicht zu verlieren, und versuchte zu rennen. Er musste zu Deleja. Er musste sie vor der Shai'yinyal beschützen.

Doch die Shai des Bösen führte das Element der Erde gegen ihn. Das Geröll unter seinen Füßen strömte ihm entgegen, als müsste er einen steilen Hügel hinauflaufen, auf dem eine Steinlawine hangabwärts strebte. Verbissen kämpfte er sich weiter voran. Die Shai'yinyal war schon sehr nahe. Sie würde die Lanhal entdecken - und töten.

Shaan schrie, um Deleja zu warnen, doch seine Stimme wurde von den Felsen verschluckt, statt von ihnen als Echo reflektiert zu werden. Gierig entrissen sie seine Worte der Luft, sodass sie keine zwei Meter weit zu hören waren.

Plötzlich brach ein Felsblock direkt vor ihm berstend auseinander und gab die Sicht auf Deleja frei. Sie stand keine zwanzig Meter von ihm entfernt. Ihr langes, lockiges Haar flatterte wie eine Fahne im Wind. Sie sah ihn nicht, da sie ihm die Seite zuwandte. Ihr Mund bewegte sich, und wie zum Hohn ließ die Erde zu, dass ihre Stimme ihn erreichte. Sie rief voller Angst um Hilfe.

Ihre Furcht peitschte ihn voran. Es gelang ihm, ein paar Meter an Boden zu gewinnen, doch dann gab der Untergrund mit einem Mal unter seinen Füßen nach. Bis zu den Hüften versackte er im Kies, der sich wie eine zähe, dickflüssige Masse um ihn schloss und ihn eisern festhielt. Verzweifelt stemmte er sich mit den Händen dagegen, aber auch sie versanken zwischen den Steinen und blieben in ihnen gefangen. Er riss und zerrte an den unwirklichen Fesseln - ohne Erfolg.

Ein gellender Schrei warf seinen Kopf herum. Dicht neben Deleja bäumte sich die Erde auf, und zwei schlanke, dolchscharfe Felsnadeln wuchsen mit atemberaubender Geschwindigkeit in den Himmel und überragten sie alsbald. Sie versuchte wegzulaufen, doch sie konnte es nicht. Ihre Füße steckten bis zu den Knöcheln in festem Gestein.

Die Felsen links und rechts neben ihr wucherten jetzt in die Breite und schoben sich rasend schnell auf Deleja zu. Shaan spürte es wie am eigenen Leib, als der Stein sie berührte und zu zerquetschen begann. Sie kreischte vor Schmerzen, hatte beide Arme weit vorgestreckt und kratzte mit ihren Fingern panisch über die raue Oberfläche der Felsen, um Halt zu finden und sich herauszuziehen, doch sie schaffte es nicht.

Shaan kämpfte wie ein Berserker, um freizukommen, aber erst als Delejas Schreie verstummten, gelang es ihm endlich. Die Erde spuckte ihn aus, als wäre sie ein Moloch, der ihn für ungenießbar befunden hatte, und warf ihn direkt vor die beiden Felsen. Sie waren so nahtlos miteinander verwachsen, als seien sie von jeher ein Stück gewesen. Und doch ragte eine Hand zwischen ihnen hervor - Delejas Hand.

„Deleja!", rief Shaan erstickt und berührte sie, verzweifelt hoffend und bangend, noch Leben in ihr zu spüren. Doch die Hand war so kalt, als sei Deleja schon lange tot, und ihr Fleisch war so grau und hart wie die Felsen ringsum. Und kaum hatte er sie berührt, sprang sie wie spröder Stein, barst in kleinste Stücke auseinander und rieselte als Staub herab.

In ohnmächtigem Entsetzen begann Shaan zu schreien - so laut, dass er sich damit selbst aus dem Schlaf riss. Er fuhr im Bett hoch, sein Schrei erstickte und ging in ein raues Keuchen über. Sein Puls hämmerte so heftig, dass die Welt um ihn zu schwanken schien, und sein Schlafgewand war klitschnass geschwitzt und klebte wie eine zweite Haut an seinem Körper.

Noch immer sah er das letzte Bild des Traums vor sich - Deleja, die zu Stein geworden war und zu Staub zerfiel. Er stöhnte auf, schlang sich die Arme um den Leib und krümmte sich zusammen. Es war nur ein Traum gewesen - doch die Möglichkeit, dass er real wurde, lag viel zu nahe. Die Angst um Deleja, die Angst zu versagen bohrte sich wie eine stählerne

Lanze in seinen Magen und zog ihm in quälender Übelkeit die Kehle zusammen.

Er würgte noch an ihr, als jemand an der Tür klopfte. Shaan öffnete den Mund, um zu antworten, brachte aber keinen Ton heraus. Er schluckte hart, versuchte, seinen panischen Puls zu beruhigen, doch der raste weiter, als stünde die Shai'yinyal persönlich vor seinem Zimmer.

Es klopfte erneut. Shaan sog verzweifelt Luft ein - dann zwang er endlich eine Antwort hervor.

„Herein!"

Die Tür wurde geöffnet, und Linari trat mit einem freundlichen Lächeln über die Schwelle. Ihre Bewegungen waren so beschwingt, als sei das gesamte Leben für sie ein Tanz.

„Guten Morgen, Shaan! Ich wollte dich wecken und dir Bescheid sagen, dass du heute Morgen zum Frühstück erwartet wirst", flötete sie, stutzte dann und runzelte die Stirn. „Du siehst elend aus, mein Junge. Hast du noch Schmerzen?"

Shaan benötigte mehrere Sekunden, um zu begreifen, wovon sie sprach. Unwillkürlich tastete er mit den Fingern nach der Wunde an seinem Hinterkopf. Sie war inzwischen verschorft und schmerzte kaum noch. Auch die Prellungen auf seinen Rippen hatte er angesichts des nächtlichen Schreckens nicht einmal gespürt. Er schüttelte stumm den Kopf.

Linari kam trotzdem herbei, beugte sich zu ihm herab und legte ihm eine Hand auf die Schulter.

„Du zitterst ja!", rief sie besorgt. „Und du bist völlig verschwitzt. Hattest du etwa auch einen Albtraum?"

Shaan schauderte und nickte.

Linari seufzte schwer. „Was für eine seltsame Nacht! Deleja hat ebenfalls schlecht geträumt."

Shaan erschrak. Erahnte Deleja im Traum die Gefahr, in der sie schwebte? Und spürte sie auch, dass er als ihr Beschützer nicht viel taugte?

„Hat sie häufig solche Träume?", fragte er gepresst.

Linari nickte bekümmert. „Ja, leider. In ihrer Kindheit verging manchmal kein Tag in der Woche, an dem sie nicht zitternd und weinend aufwachte. In den letzten beiden Monaten war es allerdings viel besser geworden, und ich hatte schon gehofft, die Träume würden endlich verschwinden. Doch ich habe mich wohl getäuscht. Es ist sogar noch schlimmer geworden."

„Wie meinst du das?"

„Bislang konnte sich Deleja nie an ihre Albträume erinnern. Sie haben ihr zwar Angst eingeflößt, aber ihr Inhalt blieb im Dunkeln, und ich denke, das war auch gut so. Das arme Kind hatte auch so genug Last damit. Heute Morgen konnte sie sich jedoch erinnern. Bei allen Göttern – ich habe sie noch nie so aufgewühlt gesehen!"

„Hat sie dir ihren Traum erzählt?"

„Ja. Sie sagte, sie sei von zwei Felsen eingeschlossen und langsam zerquetscht worden. Gleichzeitig ist sie selbst zu Stein geworden."

„*Das* hat sie geträumt?", rief Shaan entsetzt.

„Ja. Schrecklich, nicht wahr?"

Er nickte stumm.

Linari drückte mitfühlend seine Schulter. „Und welcher Alpmahr hat dich heimgesucht?"

Shaan fuhr zusammen. „Einer der übelsten Sorte."

„Möchtest du nicht darüber reden?"

„Lieber nicht." Er konnte es nicht. Er durfte Linari doch nicht enthüllen, dass er den gleichen Traum gehabt hatte! Er zitterte schon wieder. Wie hätte er auch damit rechnen können, dass so etwas geschehen würde? Davon hatte nichts in den Geschichten seiner Vorgänger gestanden!

„Vielleicht solltest du es doch tun", meinte die Haushälterin. „Es könnte dir helfen."

„Hat es Deleja geholfen?"

Linari seufzte. „Nein, ich glaube nicht. Ich habe zwar versucht, sie zu beruhigen, aber ich fürchte, das hat nicht viel gefruchtet. Früher war das einfacher. Ich brauchte ihr nur aus einem ihrer Lieblingsbücher vorzulesen, und schon ging es ihr besser."

Shaan horchte auf. „Deleja mag Geschichten?"

Die Haushälterin zwinkerte schelmisch. „Ja, ganz besonders Erzählungen, in denen ein junger Held und eine holde Maid durch schicksalhafte Gefahren zusammengeführt werden, ihre große Liebe zueinander entdecken, Seite an Seite kämpfen und schließlich ein glückliches Leben führen können. Sie hat sämtliche Abenteuerbücher in der Bibliothek bestimmt ein Dutzend Mal gelesen, und als sie noch kleiner war, hat sie ihren Vater ständig angefleht, ihr von seinen Reisen neue mitzubringen."

„Hat er es getan?"

„Ja, früher schon, obwohl er Delejas Vorliebe für romantische Träumereien nie verstanden hat. In den letzten zwei, drei Jahren hat sie ihn allerdings nicht mehr danach gefragt, und von sich aus hat er nicht daran gedacht."

„Dann mag sie diese Geschichten heute nicht mehr?"

Linari lächelte, während gleichzeitig ein bekümmerter Zug in ihre Augen trat. „So denkt es ihr Vater, aber ich weiß es besser. Deleja mag sie heute mehr denn je."

Ihr Blick rückte für einen Moment in die Ferne, als hätte sie mehr zu sich selbst als zu ihm gesprochen, dann verschwand der Schatten von ihrem Gesicht, und sie klatschte in die Hände. „Ich muss jetzt gehen und in der Küche nach dem Rechten sehen. Und du solltest dich zum Frühstück fertig machen. Komm in den Speisesaal der Familie, wenn du bereit bist. Das Essen wird in ein paar Minuten aufgetragen."

„Ich werde da sein", versprach Shaan.

Kaum hatte Linari ihn allein gelassen, kletterte er aus dem Bett, zog sich das verschwitzte Nachtgewand vom Leib und wusch sich mit dem klaren Wasser, das auch heute Morgen für ihn bereitstand. Seine Bewegungen waren jedoch nur mechanisch; seine Gedanken begannen sich beinahe ohne sein bewusstes Zutun mit der erdrückend bedeutungsvollen Aufgabe zu beschäftigen, die nun vor ihm lag. Er musste Deleja so schnell wie möglich in den Kampf und seine Regeln einweihen, durfte dabei allerdings nicht verraten, dass er tatsächlich stattfand oder ihr gar ihre eigene oder seine Rolle darin offenbaren. Und doch musste sie von der Lanhal, dem Yinyal und ihrem Ringen um die Vorherrschaft des Guten oder des Bösen erfahren, denn nur wenn sie davon wusste, konnte sie irgendwann begreifen, wer sie selbst war.

Ihre Vorliebe für Abenteuerromane kam ihm dabei entgegen. Wenn er die Wahrheit in das Gewand eines Märchens kleidete, würde sie sie für eine fiktive Geschichte halten, und er konnte ihr das nötige Wissen vermitteln, ohne die Regeln zu brechen.

Kurz überlegte er, von welchem der Kämpfe er ihr berichten sollte, und entschied sich dann für den direkt vorangegangenen. Der damalige Shai'lanhal war ein echter Held gewesen. Im Gegensatz zu ihm hatte er es verstanden, seine Lanhal mit der Souveränität des geborenen Kriegers zu beschützen, hatte selbstbewusst gegen die Shai'yinyal gerungen und ohne Zaudern den Yinyal ausgeschaltet, bevor dieser seine wahre Macht entdecken konnte. Damit hatte er es seiner Lanhal erspart, in einem Kampf auf Leben und Tod gegen die Inkarnation des Bösen anzutreten.

Shaan senkte betrübt den Kopf und wünschte, er könnte sich an seinem Vorgänger ein Beispiel nehmen. Vieles wäre einfacher.

* * *

Wie am gestrigen Morgen quälte sich Deleja durch die Unterrichtsstunden und brachte weniger zustande als je zuvor. Wie sollte sie sich auch auf ihre Berechnungen konzentrieren, wenn die Erinnerungen an ihren Albtraum noch immer wie ein drohender Schatten über ihr schwebten und ihre Gefühle so massiv beeinflussten, als hätte sie einen Ausblick in eine reale Zukunft - eine Zukunft, in der mit unumstößlicher Gewissheit der Tod auf sie wartete - erhalten?

Hätte ihr Vater von dem Gespräch gewusst, das sie und Shaan gestern während ihres Spaziergangs geführt hatten, hätte er sicher Shaan die Schuld an ihren üblen Träumen gegeben; sie selbst wusste es besser. Es war ihr eigener, persönlicher Schrecken, der seit frühester Kindheit an ihr nagte und den sie einfach nicht loszuwerden vermochte.

Mehr als einmal war sie den Tränen nahe. Statt zu verschwinden waren die Träume noch schlimmer geworden. Sie konnte sich an jede Sekunde, an jede Einzelheit so genau erinnern, dass ihr ab und an sogar Zweifel kamen, ob nicht die Zeit im Studierzimmer der eigentliche Traum und die garstige, karge Welt, in der sie in der Nacht gefangen gewesen war, die Wirklichkeit war.

Letztlich gab es nur einen einzigen Trost für sie: Sie war nicht allein gewesen. Irgendjemand hatte versucht, zu ihr zu gelangen und sie zu retten. Sie hatte ihn zwar nicht gesehen, aber mit der unumstößlichen Sicherheit, die einem nur in Träumen zu eigen war, hatte sie von seiner Anwesenheit gewusst, ja sogar gespürt, dass er sich ihr näherte. Er hatte sie zwar nicht rechtzeitig erreicht, trotzdem war es allein der Gedanke an ihren geheimnisvollen Helfer, der es ihr ermöglichte, ihr Zittern wenigstens hin und wieder unter Kontrolle zu bringen, und sie hoffte inständig, er möge ihr auch in ihren zukünftigen Albträumen beistehen.

Gesellschaft hätte ihr auch jetzt gut getan, doch da sie ihren Vater mit ihrem gestrigen Spaziergang verstimmt hatte, hatte sie nicht gewagt, ihn zu fragen, ob Shaan am Unterricht teilnehmen durfte. Das hatte vermutlich ohnehin keinen Zweck. Bereits heute Abend fand das Fest statt, in dessen Verlauf ihr Vater ihre Verlobung mit Trist Olvive bekanntgeben wollte. Vielleicht bekam sie danach keinen Unterricht mehr. Als zukünftige Frau des Sohnes eines reichen Kaufmanns wurde das möglicherweise als nicht schicklich erachtet.

Der Gedanke an die Verlobung drückte ihre Stimmung noch tiefer, und so dauerte es eine Ewigkeit, bis der Morgen endlich vorüber war. Zum Glück war der Unterricht damit für heute gänzlich beendet, denn Linari musste sie am Nachmittag für das Fest herrichten. Das war zwar auch keine reizvolle Aussicht, aber immer noch besser, als über stupiden Kalkulationen zu brüten.

Nach einem kurzen Abstecher in ihr Zimmer suchte sie die Küche auf und traf dort Herness wieder. Sie hatte gehofft, Shaan ebenfalls zu sehen, aber er war nicht da, und Herness konnte ihr auch nicht sagen, wo er sich aufhielt.

Also beschloss sie, ihn zu suchen. Beim Frühstück war sie nicht dazu gekommen, ihn zu fragen, wie es ihm ging, denn er hatte schweigend am Tisch gesessen und nie den Blick gehoben. Vielleicht hatte er noch Schmerzen von Enjuns Angriff, vielleicht hatte ihn aber auch nur das unentwegte Geplapper ihrer Schwestern stumm werden lassen.

Missbilligend verzog sie das Gesicht. Vanaja und Inhira schienen überhaupt nicht mitbekommen zu haben, dass ein Gast mit ihnen speiste, und falls doch, so hatten sie ihn bestenfalls als Erweiterung ihres Publikums betrachtet. Die beiden bestimmten stets die Gespräche bei Tisch, und sie wünschte inständig, ihr Vater würde sie nicht immer wieder gewähren lassen.

Als sie Shaan weder in seinem Zimmer noch im Hof oder auf den Altanen antraf, stieg sie über die breiten Treppen des Westflügels zum Festsaal hinauf. Dort würde sie sicher Linari begegnen, und wenn ihr jemand helfen konnte, Shaan zu finden, dann sie. Linari wusste stets über alles und jeden im Haus Bescheid.

Der sonst so stille, menschenleere Festsaal sprühte heute vor Leben. Gleich vierzehn Bedienstete huschten geschäftig im Raum hin und her, deckten die Möbel ab, scheuerten den Boden, polierten die Tische und dekorierten die Wände. Linari stand wie ein Feldwebel mitten unter ihnen und gab mit freundlicher Bestimmtheit den Ton an.

Deleja wollte eben zu ihr gehen, als ein leichter Windhauch sie streifte und sie veranlasste, den Kopf zu drehen und durch die hohen Fenster auf die Terrasse zu blicken. Und dort stand Shaan! Er hatte ihr den Rücken zugewandt und sah aufs Meer hinaus.

Linari hatte sie inzwischen entdeckt und schaute sie fragend an, doch Deleja winkte ihr lediglich zu und trat auf die Terrasse hinaus. Shaan bemerkte sie nicht. Seine Hände lagen auf der steinernen Brüstung, er hielt sein Gesicht dem Wind zugewandt und hatte seine Augen auf die Weiten Gols gerichtet. Seine Gestalt war völlig reglos, nur eine Strähne seines dunklen Haars bewegte sich, als eine verspielte Brise sanft an ihr zupfte.

Deleja hatte ihn schon beinahe erreicht, als er plötzlich zusammenschrak und sich abrupt zu ihr umdrehte. Sein Blick flackerte schuldbewusst, als hätte sie ihn gerade bei einer Dummheit erwischt.

Deleja lächelte ihm zu – das erste Lächeln dieses Tages – und wies an ihm vorbei aufs Meer.

„Gefällt dir der Ausblick?"

Shaan folgte ihrer Geste mit den Augen, und für einen Moment wirkte seine Miene fast entspannt. „Ich könnte ewig hier stehen", sagte er leise. „Die Wellen, das Rauschen der Brandung, die salzige Luft – das alles ist so ... so friedlich."

Deleja starrte ihn verblüfft an. Shaan hatte das Meer hier in Golgamat zum ersten Mal gesehen, und doch schien er besser als alle anderen im Haus zu begreifen, was auch sie beim Anblick der schier endlosen Weiten bewegte.

Sie trat noch einen Schritt näher. „Ich komme immer hierher, wenn ich allein sein möchte", vertraute sie ihm an.

Er würde sie verstehen, daran glaubte sie fest.

Doch statt verständig zu nicken, wirkte Shaan plötzlich erschrocken. „Soll ich gehen?“

„Nein, natürlich nicht.“

„Aber wenn du allein sein willst ...“

„So habe ich das nicht gemeint. Ich wollte nur ...“ Sie brach ab, schalt sich insgeheim eine Närrin. „Du kannst so lange und so oft hier oben stehen, wie du möchtest“, versuchte sie zu retten, was noch zu retten war.

„Danke“, erwiderte Shaan; besonders überzeugt klang es allerdings nicht.

Deleja hätte sich am liebsten einen Tritt gegeben. Das Treffen mit Shaan war vermutlich die einzige angenehme Begegnung des Tages, und sie hatte sie ruiniert.

„Hat Linari dir schon passende Kleidung für das Fest gebracht?“, versuchte sie einen ungelenken Themenwechsel.

Zum Glück gelang er. Shaan musterte sie verblüfft. „Soll ich denn daran teilnehmen?“

„Natürlich. Hat Herness dir das nicht gesagt?“

Shaan schüttelte stumm den Kopf.

Deleja verfluchte ihren Hauslehrer. Zahlen konnte er endlos im Kopf behalten, aber wichtige Angelegenheiten des täglichen Lebens vergaß er des Öfteren. „Du bist Gast unserer Familie, und als solcher darfst du an allen bedeutenden Aktivitäten in unserem Haus teilnehmen. Das Fest gehört dazu. Mein Vater erwartet sogar, dass du kommst.“

„Dann werde ich kommen.“ Shaan zögerte, wurde plötzlich rot. „Könntest du mir etwas über den Ablauf des Festes erzählen? Gibt es etwas, worauf ich achten muss?“

„Im Grunde nicht. Du kannst das Essen genießen, mit anderen Leuten plaudern und tanzen, wenn du magst. Versuche einfach, Spaß zu haben.“

Ihm würde das sicher besser gelingen als ihr. Doch statt erfreut zu sein, machte Shaan ein unglückliches Gesicht.

„Erwartet ihr viele Gäste?“

Deleja sah kurz zum Festsaal hinüber und seufzte. „Ja. Die meisten reichen Familien der Stadt sind eingeladen, darunter auch Freunde und Geschäftspartner meines Vaters.“

Shaans Schultern sanken herab. „Ich ... ich hoffe, ich mache nichts verkehrt“, flüsterte er.

„Das wirst du schon nicht. Sei einfach du selbst.“

„Das ist nicht so leicht, wie es scheint. Ich war bislang nur auf einem Fest, und daran habe ich keine gute Erinnerung.“

„Nur *ein* Fest in deinem gesamten Leben?“, rief Deleja erstaunt, dachte dann aber an seine Herkunft. „Und was ist passiert?“

„Ich habe mich lächerlich gemacht. Alle haben mich ausgelacht.“

„Wieso? Warst du betrunken?“

Die Röte auf Shaans Wangen vertiefte sich. „Ich ... ich weiß nicht, was das bedeutet. Die Menschen lachten über mich, weil ich dachte, es würde Wasser ausgeschenkt. Stattdessen gab es ein seltsames Getränk, das mir fast die Kehle verbrannt hat."

Deleja musterte ihn mitfühlend. „Du kennst keinen Alkohol?", fragte sie sacht.

Shaan wich ihrem Blick aus. „Ich kenne vieles nicht."

„Alkohol wird aus vergorenen Fruchtsäften hergestellt. Er macht die Menschen fröhlich."

„Das habe ich schon einmal gehört, aber ich kann mir das nicht vorstellen."

„Es stimmt. Doch wenn man zu viel davon trinkt, fängt man an zu schwanken, kann nicht mehr klar reden oder denken. Manche Menschen erzählen ziemlich viel Unsinn, wenn sie betrunken sind, oder sie fallen einfach um und schlafen."

„Und sie tun es trotzdem?"

„Ja - vermutlich gerade deswegen."

Ein Schauder lief über Shaans Gestalt. „Das könnte ich nicht."

„Ich auch nicht. Ich bekomme die alkoholischen Getränke nicht einmal herunter. Du musst dir also nichts dabei denken, wenn du sie nicht magst. Und du musst nichts trinken, was dir nicht schmeckt", erklärte sie energisch.

„Danke", erwiderte Shaan und schenkte ihr einen langen, tiefen Blick aus seinen schönen, dunklen Augen.

Plötzlich war es an ihr zu erröten, deshalb nahm sie die Ablenkung dankbar auf, als eine Windbö über die Terrasse fuhr und zu ihren Füßen ein leises Rascheln erzeugte. Sie sah zu Boden, um herauszufinden, worin sich der Wind verfangen hatte.

Es war ein kleiner Stapel Papier. Die Brise zupfte wie ein verspieltes Kätzchen an den Seiten, konnte sie jedoch nicht davontragen, da sie von einem Tintenfass beschwert wurden. Neben den Blättern lag eine Schreibfeder auf dem Boden, und an der Wand lehnte ein hölzernes Brett, das Shaan vermutlich als Unterlage gedient hatte.

Deleja beugte sich neugierig vor und versuchte, die ersten Zeilen auf dem Papier zu erspähen. „Was schreibst du da?"

Shaan sah sie noch immer an und holte viel tiefer Luft, als es für seine kurze Antwort nötig gewesen wäre. „Eine Abenteuergeschichte."

„Tatsächlich?", rief Deleja verblüfft. „Hast du sie dir selbst ausgedacht?"

„Nein, mein Vater hat sie mir oft erzählt. Im Grunde sind es sogar viele Geschichten, aber sie haben alle den gleichen Beginn."

„Darf ich sie lesen?", fragte sie und spürte schon wieder die verräterische Wärme auf ihren Wangen. „Ich ... ich liebe Abenteuergeschichten."

Shaan bückte sich, zog das oberste Blatt unter dem Fässchen hervor und reichte es ihr.

Sie nahm es und begann sofort voller Spannung zu lesen.

Gezackte Blitze spalteten den Himmel, leckten wie gierige Feuerzungen dem Boden entgegen und rissen das Land für Sekundenbruchteile aus der tiefen Finsternis, die es schon vor Tagen verschlungen hatte. Donner folgte ihnen dichtauf, hallte am Firmament wie von einer gewaltigen Kuppel wider und fand ein vielfältiges Echo an den Felsen und Berghängen rings um die Burg, die trutzig inmitten des Infernos aufragte. Und kaum war ein Donnerschlag verklungen, fuhr der nächste Blitz wie ein flammender Speer in die Erde und beschwor den Zorn der Luft erneut herauf.

Während ihre Augen Zeile für Zeile über das Papier wanderten, kroch ihr eine Gänsehaut den Rücken hinauf, und als sie ans Ende der Seite gelangt war, hob sie den Kopf und sah Shaan fröstelnd an. „Das ist kein guter Anfang. Ein solches Unwetter ist bestimmt ein schlechtes Omen."

Shaan schüttelte den Kopf. „Nicht unbedingt. Es zeigt nur, dass die Vorbereitungen für den Kampf zwischen Gut und Böse getroffen werden. Aber denen, die auf der Seite des Guten in die Schlacht ziehen, steht ein harter, gefährlicher Weg bevor."

Deleja betrachtete sinnend die Überschrift. „Wer ist der Shai'lanhal? Ist das der Held der Geschichte?"

Eine unerklärliche Röte legte sich auf Shaans Wangen. „Weißt du, was Shai bedeutet?"

„Ja, es ist ein Wort der alten Sprache und heißt so viel wie Behüter oder Beschützer."

„So ist es. Shai'lanhal heißt Beschützer der Lanhal."

„Ist das eine Frau?"

„Ein Mädchen. Sie repräsentiert die Kraft des Guten. Der Shai'lanhal dient ihr und unterstützt sie."

„Gegen wen? Gegen das Böse?"

„Ja, die Macht des Bösen wird durch den Yinyal und seine Shai verkörpert."

„Dann müssen diese vier Menschen gegeneinander kämpfen?"

„Zunächst werden sich nur die beiden Shais miteinander messen. Nur sie wissen um ihre Aufgabe und Bedeutung, während die Lanhal und der Yinyal unwissend sind."

„Wie finden sie zueinander?"

„Die Mächte des Guten und des Bösen leiten die Shais. Sie sagen ihnen, wohin sie gehen müssen."

„Dann gibt es also Magie?"

Shaan nickte und begann ihr die Macht der Shais über die Naturelemente zu erklären. Deleja lauschte ihm fasziniert, und ihr Herz pochte heftig gegen ihre Rippen. Sie konnte es kaum erwarten zu hören, wie die Geschichte weiterging.

Leider rief Linari nach ihr, gerade als ihr Shaan von der Geburt des Shai'lanhal berichtet hatte.

„Deleja, komm mit, ich muss dich für die Feier zurechtmachen!"

Enttäuscht wandte sich Deleja um. „Hat das nicht noch Zeit?"

„Leider nicht, Kind. Und Shaan, du solltest dich auch bald umziehen. Ich habe einen Stoß Kleidung in deinem Zimmer zurechtgelegt."

Shaan wollte sich gehorsam in Bewegung setzen, doch Deleja hielt ihn am Arm zurück.

„Kannst du mir die Geschichte ein anderes Mal weitererzählen?", bat sie ihn.

Er nickte sofort. „Das tue ich gern. Frag mich danach, wann immer du möchtest."

Doch obwohl seine Worte seine Freude über ihr Interesse bekundeten, blieben sein Gesicht und seine Augen ernst. Deleja wünschte, er würde nur ein einziges Mal lächeln. Bisher hatte er es noch nicht getan. Er wirkte stets so ernst und verschlossen, als würde das Gewicht der ganzen Welt auf seinen Schultern lasten.

11. Das Fest

Für Deleja bedeuteten die Vorbereitungen auf den festlichen Abend lange, unerquickliche Stunden nervtötender Bewegungslosigkeit. Linari wusch ihr die Haare und frisierte sie ihr anschließend zu einem lockeren, kunstvoll zurechtgesteckten Knoten. Nur an den Seiten ließ sie zwei Haarsträhnen frei, die sich neben ihren Ohren wie kleine Korkenzieher kräuselten. Danach schminkte sie sie sorgsam und half ihr zuletzt in das grüne Kleid, das sie - natürlich - rechtzeitig fertiggestellt hatte.

Abschließend musterte Linari sie von oben bis unten, ließ sie sich einmal im Kreis drehen und überschlug sich förmlich mit Komplimenten über ihr fantastisches Aussehen und ihre umwerfend weibliche Ausstrahlungskraft. Deleja hingegen vermochte die Begeisterung der Haushälterin nicht zu teilen. Voller Unbehagen sah sie an sich selbst herab. Das Dekolleté ihres Kleides war so tief wie der Wehrgraben vor den Mauern Golgamats und schien überhaupt nichts zu verbergen, und die Kette mit der kostbaren Perle würde die Blicke der Gäste erst recht dorthin ziehen, wo sie sie nun wirklich nicht haben wollte. Sie fühlte sich nackt und beschämt von der offenen Zurschaustellung ihrer jämmerlichen weiblichen Rundungen und kam sich vor wie ein exotisches Tier, das zur allgemeinen Belustigung des Publikums auf dem Marktplatz ein Tänzchen aufführte. Hinzu kam die Erinnerung an Enjuns verletzende Worte, die sich tief in ihre Seele gegraben hatten und schmerzten wie eine offene Wunde. Es würde bestimmt ein vergnüglicher Abend werden.

Der Nachmittag näherte sich bereits seinem Ende, sodass Deleja sogleich in den Festsaal hinaufeilen musste, als Linari sie endlich entließ. Wäre es nach ihr gegangen, hätte sie sich lieber in ihrem Zimmer verbarrikadiert, doch schon bald würden die ersten Gäste eintreffen, und ihr Vater erwartete von ihr, dass sie an seiner Seite stand, wenn er die hohen Herrschaften begrüßte.

Der Saal protzte mit überschwänglicher Pracht, als Deleja eintrat. An den Wänden hingen bunte Girlanden, Blumengebinde und weiße Kerzen in silbernen Haltern schmückten die Tafel, und an der Stirnseite des Raumes war ein großes Büfett aufgebaut worden. Linari und ihre Gehilfinnen hatten sich wieder einmal selbst übertroffen. Die Berge von Fleisch, Gemüse und Soßen ließen einem das Wasser im Mund zusammenlaufen, und der Duft unterschiedlichster Aromen schwebte verheißungsvoll durch den Saal.

Eine junge Bedienstete legte gerade letzte Hand an die Dekoration des Büfetts, während ein hagerer Mann geschäftig an der langen Tafel entlangschritt und, obwohl bereits aufgedeckt worden war, mit penibler Sorgfalt hier und da ein Besteck zurechtrückte oder eine Falte aus dem Tischtuch strich. Als er zurücktrat, hinterließ er Stühle, Teller, Bestecke und Gläser in derart schnurgeraden Reihen angeordnet, als hätte er ein Lineal benutzt. Zuletzt entzündete er die Kerzen, danach zog er sich wie die meisten Diener aus dem Saal zurück.

Die Musiker, die auf dem Fest spielen sollten, hatten ihren Platz auf dem kleinen Podium links von der Tafel schon jetzt eingenommen, stimmten ihre Instrumente und probten kurze Melodien. Sie nickten ihr respektvoll zu, doch Deleja gab nur eine knappe Geste als Antwort und schlenderte müßig zur Westseite des Saals hinüber.

Jedes zweite der hohen Fenster war geöffnet worden, und eine laue Brise wehte in den Raum, streichelte sanft ihre Haut und zupfte an ihrem Haar. Die Sonne war bereits im Meer versunken, und die Dämmerung schritt schnell voran, aber im Festsaal konnte die Dunkelheit dennoch nicht Fuß fassen, dafür sorgten die unzähligen Kerzen auf den Kronleuchtern und in den Kandelabern auf den Tischen. Selbst die Terrasse blieb hell erleuchtet, denn sturmsichere Fackeln, die zwischen den Fenstern an der Außenwand in speziellen Halterungen steckten, erzeugten mit ihrem flackernden Schein einen unruhigen Lichtkreis.

Deleja wollte eben nach draußen gehen, als ihr Vater den Raum betrat. Stolz wärmte ihr Herz, als sie seine elegante, kraftvolle Haltung bemerkte. Wie stets bei derartigen Anlässen war er in eine schwarze Hose, ein weißes Hemd und ein ebenfalls schwarzes Wams gekleidet, dessen Stoff im Schein der Kerzen samtig glänzte und durch in Kragen und Säume eingewirkte Silberfäden schimmerte wie das Meer an einem lauen Sommertag.

Seine blaue Schärpe trug er mit der Lässigkeit eines Mannes, der sich seines hohen Standes bewusst war und ihn genoss, und seine Augen strahlten wie Opale, während er sich prüfend im Saal umsah, sich mehrmals gedankenversunken durch seinen gepflegten Vollbart strich und schließlich zufrieden nickte.

Als der Mundschenk, Linari und einige Mädchen den Raum betraten, wusste Deleja, dass der Beginn der Feier unmittelbar bevorstand. Alle Bediensteten nahmen ihre Plätze ein, und auch sie selbst eilte an die Seite ihres Vaters.

Er begrüßte sie mit einem Lächeln. „Deleja, Kind, die ersten Gäste werden bald eintreffen. Bist du bereit?"

Deleja tastete verstohlen über ihr Dekolleté, nickte jedoch ergeben. „Ja, Vater."

Wenig später steckten die ersten Gäste ihre Köpfe zur Tür herein. Es war der Bürgermeister in Begleitung seiner Frau und seiner beiden Töchter. Enjun war zum Glück nicht bei ihnen. Deleja seufzte erleichtert. Hätte Reuss Lymas seinen Sohn mitgebracht, hätte es sicher Ärger gegeben, sobald Enjun Shaan erblickte, und sie selbst konnte ebenso gut auf eine Begegnung mit dem Rüpel verzichten.

Kurz nach dem Bürgermeister und seiner Familie tauchten Shaan und Herness in der Tür auf. Ihr Hauslehrer strahlte mit seiner Garderobe wie üblich eine strenge Schlichtheit aus, Shaans Anblick hingegen ließ sie verblüfft die Augen aufreißen. Linari hatte ihm ähnliche Kleidung verpasst wie ihrem Vater, nur trug er statt eines Wamses eine kurze Weste. Die vornehme Aufmachung stand ihm gut, viel besser als die einfachen, erdfarbenen Hosen und Hemden, die er bislang getragen hatte; ohne Zweifel hätte er auch in eine Gesellschaft gepasst, die noch gehobener war als die, die sie heute erwarteten.

Lediglich seine leicht gequälte Miene verdarb den Eindruck, und er trat nervös von einem Fuß auf den anderen, als ihr Vater ihm und Herness grüßend zunickte. Und während Herness sogleich auf den Bürgermeister zuging und ein angeregtes Gespräch mit ihm begann, drückte sich Shaan in ihrer Nähe in eine Nische und war krampfhaft darum bemüht, nur keine Blicke auf sich zu ziehen.

Deleja hoffte sehr, dass er im Verlauf des Abends noch etwas auftaute, sonst würde es eine ziemlich lange Nacht für ihn werden. Gleichzeitig wünschte sie inständig, sie könnte ebenso mit den Schatten verschmelzen wie er und erst wieder hervorkommen, wenn alles vorüber war.

Leider ging das nicht, denn nun trafen immer mehr Gäste ein. Sie musste ohne Ende Hände schütteln, sich hohle Phrasen anhören, die die anderen wohl für Komplimente hielten, und sich mit schmelzendem Lächeln für unnütze Geschenke bedanken, die ihr überreicht wurden. Sie machte sich nicht die Mühe, sie auszupacken, sondern reichte sie an Linari weiter, die, hilfsbereit und vorausschauend wie immer, an ihrer Seite aufgetaucht war und ihr die Präsente abnahm.

Deleja verzog im Stillen das Gesicht, als ihre Schwestern den Saal betraten und sogleich mit lautem Gekreische eine Clique herausgeputzter Mädchen begrüßten. Sie fielen einander in die Arme und gaben sich Küsschen auf die Wangen, so als seien sie alle die besten Freundinnen, dabei würden sich Vanaja und Inhira bereits morgen beim Frühstück über die tatsächlichen und eingebildeten Verfehlungen der anderen Mädchen ihr Schandmaul zerreißen.

Sie kam nicht dazu, ihre Schwestern länger zu beobachten, denn erneut erschienen Gäste in der Tür. Deleja überlief es eiskalt, als sie sie erkannte. Es waren Puross Olvive, seine Frau Lady Madala, sein Sohn Trist und seine drei Töchter. Und natürlich gafften die drei Gänse sie sofort ungeniert an, steckten die Köpfe zusammen und tuschelten miteinander. Deleja fühlte sich unversehens wie eine Kuh auf dem Viehmarkt, deren Gebiss und Euter kritisch begutachtet und in ihrem Nutzwert abgeschätzt wurden.

Puross Olvive trat indessen mit würdevollem Schritt vor ihren Vater und streckte ihm die Hand entgegen. „Hab Dank für die Einladung, Morujan, und möge der Abend für uns alle ein Erfolg werden."

„Das ist auch mein Wunsch", gab ihr Vater lächelnd zurück, drückte Puross' Hand und verneigte sich anschließend vor Lady Madala. „Auch Euch heiße ich herzlich willkommen, Lady Olvive."

Sie knickste gekonnt vor ihm, sprach ein paar belanglose Dankesworte, wandte sich danach Deleja zu und schenkte ihr ein warmherziges, aber auch ein wenig traurig wirkendes Lächeln. „Ich gratuliere dir zu deinem Geburtstag, mein Kind. Möge dir das nächste Jahr deines jungen Lebens mehr Glück bringen als alle zuvor."

Deleja musste hart schlucken, bevor sie eine Antwort herausbrachte. „Danke, Lady Madala."

Puross Olvive schloss sich den Wünschen seiner Frau an, doch seine Augen blieben kühl und distanziert. Er sprach so geschäftsmäßig und mit sachlicher Nüchternheit, als hätte er gerade einen neuen Vertrag besiegelt.

Plötzlich stieß Lady Olvive einen überraschten Laut aus, und ihre Miene hellte sich merklich auf.

„Ich sehe, Ihr habt einen ganz besonderen Gast, Herr Albite", rief sie erfreut.

Erst jetzt bemerkte Deleja, dass Shaan nicht mehr in seiner Nische stand, sondern näher gekommen war. Er hielt sich leicht geduckt, schien bereit, im nächsten Moment fortzulaufen oder zuzuschlagen, und seine Augen waren fest auf Trist gerichtet. Er starrte ihn so angespannt und eindringlich an wie gestern Enjun. Aber noch mehr verwunderte Deleja, dass Madala Olvive ihn zu kennen schien.

„Ihr seid Shaan bereits begegnet, Lady Olvive?", fragte auch ihr Vater überrascht.

Sie nickte und lächelte. „Ja. Er hat mir das Leben gerettet."

„Davon müsst Ihr uns genauer berichten!", rief er verdutzt.

Madala Olvive folgte seiner Bitte bereitwillig, und Deleja kam aus dem Staunen gar nicht mehr heraus. Es war außerordentlich mutig von Shaan gewesen, in einen eiskalten Gebirgsbach zu springen, um eine wildfremde Person zu retten. Sie warf einen schnellen Blick in die Gesichter der Gäste ringsum. Keiner von ihnen hätte es ihm gleichgetan, das war sicher. Hilfsbereitschaft war keine Stärke der Menschen Golgamats, schon gar keine der reichen Oberschicht.

„Mir scheint, in Shaan steckt mehr, als nach außen hin sichtbar ist", kommentierte ihr Vater den Vorfall, als Lady Olvive geendet hatte.

Trist, der sich bislang im Hintergrund gehalten hatte, verzog verächtlich die Lippen und warf Shaan einen höhnischen Blick zu. Shaan erwiderte ihn und wirkte plötzlich so wachsam wie ein Adler, der das Nest mit seinen Jungen vor einem Räuber beschützen will. Drei, vier

Sekunden starrten sich die beiden regungslos an, dann stieß Trist einen geringschätzigen Laut aus und kehrte Shaan betont den Rücken zu. Shaan hingegen ließ ihn noch immer nicht aus den Augen.

Aufdringliche Gratulanten lenkten Deleja von der unerklärlichen Missstimmung zwischen Shaan und Trist ab. Die Begrüßung ging weiter, bis endlich auch der letzte der geladenen Gäste eingetroffen war, danach ließen sich alle an der langen Tafel nieder.

Die Sitzordnung wurde durch kleine Namensschilder bei jedem Besteck fest vorgegeben. Ihr Vater thronte an der Stirnseite des Tisches, sie selbst auf dem ersten Stuhl rechts neben ihm. Herr und Frau Olvive saßen ihr gegenüber, und neben ihr nahm Trist mit einem arroganten Lächeln auf den Lippen Platz.

Deleja sah ihn nicht an, sondern starrte konzentriert auf ihren Teller, während ihr Vater sich erhob und eine kurze Rede hielt, mit der er die Gäste noch einmal herzlich begrüßte, mit allen auf das Gelingen der Feier anstieß und das Mahl eröffnete. Von der Verlobung mit Trist sprach er noch nicht, die sollte erst später bekanntgegeben werden – als Höhepunkt des Abends.

Bekümmert presste Deleja die Lippen zusammen und würgte ihre Traurigkeit hinunter, andernfalls wäre sie wohl aufgesprungen und hätte ihren Vater um Bedenkzeit gebeten. Das hätte jedoch ohnehin nichts genützt. Ihr Vater hatte seine Wahl getroffen, und sie musste sich dieser Entscheidung fügen. Alles andere hätte ihn nicht nur vor den Kopf gestoßen, sondern ihn auch vor der gesamten gesellschaftlichen Elite Golgamats blamiert.

Trist wusste das so gut wie sie. Mit einem unerträglich selbstzufriedenen Grinsen wandte er sich ihr zu und gratulierte ihr noch einmal persönlich zu ihrem Geburtstag. Sie gab die Floskel einsilbig zurück, denn seiner war nicht viel länger her als ihrer, und wünschte, er würde seine Aufmerksamkeit auf jemand anderen richten, doch Trist dachte gar nicht daran. Er verfiel in einen langatmigen Monolog darüber, wie fleißig er seinen Vater unterstützte und wie viele wertvolle Fähigkeiten und Fertigkeiten er bereits erworben hatte, und sonnte sich sichtlich in seiner überlegenen Position.

Sein penetrantes Eigenlob machte einer Werberede, mit der ein Kaufmann einem potenziellen Kunden seine Ware anpries, alle Ehre, und als sie Puross' zufriedenes Gesicht sah, ahnte sie, dass er seinem Sohn den Auftrag gegeben hatte, sich selbst in bestmöglichem Licht darzustellen.

Von den aufmerksamen Blicken der Olvives und ihres Vaters zur Höflichkeit gezwungen, verbarg sie ihr Missfallen und hörte Trist scheinbar interessiert zu, hing an seinen Lippen und warf an wohlplatzierten Stellen seiner Lobhudelei ein beeindrucktes Nicken oder ein ehrfürchtiges „Mhm“ ein, das ihn unverzüglich zu weiteren

Prahlereien motivierte. Lediglich in Gedanken gestattete sie sich einen tiefen Seufzer. Ihr stand ohne Zweifel ein langer, unerfreulicher Abend bevor - ein Abend, der ihr eine Vorahnung dessen bot, was sie als Frau an Trists Seite erwarten würde.

Und während die Menschen um sie herum immer fröhlicher wurden, hätte Deleja am liebsten weinen mögen.

* * *

Die Sitzordnung hatte Shaan einen Platz zugewiesen, der ein gutes Dutzend Stühle von Delejas entfernt war. Das gefiel ihm nicht, und es gefiel ihm noch weniger, mit so vielen Menschen in einem Raum zu sein. Ihre Stimmen vermischten sich zu einem dumpfen, an- und abschwellenden Raunen, und die unterschiedlichen Gesprächsfetzen, die von allen Seiten auf ihn eindrangen, verwirrten ihn und ließen ihn schwindeln, als habe er zu lange mit seiner Magie geübt. Und je stärker er sich bemühte, einer bestimmten Unterhaltung zu folgen, desto mehr störten ihn die anderen im Saal.

Das schloss ihn von den angeregten Plaudereien aus, die rings um ihn geführt wurden, doch sein Interesse galt ohnehin allein Deleja. Jedes Mal, wenn er Trist an ihrer Seite erblickte, lief es ihm eiskalt den Rücken herunter. Trist könnte der Yinyal sein, und er saß direkt neben ihr! Er bräuchte nur die Hand auszustrecken, um sie zu berühren.

Am liebsten wäre Shaan aufgesprungen, hätte Trist am Kragen gepackt und fortgeschleift. Er sollte Deleja nicht so nahe sein! Er war vielleicht ihr Todfeind, und selbst wenn nicht, war es unübersehbar, dass sich Deleja in seiner Gegenwart unwohl fühlte. Obwohl sie sich alle Mühe gab, eine neutrale Miene zu wahren, sah Shaan doch den traurigen Ausdruck in ihren Augen, ihre kummervoll zusammengesunkene Haltung, die Blässe ihrer Wangen, und es quälte ihn, nicht zu ihr gehen und sie aufmuntern zu können.

Letztlich war es nur das Wissen, dass Morujan Albite ihm eine Störung der Feier nicht verzeihen würde, das ihn davon abhielt. Er musste ruhig und besonnen bleiben, durfte seinen Platz in ihrer Nähe nicht riskieren. Nur solange er im Haus Albite war, konnte er sie wirkungsvoll beschützen.

Da ihm anderweitig die Hände gebunden waren, bemühte er sich, sie wenigstens nicht aus den Augen zu lassen. Deleja trug ihr Haar heute lockerer geflochten als an den Tagen zuvor, und es schimmerte seidig im warmen Licht der Kerzen. Im Kontrast zum grünen Stoff ihres Kleids wirkte ihre Haut noch heller und durchscheinender als sonst. Ihre Gestalt war zierlich, ihre Züge wunderschön. Sie war einer Lanhal mehr als würdig.

Eine schreckliche Erinnerung an seinen Albtraum überlagerte plötzlich die Realität. Noch einmal sah er vor sich, wie Delejas zerbrechlicher Körper von den Felsen verschlungen und mit brutaler Wucht zermalmt wurde. Er stöhnte unterdrückt und zwinkerte krampfhaft, um das Bild zu vertreiben, aber es hielt sich hartnäckig, schien sich an seinen Seelenqualen zu ergötzen. Daraufhin stocherte er nur noch geistesabwesend in seinem Gemüse herum, bekam keinen Bissen mehr herunter und versank in dumpfes Brüten.

Nach dem Essen versuchte er, in Delejas Nähe zu gelangen, doch Madala Olvive fing ihn ab. Sie begrüßte ihn mit einem herzlichen Lächeln.

„Shaan, es ist wirklich schön, dich zu sehen. Das war eine angenehme Überraschung!"

„Lady Olvive", gab er höflich zurück. Mehr fiel ihm nicht ein.

Sie winkte ihm. „Komm, ich möchte dich noch einmal meinem Mann vorstellen. Er soll genau wissen, wem er es zu verdanken hat, dass ich noch immer jeden Morgen neben ihm erwache."

Nach einem besorgten Blick auf Deleja folgte er ihr. Er hatte keine Wahl, wollte er sie nicht brüskieren und Morujan Albite erzürnen.

Puross Olvive löste sich aus seinem Gespräch mit Delejas Vater, als er sie kommen sah, trat ihnen zwei Schritte entgegen, blieb stehen und faltete die Hände hinter dem Rücken. Er war ein stattlicher, hochgewachsener Mann und sicherlich einige Jahre älter als seine Frau. Sein Gesicht wurde von tiefen Falten zerfurcht, und sein Haar war vom Grauschleier fortgeschrittenen Alters gezeichnet. Seine Haltung hingegen war so gerade und stolz wie die eines jungen Mannes. Da er gut einen Kopf größer war als Shaan, musterte er ihn von oben herab, und sein Blick war genauso abweisend und distanziert wie der seines Sohnes.

Shaan neigte zur Begrüßung den Kopf.

„Ich schätze, ich bin dir zu Dank verpflichtet", sagte Herr Olvive, doch seinen Worten zum Trotz war sein Tonfall so kühl wie der Wind an einem eisigen Wintertag.

Shaan senkte den Kopf noch ein Stück tiefer. „Ich habe gern geholfen."

„Das sagte mir meine Frau bereits. Wenn du willst, kannst du dich eine Weile mit ihr unterhalten. Sie weiß deine Gesellschaft sicher zu schätzen. Und jetzt entschuldigt mich."

Damit wandte er sich ab und nahm das Gespräch mit Morujan Albite wieder auf, ohne sich weiter um sie zu kümmern.

Lady Madala legte Shaan eine Hand auf den Arm. Ihre Finger zitterten leicht, und sie sah ihrem Mann mit steinerner Miene nach.

„Du musst sein Verhalten entschuldigen", bat sie Shaan so gepresst, dass er sie kaum verstand. „Er zeigt anderen nicht gerne seine Gefühle."

„Es gibt nichts zu entschuldigen", versicherte Shaan hastig. „Ich verlange keinen Dank."

„Ich weiß, Shaan, deshalb beschämt es mich umso mehr, dass er kein gutes Wort für dich hatte. Du hättest es verdient."

Während sie sprach, sah sie zu Puross Olvive hinüber, der seine Frau bereits völlig vergessen zu haben schien, und ein bitterer Zug grub sich in ihr Gesicht. Doch dann nahm sie abrupt den Blick von ihrem Mann, glättete ihre Miene mit der Übung langer Jahre und wandte sich Shaan wieder zu. Gleichzeitig kehrte das Lächeln in ihre Augen zurück.

„In einem hatte er allerdings recht: Es wäre mir tatsächlich sehr angenehm, eine Weile mit dir zu plaudern. Würdest du mir diesen Gefallen erweisen?"

Shaan zögerte. Viel lieber wäre er zu Deleja gegangen, die sich ebenfalls vom Tisch erhoben hatte, den aufdringlichen Trist im Gefolge. Leider konnte er Lady Madala die Erfüllung ihrer Bitte nicht versagen. Sie einfach stehen zu lassen, wäre ein Affront gewesen, der Morujan Albite gewiss ergrimmt hätte.

„Gern, Lady Madala."

Da zwickte sie ihn lachend in den Arm. „Du verstellst dich gut, mein Junge, aber nicht gut genug! Doch keine Sorge, ich weiß, dass eine alte Frau wie ich nicht die Gesellschaft ist, die du dir für einen solchen Abend wünschst, deshalb werde ich dich nicht zu lange in Beschlag nehmen. Die jungen Mädchen werden gar nicht merken, dass du fort warst!"

Shaan bekam rote Ohren und suchte verzweifelt nach einer passenden Entschuldigung, fand aber keine.

Die Lady winkte ab. „Schon gut, Shaan. Ich wollte dich nicht in Verlegenheit bringen. Und nun erzähl mir von dir. Hast du deinen Verwandten gefunden?"

„Das habe ich. Herness Bajanare ist mein Onkel."

„Wie schön! Dann wirst du sicher eine Weile bei den Albites wohnen."

Shaan nickte und erzählte ihr die gleiche aus Wahrheiten, Halbwahrheiten und Lügen gesponnene Geschichte, die er auch allen Angehörigen des Hauses Albite aufgetischt hatte. Sie hörte ihm aufmerksam zu, fragte hier und da nach und nahm regen Anteil an seinem schweren Schicksal, was ihm wieder einmal die Schamesröte auf die Wangen trieb und seiner Kehle die Konsistenz von Sandpapier verlieh. Er bemühte sich, ihre Neugier so gut es ging zu befriedigen, ohne sich in Widersprüche zu verstricken, was nicht einfach war, da er gleichzeitig Trist und Deleja im Auge behalten musste.

Madala Olvive bemerkte schon bald seine geteilte Aufmerksamkeit und deutete schließlich mit einer Kopfbewegung in Richtung der beiden. „Sehen Trist und Deleja für dich nach einem hübschen Paar aus, Shaan?", fragte sie schwermütig.

Shaan erschrak fast zu Tode. „Nein!"

Die Lady lächelte. „Du sagst das sehr überzeugt."

„Verzeiht! Ich ... ich wollte Euch nicht beleidigen!“

„Das hast du nicht. Ich teile deine Meinung. Leider denken mein Mann und Delejas Vater anders darüber. Sie wollen Trist und Deleja miteinander verheiraten.“

Shaan war, als hätte ihm jemand eine Keule über den Schädel gezogen. Entsetzt wankte er einen Schritt zurück.

„Ist ... ist Deleja damit einverstanden?“, würgte er mühsam hervor.

„Ich glaube nicht, dass sie gefragt worden ist. Das ist nicht üblich. Die Väter entscheiden allein über die Zukunft eines jungen Mädchens.“

„Aber das ist nicht richtig!“

„Das ist es wirklich nicht, leider ist es nicht zu ändern. Für Deleja tut es mir besonders leid. Sie ist so ein liebes Kind. Ich hätte ihr gewünscht, dass es ihr besser ergeht als mir.“

Lady Olvive senkte den Blick. Ihre Einsamkeit war so offenkundig, dass selbst er sie erkannte.

Mitleid zog ihm schmerzhaft den Magen zusammen. Er wünschte, er könnte ihr etwas Tröstliches sagen, aber angesichts des Kummers, der das Lächeln ihrer Augen zerschmolzen hatte, wären alle Worte nur hohle Phrasen gewesen.

Wut über Väter, die ihre Töchter gedankenlos an gefühlskalte und liebesunfähige Männer fesselten, quoll wie Magma in ihm hoch, und die Vorstellung, dass Deleja und Trist so eng miteinander verbunden werden sollten, ließ ihn wild den Kopf herumwerfen. Er musste zu ihr und Trist irgendwie aus ihrer Nähe drängen. Er durfte nicht zulassen, dass er über sie verfügte und ihr Schmerz bereitete, ihren Willen brach und achtlos auf ihren Träumen herumtrampelte.

Doch als er sich umsah, konnte er Deleja und Trist nirgends entdecken. Panik sprang ihn an wie ein wildes Tier.

„Shaan, Junge, was ist mit dir, bist du krank?“, fragte Lady Olvive plötzlich besorgt.

„Es ... es geht mir gut“, stammelte er, während seine Augen noch immer verzweifelt nach Deleja suchten.

„Aber du bist mit einem Mal blass wie ein Laken geworden.“

Sein Blick blieb an der Westseite des Saals hängen. Die Terrasse! Nur dorthin konnten sich Trist und Deleja so schnell zurückgezogen haben. Er hatte sie doch nur für einen kurzen Moment unbeobachtet gelassen!

„Vielleicht habt Ihr recht“, log er fahrig. „Der Qualm der Pfeifen bekommt mir nicht. Ich werde auf der Terrasse frische Luft schnappen.“

„Soll ich dich begleiten?“

„Nein, das ist nicht nötig. Ich bin gleich zurück.“

Sobald er wusste, dass Deleja nicht in Gefahr war. Sein bisheriges Bemühen, nicht aufzufallen, gänzlich außer Acht lassend, hetzte er los, als sei ihm der Tod persönlich auf den Fersen.

* * *

Der Abend wurde noch grausiger, als Deleja es befürchtet hatte. Je länger sie Trist schwafeln hörte und sein unablässiges Eigenlob auf sie einprasselte, desto trauriger wurde sie. Dieser eingebildete, egozentrische Wichtigtuer sollte ihr Mann werden? Es war ein Albtraum - und noch dazu einer, aus dem sie niemals mehr erwachen würde.

Bald schaffte sie es nicht mehr, ihre Tränen gänzlich unter Kontrolle zu halten. Sie verschleierten ihren Blick, und Deleja hob hastig eine Hand und rieb sie fort, bevor Trist sie bemerken konnte.

Doch er sah ihre Bewegung und schürzte affektiert die Lippen, als habe er sie bei etwas Verbotenem ertappt.

Deleja wich seinem Blick aus. „Der Rauch brennt mir in den Augen", krächzte sie und wedelte mit einer Hand vor ihrem Gesicht.

Es war nur halb gelogen. Da nach dem Essen viele Gäste ihre Pfeifen entzündet hatten, wogte schon seit geraumer Zeit dichter Qualm in trüben Schwaden durch den Saal, kräuselte sich über den Köpfen der Leute und umschlang sie mit seinen geisterhaften Armen.

Trist verzog seine schmalen Lippen zu einem unangenehmen Lächeln. „Vielleicht solltest du einen Moment auf die Terrasse gehen."

Deleja nickte sofort. Ihr wäre nichts lieber, als aus seiner Nähe zu entkommen. „Das werde ich."

„Ich werde dich natürlich begleiten."

„Aber das ist nicht nötig!"

Trist tat entrüstet. „Ich bin an diesem Abend dein Gesellschafter, deshalb wäre es nicht schicklich von mir, dich allein zu lassen."

„Ich würde es gestatten."

„Das mag sein, aber ich richte mich mehr nach den Wünschen unserer Väter."

Deleja schluckte und warf ihrem Vater, der die halbe Saallänge von ihr entfernt stand, einen schnellen Blick zu. Er fing ihn auf und erwiderte ihn mit aufgeregt fragender Miene. In den nächsten Minuten würde er sie ohne Zweifel nicht aus den Augen lassen.

Ihre Schultern sanken bekümmert herab. „Also schön. Du kannst mitkommen."

Trist grinste triumphierend. „Ich hätte mich durch nichts davon abhalten lassen."

Deleja versuchte, ihn zu ignorieren und beeilte sich, in die Nacht hinauszutreten. Anders als am letzten Abend verhüllten keine Wolken das Firmament. Hoch am Himmel stand ein halb voller Mond; sein silbernes Licht tauchte die Wellen des Ozeans in einen magischen Glanz und ließ die Schaumkronen wie flüssiges Metall schimmern. Nicht weit vor der

Küste glitzerten die unzähligen, hell erleuchteten Fenster der Burg Talgolmas wie Edelsteine auf einem Diadem, und weiter draußen auf dem Meer tanzten die Laternen der Fischerboote im Rhythmus des Liedes der Wellen auf und ab.

Das an- und abschwellende Rauschen der Brandung erfüllte die Luft über der Terrasse wie ferner Donner und schwang sich machtvoll zwischen den fahlen Strahlen des Mondes zum Himmel hinauf. Ein lauer Wind, der noch die Hitze des Tages in sich trug, strich vom Land her über das Haus hinweg in Richtung Meer.

Es wäre ein wirklich schöner Abend gewesen, wenn nicht das gelbe, zuckende Licht der Fackeln an den Wänden den silbrigen Glanz des Mondes gebrochen, wenn nicht die Musik, die aus dem Festsaal dumpf bis auf die Terrasse drang, den Zauber der Nacht entweiht und wenn nicht Trists Anwesenheit sie so machtvoll daran erinnert hätte, dass die Nächte, an denen sie eine derart besinnliche und anrührende Stimmung erleben durfte, gezählt waren. Bekümmert wünschte sie sich, sie könnte sich einer Seeschwalbe gleich in die Luft erheben und über die Weiten des Meeres davonfliegen.

Als sie mit langsamen Schritten zur Brüstung schlurfte, waren ihre Füße so schwer, als wollten sie jeden Moment im Stein versinken. Trists Blick folgte ihr wie ein Habicht auf Beutefang. Sie konnte spüren, wie sich seine Augen in ihren Rücken brannten. Fröstelnd zog sie die Schultern hoch und ging weiter, bis sie an die Brüstung stieß. Dort legte sie die Hände auf den rauen Stein und tat so, als betrachte sie die Schönheit der Nacht. Tatsächlich lauschte sie angespannt, ob er es müde wurde, sich mit ihr zu befassen, und in den Saal zurückkehrte. Wenn sie nur lange genug schwieg und ihn ignorierte...

Doch Trist hatte weder vor, ihr Schweigen zu akzeptieren noch sie in Ruhe zu lassen. Seine Schritte näherten sich ihr selbstbewusst, und Deleja fuhr hastig herum. Sie wollte ihm nicht den Rücken zuwenden, wenn ohnehin schon so wenig Distanz zwischen ihnen blieb.

Trists Schatten, vielfach gespalten vom Licht der Fackeln, berührte sie bereits. Er schob sich dicht an sie heran und legte eine Hand auf die Brüstung rechts neben ihr. Deleja rückte ein Stück von ihm ab; er folgte ihr, seine Hand locker auf der Brüstung mit sich führend.

Deleja trat zwei weitere Schritte zur Seite, er setzte ihr nach, und plötzlich konnte sie nicht weiter zurückweichen. Trist hatte sie in die Ecke der Terrasse gedrängt. Mit der Siegesgewissheit eines Jägers, der seine Beute sicher wusste, baute er sich so dicht vor ihr auf, dass ihr zwischen ihm und dem Geländer kein Platz mehr zum Durchschlüpfen blieb. Sie hätte ihn schon mit Gewalt zur Seite stoßen müssen.

Eine Gänsehaut kroch ihr von den Armen her über den Körper. „Mir ist kalt", erklärte sie schaudernd. „Ich möchte wieder in den Saal zurück!"

Trist sagte nichts, doch seine eisgrauen Augen waren fest auf sie gerichtet. Ihr Frösteln verstärkte sich.

„Bitte, ich friere!"

Sein Blick fiel unverhohlen in ihren Ausschnitt. Deleja wollte die Hände heben, um ihre nackte Haut mit ihnen zu bedecken, doch Trist kam ihr zuvor. Er streckte eine Hand nach der Perle aus, nahm sie zwischen zwei Finger und betrachtete sie scheinbar fasziniert. Dabei beugte er seinen Oberkörper leicht nach vorn. Deleja bog den ihren nach hinten, um den Abstand zu wahren, doch viel Freiraum ließ ihr die Brüstung nicht.

„Das ist eine sehr kostbare Perle", bemerkte Trist fachmännisch. Wahrscheinlich öffnete er in Gedanken gerade das Schmuckkästchen der Olvives und bekam innerlich glänzende Augen von den Reichtümern, die ihm bald in den Schoß fallen würden.

„Vater hat sie mir geschenkt", erwiderte Deleja steif und betete darum, dass er das dumme Ding endlich wieder losließ.

Er tat es, fuhr nun aber mit seinen Fingern langsam die feingliedrige Kette ab; dabei strich sein Handrücken rau wie Sandpapier über ihre Haut. Etwas in ihr verkrampfte sich. Sie versuchte, noch weiter von ihm abzurücken, aber sie hatte ihre Möglichkeiten bereits ausgeschöpft. Die Brüstung bohrte sich hart in ihren Rücken.

„Lass uns bitte wieder hineingehen", bat sie. Ihr Tonfall geriet um einen Deut zu schrill.

Die Bewegung von Trists Fingern stoppte, als sie ihren Nacken erreicht hatten. Er ließ die Kette los und legte ihr schwer seine Hand auf die Schulter.

„Ich habe eine bessere Idee", erklärte er bestimmt. Trotz des hellen Mondlichts lag sein Gesicht plötzlich im Schatten. „Ich denke, es wird Zeit, dass wir uns besser kennenlernen."

„Aber ... aber wir reden doch schon den ganzen Abend miteinander!"

„Genau das meine ich. Wir haben genug geredet!"

Noch während er sprach, fuhr Trist mit der Hand den Saum ihres Ausschnitts entlang. Zwei Finger lagen auf dem Stoff, zwei auf ihrer Haut. Sie fühlten sich an wie Würmer, die langsam in ihr Kleid krochen.

Deleja keuchte erschrocken auf und wurde steif wie eine Statue. Trist grinste lüstern und zupfte jetzt fordernd an der Schleife, die den tiefsten Punkt ihres Dekolletés schmückte.

„Nicht!", flehte Deleja erstickt.

Trist packte sie mit einer Hand um die Taille und zog sie dicht zu sich heran. „Sei nur nicht so schüchtern!"

Mit der anderen Hand schob er die schmalen Rüschen ihres Kleides von ihrer Schulter. Sein heißer Atem strich über ihre entblößte Haut, dann gruben sich seine Finger tief hinein, und sein Gesicht näherte sich dem ihren.

Deleja war wie gelähmt vor Schreck und Angst. Panisch begriff sie, dass Enjun sich geirrt hatte. Der Reichtum ihres Vaters war nicht alles, worauf Trist spekulierte!

„Nein“, rief sie verzweifelt und drehte in höchster Not den Kopf von ihm weg.

Trist löste die Hand von ihrer Schulter, fasste sie hart beim Kinn und zwang sie, ihn anzusehen.

„Was soll das? Willst du mir etwa einen einfachen Kuss verweigern? Wenn wir erst verlobt sind, werde ich viel mehr als nur einen Kuss verlangen!“

„Bitte nicht!“, schluchzte Deleja.

Trist lachte spöttisch. Er hielt ihr Kinn so fest, dass sie sich nicht noch einmal abwenden konnte, und näherte seine Lippen erneut den ihren, während er mit der anderen Hand erregt ihre Brüste zu kneten begann.

* * *

Als Shaan auf die Terrasse stürzte, fiel sein Blick sofort auf Trist. Er wandte ihm den Rücken zu, hatte Deleja eng an sich gepresst und drängte sie in eine Ecke der Brüstung. Mit einer Hand hielt er ihr Kinn fest, und sein Gesicht war dem ihren so nahe, dass sich ihre Lippen beinahe schon berührten. Delejas Augen standen weit offen, waren starr vor Schreck. Tränen schimmerten in ihnen, und ihre Haut war fahl wie ein gebleichtes Laken.

„Geh sofort weg von ihr!“, brüllte Shaan außer sich vor Zorn.

Trist fuhr zu ihm herum, ohne Deleja dabei loszulassen.

„Rühr sie nicht an!“, knurrte Shaan.

Trist lachte verächtlich. „Willst du mich etwa dazu zwingen?“

„Wenn es nötig ist - ja!“

„Versuch es nur, wenn du dich traust!“

Shaan verlor keine Zeit mehr. Er sprang vor, packte Trist am Handgelenk und zerrte ihn mit einem harten Ruck von Deleja fort. Trist war so überrascht, dass er tatsächlich losließ. Shaan stieß ihn von sich und brachte so gute zwei Meter Raum zwischen seinen Gegner und Deleja. Trist stolperte und rang sekundenlang um sein Gleichgewicht.

Als er wieder sicher stand, lief sein Gesicht puterrot an. „Das büßt du mir!“, zischte er und stürmte mit erhobenen Fäusten auf Shaan zu.

Shaan reagierte, ohne nachzudenken. Er ging in die Knie, seine Hände legten sich wie von selbst um Trists Körper, und ehe der es sich versah, segelte er über Shaan hinweg und krachte unsanft auf den Hosenboden.

Schnaubend sprang er wieder auf die Füße. „Du willst es nicht anders! Jetzt werde ich dir eine Abreibung verpassen!“

„Das schaffst du nicht. Du solltest besser gehen.“

Trist brüllte wütend auf und warf sich ihm erneut entgegen. Shaan duckte sich unter Trists Hieben weg oder blockte sie ab, zögerte jedoch, selbst anzugreifen, obwohl er reichlich Gelegenheit dazu gehabt hätte. Trist bemerkte sein Zaudern und drosch noch härter zu, aber Shaan war auf der Hut. Keiner der Schläge konnte seine Deckung durchdringen.

Nach einigen erfolglosen Versuchen wich Trist schnaufend zurück und fixierte ihn mit mörderischem Blick.

„Was mischst du dich ein? Diese Angelegenheit geht dich nichts an!"

„Du kannst nicht erwarten, dass ich einfach wegsehe, wenn du Deleja bedrängst."

Trist zischte spöttisch. „Ach ja, ich vergaß! Du spielst dich gern als edler Retter auf. Aber das werde ich dir schon noch austreiben!"

Er griff erneut an, dieses Mal mit noch größerer Wut. Shaan hielt seinen Block, konnte aber nicht verhindern, dass er und Trist Deleja, die wie gelähmt zusah, gefährlich nahe kamen. Er fluchte innerlich. Hatte er es denn noch immer nicht begriffen, dass er keinen Kampf gewinnen konnte, solange er sich lediglich verteidigte und nicht selbst attackierte?

Für einen Moment war ihm, als könnte er den tadelnden Blick seines Vaters auf sich spüren. Er biss sich hart auf die Lippen, und als Trist das nächste Mal auf ihn zustürzte, blockte er den Schlag nicht ab, sondern wich zur Seite aus, packte seinen Gegner am Handgelenk und bog ihm den Arm in einer einzigen, fließenden Bewegung auf den Rücken. Trist keuchte überrascht, als der Griff ihn in die Knie zwang.

Shaan hielt ihn eisern fest. „Du wirst Deleja in Ruhe lassen!"

Trist stieß ein zorniges Knurren aus, das in ein gepresstes Stöhnen überging, als Shaan den Druck auf das Schultergelenk verstärkte.

In diesem Moment betraten Morujan Albite, Puross Olvive und eine Handvoll andere Gäste die Terrasse.

Herr Albites Miene verdüsterte sich bedrohlich, als sein Blick auf sie fiel. „Was geht hier vor?", grollte er.

Shaan ließ Trist sofort los. Der sprang so hastig auf die Füße, als gelte es einen Preis zu gewinnen, stürzte zu seinem Vater und Morujan Albite hinüber und wies heftig gestikulierend auf Shaan.

„Ich bin zutiefst empört!", kreischte er aufgebracht, und sein Gesicht verzerrte sich vor Wut und Hass. „Dieser Bauerntölpel hat mich ohne jeden Grund angegriffen und geschlagen! Ich kam als Gast in dieses Haus. Hätte ich geahnt, dass ich hier derart unverschämt behandelt werde, hätte ich niemals einen Fuß über die Schwelle gesetzt!"

Sofort richteten sich die Augen aller auf Shaan.

Er duckte sich erschrocken unter den erbosten Blicken, die ihn wie Messer zu durchbohren schienen. „Aber ich habe doch nur versucht ..."

Trist ließ ihn nicht zu Wort kommen. „Dieser schändliche Vorfall zwingt mich, auf der Stelle zu gehen. Und solange dieser Flegel Gast in

Eurem Haus ist, werdet Ihr auf meine Anwesenheit verzichten müssen, Herr Albite, so leid es mir tut. Mein Bedarf an brutalen Schlägern ist bis auf Weiteres gedeckt!"

Er wartete nicht einmal eine Antwort Morujan Albites ab. Mit verkniffener Miene stolzierte er von der Terrasse in den Saal.

Morujan Albite sah ihm schockiert nach, dann lief sein Gesicht rot an. Er schien um einen halben Meter zu wachsen, als er sich Shaan zuwandte. Seine Haltung glich der eines Büffels, der sich gerade entschieden hatte, seinen Widersacher in Grund und Boden zu stampfen. Shaan wich unwillkürlich zurück.

Madala Olvive kam ihm zu Hilfe. Sie nahm Delejas Vater beim Arm, bevor er sich auf Shaan stürzen konnte, und flüsterte ihm etwas ins Ohr. Morujan Albite hörte ihr zu und nickte schließlich; die Anspannung wich jedoch nicht aus seinem Körper.

„Du rührst dich nicht von der Stelle, bis ich zurück bin!", herrschte er Shaan an.

„Ja, Herr", erwiderte Shaan kleinlaut. Er durfte Delejas Vater nicht noch mehr verärgern. Eisige Angst fraß sich in sein Herz, als Lady Olvive Morujan Albite von der Terrasse führte. Auch die anderen Gäste kehrten, wenn auch nur zögernd, in den Saal zurück.

* * *

Deleja stand noch immer in der Ecke an die Brüstung gepresst und zitterte am ganzen Leib, als ihr Vater Shaan anraunzte und danach ohne ein weiteres Wort im Saal verschwand. Sie sah die teils pikierten, teils zornigen Blicke, die die Gäste Shaan zuwarfen. Ein Teil von ihr wollte ihnen zurufen, dass Shaan keine Schuld an diesem schrecklichen Eklat trug, doch sie brachte keinen Ton heraus, ja sie wagte nicht einmal zu atmen aus Furcht, die Aufmerksamkeit der anderen auf sich zu ziehen.

Ihre Schulter war noch immer entblößt, und auf den Stellen ihrer Haut, die Trist berührt hatte, schien ein dicker, schmieriger Film zu liegen, der für jeden, der ihr nur einen flüchtigen Blick zuwarf, deutlich sichtbar sein musste - dunkle Male, die ihr sein Besitzzeichen aufbrannten. Erst nachdem auch der letzte Gast gegangen war, hob sie eine Hand und schob hastig die Rüsche über ihre Schulter zurück.

Shaan sah ihre Bewegung nicht, obwohl er als Einziger bei ihr auf der Terrasse zurückgeblieben war. Er nahm die Worte ihres Vaters offenbar sehr ernst, war zur Salzsäule erstarrt und wandte ihr dabei den Rücken zu.

Wie sie spähte er angespannt durch die hohen Fenster in den Saal, in dem nun die Musik abrupt verstummte. Die Olvives brachen auf, andere schlossen sich ihnen an, und so fand das Fest ein ebenso überstürztes wie unrühmliches Ende. Als sich der Saal gänzlich geleert hatte, kehrte ihr Vater auf die Terrasse zurück. Herness war bei ihm, hielt sich jedoch im Hintergrund.

Deleja erschrak, als der Schein der Fackeln auf das vor Wut verkrampfte Gesicht ihres Vaters fiel. Noch nie hatte sie ihn derart außer sich gesehen, und bevor sie auch nur einen Ton sagen konnte, entlud sich sein gesamter Zorn mit der Macht eines Unwetters auf Shaan.

„Was hast du dir bloß dabei gedacht, Shaan Bajanare? Du hast einen meiner Gäste beleidigt und *geschlagen*! Wie konntest du es wagen? Du bist selbst lediglich Gast in diesem Hause und hast deine Anwesenheit allein meiner Großzügigkeit zu verdanken! Hast du das so schnell vergessen?"

„Nein, Herr", erwiderte Shaan leise, hielt Schultern und Kopf eingezogen.

„Und doch hast du dir weit mehr herausgenommen, als dir zusteht! Ich will gar nicht erst davon reden, dass du das Fest ruiniert hast, obwohl das allein schon schlimm genug wäre. Du hast jedoch darüber hinaus noch viel größeres Unheil angerichtet. Ich wollte als Höhepunkt des Abends die Verlobung zwischen Trist und Deleja bekanntgeben. Nun ist die Gelegenheit dazu vertan, und die Verlobung muss aufgeschoben werden. Ich musste sogar vor Trist auf die Knie fallen, damit er überhaupt bereit ist, in Betracht zu ziehen, Deleja noch einmal zu besuchen."

Deleja wünschte, Trist hätte sich nicht so leicht umstimmen lassen, doch sie verschloss den Gedanken tief in ihrem Inneren. Sie durfte ihn nicht zeigen.

„Ich ... ich wollte nichts Böses", stammelte Shaan zerknirscht. „Trist war Deleja zu nahe."

„Er *darf* ihr nahe sein!", brauste Morujan Albite auf. „Er soll schließlich ihr Verlobter werden."

„Aber er hat sie festgehalten!"

„Du meinst, er hat sie umarmt?"

„Nein, er hat sie festgehalten."

Da fuhr ihr Vater zu Deleja herum. „Stimmt das, Deleja? Hat dich Trist in irgendeiner Weise bedrängt?"

Deleja sah Shaans flehenden Blick, seine Bitte um Beistand. Und er verlangte nicht viel, nur dass sie die Wahrheit sagte. Sie öffnete den Mund. „Ich ...

Da fühlte sie plötzlich die Blicke ihres Vaters und die von Herness auf sich ruhen. Sie stockte, und ihre Hände fuhren zu ihrem Dekolleté hinauf, bedeckten schützend ihre bloße Haut. Trist hatte sie unsittlich berührt! Er hatte ihre Ehre beschmutzt, und sie hatte sich nicht einmal *gewehrt*. Sie hatte es einfach zugelassen!

Hilflos glitt ihr Blick zwischen Shaan, Herness und ihrem Vater hin und her. Shaan wusste bereits von der Schande, die Trist ihr angetan hatte, und das war bereits mehr, als sie ertragen konnte. Ihr Vater durfte nicht auch noch davon erfahren. Der Stolz auf sie würde für immer aus seinen Augen weichen. Und vor Herness konnte sie es erst recht nicht offenbaren.

Shaan sah sie noch immer an, doch als ihr Schweigen andauerte, senkte er den Blick und starrte mit hängenden Schultern zu Boden. Seinen Schmerz und seine Resignation zu sehen, traf sie bis ins Mark.

Sie gab sich einen Ruck. „Trist hat ..."

Als tiefe Sorge die Miene ihres Vaters furchte, hielt sie erneut inne. Sie brachte es einfach nicht heraus. Es war sein größter Wunsch, sie mit Trist zu verheiraten. Er hatte stets alles für sie getan und wollte nur das Beste für sie. Durfte sie es ihm auf diese Weise danken? Durfte sie all seine Pläne und Hoffnungen mit einem Satz zunichtemachen und ihn vor allen Menschen Golgamats der Lächerlichkeit preisgeben?

Bekümmert senkte sie den Kopf. „... nichts getan", log sie gepresst, erstickte fast an ihren eigenen Worten.

Sofort hellte sich die Miene ihres Vaters wieder auf. Er wandte sich erneut Shaan zu und hob mahnend eine Hand.

„Du siehst, es ist nichts geschehen, was dein Eingreifen erforderlich gemacht hätte. Es ehrt dich, dass du Deleja helfen wolltest, aber du hast dadurch einen kaum wiedergutzumachenden Schaden angerichtet. Ich will dir zugutehalten, dass du in großer Einsamkeit aufgewachsen bist. Wahrscheinlich hast du die Situation deshalb falsch interpretiert. Das entschuldigt dein Handeln. Andernfalls würde ich dich ohne zu zögern vor die Tür setzen."

Seine Worte ließen jede Farbe aus Shaans Gesicht weichen.

Auch Deleja erschrak. „Vater!", rief sie flehend.

Er winkte ab. „Und du kannst von Glück sagen, dass Madala Olvive für dich gesprochen hat, Shaan. Sie meinte, Trist hätte dich sicherlich provoziert. Ich hege daran zwar meine Zweifel, doch wie dem auch sei, dieses Mal lasse ich dir deinen Fehltritt durchgehen. Aber sei gewarnt! Wenn du dich noch einmal in unangemessener Weise in die Angelegenheiten meiner Familie einmischst, bist du die längste Zeit Gast in meinem Haus gewesen. Hast du das verstanden?"

Shaan wagte nicht einmal aufzusehen. „Ja, Herr Albite."

„Das will ich hoffen, Junge. Herness, komm! Und du auch, Deleja!"

Damit ließ ihr Vater Shaan einfach stehen und wandte sich zum Gehen. Herness schloss sich ihm an, jedoch nicht, ohne Shaan mit einem strengen Blick zu bedenken. Auch sie selbst setzte sich ruckartig in Bewegung, steif und ungelenk wie eine Marionette, die an unsichtbaren Fäden baumelte. Shaan hob den Kopf, als sie an ihm vorbeitrat. Seine Augen waren so dunkel und traurig wie nie zuvor.

Tief in ihr schrie etwas auf. Sie sollte reden, sollte die Wahrheit herausschreien und Trists widerliche Tat offenbaren! Aber ihr Vater hatte

Shaan verschont, würde ihn nicht bestrafen. Wenn sie ihre Schmach jetzt noch enthüllte, tat sie es für nichts, würde sie nur noch mehr Schmerz verursachen. Und so schwieg sie und wich Shaans Blick aus.

Seine geflüsterten Worte erreichten sie dennoch. „Es ... tut mir leid."

Deleja biss sich hart auf die Lippen und bohrte sich ihre Fingernägel in die Handflächen. Mit versteinerter Miene verließ sie die Terrasse, tauschte eisern beherrscht ein paar Floskeln zur guten Nacht mit ihrem Vater aus, doch kaum hatte sie die Tür ihres Zimmer hinter sich geschlossen, sackte sie in die Knie und schlug wimmernd beide Hände vors Gesicht.

Was hatte sie nur getan? Shaan hatte ihr nur helfen wollen, und sie war ihm unendlich dankbar für sein Eingreifen - und doch hatte sie ihn schändlich im Stich gelassen. Sie hatte ihn ihrer Ehre und dem Ansehen ihres Vaters geopfert. Eine vernünftige Entscheidung, würden ihre Schwestern sagen, aber sie war nicht wie die beiden! Shaan hatte das nicht verdient!

Schluchzend quälte sie sich auf die Beine und riss sich das Kleid vom Leib, das ihr so viel Ärger beschert hatte. Sie schleuderte es von sich, warf die Kette mit der Perle gleich hinterdrein, dann fiel sie aufs Bett, schlang sich die Bettdecke um die Schultern und vergrub den Kopf im Kissen.

Shaan sollte ihr nicht vergeben! Er sollte wütend auf sie sein, stattdessen hatte er sich bei ihr *entschuldigt*! Angesichts seines Edelmutes und seiner Großherzigkeit war ihr eigenes Verhalten umso verwerflicher, hinterließ ihr Gewissen so beschmutzt und befleckt wie Trists Finger ihren Körper.

Traurig und einsam wie nie zuvor, weinte sie sich in den Schlaf.

* * *

Als Herness, Morujan Albite und Deleja die Terrasse verließen, starrte Shaan ihnen reglos hinterdrein. Seine Gedanken waren in brodelndem Chaos versunken, nur ein einziger ragte höhnisch aus dem unentwirrbaren Knäuel hervor und tanzte darauf wie ein angeschlagenes Schiff auf sturmgepeitschten Wellen. Schon wieder hatte er Deleja in der Nähe des potenziellen Yinyal allein gelassen, und dieses Mal hatte er bei dem Versuch, seinen Fehler zu korrigieren, beinahe den Platz an ihrer Seite verloren.

Unfähig, sich auch nur einen Zentimeter zu rühren, starrte er durch die hohen Fenster in den Festsaal. Deleja und ihr Vater hatten ihn längst verlassen, lediglich Linari und die Mägde waren noch damit beschäftigt, die Spuren der Feier zu beseitigen. Er sah ihnen dabei zu, ohne ihre Handlungen tatsächlich wahrzunehmen. Ein dichter Schleier lag vor seinen Augen, und die ganze Welt schien weit, weit von ihm entfernt zu sein, während er sich immer wieder dafür schalt, dass er sich von Madala Olvive im entscheidenden Augenblick hatte ablenken lassen.

Schließlich verschwanden auch die Angestellten aus dem Saal, und zurück blieben nur Linari und der hagere Mann, der sich während der Feier um die Kerzen gekümmert hatte. Er schlug eben den Weg zur Terrasse ein, wohl, um die Fackeln zu löschen, doch Linari hielt ihn auf, nahm ihm die Löschkappe ab und trat selbst auf den Balkon hinaus.

Sie bedachte Shaan mit einem mitfühlenden Blick und begann dann, nacheinander die blakenden Fackeln zu löschen, indem sie den eisernen Hut, der am äußeren Ende einer langen Stange saß, über die brennenden Köpfe schob. Nur eine einzige ließ sie noch unberührt. In ihrem flackernden Schein trat sie zu ihm und legte ihm sanft eine Hand auf die Schulter.

„Mach dir keine Sorgen, Shaan. Herr Albite hat beschlossen, dich nicht zu bestrafen, und er wird seine Meinung nicht ändern, auch wenn es ordentlich in ihm gekocht hat. Doch auch sein Zorn wird vergehen, glaube mir."

Shaan erwiderte nichts. Er fand nicht einmal die Kraft, Linari anzusehen.

Die Haushälterin seufzte schwer. „Ich will dir ein Geheimnis verraten, Junge. Du hast Deleja heute einen großen Dienst erwiesen. Die Heirat mit Trist ist nicht gerade das, was sie sich für ihre Zukunft erträumt hat. Aber sage niemandem, dass ich dir das erzählt habe, schon gar nicht Delejas Vater."

Shaan ballte die Fäuste. Das war nun wahrhaftig kein Geheimnis! Niemand, der den Schrecken und die Angst in Delejas Augen gesehen hatte, konnte noch glauben, dass sie Trist aus freien Stücken heiraten wollte. Sie fürchtete ihn, wäre am liebsten vor ihm davongelaufen, vor ihm und seinen kalten Augen, die zu keiner Liebe fähig schienen. Es war seine Pflicht als Shai'lanhal, sie vor diesem Ungemach zu beschützen. Nur wie sollte er das anstellen? Wie sollte er die Hochzeit verhindern?

Wenn er noch einmal versuchte, sich zwischen Deleja und Trist zu drängen, würde Morujan Albite seine Drohung mit Sicherheit wahr machen und ihn in hohem Bogen hinauswerfen. Verzweifelt entrang sich ihm ein gequältes Stöhnen, ein einsamer, verlorener Laut in der Stille der Nacht. Was sollte er bloß tun? Er fühlte sich so entsetzlich unzulänglich, hilflos angesichts der immensen Bedeutung seiner Aufgabe und seinen kümmerlichen Fähigkeiten, sie zu bewältigen.

Linari drückte sachte seine Schulter. „Es wird langsam spät. Geh schlafen, Junge."

Shaan fuhr zusammen. Das konnte er nicht, nicht solange er keine Lösung gefunden hatte! Stumm schüttelte er den Kopf.

„Dann geh wenigstens hinein."

Erneut verneinte er wortlos.

Linari seufzte abermals, noch tiefer als beim ersten Mal. „Wenn du wirklich möchtest, bleib noch eine Weile auf der Terrasse. Aber lösch bitte die letzte Fackel, wenn du ins Haus kommst. Wirst du das tun?“

Shaan nickte.

Linari drückte ihm die Stange mit dem Eisenhut in die Hand, zögerte kurz, zog sich dann jedoch in den Saal zurück. Dort löschte sie die letzten Kerzen und ging. Shaan starrte in die nun dunklen Fenster, die ihn plötzlich wie die leeren Augen eines Totenschädels anzuglotzen schienen. Die kleinen Feuerzungen der letzten Fackel leckten gierig in die Nachtluft hinaus und verhöhnten ihn mit ihrem beschwingten Tanz.

Er blickte in das unruhige Licht, bis ihm die Augen brannten, dann trat er hastig ein paar Schritte vor, stülpte die Kappe über die Fackel und schnitt den Flammen die Luft ab.

Das Feuer zischte protestierend und erstarb dann. Halb blind blieb Shaan in der plötzlichen Finsternis zurück, erst als sich seine Augen an die Dunkelheit zu gewöhnen begannen, sah er die Lichter der Stadt und der Burg auf der Insel Talgolma.

Wie in Trance schlurfte er zur Brüstung, blieb dort reglos stehen. Eine halbe Stunde verging, dann eine ganze, schließlich eine zweite. Die Lichter der Stadt erloschen eins nach dem anderen ebenso wie die auf Talgolma, die Fischerboote verschwanden mit ihren kleinen Laternen hinter der großen Insel, und schließlich versank auch der Mond im Meer.

Der Wind, der bislang stetig landauswärts gestrichen war, flaute ab. Tiefe Stille breitete sich über Golgamat aus. Selbst das Rauschen der Brandung wurde schwächer, als habe sich das Meer, beschämt über sein Versagen, von ihm abgewandt, um ihn mit Verachtung zu strafen. Es wurde so ruhig, als seien alle Menschen der Stadt im Schutz der Nacht in eine andere, bessere Welt übergewechselt und hätten ihn allein zurückgelassen.

Mit hängendem Kopf wandte sich Shaan von der Brüstung ab. Er sollte besser schlafen gehen, sonst machte er morgen erneut einen Fehler. Es war dumm von ihm, dass er überhaupt so lange auf der Terrasse geblieben war.

Er hatte kaum zwei Schritte in Richtung des Festsaales getan, als es ihn wie ein Blitz traf. In seinem Körper breitete sich ein heißes, verzehrendes Brennen aus, als wären Flammen in ihm aufgelodert, in die zusätzlich Öl geschüttet wurde. Er keuchte erstickt auf, fuhr in Panik herum und sah sofort die Feuersäule, die im Norden der Stadt wie ein Dolch den Nachthimmel spaltete.

Doch auch ohne dieses weithin sichtbare Signal hätte er gewusst, wo das Feuer wütete, denn die Shai'yinyal hatte es erschaffen. Sie setzte ihre Magie ein, und er konnte auf den Punkt genau benennen, wo das geschah.

Ihr Zauber entfaltete sich gute drei Stunden Fußmarsch außerhalb der Stadt - genau dort, wo sein Vater in der Höhle zurückgeblieben war, um auf den Ausgang des Kampfes zu warten.

Shaan ließ die Löschkappe achtlos fallen. Sie klirrte scheppernd auf den steinernen Boden.

„Vater!", flüsterte er wie betäubt.

Die Shai'yinyal hatte Gefflan gefunden!

Shaan sackte in die Knie, während die Magie der Shai'yinyal in ihm brodelte wie kochender Eiter. Sein Vater war ihr schutzlos ausgeliefert. Und er konnte nichts dagegen tun. Wenn er jetzt Hals über Kopf zur Höhle eilte, riskierte er einen Kampf, wie er ungleicher nicht sein konnte. Es war tief in der Nacht. Er würde eine Fackel mitnehmen müssen, um auf den engen Pfaden durch die Berge seinen Weg zu finden, und das Feuer war ihr Element. Er konnte nicht gewinnen, nicht unter diesen Bedingungen.

Vielleicht hätte er es trotzdem versucht, wenn sie nicht so weit entfernt gewesen wäre. Es machte einfach keinen Sinn zu gehen. Selbst wenn er sofort aufbrach, konnte er erst in drei Stunden bei seinem Vater sein. Solange würde die Shai'yinyal nicht damit warten, ihn zu töten.

Hilflos schlang er sich die Arme um den Leib. Er schlotterte so heftig, dass er sich wie unter Krämpfen wand. Tränen liefen ihm die Wangen hinab, während er, zur Reglosigkeit verdammt wie das Kaninchen unter den Augen der Schlange, nach Norden starrte. Die magischen Eruptionen der Shai'yinyal bohrten sich wie Lanzen in sein Herz. Sie wurden immer heftiger und folgten stetig schneller aufeinander. Schließlich mündeten sie in ein schrilles Crescendo der Gewalt und brachen dann abrupt ab.

Shaan ballte die Fäuste so fest zusammen, dass seine Knöchel knirschten, und sah mit verschleiertem Blick nach Norden, wo nun auch der letzte Widerschein des Feuers am Himmel erlosch.

„Vater!", schrie er gequält auf.

Nur die tiefe Stille der Nacht antwortete ihm - die trügerische Ruhe einer Welt, aus der eben ein Leben getilgt worden war.

12. Die Eröffnung des Kampfes

Gefangen in eisigem Schrecken blieb Shaan die gesamte Nacht auf der Terrasse stehen, versteinert in Körper und Seele und innerlich so leer, als habe ihm jemand das Herz aus dem Leib gerissen. Und während im Osten die Dunkelheit langsam dem hereinbrechenden Tag zu weichen begann, musste er sich seiner schrecklichen Schuld stellen. Er allein hatte der Shai'yinyal den Weg zu seinem Vater gewiesen, indem er auf der Reise nach Golgamat dreimal seine Magie eingesetzt hatte. Nur deshalb hatte sie gewusst, aus welcher Richtung er sich der Stadt genähert hatte. Sie war von ihm förmlich mit der Nase darauf gestoßen worden; sogar ein riesiger Pfeil am Himmel hätte nicht auffälliger sein können.

Und sie musste geahnt haben, dass sein Vater ihn auf dem letzten Stück nicht begleiten würde. Viele Sarns hatten so gehandelt, da sie sich nicht in den Kampf einmischen durften, es für die meisten von ihnen jedoch nahezu unerträglich war, tatenlos dem Sieg oder dem Versagen ihres Sohnes zusehen zu müssen. Deshalb waren sie in einem Versteck in der Nähe zurückgeblieben, damit sie gar nicht erst in Versuchung gerieten, direkt einzugreifen. Und so hatte er die Shai'yinyal durch den Gebrauch seiner Magie schnurstracks zu Gefflan geführt.

Doch wenn er seine Magie nicht eingesetzt hätte, wäre der Junge von seinem Vater verprügelt worden, und Madala Olvive wäre ertrunken. Er hatte nicht anders handeln können, obwohl sein Vater ihn eindringlich vor den möglichen Konsequenzen gewarnt hatte. Nun hatte sein Unvermögen, auf ihn zu hören und den Sinn seiner Worte einzusehen, Gefflan den Tod gebracht.

Verzweifelt wünschte er, das Kind wäre nicht gerade ihm vor die Füße gefallen und Madala Olvive wäre nicht von der elenden Brücke gestürzt, denn dann könnte sein Vater noch leben. Gleichzeitig verfluchte er den Tag, an dem das Schicksal ausgerechnet ihn zum Shai'lanhal erkoren hatte. Besser, er wäre gar nicht erst geboren worden!

Als die ersten Sonnenstrahlen die wenigen Wolken am Himmel in ein feuriges Morgenrot tauchten, warf Shaan einen letzten Blick nach Norden. Dort lag sein Vater, sinnlos hingemetzelt von einem Mädchen, das nicht älter war als er selbst. Er wagte nicht sich vorzustellen, was die Shai'yinyal ihm angetan haben mochte, er wusste nur eins: Er konnte Gefflans Leichnam nicht dem Ungeziefer überlassen. Er musste zu ihm, ihn begraben – und sich nicht zuletzt einen Eindruck davon verschaffen, wozu die Shai'yinyal fähig war. Nur wenn er das wusste, konnte er Deleja vor ihr beschützen – falls er überhaupt dazu in der Lage war.

Mit steinerner Miene verließ er die Terrasse und schlurfte ins Haus. So wichtig es ihm auch war, seinem Vater einen letzten, traurigen Dienst zu erweisen, durfte er doch erst gehen, wenn er Deleja in Sicherheit wusste.

Und er musste die Erlaubnis haben, das Kontor zu verlassen, sonst würde er sich erneut den Unmut Morujan Albites zuziehen.

Auf dem Weg durch den Westflügel begegnete er Linari. Von ihr erfuhr er, dass Deleja starke Kopfschmerzen hatte und vermutlich den gesamten Tag über nicht aufstehen würde. Das kam ihm sehr zupass. In ihrem Zimmer war sie im Moment am besten aufgehoben.

Auch das andere Problem schaffte er rasch aus der Welt. Er fing Herness ab, als dieser zum Frühstück ging, und erteilte ihm den Befehl, ihn unter einem Vorwand wegzuschicken. Der Hauslehrer gab ihm daraufhin den Auftrag, einem Bekannten, der in einem benachbarten Dorf lebte, einen Brief zu überbringen. Er gab ihm zwar keinen, aber das bemerkte Herness natürlich nicht.

Froh darüber, dass er bei jeder weiteren Beeinflussung, die er an Herness vornahm, eine Ortung seiner Magie durch die Shai'yinyal nicht zu fürchten brauchte, da nur der Moment, in dem er den Lehrer zum ersten Mal unter seinen Willen gezwungen hatte, für sie spürbar gewesen war, verließ er das Haus noch vor dem Frühstück. Er konnte nicht mehr warten, und je eher er zurück war, desto besser.

Golgamat war noch ganz in morgendlicher Stille versunken, als Shaan über die breiten, gepflasterten Straßen dem nächsten Stadttor entgegeneilte. Immer wieder verfiel er in einen hektischen Laufschritt, und jedes Mal zwang er sich mit purer Willenskraft zur Ruhe. Es war gut möglich, dass die Shai'yinyal sein Kommen erwartete und ihm in der Höhle oder auf dem Weg dorthin auflauerte, und er tat sich keinen Gefallen, wenn er so schnell rannte, dass er völlig außer Atem geriet. Das würde seine ohnehin schon geringen Chancen, ihrer Magie standhalten zu können, noch zusätzlich verschlechtern.

Seine Sinne waren aufs Äußerste angespannt, als er das Tor passierte und über die Schanzen und den Wehrgraben auf die Straße gelangte, die nach Norden zur nahen Bergkette führte. Nur wenn er aufmerksam war, würde sie ihn nicht überraschen können. Er musste bereit sein, ihren Angriff zu erkennen und zurückzuschlagen, sobald er auch nur einen Funken ihrer Magie spürte.

Doch nichts geschah. Unbehelligt folgte er dem Pfad, während die Sonne stetig höher kletterte und zunehmend an Hitze gewann. Ihre sengenden Strahlen stachen wie glühende Nadeln durch das kühlende Blätterdach des Waldes, der anfangs seinen Weg säumte; erst als er tiefer in die Berge vordrang, wichen die Bäume kargem Fels und ließen ihn schutzlos zurück.

Dicke Schweißtropfen standen ihm auf der Stirn, als er die Stelle passierte, an der er Madala Olvive aus dem Wasser gezogen hatte, und sein Hemd klebte nass auf seiner Haut, trotzdem eilte er ohne Zögern weiter, überquerte die Brücke über den reißenden Gebirgsbach und folgte dem schmalen Pfad, der ihn zur Höhle führen würde.

Je näher er ihr kam, desto schneller hetzte er voran. Jetzt rannte er doch, unfähig, seine Furcht noch länger zu kontrollieren, während Schauder über seinen Körper liefen und seine Zähne so heftig aufeinanderschlagen ließen, als wäre er der eisigen Kälte einer frostigen Winternacht ausgesetzt.

Als er schließlich keuchend um eine Kurve bog, weitete sich das Tal vor ihm, und er fand, noch mehrere hundert Meter von der Höhle entfernt, die ersten Spuren des nächtlichen Wirkens der Shai'yinyal. Die Erde war in wulstigen Kratern aufgeworfen worden, als hätten sich riesige Fäuste aus der Tiefe erhoben und den Boden von unten her durchstoßen. Büsche und sogar ganze Bäume lagen ausgerissen über den gesamten Hang verteilt. Ihre Wurzeln ragten, den spröden Knochen gebleichter Skelette gleich, anklagend gen Himmel.

Shaan blieb so abrupt stehen, als sei er gegen eine unsichtbare Wand gelaufen. Völlige Stille umgab ihn. Die Vögel sangen nicht, die Grashüpfer zirpten nicht, und kein einziges Tier ließ sich blicken. Noch immer erstarrt unter dem Eindruck der gewalttätigen Magie, die die Shai'yinyal hier eingesetzt hatte, hielt selbst die Natur den Atem an.

Keine zwei Dutzend Meter voraus hatte ein kreisrundes Feuer eine gewaltige schwarze Narbe ins Gras gestanzt. Shaan erkannte in ihr den Ausgangspunkt der Flammensäule, die er in der Nacht gesehen hatte. Im Umkreis von zehn Metern hatte sie jedes Leben zu staubiger Asche verbrannt.

Sein Pulsschlag beschleunigte sich, sein Körper ging in Alarmbereitschaft, dann gab er sich einen Ruck und näherte sich geduckt der Höhle. Ständig rechnete er damit, dass ihm aus dem Inneren der Grotte eine Flammenzunge entgegenfauchte, doch anstelle von Feuer drang ein unangenehmer, süßlicher Geruch aus der im Fels klaffenden Öffnung. Noch gute zehn Schritte von der Höhle entfernt verpestete er die Luft.

Shaan schluckte hart und versuchte, sich gegen den Anblick zu wappnen, der ihm gleich bevorstand. Seine Schritte wurden immer langsamer, als wate er durch zähen Teer. Er hielt den Kopf gesenkt, bis er direkt vor der Höhle stand, erst dann hob er den Blick.

Und schrie voller Entsetzen auf. Sein Vater war keine zwei Meter von ihm entfernt. Seine Arme und Beine wurden von über zwanzig Felsnadeln durchbohrt, die von oben und von unten aus dem Boden und der Höhlendecke gewachsen waren. Gehalten wurde sein schlaffer Körper jedoch von einer armdicken Gesteinsspitze, die von unten in seinen Rumpf eingedrungen war und seinen Leib erst im Bereich des Nackens wieder durchbrach. Sie war dunkel von dem Blut, das auf ihr getrocknet war.

Gefflans Haut war über und über mit Blut besudelt und mit unzähligen Brandblasen übersät. Im Grunde wurde sein zerstörter Körper nur noch durch die wenigen Fetzen zusammengehalten, die von seiner Kleidung übrig geblieben waren. Die Verletzungen, die die Shai'yinyal ihm zugefügt hatte, hatten ihn grausam entstellt, schlimmer, als wäre er von einem wilden Tier zerfleischt worden; nur sein Gesicht hatte sie unberührt gelassen. Grässliche Angst und unerträgliche Qualen zeichneten seine Züge selbst im Tode. Seine Lippen waren in einem unhörbaren Schrei erstarrt, und seine Augen waren so weit aufgerissen, als müssten die Augäpfel im nächsten Moment aus den Höhlen quellen.

Direkt vor Gefflans Leiche hatte die Shai'yinyal mit seinem Blut ein paar Worte auf den felsigen Boden geschrieben.

Du wirst versagen.

Shaan taumelte einen Schritt zurück. Im Abgrund seiner Seele fasste der Keim des Entsetzens Fuß, wucherte in seinen Brustkorb hinein und pflanzte sich über seine Arme und Beine hinweg bis in jede Faser seines Körpers fort. Er schrie es heraus, schrie wie ein Wahnsinniger.

Seine Magie explodierte in ihm und ballte dichte Wolken über der Höhle zusammen. In Sekundenschnelle verdunkelte sich der Himmel, und der vormals helle Tag wurde in dumpfes Zwielicht gestürzt. Gleichzeitig kam heftiger Sturm auf, der mit elementarer Wucht über die Hänge peitschte und mit seinem geisterhaften Heulen Gefflans Totenklage sang.

Shaan schürte ihn noch, bis die Luft einem tobenden Inferno glich, rief Wasser aus Luft und Boden herbei, schickte es in den Fels und ließ es zu Eis gefrieren. Im Sekundentakt barsten die Steinnadeln, die seinen Vater hielten, eine nach der anderen knirschend auseinander.

Gefflan sackte wie eine groteske Marionette, deren Fäden gekappt worden waren, in sich zusammen, doch Shaan ließ nicht zu, dass er zu Boden fiel. Mithilfe des Windes fing er ihn auf und ließ ihn tief ins Innere der Höhle hineinschweben. Dort legte er ihn vorsichtig ab.

Tränen rannen aus seinen Augenwinkeln und wurden vom Sturm fortgerissen, als er abrupt die Hände gen Himmel streckte. Es wurde noch dunkler, als er aus den Wolken eine mächtige Windhose formte. Der düstere Trichter des Wirbels senkte sich dröhnend auf die Erde herab, brachte sie zum Zittern und zermalmte den Boden, als bestünde er aus dünnem Papier.

Der Tornado sog gierig Sand in sich auf, bis er schwarz wie die Nacht war, dann stieß Shaan ihn in die Höhle hinein. Die Sandmassen begruben Gefflan unter sich, und kaum hatte der Sturm sein Werk getan, ließ Shaan die Decke des Höhleneingangs durch Eis auseinanderplatzen. Sie stürzte mit ohrenbetäubendem Krachen in sich zusammen und versiegelte das Grab seines Vaters.

Erst jetzt ließ Shaan seine Magie fahren, und der Schrei auf seinen Lippen erstarb. Steif wie eine Puppe wich er Schritt für Schritt rückwärtsgehend von der verschlossenen Höhle zurück. Niemand würde je von dem grausamen Tod erfahren, den sein Vater darin gefunden hatte. Doch er selbst sah Gefflans entstellten Leichnam noch immer vor sich, sah die gebrochenen Augen, die ihn anklagend anzustarren schienen, und ihm war, als könne er den süßlichen Geruch des Todes noch immer auf seiner Zunge schmecken.

Shaan schluckte krampfhaft, doch das Würgen war zu mächtig, überwältigte ihn schließlich.

* * *

Auch auf dem Rückweg nach Golgamat drehte es Shaan immer wieder den Magen um. Er nahm einen anderen Pfad als am Morgen, da er fürchtete, die Shai'yinyal könnte ihm auf halber Strecke entgegenkommen. Ohne Zweifel hatte sie seine Magie gespürt und musste ahnen, in welch kläglichem Zustand er sich nun befand. Und körperlich und seelisch geschwächt, wie er im Augenblick war, wäre er nicht dazu in der Lage, mit ihr zu kämpfen; er schaffte es ja kaum, sich auf den Beinen zu halten.

Eisige Kälte pochte hinter seiner Stirn und schien seinen Kopf mit Raureif zu füllen. Die Shai'yinyal hatte Gefflan nicht nur aus reiner Bosheit gequält. Sie hatte ihn gefoltert, um von ihm die Identität der Lanhal und ihres Shai zu erfahren.

Shaan stöhnte leise. Sein Vater hatte recht daran getan, von der Stadt fern zu bleiben. So hatte er der Shai'yinyal nichts über Deleja verraten können. Und er hatte auch über alles andere geschwiegen. Hätte die Shai'yinyal von ihm erfahren, wer die Familie war, die alle zwanzig Generationen den Shai für die Lanhal stellte, hätte sie sicher nicht gezögert, ihn in ihrer Botschaft mit seinem Namen anzusprechen, um ihn auf diese Weise mit ihrem Wissen zu demoralisieren.

Doch Gefflan hatte ihrer Grausamkeit getrotzt, sich konsequent für seine Aufgabe eingesetzt, jeden Schmerz ertragen und den Tod in Kauf genommen. Zutiefst beschämt musste Shaan erkennen, dass er selbst dazu niemals in der Lage gewesen wäre. Diese Erkenntnis beschwor eine erstickende, dumpfe Leere in ihm herauf, die ihn von innen her zu verzehren drohte und ihm die Tränen in die Augen trieb.

Und als er sich vorstellte, dass die Shai'yinyal auch Deleja so zurichten würde wie seinen Vater, sollte er nicht verhindern, dass sie sie in ihre Klauen bekam, verknotete sich ihm erneut der Leib. Wieder einmal musste er innehalten, obwohl sein Magen längst leer war und er nur noch reine Galle spuckte.

Erst nach geraumer Zeit schlich Shaan wankend weiter. Gefangen zwischen Schuld und Trauer, zwischen Angst und dem verzweifelten Willen, nicht noch einmal zu versagen, wurde der Weg zurück nach Golgamat für ihn zu einem Marsch durch die Hölle.

* * *

Deleja war nicht wirklich krank, zumindest nicht im körperlichen Sinne. Ihre Seele jedoch schmerzte wie eine offene Wunde und hatte sie die gesamte Nacht über nicht ruhen lassen, und als Linari am Morgen zu ihr gekommen war, um sie zu wecken, hatte sie sich gänzlich unter ihrer Bettdecke verkrochen und sie hastig wieder weggeschickt. Sie wollte niemanden sehen und sich erst recht nicht den Blicken der anderen aussetzen.

Linari wäre vielleicht noch verständig und mitfühlend, aber das sagte nicht viel, schließlich war sie das immer. Herness hingegen würde sie mit gerunzelter Stirn anstarren, wie er es immer tat, wenn sie im Unterricht nicht aufpasste, und ihren Gemütszustand zu analysieren versuchen, als sei sie eine seiner komplizierten logistischen Berechnungen. Vielleicht fragte er sich sogar, was tatsächlich gestern Nacht auf der Terrasse vorgefallen war.

Ihrem Vater andererseits würde seine Besorgnis offen ins Gesicht geschrieben stehen, doch wäre es weniger Besorgnis um sie als um die Heirat, die er für einen so genialen Einfall hielt. Und ihre Schwestern würden es sich gewiss nicht nehmen lassen, hinter vorgehaltener Hand über sie zu tuscheln und sich darüber zu ereifern, wie sie so töricht hatte sein können, Trist abzuweisen, obwohl er der einzige Mann war, auf den sie jemals hoffen durfte.

Am allerwenigsten mochte sie jedoch Shaan begegnen. Er hatte ihr geholfen - und wie hatte sie es ihm gedankt? Die Erinnerung an seine Furcht und die klägliche Miene, mit der er den Zorn ihres Vaters über sich hatte ergehen lassen, brachte die Tränen in ihre Augen zurück. Er mochte ihr vergeben, doch sie selbst wusste, wie schändlich sie gehandelt hatte. Und noch schlimmer war, dass sie es trotzdem nicht wagte, ihren Fehler zu richten. Nie wieder würde sie ihm offen ins Gesicht sehen können, nicht mit dem Wissen darüber, wie erbärmlich sie ihn im Stich gelassen hatte.

Sie weinte viel an diesem Morgen, so viel, als hätte sie in der Nacht nie damit aufgehört. Linari sah ab und an nach ihr, aber Deleja schickte sie jedes Mal wortlos wieder fort. Nicht einmal das fröhliche Trällern ihres Pirols konnte sie aufmuntern. Sie gab ihm zwar zu fressen, wagte jedoch nicht, in seine kleinen, schwarzen Äuglein zu blicken. Zu sehr fürchtete sie, er könnte den hässlichen Makel der Feigheit in ihrer Seele entdecken, sich verschreckt von ihr abwenden und den Kopf unter seinem Gefieder verbergen.

Und so verbrachte sie den Morgen in bedrücktem Schweigen, lauschte aber trotzdem angespannt darauf, ob die Angestellten ihres Vaters oder ihre Familie über den gestrigen Vorfall sprachen.

Vanaja und Inhira hätten es vielleicht getan, doch als die beiden gegen Mittag laut schwatzend vor ihrem Zimmer vorbeiflanierten, war Linari sogleich zur Stelle und jagte sie mit harschen Worten fort. Danach herrschte lange Zeit Stille auf dem Korridor, erst am Nachmittag tauchten dort zwei Mägde auf und begannen, die Fenster vom allgegenwärtigen Staub zu reinigen. Dabei plauderten sie quer über den Gang hinweg miteinander, laut genug, dass Deleja sie verstehen konnte, selbst ohne ein Ohr an das Holz ihrer Tür zu legen.

Und wie erstaunt war sie, als sie bemerkte, dass nicht der Eklat auf dem Fest das Gespräch beherrschte, sondern eine grelle Feuererscheinung, die in der Nacht über den Bergen im Norden getanzt haben sollte. Eins der Mädchen berichtete dem anderen aufgeregt, dass in Felnan, einem Dorf, das tief in den zerklüfteten Ausläufern des Gebirges lag, sogar die Erde gebebt hatte.

Die seltsame Erzählung der beiden ließ Deleja frösteln, obwohl die Hitze des Tages Golgamat schon seit dem frühen Morgen mit unwiderstehlicher Glut in die Knie gezwungen hatte. Sogar ihre Nackenhaare richteten sich auf, als hätte ein eisiger Windhauch sie gestreift. Hastig versuchte sie, die Worte der Mägde als dummes Geschwätz abzutun, so wie ihr Vater es ohne Zweifel getan hätte, aber das half nur wenig. Zu ihrer dumpfen Niedergeschlagenheit hatte sich eine furchtsame Unruhe gesellt, die sich hartnäckig in ihr Herz krallte. Sie war so stark, dass sie sich schließlich ankleidete und trotz allem, was gestern vorgefallen war, lieber ihr Zimmer verließ und sich den unvermeidlich demütigenden Kommentaren ihrer Familie auslieferte, als noch länger allein zu bleiben.

Linari fing sie auf den Altanen ab und ermunterte sie, ihr bei der Vorbereitung des Abendessens Gesellschaft zu leisten. Deleja stimmte dankbar zu, da die Gegenwart der Haushälterin die war, die sie noch am leichtesten zu ertragen vermochte. Linari gab sich unbefangen und fröhlich wie immer und schaffte es sogar, sie ein wenig aufzuheitern, sodass sie schließlich bei dem Gedanken, gleich mit der gesamten Familie an einem Tisch sitzen zu müssen, nicht mehr ängstlich zusammenschrak wie ein scheues Kaninchen vor dem Schatten des Habichts.

Vanaja und Inhira betraten den Speisesaal zuerst, verhielten sich jedoch erstaunlich ruhig. Deleja begann zu argwöhnen, dass Linari sie streng ins Gebet genommen hatte. Herness kam als nächster, danach ihr Vater. Ein Platz blieb jedoch leer.

„Wo ist Shaan?“, fragte Deleja bang, nachdem sich alle gesetzt hatten. Unwillkürlich sah sie dabei ihren Vater an.

Der winkte beschwichtigend ab. „Ich habe ihn nicht hinausgeworfen, Kleines. Herness hat ihn beauftragt, einen Brief zu einem Bekannten in ein benachbartes Dorf zu bringen.“

Sofort musste Deleja an das Gespräch der Mägde denken. „Etwa nach Felnan?“, fragte sie erschrocken.

„Ja.“

„Hätte das nicht ein Arbeiter aus dem Kontor übernehmen können?“

„Natürlich, aber Herness und ich waren uns einig, dass es nicht schaden könnte, Shaan ein wenig zu beschäftigen.“

„Habt ihr denn nicht gehört, dass in Felnan heute Nacht die Erde gebebt hat? Und ein großes Feuer muss es dort auch gegeben haben!“

„Davon habe ich tatsächlich gehört, aber erst, nachdem Shaan das Kontor bereits verlassen hatte. Allerdings ist das kein Grund zur Sorge. Die Leute übertreiben wieder einmal maßlos. Seit sechzehn Jahren hat es kein Erdbeben mehr in der Stadt und im Umland gegeben, und ein Feuer, das eine flammende Säule erzeugt, die bis in den Himmel aufsteigt und über viele Meilen hinweg bis nach Golgamat zu sehen ist, halte ich für nicht sehr wahrscheinlich.“

Deleja sträubten sich schon wieder die Haare. Sie wusste nicht warum, aber sie konnte sich so etwas ziemlich gut vorstellen. Ihre Sorge wuchs. „Wann hat Shaan das Kontor verlassen?“

„Heute Morgen. Er ist noch vor dem Frühstück aufgebrochen.“

„So früh? Dann hätte er längst zurück sein müssen!“

„Ich nahm an, dass er bereits wieder im Haus ist.“

Deleja wies heftig auf Shaans leeren Platz. „Das ist er nicht! Sonst säße er jetzt hier.“

„Vielleicht hat ihn der lange Marsch ermüdet, und er hat sich hingelegt. Er könnte die Zeit zum Abendessen verschlafen haben. Herness, weißt du, ob Shaan zurück ist?“

„Nein, leider nicht. Ich habe den gesamten Nachmittag damit verbracht, Aufgaben für die Unterrichtsstunden der kommenden Woche vorzubereiten.“

Linari hatte dem Gespräch gelauscht, während sie das Essen auftrug. Als Deleja ihr einen flehenden Blick zuwarf, mischte sie sich ein. „Ich werde nachsehen, ob Shaan in seinem Zimmer ist.“

Deleja nickte ihr dankbar zu, und die Haushälterin verschwand. Deleja kaute nervös auf der Unterlippe herum, während sie ungeduldig auf ihre Rückkehr wartete. Die anderen begannen bereits zu essen, sie selbst bekam keinen Bissen hinunter.

Linari ließ sich Zeit, und als sie endlich wiederkam, war sie allein. „Shaan ist nicht in seinem Zimmer, und niemand hat ihn gesehen. Ich habe sogar beim Tor nachgefragt. Es scheint fast so, als wäre er noch nicht wieder zurück."

Die Sorge in ihrer Stimme übertrug sich auf Deleja, und selbst ihr Vater runzelte nachdenklich die Stirn. Keiner sprach es aus, aber inzwischen glaubten wohl alle, dass Shaan in Schwierigkeiten steckte. Oder war er vielleicht weggelaufen, weil ihr Vater so hart mit ihm umgesprungen war?

Allein die Vorstellung versetzte ihr einen schmerzhaften Stich, und doch flehte sie, es möge nur das und nichts Schlimmeres sein. Was, wenn er gestürzt war und sich verletzt hatte? Möglicherweise konnte er nicht weitergehen und lag irgendwo hilflos und mit zerschmetterten Knochen am Wegesrand.

„Wir müssen nach ihm suchen!", platzte sie mit zitternder Stimme heraus. „Wenn er noch lange fortbleibt, wird er die Nacht vor den verschlossenen Stadttoren verbringen müssen."

Ihr Vater nickte bedächtig. „Ich werde gleich nach dem Essen ein paar Männer losschicken. Solange gebe ich ihm noch. Vielleicht ist er nur aufgehalten worden."

Doch wirklich überzeugt klang er nicht, und auch Deleja zweifelte daran. Beklommen starrte sie zur Tür. Sie blieb beharrlich geschlossen.

* * *

Shaan blieb verschwunden, und so musste ihr Vater schließlich doch seine Männer auf die Suche nach ihm schicken. Er ging sogar selbst, was Deleja ihm hoch anrechnete. Am liebsten hätte sie ebenfalls das Kontor verlassen. Bis zum Einbruch der Dämmerung blieb nicht mehr viel Zeit, und je mehr Leute die Gegend nach Shaan durchkämmten, desto größer war die Chance, ihn zu finden. Doch ihr Vater gebot jeglichen Aktivitäten ihrerseits energisch Einhalt, und sie musste ihm widerwillig recht geben. Golgamat war kein Ort, an dem ein junges Mädchen in der Dunkelheit allein unterwegs sein sollte.

So zu tun, als sei alles in Ordnung, konnte sie aber auch nicht, deshalb zog sie sich nicht wieder in ihr Zimmer zurück, sondern wanderte unruhig auf den Altanen des Innenhofs auf und ab. Minuten verstrichen, dann eine halbe Stunde. Delejas Furcht wuchs mit dem Voranschreiten der Dämmerung. Der Himmel verlor zusehends sein strahlendes Blau an den Schatten der heraufziehenden Nacht, und bald darauf mussten sogar die Windlichter, die ringsum an den Pfeilern der Altane hingen, entzündet werden.

Deleja umklammerte mit beiden Händen das glatt polierte Geländer, legte den Kopf in den Nacken und lauschte dem gedämpften Rauschen der Brandung, die sanft gegen die Kaimauern des Kontors rollte. Und zum ersten Mal seit Jahren sprach sie ihm Geiste wieder zur Gottheit des Meeres und bat sie, Shaan sicher nach Hause zu geleiten.

Als ein leichter Windhauch sie streifte, blickte sie unwillkürlich nach unten – und stieß einen überraschten Schrei aus. Shaan wankte soeben mit unsicheren Schritten in den Innenhof.

„Shaan!"

Ein Schauder lief über seine Gestalt. Er blickte kurz zu ihr hoch, blieb jedoch nicht stehen. Wie eine Marionette an den Fäden eines unsichtbaren Puppenspielers schlurfte er weiter.

„Shaan, warte!"

Deleja hastete die Treppen der Altane hinunter und wäre beinahe gestolpert, weil ihr die Knie plötzlich weich wie Hafergrütze geworden waren. Über den Hof eilte sie auf ihn zu, erreichte ihn, bevor er das Haus betreten konnte, und fasste ihn am Arm.

„Wo in aller Welt warst du solange?", rief sie halb tadelnd, halb erleichtert.

Erst jetzt blieb er stehen, wandte sich ihr aber nicht zu und hielt den Kopf gesenkt. Trotzdem bemerkte sie die kränklich wächserne Blässe seiner Haut, seine bläulich verfärbten Lippen und seine zerzausten, schweißnassen Haare.

Auch seine Haltung war verkrampft. Seine Schultern waren tief herabgesunken, sein Rücken wie unter einer schweren Last gekrümmt, und er hielt beide Arme fest vor den Magen gepresst.

Ihre Erleichterung wich neuer Furcht. „Was ist passiert?"

Shaan behielt den Blick am Boden. Seine Antwort war so einsilbig wie leise. „Nichts."

„*Nichts*? Du siehst aus, als hätte dich ein Ochse gefressen und wieder ausgespuckt! Bist du krank?"

„Nein."

„Brauchst du Hilfe?"

„Nein."

Doch noch während er sprach, schwankte er, hatte offensichtlich kaum noch genug Kraft zum Stehen. Deleja verfluchte Afnan, der Shaan in diesem Zustand das Tor hatte passieren lassen, ohne ihn zu begleiten oder jemanden zu rufen, der ihn stützte.

„Du kannst dich kaum noch auf den Beinen halten!"

Da hob Shaan den Kopf. Seine dunklen Augen glänzten fiebrig und richteten sich flehend auf sie. „Es ... ist wirklich nichts. Bitte, lass mich vorbei."

Sein Blick brannte sich wie Feuer in ihr Herz. Nie zuvor hatte sie einen derart gequälten Ausdruck bei einem Menschen gesehen.

„Aber ..."

Sie brach ab, als sich seine Augen plötzlich weiteten und glasig wurden. Im nächsten Moment presste er eine Hand vor den Mund, riss sich von ihr los und hastete in einer Geschwindigkeit, die sie ihm nicht mehr zugetraut hätte, zum Abtritt.

Erschrocken starrte sie auf die Tür, die krachend hinter ihm zufiel. Es musste ihm wirklich schlecht gehen.

Mit banger Sorge wartete sie. Es dauerte beängstigend lange, bis sich die Tür zum Abtritt wieder öffnete, und als er daraus hervortrat, sah er noch jämmerlicher aus als zuvor. Sein Gesicht glich einem verirrten weißen Fleck in der Dämmerung. Mit einer Hand suchte er fahrig nach einem Halt, seine zitternden Finger glitten jedoch von der Mauer ab. Er schwankte noch eine Sekunde, sackte dann wie in Zeitlupe in die Knie und fiel schließlich haltlos vornüber. Mit dem Gesicht voran landete er im Staub.

Deleja eilte zu ihm, kniete neben ihm nieder und drehte ihn auf den Rücken. Er reagierte nicht auf ihre Berührung. Seine Augen waren fest geschlossen, sein Atem ging flach und hektisch, und Schweiß stand in feinen Perlen auf seiner Stirn. Und selbst durch den Stoff seines Hemdes konnte sie spüren, dass sein Körper glühte wie ein Kohleofen.

„Linari!", schrie sie aus Leibeskräften.

Ihre Stimme hallte von den Wänden des Innenhofs wider und schwang sich bis zum obersten Altan hinauf. Eine Dienstmagd schob kurz darauf ihren Kopf über die Brüstung und spähte hinunter.

„Hol Linari!", rief Deleja ihr zu, die Hände verzweifelt in Shaans Hemd gekrallt.

Das Mädchen nickte erschrocken und verschwand sofort wieder. Endlose Sekunden vergingen, bis endlich Linari auf den Treppen erschien und über die breiten Stufen in den Innenhof hinunterstürmte. Sie setzte eben ihre Füße auf den Boden, als Deleja ihren Vater und Herness erblickte, die vom Kontor aus ebenfalls in den Hof traten. Alle drei starrten erschrocken auf Shaans reglose Gestalt, doch während Herness und ihr Vater noch wild durcheinander redeten, kniete Linari bereits neben Shaan, griff nach seinem Handgelenk und fühlte seinen Puls. Anschließend tätschelte sie ihm die Wangen.

„Shaan? Shaan, hörst du mich? Wach auf!"

Shaan stöhnte leise. Seine Augenlider begannen kurz zu flattern, blieben jedoch geschlossen.

Linari blickte auf. „Wir brauchen Wasser!"

Herness ergriff ohne langes Zaudern den Eimer, der stets neben dem Brunnen im Innenhof bereitstand, und ließ ihn am Seil in die Tiefe hinab. Das hölzerne Gefäß platschte auf die Wasseroberfläche und füllte sich gurgelnd, dann zog er es wieder hoch und stellte es neben Shaan auf den Boden. Linari zauberte ein sorgsam gefaltetes Tuch aus einer der vielen

Taschen ihrer Schürze hervor, tauchte es in das kühle Nass und tupfte Shaan die Stirn und die Wangen ab. Ein Schatten fiel über ihre Züge.

„Der Junge ist glühend heiß", murmelte sie besorgt.

Deleja kniete noch immer dicht neben Shaan. Mit Tränen in den Augen blickte sie Linari an. „Ich ... ich glaube, ihm war schlecht", krächzte sie; ihre Kehle schien mit Staub gefüllt zu sein, und ihre Zunge wollte ihr nicht gehorchen.

Linari sah nicht auf, sondern tränkte das Tuch ein zweites Mal und rieb Shaans Gesicht erneut damit ab, nickte jedoch, um ihr zu zeigen, dass sie sie gehört hatte.

Als das feuchte Tuch dieses Mal über Shaans Stirn strich, begannen seine Lider heftiger zu flattern und kamen schließlich mühsam in die Höhe. Der Blick seiner Augen war trüb wie ein nebelverhangener Herbsttag. Er blinzelte verständnislos, wusste offenbar nicht, wo er war.

Linari tätschelte ihm erneut die Wangen. „Nur noch ein Stück, Junge. Gleich bist du wieder bei uns."

Endlich klärten sich seine verschleierten Augen, doch kaum hatte er erkannt, wer um ihn herumstand, versuchte er, sich aufzusetzen. „Ich bin in Ordnung", nuschelte er.

Linari legte ihm beide Hände auf den Brustkorb und verhinderte, dass er sich aufrichtete. Viel Kraft musste sie dabei nicht aufwenden. Shaan bekam seinen Kopf gerade einmal eine gute Handbreit vom Boden hoch, dann verließ ihn auch schon wieder jegliche Körperspannung.

Kopfschüttelnd sah Linari auf ihn herab. „Immer langsam, junger Mann. Herness, hilf mir bitte, Shaan ins Haus zu bringen!"

Shaan widersprach nicht. Seine Augen hatten sich schon wieder halb geschlossen, sein Kopf war zur Seite gefallen.

Deleja warf ihrem Vater einen flehenden Blick zu.

Er nickte ihr zu, schob dann Herness beiseite. „Lasst mich das übernehmen!"

Damit bückte er sich, hob Shaan scheinbar mühelos vom Boden hoch und trug ihn auf sein Zimmer. Herness und Linari gingen hinterdrein, Deleja folgte zuletzt. Vor der Tür zu Shaans Quartier schlossen die anderen sie jedoch aus. Sie musste draußen warten.

Erst nach geraumer Zeit trat ihr Vater wieder auf den Flur hinaus. Deleja flog ihm entgegen.

„Wie geht es Shaan?"

Ihr Vater seufzte. „Den Umständen entsprechend, würde ich sagen. Es scheint, als habe er auf dem Weg zurück ein paar giftige Beeren gegessen. Daran hat er sich wohl den Magen verdorben."

„Aber er kommt doch wieder in Ordnung?"

„Natürlich, Kleines. Du kannst beruhigt sein. Linari kümmert sich um ihn, und du weißt ja, wie gut sie es versteht, Kranke zu pflegen. Vermutlich wird es ihm morgen schon wieder besser gehen."

Deleja senkte den Kopf. „Das hoffe ich", flüsterte sie leise.

„Vertraue ruhig darauf."

Mit diesen Worten umarmte er sie kurz und ging. Deleja blieb erneut allein auf dem Korridor zurück, und ihr Herz wurde schwer vor Kummer. Beeren mochten der Auslöser für Shaans Krankheit gewesen sein, doch sicher wären sie ihm nicht derart übel auf den Magen geschlagen, wenn er nicht schon unter der Drohung ihres Vaters, ihn bei dem nächsten Fehlverhalten aus dem Haus zu werfen, zu leiden gehabt hätte.

Tief beschämt sah Deleja zu Boden, und wenn Linari nicht nach einer Weile zu ihr auf den Gang getreten wäre und sie in ihr Zimmer geschickt hätte, hätte sie die Nacht wohl reglos vor Shaans Tür zugebracht.

13. Das Wirken der Shai'yinyal

Der Vormittag war schon halb vorüber, als Shaan mit einem Schrei auf den Lippen erwachte. Die Augen weit aufgerissen, fuhr er im Bett hoch – und stieß ein gequältes Keuchen aus. Das Zimmer begann sich um ihn zu drehen, als säße er plötzlich auf einem wild gewordenen Karussell, das zu unseligem Leben erwacht war und ihn mit aller Macht zu Boden zu schleudern versuchte. Hastig grub er seine Finger tief in die Matratze hinein und klammerte sich gleichzeitig mit seinen Blicken am Fensterrahmen fest - ein Anker, der ihm half, die Orientierung zu wahren.

Unter dem Einfluss des Schwindels begann sein Magen erneut zu rebellieren, dabei schien von ihm kaum mehr geblieben zu sein als ein verhärteter, kalter Klumpen Fleisch, der vergessen hatte, in welcher Weise er dem Körper dienen sollte.

Shaan presste einen Arm vor seinen schmerzenden Leib, krümmte sich zusammen und stöhnte leise. Übelkeit und Schwindel waren nicht seine einzigen Probleme. Sein Kopf dröhnte unter jedem Pulsschlag, als würde direkt neben seinen Ohren ein Hammer wieder und wieder auf einen Amboss herabkrachen, und bei jedem Hieb zog sich dumpfe Pein von seiner Stirn über seinen Schädel hinweg bis in den Hinterkopf hinein.

Diesen Schmerz hatte er selbst verursacht, hatte er doch gestern weitaus mehr Magie heraufbeschworen, als gut für ihn gewesen wäre, und es versäumt, sich anschließend gründlich abzukühlen. So hatte Fieber seinen Körper geschwächt, glühte selbst jetzt noch nach, und er fühlte sich so erbärmlich kraftlos, als hätte ein irrer Folterknecht ihm sämtliche Muskeln und Knochen aus dem Leib geschmolzen. Angesichts dessen, was mit seinem Vater geschehen war, schrumpfte sein eigenes Leid jedoch zu einem bedeutungslosen Nichts, zu einer lächerlichen Banalität, die es nicht wert war, beachtet zu werden.

Shaan schluchzte auf, presste die Hände vor die Augen und suchte Zuflucht in der Dunkelheit. Seinen grausam entstellten Vater sah er trotzdem vor sich. Die gesamte Nacht über hatte der schreckliche Anblick ihn verfolgt, selbst dann noch, als er, von seiner Erschöpfung überwältigt, in einen unruhigen Schlaf gefallen war. Er erinnerte ihn an seine Schuld, eine Schuld, die er niemals tilgen konnte, auch wenn es ihm wider Erwarten gelingen sollte, der Lanhal beim bevorstehenden Kampf zum Sieg zu verhelfen.

Deleja - der Gedanke an sie ließ ihn erneut heftig zusammenfahren. Er sollte sie beschützen, statt faul herumzuliegen und sich selbst zu bemitleiden. Ein schöner Held war er! Er wusste nicht einmal, wo sie sich gerade aufhielt.

Hastig spürte er in sich hinein, fand den Ruf als feines Raunen in seiner Seele und atmete erleichtert auf. Deleja war im Haus, saß im Lehrzimmer beim Unterricht. Dort war sie vorerst sicher, trotzdem wurde es Zeit, zu ihr zu gehen und seine Pflicht zu erfüllen.

Allein der Gedanke ans Aufstehen ließ jede Faser seines Körpers ächzend protestieren, doch er achtete nicht darauf, sondern zwang sich mit langsamen Bewegungen aus dem Bett. Delejas Sicherheit war alles, was für ihn zählen durfte. Auf seinen eigenen körperlichen Zustand durfte er keine Aufmerksamkeit verschwenden, und wenn, dann nur, um ihr möglichst gut dienen zu können. Er hatte bereits oft genug versagt.

Er schaffte es, trotz der Schwindelattacken, die hartnäckig an ihm zerrten, auf den Beinen zu bleiben und sich anzukleiden. Danach verließ er schwankend das Zimmer. Eine Hand weiterhin vor den Magen gepresst und mit der anderen an der Wand nach Halt suchend, quälte er sich voran.

Die Fenster zum Innenhof standen weit offen, und er schlurfte zu ihnen hin, hoffte auf Kühlung durch die frische Luft, doch stattdessen schlug ihm eine erdrückende, backofengleiche Hitze entgegen, die sich sofort wie ein schweres Tuch über ihn stülpte und seine Lungen mit glühenden Kohlen zu füllen schien. Die Sonne stand bereits hoch am Himmel, brannte jede Feuchtigkeit aus dem Boden, als wolle sie die Erde in tote Schlacke verwandeln, und kein Lüftchen regte sich, als habe selbst das Meer vor dem Ansturm der feurigen Glut kapituliert.

Die lastende Hitze trieb ihm dicke Schweißperlen auf die Stirn, kaum dass er fünf Schritte gegangen war, und saugte ihm das letzte Quäntchen Kraft aus dem Leib. Mit fest aufeinandergebissenen Zähnen versuchte er, beides zu ignorieren. Er musste weiter.

* * *

Lange, qualvolle Minuten später kämpfte sich Shaan ins zweite Stockwerk des Hauses vor. Die Treppe wurde ihm beinahe zum Verhängnis. Jede weitere Stufe schien sich höher vor ihm aufzutürmen als die vorherige, und als er endlich oben war, schwankte er so stark, dass er um ein Haar rücklings wieder hinabgestürzt wäre. Im letzten Moment fand er Halt an der Wand und stützte sich schwer gegen sie.

Sein Atem ging flach und keuchend, sein Hemd war schweißnass und klebte an seinem Rücken, und bunte Flecken tanzten einen höhnischen Reigen vor seinen Augen. In seinen Ohren rauschte es fast so laut wie die Brandung des Meeres, und so glaubte er zunächst zu fantasieren, als jemand seinen Namen rief.

„Shaan!"

Schnelle Schritte folgten. Mühsam hob er den Kopf. Linari stürmte auf ihn zu. Ihre Gestalt wurde von der zähflüssigen Luft und seinen revoltierenden Augen zu einem verschwommenen Schemen verzerrt, der wogte und waberte wie eine Hitzespiegelung in der Wüste.

Shaan ächzte und versuchte, sich von der Wand zu lösen. Er wollte nicht mit Linari reden. Sie würde ihn nur aufhalten. Nur leider schien sein Rücken plötzlich mit der Mauer verwachsen zu sein. Er konnte sich nicht rühren, und da war die Haushälterin auch schon heran.

Sie nahm ihn beim Arm, zog ihn ein Stück von der bedrohlich nahen Treppe fort und schüttelte tadelnd den Kopf. „Du liebe Güte, Shaan. Was schleichst du hier herum? Du solltest im Bett liegen!"

Shaan kratzte den kläglichen Rest seiner Kraft zusammen, um seine Stimme bestimmt klingen zu lassen. „Ich habe es nicht mehr in meinem Zimmer ausgehalten."

„Das solltest du aber. Du dürftest nicht einmal aufstehen! Weißt du eigentlich, wie elend du aussiehst?"

Das Mitgefühl in ihren Augen trieb ihm eine eisige Lanze in den Bauch. „Es ist gleichgültig, wie es mir geht."

Linari verstärkte ihren Griff. „Mir nicht."

Shaan senkte den Blick. Niemanden hatte je interessiert, wie es ihm ging, und daran würde sich auch nie etwas ändern, gerade jetzt nicht, wo der Kampf tatsächlich begonnen hatte und er all seine unzulänglichen Fähigkeiten für Delejas Schutz aufbieten musste.

Linari fasste ihn beim Kinn wie ein kleines Kind und zwang ihn, sie anzusehen. „Ob du es glaubst oder nicht, Junge, mir liegt etwas an deinem Wohlergehen. In diesem Zustand lasse ich dich nicht im Haus umherwandern."

Shaan versuchte kurz, sich gegen ihren Griff aufzulehnen, ließ es aber sofort wieder sein. So schwach, wie er im Augenblick war, benötigte er seine gesamte Kraft, um sich auf den Beinen zu halten.

„Ich gehe nicht zurück in mein Zimmer!", begehrte er heftig auf.

Linari hob abwehrend die Hände. „Ich werde dich nicht dazu zwingen, wenn du es nicht willst, aber ich werde auch nicht zulassen, dass du wieder zusammenbrichst." Sie lächelte. „Nun, dann werde ich dir ein gutes Frühstück zubereiten, das wird deine Lebensgeister wieder wecken!"

Allein die Erwähnung von Essen genügte, um erneut Übelkeit in seiner Kehle aufsteigen zu lassen. „Lieber nicht."

„Ich kann verstehen, dass dein Magen noch ein wenig aufmüpfig ist, aber du musst etwas essen!"

„Das ... das kann ich nicht!"

„Wie stellst du dir das vor? Willst du dich von heute an nur noch von Wasser ernähren?"

„Das wäre mir am liebsten."

„Das ist Unsinn! Du bist jetzt schon so schwach, dass du kaum stehen kannst. Wenn du nicht bald etwas isst, werden wir dich spätestens in einer Stunde in dein Bett zurück*tragen* müssen. Willst du das?"

„Nein."

„Dann komm mit mir! Anders wirst du nicht wieder zu Kräften kommen!"

Shaan biss sich auf die Lippe. Linari hatte recht. Er würde Deleja nicht beschützen können, wenn er klapprig wie ein hundertjähriger Greis vor die Shai'yinyal trat. Dann noch weniger, als er es ohnehin schon vermochte.

„Also schön", gab er widerstrebend nach.

Linari strahlte ihn an. „Na also. Komm!"

Sie winkte ihm mit einer Hand, die andere behielt sie an seinem Arm. Während sie zum kleinen Speisesaal im dritten Stockwerk des Westflügels hinaufstiegen, stützte sie ihn wie einen alten Mann und plapperte dabei munter auf ihn ein. So gelang es ihr, ihn von seiner Schwäche abzulenken, sodass ihm nicht jeder Schritt zur Qual wurde; dennoch war er heilfroh, als er sich endlich auf einen Stuhl sinken lassen konnte. Seine zittrigen Beine hätten ihn keinen Meter weiter tragen können.

Während er keuchend zu Atem zu kommen versuchte, bereitete Linari ihm eine heiße, kräftige Brühe zu. Er musterte die Haushälterin skeptisch, als sie ihm den dampfenden Teller vorsetzte. Allein der Geruch beschwor die Übelkeit so stark herauf, dass er befürchtete, sich auf der Stelle übergeben zu müssen, aber unter Linaris strengem Blick überwand er sich, nahm den Löffel zur Hand und schob sich ein wenig von der Brühe in den Mund.

Erstaunlicherweise passierte die Flüssigkeit den engen Knoten in seiner Kehle beinahe mühelos und rann wohltuend seine Speiseröhre hinab. Weitere Schlucke lösten alsbald die Klammer um seinen Hals vollständig, und auch die steinharte Verkrampfung seines Magens lockerte sich.

Als er den Teller geleert hatte, spürte er mit nicht geringer Verwunderung, wie hungrig er war. Er ließ sich von Linari neu auffüllen und bat schließlich sogar um ein Stück Brot. Sie strahlte über das ganze Gesicht, als sie seine Bitte erfüllte.

Während er den zweiten Teller verputzte, rissen die Schleier vor seinen Augen auf, seine Kopfschmerzen gingen auf ein erträgliches Maß zurück, und seine Muskulatur gewann zunehmend an Spannkraft. Vorsichtig streckte und reckte er sich und stand schließlich auf.

Linari lächelte zufrieden. „So gefällst du mir schon besser."

Shaan versuchte, ihr Lächeln zu erwidern. „Danke."

„Gern geschehen. Du kannst jederzeit zu mir kommen, wenn du etwas brauchst."

„Einfach so?"

„Natürlich."

„Stört dich das nicht bei deiner Arbeit?"

„Mich um das Wohl der Menschen im Haus zu kümmern, *ist* meine Arbeit! Es ist die Aufgabe, der ich mich verschrieben habe."

Shaan verspürte einen Stich in der Magengegend. „Empfindest du sie nicht manchmal als Bürde?"

„Nein, warum sollte ich?"

„Ich ... ich weiß nicht. Vergiss es einfach."

Hastig wandte er sich ab und verließ die Küche.

* * *

Gestärkt und mit weitaus gefestigteren Schritten als zuvor folgte Shaan dem Ruf der Lanhal, der ihn zielsicher zu dem Raum führte, in dem Deleja von Herness unterrichtet wurde. Er hörte ihre Stimmen bereits durch die geschlossene Tür, da sie angeregt über eine Berechnung diskutierten, doch plötzlich brach Deleja ihre Argumentation ab und verstummte. Shaan beeilte sich zu klopfen und trat ein, als er dazu aufgefordert wurde.

Deleja senkte scheu den Blick, als sie ihn erkannte, Herness hingegen eilte auf ihn zu und nahm ihn an beiden Schultern.

„Ich habe nicht damit gerechnet, dich schon wieder auf den Beinen zu sehen, mein Junge. Wie geht es dir?"

„Es geht mir gut."

„Gut?", fragte Herness zweifelnd und musterte ihn eindringlich.

„Besser als gestern. Kann ich hierbleiben und zusehen?"

„Natürlich", erwiderte Deleja sofort.

Herness runzelte skeptisch die Stirn. „Bist du sicher, dass du dich nicht wieder ins Bett legen willst?"

Shaan seufzte entnervt. Warum stellte ihm nur jeder die gleiche Frage?

„Weshalb bist du nur so besorgt um mich?", entfuhr es ihm schroff.

Herness' Blick wurde weich. „Du bist mein Neffe. Ist es nicht selbstverständlich, dass ich mich um dich sorge?"

Shaan schluckte hart. „Ich ... weiß nicht. Ist es das?"

„Natürlich ist es das."

Shaan sah fort. Was auch immer der Mann für ihn empfinden mochte: Es war eine Lüge. Er war nicht Herness' Neffe. Er war niemandes Neffe! Er war der Shai'lanhal, allein dazu geboren, der Lanhal zu dienen. Schon einmal hatte er sich leichtfertig von seiner Aufgabe ablenken lassen. Das durfte nicht noch einmal geschehen. Und so drückte er das schmerzhafte, unentwirrbare Gewühl von Emotionen, das in ihm aufzusteigen drohte, in einen versteckten, dunklen Winkel seiner Seele und atmete tief durch.

„Kann ich nun bleiben?"

„Wenn es Deleja nicht stört ..."

„Das tut es nicht!“, rief Deleja schnell. „Außerdem hattet Ihr doch ohnehin vor, Shaan am Unterricht teilnehmen zu lassen.“

Herness nickte. „Das stimmt. Hast du denn deinen Vater gefragt, ob er damit einverstanden ist?“

Deleja errötete. „Nein, ich ... ich bin noch nicht dazu gekommen.“ Sie warf Shaan einen zaghaften Blick zu.

Er erwiderte ihn offen, und da glitt ein leichtes Lächeln über ihre Züge, und sie sprach hastig weiter. „Das macht aber nichts. Er wird kaum etwas dagegen haben, denn bevor Ihr Shaan etwas beizubringen versucht, sollte er sich den Unterricht erst einmal ansehen und entscheiden, ob ihn das, was ich lernen muss, überhaupt interessiert.“

Das klang so, als hätte sie durchaus dafür Verständnis, wenn es nicht so wäre.

Herness zögerte kurz und nickte dann. „Also schön. Setz dich zu uns, Junge.“

„Danke“, sagte Shaan erleichtert und zog sich einen Stuhl an den Tisch heran.

Herness nahm seine Belehrungen wieder auf, und als sich Deleja über ihre Schiefertafel beugte und konzentriert zu rechnen begann, legte sich eine leichte Rötung auf ihre marmorfarbenen Wangen. Ihr schmales, durchscheinend wirkendes Gesicht war so schön wie das einer kunstvoll modellierten Porzellanpuppe, nur lebendiger und gleichzeitig noch zerbrechlicher.

Shaan hatte den Gedanken kaum beendet, als sich der Anblick des verbrannten, verkrüppelten und entstellten Körpers seines Vaters vor seine Augen schob und Delejas zierliche Erscheinung überlagerte wie eine nachtschwarze Gewitterwolke das Licht der Sonne. Shaan erschrak zutiefst, ballte gleich darauf jedoch grimmig die Fäuste. Er würde nicht zulassen, dass die Shai'yinyal Deleja das Gleiche antat! Niemals würde er das zulassen, und wenn er dafür mit seinem Leben bezahlen müsste.

* * *

Der Rest des Morgens verging wie im Fluge. Während Shaan Deleja beim Arbeiten zusah, erholte er sich langsam, und das Mittagessen, das Linari ganz seinen Bedürfnissen anpasste, tat ein weiteres dazu, seinen lädierten Zustand zu verbessern. Er blieb die gesamte Mittagspause über bei Deleja, und auch sie machte keine Anstalten, sich für diese Zeit in ihr Zimmer zurückzuziehen. Sie fragte ihn sogar, ob er seine Geschichte bereits weitergeschrieben hatte. Er war froh über ihr Interesse und versicherte ihr, dass er bald fortfahren würde.

Nach der Pause kehrte er mit Deleja ins Unterrichtszimmer zurück, wurde aber zusehends unkonzentrierter. Mit angespannter Miene begann er nach innen zu horchen, während er scheinbar aufmerksam Herness' Belehrungen lauschte, und seine Gedanken fingen an, in seinem Kopf einen düsteren Reigen zu tanzen. Indem die Shai'yinyal seinen Vater getötet hatte, hatte sie den Kampf eröffnet. Jeden Moment rechnete er mit einer weiteren Aktion von ihrer Seite aus. Ohne Zweifel würde sie sich nun gegen die Mädchen wenden, die im selben Monat wie Deleja geboren worden waren.

Unter dem Tisch verkrampften sich seine Finger zu Krallen. Sollte sie es nur versuchen! Ihre Magie würde ihn zu ihr führen, und dann würde er die Shai'yinyal stellen und aufhalten. Niemals wieder durfte sie einem Menschen so viel Leid zufügen wie seinem Vater, weder Deleja noch den anderen Mädchen.

Tränen traten in seine Augen und verschleierten seinen Blick. Seinen Vater hatte er nicht beschützen können, ihm blieb nur, Rache für seinen Tod zu nehmen, Rache, die er von der Shai'yinyal fordern würde, ganz gleich, ob sie Deleja nun sofort angriff oder sich erst einem der anderen Mädchen zuwandte.

Damit würde er seine Pflichten gegenüber Deleja nicht vernachlässigen, denn auch die Shai'yinyal konnte nur an einem Ort zugleich sein - an einem Ort, an dem auch er zu sein gedachte!

Er musste nicht lange warten. Eine ferne Glocke hatte eben den Beginn der zweiten Stunde des Nachmittags verkündet, als ihn ihre Magie wie ein Hammerschlag im Genick traf. Shaan zuckte zusammen und hätte beinahe einen schmerzerfüllten Schrei ausgestoßen. Er spürte nicht nur, wo die Shai'yinyal sich gerade aufhielt, er fühlte auch, was sie tat. Das Echo ihrer Magie toste durch seine Seele wie ein eruptierender Geysir, schien seine Haut zu versengen und legte sich als quälender Druck um seinen Brustkorb, der ihm den Atem knapp werden ließ. Er wusste sofort, was das zu bedeuten hatte. Die Shai'yinyal brachte einen anderen Menschen unter ihren Willen. Ganz sicher wollte sie ihr Opfer benutzen, um das erste der Mädchen zu töten.

Überhastet sprang er auf.

„Was hast du?", fragte Deleja irritiert. Auch Herness machte ein besorgtes Gesicht.

„Ich ... ich glaube, ich muss für eine Weile an die frische Luft", stieß Shaan krächzend hervor und eilte zur Tür.

„Warte!", rief Deleja ihm nach. „Soll Herness dich begleiten?"

„Nein, das ist nicht nötig. Ich bleibe in der Nähe."

„Bist du sicher?"

„Ja, ganz sicher!"

Deleja war noch nicht überzeugt, das war offensichtlich. Shaan wich ihrem Blick beschämt aus. Sie sorgte sich um ihn, und er dankte es ihr, indem er sie anlog. Er hasste es, das tun zu müssen, und er hasste es, dass ihm Lügen immer leichter über die Lippen kamen, doch er hatte keine Wahl. Aber das war schließlich nichts Neues für ihn.

„Ruh dich aus!“, hörte er Herness noch hinter sich her rufen.

Shaan nickte knapp, zügelte mit Gewalt seine Schritte, bis er die Tür hinter sich geschlossen hatte, dann begann er zu laufen. Die Magie der Shai'yinyal war zwar erloschen, aber das machte nichts. Er konnte den Ort, an dem sie gewirkt hatte, ohne Mühe finden – und damit vielleicht auch sie.

Ein grimmiger Laut entrang sich seiner Kehle wie das Knurren eines Wolfs und trieb ihn zu noch größerer Eile an. Überstürzt verließ er das Haus und sprintete über die Innenhöfe dem Eingang des Kontors entgegen. Er hatte ihn beinahe erreicht, als Talnin Sorko pfeifend hinter einem Wagen hervortrat. Der junge Gehilfe winkte ihm und grinste. Vielleicht erwartete er, dass er stehen blieb und sich mit ihm unterhielt, doch Shaan erwiderte den Gruß nur knapp und hastete an ihm vorüber. Jede Sekunde zählte, und jede unnötige Trödelei konnte den Tod eines unschuldigen Menschen bedeuten.

Die Magie der Shai'yinyal war zwar ein zuverlässiger Wegweiser, leider lag die halbe Stadt zwischen ihm und der Stelle, an der sich ihr finsterer Zauber entfaltet hatte, und er kam längst nicht so schnell voran, wie er es sich gewünscht hätte. Seine gerade erst notdürftig kurierte Schwäche und Übelkeit machten sich wieder bemerkbar und schienen ihm unsichtbare Gewichte auf die Schultern zu laden, die seine Schritte verkürzten und seine Lunge wie mit stählernen Klauen zusammenpressten.

Als er endlich sein Ziel erreicht hatte, blieb er keuchend stehen, in Schweiß gebadet und mit höllischem Seitenstechen, und sah sich hastig nach einem Mädchen um, das der Beschreibung entsprach, die die Frau im Rathaus ihm von der Shai'yinyal gegeben hatte. Leider entdeckte er niemanden, der ihr auch nur annähernd ähnlich gesehen hätte. Fluchend biss er sich auf die Lippen. Er war – wieder einmal – zu langsam gewesen. Die Shai'yinyal war längst fort.

Aber noch hatte er eine Chance, sie aufzuspüren. Vanara Welda, das erste Mädchen auf der Liste, wohnte nur wenige Straßenzüge entfernt. Vermutlich hatte die Shai'yinyal ihre Marionette auf sie angesetzt, und sicher blieb sie in der Nähe, um sich vom Erfolg ihres Unternehmens zu überzeugen.

Shaan holte tief Luft, biss die Zähne zusammen und hetzte weiter. Er musste das Mädchen unbedingt warnen! Seine Füße flogen geradezu über das Pflaster – und doch kam er zu spät.

Ein markerschütternder Schrei hallte schrill wie das Klagen einer verdammten Seele um die Biegung der Gasse, in der Vanara wohnte, kurz bevor er sie erreichte. Kaum war sein Echo verweht, hob ein erschrockenes

Stimmengemurmel an, und plötzlich war Shaan von Männern, Frauen und Kindern umgeben, die in die gleiche Richtung liefen wie er. Von allen Seiten strömten die Leute zusammen und formten ein dichtes Knäuel in der Mitte der Gasse.

Shaan drängte sich rücksichtslos durch die Menge der Schaulustigen, und je näher er dem Mittelpunkt des Kreises kam, desto stiller wurden die Menschen. Plötzlich war er hindurch, und es wurde so ruhig wie im Auge eines Hurrikans. Und dann sah er es selbst.

Ein junger Mann, kaum älter als Shaan, lag mit dem Rücken auf der Straße. Aus seiner Brust ragte der Griff eines Messers hervor, das mit brutaler Wucht bis zum Heft hineingerammt worden war. Er hatte die Hände darum geklammert, als hätte er noch versucht, es herauszuziehen, während er fiel. Seine Augen waren weit aufgerissen, sein Gesicht von völligem Unglauben gezeichnet. Der Tod musste ihn gänzlich überrascht haben.

Anders war es beim zweiten Opfer - bei dem Mädchen. Ihre Züge waren von Todesangst entstellt, und ihr Mund war noch immer geöffnet, so als wollte sie um Hilfe rufen. Der erste Schrei war zugleich ihre Totenklage gewesen, der letzte Laut, den sie in ihrem Leben ausgestoßen hatte. Jeden weiteren hatte der Angreifer wirkungsvoll verhindert. Er hatte ihr die Kehle durchgeschnitten, und das Messer war dabei so tief in ihren Hals gedrungen, dass die Wunde wie ein grotesker zweiter Mund auseinanderklaffte. An den Rändern sickerte noch immer Blut hervor. Es breitete sich in einer dicken, klebrigen Lache rund um ihren Kopf aus und tränkte das Straßenpflaster mit ihrem Leben.

Übelkeit griff erneut nach Shaan; die unvorstellbare Grausamkeit, mit der die Shai'yinyal zu Werke gegangen war, ließ ihn schwindeln und füllte seine Adern mit Eiswasser. Seine Seele schien sich mit Raureif zu überziehen, war wie im Kälteschock erstarrt.

Plötzlich kam Bewegung in die Menge. Eine dicke, pausbäckige Frau wankte zwischen den anderen hervor, ging wie in Trance zu dem Mädchen und fiel neben ihr auf die Knie.

„Vanara! Vanara!", wimmerte sie; ihr verzweifeltes Schluchzen zerriss Shaan schier das Herz. Tiefer Hass auf die Shai'yinyal, die ohne Gnade das Leben des Mädchens, das sie für die Lanhal, und des Jungen, den sie für den Shai'lanhal gehalten haben musste, ausgelöscht hatte, brodelte in ihm hoch, sprengte den Frostpanzer um seine Seele. Er trat an die Seite der trauernden Frau, legte ihr eine Hand auf die Schulter und sprach sie mit kaum gezügeltem Zorn in der Stimme an.

„Habt Ihr gesehen, wie es geschehen ist, werte Frau?"

Tränen liefen ihr hemmungslos über beide Wangen, als sie zu ihm aufblickte. Ihre Augen waren so trüb, dass sie ihn sicherlich kaum zu erkennen vermochte, aber sie nickte, ohne zu zögern.

„Ein ... ein junger Mann hat es getan. Er hat Vanara und ihrem Verlobten vor dem Haus aufgelauert und ist ohne Vorwarnung über sie hergefallen. Erst hat er Jenan erstochen und dann ... dann ..."

Ihre Stimme brach, als ein Weinkrampf sie durchschüttelte.

Ihr Kummer schmerzte ihn, und er hätte sie gern in Ruhe gelassen, aber er war mit seinen Fragen noch nicht am Ende. „War ein Mädchen bei dem Mörder?"

Die Frau schüttelte stumm den Kopf.

„Habt Ihr gesehen, wohin er gelaufen ist?"

„Dorthin." Sie streckte abrupt den Arm aus und wies die Straße hinunter. „Er ... er ist in der Gasse dort verschwunden!"

Shaan folgte ihrer Geste mit den Augen, und die Leute ringsum taten es ihm gleich. Doch niemand rührte sich vom Fleck. Stattdessen zogen die Schaulustigen mit ängstlicher Miene die Köpfe ein, als fürchteten sie, ein aus dem Hinterhalt geworfenes Messer könnte sie treffen.

Mit einem Knurren auf den Lippen wandte sich Shaan von der Frau ab und drängte sich ein zweites Mal rüde durch die Menge. Er war fast hindurch, als ein großer, breitschultriger Mann ihn am Arm packte und festhielt. „Wo willst du hin, Junge?"

Shaan riss sich mit einem heftigen Ruck los. „Ich werde den Mörder verfolgen. Wer weiß, wie viele Opfer er sich noch suchen wird!"

„Überlass das der Stadtwache. Die ist für so etwas zuständig."

„Die Stadtwache ist aber nicht hier, und bis sie es ist, wird der Mörder längst über alle Berge sein! Wollt Ihr das, werter Herr?"

Der andere erwiderte nichts, sondern zuckte lediglich mit den Schultern, doch der Ausdruck in seinem Gesicht sagte Shaan genug. Madala Olvive hatte recht gehabt. In Golgamat gab es tatsächlich niemanden, der selbstlos zu helfen bereit war.

Erbost ließ er die Menge hinter sich und rannte in die Richtung, in die der Mörder geflohen war. Wenn er ihm folgte, traf er womöglich sogar die Shai'yinyal, und selbst wenn nicht, musste er ihn aufhalten. Unter ihrem Einfluss könnte der Mann sonst noch weitere Morde begehen; genug Auswahl hatte er ja.

In ohnmächtigem Zorn ballte Shaan die Fäuste. Die Shai'yinyal hatte heute nicht nur zwei, sondern gleich drei Leben zerstört. Ihr menschliches Werkzeug war nicht für seine Taten verantwortlich, doch das konnte er niemandem erklären, und ebenso wenig vermochte er den bedauernswerten Burschen von ihrem schrecklichen Bann zu befreien, da er sonst seinen Einfluss auf Herness verlor. Der Mann würde unweigerlich als Mörder angesehen und vermutlich hingerichtet werden.

Als er die Einmündung erreichte, blieb er stehen und spähte vorsichtig um die Ecke, körperlich und geistig aufs Äußerste angespannt und jede Sekunde mit einem Angriff rechnend, doch die schmale Gasse lag leer und totenstill vor ihm. Trotzdem ließ er in seiner Konzentration um keinen Deut nach. In den dunklen Nischen der verwinkelten Häuser konnte sich durchaus ein Mann verbergen und auf ihn lauern. Oder eine Frau.

Stimmen, Pferdeschnauben und selbst das Summen der Insekten blieben hinter ihm zurück, als er von der hellen, sonnendurchfluteten Straße in die düstere, im tiefen Schatten liegende Gasse trat. Türen und Fenster der Gebäude zu beiden Seiten waren fest verschlossen, bei manchen sogar die Läden zugeklappt worden, und dort, wo sie noch offen standen, bewegten sich verräterisch die Gardinen hinter den Scheiben. Misstrauische Blicke taxierten ihn und folgten jedem seiner Schritte.

Shaan ließ sich davon nicht beirren, sondern schlich wachsam weiter, bis er an eine Abzweigung gelangte. Der linke Weg führte auf einen weitläufigen Platz, der rechte tiefer zwischen die Häuser.

Er wandte sich ohne Zögern nach rechts. Der Mörder würde, ganz gleich, ob er noch unter dem Bann der Shai'yinyal stand oder nicht, belebte Plätze meiden.

Die Gasse wurde beängstigend schmal, so schmal, dass Shaan die Wände der Gebäude hätte berühren können, hätte er die Arme vom Körper weggestreckt. Die Häuser waren schief wie verwitterte Grabsteine und lehnten so eng aneinander, als müssten sie sich gegenseitig vorm Zusammenstürzen bewahren. Ihre schrägen Giebel ragten wie drohende Felsvorsprünge über Shaan auf und sperrten das helle Sonnenlicht aus.

Je weiter er ging, desto unebener und löchriger wurde das Pflaster der Straße. Unrat bedeckte die quadratischen Steine und verbreitete einen fauligen, beißenden Gestank, der Shaan sogleich einen unangenehmen Geschmack auf der Zunge und ein Würgen in seiner Kehle bescherte, obwohl er versuchte, so flach wie möglich zu atmen.

Seine Nerven waren bis zum Zerreißen gespannt, und so hechtete er blitzartig in die nächste Nische hinein, als ihn plötzlich die Hitze des Feuerzaubers der Shai'yinyal wie ein Peitschenhieb traf. Doch noch während er geduckt in Deckung ging, spürte er, dass der Angriff nicht ihm galt. Die Shai'yinyal war nahe wie nie - und trotzdem noch vier Straßen von ihm entfernt.

Shaan hetzte los, folgte dem Brennen in seiner Seele, das ihn so zielsicher führte, als habe jemand einen Haken in seinen Leib getrieben und beginne nun, die Leine, die daran befestigt war, langsam einzuholen. Der Gestank des Abfalls auf dem Pflaster drang wie dicker Schleim in seine Lungen und nahm ihm den Atem, sein Herz wummerte heftig gegen seine Rippen, und in seinen Ohren rauschte es wie ein Wildbach, trotzdem trieb er sich gnadenlos voran. Er durfte nicht schon wieder zu spät kommen!

Doch der Zauber der Shai'yinyal erlosch ebenso plötzlich, wie er gekommen war, bevor er auch nur die Hälfte des Wegs zurückgelegt hatte. Trotzdem rannte er weiter, in der verzweifelten Hoffnung, sie doch noch am Ort ihres schändlichen Wirkens anzutreffen. Er musste sie einfach stellen und unschädlich machen, koste es, was es wolle!

Als er jedoch endlich um die letzte Ecke bog, war die Gasse, die in düsterem Zwielicht vor ihm lag, leer. Die Shai'yinyal war fort, konnte sich in alle möglichen Richtungen gewandt haben. Lediglich einige rot glühende Pflastersteine zeugten noch von der Entfaltung ihrer Magie. Shaan stöhnte erstickt auf. Ein schwerer, süßlicher Geruch ging von der verbrannten Stelle aus und übertraf den bisherigen Gestank noch bei Weitem, verpestete die Luft wie ein letzter, höhnischer Gruß seiner Gegnerin, die ihn für sein Versagen verspottete.

Er presste einen Arm vors Gesicht und näherte sich langsam dem unheilvollen Glühen. Es verlosch zusehends, obwohl die Steine noch immer eine enorme Hitze ausstrahlten, als habe die Sonne selbst sie ausgespien. Die Brandstelle durchmaß etwa einen halben Meter, war tiefschwarz verfärbt, und ihre Oberfläche glänzte ölig, als wäre hier Fett oder etwas Ähnliches verbrannt worden. An ihrem Rand lag ein unförmiger, verkohlter Gegenstand.

Zunächst begriff er nicht, wozu die Shai'yinyal ihre Magie eingesetzt hatte, beugte sich stirnrunzelnd herab, um den spärlichen Überrest, den ihr Wirken hinterlassen hatte, genauer zu betrachten – und fuhr entsetzt zurück. Es war eine Hand, eine einzelne, menschliche Hand! Im Todeskampf des Opfers hatte sie sich zur Kralle geformt und glich nun einer auf dem Rücken liegenden, toten Spinne.

Shaan wankte noch weiter zurück. Sein Magen verkrampfte sich, würgte bittere Galle in seine Kehle empor. Der widerliche Gestank, der die Luft in der Gasse besudelte und ihn permanent zum Husten reizte, war der Geruch verbrannten Fleisches!

Für lange Sekunden war er wie gelähmt, dann warf er sich herum und floh aus der Gasse, floh vor dem Gestank des Todes. Er hätte ihn sofort erkennen müssen. Es war der gleiche, der auch über der Höhle seines Vaters gelastet hatte.

Sein Magen vollführte heftige Sprünge, doch Shaan hielt nicht inne, bis er aus dem Schatten heraus war und der grässliche Ort mit seinen unaussprechlichen Gräueln weit hinter ihm lag. Als er endlich wieder im Sonnenlicht stand, lehnte er sich schwer atmend gegen eine Hauswand. Obwohl sich die Hitze des Tages nun wieder ungehemmt auf ihn niedersenkte, schlotterte er wie Espenlaub. Ohne Skrupel, ohne jedes Zögern hatte sich die Shai'yinyal ihrer Marionette entledigt und damit alle Spuren, die zu ihr hätten führen können, ausgetilgt. Menschenleben bedeuteten ihr nichts – sie vernichtete sie mit leichter Hand, so wie andere ein lästiges Insekt zerquetschten. Wie sollte er nur jemals gegen eine derartige Grausamkeit bestehen können?

Ihr kompromissloses Vorgehen reduzierte seine Rettungsversuche zu den halbherzigen Taten eines naiven, ängstlichen Kindes. Das ließ ihm nur eine Möglichkeit: Er musste werden wie sie, hart, entschlossen und rücksichtslos. Wenn er sich schon weigerte zu töten, musste er wenigstens in jeder anderen Beziehung zu einem wahren Shai heranreifen. Nur so würde er Deleja beschützen können.

Ein Ruck fuhr von seinen Füßen bis zum Kopf durch seine Muskulatur, und seine Zähne pressten sich so fest zusammen, dass sie knirschten wie aufeinandermahlendes Felsgestein. Er sah weder nach links noch nach rechts, als er mit grimmig geballten Fäusten den Rückweg zum Kontor antrat.

* * *

Deleja bekam nicht mehr viel zustande, nachdem Shaan gegangen war. Ihre Fantasie gaukelte ihr vor, dass er in einem entlegenen Winkel des Kontors erneut zusammengebrochen war und nun besinnungslos dahinsiechte, und je länger er fortblieb, desto weniger konnte sie sich dieser grässlichen Vorstellung verschließen. Am liebsten hätte sie Herness geschickt, damit er nach ihm suchte, aber dazu hätten sie den Unterricht abbrechen müssen, und das wagte sie nicht.

Ihr Vater wäre darüber sicher verärgert, und obwohl er sich gestern wie alle anderen Sorgen um ihn gemacht hatte, war es besser, seine Aufmerksamkeit nicht allzu sehr auf Shaan zu lenken. Das Fest lag noch nicht lange genug zurück.

Beschämt musste sie sich eingestehen, dass sie Shaan schon wieder im Stich ließ - dieses Mal zwar, um ihn vor dem Zorn ihres Vaters zu schützen, aber den gäbe es gar nicht, wäre sie nicht vorgestern so feige gewesen.

Als sich nach einer Ewigkeit endlich die Tür öffnete, zuckte sie erschrocken zusammen, fürchtete schon, Linari würde eine Hiobsbotschaft bringen, doch stattdessen trat Shaan ein. Deleja atmete erleichtert auf - dann sah sie sein Gesicht. Er war beinahe so bleich wie gestern, seine Züge waren versteinert, seine Augen dunkel und verschlossen. Sie versuchte, ihm einen fragenden Blick zuzuwerfen, aber er wandte ihr nicht den Kopf zu und setzte sich mit steifen, ungelenken Bewegungen. Als sein Onkel ihn ansprach, antwortete er knapp, es ginge ihm gut, ohne dabei aufzusehen. Und auch als Herness den Unterricht fortsetzte, hob er kein einziges Mal die Augen, sondern starrte reglos wie eine Statue auf die Tischplatte vor sich.

Jetzt erst recht besorgt wartete Deleja, bis der Unterricht vorbei war und Herness den Raum verlassen hatte, dann beugte sie sich mit einem flauen Gefühl im Magen zu Shaan hinüber und musterte bang sein totenblasses Gesicht.

„Geht es dir wieder so schlecht wie gestern?“

„Nein“, erwiderte er dumpf und sah weiter zu Boden.

„Und wo warst du so lange?“

„Im Hof.“

„Im Schatten?“

„Nein, in der Sonne.“

„Das war unvernünftig! Du solltest die Sonne besser meiden. Es haben sich schon viele Menschen einen Sonnenstich geholt, weil sie ihre Hitze unterschätzt haben.“

Shaan sah abrupt auf. „Ich weiß, wie heiß ihr Feuer ist!“, antwortete er heftig. Zorn loderte in seinen sonst so sanften Augen, und seine Hände ballten sich zu Fäusten.

Deleja erschrak. Niemals hätte sie gedacht, dass ihn irgendetwas derart in Rage versetzen könnte. Was hatte ihn nur so wütend gemacht? Sicher nicht die Sonne!

Doch bevor sie ihn fragen konnte - falls sie es überhaupt gewagt hätte - klopfte es an der Tür, und Linari steckte den Kopf herein. „Deleja, es ist Besuch für dich gekommen.“

„Jetzt?“, fragte Deleja überrascht und wusste nicht, ob sie verstimmt oder erleichtert über die Störung sein sollte. „Wer?“

„Deine Freundin Liss. Sie wartet im Hof auf dich.“

Wenigstens war es nicht Trist! Deleja seufzte. „Ich komme.“

Shaan stand wortlos auf und verließ mit ihr zusammen das Zimmer. Zunächst folgte er ihr wie ein Schatten, blieb dann aber auf dem obersten Altan zurück, als sie die Stufen zum Innenhof hinunterstieg. Und als sie sich noch einmal umsah, konnte sie ihn nirgends mehr entdecken.

Sie hoffte, dass er ihren Rat beherzigte und sich ein kühles Plätzchen suchte. Der Boden des Hofs lag zum Glück bereits im Schatten, weil die Sonne ihrem Lauf am Himmel schon bis ins letzte Viertel gefolgt war und sich langsam anschickte, dem Horizont entgegenzusinken.

Liss saß beim Brunnen, hatte die Arme auf dessen Rand gestützt und sah verträumt auf die spiegelnde Oberfläche des Wassers hinab. Sie summte fröhlich vor sich hin, und ihre glockenhelle Stimme mischte sich auf eigentümliche Weise mit dem Brummen der Insekten, die zu Dutzenden die weißen Blüten am Rosenstock umschwirrten und emsig nach Nektar suchten. Ihre gute Laune versetzte Deleja einen Stich.

„Liss“, rief sie, um ihre Freundin auf sich aufmerksam zu machen.

Liss wandte den Kopf. Sie war etwas größer als Deleja und auch üppiger gebaut. Ihre langen, walnussbraunen Haare trug sie meistens offen; auch heute hatte sie lediglich ein helles Band hineingeflochten. Ihre braunen Augen leuchteten intensiv wie Bernstein, und auf ihre von der

Sonne gebräunten Wangen hatte sich ein rötlicher Schimmer gelegt, der von ihrer überschäumenden Lebensfreude kündete. Ihre Bewegungen waren schwungvoll, fast übermütig, als sie sich vom Brunnen abstieß und mit verspielten, tänzelnden Schritten auf Deleja zukam und sie umarmte.

Deleja erwiderte die Begrüßung weitaus zurückhaltender.

Liss zog sogleich eine Braue in die Höhe. „Was ist los mit dir?"

„Hast du Talnin besucht?", wollte Deleja wissen, ohne auf Liss' Frage einzugehen.

„Nein, ich habe ihn zwar eben kurz gesehen, aber ich wollte zu dir."

„Tatsächlich?"

Auf Liss' Gesicht erschien ein bekümmerter Ausdruck. „Bist du mir böse?"

„Nein."

„Was ist es dann?"

Deleja sah beschämt zu Boden. „Ich ... bin neidisch auf dich."

Liss riss überrascht die Augen auf. „Warum?"

„Weil es einen Jungen gibt, der dich liebt." Und weil sie so herrlich weibliche Rundungen besaß, dass er wohl auch bei ihr bleiben würde.

Liss' Miene verlor etwas von ihrer Fröhlichkeit. „Das stimmt, aber das ist doch kein Grund, mich zu beneiden! Wir haben auch unsere Probleme. Es ist noch nicht sicher, ob wir wirklich zusammenkommen können. Talnin hat nicht viel Geld."

„Das wird sich bestimmt ändern, warte es nur ab. Ich habe gehört, dass Talnin sehr fleißig ist. Mein Vater ist bereits auf ihn aufmerksam geworden, obwohl er erst so kurze Zeit bei uns ist. Das ist ein gutes Zeichen."

„Meinst du wirklich?"

„Ja. Vielleicht kann er nach seinen Lehrjahren sogar bleiben."

Liss schloss verträumt die Augen. „Das wäre schön, wenn er hier einen festen Platz bekäme. Dann könnten wir heiraten."

„Selbst wenn das nicht klappt, wird mein Vater ihm sicher gute Referenzen schreiben. Damit wird er auf jeden Fall eine Anstellung in Golgamat finden, und dein Vater hätte keinen Grund, sich ablehnend zu verhalten, wenn Talnin um deine Hand bittet."

Liss sah sie lange an. „Eigentlich sollte ich *dich* beneiden."

„Mich?"

„Ja. Du musst dir keine Sorgen darüber machen, ob du heiraten darfst oder nicht, und du musst auch keine vier endlosen Jahre mehr warten. Deine Verlobung ist beschlossene Sache. Dein Vater hat sein Einverständnis bereits gegeben."

„Er hat nicht sein Einverständnis gegeben. Er hat Trist *ausgewählt*!"

„Nicht du?", fragte Liss verblüfft.

Ihr Staunen machte Deleja wütend. Sie und Liss hatten oft genug ihre romantischen Träume miteinander ausgetauscht. Liss sollte es besser wissen! „Glaubst du wirklich, dass Trist der Bräutigam ist, den *ich* mir ausgesucht hätte?"

Liss zog nachdenklich die Stirn in Falten. „Nein, wohl nicht. Trotzdem ist er eine gute Wahl. Jedes Mädchen in der Stadt ist eifersüchtig auf dich, weil du ihn bekommen wirst."

Deleja sah sich um, aber außer ihrer Freundin war niemand im Hof. Und so öffnete sie Liss ihr Herz. „Ich könnte sehr gut auf die Verlobung mit ihm verzichten."

„Aber warum? Trists Vater schwimmt im Geld, und sein Wort hat Gewicht im Stadtrat. Das alles wird früher oder später auch für ihn gelten."

„Mein Vater ist ebenfalls reich. Ich bin nicht darauf angewiesen, auf die Goldstücke zu starren, die Trist später einmal erben wird. Und was bleibt, wenn man seinen Reichtum außer Acht lässt?"

„Nun ja ..."

„Sei ehrlich, Liss! Wie würdest du Trist beurteilen, wenn du nicht an sein Geld denkst?"

„Er ist wohl etwas arrogant."

„Etwas?", rief Deleja entnervt. „Das ist die Untertreibung des Jahrhunderts! Er trägt seine Nase so hoch, dass es mich wundert, wie er da oben noch genug Luft bekommt!"

Und wenn sie nur an das Fest dachte und an Trists gierige Finger auf ihrer Haut, lief ihr ein eisiger Schauder den Rücken herunter.

„Dann ist es dir vermutlich ganz recht, dass durch den kleinen Eklat vorgestern Abend die Verlobung aufgeschoben worden ist", schloss Liss grinsend.

Deleja nickte ernst. „Das ist es. Der Gedanke, dass Trist einmal mein Ehemann sein wird, ist so ...so ..." Sie brach ab, schauderte jetzt so heftig, dass auch Liss es sah.

„Magst du ihn denn gar nicht?"

„Nein!" Lieber würde sie einen Ochsenfrosch heiraten als diesen aufgeblasenen Wichtigtuer.

Liss schüttelte bekümmert den Kopf. „Das ist schlimm. Kannst du nichts dagegen tun? Dein Vater ist ein vernünftiger Mann. Er wird dich nicht zwingen, Trist zu heiraten, wenn du es nicht willst."

„Ich wünschte, das wäre so einfach. Ich habe doch gar keine Wahl. Die ganze Stadt spricht bereits von der Verlobung. Wenn ich mich jetzt noch weigere, gibt es einen Skandal, der das Ansehen meines Vaters in den Dreck ziehen wird. Ich .. ich würde ihn vor allen lächerlich machen!"

Liss seufzte schwer. „Das tut mir leid. Ich hätte dir Besseres gewünscht."

Tränen stiegen Deleja in die Augen. „Ich mir auch."

Da kam Liss zu ihr und nahm sie tröstend in den Arm. Als sie sie wieder losließ, versuchte sie ein aufmunterndes Lächeln. „Immerhin hast du einen Aufschub bekommen."

„Keinen langen, fürchte ich."

„War dein Vater sehr enttäuscht, weil die Verlobung nicht zustande gekommen ist?"

„Enttäuscht? Er hat gekocht wie einer von Linaris Suppentöpfen. Um ein Haar hätte er Shaan vor die Tür gesetzt. Dabei hat Shaan doch nur ..."

Deleja stockte. Sie brachte es nicht fertig, über das zu reden, was auf dem Fest geschehen war, nicht einmal zu Liss. Zu groß war die Schande, die Trist ihr zugefügt hatte, und die Schande, die sie durch ihr Schweigen selbst verschuldet hatte.

Ihre Freundin musterte sie neugierig. Sie wollte Genaueres wissen, das stand ihr deutlich ins Gesicht geschrieben, doch sie bedrängte Deleja nicht.

„Hat dein Vater Shaan zur Strafe zum Botenjungen degradiert?", fragte sie stattdessen.

Überrascht hob Deleja die Augenbrauen. „Nein. Wie kommst du darauf?"

„Talnin hat mir erzählt, dass Shaan vorhin aus dem Kontor gelaufen ist."

„Tatsächlich?", fragte Deleja verblüfft. „Wohin?"

„Keine Ahnung. Er lief in die Stadt, aber wohin er wollte, wusste Talnin nicht."

„Bist du ganz sicher?"

„Ja. Talnin sagte mir, er habe Shaan zugewunken, doch der habe kaum reagiert. Er rannte so eilig davon, dass Talnin annahm, er müsste eine wichtige Botschaft überbringen. Warum willst du das so genau wissen?"

Deleja winkte ab. „Es ist nichts."

Doch das stimmte nicht. Shaan hatte gelogen! Er hatte behauptet, er sei die ganze Zeit im Hof gewesen, stattdessen war er in der Stadt herumgeschlichen. Was hatte er dort gewollt und wieso hatte er es so eilig gehabt? Und warum log er über eine derartige Kleinigkeit? Niemand würde ihm verbieten, das Kontor zu verlassen, wenn er es wollte.

Mit einem energischen Willensakt versuchte sie, die Angelegenheit als bedeutungslos abzutun, schließlich war es ja nur eine ganz kleine Lüge gewesen. Doch ein ungutes Gefühl blieb trotzdem. Denn bislang hätte sie Shaan nicht einmal zugetraut, dass er überhaupt lügen könnte.

* * *

Liss blieb eine Weile, bis die Zeit zum Abendessen gekommen war und sie zu Hause erwartet wurde. Auch Deleja machte sich auf den Weg zum

Speisesaal. Kurz vor der Tür traf sie auf Shaan, der urplötzlich wie ein Geist aus dem Schatten auftauchte. Zunächst wollte sie ihn zur Rede stellen, aber seine Miene war noch immer derart ausdruckslos und verschlossen, dass wenig Hoffnung auf Erfolg bestand, also ließ sie es sein.

Schweigend betraten sie den Raum. Linari, Herness, Vanaja und Inhira waren bereits zugegen, allein ihr Vater fehlte noch. Das war seltsam genug, schließlich bestand er stets auf einen pünktlichen Beginn des Abendessens und war üblicherweise als Erster im Zimmer.

„Wo ist Vater?", fragte sie Linari nach einigen Minuten des müßigen Wartens und trommelte ungeduldig mit ihren Fingern auf der Tischplatte herum.

Die Haushälterin machte eine entschuldigende Geste. „Ich fürchte, unsere Mägen werden sich noch ein wenig in Geduld üben müssen. Reuss Lymas hat einen Boten zu deinem Vater geschickt. Der Stadtrat wurde zusammengerufen."

„Kennst du den Grund dafür?"

„Nein, aber es war wohl wichtig. Der Kurier bat darum, dass dein Vater sofort mit ihm kommen sollte."

„Seltsam", murmelte Deleja. Sie hatte kein gutes Gefühl bei der Sache.

Vanaja und Inhira sahen kurz zu ihr hin, warfen ihr die gewohnt überheblichen Blicke zu und steckten die Köpfe zusammen, um miteinander zu flüstern. Herness' Gedanken schienen hingegen weit fort zu sein. Deleja verzog säuberlich das Gesicht, denn ohne Zweifel erdachte er sich bereits Rechenaufgaben für den morgigen Unterricht, so wie er es stets in jeder freien Minute tat.

Nur aus Shaan wurde sie nicht schlau. Hatte er sich bei den bisherigen Mahlzeiten noch scheu umgesehen und sich anzupassen versucht, so vermied er nun störrisch jeden Blickkontakt. Wusste er vielleicht, was in Golgamat vor sich ging? Immerhin war er in der Stadt gewesen.

Mehr oder weniger in sich gekehrt verbrachten sie alle - Vanaja und Inhira einmal ausgenommen - eine Stunde des Wartens in bedrückendem Schweigen. Als ihr Vater endlich zur Tür hereinkam, lächelte er nicht, so wie sonst zur Begrüßung, sondern setzte sich mit ernster Miene zu ihnen an den Tisch.

„Es tut mir leid, dass ihr so lange warten musstet", sagte er. „Lasst uns gleich mit dem Essen beginnen."

Linari begann sofort die Speisen aufzutragen, die sie sorgsam warmgehalten hatte, ohne nach dem Grund für die Verspätung zu fragen, und auch Herness nahm die Situation ohne Widerspruch hin. Vanaja und Inhira waren weniger willensstark. Ihre Wangen hatten sich gerötet, und sie flatterten auf ihren Stühlen herum wie kleine Vögel im Käfig. Deleja fürchtete schon, sie könnten vor Neugier platzen, als Vanaja sich schließlich erwartungsvoll vorbeugte.

„Was ist geschehen, Vater? Wieso musste der Stadtrat zusammentreten?"

Ihr Vater zögerte. „Es hat sich ein Problem ergeben, das wir lösen müssen", erklärte er ausweichend. „Leider sind wir noch nicht besonders vorangekommen, deshalb muss ich auch gleich nach dem Essen wieder ins Rathaus zurück."

„Worüber beratet ihr euch?", rief Inhira quer über den Tisch.

Deleja hätte ihr am liebsten auf den Mund geschlagen. Begriffen die dummen Kühe denn nicht, dass er nicht darüber sprechen wollte?

Zumindest Vanaja schien es besser zu verstehen, als es nach außen hin den Anschein erweckte, denn sie setzte ihre Unschuldsmiene auf, um die sie sich stets bemühte, wenn sie ihren Vater zu etwas zu überreden versuchte, das er eigentlich nicht wollte.

„Ach Vater, sag uns bitte, was passiert ist! Wir drei machen uns sonst Sorgen."

Deleja durchbohrte sie mit einem ärgerlichen Blick. Wie kam ihre Schwester dazu, sie in ihr aufdringliches Verhör mit einzuschließen?

Ihr Vater seufzte schwer. „Nun gut, Vanaja. Es ist zwar kein Thema, das beim Essen diskutiert werden sollte, aber ich schätze, du und Inhira werdet wohl keine Ruhe geben, bevor ich euch nicht alles erzähle."

Vanaja zuckte unter der leichten Rüge zusammen, Inhira dagegen war zu neugierig, um sie überhaupt wahrzunehmen. Und Deleja war froh, dass ihr Vater *ihr* keinen Tadel erteilt hatte.

Jetzt holte er tief Luft. „Heute Nachmittag wurden drei Morde verübt", erklärte er dumpf.

Es war Zufall, dass Deleja Shaan in dieser Sekunde ansah. Er reagierte überhaupt nicht. Sein Gesicht blieb starr und ausdruckslos, während sie selbst erschrocken zusammenfuhr, ihre Schwestern und Linari schockiert nach Luft schnappten und Herness entsetzt die Augen aufriss. Irritiert schaute sie ein zweites Mal hin, doch der Eindruck blieb. Shaan starrte mit unbewegter Miene auf die Tischplatte, so als ginge ihn das alles nichts an.

Deleja wandte sich heftig von ihm ab und ihrem Vater zu. „Wer sind die Opfer?"

„Vanara Welda und ihr Freund Jenan."

„Haben die beiden nicht vor wenigen Tagen ihre Verlobung bekanntgegeben?"

„Ja. Das macht ihren Tod besonders tragisch."

Deleja fuhr mit einer Hand zum Hals hinauf; ihre Kehle war plötzlich eng geworden. „Wer ist der dritte Tote?"

„Wir wissen es nicht. Vanaras Tante hat die schreckliche Tat beobachtet und konnte der Stadtwache die Richtung weisen, in die der Mörder geflohen war. Leider fanden sie den Dreckskerl nicht, sondern nur sein drittes Opfer." Seine Stimme wurde immer dünner, brach schließlich beinahe.

Deleja erschrak. Nie zuvor hatte sie ihren Vater derart erschüttert gesehen. „Wieso hat man nicht erkannt, wer es war?"

„Weil nicht mehr viel von ihm übrig war. Die Wache fand nur eine einzelne Hand, der Rest war vollständig verbrannt."

„Wie ... wie ist so etwas möglich?", keuchte Deleja entsetzt.

„Ich weiß es nicht. Kein normales Feuer könnte einen Menschen auf diese Weise verzehren und die Häuser ringsum völlig unberührt lassen."

„Das war Hexenwerk", flüsterte Vanaja. Sie und Inhira tauschten einen schnellen Blick und erbleichten synchron.

Auch Deleja schauderte. Angst lag ihr wie eine kalte Hand im Nacken. Aber sie wollte sich nicht auch noch so dumm wie ihre Schwestern verhalten. „Das ist doch Unsinn", rief sie eine Spur zu laut. „Es gibt keine Magie!"

Ihr Vater seufzte erneut. „Du hast völlig recht, Deleja, und ich wünschte von Herzen, alle wären so klug wie du. Leider macht in Golgamat bereits das Gerücht von einem bösen Zauberer und seinem Höllenfeuer die Runde. Die abwegigsten Fantasien der Menschen werden durch diesen Vorfall zu neuem Leben erweckt."

„Es gibt sicher eine vernünftige Erklärung für das Feuer", mischte sich Herness sinnend ein.

Deleja wünschte, er würde mehr Anteilnahme bekunden und den Hergang der Tat nicht als interessante Denksportaufgabe betrachten. Gleich darauf tat ihr der Gedanke leid. Herness zeigte zwar selten, was in ihm vorging, aber er war kein gefühlskalter Mensch.

„Leider geht es um mehr als nur das Feuer und die drei Morde", sagte ihr Vater und runzelte die Stirn. „Die Nachricht, die neben dem letzten Opfer gefunden wurde, hat eine Art Weltuntergangsstimmung ausgelöst."

Da hob Shaan zum ersten Mal an diesem Abend den Kopf. Er gab sich redlich Mühe, seine emotionslose Maske zu wahren, doch in seinen Augen sah Deleja tiefen Schrecken aufblitzen.

„Es gab eine Nachricht?", fragte er etwas zu hastig.

Ihr Vater nickte Shaan zu. „Ja. Der Mörder hat mit dem Blut seines Opfers ein paar Worte an die Wand neben dem Brandfleck geschrieben. Die Stadtwache hätte sie beinahe übersehen, da das Mauerwerk dort allgemein sehr schmutzig ist."

Shaans Hände fuhren zur Tischkante herauf und umklammerten sie so fest, dass seine Knöchel weiß hervortraten. „Wie lautete sie?"

„Sie lautete: '*Nur noch sieben*'."

Shaan schluckte und senkte den Blick, jedoch nicht schnell genug, um den Ausdruck des Verstehens in seinen Augen vor ihr verbergen zu können.

Sie selbst wusste nichts mit der Botschaft anzufangen. „Sieben? Sieben von was?“, fragte sie verwirrt.

Ihr Vater schüttelte ratlos den Kopf. „Ich weiß es nicht. Die meisten Leute glauben, die Zahl sieben beziehe sich auf die Anzahl der noch verbleibenden Tage bis zum Weltuntergang. Sie rechnen fest mit weiteren Morden und mit dem Ende der Welt.“

Deleja zog unwillkürlich die Schultern ein. Das Ende der Welt! Sie sah zu Shaan hinüber, der düster vor sich hin starrte. Mit ihm hatte sie über das Ringen von Gut und Böse gesprochen. Er schien fest daran zu glauben - und sie tat es, wenn sie ehrlich war, ebenfalls. Verlor in Golgamat das Gute die Oberhand? Breitete sich stattdessen das Böse aus? War gar das Feuer, das das dritte Opfer verschlungen hatte, ein Zeichen wiederkehrender Magie, die unter der Kontrolle des Bösen stand?

Unversehens hielt sie sich wie Shaan an der Tischkante fest. Leider vermittelte sie ihr nur wenig Halt angesichts des drohenden Schreckens. Hastig versuchte sie, ihre Gedanken als abergläubischen Unsinn abzutun. Es gab keine Magie! Oder doch?

„Was unternehmt ihr dagegen?“, fragte sie ängstlich.

Das Gesicht ihres Vaters verfinsterte sich. „Wir haben Priester aus allen Tempeln der Stadt zusammenkommen lassen und sie in die Gasse geschickt, in der das Feuer gebrannt hat. Ich schätze, sie sind bereits dabei, den bösen Geist zu vertreiben, der dafür verantwortlich ist.“ Er schnaubte abfällig. „Hoffentlich besänftigt das die Leute. Für Vernunft sind sie leider wenig empfänglich.“

Deleja nickte brav, wünschte jedoch, ihr Vater würde nicht so offen zeigen, für wie überflüssig er das Ganze hielt. Seltsamerweise schüttelte auch Shaan den Kopf. Deleja zog verwirrt die Stirn in Falten. Glaubte er ebenfalls, dass die Rituale der Priester nutzlos waren? Das sollte er nicht, schließlich hatte er zu ihr von den Kräften des Guten und des Bösen gesprochen. Gedanken, die ihr Vater als Aberglauben abtat, dürften ihm im Grunde nicht fremd sein.

Aber vielleicht ging seine Sorge tiefer. Womöglich befürchtete er, dass die Priester nichts ausrichten konnten, weil das Böse zu stark für sie war. Dann hätte er allerdings wissen müssen, welche Kraft in der Gasse gewirkt hatte.

Deleja biss sich auf die Lippe und starrte Shaan eindringlich an. War er in der Nähe gewesen, als es geschah? Hatte er gar gesehen, was mit dem dritten Opfer passiert war? Und wenn ja, warum sagte er nichts?

Shaan schien zu spüren, dass sie ihn fragend musterte, und hob den Kopf. Zum ersten Mal seit langen Stunden erwiderte er ihren Blick. Doch seine dunklen Augen hielten keine Antwort für sie bereit, sondern nur ein unentwirrbares Chaos von Gefühlen: Angst, Zorn, Entschlossenheit, Schuld und mehr. Sie verstand keines von ihnen - sicher war sie sich nur, dass er das, was sich in Golgamat zusammenbraute, fürchtete. Und so begann auch sie, sich zu ängstigen.

14. Misstrauen

„Hilf mir!“

Mit einem panischen Schrei auf den Lippen fuhr Deleja aus dem Schlaf hoch – das vierte Mal in dieser Nacht. Ihr verzweifeltes Flehen galt ihrem unsichtbaren Beschützer, der sie in ihren Albträumen zu retten versuchte. Bisher hatte er allerdings versagt. Er schaffte es nicht einmal, in ihre Nähe zu gelangen. Sie starb – immer und immer wieder.

Deleja schluchzte erstickt auf, schlug die Hände vors Gesicht und presste sich schutzsuchend mit dem Rücken gegen die Wand. Ihr Herz flatterte in ihrer Brust wie ein nervöser Vogel, ihr Nachthemd war klitschnass geschwitzt, und doch war ihr so kalt, dass sie am gesamten Leib schlotterte. Tränen liefen zwischen ihren Fingern hervor, benetzten den Stoff ihres Schlafgewandes und ihre Bettdecke, während ihre Schultern unkontrolliert zuckten, als ein heftiger Weinkrampf sie schüttelte.

Es klopfte leise an der Tür. Deleja schrak zusammen, als schicke sich der Sensenmann persönlich an, ihr Zimmer zu stürmen, und drückte sich noch enger gegen die Wand. Ihr Atem stockte, und ihr Herz wummerte wie ein schmiedeeiserner Hammer gegen ihre Rippen. Abgrundtiefe Furcht verschlang sie wie eine dichte, schwarze Wolke.

Ihr Körper spannte sich an, rief ihr mit jeder Faser zu, sie solle aufspringen und fliehen, aber sie wagte es nicht einmal, die Hände vom Gesicht fortzunehmen. Verzweifelt betete sie, der Schrecken möge an ihr vorübergehen.

„Deleja? Deleja, bist du wach?“

Deleja zog den Kopf ein. Zwar erkannte sie Linaris Stimme, aber sie war zu keiner Antwort fähig. Lähmende Angst schnürte ihr die Kehle zusammen, ließ ihr kaum genug Luft zum Atmen.

Die Haushälterin schien nicht gewillt zu sein, unverrichteter Dinge wieder abzuziehen. Deleja hörte, wie die Tür in den Angeln quietschte, vernahm gleich darauf Linaris behutsame Schritte auf dem weichen Teppichboden – und ihren erschrockenen Ausruf.

„Deleja!“

Erst jetzt gelang es Deleja, ihre Hände sinken zu lassen. Sie fielen so plötzlich herab, als seien sie ihr abgehackt worden. Mit tränenüberströmtem Gesicht sah sie die Haushälterin an.

Die Augen der gütigen, molligen Frau verdunkelten sich vor Kummer. Sie eilte zu ihr, setzte sich zu ihr aufs Bett, umarmte sie und drückte sie fest an sich.

„Ach, Kind“, seufzte sie und strich ihr übers Haar. „Hattest du schon wieder diese bösen Träume?“

Deleja schluchzte auf, nickte und klammerte sich wie eine Ertrinkende an Linari fest.

„Sie ... sie werden immer schlimmer", flüsterte sie. „Ich wünschte, ich müsste nicht mehr schlafen!"

„Aber Kind, du musst ruhen."

„Die Nacht bringt mir keine Ruhe! Wann immer ich die Augen zumache, erscheint diese dämonische Schattenfrau! Sie jagt mich. Und sie *tötet* mich!"

„Es sind nur Träume, Deleja. Sie werden wieder verschwinden, wenn sich die Lage in Golgamat entspannt hat."

Deleja wich ein Stück vor Linari zurück, hilflos gefangen in einer Mischung aus Angst und Wut. „Wie sollte sie sich entspannen? Vier Tage sind seit dem ersten Mord vergangen, vier Tage – und an jedem hat der Mörder erneut zugeschlagen!"

Und er wurde immer brutaler. Die Opfer seines zweiten Angriffs, ein sechzehnjähriges Mädchen und ihr wenig älterer Bruder, hatte er noch wie Vanara Welda und ihren Verlobten auf offener Straße erschlagen, am nächsten Tag einem jungen Paar in ihrer Wohnung aufgelauert und sie dort langsam zu Tode gequält, tags darauf ein Mädchen in eine Felsspalte gestoßen und mit abscheulicher Zielstrebigkeit mit Steinen beworfen, bis es unter ihrem Gewicht zerquetscht wurde, und gestern hatte er sogar versucht, eine gesamte Familie vollständig auszulöschen.

Linari rückte ein Stück von ihr ab und nahm sie bei den Schultern. „Die Stadtwache wird den Mörder bestimmt bald fangen. Hauptmann Stain und seine Leute reißen sich beide Beine aus, um ihn dingfest zu machen.

„Aber sie erreichen nichts!", rief Deleja heftig. „Sie können nicht wissen, wo er als Nächstes zuschlagen wird. Sie können nur noch seine Opfer identifizieren."

„Sie suchen nach Spuren."

„Bislang hat sie das aber auch nicht weitergebracht."

„Sie haben eine ungefähre Täterbeschreibung."

Deleja verzog das Gesicht. „Die ist nicht viel wert. Junge, dunkelhaarige Männer gibt es verdammt viele in Golgamat."

Und doch lief ihr ein Schauder über den Rücken, so stark, dass sie sich hastig von Linari losmachte, damit sie ihn nicht bemerkte.

Linari seufzte. „Du hat ja recht, Deleja, aber sie tun ihr Bestes. Und gestern haben sie immerhin die beiden Säuglinge retten können."

Deleja zuckte zusammen, als sie an den gestrigen Mord dachte, und wünschte, ihr Vater hätte ihr nicht alle grausigen Details erzählt. Der Unbekannte hatte die Frau des Hauses, ihre Tochter, ihren ältesten Sohn und den Vater der Kinder getötet; allein die beiden jüngsten Söhne, Zwillinge, die kaum ein halbes Jahr alt waren, hatten überlebt.

„Das war nicht das Verdienst der Soldaten", begehrte sie beinahe trotzig auf.

Linari seufzte schon wieder. „Ach, Deleja, du glaubst doch nicht etwa den Unsinn, den die Leute reden?"

„Das ist kein Unsinn! Vater selbst hat berichtet, dass die Tür zum Kinderzimmer zerkratzt, zersplittert und geborsten gewesen ist. Der Mörder hätte nur noch einzutreten brauchen!"

„Ich denke, das Eintreffen der Stadtwache hat ihn verscheucht."

„Das glaube ich nicht. Selbst wenn die Gardisten schon im Haus gewesen wären, hätte er die Kinder noch töten können. Er war ihnen doch schon so nahe! Zwei schnelle Stiche mit einem Messer, und auch die Zwillinge wären tot gewesen. Doch sie haben überlebt!"

„Denkst du wirklich, dass es ein Wunder war, wie die Priester sagen? Und welche Gottheit sollte es vollbracht haben? Die Priester selbst sind sich nicht einig. Sie streiten wie Waschweiber darum, welcher Tempel dieses *himmlische Geschenk* für sich in Anspruch nehmen kann."

„Ich glaube, dass eine gute Kraft den Mörder davon abgehalten hat, sein schreckliches Werk zu vollenden. Die Priester haben damit nichts zu tun, ihre Götter ebenso wenig."

Linari runzelte die Stirn. „Eine gute Kraft? Was sollte das sein?"

„Auf jeden Fall kein Gott! Das Gute an sich."

„Das Gute, das Böse!" Linari schüttelte den Kopf und schnaubte abfällig. „Das ist purer Aberglaube, Kind. Du hast Angst und fühlst dich hilflos, wie all die anderen in der Stadt, deshalb möchtest du an eine gute Macht glauben, die schützend und helfend eingreift, aber Fakt ist, der Mörder wird von keiner mystischen Macht geleitet oder von einer ebenso mysteriösen Kraft aufgehalten. Er ist einfach nur ein Wahnsinniger."

„Das kannst du nicht wissen!" Warum wollte Linari es nur nicht verstehen? Das Gute und das Böse existierten – und in Golgamat hatten sie begonnen, offen um die Vorherrschaft zu kämpfen.

„Doch, das kann ich. Denk nach, Deleja! Wenn es eine Kraft des Guten gäbe, hätte sie nicht die gesamte Familie beschützen müssen? Und was ist mit den anderen Opfern? Hat sie sie alle einfach sterben lassen, weil ihr gerade der Sinn danach stand?"

„Vielleicht ... vielleicht war sie nicht stark genug."

„Nein. Es gibt sie nicht! Das Überleben der Kinder war Zufall, nicht mehr. Du liebe Güte, Deleja, wenn es das Gute gäbe, hätte es nicht wenigstens verhindern müssen, dass der Mörder sein sadistisches Spiel auf die Spitze treibt?"

Deleja biss sich auf die Lippe. Sie wusste sofort, wovon Linari sprach. Der Mörder hatte es in perfider Grausamkeit so aussehen lassen, als sei der Familienvater selbst derjenige gewesen, der seine Frau und seine Kinder getötet hatte. Sein mit dem Blut seiner Angehörigen besudelter

Körper hatte inmitten des Wohnzimmers an einem Seil vom Deckenbalken gebaumelt, als habe er sich im Anschluss an seine grauenvolle Tat selbst gerichtet. Doch der wahre Mörder hatte sich durch die Nachricht verraten, die auch diesmal am Tatort gefunden worden war.

„Nur noch drei", zitierte Deleja leise. Geheimnisvolle Worte - und doch eine eindeutige Botschaft. Wer auch immer der Mörder war, er war mit seinem abscheulichen Treiben noch nicht am Ende.

Linari nahm ihre Worte auf. „Wenn wir Glück haben, ist in drei Tagen alles vorbei."

Deleja wollte aufbegehren, ließ es jedoch bleiben. Linari glaubte wie ihr Vater und der Stadtrat, dass der unheimliche Killer einen Countdown zählte, an dessen Ende er seine grässlichste, aufsehenerregendste Tat begehen wollte. Sie alle versuchten sich mit dem Gedanken zu beruhigen, dass ein einzelner nicht übermäßig viel Schaden anrichten konnte, also kaum mehr als ein paar Menschen auf einmal zu gefährden vermochte.

Sie selbst hatte eine andere Meinung darüber, was die seltsamen Botschaften besagten. Der Mörder zählte, aber keine Tage, sondern seine Opfer - zumindest die unter ihnen, die ihm wichtig waren. Es konnte kein Zufall sein, dass jedes Mal, wenn er zuschlug, ein junges Mädchen unter den Toten war. Sie glaubte sogar, dass sein eigentliches Ziel darin bestand, acht Mädchen zu töten; die übrigen Morde beging er nur, um seine Motive zu verschleiern, oder weil ihm die anderen schlicht und ergreifend im Weg gewesen waren.

Gesagt hatte sie das noch keinem. Wie könnte sie auch Linari oder gar ihrem Vater, der Aberglaube noch stärker ablehnte als die Haushälterin, erklären, dass der Mörder vielleicht deshalb nach jungen Mädchen suchte, weil sie seit jeher das Reine, Gute, Unschuldige repräsentiert hatten?

In allen Geschichten, in allen Märchen war das so. Aber eben nur im Märchen. Ihr Vater würde eine solche Theorie niemals gelten lassen, und die Zahl acht konnte sie überhaupt nicht erklären. Sie wusste nur eins: Sie war genauso alt wie die fünf Mädchen, die bereits getötet worden waren, und damit war sie selbst ebenfalls in Gefahr. Womöglich hatte der Killer schon ein Auge auf sie geworfen und überlegte gerade in diesem Moment, in welche Stelle ihres Körpers er zuerst sein Messer hineinbohren wollte.

Diese Vorstellung machte ihr solche Angst, dass sie am liebsten gar nicht aus dem Bett gekommen wäre. Leider erhob sich Linari und winkte ihr energisch.

„Steh auf, Kind, du musst dich langsam für das Frühstück fertig machen."

Deleja zögerte und beäugte den Boden neben dem Bett so misstrauisch, als könnte er sich unter ihr auftun und sie verschlingen, kaum dass sie ihre Füße darauf gesetzt hatte. Linari hätte darüber tadelnd den Kopf geschüttelt, aber hatte sie es nicht in ihren Träumen oft genug erlebt, dass genau das geschah?

Zitternd schob sie ihre Beine über die Bettkante. Ihr Magen krampfte sich zusammen, erwartete sie doch, sogleich vom Holz, das auf magische Weise lebendig geworden war, umklammert und in eine gierige Tiefe hinabgezogen zu werden - aber natürlich passierte nichts dergleichen. Der Boden blieb glatt und unbelebt - ganz so, wie es sein sollte. War es mehr als eine trügerische Ruhe?

Linari half ihr beim Umziehen und flocht ihr schließlich wie üblich die Haare. Dabei plauderte sie munter drauflos und wurde es nicht müde, immer wieder zu betonen, dass der Mörder ganz bestimmt schon bald seiner gerechten Strafe zugeführt werden würde.

Für kurze Zeit schürten ihre selbstsicheren, überzeugten Worte Zweifel in Deleja, Zweifel, ob sie nicht tatsächlich närrischen Kleinkinder-Fantasien erlag, doch als Linari es in einem unbedachten Moment zuließ, dass ihre eigene Furcht in ihre Augen trat, begriff sie, dass nicht nur sie allein auf ihre Angst reagierte. Linari hatte nie zuvor so heftig gegen Aberglauben gewettert, jetzt aber tat sie es.

Und warum? Einfach weil es beruhigend war, den Mörder als fehlgeleitet und krank hinzustellen. Damit wäre er nur ein Mensch, nicht mehr. Die Vorstellung, dass sich in ihm eine böse Macht manifestiert hatte, war um ein Vielfaches beängstigender. Denn dann wäre er ein Dämon, ein Ungeheuer wie die schattenhafte Frau aus ihren Träumen.

Beinahe hätte Deleja wieder zu weinen begonnen. Wenn ihre Albträume ein Spiegel dessen waren, was in Golgamat vor sich ging, würde sie ihnen nicht einmal mehr im Wachen entfliehen können.

* * *

Reglos, doch innerlich so angespannt wie ein Jagdhund, der nur darauf wartete, von der Leine gelassen zu werden, stand Shaan auf dem höchsten der Altane, ließ seine Blicke über den Hof schweifen und betrachtete schließlich nachdenklich die Tür, aus der bald Deleja treten musste. Längst kannte er ihre Gewohnheit, über die hölzernen Galerien zum Speisesaal hinüberzuschlendern, und hatte davon ausgehend eine eigene entwickelt.

Auch heute Morgen war er bereits lange vor Einbruch der Dämmerung auf den Beinen gewesen und hatte auf dem oberen Altan Posten bezogen. Von hier aus konnte er den Hof überwachen, und von hier aus konnte er Deleja schnell erreichen, sollte sie in Gefahr geraten. Am liebsten hätte er sich, mit einem Knüppel bewaffnet, direkt vor ihre Zimmertür gestellt, aber damit hätte er ohne Zweifel die Aufmerksamkeit und den Unwillen Morujan Albites erregt. Deshalb musste er auf Abstand bleiben, auch wenn das alles andere als klug war.

Und so erwartete er, innerlich auf den Ruf der Lanhal lauschend und äußerlich auf jede verdächtige Regung gefasst, den Einbruch der Morgendämmerung. Nachdem der erste Schimmer von Blau das tintige Schwarz der Nacht aufgehellt hatte, schritt sie rasend schnell voran, als brenne die Sonne bereits voller Ungeduld darauf, die Herrschaft über die Welt an sich zu reißen. Lange, grelle Lichtstrahlen stachen von unterhalb des Horizonts in den Himmel wie gierige Finger, ergriffen gleichermaßen tiefen Nebel und hohe Wolken und zwangen ihnen ihre feurig-rote Glut auf.

Das samtene Tuch der Dunkelheit zerfaserte, als würde es von scharfen Klingen aufgeschlitzt, und floh vom Firmament. Die Sonne setzte ihren Eroberungsfeldzug fort und überrollte mit ihrer Hitze genauso mühelos die Kühle der Nacht, wie sie auch ihr schützendes Dunkel besiegt hatte. Ein neuer Tag hatte begonnen – ein Tag, an dem sich die Shai'yinyal ohne Zweifel ein neues Opfer suchen würde.

Seine Finger schlossen sich fester um das glatte Holz des Geländers. Fünf der Mädchen auf ihrer Liste waren bereits tot. Er hatte keine Chance gehabt, auch nur eins von ihnen zu retten. Golgamat war groß, und die Orte, an denen sie die Mädchen angriff, weit vom Kontor entfernt. Bis er zur Stelle gewesen war, hatte sie ihr schreckliches Werk bereits beendet und war im Gewirr der Häuser untergetaucht.

Auch seine Träume blieben von seinem kläglichen Versagen nicht unberührt. Jede Nacht sah er Deleja sterben, jede Nacht wurde er mit seiner Unfähigkeit, sie vor den Attacken der Shai'yinyal zu bewahren, aufs Neue konfrontiert, als wolle sich ein grausames Schicksal hämisch an seinen Qualen weiden. Und bald würde von den acht bedauernswerten Mädchen nur noch Deleja übrig sein, und die Shai'yinyal würde sich ihrem letzten Opfer zuwenden. Wie sollte er sie bloß beschützen? Wie sollte er im Wachen zu etwas in der Lage sein, das er nicht einmal im Traum vermochte?

Wenigstens hatte er gestern die beiden kleinen Kinder retten können. Die Shai'yinyal hatte den Hausherrn beeinflusst und gegen seine Familie gehetzt. Nacheinander hatte der Mann seine Tochter, seine Frau und seinen ältesten Sohn getötet, und wieder einmal war er zu langsam gewesen, um diese Morde verhindern zu können. Immerhin war er nicht gänzlich zu spät gekommen.

Als er endlich beim Haus eingetroffen war, hatte er durch ein offenes Fenster im ersten Stock die Säuglinge schreien hören, sich mithilfe seiner Windmagie in den Raum hineinkatapultiert und seine Macht dazu eingesetzt, den Vater von den verängstigten Kindern fernzuhalten.

Der Mann hatte wie ein Wahnsinniger getobt und mit einem Beil die Tür, den Rahmen und die Wände ringsum zerschmettert, doch gegen den Sturm, den Shaan entfacht hatte, war seine Waffe wirkungslos geblieben.

Er hatte sich um keinen Schritt vorwärtsbewegen können, war schließlich mit einem schauerlichen Heulen herumgewirbelt und schreiend davongestürzt. Als Shaan ihm folgte, hatte sich der arme Kerl bereits erhängt.

Ein Beben erfasste ihn, ließ ihn in ohnmächtigem Zorn mit den Zähnen knirschen. Die Shai'yinyal war genauso grausam und skrupellos wie ihre Vorgängerinnen. Ohne das geringste Mitgefühl beeinflusste sie Menschen und ließ sie die Mädchen töten, befahl ihren Marionetten anschließend, sich selbst umzubringen, oder beseitigte den unliebsamen Zeugen eigenhändig. Doch kein einziges Mal trat sie selbst aus dem Hintergrund hervor. Feige und verschlagen hielt sie sich im Schatten wie eine Spinne, die im Verborgenen ihre Netze wob und gierig auf ihr nächstes Opfer wartete.

Bitterkeit verschloss ihm die Kehle, verwandelte seinen Magen in einen schmerzenden Klumpen. Wenn er sie nur stellen könnte! Er musste diesen schmutzigen Kampf unbedingt beenden, musste dem sinnlosen Hinschlachten unschuldiger Menschen endlich Einhalt gebieten. Aber viele Möglichkeiten besaß er nicht. In erster Linie musste er Deleja beschützen, in zweiter das Geheimnis seiner Identität wahren. Denn ließe er zu, dass die Shai'yinyal erfuhr, wer er war, würde er ihr Deleja auf dem Silbertablett liefern. So konnte er kaum mehr tun, als fernab des Kontors, fernab von Deleja seine Magie einzusetzen und im Verborgenen abzuwarten, ob seine Kontrahentin die Herausforderung annahm.

Sie tat es nie, bestimmte unangefochten Ort und Zeitpunkt der Kämpfe, die keine Kämpfe waren, da ihr niemals ein gleichwertiger Gegner gegenüberstand. Er wäre - vielleicht - ein solcher Gegner, aber solange er *ihre* Identität nicht kannte, ging all seine Kraft, all sein Streben ins Leere.

Und selbst wenn die Shai'yinyal sich schließlich Deleja zuwandte, durfte er nicht damit rechnen, ihr von Angesicht zu Angesicht gegenüberzutreten. Sie würde eine Marionette schicken, so wie sie es bei all den anderen Mädchen auch getan hatte. Und wenn er es nicht schaffte, diesen Angriff abzuwehren, würde die Shai'yinyal gewinnen, ohne sich ein einziges Mal einer Gefahr auszusetzen.

Nur mit Gewalt konnte Shaan einen wütenden Schrei unterdrücken. Er hasste die Shai'yinyal, hasste sie für den Mord an seinem Vater und für all die anderen Leben, die sie so gleichgültig ausgelöscht hatte. Seine Zähne mahlten knirschend aufeinander, als er den Kopf in den Nacken legte und herausfordernd in den Himmel hinaufstarrte. Irgendwann würde er sie erwischen, und dann würde er ihre schwarze Seele zurück in die Hölle schicken, der sie entsprungen war.

Doch wie sollte er das anstellen, wenn sie sich ihm nie zeigte?

* * *

Als Deleja auf den Altan trat, fiel ihr Blick sofort auf Shaan. Er stand keine sieben Meter von ihr entfernt, hatte sie jedoch noch nicht bemerkt. Seine Hände lagen auf dem Holz des Geländers und umklammerten es so fest, als wollten sie es in tausend Teile zermalmen. Er hatte den Kopf in den Nacken gelegt und starrte grimmig gen Himmel, so als hätte er vor, im nächsten Moment einem unsichtbaren Gegner ins Gesicht zu springen und seine Finger in dessen Kehle zu graben.

Deleja blieb abrupt stehen. Sein Anblick machte ihr Angst. Was war nur mit dem netten, herzerfrischend unschuldigen Jungen geschehen, der vor wenigen Tagen in ihr Haus gekommen war? Die ersten beiden Tage hatte Trauer seine Augen beherrscht, Unsicherheit und Scheu sein Handeln. Erst allmählich hatte seine Wissbegier über seine Befangenheit gesiegt, als ihm klar geworden war, dass sie ihm gern auf seine Fragen antwortete, doch seit die Morde begonnen hatten, hatte er sich vor ihr und allen anderen im Haus verschlossen.

Auch jetzt war seine Miene steinern, seine Züge wie im Frost erstarrt und ohne die Spur eines Lächelns. Und während sie anfangs gedacht hatte, er könnte zu lachen lernen, wenn er es nur schaffte, seinen Kummer zu überwinden, zweifelte sie jetzt daran. Viel zu oft, wenn sie ihn ansah, bemerkte sie ohnmächtigen Zorn, manchmal sogar Hass in seinen Augen. Der sanftmütige, verletzliche Shaan, der um seinen Vater trauerte und Trost im Anblick des weiten Meeres fand, schien über Nacht aufgehört zu haben zu existieren.

Doch es war nicht über Nacht geschehen, sondern am helllichten Tage, am Tag nach seiner Krankheit, am Tag der ersten Morde. Als er aus der Stadt zurückgekehrt war, hatte er sich bereits verändert gehabt – und auch zum ersten Mal gelogen.

Deleja fröstelte und wagte sich nicht zu rühren. Ein Teil von ihr wollte zwar nach ihm rufen, ihn ansprechen und versuchen, wieder jenen Shaan in ihm zu finden, den sie kennengelernt hatte, aber eine andere, machtvollere Stimme hielt sie davon ab – die der Angst.

Kurz nach seinem geheimnisvollen Ausflug in die Stadt waren die ersten Toten entdeckt worden, und sowohl die Morde als auch Shaans unerklärliches Verschwinden hatten sich fortgesetzt. Einmal am Tag sprang er unvermittelt auf, stürzte aus dem Zimmer und blieb für längere Zeit unauffindbar. Und wann immer er zurückgekehrt war, war er noch bleicher und wortkarger gewesen als zuvor.

Noch alarmierender waren jedoch die Zeiten, zu denen er verschwand. Jedes Mal, wenn er fort gewesen war, wurde unmittelbar darauf ihr Vater gerufen, weil sich ein neuer Mord ereignet hatte. Und eins durfte sie nicht vergessen: Shaan war ein dunkelhaariger, junger Mann! Damit entsprach er exakt der Täterbeschreibung.

Deleja begann zu zittern. Sie wollte es nicht glauben, aber konnte sie leugnen, wie stark sich Shaan verändert hatte? Und wie war es mit der zeitlichen Übereinstimmung oder der Tatsache, dass er offensichtlich log?

Sie konnte diese Dinge nicht ignorieren, und wieder einmal rang sie mit sich. Sollte sie ihren Verdacht äußern? Sollte sie ihren Vater auf die Hinweise, die dafür sprachen, dass Shaan etwas mit den Morden zu tun hatte, ja vielleicht sogar selbst der Täter war, aufmerksam machen?

Doch was dann? Wenn sie ihr Schweigen brach, würde ihr Vater Shaan nicht länger im Haus dulden, gleichgültig, ob er schuldig war oder nicht. Er würde nicht einmal abwarten, ob sich der Verdacht als begründet herausstellte, sondern Shaan sofort vor die Tür setzen oder ihn gar an die Stadtwache übergeben.

Und wenn man bedachte, wie hysterisch die Bewohner Golgamats inzwischen waren, war es gut möglich, dass sie Shaan kurzerhand am nächsten Baum aufknüpften, bevor überhaupt feststand, ob er tatsächlich in die Morde verwickelt war oder nicht. Und sie hätte seinen Tod auf dem Gewissen.

Verdacht oder nicht - das konnte sie nicht zulassen. Solange sie keinen konkreten Beweis für seine Schuld hatte, musste sie schweigen - und hoffen, dass sie den Beweis nicht dadurch erhielt, dass er ihr irgendwann die Kehle durchschnitt.

Plötzlich senkte Shaan den Kopf und wandte sich zu ihr um. Deleja erschrak und trat unwillkürlich einen Schritt zurück. Aber er kam nicht auf sie zu, sondern stand reglos da und sah sie einfach nur an. Für einen kurzen Moment lockerten sich seine erstarrten Züge, und der angespannte Ausdruck in seinen Augen wich dem tiefer Erleichterung.

„Guten Morgen", sagte er mit einer Stimme, die sanft und flüchtig wie ein schwacher Windhauch war.

„Gu... guten Morgen", erwiderte Deleja stammelnd.

Sein Blick ließ sie nicht los. Sie wollte ihm ausweichen, schaffte es jedoch nicht. Wie dunkle, magische Spiegel fingen seine Augen die ihren ein, und plötzlich sah sie wieder die tiefe Traurigkeit in ihnen. Gleichzeitig sanken seine Schultern herab, als laste ein schweres Gewicht auf ihnen, dass er kaum noch zu tragen vermochte.

„Deleja", flüsterte er ihren Namen.

Sie sah ihn gebannt an, spürte, dass er ihr etwas sagen wollte.

Seine Lippen bewegten sich bereits, doch bevor ein Laut über sie kam, trat Linari auf die Galerie und winkte ihnen. „Deleja, Shaan, beeilt euch! Das Frühstück wartet."

Der Zauber brach. Shaans Gesicht wurde wieder hart, als würde es zu Basalt erstarren, seine Hände, vorher offen, ballten sich zu Fäusten, und

Kummer wich grimmiger Entschlossenheit. Er fuhr so heftig zu Linari herum, als wolle er sie angreifen.

Deleja erschrak zutiefst. „Wir kommen!", rief sie hastig.

Shaan hielt inne und sah sich über die Schulter zu ihr um.

„Geh vor", bat Deleja, halb erstickt vor Furcht.

Er zögerte, nickte dann. Deleja brannte ihre Blicke in seinen Rücken, als könnte sie ihn so aufhalten, sollte er Linari ein Leid antun. Doch er versuchte es nicht einmal, sondern ging mit gesenktem Kopf an der Haushälterin vorbei.

Als Linari ihr noch einmal winkte, beeilte sich Deleja, ihm zu folgen, froh darüber, dass sie nicht allein mit ihm sein würde.

* * *

Verstohlen presste Shaan eine Hand vor den Magen, als sich Delejas Blicke in seinen Rücken bohrten. Ihr offensichtliches Misstrauen fuhr im wie die Klinge eines Messers in den Leib. Und erst ihre Augen - starr, geweitet, wie die eines Kätzchens, das von einem Wolf in die Enge getrieben worden war und keine Fluchtmöglichkeit mehr besaß. Sie hatte Angst - vor ihm.

Zutiefst bekümmert sah er zu Boden, blickte kaum auf, als er in den Speisesaal trat, und begrüßte die Familie Albite und Herness nur flüchtig. Vor allem aber vermied er es, Deleja anzuschauen. Er wusste nicht, was sie in seinen Augen sah, aber was es auch war, es ängstigte sie.

Ihr Misstrauen erwies sich bei der Erfüllung seiner Aufgabe als Katastrophe ersten Ranges, denn die Zeit brannte ihm auf den Nägeln. Während die Shai'yinyal Deleja immer näher kam, hatte er sie noch keinen Deut an die Erkenntnis ihrer wahren Identität heranführen können. Er müsste ihr eigentlich mehr über den kosmischen Kampf erzählen, doch wie sollte er das Gespräch in diese Richtung lenken? Es *gab* nicht einmal mehr ein Gespräch zwischen ihnen, und ebenso sorgsam mied sie seine Nähe, als leide er an einer ansteckenden Krankheit.

Am schlimmsten war jedoch, dass er es in Kauf genommen hatte. Das war der Preis dafür, dass er alles stehen und liegen ließ, sobald er die Magie seiner Gegenspielerin spürte, der Preis für seine erfolglosen Versuche, die anderen Mädchen zu retten. Deleja und Herness waren die Einzigen, die wussten, dass sein Verschwinden zeitlich mit den Morden zusammenfiel. Herness hatte er den Befehl gegeben, nicht darüber nachzudenken, und so tat er es auch nicht, aber Deleja konnte er nicht in gleicher Weise beeinflussen. Sie machte sich Gedanken - und zwar keine guten, offensichtlich.

Sie musste ihn für den Mörder halten, oder zumindest annehmen, dass er mit den Verbrechen zu tun hatte. Die Shai'yinyal hatte ihre Marionetten mit teuflischer Hinterlist ausgewählt: junge Männer mit dunklem Haar. Die Beschreibung traf auf viele Menschen in Golgamat zu - aber eben auch auf ihn, und er war es, den Deleja jeden Tag ohne ersichtlichen Grund aufspringen und fortlaufen sah.

Ohne Zweifel hatte die Shai'yinyal sich genau das erhofft. Da sie Gefflan kannte, nahm sie an, dass auch sein Sohn dunkles Haar besaß, und hatte entsprechend gehandelt. Und ganz sicher hatte sie sich ausgerechnet, dass er sie zu stellen versuchte und sich damit selbst mit den Morden in Verbindung bringen würde - sowohl räumlich als auch zeitlich. Alles in allem musste er auf einen einigermaßen aufmerksamen Beobachter bedenklich kriminell wirken.

Im Grunde war es ein Wunder, dass Deleja ihren Verdacht bis jetzt für sich behalten hatte. Ihre Furcht wuchs allerdings mit jedem weiteren Tag. Bereits heute könnte ihre Angst überhandnehmen, sollte er erneut verschwinden und gleichzeitig ein Mord geschehen. Und wenn sie redete, würden sich die Soldaten der Stadtwache oder, noch übler, der hysterische Mob Golgamats mit ihm befassen, und er wäre gezwungen, Magie einzusetzen, um zu entkommen. Davon wiederum könnte Deleja erfahren, und das wäre dann das Ende seiner glorreichen Heldentaten. Ließ er sich hingegen widerstandslos festnehmen, riskierte er, hingerichtet oder gelyncht zu werden. Deleja stünde dann allein, ohne Chance, zur Lanhal zu erwachen.

Wie er es auch drehte und wendete, er musste Delejas Misstrauen entgegenwirken, oder alles war verloren. Er musste die anderen beiden Mädchen sterben lassen, darunter auch Liss Banagi, Delejas beste Freundin.

Wütend und verzweifelt über die Wahl, vor die die Shai'yinyal ihn stellte, verbrachte Shaan das Frühstück in bedrücktem Schweigen. Auch die anderen sprachen nur wenig, erst als das Mahl beendet war, ergriff Morujan Albite das Wort.

„Deleja, dein Unterricht wird heute Morgen ausfallen. Ich habe eine besondere Aufgabe für dich."

Shaan sah auf, zum ersten Mal, seit er am Tisch saß, und bemerkte, dass Deleja hastig von ihm fort zu ihrem Vater blickte.

„Was für eine Aufgabe, Vater?"

Shaan fragte sich, ob auch die anderen das leichte Zittern in ihrer Stimme wahrnahmen.

Morujan Albite setzte eine andächtige Miene auf. „Du wirst für mich ein paar wichtige Unterlagen zu Torlon Dafjan ans andere Ende der Stadt bringen."

Shaan zuckte erschrocken zusammen, und auch Deleja erbleichte. Darin waren sie sich einig.

Shaan stieß Herness unbemerkt unter dem Tisch an. Der Hauslehrer reagierte sofort - und widersprach, so wie er es ihm schon vor längerer Zeit für einen solchen Fall eingegeben hatte.

Nachdenklich rieb er sich das Kinn. „Haltet Ihr das für eine gute Idee? Ich meine - gerade jetzt?"

Eine unangenehme Stille folgte. Selbst Vanaja und Inhira, die nie ernst sein konnten, blickten betreten wie begossene Rebhühner drein.

Nur Morujan Albite winkte lässig ab. „Ich kann mein Geschäft nicht danach richten, wie unsicher die Zeiten in Golgamat sind. Wirklich sicher sind sie nie, das weißt du."

„Könnte nicht ein Bote die Dokumente überbringen?"

„Nein, das geht nicht. Es ist auch ein Vertrag darunter, der noch nicht unterzeichnet ist. Deleja soll das an meiner Statt übernehmen."

Deleja hob überrascht die Augenbrauen. „Ich?"

„Natürlich, Deleja, du bist meine Erbin! Ich hatte schon längst geplant, dir auch eine entsprechende Verantwortung zu übertragen."

„Aber ... aber ich habe so etwas doch noch nie getan! Ich ... könnte Fehler machen!"

„Das wirst du nicht, Kind. Torlon und ich haben alle Einzelheiten bereits ausgehandelt und im Vertrag festgehalten. Es fehlt nur noch die Unterschrift, und die soll aus deiner Feder stammen. Denn schon bald wirst du das Geschäft gleichberechtigt neben mir leiten."

Deleja presste sich so fest gegen ihre Stuhllehne, als habe ihr Vater verkündet, sie solle zur Schlachtbank geführt werden. „Ich weiß noch nicht genug über das Geschäft. Herness muss mir noch so viel beibringen!"

„Du hast Zeit genug mit theoretischen Belehrungen verbracht. Jetzt musst du lernen, sie in der Praxis anzuwenden. Oder möchtest du, dass Trist das Kontor allein in seine Hände nimmt, wenn ich einmal nicht mehr da bin?"

Delejas Schultern sanken herab. „Nein, Vater."

„Schön. Gleich nach dem Frühstück werde ich dir noch ein paar Anweisungen geben, danach brichst du auf."

„Ja, Vater."

Shaan hielt es an der Zeit, Herness erneut anzustupsen. Deleja durfte auf keinen Fall allein gehen, aber er durfte sich auch nicht selbst als Begleiter anbieten, wollte er sich nicht vor Deleja noch verdächtiger machen, als er es ohnehin schon war.

Herness ergriff sogleich das Wort. „Ihr werdet sicher nicht wollen, dass Deleja ganz allein geht, Morujan. Sie sollte für alle Fälle einen Begleiter bei sich haben."

„An wen hast du gedacht?"

„An Shaan."

Deleja wurde noch bleicher und warf ihm einen nervösen Blick zu.

Gleichzeitig unterzog ihn Morujan Albite einer kurzen Musterung, strich sich dabei nachdenklich durch den Bart und schüttelte schließlich den Kopf. „Nichts für ungut, Junge, aber ich glaube nicht, dass du Deleja im Notfall eine große Hilfe sein könntest."

„Allein seine Anwesenheit könnte abschreckend wirken", warf Herness ein.

„Das glaube ich kaum. Der Mörder hat sich bislang von niemandem aufhalten lassen. Er hat sogar einen Mann getötet, die weitaus kräftiger als Shaan war."

Wieder sah Herr Albite ihn an, seine blauen Augen voller Zweifel. Shaan ertrug diesen Blick nicht. Warum dachten nur alle, er würde versagen? Abrupt stand er auf und ballte die Fäuste.

„Ich würde nicht zulassen, dass irgendjemand Deleja ein Leid antut!"

Morujan Albite zog eine Augenbraue steil in die Höhe, und im Hintergrund begannen Delejas Schwestern anzüglich zu kichern und miteinander zu tuscheln. Shaan kümmerte sich nicht darum. Er bebte innerlich, unterdrückte seine brodelnden Emotionen jedoch mit eiserner Gewalt. Der Kaufmann begutachtete ihn noch einmal, dieses Mal so eindringlich, als sei er eine Ware, über deren Qualität er sich noch nicht sicher war. Shaan hielt seinem Blick entschlossen stand. Er würde Deleja beschützen, wenn nötig mit seinem eigenen Leben.

„Also schön, junger Mann. Du kannst Deleja begleiten. Aber du solltest besser gut auf sie achtgeben, denn ich werde dich beim Wort nehmen."

Noch immer wich Shaan seinem Blick nicht aus. „Das könnt Ihr, Herr Albite."

Der nickte noch einmal, und damit war die Angelegenheit für ihn erledigt. Deleja hingegen sah ihn mit schreckgeweiteten Augen an. Schon fürchtete Shaan, sie könnte widersprechen und sich weigern, allein mit ihm das Haus zu verlassen. Zum Glück presste sie die Lippen zusammen und schwieg; die Angst wich allerdings nicht aus ihren Zügen. Shaan gab sich bekümmert damit zufrieden. Mehr hatte er nicht erwarten dürfen.

15. Heldenmut

In tiefem Schweigen gefangen, marschierten Shaan und Deleja wenig später durch die Straßen Golgamats. Er hielt sich direkt neben ihr, denn hinter ihr zu gehen, hätte ihre Angst nur noch geschürt. Ihren furchtsamen Blicken nach zu urteilen, wäre es ihr sogar am liebsten gewesen, wenn er vorausgegangen wäre, aber erstens kannte er den Weg nicht, und zweitens hätte er sich geweigert, einer solchen Aufforderung Folge zu leisten. Er musste dicht bei ihr sein, wenn er sie beschützen wollte.

Ab und an warf er ihr einen kurzen, zaghaften Blick zu. Obwohl sie das Kontor verlassen hatten, hatte Deleja sich kein Kleid angezogen, wie es für ein Mädchen ihres Alters und ihres Standes eigentlich schicklich gewesen wäre, sondern die Jungenkleidung, die sie üblicherweise nur im Haus trug, anbehalten, und um das Bild abzurunden, sogar einen Hut mit breiter Krempe aufgesetzt, der ihre Haare verbarg und einen schützenden Schatten über ihr Gesicht warf.

Shaan bewunderte sie für ihre Klugheit. Sie musste ahnen, dass besonders Mädchen in Gefahr waren, und hatte sich deshalb als Junge verkleidet. Sie wollte den Mörder täuschen.

Ihre Tarnung ließ ihn gleich in zweierlei Hinsicht aufatmen. Zum einen war die Wahrscheinlichkeit, dass die Shai'yinyal sie in diesem Aufzug als eins ihrer potenziellen Ziele erkannte, gering, zum anderen bewies Delejas Handeln, dass sie sich in ihrem Verdacht ihm gegenüber noch nicht gänzlich sicher war.

Doch trotz seiner zaghaften Erleichterung schmerzten ihn ihre offensichtliche Furcht und die Befangenheit, mit der sie sich bewegte. Sie ging leicht geduckt, als rechnete sie jederzeit mit einem Angriff, und musterte alle Menschen, die ihnen begegneten - allen voran dunkelhaarige, junge Männer - eindringlich und voller Misstrauen. Er tat es ihr gleich und wünschte, er könnte ihr versichern, dass er auf ihrer Seite stand. Doch jeder Versuch, das Schweigen zu brechen, hätte entweder ihr Misstrauen noch stärker angeheizt - oder die Regeln des Kampfes verletzt.

Und so sprachen sie kein einziges Wort miteinander, während sie über die gepflasterten Straßen Golgamats schritten, über denen bereits jetzt flimmernde Hitze stand, obwohl der Vormittag kaum begonnen hatte. Es schien, als wollte die Sonne bis zum Mittag jeden noch so verborgenen Winkel der Stadt ausbrennen und nur tote Schlacke übrig lassen. Mit den Pflastersteinen hatte sie es bereits geschafft. Feiner Staub stob in Wolken vom Boden auf, drang ihnen wie ein boshaftes Lebewesen in Mund und Nase und reizte sie zum Niesen.

Die Männer und Frauen, die im Zuge ihres Tagewerks den kühlenden Schatten der Häuser verlassen mussten, stöhnten gequält, und Shaan stimmte ihnen aus vollem Herzen zu. Die Hitze war einfach unerträglich.

Die Einzigen, die sie genossen, waren die Insekten, die emsig und unbeirrt nach Nahrung suchten, und die Kinder, die hier und da bar jeder Vernunft auf den glühenden Pflastersteinen saßen und spielten.

Auf seinem ersten Rundgang durch Golgamat hatte Shaan die selbstvergessenen Aktivitäten der Mädchen und Knaben noch mit Interesse betrachtet, jetzt warf er keinen Blick mehr darauf. Als sie jedoch in eine weitere Straße einbogen und sich unversehens in der Nähe einer Gruppe Kinder wiederfanden, blieb er abrupt stehen und starrte mit gerunzelter Stirn auf die erbarmungswürdige Szene, die sich vor seinen Augen abspielte.

Die Kinder, sechs Jungen im Alter von zehn bis zwölf Jahren, waren eben dabei, einen lockeren Kreis um einen Hund zu bilden. Das Tier war groß, wirkte jedoch räudig und abgemagert. Sein braunes Fell war stumpf, verklebt und zerzaust, sein Schwanz halb kahl, seine Augen von Sand und Sonne wund. Es stand mit eingezogenem Schwanz in der Mitte des Kreises, und sein Kopf pendelte nervös von einer Seite zur anderen, während es verstört nach einem Fluchtweg suchte.

Die Jungen fuchtelten wild mit den Armen und johlten, und wann immer der Hund einen Schritt nach vorne machte, um ihren Kreis zu verlassen, traten sie ihm in den Weg, sodass er sich abwenden und eine neue Lücke suchen musste, die sie ihm sofort wieder verstellten. Das Tier wurde immer nervöser, rollte ängstlich mit den Augen und begann schließlich leise zu knurren, doch die Jungen lachten nur – lachten über die Furcht und das Leid einer lebendigen Kreatur.

Zornig trat Shaan auf die Kinder zu. „Hört auf damit!"

Damit hatte er ihre Aufmerksamkeit. Der größte und stämmigste der Jungen, ein kräftiger Bursche mit roten Haaren, kurzen Armen und einem feisten Gesicht, stemmte die Hände in die Hüften, bemaß Shaan mit einem abschätzenden Blick und spie aus.

„Du hast uns gar nichts zu sagen! Es ist allein unsere Sache, mit wem oder mit *was* wir spielen!"

„Ein Spiel?", fuhr Shaan erbost auf. „Ihr *quält* den Hund! Das ist kein Spiel!"

Der Junge grinste unverschämt. „Und ob. Los, Leute, spielen wir!"

Johlend wandte er sich seinem Opfer zu und drang noch heftiger auf das arme Tier ein. Die anderen Jungen taten es ihm gleich, der Kreis schloss sich eng zusammen, und plötzlich gab es gar keine Lücke mehr.

Der Hund erstarrte, sein Fell sträubte sich und seine Ohren legten sich flach an.

Shaan ahnte, welches Unheil sich anbahnte. „Lasst den Hund gehen!", schrie er dem rothaarigen Jungen zu.

Doch der achtete nicht auf seine Warnung, griff stattdessen nach einem Stein. „Ich tue, was ich will, du Blödmann!", zischte er und holte weit aus.

Der Stein traf den Hund am Kopf, nicht hart, aber zielgenau. Die Lefzen des Tieres zogen sich in die Höhe und entblößten dolchartige Zähne.

„Zurück!", brüllte Shaan.

Es war zu spät. Der Hund schnellte vor, warf seinen Peiniger um und verbiss sich sofort in seine Schulter. Der rothaarige Junge schrie wie am Spieß, als sich die Zähne tief in sein Fleisch gruben, während die anderen Kinder auseinanderstoben wie eine Gruppe Hasen, in die ein Habicht hinabgestoßen war.

Shaan zögerte, aber nur eine Sekunde. Fluchend warf er alle Vorsicht über Bord und stürzte sich, in sträflicher Missachtung aller Lehren seines Vaters, auf das wütende Tier. Mit zwei Schritten war er bei ihm, sprang ihm auf den Rücken und klemmte es zwischen seinen Beinen fest, dann griff er nach seinem Maul.

Mit beiden Händen packte er zu, umfasste Ober- und Unterkiefer des Hundes und versuchte, sie auseinanderzuzwingen. Der Hund bockte unter ihm wie ein wildes Pferd und knurrte so heftig, dass sein Leib bebte und zitterte, seine Kiefer jedoch blieben so eisern geschlossen wie eine Schraubzwinge. Shaan schrie vor Anstrengung, dann schaffte er es endlich, den Biss des Tiers zu lockern und den tobenden Hund von dem Jungen herunterzuwuchten.

„Das Kind!", keuchte er.

Deleja reagierte sofort, und obwohl ihre Augen vor Angst ganz starr und weit waren, hastete sie herbei und zog den rothaarigen Knaben aus der Reichweite der drohenden Zähne. Der Junge wimmerte leise und klammerte sich an ihr fest.

„Geh noch weiter zurück!", ächzte Shaan, während er das zuckende und sich windende Tier wie in einem absurden Ringkampf in den Würgegriff nahm. Der Hund gebärdete sich wie toll. Angst und Instinkt verliehen ihm weit mehr Kraft, als Shaan in seinem dürren Körper vermutet hätte.

Mit einem verzweifelten Aufbäumen wand sich das rasende Tier schließlich aus seiner Umklammerung heraus und sprang ihn derart wild an, dass Shaan das Gleichgewicht verlor und mit dem Rücken voran hart auf den Boden prallte. Sofort warf sich der Hund auf ihn und versuchte, nach seiner Kehle zu schnappen. Shaan packte den Hals des Hundes und drückte mit aller Kraft dagegen. Die mächtigen Kiefer schlugen nur Zentimeter vor seinem Gesicht krachend zusammen.

Shaan versuchte, den Hund von sich herunterzuwuchten, konnte sich jedoch kaum rühren. Das Tier stemmte sich mit seinem gesamten Körpergewicht gegen ihn, hielt ihn so am Boden fest und stieß ein wildes Knurren aus, während es mit den Krallen seiner Vorderpfoten sein Hemd zerfetzte und ihm die Haut aufriss. Speichel tropfte von seinen Lefzen auf Shaan herab, heißer Atem schlug ihm feucht ins Gesicht.

Angesichts der mörderischen Zähne, die nur fingerbreit von seinem Hals entfernt gefletscht wurden, brach ihm der kalte Schweiß aus. Seine Arme zitterten unter dem wüsten Angriff des Hundes, drohten nachzugeben. In höchster Not griff er auf seine Magie zurück.

Augenblicklich begann der Hund zu röcheln, als ihm die Luft knapp wurde, und rollte wie irr mit den Augen. Trotzdem kämpfte er weiter, wurde jetzt sogar noch wilder, als wolle er Shaan um jeden Preis mit in den dunklen Abgrund zerren, der sich so unvermittelt vor ihm aufgetan hatte. Shaan hörte Deleja schreien, als das Maul des Tieres seinen Hals berührte, sich Zähne in seine Haut gruben. Dann brach es endlich mit einem ächzenden Laut über ihm zusammen und fiel schwer auf ihn.

Obwohl sich die Müdigkeit wie mit Bleigewichten auf ihn senkte, gestattete es sich Shaan nicht, Erschöpfung oder Erleichterung zu empfinden, sondern stemmte den reglosen Körper mit zittrigen Armen beiseite. Blut lief über seinen Hals, wo ihn die Zähne des Hundes gestreift hatten, aber er beachtete es nicht. Taumelnd kam er auf die Füße. Ein scharfer Schmerz loderte plötzlich durch seinen rechten Knöchel. Er musste ihn sich während seines wüsten Ringkampfes an den harten Pflastersteinen geprellt haben, ohne dass er es bemerkt hatte. Auch jetzt ignorierte er es und eilte rasch zu Deleja hinüber. Sie kauerte keine drei Meter von ihm entfernt und hielt den Jungen im Arm.

Shaan holte tief Luft, versuchte zu Atem zu kommen. „Was ist mit ihm?“

Deleja sah mit leichenblasser Miene zu ihm auf. „Er ... er ist ohnmächtig. Er wird verbluten!“

Damit nahm sie die Hand von der Schulter des Jungen. Sofort quoll ein breiter Strom hellen Blutes in pulsierenden Schüben aus einer tiefen Fleischwunde.

Shaan schüttelte energisch den Kopf. „Das wird er nicht!“

Er riss ein Stück Stoff von seinem ohnehin schon hoffnungslos ruinierten Hemd ab und presste es auf die Verletzung. Das war jedoch nur Tarnung. Rasch und unbemerkt setzte er seine Wassermagie ein, verlangsamte damit die Blutung, dann nahm er Deleja den Jungen ab.

„Wir müssen ihn zu einem Arzt bringen!“

Deleja nickte stumm und kam zitternd auf die Füße. Sie eilten aufs Geratewohl los, blickten sich dabei suchend um.

Die Straße lag wie ausgestorben vor ihnen, doch hier und da bemerkte Shaan Bewegung hinter den zugezogenen Gardinen der Häuser. Seine Kiefermuskeln verkrampften sich, als er grimmig die Zähne aufeinanderbiss. Golgamat gefiel ihm mit jedem Tag weniger.

Sie folgten der Straße bis zu ihrem Ende, bogen um eine Ecke, als Deleja plötzlich aufschrie. „Da vorn, da vorn ist ein Arzt!"

Heftig gestikulierend wies sie die Gasse hinunter. Shaan entdeckte das Schild nur einen Moment nach ihr und lief noch schneller.

Sein Knöchel protestierte bei jedem Schritt, fühlte sich an, als habe jemand eine glühende Nadel hineingerammt, doch das war ihm gleichgültig. Der Junge brauchte Hilfe - und Deleja musste so rasch wie möglich von der Straße herunter. Bislang hatte die Shai'yinyal seinen Magieeinsätzen keine Beachtung geschenkt, aber das war keine Garantie dafür, dass sie sie auch heute ignorierte.

Shaan zog sich vor Furcht der Magen zusammen. Sein bizarrer Kampf mit dem Hund hatte viel Aufmerksamkeit erregt. Die Leute würden sich an ihn erinnern - und an Deleja. Ohne ihre Verkleidung hätte man sie sicher erkannt. Die Shai'yinyal hätte dann nur noch zu fragen brauchen, wer den Aufruhr verursacht hatte, und schon wäre ihr die Identität der Lanhal und ihres unfähigen Shai offenbart worden.

Beschämt sah er zu Boden. Er lernte es einfach nicht! Allein durch seine Schuld war die Situation eskaliert. Wenn er den Mund gehalten hätte, hätten die Kinder dem Hund vielleicht nicht so hart zugesetzt, und das Tier wäre nicht derart in Panik geraten, dass er sie angriff.

Die Angelegenheit hätte auch noch schlimmer ausgehen können. Wenn der Hund ihn übler verletzt hätte, hätte er Deleja nicht mehr ausreichend beschützen können. Das Blut, das ihm noch immer warm den Hals herabrann, war eine deutliche Warnung.

Plötzlich bemerkte er Delejas Blick. „Bist ... bist du verletzt?", fragte sie, ihre Stimme scheu und schwankend - und noch immer nicht frei von Angst.

Shaan umfasste den Körper des Jungen fester. „Nein."

„Aber du blutest!"

„Das ist nichts. Nur ein Kratzer."

Deleja zögerte, sah kurz fort, dann wieder zu ihm hin. „Ist ... ist der Hund tot?"

„Nein."

„Wird er nicht wieder jemanden angreifen?"

„Das glaube ich nicht. Wenn man ihn in Ruhe lässt, wird er vermutlich einfach fortlaufen."

„Aber wenn er nun doch ..."

„Die Kinder haben den Hund bedroht und gequält! Er hat sich nur verteidigt! Hätte ich ihn deshalb *töten* sollen?"

Delejas Augen weiteten sich erschrocken.

Shaan verfluchte sich für seine Unbeherrschtheit. „Es ... es tut mir leid."

Doch es war zu spät, sein Ausbruch hatte die Furcht vollends in Delejas Augen zurückgebracht. Shaan sah von ihr fort und biss sich auf die Lippe, bis er Blut schmeckte.

* * *

Verwirrt und noch immer zutiefst erschrocken musterte Deleja Shaan. Ihre Beine waren weich wie warme Butter, ihr Puls raste, und an ihren Händen klebte überall das Blut des Jungen. Blut rann auch aus der Wunde an Shaans Hals, wo der Hund einen Fetzen Haut herausgerissen hatte.

Sie hatte Angst, aber zum ersten Mal seit Tagen nicht vor ihm, sondern um ihn. Seine heftige Entgegnung hatte seine Maske der Unnahbarkeit durchbrochen, sie sehen lassen, dass seine Nerven blank lagen. Er zitterte nicht weniger als sie, und seine Worte hallten noch immer schmerzhaft in ihr nach.

Hätte ich ihn deshalb töten sollen?

Eine Frage, gleich einem gequälten Aufschrei, so verzweifelt, als würde es ihn im nächsten Augenblick in der Mitte zerreißen. Auch seine hastige Entschuldigung konnte diesen Moment der Offenheit nicht mehr zurücknehmen, den kurzen Einblick in seine Seele, den er ihr gewährt hatte, nicht wieder ungeschehen machen.

Was ging nur in ihm vor?

Die Frage musste warten. Shaan eilte ihr voraus und die Stufen des Hauses empor, an dem unübersehbar das verschnörkelte Schild eines Arztes prangte. Die Tür öffnete sich, bevor sie klopfen konnten, und eine hochgewachsene Frau von kräftiger Statur und langen, roten Haaren trat ihnen entgegen.

„Helft uns bitte“, rief Shaan drängend. „Wir brauchen einen Arzt für den Jungen!“

Die Frau warf nur einen einzigen Blick auf das Kind, das reglos in Shaans Armen hing - und keuchte erschrocken auf.

„Seslan!“

„Ihr kennt ihn?“

„Das ... das ist mein Sohn!“ Ihre Stimme zitterte, trotzdem reagierte sie schnell und besonnen, hielt Shaan die Tür auf und winkte ihn ins Haus hinein.

Ein langer Gang, in dem mehrere Stühle an den Wänden standen, nahm sie auf. Dort warteten wohl die Patienten darauf, vorgelassen zu werden; im Augenblick war der Flur jedoch leer. Die Gerüche unterschiedlicher Kräuter und Heilmittel wie Pfefferminze, Thymian und Weihrauch hingen schwer in der schwülen Luft.

Die Frau hastete zur Tür am Ende des Korridors, riss sie auf und stürzte in den dahinterliegenden Raum, ohne vorher zu klopfen.

„Gelnin, Seslan ist verletzt worden!", schrie sie und winkte gleichzeitig Shaan, damit er ihr folgte.

Seine Schritte knarrten laut auf dem Dielenboden, als er ebenfalls ins Zimmer eilte. Als er wenig später wieder heraustrat, sah Deleja den Kopf eines blonden, bärtigen Mannes hinter Shaan auftauchen. Ein Blick hellblauer Augen streifte sie kurz.

„Wartet bitte", wandte er sich an sie und Shaan gleichermaßen, dann schloss sich die Tür wieder. Shaan und Deleja blieben allein auf dem Korridor zurück.

Shaan stand dicht neben der Tür, hinter der der Arzt, seine Frau und ihr Sohn verschwunden waren. Seine Arme, die eben noch das Gewicht des Kindes so mühelos getragen hatten, hingen plötzlich wie leblos an seinen Seiten herab. Sein Hemd war vor seiner Brust zu blutigen Streifen zerrissen, aus seiner Halswunde sickerte noch immer ein rotes Rinnsal, und sein Blick sprang wildäugig hin und her.

Deleja starrte ihn an, wagte nicht, sich zu rühren, etwas zu sagen, ja kaum zu atmen. Shaan wirkte so stark, so wild - und kaum weniger aggressiv als der Hund, mit dem er gerade gerungen hatte. Mit bloßen Händen hatte er sich das Tier vom Leib gehalten und ihm die Luft abgedrückt, bis es bewusstlos wurde. So viel Kraft hatte sie ihm - allem Misstrauen zum Trotz - nicht zugetraut.

Dabei war es schon früher offensichtlich gewesen. Als er mit Trist auf dem unseligen Fest aneinandergeraten war, hatte er ihn ohne große Mühe bezwungen, obwohl Trist im Vergleich zu ihm geradezu bullig wirkte. Dennoch hatte er keine Chance gegen Shaan gehabt, der sich, selbst für ihren ungeübten Blick deutlich zu erkennen, sogar noch zurückgehalten hatte. Der Griff, mit dem er Trist schließlich niedergestreckt hatte, war so präzise und sicher erfolgt, als hätte er ihn schon unzählige Male zuvor ausgeführt. Das aber konnte nur eins bedeuten: Shaan war ein Kämpfer - und wie es schien, sogar ein verdammt guter!

Deleja schluckte hart. Wer immer von ihrem Verdacht gewusst hätte, hätte Shaan ohne Zweifel für den Mörder gehalten, wenn er ihn so gesehen hätte, wie er jetzt vor ihr stand: blutverschmiert und so angespannt, als wolle er sich sogleich auf den nächsten Gegner stürzen, der ihm in die Quere zu kommen wagte.

Aber war das wirklich so einfach? Sicher - Shaan hatte vermutlich die körperliche Kraft für die Morde besessen, aber der Wahnsinnige, der auf so schreckliche Weise seine Opfer tötete, würde sich kaum auf einen Kampf mit einem wild gewordenen Hund einlassen und dabei Leib und Leben riskieren, nur um ein *Kind* zu retten.

Shaan jedoch hatte keine Sekunde lang gezögert. Unerschrocken, beherzt und mutig hatte er sich auf das Tier geworfen und den Jungen zu befreien versucht, obwohl Seslan ihn keine Minute zuvor beleidigt und verhöhnt hatte. Das passte nun gar nicht in das Bild, das sie sich aufgrund seines seltsamen Verschwindens in den letzten Tagen von ihm gemacht hatte.

Doch wenn er nicht der Mörder war, wieso verschwand er dann zu den Zeiten der Verbrechen? Und wieso log er darüber? Welches Geheimnis trug er mit sich herum?

Wenn sie es nur wagen würde, ihn danach zu fragen! Aber das brachte sie nicht über sich. Sie konnte ihm schlecht auf den Kopf zusagen, dass sie ihn für einen wahnsinnigen Killer gehalten hatte - und ein Rest Misstrauen immer noch an ihr nagte.

Beschämt sah sie fort, riss sich mit Gewalt aus ihrer Starre und tapste unsicher zum nächsten Stuhl. Ihre Beine dankten es ihr, als sie sich schwer auf die hölzerne Sitzfläche fallen ließ.

Ihre Bewegung weckte Shaans Aufmerksamkeit. Von einem Moment zum anderen hörte er auf, die Haustür zu belauern, und seine dunklen Augen hefteten sich allein auf sie.

„Geht es dir nicht gut?", fragte er mit rauer Stimme.

Deleja hob zögernd den Blick - und wurde von einer Verwirrung in die nächste gestürzt. Shaans verhärtete, verschlossene Züge waren von tiefer Sorge aufgeweicht worden, Sorge, die ohne Zweifel ihr galt. In diesem Moment wirkte er wieder ganz wie der Junge, den sie an ihrem sechzehnten Geburtstag schlafend im Hof gefunden hatte.

„Ich ... ich bin nur ein wenig erschrocken", erwiderte sie stammelnd.

Er warf ihr einen langen, prüfenden Blick zu, dem sie tapfer standhielt, dann wandte er sich abrupt ab und begann, im Korridor auf und ab zu wandern.

Deleja sah ihm zu, sah, dass Härte und Anspannung erneut Macht über ihn gewannen.

„Willst du dich nicht setzen?", fragte sie überhastet.

Shaan marschierte weiter. „Nein."

„Aber wir wissen nicht, wie lange es dauern wird, bis der Arzt seinen Sohn versorgt hat."

Da hielt er inne. „Vielleicht sollten wir besser gehen."

„Wieso?"

„Wir haben nicht viel Zeit."

„Ich habe keinen festen Termin, den ich einhalten muss."

„Das mag sein, aber der Geschäftspartner deines Vaters weiß, dass du heute Vormittag zu ihm kommen wirst. Vermutlich wartet er bereits auf dich."

„Das glaube ich nicht, und selbst wenn es so wäre, wäre es nicht weiter schlimm."

„Könnte es ihn nicht verärgern, wenn du dir so viel Zeit lässt? Wer weiß, womöglich weigert er sich dann, den Vertrag zu unterschreiben. Das würde deinem Vater sicher nicht gefallen."

Deleja schluckte. Shaans Worte trafen einen empfindlichen Nerv, trotzdem schüttelte sie entschieden den Kopf. „Du siehst zu schwarz. Ich kenne Torlon Dafjan. Er wird nicht böse sein, und ohnehin neigen die Geschäftspartner meines Vaters nicht dazu, eine Vertragsunterzeichnung platzen zu lassen, nur weil man etwas später kommt als geplant."

„Bist du dir dessen wirklich ganz sicher?"

„Ja", erwiderte sie so fest wie möglich.

Für einen Moment sah es so aus, als wollte er weiter widersprechen, doch dann nahm er wortlos seine unruhige Wanderung auf dem Gang wieder auf.

„Willst du nicht wissen, ob der Arzt den Jungen retten kann?", platzte Deleja schließlich heraus.

„Er wird bestimmt überleben."

„Das ist nicht gesagt. Er hat eine Menge Blut verloren."

Shaan zuckte stumm mit den Schultern.

„Ist es dir denn völlig gleichgültig, was mit dem Kind geschieht?", rief Deleja fassungslos. „Du hast es schließlich davor bewahrt, in Stücke gerissen zu werden!"

Und dabei sein eigenes Leben riskiert. Ihr trat der kalte Schweiß auf die Stirn, als sie sich daran erinnerte, wie knapp der Hund Shaans Kehle beim ersten Zuschnappen verfehlt hatte.

Shaan hielt erneut inne. „Ja, das habe ich", sagte er dumpf, fast so, als würde er es plötzlich bedauern.

Sein seltsames Benehmen untergrub das Vertrauen, das sie eben erst wieder zu ihm gefasst hatte. „Würdest du es nicht wieder tun?", fragte sie erstickt.

Shaan zögerte lange. „Habe ich denn eine Wahl?"

Was für eine merkwürdige Antwort! Deleja runzelte die Stirn. „Natürlich hast du eine Wahl! So wie an dem Tag, an dem du Madala Olvive gerettet hast!"

Daran hatte sie bis heute nicht mehr gedacht. Ihr Misstrauen hatte es sie vergessen lassen. Schwankend zwischen Angst und Hoffnung blickte sie ihn flehend an. „Shaan."

Sie sagte nur seinen Namen, und doch ging ein Ruck durch seinen Körper. „Ich würde es wieder tun."

„Ohne zu zögern?"

„Ja."

Sie glaubte ihm – und war verwirrter als je zuvor.

* * *

Nach einer Weile kehrte die Frau aus dem Behandlungszimmer zurück. Ihr Gesicht war bleich, wirkte aber erleichtert. Deleja stand auf und trat ihr entgegen.

„Wie geht es Eurem Sohn, werte Dame?"

„Ich glaube, er wird wieder gesund werden."

Erstaunlicherweise atmete Shaan tiefer durch als sie selbst. Also war es ihm doch nicht gleichgültig gewesen!

Die Frau versuchte ein Lächeln. „Ihr müsst entschuldigen, dass ich euch bislang eine so miserable Gastgeberin war. Ich habe mich noch nicht einmal vorgestellt. Ich bin Lenadi Genade. Da mein Mann meine Hilfe im Augenblick nicht mehr benötigt, kann ich mich jetzt endlich um euch kümmern." Sie nahm Deleja beim Arm. „Bist du verletzt worden?"

„Nein, das Blut auf meinem Hemd stammt nicht von mir, sondern von Eurem Sohn."

Die Frau wandte sich Shaan zu. „Und wie ist es mit dir?"

Shaan sah zu Boden. „Es geht mir gut."

Frau Genade runzelte die Stirn. „Dein Hemd ist völlig zerfetzt. Hat dich der Hund nicht gekratzt?"

Shaan wich einen Schritt zurück. „Es ist nichts."

„Und was ist mit dem Blut an deinem Hals? Ist das auch *nichts*?"

„Zumindest nichts von Bedeutung."

„Ich werde mir das trotzdem einmal genau ansehen, Junge. Selbst kleine Wunden können böse Folgen haben, wenn sie nicht ausreichend behandelt werden."

Shaans Züge verhärteten sich, und er wich noch einen Schritt zurück. „Das wird sicher nicht passieren."

„Shaan", rief Deleja, gleichermaßen irritiert und tadelnd. „Du hast stark geblutet! Lass dir von Frau Genade helfen!"

„Aber ..."

„Bitte!"

Shaan sah sie an, wieder so ein Blick, in dem sie hätte ertrinken können. Doch dieses Mal hielt sie ihm stand. „Es wäre wirklich besser", erklärte sie fest.

Ein bekümmerter Ausdruck schob sich als dunkler Schatten über sein Gesicht. Er senkte den Kopf. „Was soll ich tun?", fragte er Frau Genade.

„Zieh dein Hemd aus."

Shaan folgte ihrer Anweisung ergeben. Deleja erschrak, als der zerfetzte Stoff von seinen Schultern glitt. Ein Dutzend feuerroter Striemen lief quer über Shaans Brust. Einige von ihnen waren so tief, dass sie geblutet hatten. Die Frau des Arztes begutachtete die Verletzungen sorgsam, ebenso die Wunde am Hals.

„Du hast Glück, Junge", erklärte sie gleich darauf. „Die Kratzer sind wirklich kein Grund zur Beunruhigung. Ich werde sie auswaschen und mit Salbe behandeln, damit sie sich nicht entzünden."

Shaan sagte nichts, nickte nicht einmal. Lenadi Genade verschwand im Nebenzimmer, um die Arznei zu holen.

Deleja achtete kaum darauf. Sie starrte wie hypnotisiert auf Shaans nackten Oberkörper. Das war zwar nicht gerade schicklich, aber sie konnte nicht anders. Sein Körper war bewundernswert durchtrainiert und mit wohlproportionierten Muskeln ausgestattet. Solange er das Hemd trug, bemerkte man sie nicht, doch ohne das Hemd konnte sie sehen, woher seine Stärke kam.

Und sie sah noch mehr. Zwischen den roten, frischen Striemen zeichneten sich zwei, drei Dutzend blasser Narben wie Tätowierungen auf seiner sonnengebräunten Haut ab. Einige von ihnen waren nur kurz und fast unsichtbar, andere jedoch waren lang und traten deutlich hervor. Die längste zog sich quer über die linke Schulter, als habe sich dort ein glühender Metalldraht hineingebrannt. So viele Narben hätte sie nur bei einem notorischen Schläger wie Enjun erwartet – oder bei einem Soldaten.

Hatte sein Vater ihn in dem abgelegenen Tal, in dem sie gelebt hatten, zum Krieger ausgebildet? Das schien die einzige Erklärung dafür, dass er so durchtrainiert war, Trist nicht nur mit Stärke, sondern vor allem mit überlegener Technik besiegt hatte und einen Körper besaß, dessen Anblick einen Soldaten wie Hauptmann Stain in höchste Alarmbereitschaft versetzt hätte.

Aber warum das Ganze? Welche Pläne hatte Shaans Vater mit ihm gehabt? Vermutlich keine, mit denen Shaan einverstanden gewesen war, sonst hätte er sein Talent nicht so sorgsam geheim gehalten.

Und noch etwas bewiesen die Narben: Shaans Vater hatte entweder nicht gewusst, wie man Verletzungen behandelte, oder er hatte keinen Wert darauf gelegt, es zu tun, aus welchen Gründen auch immer. Die zweite Möglichkeit war für sie die wahrscheinlichere, denn Shaan sprach nie von seinem Vater oder seinem Leben im Tal – als wäre es eine Wunde, die bei der leichtesten Berührung wieder zu bluten beginnen würde.

Als Deleja das Knarren einer Tür hörte, riss sie sich zusammen und nahm den Blick von Shaan. Frau Genade musste schließlich nicht sehen, dass sie ihn anstarrte wie ein Straßenmädchen auf Männerfang. Shaan hatte ihre eindringliche Musterung nicht bemerkt, sondern die gesamte Zeit den Kopf hängen lassen, als schäme er sich eines geheimen Vergehens, das ihm schwer auf der Seele lastete. Selbst als Lenadi Genade zurückkehrte, schaute er nicht auf.

Die Frau des Arztes hielt eine kleine Schüssel in einer Hand, in der anderen ein weißes Tuch. „Ich werde deine Verletzungen mit einem Aufguss aus Wundklee reinigen", erklärte sie Shaan und begann sogleich damit, die Kratzspuren auf Brust und Armen behutsam abzutupfen. Tuch und Wasser färbten sich alsbald rot.

Deleja war ein wenig erschrocken, doch zum Glück hatten sich die Risse, ja selbst die Verletzung am Hals, bereits geschlossen. Es kam kein neues Blut nach. Shaan ließ die Behandlung schweigend über sich ergehen. Frau Genade kramte zuletzt einen kleinen Topf Salbe aus einer Tasche ihrer Schürze hervor und strich etwas von der Paste auf die Kratzer, dann lächelte sie zufrieden.

„So, jetzt kann ich dich ruhigen Gewissens gehen lassen."

„Danke", murmelte Shaan und wollte nach seinem alten Hemd greifen.

Frau Genade war schneller und zog es ihm unter den Fingern weg. „Ich werde dir ein neues bringen."

Shaan runzelte die Stirn. „Das ist nicht nötig."

„Willst du dich damit etwa auf die Straße wagen?" Lenadi Genade wedelte tadelnd mit dem blutverschmierten Fetzen vor seiner Nase herum. „Das lasse ich nicht zu! Ihr beide habt meinem Sohn das Leben gerettet! Ich schulde euch mehr als nur ein neues Hemd." Sie sah Deleja an. „Du könntest auch ein neues gebrauchen."

Deleja nickte dankbar. „Das wäre sehr nett von Euch, Frau Genade."

„Dann wartet, ich komme gleich zurück."

Sie huschte davon, ohne abzuwarten, ob Shaan noch einmal Einspruch erheben wollte, und kehrte gleich darauf mit zwei Hemden in der Hand zurück. Shaan zog eins davon über.

Deleja errötete, als sie ihr eigenes auszog. Zum Glück blickte Shaan betont zu Boden, in Frau Genades Augen blitzte es jedoch neugierig auf. Sicher hatte sie längst bemerkt, dass sie ein Mädchen war, aber sie sprach sie nicht darauf an, was Deleja sehr erleichterte.

„Kann ich noch etwas für euch tun?", fragte sie stattdessen und lächelte freundlich.

Shaan kam Deleja mit einer Antwort zuvor. „Nein, werte Dame. Wir müssen jetzt wirklich gehen."

„Ich möchte euch nicht aufhalten, aber wenn ihr noch ein wenig Zeit habt, wartet doch noch einen Moment. Mein Mann möchte euch gern noch einmal persönlich danken."

Deleja warf Shaan einen mahnenden Blick zu. „Natürlich werden wir warten."

Shaan presste die Lippen zusammen, sagte jedoch nichts.

Gelnin Genade trat nur ein paar Minuten später aus dem Behandlungszimmer zu ihnen. Er war groß wie eine Eiche, überragte Shaan deutlich, und seine Schultern und Arme waren so muskulös, dass Deleja ihm ohne Weiteres zutraute, dass er auch schwere Patienten mühelos heben konnte. Er strich sich eine Strähne seines blonden Haars aus der Stirn und suchte sofort den Blick seiner Frau.

„Es ist alles in Ordnung, Lenadi. Ich konnte die Blutung stoppen. Sie war zum Glück nicht so stark, wie die tiefe Wunde vermuten ließ. Seslan ist schon wieder wach und jammert."

Frau Genade atmete erleichtert auf. „Dann geht es ihm wahrhaftig besser."

Der Arzt wandte sich Shaan und Deleja zu. „Was ist passiert? Wie wurde mein Sohn verletzt?"

Da Shaan schwieg, machte sich Deleja daran, ihm zu erzählen, was geschehen war. Sie strich dabei Shaans mutiges Handeln ebenso hervor wie das törichte Verhalten des Jungen.

Als sie geendet hatte, schüttelte Gelnin Genade bekümmert den Kopf. „Ich habe längst befürchtet, dass Seslan eines Tages bei seinen Streichen einmal an den Falschen gerät. Er hat nichts als Flausen im Kopf. Hoffentlich wird ihm die heutige Erfahrung eine Lehre sein."

Shaan sah plötzlich schuldbewusst drein, so als hätte er und nicht Seslan den Hund gereizt - wieder eine seltsame Verhaltensweise, die Deleja nicht verstand.

Der Arzt atmete tief durch und legte Shaan eine Hand auf die Schulter. „Ich stehe tief in deiner Schuld, Junge. Wenn du nicht so mutig gehandelt hättest, hätte ich meinen Sohn verloren. Der Hund hätte ihn totgebissen, oder er wäre verblutet."

Shaan senkte den Kopf. „Das konnte ich nicht zulassen", sagte er leise, und ein trauriger Zug grub sich in seine Mundwinkel.

„Das ehrt dich. Nicht viele Menschen hätten meinem Jungen geholfen, denn in Golgamat ist sich jeder selbst der Nächste. Deshalb werde ich auch nie vergessen, was du für uns getan hast."

Da hob Shaan den Blick wieder. „Ich verlange keinen Dank", erklärte er hastig, als sei er gerade eines Verbrechens überführt worden.

„Und doch gebührt er dir. Ich weiß, dass ich dir deine Tat niemals angemessen vergelten kann, aber eins sollst du wissen: Unsere Tür steht dir immer offen. Wenn du in Not bist oder einfach Hilfe brauchst, komm zu uns." Er sah zu Deleja. „Das gilt auch für dich. Wir werden euch unsere Unterstützung gern gewähren."

„Danke", erwiderte Shaan und blickte dabei so düster drein, als hätte der Arzt mit seinen Worten neues Unheil heraufbeschworen.

Deleja versuchte, mit einem Lächeln die Aufmerksamkeit der Genades auf sich zu ziehen. Sie wechselten noch ein paar belanglose Floskeln miteinander, doch als Shaan immer unruhiger von einem Fuß auf den anderen trat, verabschiedete sie sich. Shaan tat es ihr gleich und war noch vor ihr auf der Straße. Er schien es wirklich eilig zu haben. Aber warum?

Dann bemerkte sie, wie er sich sichernd nach allen Seiten umsah und dabei so geduckt hielt, als erwarte er jede Sekunde einen Schlag ins Genick. Sein Gesicht war starr, seine Haltung angespannt. Aber was fürchtete er? Einen Angriff? Und wenn ja, von wem? Vielleicht dem Mörder?

Deleja zog den Kopf zwischen die Schultern und spürte, wie sich ihr die Haare im Nacken sträubten. Plötzlich schien es in Golgamats Straßen weit mehr Schatten zu geben als zuvor. Und so hinderte sie Shaan nicht daran, hastig auszuschreiten, sondern fügte ihr eigenes Bemühen um Tempo bereitwillig dem seinen hinzu.

* * *

Shaan war angespannt bis in die Zehenspitzen und in jeder Sekunde auf einen Angriff gefasst, doch weder die Shai'yinyal noch eine ihrer Marionetten erwarteten ihn und Deleja vor dem Haus der Genades. Unter der gnadenlosen Mittagshitze lagen die Straßen wie ausgestorben vor ihnen. Unbehelligt erreichten sie Torlon Dafjans Anwesen.

Erst als die kühlen, schützenden Mauern des großen Gebäudes sie aufnahmen, wagte Shaan aufzuatmen. Torlon Dafjan erwartete sie bereits, war jedoch nicht verärgert über ihr spätes Erscheinen, sondern wirkte ehrlich besorgt.

Nachdem er sie mit kalten Getränken bewirtet hatte, wollte er sich zusammen mit Deleja in sein Arbeitszimmer zurückziehen. Deleja bestand jedoch erstaunlicherweise darauf, dass Shaan sie begleitete. Sie klang dabei so bestimmt, dass Torlon Dafjan ihr nach kurzem Zögern zustimmte.

Und so hielt sich Shaan still im Hintergrund, während die beiden über den Vertrag sprachen, den Morujan Albite mit dem Kaufmann ausgehandelt hatte. Delejas Blicke wanderten immer wieder zu ihm hin. Was mochte sie über ihn denken? War es ein gutes Zeichen, dass sie ihn bei sich haben wollte? Oder wollte sie ihn schlicht und ergreifend im Auge behalten?

Inständig wünschte er, er könnte mit ihr reden und ihr alles erklären, aber natürlich schwieg er. Die Regeln des Kampfes banden ihn wirkungsvoller als ein dicker Knebel – ein Knebel, den er mit aller Inbrunst, zu der er fähig war, hasste.

Die Unterzeichnung des Vertrages nahm nicht viel Zeit in Anspruch, trotzdem hatte die Sonne endgültig ihren Zenit erreicht, als sie das Haus wieder verließen. Shaan spähte nach oben, hob eine Hand und schirmte seine Augen vor den grellen Strahlen ab.

Deleja zwinkerte und tat es ihm gleich. Für einen Moment standen sie reglos auf der heißen Straße und starrten ins Firmament hinauf. Deleja brach das Schweigen zuerst.

„Die Hitze ist schlimm in diesem Jahr."

Shaan runzelte die Stirn. „Schlimmer als sonst?"

„Ja. So einen heißen Sommer habe ich noch nie erlebt."

Shaan zögerte. „Ich auch nicht", erklärte er schließlich leise.

Deleja wandte sich ihm zu. Ihre klaren, blauen Augen musterten ihn scheu, und ihre Lippen bewegten sich, als wollte sie ihn etwas fragen, aber dann schwieg sie doch.

Shaan knirschte verbittert mit den Zähnen. Er hätte ihr ohnehin nicht antworten dürfen. Schroff winkte er ihr.

„Gehen wir!"

Deleja widersprach nicht, sondern setzte sich wortlos in Bewegung. Shaan hielt sich dicht an ihrer Seite, wachsam und kampfbereit. Die Shai'yinyal schien das Wirken seiner Magie zwar ignoriert zu haben, trotzdem musste er jederzeit mit ihr rechnen. Es wäre dumm, es nicht zu tun.

Den halben Weg zurück zum Kontor geschah nichts. Sie passierten gerade einen der vielen Plätze der Stadt, als die Magie der Shai'yinyal plötzlich auf seine Seele einpeitschte. Er zuckte heftig zusammen und konnte erst im letzten Moment verhindern, dass er sich in die Richtung herumwarf, aus der er die magische Eruption spürte, denn der Angriff galt nicht Deleja. Dazu war der Zauber viel zu weit von ihnen entfernt.

Deleja blieb unvermittelt stehen. „Was ist mit dir?"

Shaan winkte ab. „Es ist nichts."

„Das stimmt nicht! Ich habe gesehen, wie du eben zusammengefahren bist. Warum?"

Rote Flecken tanzten auf ihren Wangen, und sie bohrte ihren Blick in seine Augen, als wollte sie ihn damit aufschneiden und die Wahrheit zutage fördern. Sie wollte eine Antwort. Sie würde nicht eher zufrieden sein, bis er ihr eine gab.

„Es ist mein Fuß", log er. „Ich bin falsch aufgetreten."

Deleja stemmte die Hände in die Hüften. „Du hättest es Frau Genade sagen können, dass du umgeknickt bist."

„Vielleicht hätte ich das wirklich tun sollen."

Deleja zog zweifelnd eine Braue in die Höhe, doch es war ihm ernst damit. Sein Knöchel schmerzte stärker als ihm lieb war, auch wenn er versuchte, nicht darauf zu achten. Das Stechen behinderte ihn so sehr, dass er nur humpelnd vorankam – träfe er jetzt auf die Shai'yinyal oder eine ihrer Marionetten, hätte er schlechte Karten. Ein unverzeihlicher Fehler! Seine körperliche Unversehrtheit war Garant für Delejas Überleben, und er hatte nichts Besseres zu tun, als sich alle zwei Minuten in eine Schlägerei verwickeln zu lassen.

„Linari kann dir eine kühlende Salbe machen, wenn wir wieder im Kontor sind", meinte Deleja. „Mit solchen Blessuren hat sie eine Menge Erfahrung."

Shaan nickte. „In Ordnung."

„Und wir sollten langsamer gehen."

„Das ist nicht nötig. Du musst keine Rücksicht auf mich nehmen."

Deleja schüttelte energisch den Kopf. „Es *ist* nötig, und wir *werden* langsamer gehen!"

Shaan gab nach. Die Magie der Shai'yinyal brannte noch immer wie eine eitrige Wunde in ihm und ließ ihm keine Kraft, mit Deleja zu streiten. Heiße Schauer liefen in Wellen über seinen Körper. Irgendwo in Golgamat starb in diesem Moment ein Mädchen, und andere, unschuldige Menschen, die das Pech hatten, in ihrer Nähe zu sein, als sich die Shai'yinyal ihrem Opfer zuwandte. Sie hatten keine Chance, waren der Grausamkeit der Shai hilflos ausgeliefert.

Tränen quollen in ihm empor. Er ballte die Fäuste und würgte sie wieder herunter. Deleja schwankte zwischen Vertrauen und Misstrauen. Wenn er jetzt wieder verschwand und es hinterher erneut Tote zu beklagen gab, würde sie sich gegen ihn wenden. Und das durfte auf gar keinen Fall geschehen.

Und so opferte er ein Leben für das Wohl der kommenden zwanzig Generationen. Eine kluge Wahl, für die sein Vater ihn sicher gelobt hätte – und doch wurde die Last seines Versagens schwerer als je zuvor.

16. Feuer

Der Pirol flatterte aufgeregt in seinem Käfig, stieß fordernde Pfiffe aus und riss Deleja unsanft aus dem Schlaf. Sie blinzelte träge und gähnte herzhaft, brach den Atemzug jedoch sogleich wieder ab, als ein Schwall klebrig-warmer Luft in ihre Lungen drang, so stickig und feucht, als habe sie ihren Kopf in einen von Linaris Suppentöpfen gesteckt.

Gequält stöhnte sie auf. Die Witterung hatte einfach kein Erbarmen mit Golgamats gepeinigten Bürgern. Alles deutete darauf hin, dass sie einen weiteren Tag von der gnadenlosen Hitze gemartert werden würden, die einem das Gefühl gab, unter einer engen Glasglocke gefangen zu sein und langsam im eigenen Sud zu schmoren.

Als der Vogel erneut mit einem durchdringenden Pfiff ihre Ohren malträtierte, wühlte sich Deleja missmutig aus ihren Kissen. Der Pirol verfolgte ihre Bewegungen mit ungeduldigen, gierig glitzernden Äuglein. Sie stand auf und gab ihm mechanisch zu fressen, während ihre Gedanken auf Wanderschaft gingen. Der gestrige Tag hatte ihr viel Stoff zum Nachdenken geliefert. Fast die gesamte Nacht hatte sie wach gelegen und die Ereignisse der letzten Woche vor ihrem inneren Auge Revue passieren lassen. Viele Fragen waren noch immer offen, eins wusste sie nun jedoch mit Bestimmtheit: Shaan war nicht der Mörder!

Diese Tatsache erfüllte sie mit so großer Erleichterung, dass es sie selbst erstaunte. Und endlich, endlich war der nagende Zweifel, der ihr Herz in den vergangenen Tagen mit Furcht und klammem Misstrauen gequält hatte, verstummt. Jeglicher Verdacht, den sie über Shaans Motive und Handlungen gehegt hatte, hatte sich mit einem Schlag in Nichts aufgelöst, denn als sie gestern ins Kontor zurückgekehrt waren, war ihr Vater gerade über einen weiteren Mordfall informiert worden. Shaan war jedoch den gesamten Morgen bei ihr gewesen!

Scham folgte der Erleichterung dichtauf und schnürte ihr die Kehle zu. Wie hatte sie nur jemals an Shaans Lauterkeit zweifeln können? Hatte er nicht Madala Olvive aus einem eisigen Fuß gezogen, hatte er nicht Seslan Genade gerettet und sogar den Hund vor den Quälereien der Kinder zu bewahren versucht? Ganz zu schweigen von seinem heldenhaften Einsatz auf dem unglückseligen Fest, den sie ihm auf so niederträchtige Weise vergolten hatte. So handelte kein wahnsinniger Killer! Es war schäbig von ihr gewesen, Shaans Herzenswärme und Güte derart gering zu achten, dass sie ihm solche grausigen Taten wahrhaftig zugetraut hatte.

Was blieb, war die zeitliche Übereinstimmung, die es zwischen Shaans plötzlichen Aufbrüchen in die Stadt und den Morden gab. Wie war es möglich, dass er das Kontor stets dann verließ, wenn irgendwo in der Stadt der Killer zuschlug? Das ging nicht mit rechten Dingen zu. Und dass

Shaan log, um unbequeme Fragen zu vermeiden, bewies ein weiteres: Er versuchte, ein Geheimnis zu wahren.

Ganz sicher war es nicht so schrecklich, wie sie in den vergangenen Tagen befürchtet hatte, aber es existierte, daran bestand kein Zweifel.

Ein plötzlicher Ruck ging durch ihre Gestalt. Sie wusste, was sie zu tun hatte. Nach all der Angst, die sie hatte erdulden müssen, konnte sie sein Geheimnis nicht auf sich beruhen lassen. Sie wollte, *musste* es ergründen! Dazu musste sie nur eins tun: Wenn es Shaan das nächste Mal in die Stadt zog, würde sie ihm heimlich folgen.

* * *

Wie üblich stand Shaan beim Morgengrauen auf den Altanen und hielt Wache, doch während er an den vergangenen Tagen mit der Konzentration eines jagenden Falken den Innenhof und die Gebäudeflügel im Auge behalten hatte, waren seine Gedanken nun in dumpfem Kummer versunken. Er trauerte um das Mädchen, das gestern von der Shai'yinyal getötet worden war. Die Shai war kühner geworden, hatte mit einer Selbstherrlichkeit und Arroganz, die ihm die Zornesröte auf die Wangen trieb, einen Feuerball nach dem Mädchen geschleudert und es vor den Augen eines guten Dutzends Passanten bei lebendigem Leib verbrannt, bevor ihr jemand hatte helfen können – falls es überhaupt jemand versucht hätte.

Als die Soldaten der Stadtwache später das Dach inspizierten, von dem aus das Feuer auf die Straße hinabgefallen war, hatten sie dort die übliche Botschaft gefunden. *Nur noch zwei.*

Sein Magen zog sich zu einem harten Knoten zusammen. Schon heute konnte die Shai'yinyal Deleja angreifen. Wie sollte er sie nur beschützen? Bislang hatte er immer versagt.

Als Deleja zu ihm auf die Galerie trat, begrüßte sie ihn wieder so freundlich und offen wie am Anfang ihrer Bekanntschaft, aber das tröstete ihn kaum. Ihr Vertrauen hatte einen hohen Preis gefordert.

Das Frühstück zog an ihm vorbei, ohne dass er sich an den Gesprächen am Tisch beteiligte oder auch nur etwas davon mitbekommen hätte. Auch im Unterricht waren seine Gedanken abwesend. Er hörte nicht, was Herness mit Deleja diskutierte, welche Aufgaben er ihr stellte, sondern lauschte angespannt nach innen. Wenn er noch schneller reagierte als bisher, konnte er die Shai'yinyal vielleicht abfangen, bevor sie den Schauplatz ihrer abscheulichen Verbrechen wieder verließ. Und dann würde sich zeigen, ob er ihr ein ebenbürtiger Gegner war oder nicht.

Stunden verrannen, ohne dass etwas geschah. Es wurde Mittag.

Wie an den vorherigen Tagen aß Shaan zusammen mit Herness und Deleja in der Küche. Sie hatten ihr Mahl gerade beendet, als er so heftig zusammenfuhr, als hätten sich gierige Zähne in seinen Leib gebohrt und ein Stück Fleisch herausgerissen. Die Magie der Shai'yinyal entfaltete sich, heiß und tödlich wie eine Blume aus Feuer, so nahe wie nie zuvor. Doch der Angriff galt nicht Deleja. Damit war klar, wen sich die Shai als ihr nächstes Opfer auserkoren hatte.

Shaan atmete tief durch und zwang sich mit Gewalt zur Ruhe, bevor er sich von seinem Stuhl erhob. „Ich gehe auf mein Zimmer", sagte er leichthin; angesichts des Gefühlssturms, der in ihm tobte, zitterte seine Stimme erstaunlich wenig.

Herness nickte zustimmend, Deleja ebenfalls. Sie sah ihm nicht einmal nach.

Doch selbst ihr Misstrauen hätte ihn heute nicht zurückhalten können. Liss Banagi wohnte nur wenige Straßen von hier entfernt, nahe genug, dass er sie erreichen konnte, bevor die Shai'yinyal sie erwischte.

Das Herz wummerte gegen seine Rippen wie ein Schmiedehammer, und seine Hände waren vor Aufregung feucht und klamm. Er musste es einfach schaffen! Er musste Delejas Freundin retten!

Die Tür fiel hinter ihm zu. In der gleichen Sekunde begann er zu laufen. Zum Glück hatte die kühlende Salbe, die Linari ihm gestern Abend für sein verstauchtes Fußgelenk gegeben hatte, den pochenden Schmerz aufgesogen und die geschundene Muskulatur entspannt. In einem Tempo, als sei ihm ein Rudel hungriger Wölfe auf den Fersen, hetzte er die Stufen der Altane hinab und stürzte durch den Durchgang in den großen Innenhof des Kontors. Kaum hatte er den Schatten des Wohnhauses hinter sich gelassen, ließ das schrille, blecherne Klagen der Feuerglocken alle Menschen im Hof erschrocken zusammenfahren. Ihre Köpfe ruckten hoch, ihre Augen suchten voller Sorge nach Rauch und Flammen.

Shaan sah es zuerst, da er wusste, in welche Richtung er blicken musste.

„Es brennt!", brüllte er aus Leibeskräften und rannte zum Tor hinüber.

Morujan Albite tauchte zwischen seinen Leuten auf, rief sie mit knappen Befehlen zusammen und organisierte einen Löschtrupp. Seine hektischen Anweisungen blieben hinter ihm zurück, als Shaan die Straße erreichte und über den breiten Platz vor dem Kontor hastete. Über den Dächern im Norden züngelten gelbe Flammen hoch in den Himmel hinauf. Dunkler Rauch verdüsterte die Sonne, legte sich schwer wie ein Leichentuch über die Stadt und biss in den Lungen wie Säure.

Shaan lief noch schneller. Neben ihm strömten Männer, Frauen und Kinder in die gleiche Richtung. So wenig hilfsbereit die Bewohner Golgamats im Allgemeinen auch waren, das Feuer vermochte es, sie alle herbeizulocken, denn es bedrohte nicht nur einen Einzelnen, sondern konnte die gesamte Stadt vernichten. Diese Gefahr wagte niemand zu ignorieren.

Er traf als einer der Ersten vor dem Haus der Banagis ein. Es brannte lichterloh. Ein Mann lief verzweifelt auf der Straße auf und ab, versuchte, sich den Flammen zu nähern, wurde jedoch jedes Mal von der Hitze zurückgetrieben. Außer sich vor Angst rief er Liss' Namen. Sie musste noch im Gebäude sein.

Shaan tauchte in einer Gruppe Neuankömmlinge unter, die teilnahmslos wie eine Herde Schafe herumstanden und in stummer Faszination auf die brüllende Flammenhölle starrten, die vor wenigen Minuten noch ein Haus gewesen war. Hastig schickte er seine Windmagie aus, durchdrang konzentriert die lodernde Feuersbrunst und die Wirbel, die sie in der Luft erzeugte, blendete das alles aus und tastete sich weiter vor. Er suchte Liss. Ihr Atem bewegte die Luft, und diese Bewegung konnte er spüren – falls sie noch am Leben war.

Zimmer für Zimmer suchte er mithilfe seiner Magie das Gebäude ab und fand Liss schließlich im ersten Stock. Ihr Atem war sehr flach. Sie musste ohnmächtig geworden sein.

Shaan entschied sich innerhalb einer Sekunde. Er wusste zwar nicht genau, ob Delejas Freundin tatsächlich das Bewusstsein verloren hatte – falls nicht, konnte er alles verderben –, doch er hatte keine Wahl.

Rasch schickte er seine Wassermagie in den Boden unter dem Haus, fuhr in das Grundwasser und holte so viel davon herauf, wie er für seinen Zweck benötigte. Mithilfe der Windmagie schützte er es vor den Flammen, damit es nicht sofort verdampfte, brachte es zu Liss – und wob innerhalb eines Wimpernschlags ein filigranes Netz unsichtbarer Kraftlinien um sie herum. Der Schutzzauber, mit dem er sich vor noch gar nicht so langer Zeit der wütenden Attacken seines Vaters hatte erwehren müssen und den dieser in seiner gewohnt liebenswürdigen Art als nutzlose Spielerei abgetan hatte, entfaltete sich, die blau schimmernde Kugel aus Luft und Wasser hob Liss' Körper vom Boden hoch und schloss sie ein wie in einen Kokon. Sie war sicher – vorerst.

Shaan hielt den Zauber aufrecht, während er sich gleichzeitig durch die immer dichter werdende Menschenmenge drängte. Männer, Jungen, sogar Frauen und Kinder schleppten mittlerweile Eimer mit Wasser herbei, doch es verdampfte mit lautem, beinahe hämischem Zischen, kaum dass es die Flammen berührt hatte, ohne auch nur die geringste Wirkung zu erzielen.

„Das ist ein Höllenfeuer!", kreischte ein Mann, als der heiße Rauch ihm ins Gesicht schlug und ihn zum Rückzug zwang.

Shaan biss grimmig die Zähne aufeinander. Der Mann hatte recht. Wasser allein würde nicht genügen, um dieses Feuer zu löschen.

Rücksichtslos bahnte er sich seinen Weg durch die Menge. Er musste unbedingt ins Haus. Zwar konnte er seinen Schutzzauber auch von hier aus aufrechterhalten, aber um ihn zu *bewegen*, musste er ihn sehen, sonst würde die Kugel durch die in ihr geballten Elementarkräfte von jedem

Hindernis, auf das sie traf, abprallen und wild umhergeschleudert werden.

Die Bewohner Golgamats durften von seinem Rettungsversuch selbstverständlich nichts erfahren. Natürlich könnte er einfach in die Flammen hineinspazieren, aber ein solches Wunder würde mit Sicherheit auch Deleja zu Ohren kommen. Außerdem musste die Shai'yinyal in der Nähe sein, um das Feuer kontrollieren zu können. Keinesfalls durfte er riskieren, von ihr als Shai'lanhal erkannt zu werden. Was er auch tat, er würde es heimlich tun müssen.

Der dichte Rauch, der in dunklen, wallenden Schwaden vom Haus aufstieg und die ganze Umgebung in düsteres Zwielicht tauchte, kam ihm dabei außerordentlich entgegen. Er rief Wind herbei, presste den Rauch zu einer kompakten Wolke zusammen und senkte ihn wie eine gestaltgewordene Wand aus Finsternis auf die Menschen herab. Sie schrien erschrocken auf und wichen überstürzt zurück, während er einfach stehen blieb und sich von der heranwogenden Wolke schlucken ließ. Auf diese Weise vor neugierigen Augen geschützt, näherte er sich eilig dem Gebäude, während er gleichzeitig Wasser aus der Luft extrahierte, bis seine Kleidung vor Nässe triefte. Jetzt war er bereit. Zu allem entschlossen trat er in die Flammen.

* * *

Nachdem sich die Tür hinter Shaan geschlossen hatte, wartete Deleja noch einige Augenblicke, dann sprang sie auf. Ihr Herz pochte so laut in ihrer Brust, als wolle es sie zusätzlich zur Eile antreiben, und nur mit Mühe gelang es ihr, nach außen hin so gelassen zu erscheinen, wie sie es geplant hatte. Mit einer bewusst fahrigen Geste rieb sie sich die Stirn und zog sie gleichzeitig in, wie sie hoffte, gequält aussehende Falten.

„Ich habe Kopfschmerzen", klagte sie. „Ich glaube, ich muss mich hinlegen."

Herness sah sie besorgt an. „Soll ich Linari rufen?"

Hastig winkte Deleja ab. „Das ist nicht nötig. Ich möchte mich einfach nur ausruhen."

„In Ordnung. Ich gebe deinem Vater Bescheid, dass wir die Stunden, die heute Nachmittag ausfallen, morgen nachholen."

„Danke, Herness."

Deleja wandte sich missmutig ab, schlug die Tür ziemlich heftig hinter sich zu und spurtete los. Mit wenigen Schritten war sie um die nächste Ecke, ein Dutzend weitere trugen sie auf die Altane hinaus. Sofort spähte sie nach unten, konnte Shaan jedoch nirgends mehr entdecken. Also war auch er gerannt, andernfalls hätte er noch nicht aus dem kleinen Innenhof heraus sein können.

Hurtig sprintete sie die Treppen hinab. Sie musste sich beeilen, wenn sie nicht völlig den Anschluss verpassen wollte.

Als ihre Füße eben den Boden berührten, gellte das schrille Klagen der Feuerglocke über die Stadt. Ihr Herz machte einen aufgeregten Satz. Feuer – Feuer hatte der Mörder auch gestern benutzt!

Das war ein weiterer Beweis für Shaans Unschuld. In den paar Sekunden, die er ihr voraus war, hätte er niemals einen Brand legen können. Aber wie hatte er von dem Feuer erfahren, bevor die Glocke ertönte?

Begierig, eine Antwort darauf zu bekommen, eilte Deleja weiter. Shaan wiederzufinden, dürfte jetzt kein Problem mehr sein. Sie würde ihn dort treffen, wo das Feuer ausgebrochen war.

Während sie über den Hof hetzte, zog sie den Hut mit der breiten Krempe, den sie am Morgen vorsorglich in einer Tasche ihrer Hose verborgen hatte, hervor, setzte ihn auf und bemühte sich, den Kopf unten zu behalten.

Ihr Vater stand im Hof des Kontors und organisierte seine Leute zu einem Löschtrupp. Im allgemeinen Durcheinander konnte sie unter seinen Augen durchschlüpfen, ohne dass er sie bemerkte.

Auch draußen vor dem Tor waren die Menschen in heller Aufregung. Mit Eimern, Schüsseln und Schalen in den Händen rannten sie zum Nordende des Platzes, wo jenseits der Häuserzeilen die Flammen hell in den Himmel loderten.

Deleja stieß einen erschrockenen Schrei aus, biss sich auf die Lippe und rannte noch schneller, das Unheil ahnend. Keuchend stürzte sie um die letzte Biegung – und erstarrte.

„Liss!"

Das Haus der Banagis war eine brodelnde Feuerhölle. Herr Banagi lief schreiend vor dem Flammenmeer auf und ab, versuchte, ins Haus zu gelangen, wurde jedoch von der Gluthitze ein ums andere Mal zurückgetrieben.

Dann entdeckte sie Shaan. Trotz der unerträglichen Temperatur stand er nur wenige Meter von der Feuerwand entfernt und starrte mit einem Ausdruck entrückter Konzentration in das tobende Inferno.

„Shaan!", rief sie, doch er hörte sie nicht. Das Geschrei der Leute und das Tosen des Feuers verschluckten ihre Stimme.

Männer und Frauen rempelten sie an, stießen sie herum und zerrten sie in eine der Menschenketten, die sich zwischen der Brandstelle und den nächstgelegenen Brunnen formten. Irgendjemand drückte ihr einen vollen Eimer in die Hand, und sie reichte ihn mechanisch an ihren Vordermann weiter. Ihre Augen jedoch ruhten weiterhin auf Shaan, zerrissen zwischen verzweifelter Hoffnung und lähmender Resignation.

„Liss", flüsterte sie betäubt. Sie war noch im Haus. Deleja wusste es. Ihre Freundin war das heutige Opfer des Mörders. Das Feuer würde sie verschlingen. Niemand konnte sie jetzt noch retten, selbst Shaan nicht. Er hatte keine Chance, auch nur einen Schritt in das Gebäude setzen zu können.

Plötzlich, wie aus dem Nichts, kam Wind auf. Die Brise drückte die düsteren, erstickenden Qualmwolken nieder, als würde sich eine unsichtbare Hand vom Himmel herabsenken. Männer, Frauen und Kinder wichen hastig zurück, und auch Deleja stolperte ein paar Schritte nach hinten. Shaan jedoch rührte sich nicht vom Fleck. Und dann hatte ihn der Rauch auch schon verschluckt.

„Shaan!", schrie Deleja erschrocken, ließ den Eimer fallen und wollte zu ihm laufen, doch ein Mann packte sie grob am Arm und hielt sie fest.

„Bleib hier! Wir brauchen jede Hand beim Löschen."

„Aber ich muss ..."

„Du musst helfen, sonst nichts!"

„Ich ..."

Ein infernalisches Tosen unterbrach sie und ließ alle ringsum erschrocken zusammenzucken. Flammenzungen stachen grell und brüllend in den Himmel, zerrissen den Qualm, und von einer Sekunde zur anderen war der Blick auf das Haus wieder frei. Doch Shaan war fort.

Deleja schlug die Hände vors Gesicht und starrte zwischen ihren Fingern hindurch entsetzt auf den verwaisten Bordstein. Shaan war ins Haus - ins Feuer - gegangen.

* * *

Die Shal'ylnyal spürte seine Magie, als Shaan ins Haus trat, und warf ihm tosende Flammen entgegen. Ihre Hitze verdampfte die Feuchtigkeit auf seiner Haut und seiner Kleidung in Sekundenschnelle, er holte sie zurück und behielt sie dicht bei sich. Ein verbissenes, tödliches Ringen entbrannte.

Leider war er nicht imstande, einen zweiten Schutzzauber zu beschwören, dazu war der Vorgang zu kompliziert. Ihm blieb nur der direkte, gefährliche Weg mitten durchs Feuer.

Eingehüllt in einen Kokon aus Wasser und Wasserdampf stürzte er sich in die Flammen, die wie mit gierigen Fingern nach ihm griffen, durch den fragilen Mantel aus Feuchtigkeit stießen und ihn bei lebendigem Leib zu verbrennen suchten.

Ihr grelles, zuckendes Licht stach ihm wie mit Nadeln in die Augen. Sie begannen zu tränen, aber die Tropfen verdampften, bevor sie über seine Wangenknochen gerollt waren. Die Hitze drohte seine Lunge zu veröden.

Hustend und keuchend wankte er voran, kämpfte sich verbissen bis zum Treppenabsatz durch. Der war kaum mehr als ein verkohlter Stumpf, die Stufen waren längst vom Feuer vernichtet.

Shaan ballte die Hände zu Fäusten, während seine Gedanken rasten. Hier würde er nicht weiterkommen, außer er setzte seine Windmagie ein. Doch wenn er das tat, musste er notgedrungen den Wasserzauber, mit dem er bisher den wilden Attacken der Shai'yinyal hatte trotzen können, fahren lassen. Mehr Konzentration blieb ihm nicht übrig, da der Schutzzauber um Liss Banagi einen Großteil seiner Aufmerksamkeit verschlang.

Dennoch hatte er keine Wahl. Liss war im ersten Stockwerk. Er musste zu ihr – und das schnell!

Hastig entließ er das Wasser aus seiner Macht und katapultierte sich gleichzeitig mithilfe der Windmagie in den ersten Stock hinauf. Grellweiße Flammenlanzen peitschten ihm entgegen, brüllend wie Raubtiere, die danach gierten, ihre Zähne in seinen Leib zu schlagen. Eine durchschlug seinen brüchig gewordenen Schutzmantel aus Wasser, setzte den linken Ärmel seines Hemdes in Brand und verbiss sich wie ein tollwütiger Hund in seine Haut.

Shaan schrie auf, formte instinktiv den Wasserzauber neu, konzentrierte ihn auf seinen Arm und löschte die Flamme, die mit einem beinahe menschlichen Klagelaut ihr Leben aushauchte. Sie hinterließ eine blasige, heftig pochende Wunde.

Wogende Feuerwände umschlossen ihn auf allen Seiten und rissen wütend an dem kläglichen Rest seines Wassermantels. Er versuchte, ihn so gut es eben ging beisammenzuhalten, und lief weiter, so schnell er konnte. Verkohlte Holzbohlen knirschten unter seinen Füßen, und rings um ihn krachten Wand- und Deckenbalken, als würde sie ein Riese mit einem gewaltigen Hammer bearbeiten. Nicht mehr lange, und das gesamte Haus würde zusammenstürzen.

Quälende Atemnot machte ihm zu schaffen. Nur mithilfe seiner Magie konnte er überhaupt Luft holen, ohne gleichzeitig am Qualm zu ersticken, doch wann immer er seine Lungen mit Sauerstoff füllte, entriss ihm die Shai'yinyal mit grausamer Zielstrebigkeit einen weiteren Teil seines kostbaren Wassers.

Erste schwelende Rußspuren breiteten sich auf den Säumen seines Hemdes aus, als er endlich in Liss' Zimmer torkelte. Mit geschlossenen Augen hing sie reglos im Inneren der Kugel. Unwahrscheinlich, dass sie seinen Zauber gesehen hatte.

Erschöpft blieb Shaan stehen und rief die Kugel zu sich. Die Blase aus Luft und Wasser durchschnitt mühelos die Flammen und öffnete sich vor ihm, als habe sie nur auf ihn gewartet. Er fiel halb hinein, zog hastig die

Beine nach und nahm Liss auf die Arme, während er die Kugel hinter sich wieder schloss.

Der sanfte, wirbelnde Wind seines Schutzzaubers streichelte ihn, kühlte sein überhitztes Gesicht und labte es mit einem Hauch Feuchtigkeit. Für einen langen, gedankenleeren Moment starrte Shaan auf seine Hände herab, deren Haut bereits rötlich verfärbt war und so brüchig und wund schien wie altes Leder. Nur ein paar Sekunden länger, und das Feuer der Shai'yinyal hätte ihn in eine lebende Fackel verwandelt.

Sie ließ ihm auch jetzt keine Pause. Wie rot glühende Gewitterwolken ballten sich die Flammen zusammen und warfen sich mit aller Macht gegen ihn. Die Feuerzungen tosten und brüllten wie zornige Dämonen und peitschten mit lodernden Klauen und Zähnen auf die Kugel ein.

Shaan wehrte die Angriffe ab, so gut er es vermochte, trieb die Blase gleichzeitig durch das Feuer und lenkte sie zum Treppenabsatz. Schweiß lief ihm in Strömen den Rücken hinunter, und er keuchte vor Anstrengung. Die bläuliche Hülle seines Schutzzaubers zitterte und vibrierte, als hämmerten titanische Fäuste auf sie ein, aber noch hielt sie dem wütenden Ansturm stand.

Seine Kiefer waren so fest aufeinandergepresst, dass die Muskeln in harten Strängen unter der Haut seiner Wangen hervortraten. Die Shai'yinyal würde nicht siegen, dieses Mal nicht! Liss würde überleben!

Dichter Qualm wich vor seinem Zauber zur Seite wie Nebel im Sturm. Die Flammen machten weniger bereitwillig Platz, doch auch sie besaßen nicht genug Substanz, um ihn aufzuhalten. Wie ein Schiff, vor dem sich Wellenberge auftürmten, pflügte die Kugel durch die zuckende Feuerwand.

Shaan erreichte den oberen Treppenabsatz und ließ seine Blase hastig ins Erdgeschoss hinuntergleiten. Trotz des gleißenden Feuers sah er die Tür und steuerte direkt darauf zu, doch bevor er ins Freie entkommen konnte, wölbte sich plötzlich der Boden vor ihm in die Höhe und raste wie eine gewaltige Woge auf ihn zu, bestrebt, ihn zu verschlingen.

Überstürzt wich Shaan zur Seite aus - zu spät. Die Erde traf die Kugel mit brutaler Gewalt und schleuderte sie quer durch den Raum gegen eine Wand. Die Wucht des Aufpralls verformte ihre Hülle wie eine überreife Frucht, die kunstvoll verwobenen Elemente verloren ihren Zusammenhalt und drifteten auseinander. Um ein Haar wäre der Zauber zerplatzt wie eine Seifenblase; erst im letzten Moment gewann Shaan die Kontrolle zurück.

Zitternd hielt er die Kugel an und starrte auf den Erdwall, der sich zwischen ihm und der rettenden Öffnung erstreckte. Die bizarre Mauer war in wüstem Aufruhr. Krampfartige Wellen liefen über ihre Oberfläche wie über den waidwunden Leib eines Tieres, und von allen Seiten krochen

Ranken aus eisenhartem Gestein auf die Stelle zu, über der der Schutzzauber schwebte.

Shaan biss sich auf die Lippe - und wartete, wartete bis zum allerletzten Moment. Messerscharfe Spitzen, geformt aus Erde und Fels, gebrannt im Höllenfeuer der Shai'yinyal, stießen nach der Blase, doch als sie sie eben berührten, peitschte Shaan die Kugel blitzartig in die Höhe, ließ sie von der Decke, die in einem wirbelnden Regen aus Funken und brennendem Holz förmlich explodierte, abprallen und katapultierte sie über den Erdwall hinweg und in Richtung Tür. Gleichzeitig rief er Wind herbei, griff nach den Rauchschwaden über dem Haus und senkte sie erneut als undurchdringliche, schwarze Masse auf die Straße herab.

Die Shai'yinyal erkannte seinen Plan zu spät. Sie versuchte zwar noch, ihn aufzuhalten, aber das Erdelement reagierte nur träge. Zu langsam änderte es die Richtung seiner Bewegung, zu langsam fuhr es herum. Die Kugel schoss aus der Tür heraus und tauchte in den dichten Rauch ein.

Nachdem Shaan mehrere Meter zwischen sich und das sterbende Haus der Banagis gebracht hatte, gab er schließlich den Schutzzauber auf und eilte mit Liss in den Armen hastig von der Stelle fort, an der er zuletzt seine Magie eingesetzt hatte. Eine Feuerzunge stach durch den Rauch, ein letzter Versuch, ihn doch noch zu besiegen, aber sie leckte wirkungslos an ihm vorbei. Er schlug einen weiten Haken, blieb dann stehen und legte Liss auf den Bauch und mit dem Gesicht nach unten auf der Straße ab. So mussten die Leute denken, dass sie aus eigener Kraft dem brennenden Haus entkommen und erst hier zusammengebrochen war.

Mit klopfendem Herzen zog er sich von Liss zurück; den Rauch nahm er mit sich.

* * *

Mit Tränen in den Augen und rußverschmiertem Gesicht kämpfte Deleja zusammen mit den anderen gegen die Flammen. Ihre Schultern schmerzten höllisch, und ihr Rücken protestierte gegen jede neue Last, die sie von ihrem Vordermann in der Kette entgegennahm und an den nächsten weiterreichte. Trotzdem machte sie weiter - dachte immer daran, dass Liss und vermutlich auch Shaan im Haus waren.

Es war ein aussichtsloser Kampf. Die Flammen stachen als grelle Lichtlanzen in den Himmel und brüllten ohrenbetäubend wie wilde Fabelwesen längst vergangener Zeiten. Das Wasser, das die Menschen am Ende der Löschketten hineinschütteten, zeigte nicht die geringste Wirkung. Es verdampfte einfach.

Das Heim der Banagis siechte im Feuer zunehmend dahin. Sämtliche Scheiben waren unter der großen Hitze zerplatzt, die Türen von der Glut verzehrt worden. Bald würde das Haus in sich zusammenfallen und alle, die sich noch darin aufhalten mochten, unter seinen Trümmern begraben. Doch wer sich jetzt noch im Gebäude befand, war ohnehin bereits verloren.

Tränen liefen ihr ungehemmt über die Wangen, bittere Wut und Enttäuschung verkrampften ihr Herz. Es gab keine Macht des Guten! Und wenn doch, hatte sie kläglich versagt. Das Böse, der Mörder, das Feuer hatten ihr Liss genommen - und auch Shaan getötet.

Keinen Moment zweifelte sie daran, dass er sich ebenso heldenmütig in die Flammen gestürzt hatte, wie er auch dem Sohn des Arztes zu Hilfe geeilt war. Er hatte immer nur helfen wollen. Doch zu welchem Preis?

Sie schluchzte erstickt auf. Gram verkrampfte ihre zittrigen, schmerzenden Finger. Als sie nach dem nächsten Eimer griff, entglitt er ihr, polterte zu Boden und verspritzte sein kostbares Nass nutzlos auf den Pflastersteinen.

Deleja sackte in die Knie, unfähig weiterzumachen, unfähig, den Kummer in ihrem Herzen länger zu leugnen. Mit gesenktem Kopf erwartete sie die wütenden Beschimpfungen derer, die auf ihre Hilfe zählten; stattdessen schrien die Leute ringsum erschrocken auf.

Die dicken, pechschwarzen Rauchschwaden wurden von einem plötzlich auffrischenden Wind erneut auf die Straße heruntergedrückt. Die Menschen wichen überhastet davor zurück, nur Deleja blieb hocken, starrte der wabernden Wand erschöpft entgegen.

Die dunkle Wolke glitt direkt auf sie zu. Ein schwacher Windhauch berührte sie.

Plötzlich riss sie jemand auf die Füße und zerrte sie vom Qualm fort. Doch der zog sich bereits wieder zurück - und gab den Blick auf eine reglose, zusammengesunkene Gestalt frei, die keine vier Meter von ihr entfernt am Boden lag.

„Liss!" Deleja stürzte zu ihr hin, schwindelig vor Angst und banger Hoffnung, kniete neben ihr nieder und drehte sie auf den Rücken.

Liss' Kleidung war von den Flammen angesengt, ihre Haut war stark gerötet und warf überall Blasen, und ihre Augen waren geschlossen, doch sie atmete. Sie lebte!

Deleja weinte vor Freude und rief nach Liss' Vater. Wie durch ein Wunder hörte er sie, eilte durch die Menge zu ihr, riss ihr Liss aus den Armen und trug sie weiter vom Feuer fort. Deleja folgte ihm, wie betäubt vor Glück und Erleichterung.

In diesem Moment stürzte das Haus dröhnend in sich zusammen. Splitter sprühten über die gesamte Straße, feurige Geschosse, die rauchige Spuren durch die Luft zogen und zielstrebig ihre Opfer suchten. Mehrere Menschen kreischten panisch auf, als ihre Kleidung in Flammen aufging. Zum Glück reagierten die Umstehenden schnell und übergossen sie mit Löschwasser.

Deleja hastete außer Reichweite des Funkenregens, dann blieb sie stehen und sah sich suchend um. Alles deutete darauf hin, dass sich Liss ohne Hilfe aus dem Gebäude geschleppt hatte. Doch wo war Shaan? War er im Haus zusammengebrochen?

Sie biss sich auf die Lippe. Das wollte, das konnte sie nicht glauben! Vermutlich hatte er es gar nicht bis ins Haus geschafft. Der dicke Rauch, in den er hineingeraten war, hatte ihm wahrscheinlich die Orientierung geraubt. Ganz sicher stolperte er irgendwo herum, halb blind vom Qualm und verwirrt durch eine Rauchvergiftung.

Ohne noch länger zu zögern, drängte sich Deleja durch die Menge. Sie musste Shaan unbedingt finden.

* * *

Als Shaan mehrere Dutzend Meter von Liss entfernt war, gab er die Rauchwolke frei, hielt die Luft an, lief blind durch den Qualm und wechselte dabei mehrfach die Richtung, um das Risiko, von der Shai'yinyal entdeckt zu werden, so weit wie möglich zu senken.

Die Rußschwaden stachen ihm schmerzhaft in die Augen und rieben wie Sandpapier auf seiner rauen, vom Feuer verdorrten Haut. Eine Orientierung war kaum möglich; er musste raten, wo der Rauch endete. Allmählich wurde ihm die Luft knapp. Rings um ihn wirbelten düstere Schleier, die jede Helligkeit verschluckten.

Shaan presste einen Arm vor den Mund, stolperte weiter voran und sog durch den Stoff seines Ärmels sachte Luft ein.

Das grobe Gewebe erwies sich jedoch als unzureichender Filter. Von einem Hustenreiz geschüttelt, wankte er vorwärts - und sah endlich wieder Licht. Dann gab der Qualm ihn frei, und er torkelte benommen in staubgeschwängerten Sonnenschein hinaus.

Keuchend und hustend blieb er stehen, würgte an dem schmierigen Ruß, der seinen Rachen zu verstopfen schien und ihn am Atmen hinderte. Seine Brust schmerzte so stark, als hinge seine Lunge in Fetzen. Jemand packte seinen Arm und zog ihn vom Rauch fort. Verschwommen erkannte er die Silhouette eines Mannes.

„Bist du in Ordnung?“, fragte der andere besorgt.

Shaan zwinkerte krampfhaft, schaffte es nach drei vergeblichen Versuchen, seinen Blick zu klären und entdeckte, dass er mitten zwischen zwei Löschketten stand.

„Ja, es geht mir gut“, krächzte er mühsam.

Der Mann schüttelte vorwurfsvoll den Kopf. „Wie bist du nur da hineingeraten? Weißt du nicht, wie gefährlich der Qualm sein kann?“

„Eine Windbö hat ihn auf mich heruntergedrückt. Es ... es ging alles so schnell.“ Seine Stimme gehorchte ihm nicht richtig, war kratzig und rau wie die eines Greises.

Der Mann verstärkte seinen Griff, führte ihn zwischen den Löschketten hindurch bis zur gegenüberliegenden Straßenseite und drückte ihn gegen eine Hauswand.

„Atme ruhig, dann wird es gleich wieder besser. Ich muss zurück zum Feuer.“

Damit ließ er ihn stehen und reihte sich wieder in eine der langen Menschenschlangen ein.

Shaan sah ihm nicht nach. Die Welt begann sich plötzlich in beängstigendem Tempo um ihn zu drehen, und gallige Übelkeit stieg seine Kehle empor. Keuchend rang er nach Luft, stützte sich mit zittrigen Händen gegen die Wand und schloss erschöpft die Augen.

Seine Wangen brannten, sein gesamter Körper glühte, und sein Atem war so heiß, als loderte das Feuer der Shai'yinyal in seiner Brust, um ihn von innen zu verzehren. Um Liss zu retten, hatte er weit mehr Magie eingesetzt, als gut für ihn war. Es wäre Wahnsinn, jetzt noch weiterzumachen.

Doch die Shai'yinyal ließ ihm keine Zeit, sich zu erholen. Als aufgeregte Rufe das Tosen des Feuers übertönten und zeigten, dass man Liss gefunden hatte, brüllte ihre Magie wie ein wütendes Tier in seiner Seele auf. Das Feuer loderte in einer gewaltigen, grellen Stichflamme hoch empor, das Haus der Banagis stürzte in sich zusammen, als bestünde es aus dünnem Reisig, glühende Splitter wirbelten auf und regneten als todbringende Geschosse auf die Menschen herab.

Männer, Frauen und Kinder stoben in Panik auseinander. Viele wurden trotzdem von den Flammen erfasst, warfen sich zu Boden und wälzten sich schreiend herum, um das Feuer auf ihrer Kleidung zu ersticken. Andere eilten hinzu und übergossen sie mit Löschwasser, aber das allein war nicht genug. Boshaft nährte die Shai'yinyal die kleinen Flammenzungen, um die Menschen zu quälen.

Zorn quoll in Shaan hoch. „Heute wirst du niemandem mehr schaden“, knurrte er, schloss die Augen und beschwor seine Wassermagie herauf. Er schickte sie in Richtung Meer, stieß sie in die Wellen hinein und ließ feinste Wassertröpfchen von der Oberfläche aufsteigen, so viele, dass es aussah, als erhöbe sich ein dichter Nebel über dem Ozean.

Mit verbissener Anstrengung wirkte er auf sie ein, verhinderte, dass sie sich unter den heißen Strahlen der Sonne sofort verstreuten, und ballte sie zu dicken Wolken zusammen. Tränen der Erschöpfung rannen unter seinen geschlossenen Lidern hervor, und sein Kopf dröhnte bei jedem Herzschlag wie eine metallene Glocke. Seine Beine wurden weich, gaben nach. Er rutschte mit dem Rücken an der Wand zu Boden. Verzweifelt ballte er die Fäuste, warf den Kopf zurück, presste ihn gegen die Wand und schrie vor Anstrengung. Tropfen für Tropfen entriss er dem Ozean, Tropfen für Tropfen pumpte er in die Wolken hinein und trieb sie gleichzeitig in Richtung Stadt. Sie wurden immer dichter und schwerer, verschluckten die Sonne und warfen ihre langen Schatten über die Häuser, noch bevor sie den gesamten Himmel verdunkelten. Mit einem Schlag wurde es so düster, als sei die Nacht vorzeitig hereingebrochen.

Die Menschen hielten in ihren Bemühungen inne, sahen zum Firmament hinauf und begannen zu beten. Sie flehten ihre Götter an, es regnen zu lassen.

Ihre Stimmen drangen wie durch einen Nebel zu Shaan durch. Er hörte sie kaum, spürte nur die hämmernden Schmerzen in seinem Schädel und die Magie der Shai'yinyal, die in seinem Inneren kreischte und tobte. Sie ließ das Feuer auf benachbarte Häuser überspringen. Ihre Zerstörungswut war nicht gebrochen - noch nicht!

Grimmig entschlossen widerstand er seiner Schwäche - und öffnete die Schleusen des Himmels. Heute würde die Shai'yinyal verlieren. Sie sollte begreifen, dass er gegen sie bestehen konnte, dass er nicht der naive Tölpel war, für den ihn offenbar alle hielten.

Regen - *sein* Regen - stürzte dicht wie ein Wasserfall auf die Stadt hernieder. Die Menschen schrien verzückt auf, lachten und tanzten, warfen jubelnd die Arme hoch und begrüßten die kühlen, rettenden Tropfen. Das Feuer zischte wütend, als sich Wasserdampf in den dunklen Qualm mischte und ihn wie mit scharfen Krallen zerfetzte, als sich Wasser brodelnd in die Flammen ergoss und sie erstickte. Zunächst versuchte die Shai'yinyal dagegenzuhalten, aber sein Regen war übermächtig, und schließlich gab sie auf. Ihre Magie erstarb - und mit ihr die Flammen.

Im gleichen Moment ließ Shaan seine Magie fahren. Sein Kopf sackte haltlos nach vorn und fiel auf seine Knie. Regentropfen prasselten auf ihn herab, verdampften jedoch von seiner überhitzten Haut, ohne ihm Linderung zu verschaffen. Er bebte am ganzen Leib.

Der letzte Rest Glut verging zischend in den verkohlten Überresten des Hauses der Banagis, trotzdem regnete es weiter. Es würde erst aufhören, wenn das Wasser, das er dem Meer entrissen hatte, vollständig seinen Weg zum Boden gefunden hatte. Da die Gefahr nun vorüber war, leerten sich die Straßen mit erstaunlicher Geschwindigkeit. Die Menschen flohen vor dem Regen, den sie eben noch freudig begrüßt hatten.

Shaan versuchte, den Kopf zu heben. Er musste ebenfalls gehen. Die Shai'yinyal würde ihn jetzt, da sich die Menge zerstreute, unweigerlich entdecken, wenn er dort blieb, von wo aus er seine Magie eingesetzt hatte. Vielleicht hatte sie ihn sogar bereits bemerkt.

Trotzdem rührte er sich nicht vom Fleck. Ihm war keine Kraft mehr geblieben, um eine Konfrontation mit ihr zu fürchten. Sollte sie kommen! Sollte sie ihn töten!

Gierige, schwarze Nebel waberten am Rande seines Bewusstseins, doch bevor er sich ihnen ergeben konnte, zuckte er wie unter einem Peitschenhieb zusammen.

„Deleja", flüsterte er.

Die Lanhal. Er musste sie schützen. Er durfte sie nicht im Stich lassen.

Im letzten Moment entzog er sich den Schatten, hob den Kopf und öffnete die Augen. Die Straße war schon fast leer. Er musste aufstehen. Er musste weg, sofort!

Sein Verstand setzte kurz aus. Als sein Blick wieder klar wurde, stand er wankend auf seinen Füßen. Nur der Gedanke an Deleja, einzig die Vorstellung, was die Shai'yinyal ihr antun könnte, wenn er sie allein ließ, hielt ihn aufrecht.

Lähmende Schwäche durchdrang seine Arme, seine Beine, seinen Körper. Gebeugt wie ein alter Mann setzte er sich in Bewegung, quälend langsam, mit einer Hand an die Wand gestützt.

Mehr mechanisch als bewusst wandte er sich in die dem Kontor entgegengesetzte Richtung, spürte jedoch instinktiv die Logik darin. Falls die Shai'yinyal ihn bereits ausgemacht hatte, durfte er sie nicht zu Deleja führen.

Seine einsame Gestalt schlurfte unsicher durch den strömenden Regen. Er fiel so dicht, dass er einem den Atem vom Mund riss und alles, was mehr als vier Meter entfernt war, hinter einem undurchdringlichen Schleier verbarg.

Doch Shaan bemerkte ihn kaum. Er ging, weil er gehen musste, zu ausgelaugt, um zu denken, zu ausgelaugt, um auch nur zu fühlen. Seine Beine knickten immer häufiger unter ihm ein, und der Schmerz in seinem Schädel wummerte, als wollte er ihn von innen heraus aufsprengen. Die Welt verlor jede Kontur.

Er folgte einer Gasse, bog in eine zweite ein, dann in eine dritte und gelangte schließlich auf einen kleinen Platz. Die Häuser standen dort nicht so dicht zusammen wie bisher, Lücken und Nischen klafften wie finstere Mäuler zwischen den Mauern und raubten ihm den dringend notwendigen Halt.

Einmal, zweimal schaffte er es, sie zu passieren, dann fasste seine Hand plötzlich ins Leere, er verlor das Gleichgewicht, stolperte ein paar Schritte in eine lang gestreckte Nische hinein und knickte zu allem Überfluss auch noch um.

In einem letzten Aufbäumen streckte er die Arme aus und versuchte, sich irgendwo abzustützen, aber seine schwachen Finger glitten auf der vom Regen glitschigen Mauer ab. Shaan stürzte haltlos auf die harten

Pflastersteine, doch er spürte keine Schmerzen; er fühlte nicht einmal mehr, wie er den Boden berührte.

17. Regen

Als der Regen einsetzte und die Menschen wie aufgeschreckte Rehe auseinanderstoben, drückte sich Deleja in eine Nische und beobachtete die Leute, die zum *Platz des gerechten Maßes* liefen.

Jetzt, da das Feuer von den gurgelnden Fluten erstickt worden war, leerte sich die Straße vor dem Haus der Banagis mit erstaunlicher Geschwindigkeit. Bald war sie völlig verlassen, doch von Shaan fehlte noch immer jede Spur.

Deleja biss sich auf die Unterlippe und starrte die rußgeschwärzte Ruine des Gebäudes an wie ihren persönlichen Feind. War Shaan doch in den Flammen ums Leben gekommen?

Tränen traten ihr in die Augen und mischten sich mit dem Regen, der über ihr erhitztes Gesicht rann. Wütend blickte sie zum Himmel empor. Die Götzen Golgamats hatten die Gebete ihrer Anhänger erhört, aber hatten sie damit auch Shaan gerettet?

Verzweiflung schnürte ihr die Kehle zu, doch noch war sie nicht bereit, jede Hoffnung aufzugeben. Auch wenn Shaan tatsächlich im Haus gewesen war, könnte er trotzdem rechtzeitig entkommen sein und sich, vom Rauch geschwächt, zurückgezogen haben. Und als dann der sintflutartige Regen einsetzte, der selbst den Bürgern Golgamats die Orientierung erschwerte, hatte er sich womöglich verlaufen. Schließlich war er noch nicht lange in der Stadt. So musste es sein!

Deleja wartete nicht länger, sondern wandte sich aufs Geratewohl in die dem Kontor entgegengesetzte Richtung. Der Regen drang ihr durch Haare und Kleidung, durchweichte sie bis auf die Haut, aber das war ihr gleichgültig. Sie musste Shaan finden!

Schwankend zwischen verzweifelter Hoffnung und bohrender Angst stürmte sie voran, folgte einer Straße, einer zweiten, dann einer dritten, bis sich ein kleiner Platz vor ihr öffnete.

Keuchend blieb sie stehen und versuchte, mit ihren Augen die brodelnde Wasserwand zu durchdringen – ohne Erfolg. Dunstschleier wogten wie dichter Nebel durch die Luft und tanzten geisterhaft im Rhythmus der fallenden Tropfen. Das Prasseln des Regens war so laut, dass jeder andere Laut verschluckt wurde. Machtvoll und unwiderstehlich hatte das Wasser Golgamat für sich zurückerobert, nachdem so lange allein die Sonne über die staubigen Straßen geherrscht hatte.

Während sie auf den kleinen Platz hinaustrat, den Kopf trotz der in ihr Gesicht peitschenden Regentropfen hoch erhoben, um nicht zu riskieren, eine flüchtige Bewegung vor ihr zu übersehen, spürte Deleja, wie ihr Herz schwerer und ihre Schritte immer langsamer wurden. Schließlich blieb sie stehen, senkte den Blick und starrte benommen auf ihre vom Wasser vollgesogenen Schuhe. Sie machte sich etwas vor. Shaan *war* ins Haus der

Banagis gegangen. Liss war herausgekommen, doch Shaan war in den Flammen geblieben. Er musste verbrannt sein!

Schluchzend schlug sie die Hände vors Gesicht. Das war es also? Shaan war tot, weil er wieder einmal zu helfen versucht hatte?

Nein, das war undenkbar! Shaans Leben - aufgezehrt von den Flammen - das ging über ihr Vorstellungsvermögen. Aber konnte sie es jetzt noch leugnen?

Trauer und Resignation legten sich wie Zentnergewichte auf ihre Schultern, nahmen ihr die Luft zum Atmen.

„Shaan", flüsterte sie seinen Namen.

Der Wind antwortete ihr, trug ein leises, zartes Raunen in ihre Seele. Es war vertraut, tröstlich und sanft, gleich einer warmen Frühlingsbrise, die über ihre Haut strich und so gar nicht zu dem grimmigen Unwetter passte, das mit der Gewalt eines zornigen Gottes über Golgamat hinwegfegte.

Verwirrt hob Deleja den Kopf. Es ging überhaupt kein Wind! Die Luft stand still, die Regentropfen fielen schnurgerade vom Himmel herab, als seien sie begierig, sich mit dem Boden zu vereinen und den Staub von Golgamats Straßen zu waschen.

Ihr Puls beschleunigte sich. Wenn es kein Wind war...

Hastig schloss sie die Augen, lauschte nach innen. Sofort schwoll die Brise an, begrüßte und liebkoste sie wie die Hand eines zärtlichen Geliebten. Das war ganz entschieden kein Wind! Das war ... etwas anderes!

Deleja schrie überrascht auf. Shaan war es! Von ihm kam das Raunen. Es musste so sein! Wann immer sie es gefühlt hatte, war er ganz in ihrer Nähe gewesen, hatte sie ihn gesehen oder wenig später sogar mit ihm gesprochen.

Sie schluckte und warf einen unsicheren Blick über die Schulter. Kurz war ihr, als könnte sie im wogenden Dunst das Gesicht ihres Vaters erkennen. Tadeln würde er sie, ihr vorwerfen, dass sie Hirngespinsten und dummen Kleinkinder-Fantasien nachlief, die keinerlei Realität besaßen und nur in ihrer romantisch verklärten Traumwelt existierten.

Aber ihr Vater war nicht hier, sein Gesicht und seine Missbilligung waren nur flüchtige Schatten in einer in Zwielicht getauchten Welt. Das Raunen hingegen war so unzweifelhaft real wie der harte Boden unter ihren Füßen und der Regen, der ihr in den Kragen ihres Hemdes rann. Unbeeinflusst von ihrer Verwirrung hielt es an, zupfte verspielt an ihrer Seele, wie der sanfte Abendwind es so oft mit ihren Haaren getan hatte, wenn sie nach dem Abendessen auf die Terrasse gekommen war, um die Stille und die Weite des Meeres zu genießen.

„Shaan?", fragte Deleja leise.

Das Raunen wurde stärker, drängender.

„Bist du das?"

Das Raunen umfing sie wie die Blütenblätter einer Rose, wollte sie leiten, ihr den Weg weisen.

Deleja ließ es zu, gab sich ihm vertrauensvoll hin. Angst verkrampfte ihren Magen, Angst davor, sich lächerlich zu machen, weil sie an etwas derart Närrisches glaubte, doch sie konnte nicht anders.

Ihr Herz setzte vor Anspannung jeden dritten Schlag aus, als sie sich tastend wie eine Blinde über den Platz bewegte. Anfangs waren ihre Schritte langsam und zögernd, doch das Raunen wurde immer stärker, so als käme seine Quelle stetig näher. Es führte sie sicher durch den strömenden Regen.

„Shaan?", rief sie, erst leise, dann lauter, und als keine Antwort kam, ging sie schneller, begann schließlich sogar zu laufen.

Er war hier, war ganz in der Nähe. Doch wieso antwortete er nicht?

Klamme Sorge zog ihr die Kehle zusammen. Ihre Füße platschten von einer Pfütze in die nächste, Wasser spritzte nach allen Seiten weg, während sie auf den Rand des Platzes zustürmte, dorthin, wo mehrere Lücken wie nachtschwarze Höhlen zwischen den Gebäuden klafften.

Zwei von ihnen ignorierte sie, steuerte zielstrebig die dritte an. Furcht quoll in ihr hoch, die Furcht, sich zu irren, aber sie fegte sie beiseite wie ein lästiges Insekt, warf sich in den Spalt zwischen den Häusern - und erschrak zutiefst.

„Shaan!"

Er lag, nur wenige Schritte von ihr entfernt, auf dem Boden und rührte sich nicht.

Deleja flog an seine Seite, kniete sich neben ihn und berührte ihn vorsichtig an der Schulter.

„Shaan? Shaan, hörst du mich?"

Er blieb stumm. Seine geschlossenen Lider zuckten nicht einmal. Regen stürzte selbst in dieser geschützten Nische wie ein Wasserfall auf ihn nieder. Seine Haare, sein Hemd und seine Hose waren völlig durchweicht, als sei er gerade aus dem Meer geklettert. Regentropfen trafen auf sein Gesicht, perlten davon ab und liefen in kleinen Rinnsalen über seine Haut. Er lag auf der Seite in einer großen Pfütze; ein gurgelndes Bächlein floss direkt an seinem Kopf vorbei, berührte Mund und Nase und schwoll mit beängstigender Geschwindigkeit an.

Hastig fasste Deleja zu, drehte ihn auf den Rücken, damit das Wasser ihn nicht erstickte - und erschrak erneut. Shaan war so heiß, als habe er seit Stunden in einem von Linaris Kochtöpfen vor sich hin geschmort. Er glühte regelrecht, strahlte so viel Hitze ab wie ein prasselndes Kaminfeuer.

Voller Angst musterte sie sein Gesicht. Es war starr wie eine hölzerne Maske und wirkte eingefallen und grau. Sie rüttelte ihn leicht an der

Schulter, rief erneut seinen Namen, aber er war und blieb völlig reglos. Wären nicht sein Puls und die schwachen Atemzüge gewesen, unter denen sich seine Brust hob und senkte, hätte sie glauben können, er sei tot.

Sie bezweifelte stark, dass sie in der Lage sein würde, ihn aufzuwecken.

Doch er musste hier weg. Er durfte nicht mehr lange mit derart hohem Fieber im Regen liegen, oder er würde vielleicht wirklich sterben. Sie musste zurück zum Kontor und Hilfe holen. Das hieße allerdings, ihn allein zu lassen.

Deleja zögerte, versuchte dann noch einmal, ihn zu wecken. Trotz des kühlen Regens und trotz Shaans völlig durchnässter Kleidung spürte sie die Hitze seines Fiebers. Es war so hoch, wie sie es nie zuvor bei einem Menschen erlebt hatte, so hoch, dass sie glaubte, der Regen müsste auf ihm verdampfen, sobald er ihn traf. Es war, als würde er innerlich verbrennen und seine Haut jeden Augenblick unter der in ihm tobenden Glut zu schmelzen beginnen.

Deleja erhob sich ruckartig und wandte sich dem Ausgang der Nische zu, als ein merkwürdiges Gefühl sie innehalten ließ. Es war, als kröche ihr plötzlich eine eiskalte Hand den Rücken hinauf und lege sich um ihre Kehle. Unwillkürlich zog sie den Kopf zwischen die Schultern und fing an zu zittern.

Das Herz schlug ihr mit einem Mal bis in den Hals, ihr Mund wurde trocken, und ihr Magen verkrampfte sich zu einem harten Knoten. Eine Gänsehaut hatte sämtliche Härchen auf ihren Armen steil aufgerichtet, als habe sie mit den Fingernägeln über Glas gekratzt. Sie kannte dieses Gefühl nur zu gut! Schon hundertmal oder öfter hatte sie es in ihren Albträumen verspürt, und plötzlich schien es genauso real geworden zu sein wie das Raunen, das sie zu Shaan geführt hatte.

Geduckt pirschte sie sich zum Ausgang der Nische. Irgendetwas war dort draußen!

Vorsichtig lugte sie um die Ecke. Eine dunkle Silhouette erschien im Regen. Sie bewegte sich wie ein Schatten in den niederprasselnden Wassermassen, kam näher und trat schließlich daraus hervor. Die Gestalt eines Mädchens wurde sichtbar.

Es hielt Deleja den Rücken zugewandt. Langes, schwarzes Haar hing wie ein seidig glänzender Schal bis zu ihrer Hüfte hinab. Das Mädchen war schlank, ihre Bewegungen geschmeidig wie die einer Katze.

Ein dichter Dunstschleier wogte um ihre Gestalt, als fliehe das Wasser ihre Gegenwart. Es schien von ihrer Haut zu verdampfen, kaum dass es sie berührt hatte, und tatsächlich machten ihre Kleidung und ihre Haare nicht den durchnässten Eindruck, der bei diesem Regen eigentlich zu erwarten gewesen wäre.

Ihr Kopf war hoch erhoben, vermittelte den Eindruck einer lauernden Konzentration. Sie wandte ihn nach links und rechts, als suche sie etwas. Dann drehte sie sich um.

Deleja fuhr überstürzt in den Schutz des Spaltes zurück und betete inständig darum, dass das Mädchen sie nicht gesehen hatte. Ihr Puls raste, das Blut rauschte in ihren Ohren, und sie schlotterte wie Espenlaub. Ihre Haut begann zu brennen, als sei in ihrem Inneren eine Flamme entzündet worden, die nur darauf zu warten schien, sich in ihr ausbreiten und sie verzehren zu können. In diesem Moment begrüßte sie den kühlenden Regen, der in dicken Tropfen auf sie fiel und einen schützenden Mantel über sie breitete, der sie - hoffentlich - vor jedem forschenden Blick zu verbergen vermochte.

* * *

Stumm an die Wand gepresst wartete Deleja darauf, dass das Mädchen endlich ging. Ihr Verstand schalt sie für solch ein albernes, irrationales Verhalten, das jedem abergläubischen Narren alle Ehre gemacht hätte. Ein Mädchen war nur ein Mädchen, nichts weiter. Sie könnte es sogar um Hilfe bitten. Gemeinsam gelang es ihnen vielleicht, Shaan zurück zum Kontor zu schaffen.

Trotzdem rührte sie sich nicht von der Stelle. Ihre Furcht war größer als jede Vernunft. Jede Faser ihres Körpers war in wildem Aufruhr, schien ihr zuzurufen, dass sie dem Mädchen auf gar keinen Fall begegnen sollte.

Und sie hörte darauf. Hatte sie nicht eben erst Shaan gefunden, weil sie dem Raunen in ihrem Inneren gefolgt war?

Deshalb harrte sie aus, die Lippen fest zusammengepresst und unendlich erleichtert, dass Shaan keinen Laut von sich gab. Andererseits war ihr bang vor Sorge um ihn. Inständig wünschte sie, das verfluchte Mädchen würde endlich verschwinden, damit sie Hilfe holen konnte, doch noch sträubte eine Gänsehaut ihre Härchen und teilte ihr unmissverständlich mit, dass die Gefahr noch nicht vorüber war.

Sekunden vergingen, vielleicht auch Minuten oder eine halbe Stunde. Im hypnotischen Trommeln der Regentropfen hatte sie längst jedes Zeitgefühl verloren. Dann geschah es. Ihre Haut glättete sich plötzlich, als seien behutsame Finger sanft darübergestrichen, ihr Puls beruhigte sich, und die schmerzende Flamme in ihrem Inneren erlosch. Das Mädchen war fort.

Nur flüchtig wurde ihr klar, dass das Mädchen neben Shaan die zweite Person war, deren Nähe sie erspüren konnte, doch ihre Sorge um Shaan verschluckte den Gedanken, kaum dass er in ihrem Geist Gestalt angenommen hatte. Sie spähte um die Ecke, atmete tief durch, als sie sah, dass der Platz tatsächlich leer war, spurtete los und hielt nicht mehr inne, bis sie vor der Einfahrt zum Kontor stand.

Sie nickte dem verblüfften Türsteher kurz zu, ohne ihn weiter zu beachten, und überquerte mit schnellen Schritten den Hof. Wasser spritzte hoch auf, als ihre Füße bis zu den Knöcheln in tiefen Pfützen versanken. Der Regen hatte den Hof in eine Seenlandschaft verwandelt. Der Boden war aufgeweicht und matschig, doch Deleja kümmerte sich nicht um Dreck und Schlamm.

In fliegender Hast betrat sie den Ostflügel des Wohnhauses und rannte kurz darauf beinahe in Linari hinein.

Die pausbäckige Frau machte große Augen, als sie sie sah. „Deleja, Kind, was ist passiert? Du bist ja klitschnass!"

Deleja packte sie am Arm. „Wo ist Herness?"

„Auf seinem Zimmer. Seinen Nachmittagsspaziergang musste er heute wohl oder übel ausfallen lassen."

Deleja ließ Linari los, sauste über den Korridor zu Herness' Tür und riss sie auf, ohne sich erst mit Klopfen aufzuhalten. Herness Bajanare saß in einem Sessel, ein Buch auf den Knien. Auch seine Augen weiteten sich überrascht, aber Deleja ließ ihn nicht zu Wort kommen.

„Herness, Ihr müsst mir helfen! Shaan war beim Haus der Banagis. Er hat zu helfen versucht, aber er ... er ist selbst ... Er ist bewusstlos!"

Linari, die hinter ihr her geeilt war, stieß einen erschrockenen Laut aus. „Wie ist das passiert?"

Deleja brach unvermittelt in Tränen aus. „Ich weiß auch nicht! Er war schon ohnmächtig, als ich ihn fand. Ich habe versucht, ihn zu wecken, aber es ist mir einfach nicht gelungen. Vielleicht ... vielleicht wacht er gar nicht mehr auf!" Sie schluchzte und wischte sich schniefend mit einem Ärmel übers Gesicht.

Herness stand mit einem Ruck auf. „Du weißt, wo er ist?"

„Ja."

„Hast du etwa nach ihm gesucht?"

Deleja nickte schwach.

Herness schüttelte tadelnd den Kopf. „Das hättest du mir und deinem Vater überlassen sollen. Warum bist du nicht gleich zu uns gekommen, als du bemerkt hast, dass Shaan nicht zurückgekehrt ist?"

„Ist das so wichtig? Bitte, Herness, wir müssen uns beeilen!"

Herness legte seine Stirn in nachdenkliche Falten. „Wir sollten auch deinen Vater informieren."

Deleja spürte, wie ihr Herz einen Schlag aussetzte. „Nein! Er darf nicht wissen, dass wir Shaan holen gehen, denn dann würde er auch erfahren, dass ich das Haus verlassen habe, um nach ihm zu suchen. Er wäre gewiss zornig, und das würde wieder auf Shaan zurückfallen. Das ... das will ich nicht!"

Flehend sah sie Herness an. Er nickte knapp.

„Ich werde schweigen."

Erleichtert schaute Deleja zu Linari hinüber. Die Haushälterin lächelte ihr zu. „Von mir erfährt er ebenfalls nichts. Und nun geht!"

Deleja winkte Herness. Im Eiltempo verließen sie das Kontor und hasteten durch den dichten Regen. Deleja achtete kaum auf den Weg, sie orientierte sich allein an dem Raunen in ihrem Inneren, das sie wie das Licht eines Leuchtturms in sternenloser Nacht durch die Straßen und Gassen Golgamats führte.

Shaan war noch immer dort, wo sie ihn gefunden hatte, lehnte reglos und mit geschlossenen Augen an der glitschigen Hauswand in der Nische. Herness bückte sich, wuchtete seinen Körper vom Boden hoch und schleppte ihn auf den kleinen Platz hinaus. Shaan hing wie eine leblose Puppe in seinen Armen, war selbst jetzt nicht erwacht.

Deleja sprach Herness nicht an, damit er keinen Atem verschwenden musste. Ihr Hauslehrer war bei Weitem nicht so athletisch gebaut wie ihr Vater. Ächzend und schnaufend wankte er durch den strömenden Regen, Shaan wie einen Kartoffelsack über die Schultern geworfen. Sie stützte und half, so gut es ging, trotzdem dauerte es eine Ewigkeit, bis sie endlich zurück im Kontor waren.

Die Wache am Haupttor blinzelte verdutzt, als sie mit ihrer ungewöhnlichen Last herangewankt kamen, und griff dem keuchenden Herness helfend unter die Arme. Linari empfing sie an der Eingangstür des Wohnhauses, hielt ihnen die Tür auf und eilte dann voraus zu Shaans Zimmer. Herness nickte der Wache dankbar zu, bedeutete dem Mann, auf seinen Posten zurückzukehren und verschwand mit Shaan in dessen Quartier. Deleja wäre gern mit ihm gegangen, doch Linari hielt sie sanft, aber bestimmt zurück.

„Warte hier! Ich komme zurück, sobald ich Shaan versorgt habe."

Keine Sekunde später schlug die Tür mit einem kategorischen Rumms hinter ihr zu. Deleja starrte wie betäubt auf das glatte Holz, die Zähne so fest zusammengebissen, dass ihre Kiefer schmerzten. Reglos harrte sie aus, lauschte bang auf das leise Raunen in ihrem Inneren. Solange sie es spürte, war noch nicht alles verloren.

Das Raunen blieb, ein Licht der Hoffnung in dieser düsteren Stunde. Draußen trommelte noch immer der Regen auf die Stadt herab. Die Minuten verrannen träge wie zäher Sirup.

Als sich endlich die Tür wieder öffnete und Linari hinaustrat, stürzte Deleja sofort auf sie zu.

„Wie geht es Shaan? Ist er wieder wach?"

Linari seufzte. „Noch nicht, Kind."

Deleja musste ein Schluchzen unterdrücken. „Was ist nur mit ihm? Heute Morgen sah er noch völlig gesund aus!"

„Wenn ich ehrlich bin, muss ich zugeben, dass ich es auch nicht verstehe“, erwiderte Linari mit ratloser Miene. „Beim Mittagessen hat Shaan noch zugelangt wie ein Dockarbeiter, jetzt glüht er wie ein Stein in der Wüste. Vielleicht hat er zu viel Rauch eingeatmet. Er hat doch beim Löschen geholfen, nicht wahr?“

Deleja nickte stumm.

Linari seufzte abermals. „Das erklärt wohl auch die Brandblase an seinem Arm.“

„Er hat eine Verbrennung?“, rief Deleja erschrocken.

„Ja, auf seinem rechten Arm. Die Blase ist handtellergroß. Es wird einige Tage dauern, bis sie vollständig verheilt ist.“

Deleja rang nach Luft. Also war Shaan doch im Haus gewesen! Hatte er Liss gerettet? Sie war sich fast sicher.

„Mach dir keine Sorgen, Deleja“, sagte Linari, ihre Aufregung missdeutend. „Ich werde auf Shaan aufpassen. Das Fieber wird sicher bald wieder sinken.

„Ist es denn sehr hoch?“

„Ja, aber das bekommen Herness und ich in den Griff. Wir werden ihm kühlende Umschläge machen, das wird bestimmt helfen. Und du solltest jetzt auf dein Zimmer gehen und die nassen Sachen ausziehen, sonst habe ich morgen noch eine Kranke.“

Deleja zögerte.

Linari drückte sie an sich. „Geh nur, Kind. Du kannst im Augenblick nichts für Shaan tun.“

Da gab Deleja nach. Linari hatte recht, außerdem gab es einiges, worüber sie nachdenken musste.

* * *

Als Shaan erwachte, begriff er als Erstes, dass er bewusstlos gewesen war, hilflos jedem Angriff ausgeliefert und nicht bereit, Deleja zu schützen. Panik quoll in ihm empor wie eine dunkle Wolke. Er fuhr hoch, versuchte gleichzeitig die Augen zu öffnen, doch er bekam die Lider nicht auseinander. Sie waren so fest verklebt, als habe sie ihm ein sadistischer Folterknecht mit einem Schuhriemen zugenäht.

Stimmen drangen auf ihn ein. Er war nicht allein! Hände griffen nach seinen Schultern, pressten ihn zurück. Erschrocken brüllte er auf und kämpfte verbissen dagegen an. Sein Kopf ruckte wild hin und her, und ein drohendes Knurren entrang sich seiner Kehle, als wolle er dem ersten Angreifer, den er zu fassen bekam, seine Zähne ins Fleisch bohren. Endlich rissen seine Lider auseinander – und er starrte direkt in Herness‘ besorgte Miene.

Augenblicklich gab er seinen Widerstand auf und sank in die Kissen zurück.

Linari trat in sein Blickfeld und seufzte leise. „So ist es besser."

Shaan hob den Kopf, sah an sich selbst herab. Er trug kein Hemd, und seine Hose war bis zu den Knien hochgekrempelt worden. Feuchte Tücher lagen wie unförmige Parasiten auf seiner Brust und seinen Armen, und auch um seine Beine waren nasse Handtücher geschlungen worden. Das kleinste Tuch lag direkt neben seinem Kopf. Es war wohl bei seinem heftigen Erwachen von seiner Stirn gerutscht.

Und da begriff er plötzlich, wo er sich befand. Er war in seinem Zimmer im Haus der Albites. Erschrocken versuchte er erneut, sich aufzurichten.

Herness legte ihm eine Hand auf die Schulter und zwang ihn mit sanfter Gewalt in sein Kissen zurück. „Ganz ruhig, mein Junge! Du hast einen schweren Nachmittag hinter dir."

Shaan zügelte seine tobenden Emotionen und zwang sich, tief durchzuatmen. „Wie komme ich hierher?"

„Deleja hat dich vermisst und nach dir gesucht. Es ist mir ein Rätsel, wie sie dich hat finden können, aber sie hat es geschafft und mir Bescheid gesagt. Ich habe dich nach Hause zurückgebracht."

Shaan schwieg verwirrt. Seine Gedanken rasten fast so schnell wie sein Puls. Deleja war allein in der Stadt gewesen? Das hätte übel enden können. Was, wenn ihr Enjun über den Weg gelaufen wäre? Oder die Shai'yinyal?

Sein Magen zog sich zusammen, und die Welt begann um ihn zu schwanken. Was war er doch für ein erbärmlicher Stümper! Sie hatte nur nach ihm suchen müssen, weil er es wieder einmal nicht fertiggebracht hatte, auf eigenen Füßen nach Hause zu torkeln. Schon wieder hatte er versagt. Aber wie hatte Deleja ihn bloß gefunden?

Linari schob sich neben Herness. „Du hast sehr hohes Fieber gehabt, mein Junge", erklärte sie ihm, ohne dass er danach gefragt hatte. „Einige Zeit waren wir wirklich in großer Sorge um dich. Das Fieber wollte einfach nicht heruntergehen, so sehr wir uns auch bemüht haben, es zu senken."

Herness nickte bestätigend, nahm gleichzeitig das kleine Tuch, das neben seinem Kopf lag, tauchte es in eine Schale mit Wasser, die auf einem Schränkchen neben dem Bett stand, wrang es sorgfältig aus und tupfte ihm anschließend sacht die feinen Schweißtropfen von Stirn und Wangen.

Verblüfft musterte Shaan den Hauslehrer der Albites. Nie hätte er erwartet, dass der hagere, oft so streng dreinblickende Mann so behutsam sein könnte.

Auch Linari beugte sich über ihn und legte ihm eine Hand auf die Stirn. „Ich glaube, du hast jetzt kein Fieber mehr."

Sie strich über seine Wange und seufzte erleichtert.

Shaan sah in die Gesichter der beiden, sah ihre ehrliche, tief empfundene Sorge um ihn, lauschte gleichzeitig nach innen und blinzelte verwundert. Es ging ihm erstaunlich gut, viel besser als jemals zuvor, wenn er seine Magie über das sinnvolle Maß hinaus eingesetzt hatte. Er hatte kaum Kopfschmerzen, sein Körper fühlte sich herrlich kühl an, und er erholte sich zusehends. Im Hallagat hingegen hatten nicht einmal lange Stunden tiefen Schlafes ausgereicht, um die Nachwirkungen der Magie abzuschwächen.

Plötzlich war ihm, als quetsche ihm eine eisige Hand die Gedärme zusammen, und ein Mühlrad schien sich auf seine Brust herabzusenken. „Habt ihr tatsächlich die ganze Zeit bei mir gesessen und mich mit feuchten Umschlägen gekühlt?“

Herness' Gesicht nahm einen entschlossenen Zug an. „Das haben wir, und wir wären auch noch die gesamte Nacht geblieben, wenn es nötig gewesen wäre.“

„Das stimmt“, fügte Linari lächelnd hinzu. „Irgendjemand muss sich schließlich um dich kümmern. Deine Eltern können es nicht mehr tun, also werden Herness und ich das übernehmen. Ein guter Junge wie du verdient es, dass man auf ihn achtgibt.“

Shaan schluckte mühsam. Tränen traten ihm in die Augen, Boten einer tiefen, verschlingenden Traurigkeit. So lange hatte er sie unterdrückt und in einen entlegenen Winkel seines Geistes verbannt, doch jetzt entzog sie sich ihren Fesseln und überschwemmte seine Seele mit Dunkelheit. Hastig wandte er sich ab, damit sie ihn nicht weinen sahen.

Herness räusperte sich, als wollte er etwas sagen, doch Linari ergriff zuerst das Wort, während sie ihm sanft übers Haar strich.

„Wir lassen dich für eine Weile allein. Ruh dich aus. Es ist jetzt am wichtigsten, dass du wieder auf die Beine kommst.“

Shaan begann noch heftiger zu weinen.

Herness und Linari verließen den Raum. Er sah ihnen nicht nach. Es dauerte lange, bis er sich wieder beruhigt hatte.

* * *

Der Nachmittag ging langsam vorüber, und mit ihm schwand auch der Regen. Bereits vor dem Abendessen hatte er endgültig aufgehört, und als Deleja schließlich auf die Terrasse trat, begannen auch die dicken grauen Wolken aufzureißen.

Das leise Rauschen der Brandung empfing sie wie einen lange vermissten Freund, als sie ihre Hände auf die Brüstung legte und ihren Blick versonnen über das weite Meer schweifen ließ. Der raue Stein war dunkel vor Nässe, und überall auf den Dächern, Erkern und Straßen glitzerten Pfützen wie Diamanten im Licht der untergehenden Sonne.

Die Wolken verschwanden jetzt rasch, als würde sie die unsichtbare Hand eines Riesen vom Himmel fegen, und gaben den Blick auf ein tiefblaues Firmament frei, an dem nur noch hier und da ein kleines, weißes Federwölkchen hing, so als sei der Himmel ein Spiegelbild des Meeres, dessen Blau ebenfalls nur von den weißen Schaumkronen der Wellen durchbrochen wurde.

Deleja sog tief die würzige Luft ein. Der Regen hatte sie gereinigt, den Staub herausgewaschen und fortgespült und nichts als Klarheit hinterlassen, wo zuvor erstickende Schwüle und grausame Backofenhitze geherrscht hatten. Die Farben Golgamats erstrahlten in neuem Glanz, als wollten sie ihre Existenz lobpreisen, und Deleja war, als sähe sie die Stadt heute zum ersten Mal.

Vom Meer her strich ein leichter Wind landeinwärts. Er trug den Geruch von Salz und Tang mit sich und hinterließ eine belebende Frische auf ihrer Haut, die einen fast vergessen ließ, dass die Tage vor dem Regen die schlimmsten gewesen waren, die Golgamat seit langer, langer Zeit erlebt hatte. Nun war die Hitze fort, in die Flucht geschlagen von den brodelnden Wassermassen, die mit der Gewalt eines zornigen Gottes über der Stadt niedergegangen waren.

Deleja schloss die Augen und streckte ihr Gesicht dem Meer entgegen. Ihre Stimmung war leicht und beschwingt wie der Flug einer Seeschwalbe. Der Regen hatte das Feuer gelöscht, das aller Wahrscheinlichkeit nach vom Mörder - oder von dem Bösen, das ihn leiten mochte - entfacht worden war, um Liss zu töten. Und Liss hatte überlebt. Ein Bote war im Verlauf des Nachmittags zu ihr gekommen und hatte ihr mitgeteilt, dass es ihrer Freundin gut ging, viel besser, als man eigentlich hätte erwarten dürfen. Die Banagis glaubten an ein Wunder.

Deleja war eher geneigt, an ein Eingreifen der Kraft des Guten zu glauben. Sie hatte den Regen geschickt, als das Löschen nichts half. Und auf diese Weise hatte sie auch Shaan beschützt.

Tief in Gedanken versunken runzelte Deleja die Stirn. Shaan gab ihr noch immer Rätsel auf, und das eigentümliche Raunen, das sie seine Nähe spüren ließ, war noch seltsamer. Ihr Vater hätte darüber lediglich vorwurfsvoll den Kopf geschüttelt und ihr mit der geduldigen Herablassung eines Erwachsenen, der mit einem kleinen, unreifen Kind spricht, erklärt, wie albern und unsinnig solche angeblichen Wahrnehmungen doch seien, da sie nur auf Magie beruhen konnten und Magie ganz offensichtlich nicht existierte. Aber seiner Skepsis zum Trotz hatte sie das Raunen sicher zu Shaan geführt. Das war ein ziemlich guter Erfolg für etwas, das es eigentlich gar nicht geben sollte!

Kannte Shaan vielleicht ähnliche Gefühle? Vom Feuer konnte er – rein vernünftig betrachtet – nichts gewusst haben, und doch war er aus dem Raum gestürzt, bevor die Glocke ertönte. Hatte die Kraft des Guten ihn geleitet? Hatte sie ihn ausgewählt und ließ sie ihn die Gefahr spüren, in der die Opfer des Mörders schwebten, damit er zu ihnen ging und ihnen half? Und war er deshalb jedes Mal wie von Furien gehetzt in die Stadt gelaufen, wenn ein Mord geschehen war, von dem er ebenfalls keine Kenntnis hätte haben dürfen?

Sie nickte versonnen. Das war die einzige plausible Erklärung. Shaan war kein Mörder, daran bestand mittlerweile kein Zweifel mehr. Im Gegenteil, er war reinen Herzens, er versuchte zu helfen ohne Rücksicht auf sich selbst. Das unterschied ihn von *allen* anderen Einwohnern Golgamats. Es wäre also nicht verwunderlich, dass das Gute gerade ihn als seinen Kämpfer auserkoren hatte. Und da er annehmen musste, dass niemand ihm glauben würde, ja er sich sogar selbst verdächtig machte, wenn er düstere, kryptische Warnungen aussprach, die sich dann stets bewahrheiteten, hatte er über die Geschehnisse in Golgamat und seine eigene Rolle darin geschwiegen.

Beschämt senkte Deleja den Kopf. Auch sie hatte ihm misstraut. Wie sehr mussten ihn ihr Zweifel und ihre Furcht belastet haben, wo er doch schon verkraften musste, dass die Macht des Bösen ihm stets einen Schritt voraus war. Er hatte die Morde nicht verhindern können – bis heute. Liss hatte er gerettet – und sich dann schnell von dem brennenden Haus zurückgezogen, sodass niemand auf die Idee kommen konnte, ihn mit der Rettung in Verbindung zu bringen. Sicher hatte er Angst, dass der Mörder ihn bemerken und sich direkt gegen ihn wenden könnte.

Sie seufzte schwer. Vieles war noch immer ungeklärt. Wieso konnte sie Shaans Nähe spüren? Wollte die Kraft des Guten, dass sie ihm im Notfall helfen konnte? Und wieso hatte ihr das seltsame Mädchen auf dem Platz so viel Furcht eingeflößt? Gab es eine Verbindung zwischen ihm und dem Mörder? Arbeitete es mit ihm zusammen? Und wenn ja, waren sie beide tatsächlich vom Bösen besessen?

Deleja zuckte erschrocken zusammen, als ihr klar wurde, dass es durchaus mehr als nur einen Mörder geben könnte. Shaan kämpfte allein, aber das hieß nicht, dass es auf der Gegenseite genauso sein musste. Das Böse versuchte sicher, so viele Menschen wie möglich in seinen Bann zu ziehen.

Verwundert über sich selbst schüttelte sie den Kopf, als sie merkte, in welchen Bahnen sich ihre Gedanken bewegten. Was war nur los mit ihr? Vor wenigen Tagen hätte sie die Philosophie ihres Vaters von der unbezwingbaren Kraft des menschlichen Willens, dem jedes Anflehen um göttlichen Beistand als klägliche Kapitulation vor den Herausforderungen des Lebens erschien, noch selbst verbissen gegen jede Kritik verteidigt, und nun war sie nicht besser als jene abergläubischen Narren, für die ihr Vater nur Unverständnis und milden Spott übrig hatte. Sie glaubte tatsächlich, dass es eine Macht des Guten und des Bösen gab, und als wenn das allein nicht schon absurd genug gewesen wäre, wuchs in ihr die Überzeugung, dass die beiden Kräfte Golgamat als Austragungsort ihres Kampfes gewählt hatten.

Das war lächerlich! Sie sollte es eigentlich besser wissen. Und doch kamen ihr die strenge Logik und Vernunft, die ihr Vater sie all die Jahre gelehrt hatte, mit einem Mal hohl und leer vor, als seien sie, und nicht der Aberglaube, das Trugbild, das sich im hellen Licht der Wahrheit in Nichts auflösen würde, wenn man nur bereit war, richtig hinzuschauen. Und hatte sie die Magie nicht am eigenen Leib erfahren? Hatte sie nicht das Raunen gespürt, das sie mit Shaan verband?

In diesem Moment schwoll es in ihr an, als habe es ihre Überlegungen aufmerksam verfolgt und wolle ihr nun beweisen, dass nicht sie, sondern ihr Vater einem fundamentalen Irrtum aufsaß. Deleja begriff sofort. Shaan war in der Nähe.

Obwohl ihr das sanfte Wispern in ihrer Seele so sicher wie ein Kompass anzeigte, dass er sich ihr näherte, drehte sie sich nicht zur Tür um, durch die er gleich auf die Terrasse treten musste. Er hatte so viele Geheimnisse vor ihr. Es war eine schöne Abwechslung, einmal eins vor ihm zu haben.

Und so wandte sie sich erst zu ihm um, als sie seine Schritte in ihrem Rücken hörte und er sie mit belegter Stimme ansprach.

„Deleja?"

Sie musterte ihn prüfend. Linari hatte ihr beim Abendessen erzählt, dass Shaan erwacht war, aber noch bis morgen im Bett bleiben sollte. Trotzdem stand er jetzt hier, ignorierte wieder einmal trotzig jeden Rat und jede gut gemeinte Hilfe, die andere ihm boten.

Seine dunklen Haare waren etwas unordentlicher als gewöhnlich, seine Haut war bleicher als sonst, und seine Augen glänzten noch ein wenig fiebrig, doch seine Haltung wirkte nicht so kraftlos und schwach, wie sie befürchtet hatte.

Trotzdem klang sie wie Herness, wenn sie wieder einmal eine Rechenaufgabe nicht zu lösen vermochte, als sie vorwurfsvoll sagte: „War Linari damit einverstanden, dass du schon wieder durch die Gegend geisterst?"

Shaan sah schuldbewusst zu Boden. „Ich habe sie nicht gefragt."

„Natürlich nicht!", rief Deleja bissig. „Warum solltest du auch?"

„Ich ... ich dachte, sie würde mich zurückhalten."

„Wolltest du frische Luft schnappen?"

„Ja."

Deleja vergaß ihren Tadel. „Da kommst du genau richtig“, erwiderte sie und machte eine ausholende Geste, die das halbe Meer einschloss. „Die Luft ist einfach herrlich!“

Shaan stellte sich neben sie an die Brüstung und atmete ein paar Mal tief durch. Manchmal sah er scheu zu ihr herüber, sagte jedoch nichts und blickte gleich wieder unsicher fort.

Deleja war weniger zurückhaltend. Sie starrte ihn neugierig an, als seien ihm plötzlich Flügel gewachsen. „Ist dein Fieber vorbei?“

Shaans Blick fand ihre Augen. „Ja. Es ist gänzlich abgeklungen.“

„Das ist ungewöhnlich.“

„Nicht bei mir. Ich habe dieses Fieber schon oft gehabt. Es kommt schnell, aber genauso schnell geht es auch wieder.“

„Ist das nicht gefährlich?“

Shaan zog verwirrt die Stirn in Falten. „Wieso sollte es?“

Deleja stieß schnaubend Luft aus. Warum überraschte sie das jetzt nicht? „Man kann sterben, wenn man zu hohes Fieber hat. Wusstest du das nicht?“

Shaans Augen weiteten sich. „Nein“, gab er leise zurück. Dann hob er abwehrend die Hände, als habe sie ihn gerade eines Verbrechens überführt. „Es ist eigentlich kein richtiges Fieber. Es ist bestimmt nicht gefährlich.“

Deleja sparte es sich, ihn darauf hinzuweisen, dass er sehr wohl richtiges Fieber gehabt hatte, denn sie befürchtete, dass er dann in verstocktes Schweigen verfallen könnte. Das wollte sie nicht riskieren, denn sie hatte noch ein paar Fragen.

Doch bevor sie sie stellen konnte, ergriff er das Wort. „Ich möchte dir danken“, sagte er mit rauer Stimme.

„Hat Herness dir erzählt, dass ich dich gefunden habe?“

„Ja.“

„Sag meinem Vater bitte nichts davon. Er soll nicht wissen, dass ich in der Stadt war.“ Das hatte sie auch dem Wachtposten am Tor eingeschärft.

„Ich werde schweigen. Aber wie hast du mich überhaupt gefunden?“

Deleja sah die Ratlosigkeit auf seinem Gesicht. Sie frohlockte innerlich. Das war eben ihr kleines Geheimnis. „Ich bin dir gefolgt“, flunkerte sie.

Shaan wurde leichenblass. „Wann?“

„Als du das Haus verlassen hast. Ich hörte die Feuerglocke und bin dir nachgelaufen.“

Shaan fiel es sichtlich schwer, seine Beherrschung zu wahren. „Hast du mich die gesamte Zeit über beobachtet?“, fragte er mit zittriger Stimme.

„Nein, beim Haus der Banagis waren zu viele Leute, und außerdem war der Rauch ziemlich dicht.“

Shaan senkte den Blick. „Ich bin in eine Rauchwolke hineingeraten.“

„Das habe ich gesehen. Aber nicht, wie du wieder herausgekommen bist."

„Ich habe sie an einer anderen Stelle wieder verlassen. Ein Mann hat mir geholfen. Hast du gesehen, wie ich mich gegen eine Wand gelehnt habe, um ein wenig zu verschnaufen?"

„Nein, aber als der Regen einsetzte, habe ich dich zwischen den Leuten wiederentdeckt."

„Und dann bist du mir nachgegangen?" Shaans Blick flackerte nervös, und er zerrte fahrig am Kragen seines Hemdes, als bekomme er plötzlich nicht mehr genug Luft.

„Ja." Deleja schaute ihn forschend an. „Wieso hast du dich in dem Winkel zwischen den beiden Häusern verkrochen?"

„Ich wollte mich vor dem Regen schützen."

„Im Kontor wärst du viel besser geschützt gewesen."

„Ich ... ich hatte nicht genug Kraft, um zurückzugehen."

„Der Weg zum Kontor und zu der Stelle, an der ich dich gefunden habe, war gleich lang", stellte sie nüchtern fest.

Shaan wich ihrem Blick aus und trat unruhig von einem Fuß auf den anderen. Sie sah, wie es in seinem Kopf arbeitete, doch er schien keine Antwort zu finden. Seltsam genug, dass er überhaupt nach einer suchte. Sie beschloss, ihm einen Anker zuzuwerfen.

„Ich nahm an, du hättest dich verlaufen."

„Das stimmt."

Seine Antwort kam schnell, viel zu schnell nach seinem vorherigen Zögern. Sie spürte, dass er log. Das war merkwürdig, wie so vieles an ihm.

Sie musterte ihn eindringlich. „Was wolltest du eigentlich beim Haus der Banagis? Ich dachte, du hattest vor, auf dein Zimmer zu gehen."

„Das wollte ich auch, aber als ich die Feuerglocke hörte, bin ich losgelaufen. Ich wollte helfen."

„Das hätte dich deinen Kopf kosten können!"

Wieder einmal wich er ihrem Blick aus. „Das ist nicht wichtig."

„Aber du hast dich verbrannt!"

Shaan umfasste den Verband um seinen Arm, eine Geste, die klarmachte, dass er sich der Verletzung nur allzu bewusst war. Trotzdem winkte er lässig ab. „Es ist nicht weiter schlimm, bloß eine kleine Blase."

„Klein? Linari hat mir etwas anderes erzählt!"

„Das heilt wieder."

Deleja verdrehte entnervt die Augen. Wieso versuchte Shaan nur jedes Mal, wenn er verletzt worden war, die Angelegenheit herunterzuspielen?

„Tut es nicht weh?"

„Es ist nicht ..."

Als Deleja die Augenbrauen hob, brach er ab. Sie wollte eine ehrliche Antwort, nur dieses eine Mal!

Vielleicht spürte er es, denn plötzlich sah er ihr in die Augen und schien sich einen Ruck zu geben. „Es schmerzt in der Tat ziemlich stark. Ich wünschte, ich hätte die Verletzung vermeiden können."

Deleja horchte auf. Seine Worte hatten bedrückt geklungen, aber vermutlich machte er sich keine Sorgen um sich selbst. Es musste etwas anderes dahinterstecken. Sie folgte ihrem Instinkt, als sie die nächste Frage stellte. „Hat sich der Schmerz wenigstens gelohnt?"

„Wie meinst du das?"

„Konntest du helfen?"

Shaan zögerte. Er warf ihr einen intensiven Blick zu, als wollte er ihre Gedanken erraten, dann sagte er leise: „Ich weiß es nicht genau. Ich hoffe es." Seine Schultern sanken herab.

„Vorhin kam ein Bote der Banagis. Es geht Liss gut. Sie wird wieder ganz gesund."

Shaan atmete erleichtert auf. „Das freut mich."

Deleja zwirbelte scheinbar nachdenklich eine Haarsträhne. „Ich bin mir sicher, dass sich die Banagis noch einmal persönlich bei allen Helfern bedanken möchten."

„Das wird kaum möglich sein. Die halbe Stadt war doch auf den Beinen, um den Brand zu löschen."

„So viele waren es nun auch wieder nicht."

Shaan zögerte lange, nickte dann. „Vielleicht hast du recht. Dennoch glaube ich nicht, dass jemand einen Dank erwartet."

Deleja holte tief Luft. Sie hatte ihre Antwort erhalten. Mehr würde Shaan nicht von sich preisgeben, das spürte sie.

„Glaubst du, dass der Mörder das Haus angezündet hat?"

Shaan zuckte unbestimmt mit den Schultern. „Das wäre möglich."

Deleja fröstelte. „Ist dir aufgefallen, dass er hauptsächlich junge Mädchen angreift? Mädchen, die so alt sind wie Liss - oder wie ich!"

Er nickte ernst. „Das ist es. Deshalb solltest du auch sehr, sehr vorsichtig sein. Deine Verkleidung als Junge wird dich nicht auf Dauer schützen können."

„Was kann ich denn sonst noch tun?", fragte Deleja erschrocken.

Shaan schaute sie traurig an. „Ich wünschte, ich wüsste es. Ich fürchte, wir müssen abwarten."

Deleja riss ungläubig die Augen auf. „Ich soll einfach nur *abwarten*, bis ein wahnsinniger Killer über mich herfällt?"

Shaans Gesicht verhärtete sich. „Golgamat ist groß. Es ist nicht gesagt, dass der Mörder auch dich angreifen wird."

Seine Worte klangen sicher, aber er sah sie nicht an. Deleja erkannte sofort, dass er log. Sie *war* in Gefahr! Der Mörder hatte es auch auf sie abgesehen! Ihr Magen schlang sich zu einem harten Knoten zusammen, gleichzeitig quoll heißer Zorn in ihr hoch, weil Shaan offensichtlich mehr wusste als sie und dennoch schwieg. Sie ballte die Hände zu Fäusten und starrte ihn herausfordernd an.

„Wenn ich wüsste, wer der Mörder ist, würde ich keine Sekunde zögern, ihn der Stadtwache auszuliefern!“

Shaan erwiderte ihren Blick offen. „Und wenn ich seine Identität kennen würde, würde ich alles daransetzen, ihn eigenhändig aufzuhalten. Es sind bereits genug Menschen gestorben.“

Deleja blinzelte verblüfft. In Shaans Augen loderte ein Feuer grimmiger Entschlossenheit, gepaart mit ohnmächtigem Zorn. Ihre Wut verrauchte.

„Ist das ein Versprechen?“, fragte sie leise.

„Das ist mehr als ein Versprechen. Das schwöre ich beim Tod meines Vaters.“

Sein Schwur beruhigte sie, so sehr, dass sie keine Fragen mehr stellte. Schweigend blickten sie über das weite Meer. Am Horizont ertrank die Sonne langsam in den endlosen Fluten. Ihre rote Glut erlosch, und nur das klare Blau des Himmels blieb zurück. Als der Wind auffrischte, brach Shaan die Stille.

„Es wird kühl. Wir sollten ins Haus zurückgehen.“

Deleja nickte.

„Shaan?“

„Ja?“

„Ich würde gern mehr von deiner Geschichte hören.“

Sein Gesicht hellte sich auf wie der Himmel nach einem Wolkenbruch. „Wirklich?“

„Ja. Ich möchte wissen, wie es weitergeht.“

Zum ersten Mal, seit sie ihn kannte, entdeckte Deleja die Andeutung eines Lächelns auf Shaans Zügen.

18. Der Hinterhalt

In den nächsten beiden Tagen kehrte Ruhe in Golgamat ein. Es geschahen keine weiteren Morde, und auch anderweitig hielt sich die Shai'yinyal bedeckt. Shaan argwöhnte, dass ihr Versagen beim Anschlag auf Liss Banagi ihre unerschütterliche Arroganz ins Wanken gebracht und sie gezwungen hatte, das Kräfteverhältnis zwischen ihnen neu zu überdenken. Allerdings war er sich nicht sicher, ob sie überhaupt Gefühle hatte - außer der sadistischen Freude am Töten und Quälen, und selbst das war ungewiss. Vielleicht erfüllte sie lediglich mit nüchterner Präzision den Auftrag, den man ihr erteilt hatte, und tat, was immer dazu erforderlich war, ohne emotional davon in irgendeiner Weise berührt zu werden.

Immerhin ließ ihm ihr Zögern Zeit, sich zu erholen, und außerdem verschaffte es ihm die Gelegenheit, Deleja näher an ihre wahre Natur heranzuführen. Jetzt, da er endlich ihr Vertrauen zurückgewonnen hatte, war auch ihr Interesse an seiner Geschichte neu entflammt. Gestern hatten sie nach dem Unterricht bis zum Sonnenuntergang auf der Terrasse gesessen und geredet, und Deleja hatte energisch darauf bestanden, ihr gemütliches Beisammensein heute zu wiederholen.

Und so zogen sie sich erneut auf die Terrasse zurück, kaum dass Herness sie aus dem Nachmittagsunterricht entlassen hatte. Bis zum Abendessen waren es noch gute drei Stunden, sodass ihnen genug Zeit blieb, sich mit seiner Geschichte zu befassen. Deleja ließ sich auf dem Boden nieder, lehnte sich mit dem Rücken an die Brüstung und sah ihn erwartungsvoll an. Shaan setzte sich neben sie und erzählte ihr so viel über den Kampf und seine Gesetzmäßigkeiten, wie er es wagte. Zu starke Parallelen zur Situation in Golgamat vermied er jedoch sorgsam aus Angst, die Regeln zu verletzen.

Die Fähigkeit der Shais, Menschen und Tiere unter ihren Willen zu zwingen, verschwieg er ebenso wie die Tatsache, dass sie die Magie ihres Gegenspielers spüren konnten. Und er verschwieg auch, dass die Shai'yinyal in seiner Geschichte genau wie die heutige alle Mädchen ermordet hatte, die im gleichen Monat wie die Lanhal geboren worden waren.

Was er hingegen erwähnte - wenn auch mit belegter Stimme - war die Möglichkeit, den Kampf zu beenden, indem die Shais die Inkarnation der Gegenseite töteten. Deleja zog die Stirn kraus, als sie davon hörte, und ein Frösteln lief über ihre schmale Gestalt.

„Hat die Shai'yinyal deiner Geschichte versucht, die Lanhal zu ermorden?“

Shaan nickte. „Ja, das versucht sie immer.“

„Was hat der Shai'lanhal dagegen unternommen?“

„Er versuchte, sie zu beschützen."

„Konnte er sie nicht warnen?"

„Nicht direkt. Er darf ihr nicht sagen, wer sie ist und warum sie in Gefahr schwebt."

„Und er darf auch nicht seine Magie zeigen, wenn sie in der Nähe ist?"

„So sind die Regeln. Wenn er es täte, wäre der Kampf für sie verloren."

Deleja runzelte noch stärker die Stirn. „Aber die Shai'yinyal kann ihre Magie gegen die Lanhal einsetzen?"

„Ja, aber auch sie wird es vermutlich nur versteckt tun. Würde die Lanhal den Angriff überleben, könnte sie durch den Einsatz der Magie, die gegen sie gerichtet war, ihre wahre Natur erkennen und sich gegen die Shai'yinyal wenden."

„Ist es nicht fast unmöglich für den Shai'lanhal, einen magischen Angriff der Shai'yinyal abzuwehren? Wenn er seine Kräfte nicht offen zeigen darf, sie aber im Grunde tun kann, was ihr beliebt, ist sie immer im Vorteil."

„Nicht unbedingt. Der Shai'lanhal kann seine Magie einsetzen, wenn die Lanhal es nicht bemerkt."

„Und wie?"

„Der Shai'lanhal meiner Geschichte ist einmal mit der Lanhal spazieren gegangen, als ein magischer Angriff erfolgte. Die Lanhal fiel in eine tiefe Erdspalte, die sich plötzlich vor ihr auftat. Der Shai'lanhal hat daraufhin das Grundwasser in der Spalte emporsteigen lassen, sodass die Lanhal aufgefangen wurde. Und als die Shai'yinyal die Spalte wieder schließen wollte, hat er das dazu benutzt, die Lanhal vom Wasser hinaustragen zu lassen. Sie hat nichts von seiner Magie bemerkt, immerhin war es durchaus denkbar, dass durch den Riss in der Erde ein unterirdischer Fluss aufgebrochen war. Und wenn sich ein mit Wasser gefüllter Raum schließt, weicht das Wasser aus. Es kann nicht zusammengepresst werden. Deshalb schienen der Lanhal die Ereignisse völlig natürlich zu sein. Gewundert hat sie sich lediglich über die Erdspalte, denn es hatte in jenem Teil des Landes seit vielen Jahren kein Erdbeben mehr gegeben."

Deleja schüttelte versonnen den Kopf. „Das ist wirklich übel. Wenn dem Shai'lanhal nicht die richtige Idee gekommen wäre, hätte die Shai'yinyal die Lanhal getötet und damit den Kampf gewonnen."

Shaan nickte bedrückt und versuchte, sie nicht die bange Furcht in seinen Augen sehen zu lassen.

„Ich weiß nicht, ob ich so einen Kampf durchstehen könnte", murmelte Deleja und warf einen ängstlichen Blick über die Schulter.

„Die Geschichten, die mein Vater mir erzählt hat, enden immer mit dem Sieg des Shai'lanhal und der Lanhal. Es ist ihnen stets gelungen, das Böse zu bezwingen."

Doch noch während er sprach, senkte er den Kopf, beschämt über seine Lüge. Es gab mehr als eine Überlieferung, in der ein Sarn das Versagen seines Sohnes und dessen Tod dokumentiert hatte, und es gäbe noch mehr, wäre nicht manchmal ein Sarn kurz nach Ende des Kampfes getötet worden. Das Zeitalter des Bösen suchte sich auch zu seinem Beginn seine Opfer überall.

Aber das konnte er Deleja nicht berichten. Er wollte sie nicht noch mehr ängstigen. Denn obwohl er seine Worte als Geschichte tarnte, bekam sie ziemlich oft eine Gänsehaut, wenn sie ihm zuhörte. Vielleicht spürte sie den wahren Kern hinter allem.

Deleja schwieg für eine Weile. „Dass die Shai'yinyal versucht hat, die Lanhal zu töten, wundert mich nicht", sagte sie schließlich zögernd. „Aber hat der Shai'lanhal im Gegenzug auch den Yinyal angegriffen?"

Shaan schluckte. „Nicht immer."

„Aber manchmal hat er es getan?"

„Ja."

Delejas Miene verdüsterte sich. „Das hätte ich nicht erwartet. Der Shai'lanhal steht doch auf der Seite des Guten! Wenn er den Yinyal tötet, solange dieser noch nichts von seiner Bestimmung weiß, ist es im Grunde nichts anderes als ein feiger Mord!"

Shaan riss erschrocken die Augen auf. „So solltest du das nicht sehen! Der Yinyal ist kein gewöhnlicher Mensch. Ihn zu töten bedeutet, die nächsten zwanzig Generationen zu retten!"

„Das mag sein, trotzdem passt es nicht zu den Helden, wenn sie einen Wehrlosen meucheln."

„Manchmal gibt es keine andere Wahl. Der Shai'lanhal versucht lediglich, die Lanhal zu schützen. Wenn er den Yinyal nicht ausschaltet, muss sie es tun!"

„Zu diesem Zeitpunkt würden sie beide aber bereits über das Wissen um ihre wahre Identität und über ihre Kräfte verfügen. Es wäre ein fairer, offener Kampf, und der ist einem hinterhältigen Mord auf jeden Fall vorzuziehen!"

Shaan blickte betreten zu Boden. „Ich fürchte, das Ende meiner Geschichte wird dir nicht gefallen."

Deleja zog ihre Knie enger an den Körper, als fröre sie. „Hat der Shai'lanhal den Yinyal *ausgeschaltet*?"

„Ja. Er fand heraus, wer er war, lockte die Shai'yinyal auf eine falsche Fährte, damit sie ihm nicht in die Quere kommen konnte, ging zum Haus, in dem der Yinyal wohnte, und tötete ihn."

„Das gefällt mir wirklich nicht! Seine Handlungsweise unterscheidet sich überhaupt nicht von der der Shai'yinyal! Helden sollten doch moralischer sein als die Bösen, die sie bekämpfen, oder nicht?"

Shaan biss sich auf die Lippe. Sein Vater hatte stets vehement behauptet, den Yinyal zu töten, wäre die einzig sinnvolle Vorgehensweise.

„Er hat es für die Lanhal und für das Glück der nächsten zwanzig Generationen getan", versuchte er, seinen Vorgänger zu verteidigen.

„Und was ist mit der Shai'yinyal geschehen?"

„Sie hat in dem Moment, in dem der Yinyal starb, ihre magischen Fähigkeiten verloren."

„Bestimmt hat sie die Niederlage nicht einfach so hingenommen."

„Nein, das hat sie nicht. Obwohl der Kampf entschieden war, hat sie aus purer Rachsucht versucht, die Lanhal trotzdem zu ermorden. Der Shai'lanhal hat sie davon abgehalten."

„Indem er sie ebenfalls getötet hat?"

„Ja. Das war der einzige Weg."

„War die Lanhal damit einverstanden?"

„Sie hat es nie erfahren. Als der Yinyal tot war, war der Kampf vorbei. Der Shai'lanhal hatte keinen Grund mehr, die Lanhal über ihre wahre Identität aufzuklären."

„Warum ist sie dann überhaupt geboren worden?"

„Es ging um sie. Wäre sie gestorben, wäre der Kampf verloren gewesen."

Deleja brummelte verstimmt in sich hinein. Shaan musterte sie verwirrt. Sein Vater war nie müde geworden, ihn mit vorwurfsvoll gerunzelter Stirn auf die Heldentaten seines direkten Vorgängers zu verweisen und dessen moralische Integrität und Kühnheit herauszustreichen. Der damalige Shai'lanhal hatte den Mut besessen, das Notwendige zu tun, eine Entschlossenheit, die ihm selbst, wie ihm schmerzlich bewusst war, gänzlich abging.

„Erzähl mir eine andere Geschichte", bat Deleja plötzlich. „Du hast gesagt, dass du sie in vielen Variationen kennst. Ich möchte eine hören, in der der Shai'lanhal sich darauf beschränkt, die Lanhal zu schützen und nicht ahnungslose Leute massakriert."

„Würde dir das besser gefallen?", fragte Shaan zaghaft.

„Ja, viel besser!"

Shaan überlegte. Er wusste von ein oder zwei Kämpfen, in denen es die Shais, so wie er heute, nicht fertiggebracht hatten, die Inkarnation der Gegenseite zu töten. Er hatte die Aufzeichnungen darüber eher zufällig in den Büchern entdeckt, da sein Vater sie ihm hatte vorenthalten wollen. Als er bemerkt hatte, dass er sie trotzdem las, hatte er es ihm verboten und war mit harschen Worten über das jämmerliche Versagen dieser verachtenswerten Shais hergezogen. Deshalb kannte er die Berichte nicht genau, begann jedoch trotzdem zu erzählen und schloss die Lücken, indem er seine eigenen Erfahrungen und Gefühle einflocht. Auf diese

Weise konnte er Deleja weit mehr von seinen Empfindungen mitteilen, als er je für möglich gehalten hatte. Es tat erstaunlich gut.

„Es bekümmerte den Shai'lanhal zutiefst, dass er es einfach nicht über sich brachte, den Yinyal zu töten", sagte er. „Er glaubte stets, er ließe die Lanhal im Stich, weil er derart passiv blieb. Die Shai'yinyal hingegen ging mit unmenschlicher Grausamkeit und Zielstrebigkeit zu Werke. Der Shai'lanhal hatte große Angst, dass die Lanhal sterben könnte, nur weil er zögerte, das Richtige zu tun."

Er berichtete ihr von mehreren Versuchen der Shai'yinyal, die Lanhal zu ermorden und wie knapp es dem Shai'lanhal jedes Mal gelungen war, sie zu schützen.

Deleja lauschte ihm angespannt, die Hände tief in den Stoff ihrer Kleidung gegraben. „Haben sie den Kampf gewonnen?"

„Ja. Als die Not am größten wurde, erkannte die Lanhal, wer sie war. Ihre Kräfte erwachten, und sie kämpfte gegen den Yinyal, der ebenfalls bereits seinen Platz eingenommen hatte. Und sie hat ihn besiegt."

Deleja strahlte über das ganze Gesicht. „Das ist gut."

Shaan fühlte sich genötigt, ihren Enthusiasmus zu bremsen. „Es hätte auch anders ausgehen können. Wenn die Lanhal nicht im letzten Augenblick ihre wahre Identität erkannt hätte, wäre der Shai'lanhal und gleich darauf auch sie selbst getötet worden. Dann hätte der Shai'lanhal versagt."

Deleja stemmte die Hände in die Hüften. „Es ist nicht fair, so zu denken! Er hat alles getan, was in seiner Macht stand, um die Lanhal zu schützen und ihr die Erkenntnis über ihr wahres Ich zu ermöglichen."

„Darauf kommt es nicht an. Was zählt ist, wer siegt. Oder würde es dir gefallen, die nächsten zwanzig Generationen in einer Welt zu leben, die vom Bösen kontrolliert wird?"

„Nein. Trotzdem heiligt der Zweck nicht die Mittel."

Shaan seufzte bekümmert. „Mein Vater würde genau das Gegenteil sagen."

Deleja schaute ihn eindringlich an. „Er hat unrecht! Glaub mir, Shaan, Väter wissen nicht immer alles besser!"

„Schon möglich", gab er ausweichend zurück.

„Ist der Shai'lanhal eigentlich nie in Versuchung gekommen, die Regeln zu brechen?", fragte Deleja plötzlich. „Als die Lage immer ernster wurde, hat er doch sicher daran gedacht."

Shaan schüttelte entschieden den Kopf. „Das glaube ich nicht. Es stand viel zu viel auf dem Spiel."

„Was wäre geschehen, wenn er es dennoch getan hätte?"

„Die Seite des Guten hätte den Kampf verloren."

„Das weiß ich. Aber *was genau* wäre passiert? Stürzt etwa der Himmel ein oder öffnet sich die Erde und verschlingt die Verlierer?"

Shaan schrak zusammen. „Ich ... ich weiß es nicht. Das ist in keiner der Geschichten vorgekommen."

„Vermutlich waren weder der Shai'lanhal noch die Shai'yinyal erpicht darauf, es herauszufinden, nicht wahr?"

„Wohl kaum."

„Das kann ich verstehen. Aber vielleicht wäre es gar nicht so schlimm. Vielleicht würde der Shai'lanhal lediglich seine Kraft verlieren."

„Unwahrscheinlich. Wenn es so wäre, könnte er noch immer den Yinyal töten, bevor er erwacht, und damit gewinnen."

Deleja runzelte die Stirn. „Du hast recht, so geht es nicht. Also werden vermutlich doch die Elemente in Aufruhr geraten."

Shaan zuckte unbehaglich die Achseln. „Wer mag das wissen?"

„Es ist deine Geschichte", neckte Deleja. „Du kannst sie verändern, wie es dir gefällt."

Shaan hob abwehrend die Hände. „Das geht nicht! Ich habe die Geschichten nicht frei erfunden. Mein Vater hat sie sich ausgedacht."

„Trotzdem könntest du dir die künstlerische Freiheit nehmen, sie abzuwandeln."

„Ich habe keine Ahnung von Kunst."

„Dafür kannst du sehr gut erzählen."

„Findest du?", fragte Shaan zweifelnd.

„Ja, und am liebsten würde ich mir alle Geschichten anhören, die dein Vater dir jemals erzählt hat."

„Das lässt sich machen."

Die Lüge schmeckte bitter auf seiner Zunge, denn er wusste, dass die Zeit dafür nicht ausreichen würde. Die Shai'yinyal konnte jederzeit erneut zuschlagen, weitere unschuldige Opfer fordern oder sogar Deleja selbst angreifen.

Deleja stieß ihn sachte an. „Was ist auf einmal los mit dir?"

„Es ist nichts."

„*Nichts*?", sagte Deleja gedehnt.

„Ich musste nur gerade an Liss denken.

„Mach dir keine Sorgen um sie. Es geht ihr schon viel besser."

„Deshalb ist sie aber noch lange nicht außer Gefahr", murmelte er düster.

Deleja riss erschrocken die Augen auf. „Du meinst, der Mörder könnte sie noch einmal angreifen? Aber du hast doch selbst gesagt, Golgamat sei groß! Es gibt noch so viele andere junge Mädchen, auf die er es abgesehen haben könnte!"

Shaan schüttelte ernst den Kopf. Offensichtlich war Deleja der Gedanke, die Shai'yinyal könnte Liss noch einmal attackieren, noch gar nicht gekommen. Es schien, als hätten die Freude über die wundersame Rettung ihrer Freundin und ihre Angst vor dem Mörder sie blind für die grausame Realität gemacht; als habe das Schreckliche in ihrem Leben derart überhandgenommen, dass sie vor der Möglichkeit, Liss könnte doch noch sterben, einfach die Augen verschlossen hatte, um nicht von ihrer eigenen Furcht überwältigt zu werden. Er holte tief Luft. „Du irrst dich. Der Mörder ist wie ein Wolf, der sich auf die Fährte eines verwundeten Rehs gesetzt hat. Er wird nicht eher aufgeben, bis er sein Ziel erreicht hat - oder selbst tot ist!"

Deleja krallte ihre Finger in seinen Arm. „Warum hast du nicht längst etwas gesagt? Du wusstest, dass Liss noch in Gefahr ist, und hast trotzdem geschwiegen!"

Shaan zuckte unter ihrem vorwurfsvollen Blick zusammen. „Ich ..."

Er brach gleich wieder ab. Er konnte es ihr nicht erklären, und im Grunde gab es tatsächlich keinen Grund für sein Schweigen. Die Theorie, dass ein verrückter Killer in Golgamat umging, war so weit von der Realität entfernt, dass er nicht zu fürchten brauchte, die Regeln zu verletzen, wenn er vor ihm warnte. Was natürlich nicht das Problem löste, dass er sich Misstrauen und kritischen Fragen aussetzte, wenn man von ihm die Quellen seines Wissens würde erfahren wollen und er die Antworten darauf schuldig bleiben musste.

Betroffen senkte er den Kopf. „Es ... es tut mir leid. Ich habe nicht daran gedacht."

„Es geht um Liss' Leben!", rief Deleja empört.

„Ich weiß." Seine Stimme war nur ein Hauch, der sich im Wind verlor.

Deleja ließ ihn los. „Wir müssen etwas unternehmen! Wir können nicht einfach nur dasitzen und abwarten, was passiert."

„Du willst das Kontor verlassen?"

„Ja. Liss ist meine Freundin. Ich muss sie warnen!"

„Du begibst dich leichtfertig in Gefahr."

Deleja lächelte dünn. „Ich werde mich eben wieder als Junge verkleiden."

„Und wenn das nicht ausreicht?"

„Das Risiko muss ich eingehen", antwortete Deleja entschlossen. „Außerdem werde ich nicht allein unterwegs sein."

Shaan furchte die Stirn. „Wen willst du mitnehmen?"

„Dich. Bitte, Shaan, komm mit!"

„Du willst wirklich, dass ich dich begleite?"

„Ja. Ich wüsste niemanden, den ich lieber dabei hätte."

Blut schoss Shaan in die Wangen. „Dein Vater traut mir nicht zu, dass ich dir im Ernstfall Beistand leisten kann."

Deleja schnaubte verächtlich. „Mein Vater hat auch nicht gesehen, wie du das Kind der Genades vor dem tobenden Hund gerettet hast. Wirst du mich begleiten?"

„Natürlich!"

Deleja atmete sichtlich erleichtert durch. Er tat es ihr gleich, wenn auch versteckt.

* * *

Wenig später eilten sie unter den warmen Strahlen der Nachmittagssonne dem Gasthof entgegen, in dem die Banagis nach dem Verlust ihres Hauses Unterschlupf gefunden hatten. Staubschleier wirbelten unter ihren schnellen Schritten auf und trieben behäbig durch die Luft, glitzernd und funkelnd wie Tausende von Glassplittern. In den zwei Tagen, die seit dem Regen vergangen waren, hatte sich der Staub in so großer Menge auf die Stadt herabgesenkt, als wäre er niemals fort gewesen.

Als sie den Gasthof erreichten, waren sie beide außer Atem, und ihre Kleidung klebte ihnen am Körper. Der Wirt, ein beleibter, mondgesichtiger Mann, begrüßte sie freundlich und wies ihnen auf ihre Frage hin den Weg zu den Zimmern der Banagis.

Shaan ging voraus, ließ jedoch nicht zu, dass Deleja mehr als einen Schritt hinter ihn zurückfiel. Gemeinsam stiegen sie die Treppe zu den Gasträumen hinauf.

Liss' Mutter öffnete ihnen, als sie an der Tür der Banagis klopften. Sie war eine kleine, magere Frau. Ihr Gesicht war eingefallen, und unter ihren verquollenen Augen lagen dunkle Ringe, als hätte sie mehrere Nächte nicht geschlafen. Deleja sog bei ihrem abgehärmten Anblick erschrocken Luft ein, doch Shaan berührte sie sachte am Arm. Noch musste nichts passiert sein. Sicher war Frau Banagi lediglich von dem Stress, den der Brand und die Sorge um ihre Tochter bedeutet haben mussten, gezeichnet.

Deleja trug ihr Anliegen vor. „Wir möchten zu Liss."

Liss' Mutter seufzte. „Sie ist leider nicht hier. Sie geht spazieren."

„Allein?", rief Shaan entsetzt.

„Nein, Talnin Sorko ist bei ihr. Er hat sie vor ein paar Minuten abgeholt."

Deleja machte große Augen. „Dann weiß ihr Vater ..."

Frau Banagi winkte rasch ab. „Nein, er hat keine Ahnung, und dabei soll es auch bleiben. Einer Mutter kann man allerdings nicht so leicht etwas vormachen. Ich weiß schon seit geraumer Zeit, dass Liss und Talnin sich lieben. Deshalb habe ich ihn kommen lassen. Ich dachte, seine Gesellschaft könnte zu Liss' Gesundung beitragen."

„Das tut sie ganz sicher", lächelte Deleja und wirkte erleichtert.

Shaan hingegen drängte es, sofort aufzubrechen. Talnin wäre trotz seiner körperlichen Stärke kein Hindernis für die Shai'yinyal, sollte sie Liss erneut attackieren. Er würde lediglich ein weiteres ihrer Opfer werden.

„Wo sind sie hingegangen?", fragte er, seine Anspannung mühsam unterdrückend, da er Frau Banagi nicht unnötig ängstigen wollte.

Liss' Mutter beschrieb ihnen die Richtung, und nachdem sie ihrer Hoffnung Ausdruck verliehen hatten, wie schön es doch wäre, die beiden zu treffen, machten sich Shaan und Deleja auf den Weg. Draußen auf der Straße begannen sie zu laufen. Sie mussten Liss und Talnin so schnell wie möglich finden!

Leider waren sie weiter gegangen, als Shaan erwartet hatte und als vermutlich gut für sie alle war. Erst mehrere Straßen vom Gasthof entfernt spürten sie Liss und Talnin schließlich auf. Die beiden saßen entspannt auf einer Bank, Talnin hatte den Arm um Liss gelegt, und sie schmiegte sich an ihn. Gemeinsam genossen sie die warmen Strahlen der Sonne.

Shaan ließ sich einen Schritt hinter Deleja zurückfallen und beobachtete konzentriert die Umgebung. Deleja eilte auf die beiden zu, die überrascht die Köpfe hoben, als sie sie heranhasten sahen, und blass wurden, als Deleja ihnen erklärte, warum sie gekommen waren.

Talnin stand abrupt auf. „Wir sollten sofort in den Gasthof zurückkehren!"

Liss sagte nichts, sah sich jedoch ängstlich um und klammerte sich an Talnins Arm fest, nachdem er ihr auf die Beine geholfen hatte. Sie stützte sich erschöpft auf ihn; die Brandwunden, die sie bei dem Feuer erlitten hatte, schwächten sie offenbar noch immer.

Trotzdem versuchte sie tapfer, so schnell wie möglich zu gehen, und auch Deleja und Talnin legten eine grimmige Eile an den Tag. Shaan sah keinem von ihnen in die Augen. Liss in den Gasthof zu bringen, war letztlich ein nutzloses Unterfangen. Sie war nirgends sicher, solange die Shai'yinyal ihren Tod wollte. Und nur er allein konnte sie beschützen. Dazu müsste sie allerdings in seiner Nähe bleiben, am besten sogar im Haus der Albites wohnen.

Kurz erwog er, einen entsprechenden Vorschlag zu machen, schwieg jedoch bedrückt. Erstens konnte er seine Ansicht nicht begründen, und zweitens wären ohnehin erhebliche Nachteile damit verbunden. Liss ins Kontor der Albites zu holen, bedeutete auch, die Angriffe der Shai'yinyal in Delejas Nähe zu lenken. So gern er Liss auch helfen wollte, das konnte er nicht verantworten. Die Banagis mussten selbst auf der Hut sein. Er würde noch einmal eindringlich auf sie einwirken. Am besten wäre es, wenn sie die Stadt verließen.

Schweigend und mit jeder Faser seines Körpers angespannt, ging Shaan voraus. Die drei anderen folgten ihm nach. Sie sagten ebenfalls kein Wort, er hörte lediglich Liss' leises Keuchen. Sie ließen eine Straße hinter sich, dann eine zweite und gelangten in eine schmale Gasse. Die Häuser standen hier so dicht beieinander, dass es nirgendwo eine Nische gab, und die Gasse selbst war so eng, dass es schien, als müsste man lediglich die

Arme ausstrecken, um die Mauern links und rechts zu berühren. Die hohen Giebel der Gebäude sperrten die Sonne aus, die sich allmählich dem westlichen Horizont entgegensenkte, und hüllten den vor ihnen liegenden Weg in ein dämmriges Zwielicht. Wie seltsame Lebewesen hingen hier und da metallene Schilder herab, die an langen Stangen in die Gasse hineinragten und auf eine Werkstatt oder den Laden eines Händlers aufmerksam machten, doch niemand schien Interesse daran zu haben.

Shaan bekam eine Gänsehaut, als er in den düsteren Schlund hineinspähte. Er sah kurz zurück und fing einen unsicheren Blick von Deleja auf. Sie hatte Angst. Er ebenfalls. Dieser Ort war perfekt für einen Hinterhalt. Trotzdem war es klüger, die Gasse schnell zu durchqueren, als sie zu umgehen, denn das hieße, einen längeren Umweg in Kauf zu nehmen, was wiederum die Gefahr für Liss vergrößern würde.

Tiefe Stille lastete über der Szenerie. Die Türen und Fenster ringsum waren geschlossen, ein ungewöhnliches Bild angesichts der warmen Witterung und doch die Regel, seit der Mörder die Stadt heimsuchte. Die meisten Menschen verließen ihre Häuser nur, wenn es unbedingt nötig war, und Kinder wurden überhaupt nicht mehr auf die Straße gelassen. Es war, als hätte sich ein Leichentuch auf Golgamat herabgesenkt und die Stadt in ein riesiges, stilles Grab verwandelt.

Shaan hielt sich leicht geduckt und versuchte mit seinen Blicken das Schattendunkel zu durchdringen. Intensiv starrte er in jeden Hauseingang und jedes Fenster, dem sie sich näherten, und lauschte gleichzeitig konzentriert nach innen, um sofort auf einen magischen Angriff reagieren zu können.

Doch nichts geschah. Lediglich ihre Schritte und angespannten Atemzüge klangen dumpf durch die unbewegte Luft, als würden sie von der Düsternis ringsum aufgesogen werden. Sie gingen weiter, passierten Haus um Haus. Als sie die Gasse halb durchquert hatten, war hinter ihnen plötzlich das Klappern von Pferdehufen zu hören, das hohl von den Mauern der Gebäude widerhallte.

Shaan fuhr erschrocken herum, sah am Ende der Gasse das Pferd, den Reiter – und ein Mädchen, eine schmale Gestalt mit wallendem, schwarzem Haar. Ihr Gesicht war lediglich ein Schatten in der Dämmerung. Sie trat auf den Reiter zu und sagte etwas zu ihm, während sie gleichzeitig wie beiläufig eine Hand auf den Hals des Pferdes legte.

In der gleichen Sekunde spürte er die Magie der Shai'yinyal. Sie war es! Sie war das Mädchen beim Pferd!

Shaan begann zu laufen. Im selben Moment sprang die Shai'yinyal zurück, das Pferd stieß ein schrilles Wiehern aus, bäumte sich auf und warf seinen Reiter ab. Einen Wimpernschlag später fiel es krachend auf die Vorderhufe zurück und setzte zum Galopp an.

Für eine endlose Sekunde war Shaan wie erstarrt, während seine Gedanken wild durcheinanderwirbelten. Es war offensichtlich, warum die Shai'yinyal diesmal keinen Menschen geschickt hatte. Er und Talnin hätten ihn mit großer Sicherheit überwältigen können. Doch wie in aller Welt sollte er ein *Pferd* aufhalten? Er durfte nicht einmal seine Magie einsetzen. Die Shai'yinyal war zu nahe. Sie würde sofort wissen, dass er der Shai'lanhal war, wenn er auch nur einen einzigen Funken Magie beschwor.

„Lauft!", schrie er den anderen zu. „Rennt zum nächsten Hauseingang!"

Talnin zögerte, doch Deleja reagierte sofort und warf sich herum. Talnin hob Liss auf seine Arme und hastete hinterdrein. Shaan hörte, wie Deleja mit ihren Fäusten an eine Tür hämmerte und lautstark um Einlass bat. Niemand öffnete.

Fluchend biss er die Zähne aufeinander. Sie hatten keine Zeit mehr. Die Hufe des Tieres donnerten in einem albtraumhaften Stakkato über das Pflaster. Es preschte mit wild rollenden Augen auf sie zu, die Zähne gefletscht wie ein Wolf auf der Jagd. Es würde nicht eher stoppen, bis es sie in Grund und Boden getrampelt hatte.

Deleja und die anderen eilten zur nächsten Tür weiter, doch das Pferd war bereits viel zu nahe. Es würde sie erreichen, bevor sie dort klopfen konnten.

Shaan zögerte nicht länger. Er sprang brüllend vor, stellte sich dem Tier genau in den Weg und riss die Arme hoch.

„Shaan, bist du wahnsinnig geworden?", schrie Talnin. „Geh weg da!"

Shaan hörte nicht auf ihn. Im Stillen betete er darum, dass das Pferd sich überhaupt von ihm ablenken ließ. Es war gut möglich, dass die Shai'yinyal ihm befohlen hatte, allein die Mädchen anzugreifen.

Doch es reagierte, bäumte sich wiehernd vor ihm auf und schlug mit seinen Vorderhufen nach ihm. Shaan wich hastig zurück. Die wirbelnden Hufe zischten nur Zentimeter an seinem Kopf vorbei. Blasiger Schaum sprühte von den Nüstern des Pferdes, und in seinen Augen flackerte pure Mordlust. Wieder trat es nach ihm, wieder wich er gerade noch rechtzeitig zurück.

Aus dem Augenwinkel behielt er Deleja, Liss und Talnin im Blick. Sie hetzten von Tür zu Tür, doch niemand ließ sie ein. Ohne dass er es verhindern konnte, drängte ihn das Pferd immer dichter an sie heran.

Shaan ballte die Fäuste. Er musste endlich etwas unternehmen! Er durfte nicht länger passiv bleiben!

Entschlossen stürzte er auf das Pferd zu und versuchte, nach den Zügeln zu greifen. Er bekam sie zu fassen, aber das Tier bäumte sich sofort wild auf und riss sie ihm mit einem harten Ruck wieder aus den Händen. Gleichzeitig trat es erneut nach ihm.

Shaan warf sich nach hinten, war jedoch viel zu langsam. Ein Huf krachte gegen seine Brust, trieb ihm alle Luft aus den Lungen und schleuderte ihn zurück wie eine Puppe. Er prallte hart gegen eine Hauswand und sackte haltlos zu Boden.

Das Pferd bäumte sich schrill wiehernd über ihm auf. Shaan starrte es an wie einen Geist. Schaum von den Nüstern wehte ihm ins Gesicht, Hufe schlugen tödliche Bögen dicht über seinem Kopf, doch er war zu benommen, um handeln zu können. Deleja kreischte entsetzt auf, als sich der massige Leib des Tiers auf ihn herabsenkte, die Hufe zum finalen Hieb vorgestreckt.

In dem Moment war Talnin heran. Er ergriff beherzt die Zügel und riss den Kopf des Pferdes grob zur Seite. Das Pferd, offenbar überrascht von der unerwarteten Attacke, tänzelte auf den Hinterbeinen ein paar Schritte nach links, krachte dann nur einen halben Meter von Shaan entfernt mit den Vorderhufen wuchtig auf das Pflaster.

Seine Augen suchten den neuen Gegner, fanden ihn, und sofort stürmte es wie ein gestaltgewordener Dämon auf Talnin zu. Doch der war auf der Hut. Er wich den Tritten und schnappenden Zähnen geschickt aus, ohne die Zügel loszulassen, und zwang das Tier von Shaan fort.

Das Pferd gebärdete sich wie toll. Immer wieder stieg es auf die Hinterbeine und versuchte, den Körper seines Gegners zu zerschmettern, sodass es selbst Talnin immer schwerer fiel, es festzuhalten. Mit verschleiertem Blick und seltsam entrückt, als habe das alles nichts mehr mit ihm zu tun, verfolgte Shaan die verzweifelten Bemühungen des Gehilfen. Talnins Armmuskeln zitterten, und sein angestrengtes Keuchen wurde lauter und abgehackter.

Plötzlich riss sich das Pferd los, bäumte sich erneut hoch auf - und krachte mit dem Kopf gegen eines der Schilder, die hier und da an Stangen in die Straße hineinragten. Ein markerschütterndes Knirschen mischte sich mit einem metallischen Scheppern, dann stieß das Tier ein jammervolles Röcheln aus und stürzte zu Boden wie vom Blitz getroffen. Als schwere, reglose Masse blieb es liegen.

Tiefe Stille senkte sich über die Gasse, dann näherten sich schnelle Schritte und mit ihnen der händeringende Besitzer des Pferdes.

„Was hast du nur getan?", kreischte er. „Du hast mein Ross getötet!"

Talnin lief rot an. „Euer Ross hätte uns beinahe *plattgemacht*! Ich habe nur versucht, es aufzuhalten!"

„Aber doch nicht so! Du hast ihm das Genick gebrochen! Ich habe gesehen, wie grob du am Zügeln gerissen hast."

„Wenn es sich den Hals gebrochen hat, dann wohl eher, weil es gegen das Schild gestoßen ist. Und es wäre nicht dagegen gestoßen, wenn es sich nicht wie ein tollwütiger Hund auf uns gestürzt hätte!"

Der Streit ging noch weiter, doch die Worte versanken für Shaan im Nebel. Dichte Schleier waberten vor seinen Augen. Er erkannte kaum Deleja, die zu ihm eilte und neben ihm niederkniete.

„Shaan, bist du verletzt?"

„Ich ... ich bekomme keine Luft", presste er mühsam hervor. Seine Brustmuskulatur war steif wie ein Brett. Sie wollte sich nicht weiten, weigerte sich, Atem in seine Lunge zu lassen.

„Ich ersticke", röchelte er panisch, versuchte, sich aufzurichten, schaffte es jedoch nicht.

Er sah nicht, was Deleja tat, spürte nur ihre Hände auf seiner Brust. Ihre Finger bohrten sich tief in seine Muskulatur. Shaan schrie vor Schmerz, bäumte sich auf, fiel aber gleich wieder zurück und keuchte. Und wie durch ein Wunder vermochte er plötzlich wieder normal zu atmen. Was auch immer Deleja getan hatte, sie hatte die Starre seiner Muskulatur durchbrochen. Gierig schnappte er nach Luft wie ein Ertrinkender, der von den Wellen halb tot an den Strand gespült worden war.

Deleja sah zaghaft auf ihn herab. „Ich ... ich wollte dir nicht wehtun", sagte sie leise.

Shaan winkte matt ab. „Das hast du nicht. Wie hast du das nur gemacht?"

„Linari hat mir den Griff beigebracht", erwiderte Deleja und musterte ihn unsicher. „Hat er wirklich geholfen?"

„Das hat er."

Sie seufzte erleichtert. „Kannst du aufstehen?"

Shaan spähte zum Ende der Gasse. Die Shai'yinyal war natürlich längst fort. „Ich muss", knurrte er.

Er ließ zu, dass Deleja ihn auf die Beine zog, aber als sie seinen Arm nahm und um ihre Schulter legen wollte, zuckte er zurück, als hätte er sich verbrannt.

Deleja sah ihn flehend an. „Bitte, Shaan, ich will dir doch nur helfen!"

Er zögerte. Er konnte eine Stütze wahrhaftig gut gebrauchen, trotzdem kam es ihm fast wie ein Sakrileg vor, der Lanhal so nahe zu sein. Er sollte *ihr* helfen, nicht umgekehrt!

Deleja nahm ihm die Entscheidung ab. Sie griff erneut nach seinem Arm, legte ihn entschlossen um ihre Schulter und umfasste gleichzeitig seine Hüfte. Shaan erschauerte.

Talnin hatte inzwischen den trauernden Pferdebesitzer abgewimmelt und kam gemeinsam mit Liss zu ihnen herüber. Die beiden musterten ihn besorgt.

„Ist es schlimm?", fragte Talnin.

„Ich weiß es nicht", gab Shaan gepresst zurück. Seine Brust schmerzte höllisch.

Talnin begann, fachmännisch seine Rippen abzutasten. Gleich darauf erhellte ein Lächeln sein Gesicht. „Du scheinst dir nichts gebrochen zu haben. Weißt du eigentlich, was für ein Glück du gehabt hast? Als der Huf dich traf, dachte ich schon, es wäre vorbei."

„Ich habe noch versucht, dem Tritt auszuweichen", sagte Shaan matt in dem halbherzigen Bemühen, nicht gänzlich wie ein Trottel dazustehen.

„Was dir vermutlich das Leben gerettet hat. Warum hast du dich dem Gaul überhaupt in den Weg gestellt?"

„Er war eine Gefahr für uns. Ich wollte ihn von Deleja und Liss ablenken."

Talnin schürzte die Lippen. „Er ist durchgedreht, zugegeben, aber es wäre nicht nötig gewesen, dass du ihm genau vor die Hufe springst. Er hätte uns vermutlich nicht einmal beachtet."

„Das glaube ich nicht", erwiderte Shaan. Deleja wandte sich ihm zu, doch er mied ihren Blick. „Er war völlig außer sich."

„Nur weil du ihm den Weg abgeschnitten hast", tadelte Talnin. „Offenbar hast du keine Ahnung von Pferden."

Shaan biss die Zähne so fest aufeinander, dass sie knirschten, und schwieg.

„Können wir das nicht später diskutieren?", mischte sich Deleja ein. „Ich möchte so schnell wie möglich in den Gasthof zurück."

Dem stimmten sie alle zu. Auf dem Weg unterhielten sich Liss und Talnin leise über die Ereignisse, und auch Deleja sagte ab und an etwas dazu, er selbst jedoch verlor kein Wort mehr, sondern versank in erbitterten Vorwürfen und schwärzester Resignation. Er hatte wieder einmal versagt. Ohne Talnin wäre er jetzt tot, und auch für Deleja hätte es das Todesurteil bedeutet.

Und das Schlimmste war, dass er nicht einmal jetzt wusste, wie er klüger hätte handeln können. Nur mit Mühe konnte er ein gequältes Stöhnen unterdrücken. Er taugte wahrlich nicht zum Shai'lanhal, wenn er nicht einmal mit einem schnöden Pferd fertig wurde.

* * *

Als sie den Gasthof erreichten, versuchte Shaan, Liss' Mutter seine Überzeugung nahezubringen, dass möglicherweise der Mörder das Haus der Banagis in Brand gesetzt hatte und Liss noch immer in Gefahr sein könnte. Obwohl sich auf ihrem Gesicht Sorge und Zweifel die Waage hielten, versprach Frau Banagi, so bald wie möglich für ihre Familie eine neue Wohnung zu suchen.

Als er jedoch vorschlug, Golgamat ganz zu verlassen, verhärtete sich ihre Miene. Sie glaubte offensichtlich, sich in der Stadt selbst ausreichend schützen zu können. Und Liss schlug sich auf ihre Seite. Ebenso wie in

Delejas Familie standen bei den Banagis Vernunft und Besonnenheit höher im Kurs als tumber Aberglaube und Weltuntergangshysterie.

Shaan wünschte, er könnte ihnen die Wahrheit offenbaren. Sie begriffen einfach nicht, wie groß die Gefahr tatsächlich war. Und inzwischen war nicht mehr nur Liss, sondern auch Talnin ein potenzielles Ziel der Shai'yinyal, denn da nur noch Liss und Deleja von den acht Mädchen am Leben waren, musste eine von ihnen die Lanhal sein - und damit er oder Talnin der Shai'lanhal, denn sie begleiteten die beiden Mädchen auf Schritt und Tritt.

Shaan brütete dumpf vor sich hin, während er gemeinsam mit Talnin und Deleja zum Kontor zurückschlurfte. In der Gasse hatte er komplett versagt. Er war dem Pferd entgegengelaufen wie ein Narr, während Talnin besonnen gehandelt hatte und bei den Mädchen geblieben war, er war tölpelhaft gegen die Wand geschleudert worden, während Talnin dem Pferd und seinen Tritten geschickt ausgewichen war, und er hatte hilflos im Staub gelegen, während Talnin das Tier sicher am Zügel gepackt und niedergerungen hatte. All das musste die Shai'yinyal glauben lassen, Talnin sei der Shai'lanhal.

Ohne Zweifel hatte sie alles genau beobachtet. Mit dem Pferd hatte sie nicht den Kampf endgültig entscheiden wollen, sondern lediglich einen Test durchgeführt. Sie hielt sich im Verborgenen, lotete unerkannt seine Kraft und seinen Einfallsreichtum aus und versuchte, seine Identität zu ergründen, ohne ihre eigene preisgeben zu müssen. Erst wenn sie sich sicher war, wer der Shai'lanhal und wer die Lanhal war, würden die harmlosen Geplänkel enden und ein ernsthafter Angriff erfolgen.

Im Augenblick würde dieser Angriff jedoch Liss Banagi anstelle von Deleja treffen, und er wäre gleichzeitig gegen Talnin gerichtet. Er war in der Gasse so souverän aufgetreten, wie es eigentlich von dem Shai'lanhal zu erwarten gewesen wäre. Die Shai'yinyal hatte gesehen, wer stand und wer fiel. Daraus würde sie ihre Schlüsse ziehen.

Bekümmert warf Shaan Talnin einen verstohlenen Blick zu. Liss' Freund war selbstsicher, strahlte Kraft und Zuversicht aus. So müsste er selbst sein, und nicht so schwach, zaghaft und langsam, wie er es bedauerlicherweise war. Doch auch die größte Zuversicht und körperliche Stärke würden Talnin nichts nützen, sobald sich die Shai'yinyal gegen ihn wandte. Gegen sie konnte er nicht bestehen.

Als sie das Kontor erreichten, schickte sich Deleja an, ins Haus zu gehen.

„Ich komme gleich nach", erklärte Shaan, als sie bemerkte, dass er ihr nicht folgte, und sich fragend zu ihm umdrehte.

Sie zögerte. „Es wäre besser, wenn du nicht mehr zu lange herumtrödelst. Linari sollte die Prellung sofort versorgen."

„Ich werde zu ihr gehen."

„Ist das ein Versprechen?"

„Ja."

„Noch vor dem Abendessen?"

Sie warfen beide einen Blick zum Himmel. Während sie Liss gesucht und schließlich zum Gasthof zurückgebracht hatten, war die Dämmerung endgültig hereingebrochen. Der Abend nahte, und damit auch das gemeinschaftliche Essen mit der Familie Albite.

Shaan nickte erneut. Erst jetzt war Deleja zufrieden und ging ins Haus.

Als sie außer Hörweite war, wandte sich Shaan an Talnin. „Die Banagis sollten *ernsthaft* darüber nachdenken, die Stadt zu verlassen. Vermutlich sind sie erst dann sicher vor dem Mörder."

Talnin nickte. „Ich weiß. Ich werde mit Liss' Mutter noch einmal darüber sprechen. Ich möchte auf keinen Fall, dass Liss etwas geschieht. Am liebsten wäre ich auch jetzt bei ihr."

„Du könntest mit ihr gehen."

„Das ist unmöglich. Ich muss schließlich meine Arbeit erledigen."

„Es wäre aber besser für dich. Du bist ebenfalls in Gefahr."

Talnin riss verblüfft die Augen auf. „Ich?"

„Ja."

„Und wieso?"

„Du bist Liss' Freund, und der Mörder hat bereits mehrfach junge Männer in der Umgebung der Mädchen umgebracht. Bei Vanara Welda war es ihr Verlobter, bei zwei anderen der Bruder."

„Dahinter kann ich noch kein Muster erkennen. Manchmal hat der Mörder eine gesamte Familie ausgelöscht, und manchmal nur ein Mädchen. Ich für meinen Teil bin noch nicht einmal davon überzeugt, dass der Kerl es tatsächlich auf Mädchen wie Liss abgesehen hat."

„Aber so ist es!"

„Warum bist du dir so sicher?"

Shaan zögerte. „Es ... ist ein Gefühl."

„Das ist ein bisschen wenig, findest du nicht?"

„Manchmal ist es das Einzige, worauf wir uns verlassen können."

„Ich verstehe deine Sorge, aber ich bin nicht gerade wehrlos."

„Der Mörder ist stark."

Talnin verschränkte betont die Arme vor der Brust. „Das bin ich auch."

„Trotzdem solltest du zusammen mit den Banagis die Stadt verlassen! Bei einem dritten Angriff könntest du getötet werden!"

„Ein *dritter* Angriff? Bisher gab es nur das Feuer, und selbst da ist nicht sicher, ob der Mörder dafür verantwortlich ist."

Shaan überlegte fieberhaft. Es war nicht einfach, den heutigen Angriff der Shai'yinyal zu erklären, ohne ihre Magie zu erwähnen, aber er musste sich etwas einfallen lassen. Talnin würde nicht auf ihn hören, wenn er die Gefahr nicht deutlich genug herausstrich.

„Denk an das Pferd, das auf uns losgegangen ist. Das war kein Zufall."

Talnin runzelte die Stirn. „Es gibt bessere Wege, um jemanden umzubringen."

„Sicher gibt es die, aber ich habe bei dem Pferd eine Gestalt gesehen."

„Wen?"

„Ich konnte sie nicht genau erkennen, aber kaum war sie fort, ging das Pferd durch."

„Das überzeugt mich nicht. So etwas kann passieren. Viele Pferde mögen Städte nicht und sind deshalb nervös."

Shaan fing an zu schwitzen. „Du hast gesagt, dass du dich mit Pferden auskennst. Das Tier in der Gasse war nicht einfach nur nervös oder hatte Angst, es war wild und aggressiv, fast blutgierig!"

Talnin hob die Schultern. „Selbst so etwas kann vorkommen. Der Besitzer kam mir nicht gerade wie der ideale Pferdehalter vor. Vielleicht hat er Fehler in der Erziehung gemacht oder das Tier sogar misshandelt. Das ist dann wie eine brennende Zündschnur. Irgendwann kommt es zur Explosion. Ich habe so etwas bereits erlebt."

„So etwas wie heute sicher nicht."

„Es kam dem sehr nahe."

„Aber es war der Mörder! Er hat das Tier aufgehetzt!"

„Ein Pferd ist kein Mensch, Shaan. Ich wüsste nicht, wie man es dazu bringen sollte, auf Kommando einen Tobsuchtsanfall zu bekommen, wenn es eigentlich friedlich gestimmt ist."

Shaan fluchte in Gedanken, weil er wieder gezwungen war zu schweigen, beugte sich vor und fasste Talnin am Arm. „Bitte hör auf mich! Du bist in Gefahr und solltest besser heute noch gehen!"

Talnin entzog sich ihm. „Ich sagte bereits, das ist unmöglich. Ich kann meine Stellung im Haus Albite nicht einfach aufgeben. Meine Zukunft hängt davon ab. Ich kann Liss nur dann heiraten, wenn ich hierbleibe und mir einen guten Posten erarbeite."

„Du wirst sie nicht heiraten können, wenn du tot bist."

Talnin lachte. „Du siehst das alles viel zu schwarz. Aber ich verspreche dir, dass ich auf der Hut sein werde."

Damit ließ er Shaan stehen und schlenderte über den Hof davon. Shaan sah ihm bekümmert nach. Einfach nur achtsam zu sein, würde gegen die Shai'yinyal bei Weitem nicht genügen.

* * *

Eine Stunde später kam die gesamte Familie zum Abendessen im Speisezimmer zusammen. Deleja hatte Shaan nicht mehr gesehen, seit sie sich im Hof von ihm getrennt hatte, deshalb warf sie ihm einen eindringlichen Blick zu. Er nickte leicht, also hatte er sein Versprechen gehalten und sich von Linari verarzten lassen.

Deleja seufzte erleichtert, ließ ihn aber dennoch nicht aus den Augen. Sein Gesicht wirkte schmal, seine Wangen waren eingefallen, und sein Blick war verschleiert, als würde er jeden Moment eindösen. Er musste noch immer starke Schmerzen haben.

Ihr Magen krampfte sich zusammen, wann immer sie daran dachte, wie er von der Wucht der auskeilenden Hufe zurückgeschleudert worden und verkrümmt liegengeblieben war. Vielleicht wäre er sogar erstickt, wenn sie ihm nicht geholfen hätte. Seine Lippen waren bereits blau angelaufen und sein Gesicht fahl wie eine Wasserleiche gewesen, als sie zu ihm geeilt war. Zum Glück kannte sie einige der Kniffe und Tricks, mit denen Linari hin und wieder Angestellte des Kontors nach einem Unfall wieder auf die Beine brachte, ansonsten hätte es übel ausgehen können.

Das Essen verlief ruhig. Ihr Vater unterhielt sich mit Herness über die geschäftlichen Ereignisse des Tages. Deleja verfolgte ihr Gespräch nur mit geringer Aufmerksamkeit, und Vanajas und Inhiras penetrantes Getuschel beachtete sie überhaupt nicht. Die beiden hatten ohnehin nichts zu sagen, was das Zuhören lohnte. Nach einer Weile wandte sich ihr Vater von Herness ab und Shaan zu.

„Ich hörte, du wolltest heute wieder einmal eine Heldentat vollbringen."

Shaan sah von seinem Teller auf, suchte offenbar nach den richtigen Worten.

„Man könnte es auch Dummheit nennen. Nur ein Narr stellt sich einem tobenden Pferd in den Weg", raunte Vanaja Inhira zu und kicherte schadenfroh.

Shaan errötete bis zu den Haarwurzeln. „Das Pferd raste auf Deleja und Liss zu. Ich habe nur versucht, es von ihnen abzulenken."

Ihr Vater musterte Shaan prüfend und schüttelte tadelnd den Kopf. „Das ist dir gelungen."

Shaan senkte den Blick.

„Hör mal, Shaan. Ich weiß, dass du mir versprochen hast, auf Deleja achtzugeben, und du hast heute viel Mut gezeigt, aber vielleicht solltest du in nächster Zeit etwas vorsichtiger sein. Vor ein paar Tagen hast du dich mit einem wild gewordenen Hund angelegt, der dir beinahe den Kopf abgebissen hätte, beim Feuer hast du dir eine Verbrennung und eine Rauchvergiftung zugezogen, und heute hättest du dir mehr als nur ein paar Rippen brechen können."

Linari klapperte mit zwei Töpfen und zog so alle Aufmerksamkeit auf sich. „Shaan hat sich nichts gebrochen. Er hat nur eine Prellung", warf sie hilfreich ein. „Mit ein wenig Pflege und Salbe wird er bald wieder durch die Gegend springen wie ein junges Kätzchen!"

„Trotzdem kann es so nicht weitergehen! Shaan, du bringst dich ständig in Gefahr. Wohin soll das noch führen?"

Shaan blickte unvermittelt auf, aber er sah nicht ihren Vater, sondern Deleja an. Seine dunklen Augen glänzten wie tiefe Seen im Mondlicht.

„Du musst besser auf dich achtgeben", mahnte ihr Vater, und auch Herness nickte ernst.

„Das werde ich", versprach Shaan. Er sah sie noch immer an. Schwere Gedanken huschten wie Schatten über sein Gesicht und ließen es älter wirken, als es mit seinen 15 Jahren eigentlich sein sollte.

Deleja nagte auf ihrer Unterlippe. So gern hätte sie gewusst, was in ihm vorging. Wenn er doch nur mit ihr reden würde! Aber direkten Fragen wich er aus wie eine schlüpfrige Forelle, ließ sich auf nichts festnageln; es blieb ihr also nur, sich mit ihm über seine Geschichte zu unterhalten.

Nun, das war immerhin etwas. Es war zwar bloß ein Märchen, aber ganz sicher steckte ein wahrer Kern darin. In seiner Geschichte ging es schließlich um den Kampf zwischen Gut und Böse, und an die Existenz dieser Kräfte glaubte sie – seit Shaan bei ihnen wohnte und seit der Mörder in Golgamat sein Unwesen trieb. Shaan setzte sich eindeutig für das Gute ein, war vielleicht sogar zum Kämpfer gegen das Böse erwählt worden. Ganz bestimmt war, die Geschichte zu erzählen, seine Art, sich ihr zu offenbaren. Wenn sie nur mehr davon kannte, würde sie schon herausfinden, wie sie mit den Ereignissen in der Stadt verknüpft war.

„Ach, Deleja, ehe ich es vergesse", sagte ihr Vater plötzlich. „Trist war vorhin hier."

Deleja verschluckte sich an dem Bissen, den sie sich gerade hatte in den Mund schieben wollen, und hustete heftig. Linari klopfte ihr sachte auf den Rücken.

„Tatsächlich?", brachte sie schließlich keuchend hervor und stöhnte innerlich. Hatte Trist nicht auf dem Fest lautstark verkündet, er würde sie nicht mehr besuchen, solange Shaan bei ihnen wohnte? Soviel zu seinem gekränkten Stolz!

„Was wollte er?", fragte sie so kühl, dass ihr Vater irritiert eine Braue hob.

Doch gleich darauf lächelte er schon wieder. „Er wollte dich sehen, Kind. Vielleicht möchte er mit dir einen neuen Termin für die Verlobung ausmachen. Wäre das nicht schön?"

Er strahlte übers ganze Gesicht wie ein kleiner Junge, der gerade seine Geburtstagsgeschenke auspackt.

Deleja nickte steif, nicht in der Lage, irgendetwas Geistreiches von sich zu geben.

Ihr Vater schaute sie mit bedeutungsschwangerer Miene an. „Trist kommt nach dem Abendessen noch einmal wieder. Halte dich für seinen Besuch bereit."

Deleja knirschte mit den Zähnen. Das passte ihr gar nicht. Mit Shaan zu reden war wichtiger, als Trists hohles Geschwätz über sich ergehen zu lassen - oder seine...

Sie fröstelte, sah dann trotzig auf. „Er kann mich auf der Terrasse finden."

Es war ihr egal, ob Trist kam oder nicht! Auf ihre Unterhaltung mit Shaan würde sie keinesfalls verzichten.

Ihr Vater runzelte die Stirn und wandte sich Shaan zu. „In diesem Fall wäre es wohl besser, wenn du dich heute Abend von der Terrasse fernhältst."

Shaan erstarrte, als habe ihm gerade jemand ein Messer zwischen die Rippen gedrückt, und auch Deleja wurde der Hals eng. Unter gar keinen Umständen wollte sie mit Trist allein sein!

„Warum denn?", rief sie überhastet und bemühte sich verzweifelt um eine unschuldige Miene. „Wenn Shaan und Trist sich treffen, wäre das eine gute Gelegenheit, den Streit zwischen ihnen aus der Welt zu räumen."

„Wärst du dazu bereit?", fragte ihr Vater Shaan skeptisch.

Deleja sah Shaan eindringlich an und hoffte, dass er sie auch ohne Worte verstand.

Shaan straffte sich. „Wenn Ihr es wünscht, werde ich mich mit ihm versöhnen."

„Das wäre schön, Junge. Euer Streit hat mich tief bekümmert. Delejas Glück sollte wichtiger sein als irgendwelche kleinlichen Zwistigkeiten, findest du nicht?"

„Ja."

„Gut, dann kannst du gemeinsam mit Deleja auf Trist warten. Aber denk immer an das, was ich auf dem Fest zu dir gesagt habe. Ich habe jedes Wort ernst gemeint."

Deleja erschrak, Shaan jedoch blieb völlig ruhig. „Nichts anderes hätte ich erwartet."

Seine Augen glänzten in tiefer Entschlossenheit.

Deleja schluckte nervös. Sie wusste nicht, ob sie gerade eine Dummheit begangen hatte oder nicht. Ihr Wunsch, nicht mit Trist allein zu sein, brachte Shaan in eine prekäre Lage. Falls Trist erneut zudringlich werden sollte, würde Shaan sicher nicht tatenlos zusehen, ganz gleich, welche Folgen das für ihn selbst haben mochte, und ihr Vater würde ihn daraufhin womöglich tatsächlich aus dem Haus jagen. Es sei denn, sie überwand dieses Mal ihre Feigheit und ließ nicht wieder andere für ihre Schwäche büßen.

Bilder zogen vor ihrem inneren Auge vorbei, Erinnerungen an Shaans Mut und Opferbereitschaft. Und da wusste sie, was sie tun musste. Falls

Trist die Grenze des Anstandes erneut überschritt, würde *er* die Konsequenzen tragen und nicht Shaan.

* * *

Seine Gefühle glichen düsteren Gewitterwolken, als Shaan Deleja nach dem Abendessen auf die Terrasse begleitete. Das Meer erstreckte sich wie ein rotgoldener Teppich unterhalb der Brüstung von der Hafenanlage bis zum Horizont. Im leichten Wind tanzten Seemöwen über den Wellen, und am dunkelblauen Himmel erschienen langsam die ersten Sterne. Es war ein schöner, friedlicher Anblick, und doch war sein Herz im Moment gänzlich unempfänglich dafür, verschloss sich grimmig jeder Art der Tröstung und nährte stattdessen eiserne Entschlossenheit.

Deleja stand an der Brüstung, hatte ihre Hände auf den rauen Stein gelegt und sah gedankenverloren auf die Weiten Gols hinab. Shaan sah, wie es in ihrem Gesicht arbeitete.

Wachsam blickte er zur Tür, und wie von selbst ballten sich seine Hände zu Fäusten. Gleichgültig, ob es Morujan Albite nun gefiel oder nicht, er würde bei Deleja bleiben. Um nichts in der Welt hätte er sie mit dem potenziellen Yinyal allein gelassen, wenn er schon nicht dazu in der Lage war, ihn unschädlich zu machen.

Ein dumpfer Schmerz durchzog seinen Magen, und seine Augen begannen zu brennen. Vermutlich könnte er Trist nicht einmal dann töten, wenn er ohne jeden Zweifel gewusst hätte, dass er der Yinyal war. So war er eben - zu schwach und unvollkommen für die bedeutungsvolle Aufgabe, die auf seinen Schultern lastete.

Trist kam früher, als Shaan erwartet hatte. Deleja und er standen noch keine zehn Minuten auf der Terrasse, als seine hochgewachsene Gestalt in der Türöffnung erschien. Seine Lippen bildeten einen schmalen Strich, seine Miene war eine Maske aus Hochmut und Verachtung.

Shaan trat mit zwei schnellen Schritten zwischen Deleja und Trist. Madala Olvives Sohn zog die Brauen zusammen; sein eisiger Blick schien Shaan erdolchen zu wollen.

„Shaan Bajanare“, knurrte er abfällig. „Delejas Vater hat mich vorgewarnt, dass ich dich hier treffen würde. Gibt es nicht irgendwo eine Heldentat, die du vollbringen müsstest?“

Shaan drückte den Rücken durch. „Ich bin dort, wo ich sein möchte.“

Trist fixierte ihn wie ein Raubtier die Beute. „Das glaube ich dir aufs Wort. Du lässt keine Gelegenheit aus, dich aufzuspielen.“

Shaan verschränkte die Arme vor der Brust. „Ich tue nur, was nötig ist.“

„Welch Edelmut! Meiner Mutter würde dein Gesäusel sicher gefallen, und im Gegensatz zu mir würde sie es sogar glauben!“

„Es ist mir gleich, was du glaubst."

„Und was ist mit Fakten? Delejas Vater sagte mir, du seist vorhin beinahe von einem Pferd ins Straßenpflaster gestampft worden. Als tapferer Retter hast du heute zweifellos versagt."

Shaan schluckte und schwieg.

Trist grinste triumphierend. „Eine dicke Lippe riskieren kann jeder. Aber wenn es hart auf hart kommt, bist du hilflos wie ein Baby. Die Menschen, die in Not auf dich angewiesen sind, tun mir wirklich leid!"

Aus dem Augenwinkel sah Shaan, dass sich Deleja neben ihn schob.

„Du weißt nicht, was du sagst", rief sie aufgebracht.

Trist hob indigniert eine Augenbraue. „Tatsächlich nicht? Hat Shaan das Pferd nun aufgehalten oder nicht?"

Deleja stemmte die Hände in die Hüften. „Er hat es abgelenkt und Talnin damit die Zeit verschafft, es unter Kontrolle zu bekommen."

Trist schnaubte verächtlich. „Wenn man selbst dazu zu dumm ist, muss man es eben anderen überlassen, die Kastanien aus dem Feuer zu holen!"

Er schaute Shaan mitleidig an, als sei er ein verkrüppelter Bettler am Straßenrand. „In der Einsiedelei, aus der du stammst, hast du doch gelebt wie ein Höhlenschrat! Vom wirklichen Leben hast du nicht die geringste Ahnung - weder von Pferden noch von ... anderen Dingen." Er warf Deleja einen anzüglichen Blick zu.

Shaan schwieg betroffen. Trist hatte recht, so sehr er sich auch wünschte, es wäre anders.

„Ich frage mich, warum du nicht schon längst dorthin zurückgekrochen bist", fuhr Trist im Plauderton fort. „In Golgamat gibt es keinen Platz für dich, nicht einmal auf dieser Terrasse. Du stehst mir im Weg!"

Noch während er sprach, trat er hoch erhobenen Hauptes näher, in der offensichtlichen Erwartung, ihn kuschen zu sehen. Wut brodelte in Shaan hoch. Mochte Trist ihn beschimpfen, mochte er ihn einen Narren und einen Dummkopf nennen, aber an Deleja würde er sich kein zweites Mal vergreifen! Am liebsten hätte er ihn sofort gepackt und am Kragen aus Delejas Nähe herausgeschleift. Nur mit Mühe konnte er sich im Zaum halten.

„Ich bin hier, weil Delejas Vater es so wollte", knirschte er.

„Ich habe keinerlei Interesse daran, dich zu treffen."

„Dennoch sollten wir reden."

„Und worüber?"

„Über unseren Streit. Delejas Vater wünscht, dass er ausgeräumt wird."

„Wir hatten keinen Streit miteinander", knurrte Trist und stieß ihn vor die Brust.

Shaan zuckte heftig zusammen und konnte nur mit Mühe einen Schmerzensschrei unterdrücken. Trists Finger hatte genau die frische Prellung getroffen. Unwillkürlich wich er einen Schritt zurück.

Trist setzte sogleich nach. „Du bist über mich hergefallen wie ein Irrsinniger“, zischte er. „Ich hätte dich der Stadtwache melden sollen, dann hätten sie dich für eine Nacht eingesperrt. Du kannst von Glück sagen, dass deine Dreistigkeit mich überrumpelt hat. Aber sei gewarnt: Wenn du mich noch einmal anfasst, verbringst du die Nacht in einer stinkenden Zelle!“

„Ich werde nichts tun, solange du dich angemessen verhältst.“

Trist lachte. „Und was ist deiner Meinung nach angemessen?“

„Du sollst Deleja höflich behandeln.“

„Wenn ich eine Anstandsdame bräuchte, hätte ich sie mitgebracht. Du wirkst in dieser Rolle geradezu grotesk.“

„Trist!“, rief Deleja empört. „Shaan ist unser Gast. Hör auf, ihn zu beleidigen!“

„Euer *Gast*? Wohl kaum! Er ist ein Schnorrer und ein Bettler, der es sich auf Kosten deines Vaters gut gehen lässt!“

„Ich bin nur hier, weil Herness mein letzter lebender Verwandter ist“, sagte Shaan dumpf.

„Das erklärt, warum du hier bist, aber nicht, warum du so faul bist. Du lungerst den ganzen Tag nur herum, obwohl es das Mindeste wäre, dass du für deine Unterbringung und Verpflegung eine angemessene Gegenleistung erbringst.“

„Ich nehme zusammen mit Deleja am Unterricht teil.“

Trist musterte Shaan von Kopf bis Fuß und schürzte die Lippen. „Die Mühe kann sich dein Onkel sparen. Du bist viel zu dumm, um auch nur die einfachsten Grundlagen des Kaufmannswissens zu begreifen. Vermutlich taugst du bestenfalls zum Ställe ausmisten. Oder bist du dazu vielleicht zu schwach?“

„Es geht hier überhaupt nicht um mich“, gab Shaan mühsam beherrscht zurück. „Es geht allein um dich und dein Benehmen.“

„Und wer bist du, dass du glaubst, über mich urteilen zu dürfen? Du bist ein Niemand!“

„Ganz gleich, wer ich bin, *du* hast nicht das Recht, Deleja zu nahe zu kommen!“

Trist lachte höhnisch. „Du träumst! Ich habe jedes Recht der Welt. Schon sehr bald werden Deleja und ich verlobt sein. Sie wird meine *Frau*. Und sei gewiss, dass ich es mit den ehelichen Pflichten sehr genau nehmen werde!“ Er leckte sich genießerisch über die Lippen.

Shaan ballte die Fäuste. Wenn er Morujan Albites Reaktion nicht fürchten müsste, würde er Trist allein für diese Worte über die Brüstung kicken. Er warf Deleja einen verzweifelten Blick zu. Sie war kalkweiß geworden, doch als ihre Augen sich trafen, wich sie seinem Blick aus und sah zu Boden.

„Deleja weiß, was sich gehört", erklärte Trist zufrieden und schickte sich an, an Shaan vorbeizustolzieren.

Shaan trat ihm blitzschnell in den Weg. „Bleib fern von ihr!", knurrte er, bereit, sich allen Konsequenzen zum Trotz mit Trist zu messen.

Trist hielt verblüfft inne, ein Schatten von Unsicherheit huschte über sein Gesicht, dann verengten sich seine Augen, und er starrte Shaan an wie eine Viper, die ihr Opfer fixiert, bevor sie zum Todesstoß ansetzt.

„Allmählich begreife ich, was hier vorgeht", stieß er wütend hervor.

Shaan hatte keine Ahnung, wovon Trist sprach, aber es war ihm auch gleichgültig. Er rührte sich nicht von der Stelle, behielt seine angespannte Haltung bei und erwiderte Trists Blick, ohne mit der Wimper zu zucken.

Trist verlor das stumme Kräftemessen, sah zuerst weg und wich widerwillig einen Schritt zurück.

„Das spielt ohnehin bald keine Rolle mehr", wetterte er, schon im Rückzug begriffen. „Du hast mir die längste Zeit im Weg gestanden. Wenn Deleja und ich erst verlobt sind, werde ich meinen gesamten Einfluss auf meinen zukünftigen Schwiegervater geltend machen und dafür sorgen, dass du wie ein räudiger Hund aus dem Haus gejagt wirst. Und es wird mir gelingen, verlass dich darauf!"

Er stapfte bis zur Tür, und erst dort kehrte das überhebliche Grinsen auf seine Lippen zurück. „Ich habe deinem Vater bereits einen neuen Termin für die Verlobung genannt. Sie wird in zwei Wochen stattfinden."

Damit ging er endgültig; sein selbstzufriedenes Gelächter schien noch in der Luft zu hängen, nachdem er längst verschwunden war.

Shaan zitterte vor Wut, Scham und Hilflosigkeit. Verzweifelt sah er Deleja an. Sie wandte sich hastig ab. Er war sich fast sicher, dass sie weinte.

19. Bittere Niederlagen

Seine Wut auf Trist, seine Hilflosigkeit angesichts des grausamen Schicksals, das Deleja drohte, und die bohrenden Schmerzen in seiner Brust ließen Shaan in der Nacht kaum zur Ruhe kommen. Gequält von seiner Verzweiflung und seinen Ängsten warf er sich von einer Seite auf die andere, während draußen der Mond langsam über den Himmel wanderte und die Dunkelheit allmählich dem ersten Schimmer der Morgendämmerung wich.

Als er zum wiederholten Mal schweißnass und keuchend aus einem unruhigen Schlaf hochfuhr, gemartert von Albträumen, in denen Deleja vor seinen Augen von steinernen Krallen in Stücke gerissen wurde, während er, bis zur Brust in kompaktem Fels steckend, zur Hilflosigkeit verdammt war, reichte es ihm. Stöhnend kämpfte er sich aus der Bettdecke, die sich fest um seinen Oberkörper gewickelt hatte, als gehorche auch sie dem Willen der Shai'yinyal, und schwang seine Beine aus dem Bett.

Mit zittrigen Händen zog er sich Hemd und Hose an. Als er sich bücken wollte, um nach seinen Schuhen zu greifen, keuchte er erneut auf. In seinem Inneren erblühte eine Blume aus lodernden Flammen, heiß und verzehrend wie das Feuer der Hölle. Die Magie der Shai'yinyal! Sie war hier! Sie war im Kontor!

Shaan vergaß die Schuhe und stürzte barfuß zur Tür. Im grauen Zwielicht des beginnenden Tages verließ er das Wohnhaus und hetzte zum Hof des Kontors hinüber.

Die Magie brach ab, als er ihn eben erreicht hatte. Hastig spähte er umher und sah noch, wie ein dunkler Haarschopf hinter der Mauer beim Tor verschwand. Von dort aus hatte sie ihre Magie eingesetzt.

Shaan biss sich auf die Lippe, bis er Blut schmeckte, und zwang sich gewaltsam dazu, nicht unverzüglich die Verfolgung aufzunehmen. Der Shai'yinyal hinterherzujagen würde für ihr Opfer den sicheren Tod bedeuten, ihm die letzte Chance auf Rettung rauben. Er musste sich vergewissern, ob er noch etwas tun konnte, auch wenn er sie dadurch verlor.

Selbst zu so früher Stunde waren bereits einige Angestellte des Kontors auf den Beinen. Im Hintergrund des Hofs standen mehrere halb beladene Fuhrwerke, und einige Meter von ihnen entfernt drängte sich ein Pulk von Männern um ein klaffendes Loch im Boden.

Shaan bahnte sich rücksichtslos einen Weg durch die Menge, ließ sich neben dem Loch auf die Knie fallen und blickte mit klopfendem Herzen auf den verkrümmten Körper hinunter, der dort lag. Im Dämmerlicht des frühen Morgens konnte er kein Gesicht erkennen, aber er wusste trotzdem, wer es war. Hastig schickte er seine Magie aus, denn es machte wenig Sinn, sie jetzt noch zu verstecken. Er suchte nach einem Atem, einem Puls, irgendetwas, das von Leben zeugte, doch er fand nichts.

Erschüttert stand er auf.

In diesem Moment kam Morujan Albite hinzu und wandte sich sofort an Afnan Janei, seinen Vorarbeiter.

„Was ist passiert?“

„Der Boden ist ganz plötzlich unter Talnin eingebrochen“, erklärte Afnan tonlos. Das Entsetzen stand ihm deutlich ins Gesicht geschrieben; selbst sein riesiger schwarzer Bart wirkte blasser als sonst.

Morujan Albite wurde bleich. „Wie ist das möglich?“

Zögernd hob Afnan die Schultern. „Ich weiß es nicht. Vielleicht war das Loch schon längere Zeit da, jedoch unter einer dünnen Schicht Erde verborgen. Sie muss durch die Hitze brüchig geworden sein, und als Talnin darauf trat, hat sie nachgegeben.“

Morujan Albite nickte langsam. Er schien ebenfalls an einen tragischen Unfall zu glauben.

Shaan wusste es besser. Die Shai'yinyal hatte das Loch geschaffen. Es war ein direkter Angriff gewesen, und sie war keinerlei Risiko eingegangen. Am Grund des Lochs ragten scharfkantige Felsnadeln drohend empor. Durch seine Magie hatte er gespürt, wie Blut aus tausend Wunden aus Talnins Körper sickerte.

Ein Mann wurde an Seilen in das finstere Grab hinabgelassen. Er barg Talnins Leiche, holte einen zerschundenen, blutüberströmten Körper herauf. Talnins Augen standen weit offen; sein Gesicht war zu einer Maske des Grauens gefroren.

Als man ihn vorsichtig neben dem Loch auf den Boden legte, öffneten sich seine Kiefer, und Sand rieselte wie geronnenes Blut aus seinem Mund hervor.

Shaan ballte die Fäuste. Die Shai'yinyal hatte Talnins Lunge komplett mit Erde gefüllt, hatte ihn gestopft wie eine Festtagsgans. Wäre er nicht durch den Aufprall gestorben, wäre er erstickt.

Tränen traten ihm in die Augen. Warum hatte Talnin nur nicht auf ihn gehört? Hätte er die Stadt verlassen, könnte er jetzt noch leben. Wenn er doch nur eindringlicher versucht hätte, ihn zu überzeugen!

Und wenn ihm das schon nicht gelungen war, hätte er ihn wenigstens schützen müssen! Talnin war ihm so nahe gewesen, trotzdem war er viel zu spät gekommen. So standen also seine Chancen, wenn die Shai'yinyal ernst machte.

Ihre Grausamkeit schnürte ihm den Magen zusammen. Er wandte sich ab, konnte Talnins Anblick nicht länger ertragen.

Deleja kam ihm entgegen, als er in den Durchgang zum kleinen Innenhof trat. Sie war wie üblich gekleidet, hatte sich jedoch nicht viel Zeit zum Anziehen genommen. Ihre Füße steckten ohne Strümpfe in ihren

Sandalen, und das Hemd hing locker über ihrer Hose. Ihre herrlichen langen Haare bildeten einen eigentümlichen Kontrast zu der schlichten Jungenkleidung, die lose um ihren Leib schlotterte.

Fassungslos starrte er sie an. Noch nie hatte er gesehen, dass sie ihr Haar offen trug. Ihre rötlichen Locken flossen wie gesponnenes Gold über ihre Schultern. Ihr Gesicht war bleich, wirkte beinahe durchscheinend, lediglich ein Hauch des Morgenrots hatte sich zart auf ihre Wangen gelegt. Nie war sie schöner gewesen, und nie zerbrechlicher.

Shaan blieb stehen, wäre beinahe zu Boden gesackt. Wie sollte er sie nur beschützen? Wie? *Wie?*

Deleja eilte auf ihn zu, als ahne sie das Unheil. „Shaan, was machst du denn so früh hier draußen? Ist etwas passiert?"

Shaan presste seine Antwort vorbei an der engen Schelle, die seinen Hals einschnürte. „Talnin ist in ein Erdloch gestürzt."

Delejas Augen weiteten sich entsetzt. „Ist er tot?"

„Ja."

Deleja schlug die Hände vor den Mund und schluchzte erstickt auf.

Shaan ging zu ihr, nahm sie beim Arm und führte sie in Richtung Haus. Nackte Angst saß ihm im Nacken. Die Shai'yinyal konnte noch immer in der Nähe sein. Im Haus war Deleja sicherer.

Doch selbst stärkste Mauern und massivste Türen konnten lediglich ein hohles Versprechen auf Schutz geben. Die Shai'yinyal hatte leichtes Spiel mit Talnin gehabt, wusste deshalb, dass Talnin nicht der Shai'lanhal gewesen war.

Shaan presste grimmig die Lippen aufeinander. Damit kam nur noch er selbst infrage, und auch die Identität der Lanhal war jetzt kein Geheimnis mehr. Von nun an würden sich alle Angriffe der Shai'yinyal allein auf Deleja konzentrieren.

* * *

Wie in Trance ging Deleja neben Shaan her und ließ zu, dass er sie hastig mit sich zog. Seine Eile verwunderte sie, doch sie war nicht in der Lage, mehr als einen flüchtigen Gedanken darauf zu verwenden.

Talnin – tot?

Das war lächerlich! Gestern noch hatte Talnin sie alle vor dem tobenden Pferd gerettet. Er war so stark, so selbstbewusst und beinahe so mutig wie Shaan. Wie konnte er *tot* sein?

„Ist es wirklich wahr?" Halb hoffend, halb bangend sah sie Shaan an.

Shaan nickte stumm und ohne sie anzusehen, dabei aber so bestimmt, dass kein Raum für Zweifel blieb.

Tränen überschwemmten ihre Augen. „Liss wird sich zu Tode grämen", schluchzte sie. „Die beiden hatten doch so große Pläne!"

Da blieb Shaan abrupt stehen, mitten auf den Stufen der Treppe, die zu den Altanen hinaufführte. Er ließ sie los, wich einen Schritt vor ihr zurück und stützte sich dann schwer auf das Geländer der Treppe. Seine Finger umklammerten den glatten Handlauf so fest, als wollte er das Holz mit bloßen Händen zerquetschen. Er starrte mit bleicher Miene in den Hof hinab. In seinem Gesicht arbeitete es.

Deleja musterte ihn verwirrt. „Shaan, was hast du?" Sachte legte sie ihm eine Hand auf den Arm.

Shaan schüttelte sie ab. „Es ... es ist meine Schuld!", presste er mühsam hervor, als sei seine Kehle mit Geröll gefüllt.

Deleja erschrak. „Wie meinst du das?"

„Ich habe Talnin gestern geraten, zusammen mit Liss und ihrer Familie die Stadt zu verlassen. Ich wusste, dass der Mörder es auch auf Talnin abgesehen hatte. Doch Talnin wollte nicht auf mich hören! Er hat einfach nicht begriffen, in welcher Gefahr er schwebte." Er warf ihr einen wilden Blick zu. „Ich hätte nicht so schnell aufgeben dürfen! Ich hätte auf ihn einreden müssen, bis er sich entschließt zu gehen!"

Deleja schluckte. Die Heftigkeit seiner Selbstanklage machte ihr Angst. Seine Worte ließen vermuten, dass er den Mörder, der in den letzten Tagen in Golgamat gewütet hatte, für Talnins Tod verantwortlich machte. Doch wie konnte das sein? Talnin war in ein Erdloch gestürzt, ein Loch, das sich im Hof des Kontors aufgetan hatte. Dort hätte der Mörder nie und nimmer in aller Seelenruhe graben und unbemerkt wieder verschwinden können! Talnins Tod war ein Unfall. Oder vielleicht doch nicht?

Sie begann zu frieren. Shaan glaubte es offenbar nicht, und er kannte das Böse. War es so mächtig, dass es jemanden auf diese Weise töten konnte?

„Das eine hat mit dem anderen nichts zu tun", sagte sie ein wenig zu heftig. Das durfte einfach nicht sein! Wenn das Böse so stark war...

Shaan zuckte zusammen wie unter einem Peitschenhieb. „Natürlich hat es das! Wäre Talnin gegangen, hätte er nicht in das Erdloch fallen können. Er könnte noch leben, wenn ich nicht so unfähig gewesen wäre!"

„Shaan, das ist Blödsinn! Selbst wenn Talnin auf dich gehört hätte, wäre er frühestens heute, vermutlich sogar erst morgen aufgebrochen. Dann wäre er trotzdem in das Loch gestürzt."

„Aber ich hätte ..."

Shaan unterbrach sich plötzlich und klappte den Mund so abrupt zu, dass Deleja seine Zähne hart aufeinanderschlagen hörte. Pures Entsetzen stand in seinen Augen.

Sie wünschte, er hätte nicht aufgehört zu sprechen, und sah ihn bittend an, damit er weiterredete, doch Shaan wandte den Blick von ihr ab und starrte wieder nach unten in den Hof. Seine Zähne presste er mit solchem Ingrimm aufeinander, dass seine Kiefermuskulatur in harten Strängen unter der Haut seiner Wangen hervortrat. Es schien, als wollte er alle weiteren Worte mit Gewalt in sich einsperren.

Und er zitterte! Er zitterte so heftig, dass Deleja es mit der Angst zu tun bekam.

Sachte berührte sie eine seiner Hände, die sich jetzt noch fester um das Treppengeländer verkrampft hatten.

„Es ist wirklich nicht deine Schuld", sagte sie leise.

Er glaubte ihr nicht. Seine Haltung erschlaffte, sein Kopf sank nach vorn, fast bis auf seine Brust, und plötzlich fielen kleine Tropfen auf seine Hände herab, benetzten ihre Finger.

Betroffen blickte Deleja auf. Shaans Haare hingen ihm tief in die Stirn, doch sie konnten nicht die Tränen verbergen, die ihm über die Wangen liefen. Seine Schultern bebten.

„Wenn ich ... wenn ich doch nur etwas hätte tun können!", flüsterte er erstickt.

Deleja strich über seine Hand. „Niemand konnte Talnin helfen."

Shaan duckte sich wie ein in die Enge getriebenes Tier, löste sich vom Geländer und trat einen Schritt zurück. Tränen strömten ihm ungehemmt über die Wangen. Seine Miene war gequält, sein Blick gehetzt und sein Körper so angespannt, als wollte er sich herumwerfen und davonlaufen, laufen, bis er aus Golgamat heraus war, und nie wiederkommen.

Deleja ertrug es nicht, ihn so zu sehen. Sie wollte ihm helfen, ihn trösten, irgendwie. Sie wollte nicht, dass er litt. Und sie wollte nicht, dass er ging.

„Shaan."

Sie trat hastig auf ihn zu, umarmte ihn. Er zuckte zusammen, erschrocken, wie es schien, begann dann zu zittern. Deleja schlang ihre Arme noch fester um ihn, wünschte, sie könnte die Kälte vertreiben, die ihn beherrschte.

Shaan schluchzte auf, erstarrte unter ihrer Berührung. Seine Arme hingen steif an seinen Seiten herab. Er machte keine Anstalten, sie ebenfalls zu umarmen, und keine, ihren Trost anzunehmen. Aber sein Zittern wurde immer stärker, als würde ihre Umarmung ihm nicht helfen, sondern alles nur noch schlimmer machen.

Deleja ließ ihn hastig los. Shaan blieb reglos stehen, hob nicht einmal den Kopf.

Ihr Magen verkrampfte sich zu einem schmerzenden Klumpen. Sie konnte ihm nicht helfen, nicht, solange er es nicht zuließ, nicht, solange er sein Geheimnis allein zu tragen versuchte. Wenn er tatsächlich gegen das Böse in Golgamat kämpfte, wieso offenbarte er sich ihr nicht? Er hatte ihr doch auch seine Geschichte erzählt. Und er hatte sie auf die Existenz von Gut und Böse aufmerksam gemacht! Er sollte ihr vertrauen!

Am liebsten hätte sie ihn geradeheraus gefragt. Sie wollte endlich wissen, was in Golgamat vor sich ging.

Aber sie schwieg, wusste nur zu gut, dass sie doch keine Antwort erhalten würde. Hilflos und selbst den Tränen nahe stand sie da, unfähig, etwas zu sagen oder zu tun. Shaan weinte noch immer.

Hastig sah sie sich um. Weder Linari noch ihre Schwestern ließen sich blicken, aber da bald Zeit zum Frühstück war, konnte sich das jeden Moment ändern. Und sie wollte nicht, dass jemand außer ihr seine Tränen sah.

„Es ist noch etwas Zeit bis zum Frühstück", sagte sie stockend. „Lass uns auf die Terrasse gehen."

Shaan reagierte nicht, deshalb nahm sie ihn kurzerhand beim Arm. Er zuckte unter ihrer Berührung zusammen, schien sich von ihr losreißen zu wollen, aber sie hielt ihn fest, und da folgte er ihr mit gesenktem Kopf und schleppenden Schritten.

* * *

Shaan schlurfte mit hängenden Schultern und gebeugt wie ein alter Mann neben Deleja her. Ihre Hand auf seinem Arm war ihm schmerzhaft bewusst. Ihre Wärme, ihr Mitgefühl, der Trost, den sie ihm zu geben versuchte - all das verdiente er nicht. Er war der Shai'lanhal! Er war geboren worden, um Deleja zu dienen. Er sollte stark sein, nicht schwach! Er sollte mutig sein, nicht ängstlich wie eine Maus!

Und vor allem hatte er kein Recht, Deleja so nahe zu sein! Nach allem, was er getan - oder besser nicht getan - hatte, weniger als je zuvor. Wie viele Menschen waren bereits gestorben, nur weil er zu dumm oder, wieder einmal, zu langsam gewesen war?

Er kannte die genaue Zahl. Sie brannte in seiner Seele wie eine Feuerlohe der Shai'yinyal.

Halb blind vor Tränen ließ er sich von Deleja führen. Als sie schließlich auf die Terrasse traten, sah er weder die Insel Talgolma noch Golgamats Hafen, weder die Weite des Himmels noch die Unendlichkeit des Ozeans. Schwer auf die wuchtige Brüstung gestützt, starrte er nach unten auf die Maserung des von Wind und Wetter glattpolierten Steins und ertrank in seinem Kummer.

Deleja blieb dicht bei ihm, umarmte ihn jedoch nicht noch einmal. Manchmal wünschte er, sie würde es tun, schämte sich aber sofort seiner unwürdigen Gedanken. Hörte er denn nie auf, Hilfe von denen zu erwarten, die er eigentlich beschützen sollte?

Nur ganz langsam beruhigte er sich, und ebenso allmählich versiegten seine Tränen. Die letzten trockneten unter der frischen, morgendlichen Brise, die vom Meer her in Richtung Land strich.

Abrupt hob er den Kopf. Er musste endlich aufhören, sich in Selbstmitleid zu suhlen, und sich stattdessen lieber auf einen Angriff gefasst machen!

Im gleichen Moment wurde ihm klar, dass die Gefahr größer war, als er bisher geglaubt hatte. Da die Shai'yinyal nun um die Identität der Lanhal wusste, musste er damit rechnen, dass von jetzt an jederzeit ein Anschlag auf Delejas Leben erfolgen konnte. Die Shai'yinyal brauchte einfach nur einen Angestellten des Kontors abzufangen, wenn er das Gebäude verließ, und unter ihren Willen zu zwingen. Ab heute würde jede Person verdächtig sein, die sich in Delejas Nähe aufhielt, ganz egal, ob es sich dabei um ihren Vater, Herness, Linari oder ihre Schwestern handelte. In Anbetracht der Unfähigkeit, die er bisher bei der Erfüllung seiner Aufgabe an den Tag gelegt hatte, erschien ihm die Chance, Deleja erfolgreich gegen die entfesselte Mordlust ferngesteuerter Killermaschinen schützen zu können, so lächerlich gering wie der Versuch, eine Lawine mit bloßen Händen aufzuhalten. Dennoch war er geboren worden, um genau das zu tun - oder von den Steinmassen zermalmt zu werden.

Entschlossen, das zarte Pflänzchen trotzigen Widerstandes, das in ihm zu keimen begann, nicht sofort wieder verdorren zu lassen, wandte er sich Deleja zu. Er wollte den Mund öffnen, um etwas zu sagen, ihr die Sicherheit vermitteln, derer sie jetzt am dringendsten bedurfte, als die Magie der Shai'yinyal in ihm aufloderte, wild, tobend und mächtig. Nur mit Mühe konnte er ein verzweifeltes Stöhnen unterdrücken. Die Shai'yinyal setzte ihre Erdmagie genau dort ein, wo der Gasthof stand, in dem die Banagis untergekommen waren.

Shaan hätte schreien mögen. Warum konnte sie nicht aufhören zu morden? Warum musste sie Liss erneut angreifen, obwohl sie doch wusste, dass nicht Liss, sondern Deleja die Lanhal war?

In ohnmächtigem Zorn ballte er die Hände zu Fäusten. Sie wollte ihn fortlocken! Sie wollte, dass er Liss zu helfen versuchte und Deleja allein und ungeschützt zurückließ. Und wenn er es nicht tat, lieferte er Liss einem schrecklichen Tod aus, ließ er zu, dass die Shai'yinyal Deleja ihre beste Freundin nahm.

Ein unerträgliches Gewicht senkte sich auf seine Schultern herab. Er hasste diesen Kampf! Er hasste die Shai'yinyal! Und er hasste die Entscheidungen, die sie ihm aufzwang! Wenn doch nur ein anderer an seiner Stelle gewesen wäre, ein klügerer, entschlossenerer Kämpfer, jemand, der Deleja ausreichend Schutz bieten konnte! Er würde sie unweigerlich früher oder später verlieren, so wie es in seinen Träumen schon ein Dutzend Mal geschehen war.

Die Magie der Shai'yinyal erlosch so rasch wieder, wie sie gekommen war. Es war vorbei. Liss musste tot sein.

Unwillkürlich sah er zu Deleja hin. Sie starrte ihn mit großen Augen an, in denen die Angst irrlichterte.

Wenn er ihr doch nur die Wahrheit offenbaren könnte! Wenn er sie doch nur aus der Stadt fortbringen könnte!

Aber damit wäre nichts gewonnen. Er konnte sie vielleicht vor der Shai'yinyal verstecken, aber nicht vor dem Yinyal. Sobald er erwachte, konnte er genau spüren, wo sich die Lanhal aufhielt. Sie konnten nicht vor ihm weglaufen. Die einzige Alternative wäre ... selbst zu töten.

Shaan versank in ein dumpfes Grübeln. Minutenlang versuchte er, sich zu entscheiden, bot alle Argumente auf, die sein Vater ihn je gelehrt hatte - und kam doch zu keiner Lösung.

Irgendwann legte ihm Deleja zaghaft eine Hand auf den Arm und unterbrach sein fruchtloses Brüten. „Ich glaube, wir sollten ins Haus zurückkehren und nachsehen, ob es bald Frühstück gibt."

Shaan schluckte hart. Seine Kehle war so eng, als läge ihm ein Henkersstrick um den Hals, und sein Magen schien sich in ein Stück Gusseisen verwandelt zu haben, unfähig, auch nur einen einzigen Bissen aufzunehmen.

Trotzdem nickte er. Er durfte sie nicht allein gehen lassen. Von nun an würde er noch mehr als zuvor ihr Schatten sein, ein grimmiger, kampfbereiter Schatten, der sie keine Sekunde aus den Augen zu lassen gedachte.

Gemeinsam wandten sie sich der Tür zum Festsaal zu, als ihnen Afnan Janei, der Vorarbeiter des Kontors, von dort entgegentrat. Seine riesenhafte Gestalt verdeckte die Öffnung und warf einen finsteren Schatten über die Terrasse, als sei ein schwarzer Monolith urplötzlich vor ihnen aus dem Boden gewachsen.

Deleja blieb stehen und runzelte die Stirn. „Was gibt es, Afnan?"

Afnans Stimme grollte wie ferner Donner. „Euer Vater schickt mich. Er wünscht Euch in seinem Studierzimmer zu sprechen."

„Ich komme", erwiderte Deleja und setzte sich in Bewegung.

Shaan folgte ihr nur einen Schritt hinterdrein. Der Blick aus Afnans eisgrauen Augen machte ihn nervös, obwohl der Vorarbeiter, bedachte man die schrecklichen Ereignisse des Morgens, bemerkenswert gelassen aussah. Seine Haltung war locker, nicht so ablehnend wie üblich, und seine sonst so düstere Miene wirkte seltsam entspannt, fast entrückt.

Shaan stellten sich sämtliche Nackenhaare auf. War es möglich, dass Morujan Albite Afnan zu den Banagis gesandt hatte, um Liss von Talnins Tod zu unterrichten? Ganz sicher war ihm nicht verborgen geblieben, dass sein Lehrling viel Zeit mit der Tochter seines Geschäftspartners verbrachte, und wahrscheinlich hatte er seine eigenen Schlüsse daraus gezogen. Und wenn es sich so verhielt, konnte Afnan von der Shai'yinyal beeinflusst worden sein? Aber hätte er es nicht spüren müssen, wenn sie die Kontrolle über einen Menschen übernahm? Er wusste doch stets genau, wozu sie ihre Magie einsetzte. Es sei denn...

Shaan keuchte erschrocken auf, sprang vor und griff nach Delejas Arm. „Warte!"

Deleja blieb überrascht stehen, wandte sich zu ihm um und öffnete den Mund zu einer Frage, doch noch bevor das erste Wort über ihre Lippen kam, handelte Afnan.

Plötzlich hielt er ein Messer in der Hand, warf sich brüllend nach vorn und stieß mit der Klinge nach Deleja. Shaan riss sie zurück, war aber nicht schnell genug. Die Schneide zerfetzte ihren Hemdsärmel und hinterließ eine blutige Schramme auf ihrer Haut. Sie schrie auf, starrte wie hypnotisiert auf den Stoff, der sich langsam dunkel färbte.

„Zurück!", rief Shaan ihr zu und schob sie hinter sich.

Afnan ragte wie ein Berg vor ihm empor und ließ die gewaltigen Muskeln auf seinen Armen spielen. „Du kannst mich nicht aufhalten", knurrte er und fletschte die Zähne wie ein Wolf.

Shaan schauderte. Hastig nahm er seine Kampfhaltung ein. „Deleja, lauf weg!", schrie er über die Schulter.

Afnans eisgraue Augen fixierten ihn wie erloschene Sterne. „Sie ist längst tot. Und du wirst es auch gleich sein."

Noch während er sprach, stieß er mit dem Messer nach ihm. Shaan wich behände aus. Das Herz wummerte hart und schmerzhaft gegen seine Rippen, trieb rauschend das Blut durch seine Adern.

Aus dem Augenwinkel sah er, dass Deleja die Terrasse noch nicht verlassen hatte. Sie hatte sich bis zur Brüstung zurückgezogen und verfolgte von dort aus mit bleicher Miene den Kampf, doch er hatte keine Zeit, sich um sie zu kümmern. Afnan erforderte seine gesamte Aufmerksamkeit.

Der Vorarbeiter griff mit kühler Präzision an, ließ sein Messer vorschnellen wie den Kopf einer zubeißenden Schlange und offenbarte dabei eine Geschmeidigkeit, die seinen massigen Körper Lügen strafte. Kalter Schweiß trat Shaan auf die Stirn. Afnans wuchtige Hiebe trieben ihn quer über die Terrasse. Mehrfach fuhr das Messer dicht an seinem Gesicht vorbei, riss sogar einmal einen Fetzen Stoff aus seinem Hemd, ohne jedoch seine Haut zu berühren. Er musste den Kerl unbedingt entwaffnen, oder er würde sich bald mit zwei Fuß gehärtetem Stahl im Leib auf dem Boden winden.

Als Afnan wieder nach ihm stach, tänzelte Shaan zur Seite und packte Afnans Arm. Der Vorarbeiter schrie wütend auf, schlug mit der anderen Hand nach ihm und versuchte gleichzeitig, sich loszureißen, doch Shaan war auf der Hut. Er wich dem Schlag aus, bog Afnans Arm auf den Rücken und setzte einen schmerzhaften Griff an.

Mit einem Keuchen ließ der Hüne das Messer fallen. Shaan trat sofort dagegen. Es schlitterte quer über die Terrasse und prallte klirrend gegen die Brüstung.

Mit einem zornigen Brüllen bäumte sich Afnan auf und warf sich mit seinem gesamten Körpergewicht gegen ihn. Von der ungestümen Attacke überrascht, war Shaan gezwungen, den Mann loszulassen, um nicht das Gleichgewicht zu verlieren. Afnan stürzte sich sofort auf ihn; seine Fäuste wirbelten, als könnten sie es kaum erwarten, Fleisch und Knochen zu zermalmen. Shaan wich seinen wilden Hieben aus und wartete auf eine Gelegenheit, ihn erneut zu packen. Afnan war jedoch vorsichtiger geworden, gab sich trotz seiner Blutgier keine Blöße mehr.

Shaan presste erbittert die Lippen aufeinander. Er war wieder einmal zu passiv, verteidigte sich nur, statt selbst anzugreifen. Wenn er Deleja nicht verlieren wollte, sollte er besser rasch lernen, das zu ändern.

Entschlossen, wenigstens einmal in seinem Leben etwas richtig zu machen, sprang er vor und holte zum Schlag aus. Afnan duckte sich geschmeidig unter dem Hieb hinweg und schlug selbst zu. Seine Faust krachte mit der Gewalt eines Schmiedehammers gegen Shaans Brust, genau dort, wo auch der Huf des Pferdes ihn erwischt hatte.

Shaan sackte in die Knie, halb betäubt vor loderndem Schmerz. Schwarze Schleier wogten vor seinen Augen, und in seinen Ohren rauschte es, als habe ihm plötzlich jemand den Kopf unter Wasser gedrückt. Den nächsten Angriff konnte er nur erahnen, warf sich instinktiv zur Seite und spürte den Luftzug, als Afnans Tritt dicht an seiner Schläfe vorbeipfiff.

Benommen stemmte er sich auf die Beine. Sein Blick war noch immer trüb. Er sah Afnan nur als düsteren Schatten, der sich kaum von dem Dunkel abhob, das an seinem Bewusstsein zerrte. Der Riese walzte brüllend auf ihn zu, krachte wie ein wütender Stier gegen ihn und warf ihn zu Boden.

Sengender Schmerz stach durch seine Brust, als Shaan hart auf den Rücken fiel. Afnan ragte grimmig über ihm auf, ein Felsen, der jeden Moment auf ihn herabzustürzen drohte. Shaan versuchte, wieder auf die Füße zu kommen, aber der Vorarbeiter war schneller. Er setzte sich auf ihn, nagelte seine Arme mit den Knien am Boden fest und legte beide Hände wie Schraubzwingen um seine Kehle.

Shaan japste röchelnd, versuchte, Afnans stählernem Griff zu entkommen, aber der andere lastete schwer wie ein Bergmassiv auf ihm. Er konnte sich nicht rühren, bekam keine Luft mehr. Seine Sinne schwanden bereits, bunte Flecken tanzten vor seinen Augen. In höchster Not griff er nach seiner Magie, doch sie entglitt ihm, rann wie Sand durch seinen zerfasernden Geist. Wogende Dunkelheit schloss sich enger und enger um ihn.

Plötzlich schwand das Gewicht von seiner Brust, und er konnte wieder atmen.

„Afnan, bist du völlig verrückt geworden?", hörte er jemanden schreien.

Hustend und keuchend wälzte er sich auf die Seite und erkannte Delejas Vater. Morujan Albite hatte Afnan von ihm fortgerissen und starrte seinen Vorarbeiter mit grimmiger Miene an. Seine Haltung war angespannt und vermittelte eine deutliche Drohung. Auge in Auge standen sie sich gegenüber, keiner der beiden dem anderen an Größe oder Masse unterlegen – zwei ebenbürtige Gegner, zum Äußersten entschlossen.

Doch statt zu kämpfen, warf sich Afnan Janei plötzlich herum. Shaan erschrak, befürchtete, er wollte Deleja töten, aber der Riese schien jedes Interesse an ihr verloren zu haben. Mit grausamer Zielstrebigkeit stürmte er auf die Brüstung zu; sein langes schwarzes Haar wehte im Wind wie ein letzter höhnischer Gruß der Shai'yinyal.

„Nein!", schrie Shaan entsetzt, als er erkannte, was Afnan vorhatte. Verbissen versuchte er, sich aufzurappeln.

Morujan Albite sah seinem Vorarbeiter verdutzt hinterher, begriff erst im letzten Moment, was vorging. Dann stürzte er nach vorne, konnte Afnan jedoch nicht mehr erreichen. Der bullige Mann hechtete mit einem gewaltigen Sprung über die Brüstung.

Shaan erstarrte, als Afnans Körper mehrere Sekunden später mit einem dumpfen Knirschen auf den harten Pflastersteinen aufschlug.

Endlich schaffte er es, sich auf die Beine zu kämpfen. Morujan Albite eilte zu ihm und musterte ihn besorgt.

„Bist du in Ordnung, Junge?"

Shaan beachtete ihn gar nicht. Er sah an ihm vorbei, sah, wie Deleja die Beine einknickten und sie haltlos zu Boden sackte.

„Deleja!", brüllte er und lief zu ihr, so schnell er konnte.

Neben ihr warf er sich auf die Knie. Sie rührte sich nicht, ihre Augen waren fest geschlossen, als schliefe sie.

Morujan Albites Schatten fiel über sie beide. „Was ist mit ihr?", fragte er mit vor Angst zitternder Stimme.

Shaan tastete hastig nach Delejas Arm und fand seine schlimmste Befürchtung bestätigt. Der Kratzer, den Afnans Messer hinterlassen hatte, hatte sich tiefrot verfärbt und war dick geschwollen, als wolle das Fleisch jeden Augenblick wie eine faule Frucht auseinanderplatzen.

„Gift!", stieß er gepresst hervor.

Morujan Albite keuchte erschrocken auf. „Wird sie sterben?"

„Nein!", knirschte Shaan. „Nicht, wenn ich es verhindern kann."

„Aber was können wir tun?"

„Habt Ihr ein Messer?"

„Ja."

„Gebt es mir!"

Morujan Albite zögerte.

„Sofort!", schnauzte Shaan ihn an.

Da endlich zog der Kaufmann ein kleines Messer aus einer ledernen Scheide an seinem Gürtel und reichte es ihm. Shaan riss es ihm ungeduldig aus den Fingern, setzte es auf Delejas Haut und schnitt tief in die Wunde.

„Weißt du, was du tust?", fragte Morujan Albite dumpf.

Shaan nickte stumm und riss einen Streifen Stoff aus seinem Hemd. Er presste ihn auf die Wunde, um den Blutstrom aufzufangen, was allerdings nur als Tarnung diente für das, was er tatsächlich tat. Er würde nicht zulassen, dass Deleja starb! Das Gift war zwar längst in ihrem Blut, aber Blut war eine Flüssigkeit, und Flüssigkeiten unterstanden seinem Willen.

Mit geschlossenen Augen, damit nichts ihn störte, spürte er in Delejas Körper hinein. Es kümmerte ihn nicht, was Morujan Albite zu seinem seltsamen Verhalten sagen würde. Er musste Deleja retten, alles andere war bedeutungslos.

Das Gift hatte sich bereits in Delejas Blutgefäßen verteilt und war von dort aus tief ins Gewebe vorgedrungen, wo es sein Zerstörungswerk begonnen hatte. Seine winzigen Tropfen schwammen wie zähes Öl in der Körperflüssigkeit. Shaan fächerte seinen Geist auf und bohrte ihn wie Skalpelle in sie hinein, zwang sie mit aller Macht aus dem Gewebe zurück ins Blut, sammelte sie dort und schwemmte sie zu der Stelle, an der die Wunde klaffte. Dann spülte er das Gift mit dem Blutstrom heraus.

Er öffnete die Augen, nahm den durchweichten Stofffetzen von der Wunde und warf ihn achtlos fort, danach riss er einen zweiten Streifen aus seinem Hemd und verband die Verletzung sorgfältig. Als er sich aufrichtete, zitterte er vor Angst und Erschöpfung.

„Ich glaube, das Gift ist heraus, aber Ihr solltet auf jeden Fall einen Arzt kommen lassen. Ich weiß nicht, welche Schäden es bereits angerichtet hat."

Morujan Albite nickte fahrig, nahm Deleja behutsam in seine Arme und ging in Richtung Tür. Shaan eilte zu der Stelle, an der Afnans Messer lag, hob es auf und hastete an die Seite des Kaufmanns.

„Das ist Afnans Messer. Vielleicht kann der Arzt feststellen, mit welchem Gift er die Klinge präpariert hat."

„Danke", sagte Morujan Albite leise und trug Deleja ins Haus.

Shaan folgte ihm niedergeschlagen. Er hatte keinen Dank verdient. Wieder einmal hatte er versagt, und ob das Wenige, das er getan hatte, reichen würde, Delejas Leben zu retten, musste sich erst noch herausstellen.

* * *

Morujan Albite brachte seine Tochter auf ihr Zimmer. Shaan begleitete ihn, musste jedoch auf dem Korridor vor der Tür zurückbleiben. Kurze Zeit später führte Linari einen Arzt, der von einer aufgeschreckten Angestellten gerufen worden war, in Delejas Gemach.

Shaan starrte ihnen argwöhnisch hinterher. Er traute ihm nicht, doch wenigstens stand dieser Mann nicht unter dem Einfluss der Shai'yinyal, denn ihr Bann war gerade erst von Afnan Janei abgefallen, und sie hatte noch keinen neuen Zauber beschworen.

Das Warten war qualvoll. Sekunden dehnten sich zu Ewigkeiten. Bedienstete sammelten sich auf dem Flur und tuschelten aufgeregt miteinander, und sogar Vanaja und Inhira kamen und blickten mit bleichen Gesichtern in Richtung des Zimmers, in dem um Delejas Leben gerungen wurde.

Irgendwann öffnete sich endlich die Tür, und Morujan Albite trat heraus. Seine Miene war noch immer von Schreck und Angst gezeichnet, als ihn jedoch so viele erwartungsvolle Blicke trafen, hob er abwehrend und beruhigend zugleich die Hände.

„Es geht Deleja den Umständen entsprechend gut", verkündete er erschöpft. „Sie ist zwar noch nicht wieder zu sich gekommen, aber eine Gefahr für ihr Leben besteht nicht mehr. Der Arzt wird bei ihr bleiben, bis sie erwacht."

Die Angestellten atmeten auf und begannen, wild durcheinander zu reden und Morujan Albite mit ihren Fragen zu bombardieren. Nun, da Delejas Leben nicht mehr unmittelbar bedroht war, vermochten sie ihre eigene Furcht und Unsicherheit nicht länger zurückzuhalten. Auch Vanaja und Inhira übten sich nicht in Mäßigung und plapperten hektisch gestikulierend auf ihren Vater ein. Ihre hellen Stimmen erhoben sich schrill über den anschwellenden Geräuschpegel.

„Bitte, seid still!", rief Morujan Albite plötzlich und gerade so laut, dass er alle anderen übertönen konnte.

Augenblicklich trat Stille ein.

Der Hausherr blickte mahnend in die Runde. „Wenn Deleja erst wieder zu sich gekommen ist, wird es das Wichtigste für sie sein, sich auszuruhen, aber das kann sie nicht, wenn ihr alle vor der Tür steht und schnattert wie eine Gänseherde. Geht zurück an eure Arbeit! Verrichtet sie so gut, wie ihr es heute vermögt, aber tut es leise!"

Die Männer und Frauen nickten betreten und zogen mit gemurmelten Entschuldigungen auf den Lippen von dannen. Delejas Schwestern waren weniger rücksichtsvoll.

„Warum wurde Deleja von Afnan angegriffen?“, kreischte Vanaja in einer Lautstärke, dass Shaan die Ohren klingelten. „Warum hat er versucht, sie zu vergiften, und warum ...“

„Das Gebot des Schweigens gilt auch für euch!“, fuhr Morujan Albite seine Töchter brüsk an. „Ihr werdet erfahren, was ihr wissen müsst, aber nicht jetzt. Geht! Geht auf eure Zimmer und verhaltet euch ruhig! Deleja darf unter gar keinen Umständen gestört werden!“

„Aber Vater ...“

„Sofort!“

Die beiden Mädchen gaben widerwillig nach. Schmollend zogen sie sich auf ihre Zimmer zurück.

Shaan hatte das gesamte Schauspiel schweigend verfolgt. Trotz Morujan Albites Aufforderung hatte er sich um keinen Deut von der Stelle gerührt, und er war nicht gewillt, daran in den nächsten Stunden etwas zu ändern. Nur mit Gewalt würde man ihn nun noch aus Delejas Nähe entfernen können.

Der Kaufmann sah seinen Töchtern stirnrunzelnd nach, dann musterte er ihn prüfend.

„Bist du verletzt, Junge?“

Shaan presste die Lippen aufeinander und schüttelte stumm den Kopf. Sein Hals, auf dem feurig die Würgemale pochten, die Afnans Finger dort hinterlassen hatten, hatte sich so eng zusammengezogen, als versuche der Vorarbeiter noch immer, ihn zu erdrosseln. Er konnte nicht sprechen. Und er vermochte es nicht, den Blick von Delejas Tür zu nehmen.

Morujan Albite wölbte eine Augenbraue. „Ich würde dich gern in Ruhe lassen, damit du dich von diesem Schreck erholen kannst, aber leider geht das nicht. Vanaja hat, so unpassend sie sich auch benommen haben mag, die richtigen Fragen gestellt. Ich kann sie jedoch nicht beantworten, deshalb gebe ich sie an dich weiter. Was ist passiert?“

Shaan schluckte hart. „Deleja und ich waren vor dem Frühstück auf der Terrasse“, sagte er stockend. „Wir wollten sie gerade verlassen, als Afnan kam und sagte, Ihr hättet ihn geschickt, um Deleja zu Euch zu rufen.“

„Das war eine Lüge. Ich habe Afnan nicht gesehen, seit ich ihn zu den Banagis gesandt habe, um ihnen von Talnins Tod zu berichten.“

Shaan schloss die Augen und atmete tief durch. Als er die Lider wieder hob, blickte er durch einen leichten Schleier.

„Sprich weiter, Junge“, bat Morujan Albite.

„Als ... als Deleja auf Afnan zuging, hat er plötzlich ein Messer gezogen und sie angegriffen. Ich habe noch versucht, sie von ihm wegzuziehen, aber er ... er konnte sie dennoch verletzen.“ Beschämt ließ er den Kopf hängen.

Morujan Albite legte ihm kurz eine Hand auf die Schulter. „Du musst dir deswegen keinen Vorwurf machen. Du konntest nicht wissen, dass Afnan Deleja etwas antun wollte. Niemand, auch nicht ich selbst, hätte jemals damit gerechnet. Afnan ist schon seit über einem Jahrzehnt in meinen Diensten. Er wirkt zwar ziemlich Furcht einflößend, aber ich war stets davon überzeugt, dass er ein guter Mensch ist. Und obwohl ich mit eigenen Augen gesehen habe, dass er auch dich zu töten versucht hat, begreife ich noch immer nicht, was in ihm vorgegangen sein mag."

Shaan sah von Delejas Vater fort. Er hätte Licht in dieses Dunkel bringen können, aber er musste schweigen. Wieder einmal.

„Hat Afnan vielleicht irgendetwas gesagt?"

„Er sagte, Deleja sei bereits tot und ich bald ebenfalls."

„Das macht die Angelegenheit nicht klarer. Welchen Grund könnte er dafür gehabt haben, sich gegen dich und Deleja zu wenden?"

„Ich stand ihm im Weg."

„Das mag sein, aber warum *Deleja*? Er kannte sie schon als kleines Mädchen, und ich dachte immer, er würde sie mögen. Warum also hat er es getan?"

Als Shaan lediglich die Achseln zuckte, schüttelte Morujan Albite nachdenklich den Kopf und strich sich versonnen durch den Bart. Shaan hing seinen eigenen Gedanken nach.

Die Hinterhältigkeit, mit der die Shai'yinyal ihren Angriff durchgeführt hatte, ließ ihn noch immer zittern. Sie wusste genau, dass er es spüren konnte, wenn sie einen Menschen unter ihren Willen brachte, und dass er daraufhin auf der Hut sein würde. Um ihn zu überlisten, hatte sie einen starken Erdzauber beschworen, während sie Afnan beeinflusste, und damit ihr eigentliches Vorhaben getarnt. Deshalb hatte er lediglich die heftige Eruption ihrer Erdmagie, nicht aber die wesentlich schwächere Energie von Afnans geistiger Versklavung wahrgenommen.

Dabei hätte er es wissen müssen! Er hätte erkennen müssen, dass die Shai'yinyal es dieses Mal nicht auf Liss abgesehen hatte, sondern ihn zu überrumpeln versuchte. Und es war ihr viel zu leicht gelungen. All die Jahre des Trainings, all die Mühen - es war umsonst gewesen. Er hatte sich wie ein naives Kind übertölpeln lassen, war von der Shai'yinyal zu einer Lachnummer degradiert worden. Aber genau das war es, was er war: ein armseliger Witz, lediglich die Karikatur eines Shais, der unfähigste Kämpfer, den das Gute jemals hervorgebracht hatte. Sein Vater würde sich beschämt von ihm abwenden, könnte er sehen, wie kläglich er seine Aufgaben erfüllte, wie sehr er sein Andenken mit Füßen trat.

Morujan Albite räusperte sich und riss Shaan aus seinen düsteren Gedanken.

„Ich habe dir noch gar nicht gedankt, Junge", erklärte der Kaufmann, ergriff seine Hand und drückte sie fest.

Shaan wich vor ihm zurück, als habe sich Delejas Vater plötzlich in einen menschenfressenden Unhold verwandelt. „Ich ... ich habe keinen Dank verdient! Ich habe nichts getan, womit er gerechtfertigt wäre."

„Das sehe ich anders. Der Arzt hat das Gift auf Afnans Messer identifiziert. Es hätte Deleja mit Sicherheit getötet, wenn du nicht die Wunde eingeschnitten und es herausgezogen hättest."

Shaan senkte den Kopf. „Wenn Ihr nicht hinzugekommen wärt, hätte ich ihr nicht helfen können."

Morujan Albite schauderte heftig. „Ich bin froh, dass ich Deleja die Nachricht von Talnins schrecklichem Unfall persönlich überbringen wollte. Wenn ich Linari geschickt hätte ..."

Er brach ab, sein Gesicht verlor jede Farbe.

„Dann hätte Afnan mich getötet und sich danach wieder Deleja zugewandt – oder einfach ihren Tod abgewartet", sagte Shaan dumpf.

Morujan Albite sah ihn ernst an. „Deinen Mut und deine Entschlossenheit, Deleja zur Seite zu stehen, in allen Ehren, Shaan, aber du konntest nicht erwarten, Afnan zu besiegen. Er war dir an Körperkraft weit überlegen."

Shaan schwieg bedrückt. Er kannte die bittere Wahrheit.

Der Kaufmann ballte plötzlich die Fäuste, und seine Miene wurde hart. „Ich wünschte, er hätte sich mir gestellt! Ich hätte ihn gelehrt, was es heißt, meine Deleja anzugreifen! Stattdessen ist er feige wie eine räudige Ratte in den Tod gesprungen!"

„Es gibt heute zu viele Tote in Eurem Haus, Herr Albite", mischte sich unvermittelt eine neue Stimme ein.

Shaan wandte den Kopf und erkannte Hauptmann Stain, der über den Korridor auf sie zukam. Morujan Albite nickte dem Soldaten zu.

„Ich sehe, meine Nachricht hat den Stadtrat erreicht. Haben sie Euch geschickt, um den Vorfall zu untersuchen?"

„Ja, Herr Albite."

Der Kaufmann wies auf Shaan. „Shaan ist dabei gewesen. Er kann Euch mehr erzählen als ich."

Hauptmann Stain richtete seinen eindringlichen Blick auf ihn. „Berichte mir alles, was du weißt, und sei bitte so genau wie möglich."

Und so erzählte Shaan noch einmal in den gleichen Worten, die er auch Delejas Vater gegenüber gebraucht hatte, was sich auf der Terrasse zugetragen hatte. Der Hauptmann hörte ihm schweigend zu, bis er das Gift erwähnte.

„Gift?", fragte er ungläubig. „Afnan hat sein Messer tatsächlich in Gift getaucht?"

Shaan nicke stumm.

Hauptmann Stain schüttelte fassungslos den Kopf. „Was ist nur mit unserer Stadt geschehen? Seit Tagen versetzen die Morde eines

Wahnsinnigen die Bürger in Angst und Schrecken, ein Haus brennt bis zu den Grundmauern nieder, und jetzt kommen auch noch ein Giftanschlag und ein Selbstmord hinzu. Das ist keine Entwicklung, die mir sonderlich gefällt. Hoffen wir, dass das alles endlich ein Ende hat."

„Ihr glaubt, Afnan könnte der Mörder sein, der all die Menschen auf dem Gewissen hat?", fragte Morujan Albite nachdenklich.

„Es ist meine Aufgabe, das herauszufinden. Wisst Ihr, wo sich Euer Vorarbeiter zu den Zeitpunkten der Morde aufgehalten hat?"

„Nicht genau. Ich arbeite nur selten mit Afnan zusammen, da ich viele Pflichten an ihn delegiere. Ich müsste meine anderen Leute fragen, ob sie ihn zu den entsprechenden Zeiten gesehen haben oder nicht."

„Das werde ich tun, wenn Ihr erlaubt."

„Gewiss."

„Dürfte ich auch Afnan Janeis Zimmer untersuchen? Vielleicht finde ich dort Hinweise oder Spuren, die diese Angelegenheit klären können."

„Tut, was Ihr tun müsst, Hauptmann. Fragt einen meiner Angestellten nach dem Weg, man wird ihn Euch zeigen. Ich selbst würde Euch gern begleiten, aber ich muss zurück ans Bett meiner Tochter. Ich möchte dabei sein, wenn sie wieder zu sich kommt."

„Das kann ich gut verstehen. Danke für Eure Kooperation."

Morujan Albite nickte nur und ging zu Delejas Tür. Bevor er sie öffnete, hielt er noch einmal inne. „Die Vorstellung, dass ich einen skrupellosen Mörder so viele Jahre unter meinem Dach beherbergt habe, dass er mit mir gearbeitet hat und meinen Kindern nahe gekommen ist, ohne dass ich ihm je misstraut hätte, ist mir beinahe unerträglich. Und doch wünschte ich, Afnan wäre der Schuldige. Dann wäre die Gefahr für Golgamat vorbei."

Hauptmann Stain nickte. „Ich verstehe Eure Gefühle, Herr Albite. Doch erst die Untersuchung wird ergeben, ob die Stadt von nun an wieder sicher ist."

Morujan Albite seufzte tief und verschwand wortlos in Delejas Zimmer. Shaan senkte bekümmert den Kopf. Die Stadt war *nicht* sicher, und da es an ihm allein war, das Unheil abzuwenden, lautete die eigentliche Frage, ob die *Welt* in den kommenden zwanzig Generationen sicher sein würde. Seine Inkompetenz ließ leider wenig Raum für Hoffnung.

Als Hauptmann Stains Schatten über ihn fiel, blickte er unwillkürlich auf.

„Du musst nicht so ein trauriges Gesicht machen, Junge", sagte der Soldat und lächelte ihm aufmunternd zu. „Du hast gute Arbeit geleistet. Du hast Deleja gerettet."

Shaan schwieg beklommen, während der Hauptmann ihn nachdenklich musterte.

„Das ist das zweite Mal, dass ich davon höre, dass du Menschen in Not zur Seite gestanden hast. Was hältst du davon, in den nächsten Tagen einmal vorbeizukommen, damit ich prüfen kann, ob du für die Stadtwache geeignet bist? Einen Burschen wie dich könnte ich brauchen."

Shaan riss die Augen auf und wich entsetzt zurück, bis er mit dem Rücken an die Wand des Korridors stieß.

„Ich will nicht kämpfen!", schluchzte er, unfähig, Kummer, Wut und Trauer in seinem Inneren zu beherrschen. „Das wollte ich niemals!"

Hauptmann Stain machte eine beschwichtigende Geste. „Es tut mir leid. Es war wohl ein unglücklicher Zeitpunkt, um dich danach zu fragen. Du solltest es dir trotzdem überlegen."

Damit wandte er sich ab und ging. Als er hinter einer Biegung des Korridors verschwunden war, schlug Shaan die Hände vors Gesicht und ließ seinen Tränen freien Lauf.

20. Fragen und Entscheidungen

Als Deleja langsam wieder erwachte, spürte sie zuerst die pochenden Schmerzen, die in ihrem Schädel widerhallten wie Donnerschläge. Jeder ihrer Atemzüge schien die Welt um sie herum in wirbelnde Rotation zu versetzen und beschwor eine würgende Übelkeit herauf, die ihr den Magen zusammenzog und ihren Mund mit Galle füllte. Sie stöhnte leise.

„Deleja?", rief eine fragende Stimme.

Mühsam öffnete sie die Lider. „Vater", hauchte sie.

Er saß neben ihr am Bett. Als sie ihn ansah, stand er auf und umarmte sie vorsichtig. „Deleja, mein Liebes, ich bin so froh, dass du wieder wach bist!"

Benommen versuchte Deleja, sich zu erinnern, was geschehen war.

Die Erinnerung kam schnell. Angst peitschte ihren Pulsschlag hoch und wühlte in ihren Gedärmen wie ein hungriges Raubtier.

„Was ... was ist passiert? Wieso war ich ohnmächtig? Und warum fühle ich mich so schwach?"

Das Gesicht ihres Vaters verdüsterte sich. „Afnan hat dich vergiftet", grollte er.

Deleja erschrak. „Werde ... werde ich sterben?", fragte sie mit zitternder Stimme.

„Ihr werdet leben, junges Fräulein", verkündete der Leibarzt der Albites und trat aus dem Hintergrund des Zimmers zu ihr. „Das Gift hat seine Macht über Euren Körper verloren. Ihr seid zwar noch geschwächt, aber Ihr werdet Euch ganz gewiss bald wieder besser fühlen. Trotzdem möchte ich Euch noch einmal untersuchen, bevor ich gehe."

Deleja nickte matt, und ihr Vater trat zur Seite, um dem Heilkundigen Platz zu machen. Nach ein paar Minuten richtete sich der Arzt wieder auf, offenbar zufrieden über ihren Zustand. Ihr Vater geleitete ihn zur Tür und kam dann allein zu ihr zurück. Sein Gesicht wirkte ausgezehrt, und seine Augen glänzten verräterisch.

„Stand es so schlimm um mich?", fragte Deleja gepresst.

Ihr Vater setzte sich zu ihr, ergriff ihre Hand und drückte sie so fest, als wollte er sie nie wieder loslassen. „Es ist ein Wunder, dass du noch lebst. Das Gift war sehr stark. Hätte Shaan nicht so rasch gehandelt, wärst du jetzt tot. Auch so warst du zwei lange Stunden ohne Bewusstsein."

Sie schluckte und warf einen Blick zum Fenster. Die Sonne war höher gestiegen, hatte den Zenit aber noch nicht erreicht.

Ihr Vater erzählte ihr, was sich zugetragen hatte, nachdem sie auf der Terrasse zu Boden gesunken war. Deleja kaute grübelnd auf ihrer Unterlippe, während sie seiner Schilderung lauschte. Je länger sie wach war, desto klarer wurden ihre Gedanken, und desto klarer wurde ihr auch, dass nichts von alledem hätte geschehen dürfen. Afnan war ein *guter*

Mensch. Er hätte sie niemals angegriffen. Er hätte niemals versucht, sie oder Shaan zu töten. Und doch hatte er genau das tun wollen.

Aber was hatte ihn so verändern können? Was konnte aus einem friedlichen, unbescholtenen Mann einen Mörder machen?

Fröstelnd zog sie die Decke bis ans Kinn. Die Antwort lag auf der Hand. Das Böse - das Böse, das in Golgamat umging, hatte von Afnan Besitz ergriffen.

Ihr Herz verwandelte sich in Eis. Wenn selbst Afnan dem unheilvollen Einfluss zum Opfer fiel, wenn das Böse dazu in der Lage war, ihn so zu manipulieren, dass er sich blutgierig auf ahnungslose Menschen stürzte und ohne zu zögern in den Tod sprang, war es viel mächtiger, als sie bislang geglaubt hatte. Aber wer stand dahinter und lenkte es? Der Mörder? Der *wirkliche* Mörder? Denn so wie die Dinge lagen, war es gut möglich, dass er schon früher seine verderbte Macht auf andere ausgeübt und sie dazu gezwungen hatte, sein ruchloses Werk zu tun.

Hatte es nicht bei einem der Morde so ausgesehen, als habe der Familienvater selbst seine Frau und seine Kinder hingeschlachtet und sich anschließend erhängt? Sie hatte das für ein perfides Spiel des Killers gehalten, doch die Wahrheit war offenbar noch schrecklicher.

Deleja begann zu zittern. *Das* war die Kraft, die die jungen Mädchen verfolgte? Das war die Macht, der sich Shaan entgegenstellte?

Eine würgende Hand schien sich um ihre Kehle zu legen, ließ ihr kaum noch genug Luft zum Atmen. „Ich ... möchte ihn sehen", hauchte sie.

„Wen?", Ihr Vater schaute sie fragend an.

„Shaan. Ich möchte mich bei ihm bedanken." Es war eine Lüge, zumindest eine halbe. Sie musste mit ihm reden. Sie musste erfahren, ob ihre Vermutung stimmte. Zwar würde er ihr kaum offen antworten, doch irgendwie würde sie es schon aus seinen Worten heraushören, da war sie sich sicher.

Ihr Vater schüttelte ernst den Kopf. „Du bist noch zu schwach, mein Liebes. Warte, bis zu wieder bei Kräften bist."

„Ich möchte ihn sofort sehen!"

„Aber ..."

„Bitte, Vater! Shaan hat mein *Leben* gerettet!"

Er seufzte. „Also schön, Deleja. Ich rufe ihn herein."

Er stand auf, ging zur Tür, öffnete sie und rief Shaans Namen.

Gleich darauf näherten sich eilige Schritte, und Shaan erschien in der Tür. Er bot ein Bild des Jammers. Seine schwarzen Haare hingen ihm zerzaust in die Stirn, unter seinen traurig dreinblickenden Augen lagen dunkle Ringe der Erschöpfung, und seine Schultern waren gebeugt, als laste ein Gewicht auf ihnen, das ihn sehr bald zu Boden reißen musste. Er hielt den Blick gesenkt, schien nicht einmal zu wagen, sie anzusehen.

„Shaan!", rief sie.

Er hob den Kopf, und für einen kurzen Moment löschte Erleichterung den Kummer in seinen Augen aus.

Deleja wandte sich ihrem Vater zu. „Vater?"

Sie sagte nur dieses eine Wort, hoffte, dass er sie dennoch verstand.

Er schaute sie an, blickte mehrfach zwischen ihr und Shaan hin und her und zögerte.

Deleja richtete sich halb in ihren Kissen auf. „Ich möchte für einen Moment allein mit Shaan sprechen!"

Er zögerte noch immer, schien sich innerlich zu winden. Deleja ahnte, was in ihm vorging, und knirschte verärgert mit den Zähnen. Ihr war es gleichgültig, ob es sich für sie schickte, mit einem jungen Mann in ihrem Zimmer allein zu sein oder nicht! Sie musste allein mit Shaan reden, andernfalls erfuhr sie gar nichts.

„Vater, bitte!", flehte sie.

Endlich gab er nach. „In Ordnung. Ich bin vor der Tür."

Shaan sah ihm nicht nach, als er ging, doch Deleja sandte ihm einen zornigen Blick hinterher. Ihr Vater hatte keine Bedenken, ihr Trist als Ehemann in den Rachen zu stopfen, aber Shaan gegenüber verhielt er sich reserviert und abweisend, als wäre er ein Strauchdieb am Wegesrand. Das war lächerlich! Shaan war der Letzte, von dem sie etwas zu befürchten hatte. Das hätte selbst ihr Vater inzwischen begreifen müssen!

Energisch drängte sie ihren Ärger beiseite und wandte sich der vor ihr liegenden Aufgabe zu. Shaan stand noch immer dicht bei der Tür. Seine Arme hingen wie nutzlose Anhängsel an den Seiten seines Körpers herab, sein Rücken war gebeugt, sein Kopf gesenkt. Aus eigenem Antrieb würde er sich kaum rühren.

Deleja winkte ihm. „Shaan, komm her! Setz dich bitte zu mir."

Sie wies auf den Stuhl, der neben ihrem Bett stand. Wie eine Marionette an Fäden schlurfte Shaan zu ihr herüber und setzte sich, den Blick starr auf die Bodendielen zu seinen Füßen geheftet.

Sein Anblick fuhr ihr wie eine Nadel durch den Magen, und so drängend ihre Fragen auch sein mochten, ihre Sorge um ihn war stärker.

„Geht es dir gut?"

Shaan nickte kaum wahrnehmbar.

Deleja zog die Stirn in Falten. „Das glaube ich nicht. Afnans Faust hat genau deine Prellung getroffen. Der Schlag muss sehr wehgetan haben."

Ein verschleierter Blick seiner dunklen Augen war die einzige Antwort.

Deleja begriff. „Es schmerzt noch immer?"

Wieder eine stumme, bestätigende Geste.

„Lass mich das ansehen", sagte sie energisch, richtete sich gänzlich in ihren Kissen auf, tastete mit ihrer rechten Hand nach seinem Hemd und öffnete zwei Knöpfe. Ein leiser Aufschrei entfuhr ihr.

Der Bluterguss, den der Tritt des Pferdes verursacht hatte, war größer als eine Hand. Er lag mitten auf Shaans Brustbein und hatte eine dunkelblaue, glänzende Färbung angenommen, die seiner Haut das Aussehen einer reifen Pflaume verlieh.

„Das ist ja entsetzlich!", rief sie erschrocken. Sie hätte nicht gedacht, dass die Prellung *so* übel sein würde.

„Es wird heilen", gab Shaan einsilbig zurück.

Zorn quoll in Deleja empor. Wieder einmal machte er sich keinerlei Gedanken um sich selbst. Er half, wann immer es nötig war, und riskierte jedes Mal alles, doch seine eigenen Verletzungen kümmerten ihn nicht. Irgendwann würde ihn seine Achtlosigkeit noch ins Grab bringen!

„Oh, das wird es sicher!", rief sie aufgebracht. „Und was ist beim nächsten Mal? Wenn dir erst ein Messer in der Brust steckt, wird es *nicht* wieder heilen!"

Shaan warf ihr einen gequälten Blick zu. „Das wird nicht geschehen."

„Oh, ich vergaß! Mit deinen Kampfkünsten kannst du es natürlich mit allen Straßenschlägern Golgamats gleichzeitig aufnehmen! Du bist schließlich ein unverwundbarer Superheld, dem nichts etwas anhaben kann!"

„Das ... bin ich nicht. Ich bin ein Versager." Seine Stimme war ganz leise, seine Haltung zusammengesunken.

Deleja vergaß ihren Zorn. „Das ist nicht wahr! Du hast schließlich Afnan das Messer abgenommen!"

„Jeder andere hätte das schneller vermocht."

„Wohl kaum! Afnan war ein hervorragender Messerkämpfer und hat sich häufig mit den Arbeitern meines Vaters im sportlichen Wettstreit gemessen. Und er hat fast immer gewonnen. Du aber warst noch besser! Von wem hast du das gelernt?"

Sie sah, wie sich Shaans Kiefermuskulatur verkrampfte.

„Von meinem Vater."

„Du musst lange geübt haben, um so gut zu werden."

„Ich bin nicht gut, aber du hast dennoch recht. Mein Vater hat jeden Tag mit mir trainiert."

„Aber warum? Warum hat er dich zu einem Kämpfer gemacht?"

Shaan starrte zu Boden wie ein schuldbewusster Sünder. „Wenn ich wirklich ein Kämpfer wäre, wärst du niemals in Gefahr geraten."

„Du hast mir immerhin das Leben gerettet!"

„Dein Vater hat es gerettet. Afnan hatte mich bereits besiegt."

„Aber nur, weil er dich unglücklich getroffen hat."

„Das ist keine Entschuldigung - nicht für mich."

„Du hast getan, was du konntest. Was verlangst du noch von dir?"

„Nur das, was innerhalb meiner Fähigkeiten liegt."

Deleja musterte ihn eindringlich. „Wärst du Afnan überlegen gewesen, wenn du alle deine Fähigkeiten eingesetzt hättest?"

„Ja."

„Wie sehr?"

„Mehr als du dir vorstellen kannst."

Deleja fröstelte. „Hättest du ... hättest du ihn töten können?"

„Ja."

Sein Tonfall ließ nicht den geringsten Zweifel zu.

Deleja schüttelte beklommen den Kopf. „Ich bin froh, dass du es nicht getan hast."

„Es wäre besser gewesen."

„Hättest du es denn ertragen? Hättest du mit dem Wissen daran leben können?"

Shaans Miene versteinerte. „Es geht nicht um mich! Es ist völlig gleichgültig, was mit mir geschieht."

Deleja erschrak. „So etwas solltest du nicht sagen!"

„Es ist die Wahrheit!"

„Das stimmt nicht! Herness, Linari, ich und selbst mein Vater nehmen Anteil an deinem Leben. Uns ist es nicht gleichgültig, was aus dir wird!"

Sie wollte nach seiner Hand greifen, wollte wenigstens versuchen, ihn ein wenig zu trösten, doch er entzog sich ihr und stand hastig auf.

„Ich werde jetzt gehen."

„Aber ..."

„Es ist besser, wenn du schläfst und dich ausruhst."

Deleja erkannte, dass sie ihn nicht umstimmen konnte. Er war bereits auf dem Weg zur Tür.

„Shaan, warte!"

Er hielt inne, sah sie fragend an.

„Bleibst du in der Nähe?"

Shaan nickte entschlossen. „Nichts könnte mich davon abhalten."

Damit ging er.

* * *

Deleja sah Shaan nach, verwirrt und noch beunruhigter als zuvor. Wenigstens hielt er sein Versprechen. Anhand des Raunens konnte sie fühlen, dass er unerschütterlich wie ein Fels dicht vor ihrer Tür Posten bezog und sich nicht vom Fleck rührte. Inzwischen konnte sie stets auf den Meter genau spüren, wo er sich aufhielt, wenn sie nur darauf achtete.

Ihr Vater kam zu ihr zurück, kaum dass Shaan aus dem Raum war.

„Shaan machte nicht den Eindruck, als wäre er sonderlich über deinen Dank erbaut gewesen."

Deleja drehte sich im Bett auf die Seite und wandte ihm den Rücken zu. Ihr war nicht danach, mit ihm zu reden. „Ich bin müde, Vater. Ich werde jetzt etwas schlafen."

„Ist gut, Kleines. Ich werde bei dir bleiben."

Er setzte sich auf den Stuhl, auf dem eben noch Shaan gesessen hatte, und legte ihr eine Hand auf die Schulter.

„Ich werde ganz leise sein, damit ich dich nicht störe", flüsterte er.

Deleja vergrub ihr Gesicht im Kissen und brummte eine unverständliche Antwort. Danach lag sie ganz still und gab sich ihren wirbelnden Gedanken hin. Obwohl sie Shaan keine ihrer Fragen hatte stellen können, war sie sicherer denn je, dass er genau wusste, was in Golgamat vor sich ging. Er hatte sogar gewusst, dass das Böse andere Menschen befallen und sie unter seine Kontrolle zwingen konnte; nur so ließ sich erklären, dass er sie vor Afnan zurückgerissen hatte, *bevor* dieser zum Angriff überging. Irgendetwas an Afnans Verhalten musste ihn gewarnt haben.

Und noch etwas war offensichtlich: Shaan stellte sich dem Bösen mit grimmiger Entschlossenheit in den Weg, wann immer er darauf traf. Er wollte es aufhalten – sogar um den Preis seines eigenen Lebens.

Aber warum tat er das? Und woher hatte er all sein Wissen? War er dem Bösen früher bereits begegnet? Hatte es vielleicht sogar ihn einmal als Werkzeug benutzt?

Deleja biss sich auf die Unterlippe, schmeckte Blut. Die Vorstellung, dass eine unheilige Macht selbst Shaan, den mutigen, heldenhaften Shaan, zum willenlosen Sklaven gemacht haben könnte, entsetzte sie zutiefst. Doch sie glaubte es nicht. Sowohl Afnan als auch der bedauernswerte Familienvater, der seine Frau und seine Kinder hingemetzelt hatte, hatten sich im Anschluss an ihre Tat das Leben genommen. Hätte das Böse Macht über Shaan gewonnen, hätte es ihn ebenfalls Selbstmord begehen lassen.

Eine andere Möglichkeit erschien ihr viel wahrscheinlicher. Shaan und sein Vater mussten von den finsteren Kräften, die auf der Welt ihr Unwesen trieben, gewusst haben. Deshalb hatte Shaans Vater ihn das Kämpfen gelehrt. Irgendwann mussten die teuflischen Schergen sie dann entdeckt haben.

Deleja schloss die Augen. Shaan sprach nicht oft über den Tod seines Vaters. Hatte das Böse ihn ermordet? Hatte Shaan es daraufhin bis nach Golgamat verfolgt? Und wusste er deshalb nicht genau, von wem es ausging, weil es auch beim Mord an seinem Vater eine hilflose Marionette benutzt hatte?

Fragen über Fragen, und keine Antworten. Erschöpft vom Schrecken des Morgens und den Nachwirkungen des Giftes, sank Deleja schließlich doch in einen tiefen Schlaf.

* * *

Mit dem Schlaf kamen die Albträume. Und doch waren sie ganz anders als in all den langen, qualvollen Nächten zuvor, denn dieses Mal *wurde sie gerettet.*

Sie erwachte mit einem Lächeln auf den Lippen. Endlich, endlich war es ihrem geheimnisvollen Beschützer gelungen, sie rechtzeitig zu erreichen, bevor sie auf grausame Weise dahingeschlachtet wurde - und dieses Mal hatte sie ihn erkannt. Es war Shaan. Im Traum wie im Wachen behütete er ihr Leben.

Deleja schauderte, ergriffen von Freude und tiefer Dankbarkeit. So oft hatte sie davon geträumt, dass es einmal jemanden geben mochte, der sich so vorbehaltlos für sie einsetzte, und jetzt war es kein Traum mehr. Shaan war da. Heute hatte er ihr Leben gerettet und sein eigenes aufs Spiel gesetzt, ohne auch nur eine Sekunde zu zögern. Wenn Afnan ihn nur ein einziges Mal mit der vergifteten Klinge berührt hätte, wären sie beide gestorben.

Tränen traten ihr in die Augen und rannen heiß ihre Wangen hinab. Shaan hatte ihr ein neues Leben geschenkt - ein kostbares, edles Geschenk, kostbarer als jedes andere, das sie je zuvor bekommen hatte. Sie musste es in Ehren halten. Doch tat sie das?

Ihre Zukunft bescherte ihr die Heirat mit Trist, den sie hasste, eine Erbschaft, die sie nicht wollte, und eine Arbeit, die ihr keine Freude bereitete. Das war nicht ihr Traum, das war nicht das Leben, das sie leben wollte! Sie ließ zu, dass andere ihren Weg bestimmten und für sie die Entscheidungen trafen, hatte sich von ihnen zu einem substanzlosen Schatten ohne eigenen Willen und ohne Selbstachtung herabwürdigen lassen.

Bittere Scham schnürte ihr die Kehle zu, denn der Grund war leicht zu nennen - Feigheit. Sie hatte es nie gewagt, ihrem Traum zu folgen, ihn gegen die Ansprüche ihres Vaters, gegen seinen überlegenen Intellekt und die grenzenlosen Hoffnungen, die er in sie setzte, zu behaupten.

Und als wäre das noch nicht schlimm genug, hatte sie Trist, als der sie auf der Feier bedrängte, mit ihrem Schweigen gedeckt und Shaan skrupellos dem Zorn ihres Vaters preisgegeben. Diese Schuld lastete seit damals schwer auf ihr und war nun gänzlich unerträglich geworden. Shaan hatte sie schon damals gerettet - und wie hatte sie es ihm gedankt?

Deleja ballte die Hände zu Fäusten, öffnete abrupt die Augen und setzte sich mit einem Ruck im Bett auf. Ihre heftige Bewegung ließ ihren Vater, der in Gedanken versunken zum Fenster hinausgesehen hatte, erschrocken zusammenzucken.

„Geht es dir gut, mein Liebes?"

„Nein, es geht mir *nicht* gut!", platzte Deleja heraus.

Sofort ergriff er ihre Hand und drückte sie besorgt. „Macht das Gift dir doch noch zu schaffen? Soll ich Linari rufen? Soll ich den Arzt wieder kommen lassen? Soll ich ..."

„Vater!"

Er brach ab, musterte sie fragend und ein wenig verwirrt.

Ihr Mund war plötzlich trocken wie die staubigen Straßen Golgamats. Sie musste es ihm sagen. Er musste alles erfahren – die gesamte Wahrheit, auch wenn er sie dann hasste, auch wenn er dann sah, wie sehr sie ihre Ehre hatte besudeln lassen. Aber das war immer noch besser, als mit Trist verheiratet zu werden, denn ohne Zweifel würde er ihr bereits in der Hochzeitsnacht jeden Funken Ehre austreiben, den sie bis dahin noch besitzen mochte.

Ihr Magen verwandelte sich in einen Eisklumpen. „Ich will Trist nicht!", würgte sie hervor.

Ihr Vater machte große Augen. „Was hat das zu bedeuten?"

„Ich kann ihn nicht heiraten!"

„Aber warum denn nur, mein Kind?"

„Ich mag ihn nicht. Er ist ein überheblicher, intriganter Stoffel, der keinen Funken Gefühl im Leib hat."

„Übertreibst du nicht ein wenig, Deleja? Du warst immerhin mit der Hochzeit einverstanden."

„Nein, das war ich nicht! Ich will nicht mit einem Mann verheiratet werden, der mich früher nicht einmal beachtet, sondern lieber auf Vanajas Busen gestarrt hat!"

„Deleja!", rief ihr Vater schockiert.

„Ich sage nur die Wahrheit, Vater. Trist hat sich nie etwas aus mir gemacht, doch seit du und Puross Olvive die Verlobung geplant habt, fühlt er sich plötzlich auf, als sei ich sein persönlicher Besitz."

Ihr Vater hob beschwichtigend die Hände. „Ich kann verstehen, dass dich das ärgert. Es ist wohl mein Fehler. Ich habe dich wie einen Jungen erzogen, deshalb hast du dich an viele Freiheiten und Rechte gewöhnt, die ein Mädchen üblicherweise nicht genießt. Trist geht hingegen davon aus, dass du dich wie ein wohlerzogenes Mädchen benimmst. Und genauso behandelt er dich. Das kannst du ihm nicht vorwerfen."

„Das tue ich aber! Ich bin kein Stück Fleisch, das auf dem Markt an den Meistbietenden verschachert werden kann."

Ihr Vater sah sie bestürzt an. „Hast du das etwa so empfunden?"

Deleja nickte bekümmert, und plötzlich liefen ihr dicke Tränen über die Wangen.

Ihr Vater umarmte sie. „Das tut mir leid, Liebes. Das wollte ich nicht, glaube mir. Ich wollte nur dein Bestes. Du warst oft so einsam und traurig. Ich dachte, eine Heirat würde dich glücklich machen."

„Aber doch nicht mit Trist! Wenn du mich ihm auslieferst, werde ich mein Lebtag nicht mehr froh werden. Dann ... dann hätte Afnan mich auch töten können!"

„Deleja, Kind, sage so etwas nicht!"

„Und warum nicht? An Trists Seite wäre ich nur ein Vogel in einem Käfig, zu dem er den Schlüssel besitzt! Ich wäre so einsam wie nie zuvor in meinem Leben. Und ich hätte nicht einmal mehr die Hoffnung, dass sich daran etwas ändern könnte."

Ihr Vater strich sich betroffen durch den Bart. „Es tut mir leid, Kind. Ich wollte dich nicht quälen. Ich dachte wirklich, Trist wäre die beste Wahl für dich."

Deleja nahm all ihren Mut zusammen und sah ihm direkt in die Augen. „Das Kontor spielte dabei keine Rolle?"

„Ich muss zugeben, auch in dieser Hinsicht wäre die Heirat zwischen dir und Trist die beste Verbindung, die ich mir vorstellen kann."

„*Nur* in dieser Hinsicht, Vater."

Ihr Vater warf ihr einen nachdenklichen Blick zu. „Bist du wirklich fest entschlossen, die Verlobung mit Trist abzusagen?"

„Ja."

„Das wird einige Unannehmlichkeiten für mich nach sich ziehen."

Deleja spürte, wie ihr der Hals eng wurde, aber jetzt konnte sie nicht mehr zurück. „Bitte verzeih mir! Ich wünschte, ich hätte schon viel eher etwas gesagt. Wenn du doch bloß die Wahrheit gekannt hättest!"

Ihr Vater schien zu spüren, dass noch etwas ungesagt geblieben war. „Die Wahrheit? Worüber?"

„Über das, was auf dem Fest geschehen ist."

„Du meinst Shaans Angriff auf Trist?"

„Shaan hat Trist nicht angegriffen!", erwiderte sie heftig. Glühende Hitze stieg ihr ins Gesicht. „Er wollte mir nur helfen!"

„Das weiß ich doch, Kind. Er hat die Situation falsch verstanden."

„Das hat er nicht!", fuhr Deleja ihren Vater an. Plötzlich machte es sie wütend, dass er sie Kind nannte. „Trist ist auf der Terrasse zudringlich geworden. Er wollte mich küssen, obwohl ich abgelehnt habe, und er hat ... er hat mich *berührt*!"

Sie spie die Worte so angeekelt aus, als seien sie zäher Schleim, der viel zu lange in ihrer Kehle gesteckt hatte. Und tatsächlich konnte sie mit einem Mal wieder freier durchatmen.

Ihr Vater wurde bleich. „Deleja, ist das wahr?"

„Es ist wahr! Und wenn Shaan nicht eingegriffen hätte, hätte Trist vielleicht weit mehr versucht, als mich lediglich zu einem Kuss zu zwingen."

Allein die Vorstellung widerte sie an.

Ihr Vater wurde rot vor Zorn. „Das ... das ist ungeheuerlich!"

Für einen Moment sah es so aus, als wollte er jemandem die Faust ins Gesicht dreschen, dann legte er ihr eine Hand auf den Arm. „Sei unbesorgt, Deleja. Unter diesen Umständen werde ich dich ganz bestimmt nicht zwingen, Trist zu heiraten. Dich wie ein Mädchen zu behandeln ist eine Sache, aber sich wie ein läufiger Straßenköter zu benehmen, eine andere. Das kann ich nicht dulden!"

„Dann sag die Verlobung ab! Je eher, desto besser!"

„Das werde ich. Ich werde sofort einen Boten zu den Olvives schicken und die Sache regeln."

Deleja atmete zutiefst erleichtert auf. Wenigstens dieser Albtraum war vorbei.

Ihr Vater erhob sich und ging zur Tür, blieb kurz davor jedoch noch einmal stehen. „Ich schätze, ich schulde Shaan schon wieder Dank - und eine Entschuldigung", sagte er leise, dann ließ er sie allein.

Deleja senkte bekümmert den Kopf. Ihr beschämendes Schweigen konnte sie nicht mit einer einfachen Entschuldigung aus der Welt schaffen. Sie konnte nur hoffen, dass Shaan ihr verzieh.

21. Der Kampf mit der Shai'yinyal

Die nächsten Stunden wachte Shaan, zerrissen von Scham und Sorge und grimmig entschlossen, nicht noch einmal zu versagen, mit versteinertem Gesicht vor Delejas Gemach. Irgendwann kam Morujan Albite heraus und erklärte ihm, dass Deleja nun wohl völlig über den Berg sei. Trotz dieser erfreulichen Nachricht machte er einen verstörten Eindruck, murmelte etwas von einem schweren Fehler, den er begangen hatte, aber Shaan wusste nicht, was er damit meinte.

Kurze Zeit später stattete ihm Linari einen Besuch ab, strich die Prellung auf seiner Brust erneut dick mit Salbe ein und bewirtete ihn mit Brot und Käse. Scheinbar ahnte sie, dass er seinen Platz in Delejas Nähe nicht aufgeben würde.

Nachdem er zu ihrer Zufriedenheit versorgt war, verschwand sie mit einem zweiten Tablett in Delejas Zimmer. Wenig später konnte er die beiden durch die Tür angeregt plaudern hören. Einmal lachte Deleja sogar, ein so freies, helles Lachen, als sei eine gewaltige Last von ihren Schultern genommen.

Er wünschte, es wäre so, wünschte, die Gefahr für Deleja wäre endlich vorüber. Doch die wirkliche Bedrohung begann jetzt erst.

Der Korridor wurde ihm plötzlich zu eng, die Wände schienen dichter zusammenzurücken und nur darauf zu lauern, ihn in einem unachtsamen Moment zwischen sich zu zerquetschen. Müde fuhr er sich mit den Fingern durchs Haar. Er brauchte unbedingt frische Luft. Mit steifen Schritten, als müsste er sich jede Bewegung gegen den erbitterten Widerstand seiner verhärteten Muskeln erkämpfen, ging er zur nächsten Tür und trat auf die Galerie hinaus, die in den Innenhof hinabführte. Dort stützte er sich seufzend auf die Brüstung und holte tief Atem. Der süße, schwere Duft der Rosen umschmeichelte seine Sinne. Die weißen standen bereits in voller Blüte, und auch die meisten roten Knospen hatten sich inzwischen geöffnet.

Shaan streifte die Schönheit um sich herum nur mit einem flüchtigen Blick. Seine Gedanken weilten allein bei Deleja, und seine Furcht, sie an die Shai'yinyal zu verlieren, wuchs mit jeder weiteren Minute, die ereignislos verstrich. Die Shai konnte jederzeit wieder angreifen, konnte erneut einen willenlosen Attentäter schicken, konnte Feuer legen, konnte das Kontor mit einem Beben erschüttern, konnte Erdlöcher aufreißen – ihre Möglichkeiten waren so unerschöpflich, wie die seinen begrenzt waren.

Eine halbe Stunde verstrich, vielleicht auch eine ganze. Gefangen in seinem verzweifelten Bemühen, einen Ausweg aus seinem Dilemma zu finden, und getrieben von dem quälenden Ticken der Uhr in seinem Nacken, das mit unerbittlicher Häme den Augenblick seiner und Delejas

Hinrichtung verkündete, verlor Shaan jegliches Zeitgefühl. Es schien sein Schicksal zu sein, tatenlos herumzustehen, während andere handelten. So war es immer gewesen, und offenbar würde sich daran bis zum finalen Zusammentreffen mit seiner Gegnerin nichts mehr ändern.

Doch obwohl er so schwere Gedanken wälzte und sich den Kopf darüber zerbrach, wie er sich am besten gegen das Unausweichliche wappnen könne, vernachlässigte er seine einsame Wacht nicht. Ein Teil von ihm lauschte stets auf das Raunen in seinem Inneren, damit er es bemerkte, wenn Deleja ihr Zimmer verließ, ein anderer spähte durch die Tür auf den Korridor, um ungebetene Besucher sogleich abfangen zu können, und ein dritter achtete auf jede Bewegung im Hof. Und so entdeckte er den Neuankömmling sofort, als er den Hof betrat.

Shaan kniff die Augen zusammen, erkannte die Gestalt und umklammerte das Geländer des Altans so fest, als wolle er es in Stücke zermalmen. Trist Olvive!

Wenn er jetzt hierherkam, konnte er nicht der Yinyal sein. Wäre Trist die Inkarnation des Bösen, hätte die Shai'yinyal niemals zugelassen, dass er sich allein und ohne ihren Schutz ins Haus der Albites begab, schließlich wusste sie seit Talnins Tod, wer die Lanhal und ihr Shai waren. Also kamen nur noch Enjun Lymas oder Jannor Trela infrage. Einer von ihnen musste der Yinyal sein.

Im Augenblick musste er sich jedoch um Trist kümmern, der ungestüm wie ein wilder Eber und mit hochrotem Kopf über den Hof stürmte. Dass er nicht der Yinyal war, machte ihn keinen Deut sympathischer. Und gerade heute sollte er Deleja besser nicht belästigen.

„Trist Olvive!" Shaan winkte, um ihn auf sich aufmerksam zu machen.

Trist blieb auf halbem Weg zur Eingangstür des Wohnhauses ruckartig stehen und starrte nach oben.

„Deleja schläft", rief Shaan zu ihm herab, als Trists Augen ihn gefunden hatten. „Du kannst sie jetzt nicht sprechen."

Es war gelogen, aber zum ersten Mal kümmerte ihn das nicht.

Trist stieß ein zorniges Schnauben aus. „Komm sofort herunter, Shaan Bajanare!", schrie er zu ihm herauf. „Ich habe mit dir zu reden!"

Shaan hob überrascht eine Braue, folgte Trists höflicher Bitte jedoch ohne langes Zögern. Trist war es zuzutrauen, dass er die gesamte Dienerschaft des Hauses zusammenbrüllte, und dann wäre es auch mit Delejas Ruhe vorbei.

„Jetzt hast du es endlich geschafft, du elender Intrigant!", kreischte Trist, kaum dass Shaan den Boden des Hofes betreten hatte. „Du kannst dir wirklich zu deinem Erfolg gratulieren. Du hast mich zum Gespött der ganzen Stadt gemacht!"

Shaan runzelte verwirrt die Stirn. „Was soll das heißen? Wovon sprichst du?"

„Von meiner Verlobung mit Deleja natürlich. Eben kam ein Bote der Albites zu uns. Die Verlobung ist abgeblasen worden!“

„Tatsächlich?“, rief Shaan verblüfft. Das war endlich einmal eine gute Nachricht! Jetzt begriff er auch, von welchem Fehler Morujan Albite vorhin gesprochen hatte.

„Du musst dich nicht so erstaunt geben“, zischte Trist. „Ich sehe schließlich, wie sehr du dich darüber freust. Wie hast du das nur fertiggebracht? Dass du Deleja gegen mich aufhetzen konntest, ist nicht verwunderlich, aber wie hast du ihren Vater auf deine Seite gezogen?“

Shaan hob abwehrend die Hände. „Ich habe nichts dergleichen getan.“

„Lügner! Glaubst du, ich bin ein Idiot? Bevor du nach Golgamat kamst, war die Heirat zwischen mir und Deleja beschlossene Sache. Dann tauchst du auf, und plötzlich behandeln mich alle wie den letzten Gossendreck! Ich glaube kaum, dass die Einflüsterungen der Götter für diesen Sinneswandel verantwortlich sind!“

„Glaube, was du willst.“

„Wenn ich nur gewusst hätte, wie hinterhältig du bist, wäre ich von Anfang an viel härter gegen dich vorgegangen. Aber du hast es wirklich vorzüglich verstanden, den naiven Bauerntrampel zu spielen, der kein Wässerlein trüben kann. Doch in Wirklichkeit hast du sofort damit begonnen, deine teuflischen Fäden zu spinnen. Selbst Afnans Angriff auf Deleja kam dir gerade recht. Wie edelmütig du wieder einmal den Helden gespielt hast! So ein Zufall, dass dir Morujan Albite danach vor Dankbarkeit die Füße geküsst hat! Das passte genau in deine Pläne.“

Shaan verschränkte die Arme vor der Brust. „Ich habe keine Pläne.“

„Und ob du die hast! Du willst Deleja! Du willst das Erbe der Albites! Vermutlich bist du bereits mit diesem Ziel nach Golgamat gekommen, und als du gehört hast, dass Deleja mir versprochen war, hast du alles daran gesetzt, um mich auszubooten.“

Shaan schwindelte. „Du weißt nicht, was du da sagst!“, keuchte er, als ersticke er an seinen eigenen Worten. „Ich werde niemals heiraten!“

„Warum hast du mir dann Deleja weggenommen? Nur wegen dir hat sie die Verlobung abgesagt!“

Shaan sah Trist in die Augen, die gleichen Augen, die Deleja voll lüsterner Gier betrachtet hatten. Zorn quoll in ihm empor.

„Ist dir nie in den Sinn gekommen, die Ursache bei dir selbst zu suchen? Wie kannst du erwarten, dass sie dich liebt, wenn du mit ihr umspringst, als sei sie irgendein Gegenstand und kein fühlendes, menschliches Wesen?“

„Von Liebe war niemals die Rede! Es war ein Geschäft, nichts weiter. Aber das kannst du in deiner grenzenlosen Einfalt natürlich nicht verstehen.“

Shaan schnaubte wütend. „Hat der Vater deiner Mutter ebenso gedacht, als er sie mit deinem Vater vermählt hat?"

„Was meinst du damit?"

„Deine Mutter vegetiert dahin wie eine Pflanze ohne Sonne, und Deleja würde es an deiner Seite genauso ergehen. Es ist gut, dass ihr dieses traurige Schicksal erspart bleibt."

Trist ballte die Fäuste. „Wie kannst du es wagen ..."

Für einen kurzen Moment schien es, als wolle er sich auf ihn stürzen. Shaan sah ihm ruhig entgegen. Trist war kein Gegner für ihn - nicht mehr.

Trist erstarrte. Sein Zorn und seine Feigheit fochten einen kurzen Kampf miteinander aus, dann verzerrte sich sein Gesicht, und er zischte mit gefährlich leiser Stimme: „Wir haben uns nicht das letzte Mal gesehen! Diese Sache wird ein Nachspiel für dich haben, das schwöre ich. Irgendetwas stimmt nicht mit dir, Shaan Bajanare! Du tauchst aus dem Nichts auf, und plötzlich bricht das Chaos über Golgamat herein. Ich werde meine eigenen Nachforschungen anstellen, und wenn ich herausgefunden habe, welche finsteren Pläne du verfolgst, werde ich dich der Stadtwache zum Fraß vorwerfen!"

Damit warf er sich herum und stakste hoch erhobenen Hauptes davon. Shaan sah ihm mit tief gerunzelter Stirn hinterher. Trists Worte mochten eine leere Drohung gewesen sein, aber er durfte nicht vergessen, dass selbst Deleja ihm eine Zeit lang mit offenem Misstrauen begegnet war. Zwar würde sie darüber kaum mit Trist reden, aber es war nicht auszuschließen, dass Trist Hinweise fand, die ihn in Verbindung mit den Morden brachten.

Und so schloss sich der unheilvolle Kreis seiner Gedanken. Wenn jetzt auch noch Trist hinter ihm her war, wurde die Zeit noch knapper, und noch immer wusste er nicht, was er tun konnte, um Deleja zu beschützen. Dazu hätte er schon herausfinden müssen, wer die Shai'yinyal war, und *das* würde ihm bestimmt nicht gelingen.

* * *

Trist hatte den kleinen Innenhof des Albiteschen Anwesens gerade erst verlassen, als ein anderer Besucher aus dem Durchgang zum Kontor hervortrat: Hauptmann Stain.

Shaan war die Treppe zum untersten Altan bereits wieder hinaufgestiegen, kehrte nun jedoch eilig um und steuerte auf den Soldaten zu. Verlegene Röte schoss ihm ins Gesicht, als er daran dachte, wie abweisend er sich am Morgen benommen hatte, und er wünschte, er hätte sich besser in der Gewalt gehabt. Der Hauptmann war der Einzige, der vielleicht Informationen über die Shai'yinyal besaß. Nur würde er sie ihm kaum verraten, wenn er ihn weiterhin mit seinem rüpelhaften Betragen vor den Kopf stieß.

„Hauptmann Stain", rief er leicht außer Atem. „Wartet!"

Der Soldat blieb stehen, wandte sich ihm zu und sah ihn aufmerksam an. „Was gibt es, Shaan?"

Shaan blickte zerknirscht zu Boden. „Es ... es tut mir leid, dass ich heute Morgen so brüsk war. Entschuldigt bitte mein unangemessenes Verhalten."

Stain winkte ab. „Meine Frage war nicht weniger unangemessen als deine Antwort, jedenfalls zu diesem Zeitpunkt. Am besten wir vergessen die Angelegenheit einfach."

„Dann wollt Ihr nicht mehr, dass ich der Stadtwache beitrete?"

„Wärst du dazu denn bereit?" Stain musterte ihn forschend.

Shaan versuchte, seinem Blick standzuhalten. „Ich ... ich weiß es noch nicht, aber ich werde darüber nachdenken."

Stain lächelte. „Gut. Mehr verlange ich nicht." Er spähte die Altane hinauf. „Wie geht es Deleja? Ist sie erwacht?"

Shaan nickte hastig. „Ja, und es geht ihr gut. Sie wird sich bestimmt erholen."

Der Hauptmann seufzte schwer. „Das ist erfreulich. Wir haben in der letzten Zeit bereits genug junge Menschen an den Mörder verloren."

Shaan versuchte, einen möglichst unverfänglichen Eindruck zu machen. „Habt Ihr inzwischen etwas herausgefunden?"

„Ja. Ich wollte eben Herrn Albite Bericht erstatten."

„Könnt Ihr es mir auch sagen?" Shaan stöhnte innerlich auf und beglückwünschte sich für seinen subtilen Vorstoß.

Der Soldat zögerte, dann nickte er. „In Ordnung, weil du es bist." Seine Miene verdüsterte sich, als er fortfuhr: „Ich habe den gesamten Morgen über mit Angestellten des Kontors gesprochen, und leider steht ohne Zweifel fest, dass Afnan Janei nicht der Mörder sein kann, der Golgamat seit Tagen unsicher macht. Als drei der Überfälle geschahen, befand er sich im Kontor, das können viele Zeugen bestätigen. Für die anderen Morde hat er zwar kein Alibi, doch da ich weiterhin davon ausgehe, dass nur eine Person für die Gräueltaten verantwortlich ist, kann er es nicht gewesen sein."

„Und wie könnt Ihr Afnans Angriff auf Deleja erklären?"

„Gar nicht. Keiner, mit dem ich gesprochen habe, hat je an seiner Loyalität gegenüber Herrn Albite gezweifelt, bevor er mit dem Messer auf dich und Deleja losgegangen ist. Ich habe sogar mit den Banagis geredet, weil sie die Letzten waren, die Afnan vor seiner Tat gesehen haben, aber auch ihnen ist nichts aufgefallen, was sein Verhalten erklären könnte."

„Gar nichts?"

„Nun ja, es gab eine Kleinigkeit, aber die ist wohl nicht weiter bedeutsam. Frau Banagi hat aus dem Fenster geblickt, kurz nachdem Afnan sie verlassen hatte, weil es tief in der Erde rumorte, als wolle ein unterirdischer Vulkan ausbrechen. Sie wollte sehen, was vor sich ging, und hat dabei bemerkt, dass Afnan direkt vor dem Gasthof von einem jungen Mädchen angesprochen worden ist."

Augenblicklich wurde Shaan hellhörig. „Wie sah es aus?"

„Laut Frau Banagis Beschreibung war das Mädchen etwa so alt wie Deleja. Es soll sehr schlank und schön gewesen sein. Am stärksten ist Frau Banagi sein langes, schwarzes Haar und seine ungewöhnlich freizügige Kleidung aufgefallen. Vermutlich war es eine der Straßendirnen, die es in Golgamat zu Dutzenden gibt."

Doch noch während er sprach, legte der Hauptmann seine Stirn in tiefe, nachdenkliche Falten, als grüble er über etwas nach.

„Ihr scheint Euch darüber nicht ganz sicher zu sein", meinte Shaan leichthin.

„Das bin ich auch nicht", gab der Soldat zu. „So ein Mädchen ist eine ziemlich auffällige Erscheinung, und ich dachte, ich wüsste, wen Frau Banagi gesehen hat."

„Und an wen dachtet Ihr?"

„An Marna Varnein." Stain verzog verächtlich die Lippen. „Sie ist Enjuns neue Gespielin."

Shaan zuckte zusammen, als hätte ihn ein Keulenschlag im Genick getroffen. Enjun Lymas - er war der Yinyal! Es konnte nicht anders sein.

Zum Glück hatte der Hauptmann seine Reaktion nicht bemerkt. Er schüttelte grimmig den Kopf; sein finsterer Blick schien Löcher in die Luft brennen zu wollen. „Diese Marna kam vor kurzer Zeit in die Stadt und ist bald darauf Enjun über den Weg gelaufen. Seitdem pflegen die beiden eine unziemliche Beziehung zueinander. Reuss Lymas versucht alles, um es zu verheimlichen, aber sein Sohn macht es ihm nicht gerade leicht. Er trifft sich täglich mit ihr in dem Gasthof, in dem sie sich einquartiert hat. Einige Leute haben sich bereits über den Lärm, den die beiden veranstalten, beschwert. Ich begreife nicht, wieso der Gastwirt solch ein schamloses Benehmen duldet. Und noch unverständlicher ist mir, warum Reuss nichts unternimmt. Sein Junge scheint völlig zügellos geworden zu sein, und wenn er nicht bald einschreitet, wird diese Marna Enjun endgültig verderben. Sie passt leider viel zu gut zu ihm."

Shaan spürte, wie ihm der Schweiß ausbrach. Der Hauptmann ahnte nicht, wie dicht er mit seinen Worten an der Wahrheit lag. „Wie heißt der Gasthof?", fragte er angespannt.

„Es ist der Hof *Zum Tanzenden Feuer.*"

Shaan schluckte hart. Nun war alles klar. Er kannte den Namen der Shai'yinyal und wusste, wo er sie finden konnte. Und da er nicht dazu in der Lage war, Enjun zu töten, bevor dieser zum Yinyal erwachte, gab es nur noch eine einzige Möglichkeit für ihn.

Er fällte seinen Entschluss von einem Augenblick zum anderen. Er musste die Shai'yinyal herausfordern! Er musste sie zwingen, endlich aus dem Schatten hervorzutreten. Seine Magie war der ihren ebenbürtig. Es wäre ein fairer Kampf zwischen gleichwertigen Gegnern, etwas, das auch Deleja von ihm verlangen würde, wüsste sie um seine wahre Bestimmung. Das Schicksal der nächsten zwanzig Generationen konnte er so zwar nicht entscheiden, aber falls er die Shai'yinyal bezwang, war Deleja in Sicherheit, bis der Yinyal erwachte, und er hatte Zeit gewonnen, sie an ihre wahre Identität heranzuführen.

Am liebsten wäre er sofort losgespurtet, aber er musste sich bis heute Nacht gedulden. Bei dem magischen Duell, das ihm bevorstand, konnte er keine Zuschauer gebrauchen.

„Leider hat mich die Spur nicht weitergebracht", erklärte der Hauptmann indessen. „Ich war mir sicher, dass Frau Banagi Marna wiedererkennen würde, wenn ich sie ihr gegenüberstelle. Das war jedoch nicht der Fall. Die gute Frau hat offenbar die Augen einer Fledermaus, oder sie zieht es aus irgendeinem Grund vor, nicht über ihre Beobachtungen nachzudenken. Und Marna behauptet, nicht einmal in der Nähe des Gasthofs gewesen zu sein." Er machte ein Gesicht, als wollte er ausspucken. „Enjun bestätigte ihre Worte natürlich."

Shaan nickte stumm, konnte nur mit Mühe seine Anspannung verbergen.

„Also war es wohl doch eine Dirne", schloss Hauptmann Stain unwirsch. „Ich würde gern mit ihr reden, aber es ist völlig aussichtslos, nach ihr zu suchen. Die Dirnen kennen die verborgenen Winkel der Stadt besser als ich, und sie warnen sich stets gegenseitig, wenn ich einer von ihnen habhaft werden möchte. Vermutlich ist es die Mühe ohnehin nicht wert. Das Mädchen dürfte Afnan ein unziemliches Angebot gemacht haben, und *das* war bestimmt nicht der Grund, wieso er sich nach seiner Rückkehr ins Kontor wie ein Wahnsinniger gebärdet hat. Wir werden wohl nie erfahren, welche Dämonen ihn getrieben haben."

Shaan nickte lediglich, während seine Gedanken in der Zeit vorauseilten.

Hauptmann Stain ballte die Fäuste. „Wenn ich wenigstens bei der Suche nach dem Mörder weitergekommen wäre! Golgamat steht hoher Besuch bevor, und ich muss für die Sicherheit in der Stadt sorgen. Aber hier herrschen Zustände wie auf einem Schlachtfeld! Wenn es in meiner Macht läge, würde ich die Stadttore schließen und niemanden mehr hereinlassen, bis dieser ganze Irrsinn ein Ende hat!"

„Wer kommt denn?", fragte Shaan.

„Herzog Garbass Geyseré. Er trifft morgen in der Stadt ein und wird einige Tage beim Herzog Gerais auf Talgolma verbringen."

Von einem Moment zum anderen begann sich die Welt um Shaan zu drehen.

Der Hauptmann zog die Stirn in Falten. „Ist alles in Ordnung mit dir?"

Shaan nickte schwach. „Ja", presste er hervor. „Ich ... ich dachte nur gerade, dass es kein guter Zeitpunkt für einen Besuch in Golgamat ist."

„Das ist ganz meine Meinung, Junge. Ich hatte Herzog Gerais sogar persönlich gebeten, das Treffen zu verschieben, aber wann hätte man es schon einmal erlebt, dass ein Adliger auf einen einfachen Hauptmann hört?"

„Noch nie?", vermutete Shaan fahrig.

Stain schnaubte mürrisch. „In der Tat. Dabei ist der Rat von uns gewöhnlichen Bürgern oft besser, als die hohen Herren glauben." Er straffte seine Gestalt. „Du musst mich jetzt entschuldigen. Ich muss zu Herrn Albite. Es wird Zeit, dass auch er erfährt, was ich herausgefunden habe."

„Es tut mir leid, dass ich Euch aufgehalten habe."

„Das macht nichts. Wir sehen uns, Junge."

Damit wandte sich Hauptmann Stain ab und verschwand mit schnellen Schritten im Haus.

Shaan sah ihm nicht nach. Wie betäubt stand er ihm Hof, dann kam plötzlich Leben in ihn. Er sauste die Treppe der Altane hinauf, hetzte zu seinem Zimmer, riss die Tür auf, stürzte durch den Raum und zog die unterste Schublade der Kommode auf, die neben seinem Bett stand. Achtlos schob er seine Kleidung beiseite und zerrte seinen Rucksack hervor, den er in der hintersten Ecke verstaut hatte.

Mit zittrigen Fingern öffnete er ihn, fasste in eine kleine, innen eingenähte Tasche und erfühlte ein dünnes, ledernes Band. Wenig später pendelte ein runder, metallischer Gegenstand an einer Schnur dicht vor seinen Augen. Zwei Möwen erstrahlten in reinem Weiß vor einem blauen Hintergrund - das Wappen der Geyserés - das Wappen seiner Familie.

Mit einem gequälten Stöhnen schloss Shaan die Finger so fest um das Metall, dass ihm die Kante schmerzhaft in die Haut stach, sackte wie in Zeitlupe auf die Knie und presste die Faust mit der Plakette gegen seine Brust.

Wie oft hatte er seinen Vater darum gebeten, seinen Großvater und den Rest der Familie sehen zu dürfen! Gefflan hatte es ihm nie gestattet, doch jetzt bekam er ganz plötzlich die Gelegenheit dazu. Er musste nichts weiter tun, als lange genug am Leben zu bleiben, bis der Herzog eintraf. Er kam schon morgen. Endlich könnte er seinen Großvater kennenlernen!

Ein Schluchzer entrang sich seiner Kehle, als er sich wie ein getretener Hund zusammenkrümmte. Die Möglichkeit lag so nahe, und doch konnte, *durfte* er sie nicht ergreifen. Wenn er das Haus verließ, um seinen Großvater zu besuchen, müsste er Deleja ungeschützt zurücklassen. Das käme einer Einladung an die Shai'yinyal gleich.

Oder aber er nahm sie mit, was auch nicht klüger wäre, da seine Gegnerin vermutlich nur darauf wartete, dass sie sich vor die Tore des Kontors wagten, das ihnen zumindest ein gewisses Maß an Schutz bot. Er durfte nicht einmal seinen Angriff auf die Shai'yinyal länger hinauszögern. Jede Stunde, die er ihr gab, ohne gegen sie vorzugehen, konnte sich als fatal erweisen.

Wie in Trance öffnete er die Hand, in der das Wappen lag. Die Haut seiner Handfläche war eingerissen und blutete, so fest hatte er das Medaillon umklammert, doch er achtete nicht darauf. Mechanisch schob er die Plakette in ihr Versteck zurück. Sein Vater hatte wie immer recht gehabt. Er war der Shai'lanhal und sonst nichts. Eine Familie störte ihn nur. Sie lenkte ihn ab und brachte ihn dazu, seine Konzentration vom Kampf abzuziehen. Das aber durfte nicht geschehen. Um der Zukunft aller Menschen willen musste er Deleja beschützen. Nur dafür war er geboren worden.

Mit steifen Bewegungen verstaute er den Rucksack wieder in der Schublade, schloss sie, stand auf und verließ mit hängenden Schultern sein Zimmer, um seine Wache vor Delejas Tür wieder aufzunehmen.

* * *

Nachdem Linari ihr zu essen gebracht hatte, fühlte sich Deleja stark genug, um aufzustehen. Bewegung war ganz gewiss das beste Mittel, um die lästige Schwäche, die das Gift in ihren Gliedern hinterlassen hatte, zu vertreiben - und vielleicht auch die düsteren Erinnerungen an Afnans schreckliche Tat. Der unerwartete Mut, mit dem sie vorhin ihrem Vater die Stirn geboten hatte, und die plötzliche Aussicht auf eine Zukunft ohne Sklavenhalsband halfen ihr dabei.

Während Linari ihr die Haare flocht, erzählte sie ihr, dass die Verlobung endgültig ins Wasser gefallen war, und auch über Trists schamloses Benehmen auf ihrer Geburtstagsfeier machte sie nun kein Geheimnis mehr. Auf einmal kamen ihr die Worte ganz leicht über die Lippen, und als sie auch in Linaris Augen Wut aufblitzen sah, begriff sie, dass sie sich niemals hätte schämen müssen. Trist war das Schwein, nicht sie; sie würde diese Lektion nicht wieder vergessen.

„Shaan ist wirklich ein feiner Kerl", sagte Linari schließlich und seufzte schwer. „Fast zu gut für Golgamat."

Deleja wusste genau, was sie meinte. Schweigend betrachtete sie ihr Antlitz im Spiegel, verfolgte mit, wie Locke um Locke ihres seidigen, rotblonden Haares unter Linaris geschickten Fingern in das übliche, eng anliegende Korsett gestopft wurde, das sich wie der metallene Helm eines Stadtgardisten an ihren Schädel presste. Früher war sie froh darüber gewesen - doch heute...

„Könntest du mir eine andere Frisur machen?", bat sie Linari.

Die Haushälterin hielt verblüfft inne. „Natürlich kann ich das. Wie möchtest du deine Haare denn tragen?"

Deleja zögerte. „Ich weiß nicht genau. Vielleicht etwas weniger ... streng?"

Linari grinste übers ganze Gesicht. „Du möchtest also eine *weibliche* Frisur!"

Deleja spürte, wie sie bis zu den Haarwurzeln errötete. Trotzdem nickte sie tapfer, kostete den ungewohnten Geschmack dieses Wortes wie süßen Wein auf ihrer Zunge.

Linari knüpfte ihr halb vollendetes Werk wieder auf und begann von Neuem. Dabei pfiff sie vergnügt vor sich hin. Als sie fertig war, wurden Delejas Augen vor Staunen immer größer. Neben ihren Wangen kräuselten sich mehrere kleine Korkenzieherlocken und umrahmten verspielt ihr schmales Gesicht, und statt der grimmigen Zöpfe hatte Linari ihre Haare in sanften Wellen um ihren Kopf aufgesteckt, ließ sie nur in ihrem Nacken locker ihren Rücken herunterströmen.

Vorsichtig drehte Deleja den Kopf hin und her. Sie hatte das Gefühl, die aufgesteckten Locken müssten sich bei der kleinsten Bewegung lösen und das ganze Kunstwerk haltlos in sich zusammenstürzen, doch das tat es nicht.

„Gefällt es dir?", fragte Linari lächelnd.

Deleja strahlte. „Ja, sehr sogar."

Linari gab ihr einen Kuss auf die Stirn. „Fein."

Dann ließ sie sie allein mit ihrer Freude und den ungewohnten Empfindungen, die machtvoll in ihr emporstiegen.

Deleja ging zu ihrem Schrank und wollte zunächst aus reiner Gewohnheit nach der Jungenkleidung greifen, hielt jedoch mitten in der Bewegung inne und nahm schließlich ein Kleid heraus. Es war weder besonders auffällig noch so prachtvoll wie die Garderobe ihrer Schwestern, aber es war ein *Kleid*. Behutsam, als könne jede heftige Bewegung den feinen Stoff zerreißen, streifte sie es über ihre zierliche Gestalt, strich die Falten glatt und tanzte in einer plötzlichen Aufwallung von Übermut zwei, drei Schritte durch das Zimmer. Der Pirol flötete protestierend, doch Deleja beachtete ihn gar nicht, sondern schlüpfte rasch in ihre Schuhe. Dann lauschte sie mit klopfendem Herzen nach innen. Shaan war noch immer in ihrer Nähe. Dem Raunen zufolge hielt er sich gerade im Hof auf.

Ohne noch länger zu zögern, verließ sie ihr Zimmer, trat auf den obersten Altan hinaus - und blieb staunend stehen. Weiße Federwolken bedeckten den Himmel wie Meeresschaum und tauchten Golgamat in ein wechselndes Spiel aus Licht und Schatten.

Im warmen, goldenen Licht der Sonnenstrahlen leuchteten die Blüten der Rosen in tiefem Glanz. Am Morgen waren die roten Knospen noch geschlossen gewesen, nun aber hatten sie sich endlich geöffnet und verwandelten die Südmauer in ein Meer aus Karmesin. Der süße Rosenduft erfüllte den Innenhof und umschmeichelte sie betörend wie eine zärtliche Liebkosung.

Deleja lächelte und ging mit beschwingten Schritten zu einem Holzpfeiler des Altans, um den sich ein Zweig des roten Rosenstocks wand. Vorsichtig nahm sie eine Blüte in die Hand, beugte sich leicht vor und sog den Duft tief ein, ließ sich von ihm berauschen wie von prickelndem Sekt.

Als sie wieder aufsah, stand Shaan vor ihr.

„Ist das nicht herrlich?“, fragte sie ihn freudestrahlend.

Shaan sah sie lange an, bevor er antwortete, und als er es tat, war es, als hätte er ihre Worte gar nicht gehört. „Geht es dir wieder gut?“

Seine Augen waren wie dunkle, schimmernde Spiegel, die die Reflexionen der Sonne einfingen. Er sah die Schönheit um sich herum nicht, er sah nur sie allein. Warum konnte er dann nicht an ihrer Freude teilhaben? Er hatte ihr dieses neue Leben geschenkt. Und er hatte ihr durch seine Selbstlosigkeit und seinen Mut die Kraft gegeben, sich gegen die Wünsche ihres Vaters aufzulehnen.

„Es geht mir hervorragend“, rief sie überschwänglich, tänzelte zu ihm und lächelte ihn an. „Dank dir.“

Shaans Augen verschleierten sich. Für einen Moment glitten seine Gedanken so weit fort, dass sein Blick mitten durch sie hindurchging und sich in unerreichbarer Ferne verlor.

Deleja berührte ihn hastig am Arm. „Shaan?“

Es dauerte eine Weile, bis sein Blick wieder ihr gehörte, und als er es tat, sah sie so viel Furcht in seinen Augen, dass sie erschrak.

„Was ist los?“

Shaan starrte zu Boden. „Nichts.“ Das Wort war nur ein Hauch, so flüchtig, dass es verwehte, kaum dass es über seine Lippen gekommen war.

In ihrem Herzen erwachte die Angst, und ihre gute Laune schwand dahin wie Nebel in der Mittagshitze, löste sich auf im unbarmherzigen Licht der plötzlichen Erkenntnis. Wenn der Mörder das Böse, das in ihm wohnte, auf Afnan übertragen hatte, um sie zu töten, hatte sein Plan versagt. Er würde es erneut versuchen, so wie bei Liss.

„Wird man mich noch einmal angreifen?“, fragte sie zitternd und rückte unwillkürlich ein Stück näher an Shaan heran.

Er erschauerte, sein Blick richtete sich für einen kurzen Moment ganz auf sie, dann hob er eine Hand und berührte sachte ihre Wange. „Nicht, wenn ich es verhindern kann."

„Und wirst du es verhindern?"

„Du wirst leben", erwiderte er leise und doch so entschlossen, als gäbe es daran nicht den geringsten Zweifel.

Deleja hatte keine Zweifel - jedenfalls nicht daran, dass er alles tun würde, um es zu gewährleisten; auch wenn er bei dem Versuch, sie zu beschützen, selbst auf der Strecke blieb.

Er sah sie nicht mehr an, sondern blickte in den Himmel hinauf. Plötzlich wirkte er auf eigentümliche Weise durchscheinend, als wäre er kaum noch Teil dieser Welt. Selbst das Raunen in ihrem Inneren wurde leiser, obwohl er so dicht neben ihr stand.

Deleja erschrak zutiefst, und furchtbare Angst grub sich wie eine kalte Klaue in ihr Herz. Shaan würde gehen. Noch heute würde er das Kontor verlassen und sich dem Bösen stellen. Sie spürte es. Sie *wusste* es. Und sie wusste auch, dass er dabei sterben könnte.

Am liebsten hätte sie ihn umarmt, ihn festgehalten und versucht, ihn zum Bleiben zu bewegen, aber seine starre, verschlossene Miene verriet, dass sie nicht die Macht dazu hatte.

Schweigend standen sie beieinander, während die Stunden verstrichen und der Nachmittag vorüberzog. Es war, als würden sie beide spüren, dass die Zeit des Abschieds gekommen war, und noch einmal die Gegenwart des anderen genießen, bevor ein unerbittliches Schicksal Shaan für immer von ihrer Seite riss. Deleja war zum Weinen zumute, doch sie unterdrückte ihre Tränen, weil sie Shaan nicht noch zusätzlich mit ihrem Kummer belasten wollte.

Nach dem Abendessen suchte sie Zuflucht in der Einsamkeit ihres Zimmers. Sie fühlte, dass Shaan ganz in der Nähe war, wusste aber auch, dass er nicht dort bleiben würde.

Draußen vor ihrem Fenster versank die Sonne flammend am Horizont. In Sekundenschnelle überflutete ein tiefes Rot den Himmel und erfasste Dächer, Häuser, Straßen und Plätze Golgamats. Jede noch so kleine Fläche wurde vom feurigen Widerschein der Sonne wie in Blut getaucht - Shaans Blut.

Delejas Verzweiflung wuchs. Inständig wünschte sie, Shaan würde sich offenbaren, würde jemanden um Hilfe bitten, vielleicht Hauptmann Stain, vielleicht ihren Vater, gleichgültig wen, er sollte nur nicht allein gehen. Allein konnte er nicht bestehen.

Noch während sie das dachte, traf sie eine Entscheidung. Sie konnte, aus welchen Gründen auch immer, Shaans Nähe spüren. Diese Fähigkeit bedeutete gleichzeitig auch eine Verantwortung, vor der sie sich nicht drücken durfte. Sie war ohnehin lange genug davongelaufen. Aber damit war es ab jetzt vorbei. Wenn die Macht des Guten sie tatsächlich als helfende Hand an Shaans Seite gestellt hatte, dann musste sie alles tun, was sie vermochte, um ihn vor Schaden zu bewahren.

Bange Furcht schnürte ihr die Kehle zu. Sie war nur ein Mädchen. Sie war schwach, konnte nicht kämpfen, weder mit den Fäusten noch mit Waffen. Was könnte sie schon nützen in dieser erbarmungslosen Schlacht, in der das Leben von Menschen so beiläufig ausgelöscht wurde wie eine flackernde Kerzenflamme im eisigen Wintersturm?

Doch nach dem Feuer hatte sie Shaan schon einmal beigestanden. Waffen hatte sie dazu nicht gebraucht.

Ihre Entscheidung gewann Substanz. Sie konnte vielleicht nicht kämpfen, aber sie würde auf jeden Fall ein Auge auf Shaan haben. Er ging schließlich auch ihretwegen, damit sie nicht weiterhin in Angst leben musste.

Hastig zog sie die dunkelste ihrer Hosen an und streifte ein gleichfarbiges Hemd über. Eine breite, schwarze Mütze, die sie sich auf den Kopf stülpte, komplettierte ihre Tarnung. Danach setzte sie sich auf die Bettkante und lauschte mit heftig klopfendem Herzen in sich hinein.

Das Raunen verriet ihr, dass Shaan im Innenhof auf dem obersten der Altane stand. Reglos wie ein Felsen erwartete er den Einbruch der Nacht.

Die Dunkelheit verdichtete sich. Die Stille des Schlafes legte sich über das Kontor, und auch in der Stadt gingen nach und nach alle Lichter aus.

Es war bereits weit nach Mitternacht, als Shaan sich plötzlich bewegte. Deleja sprang abrupt auf, als seine wispernde Präsenz sich mit beachtlicher Geschwindigkeit von ihr entfernte und über die Innenhöfe dem Tor zustrebte.

Hastig stürzte sie aus ihrem Zimmer, eilte leise die Treppen der Altane hinab und lief Shaan hinterher. Auf Sichtkontakt war sie nicht angewiesen; solange das Raunen in ihrem Inneren sie führte, würde sie seine Spur nicht verlieren.

* * *

Mensch und Tier lagen in tiefem Schlaf, als Shaan lautlos wie ein Phantom über die ausgestorbenen Straßen der Stadt seinem Ziel - seiner Bestimmung - entgegeneilte. Sein Blut rauschte ihm wie das Tosen eines Wildbachs in den Ohren, angetrieben von den hektischen Schlägen seines Herzens - das einzige Geräusch in der dumpfen, grabesähnlichen Stille, in der Golgamat versunken war.

Bilder der Vergangenheit begleiteten wie Schatten aus einem anderen Leben seinen hastigen Lauf, Erinnerungen an das Training im Hallagat, Erinnerungen an Zweifel und Hoffnung, an seinen Vater, an seine eiserne Strenge und seinen grausamen Tod.

Er drängte sie gewaltsam beiseite. All das lag jetzt hinter ihm. Sein Weg war klar, und er würde, auf welche Weise auch immer, heute Nacht sein Ende finden.

Shaan hielt nicht ein einziges Mal inne, bis er sein Ziel erreicht hatte. Der Gasthof stand am Rande eines der großen Plätze Golgamats, den ein an einen Pfeiler genageltes Kupferschild, das im fahlen Licht des Mondes wie gebleichter Knochen schimmerte, als *Platz der Tapferen Garde* auswies.

Zehn hohe Eichen mit mächtigen Stämmen erhoben sich wie schweigende Riesen rings um das weitläufige Forum, eine elfte dominierte sein Zentrum. Ihre gewaltige, ausladende Krone warf im Mondlicht einen schwarzen Schatten auf das Straßenpflaster, als klaffe eine Wunde im Boden, die im sanften Rhythmus des Windes pulsierte und ihm grüßend zuzuwinken schien.

Shaan ging langsam bis zur Mitte des Platzes. Rechter Hand der großen Eiche stand ein Brunnen. In die Steinquader seiner Einfassung waren Männergesichter hineingemeißelt worden, die in der geisterhaften Düsternis aussahen wie die grinsenden Fratzen blutgieriger Dämonen, die ungeduldig darauf lauerten, zu neuem, unheilvollem Leben zu erwachen.

Linker Hand ragte schweigend ein imposantes, steinernes Denkmal auf. Es zeigte einen der früheren Soldatenführer Golgamats hoch zu Ross und in kampfbereiter Pose. Vor vielen Jahren hatte er an dieser Stelle die Stadt vor einer Übermacht Banditen beschützt und dabei sein Leben geopfert.

Shaan biss sich auf die Lippe. Ihm würde man gewiss kein Denkmal setzen, selbst wenn er den heutigen Kampf gewann. Und wenn er ihn verlor, würden alle Flüche der nächsten zwanzig Generationen ihm gelten.

Er gab sich einen Ruck und trat langsam aus dem Schatten der großen Eiche hervor. Zwei Dutzend Meter vor ihm ragte die Front des Gasthauses in die Höhe. Mehrere Treppenstufen führten zur massiv wirkenden Eingangstür empor. Sie war verschlossen, hinter den Fenstern lauerte Dunkelheit.

Auf halber Höhe zwischen dem Gebäude und dem Baum blieb er stehen. Es wurde Zeit, die Shai'yinyal zu rufen.

Er atmete tief durch, sammelte seine Magie und beschwor einen leichten Wind herauf, der einmal um den Platz kreiste und schließlich direkt vor dem Gasthof senkrecht in den Himmel stieg und sich zwischen den funkelnden Sternen verlor. Gleichzeitig rief er seine Wassermagie herbei, sog die Feuchtigkeit aus der kühlen Nachtluft und tränkte seine Kleidung damit, bis sie vor Nässe triefte.

Jetzt war er bereit. Angespannt wartete er auf eine Reaktion. Diesmal konnte sie seine Magie nicht ignorieren. Er war ihr viel zu nahe.

Sie wusste es ebenfalls. Nur Sekunden später bemerkte er hinter einem der weiter oben liegenden Fenster eine Bewegung. Sofort stieß er mit seiner Windmagie zu. Wenn er die Shai'yinyal nur für einen kurzen Moment erfassen konnte, konnte er ihr die Luft zum Atmen entziehen und sie kampfunfähig machen.

Doch bevor seine Magie sie erreichte, blitzte ein Funke hinter der geöffneten Scheibe auf. Einen Sekundenbruchteil später raste ein greller Feuerball direkt auf ihn zu.

Shaan sprang zurück, krallte seinen Geist in das Feuer und entriss ihm den Sauerstoff. Die Flammen brüllten wütend auf, zerrten an der Luft wie ein tollwütiger Hund, der sich in ein Opfer verbissen hatte. Erst auf halber Strecke zwischen ihm und dem Fenster brachte Shaan sie zum Erlöschen.

Bevor er sich auf einen eigenen Angriff konzentrieren konnte, loderte die Magie der Shai'yinyal erneut auf. Ein zweiter, wilderer, stärkerer Feuerball stieß wie der Kopf einer Viper zischend auf ihn zu, begierig, ihm das Blut im Leib zu kochen und seine glühenden Zähne in sein Fleisch zu schlagen.

Shaan schleuderte ihm seine Windmagie entgegen. Das Zischen wurde heftiger, das Feuer zuckte und sprang hin und her, versuchte, seinen Griff abzuschütteln. Dieses Mal kam es bis auf ein Drittel der Entfernung an ihn heran.

Als es endlich erlosch, warf sich Shaan herum und hastete in den Schutz des Eichenstammes, der in der Mitte des Platzes emporragte. Keuchend presste er sich mit dem Rücken gegen die raue Borke und fluchte über seine Leichtsinnigkeit. Er hätte von Anfang an aus einer sicheren Deckung heraus operieren sollen, statt sich der Shai'yinyal wie auf einem silbernen Tablett zu präsentieren und darauf zu warten, dass sie ihn in aller Ruhe niedermähte.

Plötzlich hörte die Tür des Gasthofs leise in ihren Angeln quietschen. Die Shai'yinyal kam heraus.

Er atmete tief durch, dann sprang er beherzt hinter dem Baum hervor, um mit seiner Magie nach ihr zu greifen. Mit einem erschrockenen Aufschrei stolperte er wieder zurück. Ein dritter Feuerball zischte genau auf ihn zu, war bereits so nahe, dass ihm nicht mehr die Zeit blieb, ihn zu löschen.

Das Feuer schoss zornig brüllend an ihm vorbei, beschrieb eine Kurve und kehrte wie ein Bumerang zu ihm zurück. Shaan fokussierte seine Macht, trieb den Glutball mit einem Windstoß aus seinem Kurs, ließ ihn hoch in den Himmel aufsteigen und entzog ihm die Luft, während er gleichzeitig die Feuchtigkeit der Nacht um ihn herum verdichtete und ihn einhüllte wie in eine schwere, nasse Decke. Das Feuer erlosch.

Gleich darauf wirbelte er herum und hetzte von der Eiche fort. Im Schatten der mächtigen Baumkrone huschte er geduckt bis zum Brunnen, verbarg sich dahinter, lugte vorsichtig über den Rand und spähte über den Platz. Die Shai'yinyal hatte sich ebenfalls ein Versteck gesucht. Er konnte sie nirgends entdecken.

Sein Magen verkrampfte sich zu einem schmerzhaften Knoten. Die Shai'yinyal hatte ihn in die Defensive gedrängt. Sie war einfach zu schnell, ließ ihm keine Zeit zum Handeln. Wollte er ihr die Luft zum Atmen entziehen, musste er zunächst mit seiner Magie nach ihr spüren, nach den Luftbewegungen, die sie unweigerlich verursachte, und das verriet ihr, wo er sich aufhielt. Und noch bevor er sie entdeckt hatte, konnte sie erneut ihr Feuer schicken und ihn zwingen, seinen Angriff abzubrechen. So konnte er nicht gewinnen.

Innerlich fluchend gab er seinen Plan auf – und hielt still. Sollte sie den nächsten Zug tun. Sobald sie ihre Magie einsetzte, konnte er spüren, wo sie war, und sofort gezielt zuschlagen.

Leider schien sie das ebenso gut zu wissen wie er selbst und verharrte in lauernder Reglosigkeit.

Tödliche Stille senkte sich über den Platz. Angespannt wie ein Raubtier vor dem Sprung kauerte Shaan hinter dem Brunnen und wartete. Irgendwann musste sie sich rühren. Irgendwann würde sie ungeduldig werden! Hoffte er zumindest.

Minuten vergingen. Nichts geschah. Shaan wurde immer nervöser. Wie lange sollte er warten? Wie lange *konnte* er warten?

Eine plötzliche Bewegung schreckte ihn auf. Erst glaubte er, die Shai'yinyal könnte sich unbemerkt an ihn herangeschlichen haben, aber dann sah er eine seltsam vertraute Gestalt, die den Platz über die gleiche Straße betrat, die auch er benutzt hatte. Der Ruf der Lanhal schwoll in ihm an, machtvoll und klar, und bewies unmissverständlich, um wen es sich bei dem einsamen Wanderer handelte.

Eisiger Schreck peitschte ihn hoch. Er sprang auf und begann zu laufen. Deleja sah ihn kommen. Im fahlen Licht des Mondes wirkte ihr Gesicht bleich wie das einer Toten.

„Shaan, was ..."

„Du musst weg hier!", brüllte er ihr zu.

Es war zu spät. Die Shai'yinyal griff an.

Deleja schrie erschrocken auf, als ein greller Flammenstoß die Dunkelheit spaltete und direkt auf sie zuraste.

Shaan keuchte entsetzt. Er konnte den Feuerball nicht zum Verlöschen bringen, ohne die Regeln zu verletzen. Er hatte nur eine Wahl: Er musste das Feuer abfangen, bevor es Deleja traf.

Mithilfe seiner Windmagie stieß er sich vom Boden ab, das Gesicht der Shai'yinyal zugewandt, und gelangte im letzten Moment zwischen Deleja und die Flammenkugel. Sie traf ihn mit der Wucht eines auskeilenden Büffels an der rechten Schulter, schleuderte ihn zurück und warf ihn hart gegen Deleja. Er riss sie um, kam mit dem Rücken auf ihr zum Liegen. Ihr Puls verlangsamte sich. Der Sturz hatte sie betäubt.

Hastig versuchte er, sie gänzlich mit seinem Körper zu bedecken, während kleine Flammen gierig über seine Schulter leckten. In zischenden Wolken verdampfte die Feuchtigkeit in seiner Kleidung. Kaum war sie fort, fraß sich das Feuer bis auf seine Haut durch.

Shaan schrie gequält auf, beschwor Wind- und Wassermagie herbei und versuchte, das Feuer zu bekämpfen. Die Flammen wurden erst kleiner, dann wieder größer. Wie mit spitzen Zähnen bissen sie sich in sein Fleisch, versengten es, verbrannten es.

Der Schatten der Shai'yinyal fiel auf ihn. Als düstere Silhouette ragte sie über ihm auf, blickte kalt auf ihn herab. Sie sagte nichts. Ihr Gesicht glich einer starren, ebenmäßigen Maske, Spiegelbild der Konzentration und des erbarmungslosen Willens, mit dem sie ihre Magie gegen ihn warf.

Verzweifelt kämpfte Shaan gegen sie an, doch sie war stark. Wann immer er die Luft aus der Nähe der Flammen zwang, peitschte sie sie wieder hoch. Im Rhythmus ihres Kampfes wuchs und schrumpfte das Feuer, erlosch jedoch nie gänzlich.

Es war ein stummes, zähes Ringen, und es geschah in fast völliger Lautlosigkeit. Und obwohl nach außen hin nicht viel mehr zu sehen war als zwei Gestalten, die sich im zuckenden Widerschein des Feuers reglos gegenüberstanden, hätte er mit der Kraft, die er gegen sie aufbot, einen Tornado entfesseln oder eine turmhohe Flutwelle über Golgamat hereinbrechen lassen können.

Fiebrige Hitze explodierte in ihm, und sein rasender Herzschlag drohte, seinen Kopf von innen heraus zu sprengen. Sengende Pein loderte in seiner Schulter und strömte von dort aus wie flüssige Lava in heftigen, pulsierenden Stößen über seinen gesamten Körper. Krämpfe schüttelten ihn, schienen seine Muskeln zerreißen zu wollen.

Ein verzweifelter Schrei mischte sich unter seine abgehackten Atemzüge. Er durfte nicht aufgeben! Er musste durchhalten, sonst war der Kampf verloren. Und Deleja würde sterben!

Halb blind vor Schmerz mobilisierte er alle Reserven, die noch in ihm steckten, trotzdem wuchsen die Flammen jetzt unaufhaltsam. In wenigen Sekunden würde er lodern wie eine menschliche Fackel, würden er und Deleja zu einem Häufchen Asche verbrennen und die Welt für zwanzig Generationen in Dunkelheit versinken.

Die Shai'yinyal lachte leise und sammelte ihre Magie zum letzten, entscheidenden Schlag.

Plötzlich zerrissen Schritte die Stille der Nacht, und eine männliche Stimme scholl lautstark über den Platz.

„Marna? Bist du hier? Was ist los? Ich habe Schreie gehört."

Das war Enjun – der Yinyal.

Er stand an der Tür zum Gasthof und spähte suchend umher. Er trug nur eine Hose. Schweiß glänzte im Mondlicht auf seinem nackten Oberkörper. Als sein Blick die Shai'yinyal traf, erstarb ihre Magie innerhalb eines Sekundenbruchteils.

Shaan glaubte zu spüren, wie eisiger Schreck sie durchfuhr. Für einen Moment waren sie alle wie gelähmt, lediglich Enjun kam näher und näher, ahnungslos, verletzlich. Dann griff Shaan an, nutzte die einzige Chance, die ihm noch blieb.

Beinahe ohnmächtig vor Schmerz schickte er seine Windmagie gegen Enjun und sog ihm brutal die Luft aus den Lungen. Enjun begann sofort heftig zu husten und sackte gurgelnd in die Knie. Die Shai'yinyal keuchte auf, lief zu ihm und zog ihn in fliegender Hast vom Boden hoch.

Shaan behielt Enjun noch immer im Griff, entschlossen, ihn zu töten, entschlossen, den Kampf hier und jetzt zu beenden.

Die Shai'yinyal schien seinen eisernen Willen zu spüren. Mit hektischen Bewegungen, die von naher Panik kündeten, zerrte sie Enjuns schlaffen Körper mit sich und verschwand mit ihm durch die Tür ins Innere des Gasthofes. Shaan versuchte, seine Magie trotzdem aufrechtzuerhalten, doch sie entglitt ihm, rann wie Wasser durch seinen wunden Geist und versickerte im Nichts. Verzweifelt schluchzend versuchte er, sie zurückzuholen - umsonst. Benommenheit und greller Schmerz zersetzten seine Konzentration, lähmten seinen Willen.

Ächzend wälzte er sich auf die Seite. Er konnte nur hoffen, dass die Shai'yinyal den Abbruch seines Angriffs nicht als Zeichen von Schwäche, sondern von Unentschlossenheit interpretierte. Wenn sie jetzt trotz des Risikos, dass er Enjun sofort wieder attackierte, zu ihm zurückkehrte, waren er und Deleja verloren.

Am ganzen Leib zitternd stieß er Deleja an. Sie mussten fort von hier.

Deleja stöhnte leise. Ihre Augenlider flatterten, kamen dann ruckartig in die Höhe. Sie hielt sich den Kopf, der bei ihrem unfreiwilligen Zusammenprall hart auf dem Pflaster aufgeschlagen war. Mit trübem Blick starrte sie ihn an.

„Shaan, was ist geschehen?"

„Der Mörder hat uns angegriffen", krächzte er und zwang sich auf die Beine. „Wir müssen weg, sonst kommt er zurück und versucht erneut, dich zu töten!"

Deleja schrak zusammen und rappelte sich mühsam hoch. Er nahm sie beim Arm und zog sie mit sich zu einer der Straßen hinüber, die auf den Platz mündeten.

Als sie sie erreichten, beschleunigte Deleja ihre Schritte. Shaan ließ sie los. Augenblicklich fiel er hinter sie zurück. Deleja bemerkte es und blieb stehen.

„Geh weiter", rief er ihr drängend zu.

„Du bist verletzt!“

„Ja.“ Er hatte nicht die Kraft, es zu leugnen.

„Brauchst du einen Arzt?“

Er nickte schwach.

„Der Hausarzt meines Vaters wohnt hier gleich in der Nähe. Wir könnten zu ihm gehen.“

„Nein. Dort wird der Mörder zuerst nach uns suchen.“

„Aber wohin könnten wir uns sonst wenden?“

„Zu den Genades“, keuchte er. „Sie werden uns helfen.“

„Aber ihr Haus liegt fast am anderen Ende der Stadt!“

„Je weiter weg von hier, desto besser.“

„Wirst du das schaffen?“

Shaan hustete und verzog das Gesicht, als eine neue Schmerzwelle durch seinen Körper pulsierte und ihn in Stücke zu reißen schien. „Ich muss!“

Deleja schaute ihn voll banger Sorge an. „Soll ich dich stützen?“

„Nein, ich komme zurecht. Du bleibst vor mir. Wenn der Mörder uns folgt, möchte ich zwischen ihm und dir sein.“

„Ich verstehe das alles nicht!“, jammerte Deleja. „Was ist nur ...“

„Lauf!“, unterbrach Shaan sie grob.

Endlich eilte Deleja voraus, blieb jedoch immer wieder stehen, um sich nach ihm umzusehen. Angestrengt versuchte er, sein Schritttempo zu erhöhen, aber er schaffte es nicht. Höllische Schmerzen tobten in seiner Schulter, als habe jemand ein rostiges Schwert hineingerammt, und er schlotterte erbärmlich, obwohl ihm so heiß zumute war, als müsste er von innen heraus verbrennen. Sein Kopf war wie in Watte gepackt. Tiefe Schwärze waberte am Rande seines Blickfeldes, lauerte nur darauf, ihn zu überwältigen.

Verbissen konzentrierte er all seine Kraft und all seinen Willen darauf, einen Fuß vor den anderen zu setzen. Wenn er es heute nicht schaffte, auf seinen eigenen Beinen zu stehen, bis er Deleja in Sicherheit gebracht hatte, würde er keine Chance mehr bekommen, sein Versagen auszubügeln, dafür würde die Shai'yinyal schon sorgen.

22. Dem Tode nahe

Deleja zitterte wie Espenlaub, während sie durch Golgamats mondhelle Straßen hasteten. Ihre Beine waren so schwer, als müsste sie durch zähen Morast waten, und ihr Herz hämmerte ihr wie der Schlegel einer Kirchenglocke gegen die Rippen und ließ ihren ganzen Körper vibrieren, sodass sie meinte, jeden Augenblick wie brüchiges Glas zerspringen zu müssen. Wann immer sie stehen blieb, um sich nach Shaan umzusehen und darauf zu warten, dass er zu ihr aufschloss, musste sie die Zähne fest zusammenbeißen, um nicht laut zu schreien.

Was hatte sie nur getan? Ausgerechnet *sie* hatte Shaan helfen wollen! Welche Ironie! Sie hatte ihn in allergrößte Gefahr gebracht! Wegen ihr allein war er verletzt worden.

Die Erinnerung an den Feuerball trieb ihr eiskalten Schweiß auf die Stirn. Sie biss sich auf die Unterlippe, schmeckte Blut. Shaan hatte das Feuer mit seinem Körper abgefangen. Ein großer, dunkler Fleck verkohlten Stoffes bedeckte seine rechte Schulter dort, wo es ihn getroffen hatte. Wie schlimm es ihn erwischt hatte, wusste sie nicht. Sie wagte nicht, genau hinzuschauen.

Shaan ging leicht gekrümmt, schleppte sich dahin, als stecke ihm ein Messer im Leib. Den rechten Arm hatte er starr vor den Bauch gepresst, mit dem linken hielt er ihn fest, als sei jegliche Kraft aus seinem geschundenen Körper geflohen und habe ihn gebrechlich und leer zurückgelassen. Sein Gesicht war eine Maske der Qual, bleich und fahl wie ein Spiegelbild des Mondes. Seine Atemzüge gingen hektisch und keuchend. Manchmal stöhnte er leise. Er musste entsetzliche Schmerzen haben.

Tränen traten ihr in die Augen. Das war alles ihre Schuld! Sie hatte doch gewusst, dass Shaan den Mörder zu stellen versuchte. Wäre sie ihm nicht gefolgt, hätte er sich nicht zwischen sie und das Feuer werfen müssen. Es kam ohnehin einem Wunder gleich, dass sie beide noch lebten.

Die Flammen des Mörders hatten schon ganze Menschen verzehrt und nichts als ein Häufchen Asche übrig gelassen. Wieso war das mit ihnen nicht ebenfalls geschehen? Hatte Shaan sie löschen können? Und wenn er es getan hatte, wie hatte er es geschafft? Und wieso hatte der Mörder sich zurückgezogen? Sie hatte keinen Soldaten und niemanden sonst gesehen, der ihn zur Flucht hätte veranlasst haben können.

Fragen über Fragen schossen ihr durch den Kopf, doch sie schwieg, so sehr es sie auch drängte, die Wahrheit zu erfahren. Sie hatte Shaan bereits mehr als genug Schaden zugefügt. Er brauchte seine gesamte Konzentration, um sich auf den Beinen zu halten. Wenn sie ihn jetzt mit ihren dummen Fragen ablenkte, würde er vermutlich augenblicklich das Bewusstsein verlieren.

Das aber durfte nicht geschehen. Sie hätte nicht die Kraft, ihn zum Haus der Genades zu tragen. Und ließe sie ihn zurück, um Hilfe zu holen, wäre er bewusstlos ein leichtes Opfer für den Mörder, der vielleicht noch immer in der Nähe war.

Shaan wurde immer langsamer, sein Gang verkrümmter. Deleja betete zur Kraft des Guten, sie möge ihn stärken und aufrecht halten, bis sie in Sicherheit waren.

Ihre Gebete wurden nicht erhört. Sie waren noch drei oder vier Straßenzüge vom Haus der Genades entfernt, als Shaan mit einem gequälten Stöhnen gegen eine Hauswand taumelte und dort in sich zusammensackte.

„Shaan!", rief Deleja erschrocken und flog an seine Seite.

Seine Augenlider flatterten. Mit Gewalt zwang er sie auf, sah sie an. „Geh weiter."

Deleja schüttelte wild den Kopf. „Nein! Ich werde dich nicht allein lassen!"

„Du ... musst. Du musst von der Straße herunter."

„Aber ..."

„Bitte. Geh!"

Deleja schluckte hart, warf einen Blick die Straße zurück, die sie gekommen waren. Fast erwartete sie, dort eine düstere Gestalt auftauchen zu sehen, die Lippen zu einem mordlüsternen Grinsen verzogen und genüsslich ihr bluttriefendes Messer schwenkend. Wenn der Mörder Shaan fand...

Ein Ruck durchfuhr sie. Sie hatte keine Zeit zu verlieren. Shaan hatte recht. Sie musste gehen. Aber sie würde zurückkommen!

„Bis zum Haus der Genades ist es nicht mehr weit. Ich werde Hilfe holen."

Als sie sich aufrichten wollte, packte Shaan sie am Arm und hielt sie fest. „Deleja, bitte, hör mir zu!"

Er brach ab, stöhnte. Als er fortfuhr, war seine Stimme so brüchig wie ein welkes Blatt im Herbst.

„Niemand darf erfahren, wo wir sind – nicht einmal dein Vater, auch nicht Hauptmann Stain oder ein anderer Soldat. Sage den Genades das. Sage ihnen, dass der Mörder uns sonst finden und töten wird."

Deleja nickte beklommen. Sie hatte schon zu viele Kostproben von der unheimlichen Macht des Mörders erhalten, um auch nur eine Sekunde an Shaans Worten zu zweifeln. Und selbst wenn sie es getan hätte, hätte sie ihm doch vertraut. Denn hatte er nicht gerade sein Leben für sie aufs Spiel gesetzt?

„Das werde ich", versprach sie gepresst.

Shaans Augen fielen zu, sein Griff löste sich, und seine Hand rutschte kraftlos von ihrem Arm. Gleichzeitig kippte er zur Seite.

Deleja fing ihn auf, verhinderte, dass er hart auf den Boden prallte. Sein Gesicht war kalkweiß, und er rührte sich nicht mehr. Deleja ließ seinen Oberkörper vorsichtig auf das Pflaster gleiten, dann sprang sie auf wie von Furien gehetzt und sprintete los. Das hektische Trommeln ihrer Füße auf den Pflastersteinen und das panische Keuchen ihres Atems waren die einzigen Geräusche in der totenstillen Nacht. Sie rannte, rannte wie nie zuvor in ihrem Leben. Der Mörder konnte ihnen dichtauf folgen. Fast vermeinte sie seinen heißen, gierigen Atem in ihrem Nacken zu spüren.

Ein leiser Schrei löste sich von ihren Lippen. Sie lief noch schneller, stürzte einmal beinahe, fing sich wieder und hastete weiter. Das silberne Mondlicht umflorte ihren Körper und schien sich auf ihrer Haut in Basalt zu verwandeln, der sie unerbittlich zu Boden drückte und ihre Muskeln lähmte. Mit einem verzweifelten Schluchzen stemmte sie sich gegen den Widerstand, sauste um eine Ecke, dann eine zweite, während sie mit wild pochendem Herzen nach innen lauschte. Sollte das Raunen auch nur um einen Deut schwächer werden, würde sie sofort umkehren. Und sollte sie dann auf einen teuflisch lachenden Irren treffen, der gerade seine Hände um Shaans Kehle legte, würde sie nicht zögern, sich kratzend und beißend auf ihn zu stürzen und Shaan seine selbstlose Hilfe mit gleicher Münze zu vergelten.

Endlich erreichte sie die Straße, in der der Arzt wohnte. Am liebsten hätte sie den restlichen Weg bis zu seinem Haus laut brüllend und armeschwenkend zurückgelegt, doch damit hätte sie mehr Aufmerksamkeit erregen können, als ihr lieb sein konnte. Deshalb presste sie Lippen und Zähne fest aufeinander, verschloss die flehenden Rufe in ihrem Inneren, stürzte zur Tür der Genades und begann, mit ihren Fäusten dagegenzutrommeln.

Sekunden verstrichen, vielleicht auch eine halbe Minute. Deleja drosch immer weiter auf die Tür ein; Tränen verschleierten ihren Blick, ließen sie die Schmerzen in ihren wunden Händen vergessen.

„Bitte, bitte, macht doch auf!", schluchzte sie.

Dann, ganz plötzlich, öffnete sich ein Fenster im ersten Stock. Das flackernde Licht einer Kerze fiel zu ihr herab, tanzte zitternd über die Pflastersteine. Gelnin Genade beugte sich halb aus dem Fenster, um zu ihr nach unten zu spähen; sein blondes Haar und seine hellblauen Augen schimmerten im fahlen Mondschein wie Schnee.

„Was gibt es?", rief er ungehalten.

„Herr Genade, bitte helft mir!", flehte Deleja.

„Was ist passiert?"

„Shaan ist verletzt. Er liegt bewusstlos ein paar Straßen von hier entfernt. Bitte! Bitte helft ihm!"

Der Arzt beugte sich noch etwas weiter aus dem Fenster. „Shaan? Der Junge, der Seslan gerettet hat?"

„Ja."

„Ich komme."

Gelnin Genades Oberkörper verschwand aus der Fensteröffnung, gleich darauf ertönten rasche Schritte auf dem Korridor hinter der Tür. Sie öffnete sich, und Herr Genade trat, lediglich mit einem Morgenmantel bekleidet, heraus.

In der Hand hielt er eine Laterne. „Wo ist er?"

Statt einer Antwort wirbelte Deleja herum und lief los. Keuchend rannte sie den Weg zurück, den sie gekommen war, Gelnin Genade dicht auf den Fersen. Der Schein seiner Laterne warf zuckende Bewegungen auf die Wände der Häuser ringsum, verwandelte sie in bedrohliche, zu unheiligem Leben erwachte Schattenkreaturen, die um sie herumtanzten und sie verspotteten.

Voller Angst lauschte Deleja auf das Raunen in ihrem Inneren. Es war da – noch.

Ihre Furcht wurde immer größer, legte sich wie mit stählernen Klauen um ihren Hals und ließ sie verzweifelt nach Luft schnappen. Ein übles Seitenstechen sandte Nadeln der Pein durch ihren gesamten Körper, doch sie wurde nicht langsamer, bis sie Shaan erreicht hatte. Neben seinem reglosen Körper sackte sie in die Knie, völlig außer Atem und mit so heftigen Muskelkrämpfen, als habe ihr jemand eine Metallplatte durch den Magen getrieben und weigere sich nun, sie wieder herauszuziehen. Mit zitternden Fingern berührte sie Shaans Schulter. Er reagierte nicht.

Flehend sah sie zu Herrn Genade hoch.

Der Arzt verlor keine Zeit, reichte ihr die Laterne und hob Shaan mit seinen muskulösen Armen mühelos vom Boden auf.

„Geh voraus", wies er sie an.

Das musste er ihr nicht zweimal sagen. Sie rappelte sich auf die Beine und stolperte den Weg zurück zum Haus der Genades. Lenadi Genade sah ihnen von der Haustür aus entgegen. Sie hatte sich eilig einen Morgenmantel übergeworfen, und ihre langen roten Haare standen wirr nach allen Seiten von ihrem Kopf ab. Ihre Augen weiteten sich erschrocken, als sie Shaan reglos in den Armen ihres Mannes erblickte, doch mit der langjährigen Routine einer Arztgattin wischte sie die Besorgnis von ihrem Gesicht, nahm Deleja die Laterne ab, hastete ihr voraus ins Behandlungszimmer und entzündete dort alle Lichter.

Deleja und der Arzt folgten ihr. Gelnin Genade bettete Shaan vorsichtig auf eine Liege. Als das Licht der Lampen auf Shaans Gestalt fiel und sie zum ersten Mal gänzlich der Dunkelheit entriss, keuchte Deleja entsetzt auf. Sein Hemd war im Bereich seiner rechten Schulter teils verkohlt, teils blutdurchtränkt, als habe man ihn mit einer glühenden Lanze durchbohrt.

Sie wollte an seine Seite eilen, doch Lenadi Genade legte ihr sanft eine Hand auf die Schulter.

„Tritt ein paar Schritte zurück, Kind. Wir werden deinem Freund helfen, aber du darfst uns nicht im Weg stehen."

Deleja verharrte wie betäubt auf der Stelle. Sie hatte nicht die Kraft, Lenadi Genade zu widersprechen oder ihr gar zu erklären, dass Shaan nicht ihr Freund war - zumindest nicht *diese* Art Freund. Sie hätte ohnehin nicht gewusst, wie sie ihre Beziehung zu ihm hätte benennen sollen.

Gelnin Genade betrachtete stirnrunzelnd Shaans Verletzung. „Was für eine üble Verbrennung ...", murmelte er und winkte seiner Frau. „Lenadi, gib mir bitte eine kleine Schere und eine Pinzette."

Sie trat zu ihm und reichte ihm wortlos die Instrumente. Der Arzt schnitt mit präzisen Bewegungen Shaans Hemd auf und legte die Wunde behutsam frei. Deleja presste eine Hand vor den Mund, um nicht laut zu schreien. Das Feuer des Mörders hatte Shaan direkt unterhalb des Schlüsselbeins auf einer doppelt faustgroßen Stelle die Haut weggebrannt und nur rohes Fleisch zurückgelassen, das eitrig und entzündet aussah und von schwarzen, wie verkohlt wirkenden Streifen durchsetzt war. An den Rändern warf die Wunde Blasen; als würden die Flammen des Killers noch immer darin lodern, und tiefrote Striemen zogen sich wie gezackte Blitze über Shaans Körper. Einer lief über seine Schulter und seinen rechten Arm hinweg bis zum Ellenbogen, ein anderer reichte über die Brust bis zu seinem Bauch, und ein dritter zog sich über seinen Hals bis zum Unterkiefer empor. Es war, als habe sich eine bizarre Kreatur unter Shaans Haut eingenistet und kralle sich mit ihren Tentakeln in sein Fleisch, um ihm langsam das Leben auszusaugen.

Lenadi Genade schüttelte erschüttert den Kopf. „Bei allen Göttern! So etwas habe ich noch nie zuvor gesehen!"

Ihr Mann erwiderte nichts, sondern machte sich konzentriert daran, die Wunde zu säubern. Mit der Pinzette entfernte er verkohlte Fasern des Hemdes ebenso wie verbrannte Hautfetzen. Deleja starrte mit großen Augen auf die grässliche Szene, unfähig, etwas zu denken oder zu fühlen. In ihrem Inneren herrschte eine entsetzliche Leere, und ihr Kopf schien mit Watte gefüllt zu sein.

Gelnin Genades rechte Augenbraue ging steil in die Höhe, als er die große, beinahe schwarz verfärbte Prellung auf Shaans Brustbein betrachtete, doch er sagte nichts und stellte keine Fragen. Stattdessen spülte er die Wunde mit einer klaren Flüssigkeit aus und tupfte sie vorsichtig ab, nahm dann eine kleine Flasche aus einem seiner Arzneischränke und tränkte ein sauberes Tuch damit. Die fertige Kompresse legte er behutsam auf Shaans Schulter, dann sah er zu Deleja herüber.

„Ich darf die Verbrennung jetzt noch nicht verbinden", erklärte er ihr. „Der Heilungsprozess würde die Fasern des Stoffes in die Haut einschließen und beim Abnehmen des Verbandes die Wunde erneut aufreißen. Vorerst kann ich nicht mehr tun, als die Kompresse regelmäßig zu erneuern und danach Salbe aufzutragen."

Deleja nickte nur stumm.

„Das ist leider nicht das Einzige, was mir Sorge macht", fügte der Arzt mit gerunzelter Stirn hinzu. „Dein Freund hat hohes Fieber."

„Schon wieder?", rief Deleja erschrocken.

„Weißt du etwas darüber?"

Deleja schluckte schwer. „Shaan hat mir erzählt, dass er häufiger derartige Fieberanfälle bekommt. Er meinte, sie seien ungefährlich und würden von allein vorübergehen."

Gelnin Genade schüttelte ernst den Kopf. „Da bin ich anderer Meinung. Ohne das Fieber wäre er wahrscheinlich bereits aus seiner Bewusstlosigkeit erwacht. Es ist, als wolle sich sein Körper selbst in Brand stecken. Er glüht geradezu."

„Könnte ... könnte Shaan sterben?"

„Ich will dir keine unnötige Angst einjagen, aber leider wäre das durchaus möglich."

„Dann helft ihm!", schluchzte Deleja. „Als Shaan das letzte Mal Fieber hatte, hat unsere Haushälterin es mit kalten Umschlägen gesenkt. Es hat einmal geholfen, vielleicht tut es das wieder!"

„Es wird uns nichts anderes übrig bleiben, als darauf zu vertrauen." Gelnin Genade wandte sich an seine Frau. „Bring mir bitte kaltes Wasser, Tücher und etwas von der Minz-Essenz."

Als sie den Raum verlassen hatte, heftete sich der forschende Blick des Arztes aufmerksam auf Deleja. „Was ist mit dir? Bist du ebenfalls verletzt worden?"

Deleja strich sich fahrig eine Haarsträhne aus der Stirn, die sich aus ihrer Frisur gelöst hatte. Ihre Mütze hatte sie bereits auf dem Platz verloren.

„Es geht mir gut", antwortete sie stockend. „Es hat nur Shaan erwischt. Er ... er hat versucht, mich zu beschützen."

Der Arzt lächelte. „Echte Helden sind selten in unserer Zeit. Schön zu sehen, dass sie noch nicht gänzlich ausgestorben sind."

Deleja senkte den Kopf. Shaan war tatsächlich ein Held, der selbstloseste, mutigste und gütigste Mensch, den sie je kennengelernt hatte. Doch dieses Mal hatte ihn sein Glück verlassen. Dieses Mal könnte er wirklich sterben. Und es wäre ganz allein ihre Schuld!

Hilflos schlug sie die Hände vors Gesicht. Tränen sickerten zwischen ihren Fingern hindurch und benetzten den Stoff ihres Hemdes.

Gelnin Genade berührte sie sachte am Arm. „Hab keine Angst, mein Kind. Ich werde für Shaan tun, was in meiner Macht steht, das verspreche ich dir."

Deleja ließ die Hände sinken und schniefte.

Der Arzt warf einen langen Blick zu Shaan hinüber. „Was ist eigentlich passiert?"

„Der ... der Mörder hat uns überfallen!"

Gelnin Genades Augen wurden groß vor Schreck. „Du hast ihn erkannt?"

„Nein. Ich habe ihn nicht gesehen. Er griff mich aus der Dunkelheit heraus an."

„Mit Feuer?"

„Ja."

„Trotzdem ist es mir ein Rätsel, wie Shaan zu derartigen Verletzungen gekommen ist. Wie hat der Kerl das angestellt?"

Deleja hob die Schultern. „Ich ... ich weiß es nicht genau. Ich habe nur einen grellen Feuerball gesehen, der auf mich zuraste. Vielleicht hat der Mörder eine Fackel mit einem Katapult auf mich abgeschossen. Er kann mit Feuer gut umgehen, das hat er schon früher bewiesen. Vermutlich benutzt er irgendeine Substanz, um es heißer brennen zu lassen als ein normales Feuer."

„Und Shaan hat sich zwischen dich und die Fackel geworfen?"

„Ja."

Gelnin Genade rieb sich nachdenklich das Kinn. „Die Stadtwache sollte unbedingt davon erfahren."

„Nein!", rief Deleja erschrocken. „Ihr dürft die Wache nicht informieren! Das könnte den Mörder auf uns aufmerksam machen."

„Glaubst du, dass er euch verfolgt?"

„Ja. Er wollte mich töten und hat versagt. Er wird es wieder versuchen."

„Umso wichtiger wäre es, dass ihr Schutz erhaltet." Der Arzt wollte sich abwenden, um sofort zur Tat zu schreiten, aber Deleja packte ihn am Arm. „Bitte, tut das nicht! Sagt niemandem, dass wir hier sind. Ich könnte den Mörder nicht erkennen, selbst wenn ich ihm gegenüberstünde. Er könnte sich als einer von Hauptmann Stains Leuten ausgeben und uns beide töten, ohne dass wir die Gefahr überhaupt bemerken." Sie schauderte, dachte an Afnan. „So etwas ist schon einmal geschehen", fügte sie zittrig hinzu.

„Aber ihr könnt euch doch nicht ewig verstecken!"

„Das weiß ich. Ich bitte Euch, schweigt wenigstens solange, bis Shaan erwacht ist. Vielleicht hat er den Mörder gesehen und kann ihn identifizieren."

„Und was ist mit euren Eltern? Sie werden euch bestimmt vermissen. Wenigstens sie sollten erfahren, wo ihr seid."

Deleja sog tief Luft ein. Ihren Vater in Sorge zu wissen, brach ihr fast das Herz, trotzdem schüttelte sie den Kopf. „Das geht nicht. Der Mörder wird darauf lauern, ob ein Bote meinen Vater aufsucht. Er würde ihm folgen und uns finden."

Der Arzt sah sie eindringlich an. „Fürchtest du das wirklich?"

Eine eisige Hand schien über ihren Rücken zu streichen und sich um ihre Kehle zu legen. „Ich weiß, dass es so ist."

Gelnin Genade überlegte lange. „Also schön", sagte er schließlich. „Ich werde deine Eltern nicht informieren. Da du mir bisher deinen Namen verschwiegen hast, sind mir ohnehin die Hände gebunden."

Er schaute Deleja erwartungsvoll an, doch sie presste die Lippen zusammen und blieb stumm.

Gelnin Genade seufzte. „Auch die Stadtwache bleibt also zunächst außen vor - zumindest solange, bis Shaan wieder zu sich gekommen ist. Ich möchte euch keinem unnötigen Risiko aussetzen. Das Gleiche gilt allerdings auch für meine Familie. Da die Gefahr besteht, dass der Mörder euch gefolgt ist, werde ich meine Frau und meine Kinder vorerst zu einem Bekannten schicken, bei dem sie sicher sind. Deshalb wirst du mir bei der Behandlung deines Freundes assistieren müssen."

Deleja nickte dankbar. „Sagt bitte Eurer Frau und Euren Kindern, dass sie ebenfalls schweigen müssen."

„Das werden sie."

Die Tür knarrte, und Lenadi Genade kehrte zurück. „Worüber?", fragte sie neugierig.

Als der Arzt ihr die Lage erklärte, wurde ihr Gesicht aschfahl. Sie übergab ihrem Mann die beiden mit Wasser gefüllten Krüge, die Tücher und das kleine Fläschchen, das sie in den Händen trug, und hastete erneut aus dem Raum, um ihre Kinder zu wecken.

Der Arzt stellte die Krüge auf dem Tisch neben Shaans Bett ab und goss einen Teil des Wassers in eine flache Schale, die Deleja auf einen Wink von ihm aus einem Schrank hervorgeholt hatte. Anschließend gab er ein paar Tropfen aus dem Fläschchen hinzu. Augenblicklich breitete sich der herbe Geruch frischer Minze im Raum aus.

Mit geübten Bewegungen krempelte Gelnin Genade Shaans Hosenbeine hoch, faltete die Tücher mehrfach zusammen, tunkte sie in das Wasser und umschlang Shaans Waden mit ihnen. Danach breitete er auch auf Shaans Bauch und seiner Brust kühlende Umschläge aus und reichte Deleja ebenfalls ein kleines Tuch.

„Befeuchte ihm damit die Stirn", trug er ihr auf.

Deleja tauchte den Lappen in das Wasser, wrang ihn aus und tupfte Shaan behutsam den Schweiß vom Gesicht.

Kaum war sie damit fertig, kehrte Lenadi Genade zurück, blieb jedoch nur, um sich in aller Eile von ihrem Mann zu verabschieden. Kurze Zeit später hatte sie das Haus zusammen mit ihren Kindern verlassen.

In tiefem Schweigen erneuerten Deleja und Gelnin Genade die Umschläge auf Shaans glühendem Körper, während draußen die Nacht dahinzog und der Mond unaufhaltsam dem Horizont entgegensank. Deleja kämpfte wieder einmal mit den Tränen und betete mit aller Inbrunst, die sie aufzubringen vermochte, zur Kraft des Guten. Shaan durfte nicht sterben!

Doch selbst wenn er überlebte, waren weder er noch sie außer Gefahr. Der Mörder jagte sie wie Tiere und würde nicht eher ruhen, bis er sie gefunden und getötet hatte. Heute hatte sie ein Wunder gerettet, doch ein zweites Mal durfte sie nicht darauf hoffen. Sollte der Killer sie aufspüren, waren sie beide verloren, daran würde auch Shaan nichts mehr ändern können.

* * *

Stunde um Stunde verging, während Deleja und Gelnin Genade gegen Shaans Fieber kämpften. Deleja wurde es nicht müde, das Tuch zu tränken und Shaans Stirn damit abzutupfen. Doch es half nicht. Wann immer sie seine Haut berührte, konnte sie die Hitze spüren, die von ihm ausstrahlte, als habe er sich mehrere Tage ohne Schutz durch die Wüste geschleppt. Auch sein Atem war heiß und viel zu flach, und er war noch immer bewusstlos.

Als über Golgamat die Sonne aufging, begannen die Vögel auf den Dächern der Häuser und in den Ästen der Bäume ihr fröhliches Konzert. Gelnin Genade löschte die Windlichter an den Wänden des Behandlungszimmers, verließ kurz den Raum und bereitete ihnen ein Frühstück zu, doch Deleja trank lediglich einen Schluck Wasser. Sie fühlte sich nicht dazu imstande, auch nur einen einzigen Bissen die Enge ihrer Kehle hinunterzuzwingen, obwohl das Brot und der Käse, die der Arzt ihr anbot, verführerisch dufteten.

Die Sonne kletterte weiter den wolkenlosen Himmel hinauf und sandte ihre heißen Strahlen in den Innenhof des Hauses und durch das Fenster bis ins Behandlungszimmer. Während die Minuten und Stunden des Morgens verrannen, wanderten sie die Wand hinab über den Fußboden und berührten schließlich Shaan. Das grelle Licht hob all seine Narben und Verletzungen unbarmherzig hervor, schuf scharfe Kontraste und harte Kanten, die seine Reglosigkeit wie die einer marmornen Statue anmuten ließen - einer Statue, aus der alles Leben unwiderruflich gewichen war und die wehrlos darauf warten musste, von einem wahnsinnigen Bildhauer in tausend Stücke zertrümmert zu werden.

Deleja sprang auf, eilte durch das Zimmer und zog mit einem Ruck die Vorhänge zu. Die tastenden Lichtfinger erloschen. Mit einem merkwürdigen Gefühl der Erleichterung kehrte Deleja auf ihren Platz zurück.

Als der Vormittag halb vorüber war, klopfte es plötzlich an der Haustür. Deleja schrak zusammen und fuhr in ihrem Stuhl hoch, als habe ihr jemand unvermittelt eine blutige Messerklinge in den Nacken gedrückt. Gelnin Genade hob beruhigend die Hand und verließ mit schnellen Schritten den Raum.

Nach wenigen Minuten kehrte der Arzt zurück und lächelte ihr aufmunternd zu.

„Wer war das?“, fragte Deleja furchtsam.

„Nur ein Mann, der mich um einen Kräutertrank gegen seine Magenschmerzen gebeten hat. Ich habe ihm gesagt, dass ich die Mixtur erst heute Abend herstellen kann, da ich mich im Augenblick um einen Schwerverletzten kümmern muss.“

Deleja riss die Augen auf. „Hättet Ihr keine unverfänglicheren Worte finden können?“, knurrte sie gereizt.

„Ich habe doch bloß die Wahrheit gesagt“, erwiderte der Arzt überrascht.

„Die Wahrheit ist nicht immer die beste Wahl“, brummte sie - und begriff besser als je zuvor, warum Shaan so oft gelogen hatte. „Es gibt nur sieben Ärzte in Golgamat. Wenn ich der Mörder wäre, würde ich sie nacheinander aufsuchen und mich erkundigen, ob sie einen verletzten, jungen Mann bei sich aufgenommen haben!“

Gelnin Genade senkte betreten den Blick. „Es tut mir leid, daran habe ich nicht gedacht. Aber du musst dich nicht sorgen. Ich kenne Tenlan schon seit Jahren. Er ist gewiss nicht der Mörder.“

Deleja schnaubte leise. Das hätte man von Afnan auch behauptet - und doch war es dem Mörder gelungen, das Böse auf ihn zu übertragen. Und selbst wenn der Arzt recht hatte, konnte dieser eine Mann sie bereits verraten. Ein Mensch, der andere zu seinen willenlosen Werkzeugen machen konnte, verfügte mit Sicherheit auch über die Mittel, jemanden zum Reden zu bringen.

Inständig wünschte sie, Shaan würde endlich erwachen. Je eher sie von hier verschwanden, desto besser.

„Sind alle Türen und Fenster gut verschlossen?“, fragte sie bang.

Gelnin Genade lächelte schwach. „Ja. *Daran* habe ich gedacht.“

Deleja hoffte nur, dass es auch etwas nützte. Wenn der Mörder wieder auf Feuer zurückgriff, würde eine lächerliche Holztür ihn kaum stoppen können.

Eine weitere Stunde verstrich, und der Arzt meinte schließlich, Shaans Fieber sei ein wenig gefallen. Deleja argwöhnte jedoch, dass er sie nur beruhigen wollte. Shaan glühte noch immer wie flüssiges Vulkangestein, und er zeigte nach wie vor keinerlei Regung. Sein Zustand war und blieb kritisch.

Die Angst um ihn hielt sie wach, obwohl allmählich bleierne Müdigkeit nach ihr griff und sich wie eine schwere, weiche Decke auf sie herabsenkte. Die Augen drohten ihr immer häufiger zuzufallen, und ihre Gedanken begannen träger und verworrener zu werden, als seien sie in zähem Morast gefangen.

Vielleicht wäre sie tatsächlich eingeschlafen, wenn nicht plötzlich ein unangenehmes, heißes Prickeln wie die Berührung eines giftigen Insekts über ihre Haut gekrochen wäre. Augenblicklich war sie hellwach. Die Haare in ihrem Nacken sträubten sich, ein Schauder lief ihr von Kopf bis Fuß den gesamten Körper hinunter, und ihr Herz begann zu rasen. Unwillkürlich zog sie die Schultern ein, als würden sich feindselige Blicke wie Messer in ihren Rücken bohren. Abrupt stand sie auf.

„Bleibt bitte bei Shaan!", rief sie Gelnin Genade zu und hastete in Richtung Tür.

„Wo willst du hin?", fragte der Arzt verwundert.

„Ich will nachsehen, ob alles in Ordnung ist."

Aber es war nichts in Ordnung, das spürte sie. Sie wartete seine Antwort nicht ab, sondern eilte in die Diele, lief die Treppe hoch und stürzte zu einem der Fenster, die ihr einen Blick auf die Straße gewährten. Hastig riss sie die Gardine zur Seite, öffnete die Scheibe, beugte sich hinaus – und sah sofort das Mädchen.

Es stand direkt vor dem Haus, eine schlanke, geschmeidige Gestalt mit langem, schwarzem Haar. In ihrer Hand hielt sie trotz der Mittagshitze eine Fackel. Die Flammen prasselten hell und gierig. Jetzt hob sie den Kopf, sah zu Deleja herauf, als wüsste sie, dass sie beobachtet wurde.

Ihre Blicke trafen sich. Unverhohlener Triumph blitzte in den Augen des Mädchens auf. Es lachte höhnisch, hob gleichzeitig die Hand mit der Fackel. Die Flammen loderten grell empor, kreischten in wilder, ekstatischer Gier nach Nahrung.

Deleja stolperte mit einem Schrei zurück, warf sich in panischer Furcht herum und begann zu laufen. Keinen Moment zu spät. Ein brüllender Feuerball fuhr ins Zimmer und verwandelte die Stelle, an der sie eben noch gestanden hatte, in ein Inferno explodierender Holzsplitter und wabernder Höllenglut.

Grausame Hitze schlug Deleja ins Gesicht. Die Flammen zuckten ihr entgegen wie Klauen, die ihr die Haut vom Körper reißen wollten und danach lechzten, ihr Blut zu trinken. Sie schaffte es gerade noch, unter ihnen hinwegzutauchen, stürzte zur Tür, knallte sie hinter sich zu und sprang in fliegender Hast die Treppenstufen hinab.

Gelnin Genade kam ihr entgegen. Sein Gesicht war weiß wie ein Laken.

„Was ist passiert?"

„Der Mörder hat uns gefunden!", schrie Deleja mit überkippender Stimme.

Der Arzt öffnete den Mund, um etwas zu sagen, doch ein ohrenbetäubender Knall schnitt ihm das Wort ab. Sämtliche Scheiben barsten, als seien sie von riesigen Hämmern in Stücke geschlagen worden. Scharfkantige Splitter wirbelten wie ein tödlicher Hagelschauer durch den Raum. Deleja schrie entsetzt und riss schützend die Arme vors Gesicht. Winzige Splitter bissen in ihre Hände und Arme und zauberten blutige Muster auf ihre Haut. Gleichzeitig schlug ihr eine erstickende Hitze entgegen und raubte ihr den Atem.

Hastig senkte sie die Arme wieder und wich zurück. Glas rieselte von ihrer Kleidung zu Boden, knirschte unter ihren Füßen. Ihr Blick flog panisch hin und her, suchte nach einem Ausweg.

Vor den geborstenen Fenstern des Hauses tobte ein undurchdringliches Flammenmeer, greller als der hellste Schein der Sonne. Flammenzungen leckten fauchend in die Räume hinein, peitschten wie die Tentakel eines riesigen Ungeheuers gegen die Wände und den Boden und hinterließen dort rauchende Spuren. Was immer sie trafen, ging eine Sekunde später selbst in Flammen auf.

Gelnin Genade war wie gelähmt. Fassungslos starrte er auf das schreckliche Schauspiel, verfolgte in ohnmächtiger Faszination, wie das Feuer, einem gefräßigen Raubtier gleich, sein Haus in Schutt und Asche legte.

„Wir müssen sofort hier raus!", schrie Deleja ihm zu und riss ihn am Ärmel zurück.

Gerade noch rechtzeitig. Ein Flammenspeer fräste dort über den Boden, wo er eben noch gestanden hatte, und hinterließ eine schwarze, klaffende Wunde in den Holzdielen.

Endlich überwand der Arzt seinen Schock und sah sie mit großen Augen an. „Wir müssen Shaan holen!"

Deleja lief ihm voraus. Bereits durch die offene Tür sah sie, dass sich Shaans Zustand verändert hatte. Seine Augenlider flatterten, seine Hände öffneten und schlossen sich krampfhaft, und er warf wild seinen Kopf hin und her. Stöhnend kämpfte er darum zu erwachen. Zweifellos spürte er die Gefahr, in der sie alle schwebten.

Doch er verlor den Kampf, sackte auf die Matratze zurück, lag wieder still. Deleja erschrak, als sie die blutigen Striemen sah, die seinen nackten Oberkörper und sein Gesicht bedeckten. Splitter der geplatzten Scheibe hatten ihn getroffen und seine Haut zerkratzt. Hätte sie nicht die Vorhänge zugezogen, hätten sie ihm vermutlich das Fleisch bis auf die Knochen aufgeschlitzt. Voller Zorn ballte sie die Fäuste.

Gelnin Genade trat rasch an ihr vorbei, nahm Shaan, ohne dessen frischen Verletzungen zu beachten, von der Matratze auf und trug ihn in die Diele. Dort war es längst unerträglich heiß geworden. Die Flammen hatten bereits mehrere Meter des Flurs vollständig verschlungen.

„Zur Vordertür kommen wir nicht mehr heraus“, schrie der Arzt. „Lauf zur Hintertür!“

Dichter Qualm erschwerte Deleja die Sicht, als sie sich in die entsprechende Richtung wandte, und halb blind torkelte sie voran. Schemenhaft sah sie die Tür zum Hinterhof, warf sich nach vorn und stieß sie auf.

Kreischende Flammen schlugen ihr entgegen. Erschrocken stolperte sie zurück und fiel beinahe. Voller Entsetzen schluchzte sie auf. „Wir kommen nicht mehr heraus! Wir werden verbrennen!“

„Das werden wir nicht“, rief der Arzt, versuchte, das Tosen des Feuers zu übertönen. „Noch gibt es einen Ausweg. Schnell! Wir müssen in die Küche!“

Deleja hastete voran. Die Küche war ein lang gezogener Raum mit nur einem Fenster an der schmalen Seite. Das hatte das Feuer etwas aufgehalten. Lediglich ein Teil der Schränke brannte bereits.

Deleja hustete heftig. Die Luft wurde immer schlechter.

„Wohin?“, krächzte sie verzweifelt. Durch das Fenster konnten sie auch hier nicht entkommen.

Gelnin Genade stieß mit einem Tritt einen Stuhl beiseite. Eine Klappe kam darunter zum Vorschein. „Öffne die Luke! Sie führt in den Keller.“

Deleja beugte sich nach vorn, schloss beide Hände um den Metallring, der an einer Seite der Luke angebracht war, und zog daran. Sie rührte sich nicht.

„Sie ist zu schwer für mich!“

Der Arzt fluchte, ließ Shaan vorsichtig zu Boden gleiten und legte selbst Hand an. Mit einem einzigen gewaltigen Ruck riss er die Klappe auf und deutete nach unten in die gähnende Dunkelheit.

„Geh sechs Stufen nach unten, dann schau nach links. Dort befindet sich eine kleine Nische in der Wand, wo eine Kerze und Feuerhölzer bereitliegen.“

Deleja hastete die Stufen hinunter. Sie fand die Sachen auf Anhieb und entzündete mit zittrigen Fingern die Kerze. Ihr schwaches, flackerndes Flämmchen bildete einen geradezu grotesken Kontrast zu den brüllenden Feuerdämonen, die das Haus und seine Bewohner zu verzehren suchten. Im fahlen Lichtkreis sah Deleja, dass die Treppe etwa zwei Dutzend Stufen in die Tiefe hinabführte. Angenehm kühle, wenn auch ein wenig abgestanden und nach eingelagerten Kohlen und Kartoffeln riechende Luft schlug ihr entgegen.

„Geh weiter“, rief der Arzt.

Deleja lief voraus, und Gelnin Genade folgte ihr mit Shaan auf den Armen.

Das Feuer wurde immer wilder. Mit der urtümlichen Gewalt eines aus seinem Schlaf erwachenden Riesen sog es alle Luft an sich, beschwor einen Sturm herauf, der an ihrer Kleidung und an ihren Haaren zerrte und wie der heiße Odem eines Drachen über ihre Gesichter strich.

Voller Angst sah Deleja zurück. Die Flammen hatten die Luke beinahe schon erreicht. Dicker, schwarzer Qualm trieb in Schwaden die Treppe hinunter, wälzte sich bedrohlich näher und näher.

„Der Brand wird sich auch bis in den Keller ausbreiten“, schluchzte sie. „Hier sind wir nicht sicher!“

„Geh nur weiter“, antwortete Gelnin Genade mit erstaunlicher Ruhe. „Und beeile dich!“

Es gab nur einen Weg, den sie nehmen konnte. Zwischen Bergen aus Kohle und leicht angemoderten Holzkisten stolperte sie vorwärts, die flackernde Kerzenflamme wie einen Talisman vor sich haltend. Ihre Gedanken wirbelten wie welkes Herbstlaub in ihrem Kopf umher. Wie sollten sie dieser Todesfalle bloß entkommen? Das Feuer würde ihnen in die Katakomben des Kellers folgen, und wenn es sie in die Enge getrieben hatte, würden sie bei lebendigem Leibe gebraten werden.

Tränen verschleierten ihren Blick, ließen die Umgebung vor ihren Augen verschwimmen. Erst als sie die Wand des Kellers schon fast erreicht hatte, bemerkte sie die schwere Holztür, die darin eingelassen war.

„Das ist ein Durchgang zum Keller des Nachbarhauses“, erklärte Gelnin Genade sachlich. „Unser Weg in die Freiheit.“

Deleja schwindelte vor Erleichterung. Sie wollte eben die Hand nach der Türklinke ausstrecken, als von der anderen Seite der Tür her Stimmen ertönten. Eine Sekunde später schwang sie mit lautem Quietschen auf, und zwei Männer traten auf sie zu.

„Mellin, Trefnan, das ist wahrlich ein vorzüglicher Zeitpunkt für einen Besuch!“, lächelte Gelnin Genade und wischte sich mit einer fahrigen Geste Ruß und Schweiß vom Gesicht.

„Wir haben das Feuer gesehen“, erklärte der größere von beiden.

„Und da dachten wir uns, dass du Hilfe gebrauchen kannst“, fügte der andere hinzu und ließ einen kurzen Blick über Shaan und Deleja schweifen. „Wo ist deine Familie?“

„Sie ist in Sicherheit, Trefnan. Sie waren nicht im Haus. Wir waren die Einzigen.“

„Das ist gut. Ich glaube kaum, dass jetzt noch jemand aus diesem Inferno entkommen könnte. So ein Höllenfeuer habe ich mein Lebtag noch nicht gesehen. Kommt schnell, wir haben nicht viel Zeit!“

Trefnan winkte ihnen und eilte selbst voran. Deleja folgte ihm zitternd. Durch den Durchgang gelangten sie in den angrenzenden Keller, der sich kaum von dem der Genades unterschied. Sie durchquerten ihn und danach noch einige weitere. Das Feuer blieb hinter ihnen zurück.

Erst nach dem siebten oder achten Keller stiegen sie wieder nach oben. Auch hier lag der Zugang zu den unterirdischen Gewölben in der Küche. Der Raum war menschenleer. Die Leute waren allesamt auf die Straße geströmt und formten dort Löschketten. Das hektische Läuten der Feuerglocke hallte schrill und misstönend durchs Fenster herein.

Mellin warf einen nervösen Blick nach draußen. „Können wir noch irgendetwas für euch tun, bevor wir uns dem Löschtrupp anschließen?"

Deleja sah den Arzt flehend an. Er verstand sie und nickte.

„Könntest du mir bitte deinen Wagen leihen, Mellin? Ich muss den Jungen von hier fortbringen und kann ihn nicht den gesamten Weg tragen."

„Natürlich, ich spanne sofort die Pferde an. Trefnan, du kannst mir dabei helfen. Wir haben keine Zeit zu verlieren."

Er winkte dem anderen. Beide verließen mit schnellen Schritten die Küche.

„Wohin werdet Ihr Shaan und mich bringen?", fragte Deleja beklommen.

Gelnin Genade rieb sich den Nacken und seufzte. „Zu Lardin Jeffnei, einem alten Bekannten von mir. Er wohnt am anderen Ende der Stadt."

„Könnte der Mörder nicht ahnen, dass Ihr uns dort verstecken wollt?" Deleja schauderte. „Immerhin hat er uns auch in Eurem Haus gefunden."

„Das glaube ich nicht. Ich bin nicht mit Lardin befreundet, und dementsprechend selten sehen wir uns. Er schuldet mir lediglich noch einen Gefallen. Ich denke, bei ihm wärt ihr vorerst in Sicherheit."

Deleja blieb nichts anderes übrig, als darauf zu vertrauen. Sie hätte nicht gewusst, wo Shaan und sie sich sonst hätten verbergen können. „Niemand darf erfahren, dass wir dort sind", flehte sie.

Der Arzt winkte müde ab. „Das habe ich nicht vergessen. Ich werde es auch Mellin und Trefnan sagen."

Deleja nickte dankbar.

Die beiden kehrten bald darauf zurück. Gelnin Genade erklärte ihnen, vor wem Shaan und Deleja flohen, und sie stimmten sofort mit grimmigen Mienen zu, Stillschweigen zu bewahren. Trefnan eilte schließlich zum Löschtrupp nach draußen, während Mellin Deleja eine Decke und ein Kissen reichte und sie danach zu einem Schuppen im Innenhof des Hauses führte.

Der Wagen, der dort auf sie wartete, war nur ein einfaches Gefährt, aber er besaß zumindest ein hohes, geschlossenes Verdeck. Sie würden also nicht gesehen werden, wenn sie den Hof verließen.

Deleja breitete die Decke auf der Ladefläche aus und drapierte das Kissen an ihrem oberen Ende. Gelnin Genade legte Shaan vorsichtig auf dem provisorischen Lager ab. Er und sie selbst blieben bei Shaan sitzen, während Mellin auf dem Kutschbock Platz nahm. Der Arzt erklärte ihm, wohin er fahren sollte, und gleich darauf setzte sich der Wagen ruckend in Bewegung. Deleja blickte besorgt auf Shaan, legte beide Hände auf seinen Oberkörper, versuchte, ihn so ruhig wie möglich zu halten, und hoffte inständig, dass die Fahrt nicht zu lange dauern würde.

* * *

Irgendwann - Deleja hatte mittlerweile jegliches Zeitgefühl verloren - kam der Wagen rumpelnd zum Stehen. Gelnin Genade erhob sich und streckte seinen Rücken durch. „Warte hier auf mich", sagte er zu Deleja. „Ich möchte zuerst kurz mit Lardin sprechen."

Geschmeidig kletterte er von der Ladefläche. Deleja hörte seine Schritte im Kies knirschen, sein Klopfen an einer hölzernen Tür und wie er gleich darauf mit einem fremden Mann sprach. Er machte nicht viele Worte, sondern schilderte die Lage knapp, ohne jedoch die Gefahr zu verschweigen, die ihr und Shaan drohte.

Ängstlich erwartete Deleja die Antwort, doch stattdessen näherten sich plötzlich schwere Schritte dem Wagen. Die Plane wurde zurückgeschlagen, und ein Mann steckte seinen Kopf zu ihr herein.

Lardin Jeffnei war nicht besonders groß, aber trotzdem eine auffällige Erscheinung. Seine Haut war von der Sonne so stark gebräunt, dass sie wie gegerbtes Leder aussah, seine dunklen Haare hingen ihm tief in die Stirn, und seine stahlgrauen Augen verschwanden beinahe unter seinen buschigen Augenbrauen. Ein dichter, schwarzer Vollbart rundete sein finsteres Aussehen ab.

Deleja versuchte, seinem durchdringenden Blick nicht auszuweichen.

„Bitte", flüsterte sie leise.

Die Stirn ihres Gegenübers legte sich in tiefe Falten, die grauen Augen wanderten von ihr fort zu Shaan, fanden die schlimme Verbrennung, verengten sich.

Seine Stimme grollte wie das Knurren eines Wolfs. „Ihr könnt bleiben."

„Danke", hauchte Deleja.

Gelnin Genade erklomm die Ladefläche, um Shaan zu holen. Deleja stieg aus, um ihm Platz zu machen, und sah sich aufmerksam um. Mellin hatte die Kutsche in einem kleinen Innenhof zum Stehen gebracht, der ringsum von hohen Mauern umgeben war und auf einer Seite von einem massiv wirkenden Tor verschlossen wurde.

Als der Arzt Shaan aus dem Wagen hob, winkte ihm Lardin Jeffnei und hielt ihm die Tür zum Haus offen. Bevor Deleja ihnen folgte, wandte sie sich noch einmal an Mellin und dankte ihm für seine spontane Hilfe.

Der Mann lächelte freundlich. „Ist schon gut, Kind. Ich bin froh, dass ihr dem Mörder entkommen seid."

Deleja sah beklommen zu Boden. „Wenn es nur so wäre! Aber vielleicht wird er uns auch hier aufspüren!"

Mellin legte ihr beruhigend eine Hand auf die Schulter. „Ich glaube nicht, dass er noch weiter nach euch suchen wird. Niemand außer denen, die in unserer Straße wohnen, wissen, dass alle Häuser durch die Keller verbunden sind, und wir sprechen gegenüber Fremden nicht davon. Und da euch niemand aus dem Haus hat flüchten sehen, muss der Mörder annehmen, dass ihr in den Flammen umgekommen seid."

Deleja atmete tief durch. „Das wäre in der Tat ein guter Schutz", murmelte sie.

Mellin lächelte. „Vertraue nur darauf. Solange ihr euch nicht in der Stadt blicken lasst, seid ihr sicher."

Deleja nickte ihm noch einmal dankbar zu, dann folgte sie Gelnin Genade und Lardin Jeffnei, die in der Eingangshalle auf sie gewartet hatten, ins Haus. Es war ein großes, weitläufiges Gebäude, fast eine Villa, doch die Korridore und Zimmer lagen still und verlassen vor ihnen. Es schien nicht einmal Bedienstete zu geben.

„Menschen machen mich nervös", brummte Lardin Jeffnei, der ihre halb fragenden, halb suchenden Blicke wohl bemerkt hatte. Seine durchdringenden Augen richteten sich beinahe anklagend auf sie, und ihr Grau wirkte plötzlich nicht mehr wie das harte Schimmern von Stahl, sondern eher wie der wolkenverhangene Himmel an einem nebligen Wintertag.

Deleja versuchte ein zaghaftes Lächeln. „Wir werden versuchen, Euch so wenig wie möglich zu stören."

Lardin zuckte mit den Schultern, als bedeute es nichts, und führte sie schweigend ins erste Stockwerk hinauf, wo er eine Tür öffnete.

„Der Junge kann hier schlafen", sagte er zu Gelnin Genade, dann wandte er sich an Deleja. „Dein Zimmer ist gleich nebenan."

Der Raum, der sie aufnahm, war erstaunlich klein. Ein Schrank, eine Kommode, ein Bett, ein Tisch und zwei Stühle füllten die freie Fläche zwischen den Wänden beinahe vollständig aus, ohne dass das Zimmer jedoch überladen wirkte.

Das Mauerwerk war mit einer hellen Tapete bedeckt, die hier und da mit hübschen Bildern geschmückt worden war. Sie zeigten Motive der näheren Umgebung Golgamats wie die Wälder des Herzogs Gerais, Fischerboote auf dem Fluss Tiloksan und Arbeiter auf den Feldern.

Vorhänge mit einem gesetzten Muster aus grünen und braunen Farben hingen neben dem Fenster, und die gleiche Tönung wies auch der dicke Teppich auf, der ihre Schritte dämpfte und Deleja das Gefühl gab, über weiches Moos zu laufen. Ein Hauch von Staub schwebte in der Luft und zeugte davon, dass das Gästezimmer nur selten benutzt wurde und sich niemand die Mühe machte, regelmäßig zu lüften.

Lardin Jeffnei öffnete wortlos das Fenster, als kenne er ihre Gedanken und wolle ihrer Bitte zuvorkommen, während Deleja hastig die Bettdecke zurückschlug, damit Gelnin Genade Shaan ablegen konnte. Gemeinsam versorgten sie Shaan und erneuerten die kühlenden Wickel, nachdem Lardin Jeffnei ihnen alles Nötige gebracht und sie dann allein gelassen hatte. Anschließend kümmerte sich der Arzt auch um die kleinen Schnittwunden, die ihnen die Glassplitter zugefügt hatten, behandelte sie zuerst bei Shaan, dann bei Deleja, zuletzt bei sich selbst.

Als er fertig war, blickte er auf und sah zögernd zu ihr herüber. Es war offensichtlich, dass er nach den richtigen Worten suchte.

„Ich habe gehört, was Mellin zu dir gesagt hat", erklärte er schließlich leise. „Für dich und Shaan ist es sicher am besten, wenn man euch für tot hält, aber ich muss zurück. Meine Familie hat bestimmt längst von dem Feuer erfahren und wird in großer Sorge um mich sein. Ich muss zu ihnen."

Deleja erschrak. „Aber das geht nicht! Wenn der Mörder Euch lebend sieht, wird er wissen, dass auch wir entkommen sind. Ihr müsst bei uns bleiben!"

Der Arzt schüttelte kategorisch den Kopf. „Das kann ich nicht. Ihr beide habt zwar meinem Sohn das Leben gerettet, trotzdem kannst du nicht von mir verlangen, dass ich mich gegenüber meiner Familie für tot ausgebe."

„Aber ... aber dann war alle Mühe umsonst!", stammelte Deleja, den Tränen nah.

Gelnin Genades Gesicht nahm einen milderen Ausdruck an. „Vertrau mir doch! Ich verspreche dir, dass ich nur mit meiner Familie und mit niemandem sonst sprechen werde."

„Das wird nichts nützen. Der Mörder wird es dennoch erfahren. Und dann wird er uns töten!"

Gelnin Genade seufzte. „Ich verstehe deine Angst, aber ich werde mich vorsehen. Shaan und du werdet hier sicher sein."

„Bitte!"

„Nein! Ich habe bereits mein Haus verloren, um euch zu helfen, und das ist, denke ich, Schaden genug. Außerdem solltest auch du an deine Familie denken. Kannst du dir nicht vorstellen, welche Qual es deinen Eltern bereiten muss, wenn sie glauben, du seist tot?"

„Mein Vater weiß nicht, dass ich in dem brennenden Haus war. Er wird mich lediglich vermissen."

„Das ist schlimm genug."

„Noch schlimmer wäre es, wenn er mich mit durchgeschnittener Kehle vor sich im Staub liegen sähe."

Der Arzt wich ihrem Blick aus. „Ich sehe keinen Ausweg aus diesem Dilemma. Ich *muss* zu meiner Familie!"

Deleja ballte die Fäuste. „Dann müsst Ihr lügen."

Gelnin Genade runzelte die Stirn. „Wie meinst du das?"

„Sagt allen, dass Ihr nicht im Haus wart, als das Feuer ausbrach. Behauptet, Ihr hättet uns kurz allein gelassen."

Der Arzt zögerte.

„Bitte, Herr Genade", flehte Deleja. „Wollt Ihr noch dieses eine für uns tun?"

Der Arzt überlegte lange, doch schließlich nickte er. „In Ordnung, es scheint, als wäre das die einzige Lösung. Ich bin zwar kein guter Lügner, aber ich werde versuchen, den Schockierten zu spielen, wenn ich zu meinem Haus zurückkehre."

Er wandte sich zum Gehen, in der offensichtlichen Absicht, seinen Worten sogleich Taten folgen zu lassen. Deleja erschrak erneut.

„Ihr wollt Shaan jetzt schon verlassen? Ich dachte, Ihr würdet warten, bis er erwacht!"

Ängstlich berührte sie Shaans Wange. Sie war kaum kühler als in der Nacht.

Gelnin Genade schüttelte bedauernd den Kopf. „Wenn meine Lüge glaubhaft sein soll, muss ich bald zurückkehren. Jeder Dummkopf würde mich durchschauen, wenn ich gerade dann, wenn mein Haus abbrennt, für mehrere Tage unauffindbar bin. Aber keine Sorge, Shaan wird schon nichts geschehen, wenn du bei ihm bleibst und die Umschläge immer wieder erneuerst. Mehr könnte auch ich nicht für ihn tun."

„Werdet Ihr wiederkommen?"

„Ja, sobald es mir möglich ist." Er musterte sie prüfend. „Vielleicht solltest du versuchen, ein wenig zu schlafen. Du hast seit gestern Abend kein Auge mehr zugetan. Du musst todmüde sein."

Seine Worte beschworen die bleierne Schwere, die ihr bereits kurz vor dem Feuer in allen Knochen gesteckt hatte, erneut herauf, trotzdem schüttelte sie entschieden den Kopf.

„Erst muss ich wissen, dass Shaan außer Gefahr ist. Vorher könnte ich doch keine Ruhe finden."

Gelnin Genade lächelte. „Das dachte ich mir schon. Ich glaube, einen besseren Schutzengel als dich kann er sich nicht wünschen."

Deleja errötete. „Ich ... ich will doch nur, dass er wieder gesund wird."

„Das wird er."

Mit dieser Versicherung ging der Arzt endgültig. Deleja sah ihm nicht nach, sondern blickte mit bangem Herzen und tränenfeuchten Augen auf Shaans reglose Gestalt. Sie konnte Gelnin Genade nicht glauben, nicht, solange Shaan noch wie eine Herdplatte glühte, und nicht, solange er dalag wie ein Toter, den man gerade aus seiner Gruft gezerrt hatte. Wenn er doch nur endlich wach werden würde!

Doch Shaans Augen blieben geschlossen.

23. Die Ruhe vor dem Sturm

Im Verlauf des Nachmittags stabilisierte sich Shaans Zustand. Das Fieber sank, sein Puls wurde ruhiger und kräftiger, und der Atem, der seinen Lungen entströmte, nahm allmählich wieder eine erträgliche Temperatur an. Auch sein Gesicht wirkte entspannter als noch am Morgen, und es schien, als sei der qualvolle Panzer aus Schmerz und Erschöpfung, der seinen Körper seit dem schrecklichen Kampf mit dem Mörder gefangen gehalten hatte, endlich zersprungen und könne den zarten Keimen seiner neu erwachenden Lebenskraft nicht länger Widerstand entgegensetzen. Deleja wich dennoch nicht von seiner Seite, unterdrückte mit eiserner Härte ihre Müdigkeit, obwohl sie kaum noch die Augen offen halten konnte, und erneuerte schweigend und mit steifen Bewegungen die kühlenden Umschläge, die Shaan vom Abgrund des Todes zurückholen sollten.

Gegen Abend kam Gelnin Genade zurück und konstatierte erfreut, dass das Fieber tatsächlich verschwunden und Shaans Ohnmacht in einen tiefen, gesunden Schlaf übergegangen war. Erst jetzt wagte Deleja, ihn kurz allein zu lassen.

Lardin Jeffnei erbot sich überraschenderweise, sie in seinem Anwesen herumzuführen, zeigte ihr die wichtigsten Räumlichkeiten des Hauses und erklärte ihr, dass sie nehmen könnte, was immer sie brauchte, da er selbst tagsüber lange arbeiten würde, sodass sie und Shaan den größten Teil des Tages allein sein würden.

Deleja dankte dem finster aussehenden Mann aus tiefstem Herzen. Gelnin Genade verließ sie wenig später, nachdem er ihr versichert hatte, seine Lüge sei ein voller Erfolg gewesen. Er versprach, morgen erneut nach Shaan zu sehen, sobald es ihm seine Arbeit erlaubte.

Auch Lardin Jeffnei zog sich bald darauf in seine eigenen Räume zurück. Deleja blieb mit Shaan allein. Jetzt, da seine Atemzüge ruhiger geworden waren und sie ihm keine kühlenden Umschläge mehr machen musste, ließ sie es zu, dass ihre Lider sich schlossen.

Sie schlief bis zum Morgen. Steif von der auf dem harten Stuhl verbrachten Nacht reckte sie sich und gähnte herzhaft, dann folgte sie dem Ruf ihres knurrenden Magens und tappte auf den Gang hinaus, wo sie den Weg zur Küche einschlug. Tiefe Stille empfing sie in den Korridoren. Sie blickte sich suchend um, konnte Lardin Jeffnei jedoch nirgends entdecken. Offenbar war er bereits zur Arbeit gegangen. Sie verzehrte ein wenig Obst, bis der gröbste Hunger gestillt war, und kehrte dann zu Shaan zurück.

Schaudernd blickte sie auf seine entsetzliche Verbrennung. Gelnin Genade hatte sie gestern Abend mit einer dicken Schicht Salbe bestrichen, trotzdem konnte sie unter der weißen Paste das offene, blasige Fleisch erahnen - eine eindringliche Erinnerung an den Albtraum der vergangenen Tage, aus dem sie noch immer nicht erwacht waren. Fast wünschte sie, Shaans Bewusstlosigkeit würde noch länger andauern; so musste er wenigstens keine Schmerzen erleiden. Und sie selbst fand endlich die Gelegenheit, ihre Gedanken zu klären.

Unwillkürlich schüttelte sie den Kopf. So viel war in so kurzer Zeit geschehen. Liss war angegriffen worden, Talnin getötet, Afnan hatte sie und Shaan ermorden wollen, und schließlich hatte Shaan versucht, den Mörder zu stellen. Und sie wusste nun, wer hinter den schaurigen Bluttaten steckte, die Golgamat in Angst und Schrecken versetzt hatten. Es war dieses Mädchen, die junge Frau, die sie vorm Haus der Genades gesehen hatte.

Sie kannte sie sogar, hätte es längst wissen müssen. Schon bei ihrer ersten Begegnung, während des Regens, als sie verzweifelt umhergeirrt war, um Shaan zu suchen, hätte sie in ihr die Mörderin erkennen müssen. Denn hatte sie nicht schon an jenem Tag geargwöhnt, dass sie mit dem Mörder zusammenarbeitete? Und hatte ihre unerklärliche Furcht sie nicht gewarnt, dass das Böse in dem Mädchen steckte?

Deleja erbebte, als sie sich vorstellte, was geschehen wäre, hätte sie nicht auf ihr Gefühl gehört. Wäre sie aus der Spalte, in der Shaan reglos lag, auf den Platz hinausgetreten, um das Mädchen um Hilfe zu bitten, hätte es sie beide sofort getötet.

Keinen Augenblick zweifelte sie daran, dass das fremde Mädchen den Brand im Haus der Banagis gelegt hatte, schließlich hatte es auch vor dem Heim der Genades eine Fackel gehalten und Feuer nach ihr geschleudert, kaum dass es sie bemerkt hatte.

Fröstelnd schlang sie die Arme um den Leib. Hätte sie nicht abermals jene bedrohliche Präsenz gespürt, wäre sie niemals die Treppe hinaufgegangen, hätte nicht aus dem Fenster gesehen und das Mädchen nicht entdeckt. Das Feuer hätte sie völlig unvorbereitet getroffen, sie vielleicht sogar verzehrt, bevor sie hätten entkommen können. Wieder einmal hatte die Kraft des Guten ihr geholfen, sie rechtzeitig vor Unheil gewarnt.

Plötzlich keuchte Deleja auf, als eine Erkenntnis sie wie ein Blitz durchzuckte und ihr für eine Sekunde den Atem nahm. Das war schon häufiger geschehen! Das Mädchen glich der Schattenfrau aus ihren Träumen, jener dämonischen Gestalt, die sie Nacht für Nacht jagte und auf grausame Weise hinschlachtete. In diesen Träumen hatte sie zwar kein Gesicht besessen, aber ihre Statur und ihr langes, wallendes Haar waren unverkennbar. Sie war es! All die Jahre hatten ihre Träume sie vor ihr zu warnen versucht!

Deleja schwindelte. Was hatte das alles nur zu bedeuten? Wieso hatte sich ihr die Gefahr auf diese Weise offenbart? Wieso hatte das Gute gerade sie retten wollen?

Oder war das auch bei den anderen Mädchen geschehen? Hatten sie ähnliche Träume gehabt, jedoch darüber geschwiegen aus Angst, für ihre Narretei verspottet zu werden, hätten sie offen darüber gesprochen?

Möglich wäre es. Auch sie hatte ihren Alpmahr tief in ihrer Seele verschlossen, selbst Liss gegenüber; allein Linari hatte von ihrem nächtlichen Schrecken gewusst. Sie hatte sich nicht wie ein dummes, furchtsames Kind aufführen wollen, Gründe, die auch die anderen Mädchen bewegt haben mochten.

Bitterkeit stieg in ihrer Kehle auf. Am Ende hatte sie auf die Warnung gehört, die anderen nicht. Sie waren dem Bösen in Gestalt der Schattenfrau zum Opfer gefallen. Hatte die Kraft des Guten diese Entwicklung geahnt? Hatte sie deshalb einen Kämpfer geschickt, um dem sinnlosen Morden Einhalt zu gebieten?

Mit tief gerunzelter Stirn sah sie auf Shaan herab. Er war dieser Kämpfer, daran gab es keinen Zweifel. Er hatte alles versucht, um zu helfen, aber nur sie hatte er retten können, vielleicht, weil er ihr am nächsten war, oder weil sie letztlich doch auf ihre Gefühle vertraut hatte.

Grübelnd senkte sie den Blick. Das war noch nicht alles. Irgendetwas übersah sie, eine Verbindung, ein Detail, das alles zusammenfügen konnte, sie spürte es genau. Ihre Gedanken gingen zwar in die richtige Richtung, waren aber trotzdem nur Bruchstücke der Wahrheit. Sie wirbelten in ihrem Kopf umher wie Schneeflocken in einem Wintersturm, weigerten sich, ein klares Bild zu formen und den Geschehnissen der letzten Wochen ihr Geheimnis zu entreißen. Shaan allein wäre dazu in der Lage.

Einem plötzlichen Impuls folgend, legte sie eine Hand auf seine unversehrte Schulter.

„Bitte, Shaan, wach bald auf", flüsterte sie.

Und während sie darauf wartete, nahm sie die Hand nicht mehr fort.

* * *

Der Ruf der Lanhal war es, der Shaan schließlich aus seinem tiefen Schlaf holte. Ihre Hand lag auf seiner linken Schulter, das spürte er, lange bevor er einen klaren Gedanken fassen konnte. Das Gefühl ihrer sanften Gegenwart beruhigte ihn, nahm Angst und Schrecken von ihm und linderte sogar die pochenden Schmerzen, die zusammen mit seinem Bewusstsein zurückkehrten.

Irgendwann riss der Schleier. Er fand zu seinem Willen zurück, öffnete die Augen. Deleja saß dicht neben seinem Lager und sah gedankenversunken auf ihn herab. Als sein Blick sie so unvermittelt traf, zuckte sie zusammen und stieß ein ersticktes Keuchen aus.

„Shaan!", rief sie mit so herzergreifender Erleichterung, dass es ihm die Kehle zuschnürte. „Endlich bist du wach!"

Er schaute sie an, wollte sie fragen, wie viel Zeit vergangen war, bekam jedoch kein Wort heraus. Ihre Hand auf seiner Schulter zu spüren, ihre Nähe, ihre Wärme zu fühlen, verwirrte ihn, und doch war ihre sanfte Berührung wie Labsal für seine wunde Seele. Still flehte er darum, sie möge ihn noch nicht wieder loslassen, den Moment der Geborgenheit und der tiefen, wortlosen Vertrautheit noch nicht beenden. Das Mitgefühl und die Zuneigung in ihrem Blick vermittelten ihm die Gewissheit, dass er nicht allein war, dass die unerträgliche Last, die das Schicksal ihm auferlegt hatte, ihn vielleicht nicht wie ein Tonnengewicht in den Abgrund reißen musste. Wo Anteilnahme war, da gab es auch noch Hoffnung.

Im nächsten Augenblick schrak er zusammen, als habe ihm sein Vater aus dem Totenreich einen Schlag versetzt. So durfte er nicht denken! Er war der Shai'lanhal. Er war geboren worden, um zu dienen. Zuneigung und Verständnis waren für andere da, nicht für ihn. Er war lediglich ein Werkzeug, das von unbegreiflichen Mächten für einen unbegreiflichen Kampf geschmiedet worden war. Entweder er erfüllte seine Aufgabe, oder er starb. Was auch immer geschehen mochte, seine persönlichen Bedürfnisse und Gefühle waren gänzlich ohne Belang.

Das Gewicht kehrte zurück, schlimmer als je zuvor, drückte wie die unsichtbare Hand eines Riesen auf seine Brust. Gewaltsam riss er seinen Blick von Deleja los und ließ ihn durch das Zimmer wandern. Bitterkeit stieg ihm in die Kehle. Er hätte sich sofort orientieren müssen, statt sich albernen Träumereien hinzugeben und sich nach Dingen zu sehnen, die für ihn auf ewig unerreichbar bleiben würden.

„Wo sind wir?", fragte er rau. „Ist dies das Haus der Genades?"

Deleja zögerte, schüttelte dann den Kopf. „Nein. Wir mussten von dort fliehen."

„Fliehen?", keuchte Shaan, fuhr im Bett hoch - und schrie gequält auf.

Die unbedachte Bewegung ließ einen scharfen Schmerz in seiner rechten Schulter explodieren. Stöhnend sank er ins Kissen zurück.

Deleja beugte sich besorgt über ihn und legte ihm beide Hände auf die Brust, als wolle sie ihn festhalten. „Du darfst dich nicht so heftig bewegen. Du tust dir nur selbst weh damit!"

Ihre Augen glänzten unter nahen Tränen.

Es versetzte ihm einen Stich, trotzdem zwang er sich, sich auf das Wesentliche zu konzentrieren. „Was ist passiert?"

„Das Haus der Genades ist abgebrannt."

Shaan zuckte erneut zusammen, doch dieses Mal verstärkte Deleja sofort den Druck ihrer Hände, sodass er sich nicht einmal dann hätte aufrichten können, wenn er es gewollt hätte. Sie berichtete ihm, wie sie den Flammen entkommen waren und wo sie sich seitdem versteckt hielten.

Ganz allmählich wurde er wieder ruhiger. Wenn die Shai'yinyal sie für tot hielt, waren sie vorerst in Sicherheit. Erst wenn der Yinyal erwachte und die Kräfte seiner Shai auf ihn übergingen, würde er spüren, dass Deleja noch lebte, und sie zum Kampf fordern. Sie hatten also ein wenig Zeit gewonnen, Zeit, die er bitter nötig brauchte, um sich zu erholen.

Die Verbrennung an seiner Schulter hatte kaum zu heilen begonnen, und das hohe Fieber hatte ihn grundlegend geschwächt. Er fühlte sich zu müde und zerschlagen, um sich auch nur aufzusetzen. In einer derartigen Verfassung wäre er noch nutzloser, als er es ohnehin schon war. Die Shai'yinyal würde ihn mit einem beiläufigen Fingerschnippen in ein Häufchen Asche verwandeln und sich danach in aller Seelenruhe Deleja vornehmen.

Plötzlich bemerkte er, dass Deleja ihn eindringlich musterte.

„Wie geht es dir?", fragte sie dumpf, als er ihren Blick erwiderte.

„Gut", antwortete er.

Da nahm Deleja ihre Hände fort, stand abrupt auf und wandte ihm den Rücken zu. Ein Schauer lief über ihre schmale Gestalt, dann fuhr sie heftig zu ihm herum.

„Hör auf damit!", rief sie. Rote, zornige Flecken erblühten auf ihren Wangen.

„Womit?", fragte er verwirrt.

„Damit, dich als unverwundbarer Superheld aufzuführen! Shaan, bei allen Göttern, der Mörder hat dir die halbe Schulter weggebrannt. Es *kann* dir nicht gut gehen!"

„Ich ... es ... schmerzt ein wenig."

„Ein wenig? Andere würden sich schreiend auf dem Boden wälzen!"

„Ich kann es aushalten."

„Das glaube ich dir aufs Wort! Du hast schließlich genug Übung darin!"

Ihre Augen schienen Blitze zu verschießen, und ihre Hände waren zu Fäusten geballt.

Shaan blinzelte irritiert. „Deleja, was hast du denn?"

„Was ich habe?", rief sie aufgebracht. „Du wärst beinahe *gestorben*, aber du fragst nicht einmal danach, wie es um dich stand. Du gehst darüber hinweg, als wäre dir das völlig gleichgültig. Ist dir dein Leben überhaupt nichts wert?"

Ihre Worte stachen wie Messerklingen durch seinen Magen. „Mein Leben ist nicht wichtig."

„Es ist traurig, dass du dich selbst derart gering achtest."

Shaan senkte den Blick. Es gab nichts, was er darauf hätte erwidern können. Er musste Deleja beschützen - das war alles, was zählte.

Und wieder einmal hatte er versagt. Indem er die Bedrohung für Deleja hatte beenden wollen, hatte er sie in allergrößte Gefahr gebracht. Er hatte sich zu sehr auf den Kampf mit der Shai'yinyal konzentriert, um zu bemerken, dass Deleja ihm folgte, dabei hätte er nur ein einziges Mal nach dem Raunen in seinem Inneren spüren müssen, und schon wäre es offensichtlich gewesen.

Dieser unverzeihliche Fehler hatte Deleja beinahe das Leben gekostet. Wenn die Shai'yinyal nicht mit ihrer Feuermagie, sondern mit ihrer Erdmagie angegriffen hätte, hätte er keine Chance gehabt, Deleja zu verteidigen, ohne dass sie die Zauberei in seinem Handeln erkannte, und damit wäre der Kampf ebenso verloren gewesen. Pures Glück hatte ihm auch dieses Mal die Haut gerettet.

Seine Gedanken stoppten plötzlich. Er holte tief Luft - und verstand. Es war nicht bloß Glück gewesen. Die Shai'yinyal griff nur ganz selten auf ihre Erdmagie zurück; viel lieber zwang sie ahnungslose Menschen unter ihren Willen, um sie in blutgierige Killermaschinen zu verwandeln, oder beschwor einen Feuerzauber. Offenbar fühlte sie sich im Umgang mit der Erde nicht sicher, oder sie bevorzugte die Feuermagie ganz einfach.

Sein Herz begann heftig zu pochen. Wenn das stimmte, hatten sie eine gute Chance, den Kampf zu gewinnen! Nur Erde *und* Feuer waren Wasser und Wind ebenbürtig!

Hastig sah er auf. Deleja musste unbedingt davon erfahren. Er musste sie über die Schwäche der Shai'yinyal aufklären, denn die gleiche würde auch der Yinyal später besitzen.

Doch Deleja starrte ihn noch immer erbost an, wartete auf eine Antwort von ihm. Ganz sicher war sie derzeit nicht in der Stimmung, seiner wilden Abenteuergeschichte zu lauschen. Ihr Zorn verwirrte ihn. Wieso sorgte sie sich nur darum, was mit ihm geschah? Sie kannte ihn doch kaum, und das wenige, was sie von ihm wusste, waren die Lügen, die er ihr erzählt hatte.

Zaghaft streckte er eine Hand nach ihr aus. „Deleja."

Sie sagte nichts, doch er sah, wie es in ihrem Gesicht arbeitete. Er wünschte, sie würde sich endlich wieder zu ihm setzen.

„Es tut mir leid", flüsterte er leise. Wenn er es ihr doch nur erklären könnte!

Deleja zögerte, aber immerhin wich die Wut aus ihren Zügen. Sorge und bange Furcht ersetzten sie.

„Shaan, ich ..."

Ein lautes Klopfen unterbrach sie.

Shaan schrak zusammen, ballte instinktiv die Fäuste. Erst als Gelnin Genade den Kopf hereinsteckte, entkrampften sich seine Finger wieder, und sein rasender Puls beruhigte sich.

Der Arzt zeigte sich erfreut über sein Erwachen, behandelte die Wunde, gab ihm Medizin, die ihn stärken sollte - und sah schließlich mit ernster Miene auf ihn herab.

„Deleja sagte mir, du hättest vielleicht den Mörder gesehen, als er euch angriff. Hast du ihn erkannt?"

Shaan schluckte. „Nein."

„Bist du ganz sicher? Die Bewohner Golgamats leben in Angst und Schrecken, seit die Morde angefangen haben. Wenn du etwas weißt, dann sage es!"

Shaan wich seinem Blick aus. „Ich kann Euch nicht helfen."

Gelnin Genades Gesicht verschloss sich. „Na schön", brummte er verdrießlich. „Das ist wohl nicht zu ändern."

Er wandte sich an Deleja. „Würdest du mich kurz begleiten? Ich muss allein mit dir sprechen."

Deleja zögerte. Gemischte Gefühle zeichneten sich wie Wolkenschatten auf ihrem Gesicht ab.

Shaan nickte ihr auffordernd zu. Gelnin Genade schien ihm zu misstrauen, andernfalls würde er nicht allein mit Deleja reden wollen. Es wäre nicht gut, dieses Gefühl noch zu schüren, indem er sie davon abhielt, das Zimmer zu verlassen.

Deleja senkte den Kopf und schlurfte mit hängenden Schultern aus dem Raum. Plötzlich wirkte sie mutlos und traurig. Was auch immer er getan hatte, er hatte sie verletzt - wieder einmal.

Der leise Laut, mit dem sich die Tür hinter ihr schloss, ging ihm durch Mark und Bein. Wenn sie nun nicht mehr zurückkam...

Die pure Vorstellung entsetzte ihn. In ohnmächtiger Verzweiflung presste er die Zähne aufeinander. Er hatte ihr doch nicht wehtun wollen! Das hatte er nie gewollt. Und er würde es auch nicht mehr tun. Gelnin Genade gegenüber musste er sich verschlossen geben, doch Deleja würde er alles sagen, was er offenbaren konnte, ohne die Regeln zu verletzen. Und über das, worüber er nicht sprechen durfte, würde er einfach schweigen. Er wollte sie nie wieder anlügen.

* * *

Deleja zitterte noch immer vor Erleichterung, Wut und Angst, als sie dem Arzt aus dem Zimmer folgte. Sie war so froh, dass Shaan endlich wach war, und gleichzeitig maßlos zornig auf ihn. Wie konnte er nur so gleichgültig gegenüber sich selbst sein? Begriff er nicht, dass er auf dem besten Weg war, sich sein eigenes Grab zu schaufeln?

Die Erinnerung an seinen nur knapp gewonnenen Kampf gegen das Fieber war noch frisch. Sie wusste nur zu gut, dass es ohne Weiteres auch über ihn hätte triumphieren können. Vor ihrem inneren Auge sah sie ihn vor sich, leblos, mit geschlossenen Augen, Augen, die sie nie wieder ansehen würden.

Sie hätte schreien mögen. Die Vorstellung war ihr unerträglich. Am liebsten wäre sie sofort zu Shaan zurückgekehrt, hätte ihn an den Schultern gepackt und ihn geschüttelt, bis er ihr versprach, das nächste Mal besser auf sich aufzupassen. Oder besser noch, zu schwören, dass es kein nächstes Mal geben würde.

Doch das finstere Gesicht des Arztes hielt sie davon ab. Schweigend führte er sie in einen Nebenraum, wo sie sich an einem runden Eichenholztisch niederließen. Sein Blick brannte sich in den ihren.

„Ich habe erfahren, dass Morujan Albite seine älteste Tochter vermisst. Sie soll zusammen mit dem Neffen des Hauslehrers vorletzte Nacht verschwunden sein."

Deleja versteifte sich; ihr Mund schien sich mit Sand zu füllen.

Gelnin Genades Blick wurde eindringlicher. „Der Name des Neffen ist Shaan. Ich nehme also an, dass du Deleja Albite bist."

Deleja nickte zaghaft. „Das stimmt."

Gelnin Genade atmete tief durch. „Wenn ich das gewusst hätte, hätte ich niemals zugelassen, dass ihr euch versteckt!"

Deleja erschrak. „Warum nicht? Meine und Shaans Herkunft ändert nichts an unserer Situation."

„Da irrst du dich. Es ändert alles! Dein Vater ist ein mächtiger Mann. Ich denke nicht, dass er sonderlich erfreut wäre, würde er erfahren, dass ich ihm seine Tochter vorenthalte und ihn glauben lasse, sie sei vielleicht dem Killer in die Hände gefallen."

„Das kann er nicht wissen."

„Er könnte es herausfinden."

„Ihr habt doch nichts zu befürchten! Immerhin habt Ihr uns nicht vor ihm, sondern vor dem Mörder versteckt."

Gelnin Genade seufzte. „Angesichts der Gerüchte, die in Golgamat kursieren, wird mir das niemand glauben. Einige sagen, du und Shaan wärt ein Liebespaar und zusammen fortgelaufen. Andere behaupten, Shaan hätte dich entführt, um deinen Vater zu erpressen."

„Das ist nicht wahr!", rief Deleja entrüstet.

„Mag sein, aber dein Vater wird sicher dem einen oder anderen Gerücht Glauben schenken, und wenn herauskommt, dass ich euch geholfen habe, kann ich alles verlieren. Dein Vater sitzt im Stadtrat, vergiss das nicht."

„Glaubt Ihr etwa auch, dass Shaan mich entführt hat?"

„Nein. Ich neige eher der ersten Theorie zu. Und ich denke, dein Vater wäre nicht sehr glücklich, den Neffen seines Hauslehrers als zukünftigen Gatten seiner Tochter begrüßen zu dürfen. Deshalb seid ihr ausgebüxt."

„Shaan und ich sind kein Liebespaar!", begehrte Deleja heftig auf. „Und selbst wenn es so wäre, müsste er es akzeptieren."

Gelnin Genade machte ein schockiertes Gesicht. „Mädchen, so darfst du nicht reden! Dein Vater ist deine Familie! Du solltest dich nach ihm richten. Er weiß, was gut für dich ist."

„Das weiß er *nicht*, andernfalls hätte er mir kaum Trist Olvive aufs Auge gedrückt!"

„Davon habe ich gehört. Es wäre eine standesgemäße Hochzeit."

„Nein. Es wäre ein Albtraum."

„Das kannst du nicht wissen, Kind. Kein Grund spräche gegen eine Verbindung der Häuser Albite und Olvive."

„Ich heirate nicht das Haus, sondern den Mann!", rief Deleja zornig. „Außerdem scheint Ihr Trist nicht persönlich zu kennen, denn sonst wüsstet Ihr, warum ich die Verlobung abgesagt habe."

„Ich bin ihm tatsächlich noch nie von Angesicht zu Angesicht begegnet."

„Trist ist das genaue Gegenteil von Shaan!"

„Dann bist du also doch mit Shaan weggelaufen?"

„Nein! Dass wir uns hier verstecken müssen, zwingt uns der Mörder auf. Es ist keine freie Entscheidung."

„Konntet ihr denn nicht mehr gegen den Kerl unternehmen?", fragte Gelnin Genade mit gerunzelter Stirn. „Ich glaube, Shaan weiß, wer der Mörder ist."

Deleja war sich dessen sogar sicher, aber vor Herrn Genade hätte sie das ebenso wenig zugegeben wie die Tatsache, dass sie ihn ebenfalls kannte. Wer hätte ihr schon geglaubt, dass ein *Mädchen*, das gewiss nicht älter war als sie selbst, so viel Schrecken verbreitet hatte? Und wer hätte ihr geglaubt, dass es den schwarzen Keim des Bösen in sich trug?

„Wie kommt Ihr darauf?", fragte sie leichthin.

Gelnin Genade lächelte dünn. „In meinem Beruf begegnet man täglich sehr vielen Menschen. Mit der Zeit lernt man es zu erkennen, wann jemand die Wahrheit sagt und wann nicht."

Deleja seufzte. Shaan war tatsächlich kein guter Lügner. Man konnte es ihm auf zehn Meter Entfernung ansehen, wenn er etwas zu verheimlichen versuchte. Sie selbst traute sich zu, in dieser Hinsicht überzeugender zu sein.

„Wenn Shaan sagt, dass er den Mörder nicht gesehen hat, dann solltet Ihr ihm glauben", erklärte sie mit fester Stimme. „Schließlich war es ziemlich dunkel. Auch ich habe den Angreifer nicht gesehen, geschweige denn ihn erkannt. Warum sollte es Shaan besser ergangen sein?"

„Wenn er nichts über den Mörder gewusst hat, wieso war er dann zu so später Stunde in der Stadt unterwegs? Unbescholtene Bürger liegen um diese Zeit in ihren Betten."

„Shaan wollte jemanden besuchen."

„Wen?"

„Ein Mädchen." Das warf zwar kein besonders gutes Licht auf Shaan, aber es war immer noch besser als der Verdacht, er selbst sei der Mörder.

„Und was ist mit dir?"

„Ich bin ihm gefolgt. Er wusste nichts davon. Er hat mich erst bemerkt, als es schon zu spät war, uns in Sicherheit zu bringen."

„Das alles hört sich reichlich verworren an. Als ihr zu mir kamt, sagtest du, ihr wärt vom Mörder angegriffen worden. Wie konntet ihr das wissen, wenn ihr ihn nicht kennt?"

„Weil der Mörder schon häufig mit Feuer getötet hat."

„Er hat auch auf andere Weise gemordet."

Deleja verdrehte die Augen. „Und was ist mit Eurem Haus? Dass es in Flammen aufgegangen ist, beweist, dass der Mörder uns verfolgt. Er hat auch das Haus der Banagis in Schutt und Asche gelegt."

„Das mag ja stimmen, aber ich begreife immer noch nicht, warum der Kerl ausgerechnet *euch* an den Fersen klebt! Das muss doch einen Grund haben!"

„Ich kenne ihn nicht."

„Und Shaan?"

„Er ... weiß ihn auch nicht."

„Du scheinst dir darüber nicht sicher zu sein."

„Doch, das bin ich! Wenn Shaan wüsste, wer der Mörder ist, würde er alles tun, um ihn aufzuhalten. Das hat er selbst gesagt!"

Gelnin Genade kniff die Augen zusammen. „Das hört sich für mich wie ein Racheschwur an. Erstaunlich, dass er jemanden so sehr hasst, den er angeblich gar nicht kennt."

Deleja hätte dem Arzt am liebsten ins Gesicht geschlagen. „Wieso besteht Ihr darauf, dass Shaan den Mörder kennt und zu decken versucht? Versetzt Euch doch einmal in seine Lage! Er hat gesehen, was der Wahnsinnige angerichtet hat, und er hat miterlebt, wie er mich töten wollte. Würden nicht viele Menschen in der Stadt so fühlen wie er, wenn sie an seiner Stelle wären?"

„Noch mehr würden den Kopf in den Sand stecken und wünschen, dem Mörder nie zu begegnen, statt ihn im Alleingang zu bekämpfen."

„Wollt Ihr Shaan etwa vorwerfen, dass er nicht so feige ist wie die anderen?"

„Nein, so habe ich das nicht gemeint."

„Dann hört endlich auf, ihm zu misstrauen! Das hat er nicht verdient!"

Gelnin Genade sah sie aufmerksam an. „*Du* scheinst ihm zu vertrauen."

„Und ob ich das tue! Er hat Madala Olvive, Liss Banagi, Eurem Sohn und mir das Leben gerettet - mir sogar mehrmals. Wem könnte ich mehr vertrauen als ihm?"

„Er hat Madala Olvive das Leben gerettet?", fragte Gelnin Genade erstaunt.

„Ja, er hat sie vor dem Ertrinken bewahrt."

„Jetzt verstehe ich", murmelte der Arzt versonnen. „Lady Olvive hat sich in aller Öffentlichkeit entschieden gegen die Annahme ausgesprochen, Shaan könnte dich entführt haben. Sie ist offenbar überzeugt, dass Shaan dich vor einer drohenden Gefahr zu schützen versucht."

„Damit hat sie den Nagel auf den Kopf getroffen."

„Nun gut, das will ich dir glauben", räumte Gelnin Genade ein. „Das Problem mit deinem Vater bleibt allerdings bestehen."

„Da gibt es kein Problem."

„Aber sein Einfluss ..."

Deleja unterbrach ihn grob. „Es ist ganz einfach, Herr Genade. Ihr habt die Wahl: Entweder Ihr schweigt auch weiterhin über unseren Aufenthaltsort und riskiert damit eine kleine Unannehmlichkeit, die es, wie ich bereits sagte, vermutlich niemals geben wird, oder aber Ihr informiert meinen Vater und macht damit auch den Mörder auf uns aufmerksam. Wenn er uns daraufhin die Kehlen durchschneidet, werdet Ihr für unseren Tod verantwortlich sein. Sagt nur, wie Ihr es gerne haben würdet!"

Gelnin Genades Augen weiteten sich erschrocken. Er rang mit sich, holte dann schwer Luft. „Ich werde schweigen."

„Wie lange?"

„So lange, bist du dich aus freien Stücken zur Rückkehr zu deinem Vater entscheidest."

Deleja gestattete sich ein erleichtertes Seufzen. Sie hatte Zeit gewonnen, und Zeit war das, was sie und vor allem Shaan im Augenblick am dringendsten benötigten.

* * *

Gelnin Genade verließ das Haus, nachdem er Deleja noch erklärt hatte, dass sich in den nächsten Tagen ein befreundeter Arzt, der in der Nähe wohnte, jedoch längst nicht mehr praktizierte, um Shaan kümmern würde. Er selbst wollte ihnen vorerst keinen Besuch mehr abstatten, um beim Mörder keinen Verdacht zu erregen.

Deleja argwöhnte, dass er gleichzeitig auch möglichem Ärger mit ihrem Vater aus dem Weg gehen wollte, aber sie widersprach trotzdem nicht. Alles, was half, ihren Aufenthaltsort vor dem Mörder geheim zu halten, war sinnvoll, ganz gleich, aus welchen Motiven heraus es unternommen wurde.

In nachdenklicher Stimmung kehrte sie an Shaans Seite zurück. Sie sprachen nicht miteinander, obwohl sie spürte, dass ihm etwas auf dem Herzen lag, aber er sagte nichts, und sie selbst wusste ebenfalls nicht, wie sie ihre Gefühle in Worte hätte kleiden können.

Schließlich schlief Shaan wieder ein, und auch sie wurde wenig später vom Schlaf übermannt. Die durchwachte Nacht hing ihr noch immer nach.

Ihr Schlummer war tief und traumlos, ihr Erwachen ohne Übergang. Verwirrt blinzelte sie in die hellen Strahlen der hoch am Himmel stehenden Sonne, die ungehindert durch das geöffnete Fenster fielen. Es war tatsächlich bereits Mittag – und Shaans Bett war leer.

„Shaan!", schrie Deleja erschrocken auf, war mit einem Satz aus dem Stuhl und hetzte auf den Gang.

Sie sah ihn sofort. Er stützte sich mit einer Hand gegen die Wand und schlurfte mit unsicheren, kleinen Schritten in Richtung Treppe.

Ihr Herz setzte einen Schlag aus, dann eilte sie ihm hinterher. „Was tust du denn da?", rief sie halb verärgert, halb besorgt.

Er hielt inne und wandte sich langsam und zittrig wie ein hundertjähriger Greis zu ihr um.

„Ich wollte mir etwas zu essen holen", entgegnete er schwach.

„Das musst du doch nicht selbst tun! Ich habe auch Füße, weißt du!"

Shaan senkte zerknirscht den Blick. „Ich ... hatte Hunger."

Deleja hätte sich am liebsten selbst geohrfeigt, trat zu ihm und nahm ihn beim Arm. „Es ist meine Schuld. Ich hätte nicht so lange schlafen dürfen. Komm, ich helfe dir zurück in dein Zimmer, und anschließend bringe ich dir etwas zu essen."

Shaan nickte stumm und ließ sich von ihr stützen. Deleja war froh, dass er nicht versuchte, sich ihr zu entziehen. Damit hätte er sich nur wieder selbst geschadet. Vor Schwäche zitternd, tappte er in sein Zimmer zurück und stöhnte leise, als er sich vorsichtig auf das Bett sinken ließ.

Deleja wollte ihn fragen, ob er Schmerzen hatte, besann sich jedoch eines Besseren und eilte wortlos aus dem Raum. Sie suchte die Küche auf, bereitete ein paar Brote zu und brachte sie zusammen mit zwei Tellern, zwei Gläsern und einer großen Kanne Wasser auf einem Tablett zu Shaan zurück. Sie aßen schweigend, aber Shaan schaute sie immer wieder an, als wolle er etwas sagen, traue sich aber nicht, den Anfang zu machen. Sobald ihre Augen jedoch die seinen trafen, sah er fort, als fürchte er, sie könne in den Tiefen seiner Seele Geheimnisse entdecken, die er nicht preiszugeben bereit war.

Nach dem Essen stellte Deleja das Tablett zur Seite, half ihm, sein Kissen zurechtzurücken, und deckte ihn behutsam zu. Shaan beobachtete sie aufmerksam, und als sich ihre Blicke dieses Mal berührten, wich er ihr nicht wieder aus.

„Danke", sagte er leise.

Die intensive Musterung seiner dunklen Augen jagte ihr einen Schauder über den Rücken. „Es gibt nichts, wofür du dich bedanken müsstest", gab sie etwas überhastet zurück und spürte, wie ihre Wangen sich röteten.

Ein Schatten huschte über seine Züge. „Das stimmt nicht. Ich bin es nicht gewöhnt, dass sich jemand um mich kümmert."

„Bist du denn niemals krank gewesen?"

„Nur hin und wieder."

„An solchen Tagen hast du dich doch sicher nicht selbst versorgen müssen."

„Bislang hat mir niemand Essen ans Bett gebracht, gleichgültig, wie es mir ging."

„Und was ist mit deinem Vater? Hat er nicht ..."

Deleja brach ab. Shaans leidvolle Miene war Antwort genug. Offenbar war er nicht nur in räumlicher, sondern auch in seelischer Einsamkeit aufgewachsen. Sie beugte sich leicht vor und legte eine Hand auf seine Decke. „Zum Glück bin ich nicht wie dein Vater."

Shaan zuckte heftig zusammen, seine Hände ballten sich zu Fäusten. Seine Knöchel traten spitz und weiß hervor, als würde er mit aller Macht einen kostbaren Schatz festhalten. Gleichzeitig wurden seine Augen noch dunkler, so dunkel, dass sie Pupille und Iris nicht mehr unterscheiden konnte, und füllten sich mit Trauer und Schmerz.

Hastig beugte sie sich noch weiter vor, legte ihre Hände auf die seinen und strich sanft mit den Fingerspitzen darüber. Shaan erschauerte, doch sie ließ ihn nicht los. Sie hielt seine Hände fest, bis sich die Verkrampfung seiner Finger lockerte und sich die Fäuste wieder öffneten.

„Warum tust du das?", flüsterte er. Sein Blick war fragend und bittend zugleich.

Deleja sagte nichts. Ihr Puls hallte wie die Schläge einer gewaltigen Trommel in ihren Ohren wider und trieb ihr rauschend das Blut durch die Adern. Sie umschloss seine Finger mit den ihren, spürte seine kühle, weiche Haut und wünschte, sie könnte ihn umarmen, sich an ihn schmiegen, die Augen schließen und an nichts anderes denken als an ihn, an seine Nähe, und nichts hören außer dem Schlagen seines Herzens.

Erschrocken zog sie ihre Hände zurück, beschämt über ihre wilden Fantasien und den grenzenlosen Egoismus, der darin zum Ausdruck kam. Ihr Blick fiel wie von selbst auf Shaans schreckliche Verbrennung. Kehle und Magen schnürten sich synchron zusammen.

„Es ist alles meine Schuld“, presste sie hervor. „Du wärst nicht verletzt worden, wenn du mich nicht hättest retten müssen!“

„Ich würde es wieder tun. Ich würde niemals zulassen, dass dir jemand ein Leid zufügt.“

Plötzlich waren ihre Wangen tränenfeucht. „Ich ... ich hätte dir nicht nachschleichen dürfen!“

Mit gesenktem Kopf erwartete sie, dass sich Shaans Tadel über ihrem Haupt ergoss, weil sie allein das Kontor verlassen und sich dadurch leichtfertig in Gefahr gebracht hatte, doch stattdessen berührte er sie sacht am Arm, sodass sie ihn unwillkürlich ansah. Seine Miene war nicht vorwurfsvoll, eher traurig.

„Ich verstehe, warum du mir gefolgt bist. Die Verantwortung dafür liegt nicht bei dir, sondern allein bei mir. Ich hätte dir sagen sollen, wohin ich gehe, statt den Schweigsamen zu spielen oder zu ... zu lügen.“ Er senkte den Kopf. „Das habe ich viel zu oft getan.“

Überrascht hob Deleja die Augenbrauen. Sie hätte nie erwartet, dass er es zugab.

Shaans Schultern sanken noch weiter herab. „Es begann bereits, als ich zu euch kam. Es war gelogen, als ich behauptete, mein Vater sei gestorben.“

Deleja schnappte nach Luft. „Warum?“

„Mein Vater war außerhalb der Stadt in einer Höhle zurückgeblieben.“

„Das meinte ich nicht. Warum hast du gelogen?“

„Ich dachte, dein Vater würde mich nicht aufnehmen, wenn ich mich nicht in einer Notlage befände.“

„Das glaube ich nicht. Er hat ein großes Herz.“

Shaan hob unsicher den Blick zu ihr. „Das konnte ich nicht wissen.“

„Warum hat dein Vater dich nicht in die Stadt begleitet?“

„Er wollte es nicht.“

„Wegen des Streits mit Herness?“

Shaan seufzte schwer. „Das ist eine andere Geschichte.“

„Und wo ist dein Vater jetzt?“

„Er ... er ist tot.“

Deleja erschrak – und begriff sofort. „Du hast das an dem Tag nach dem Fest erfahren.“

„Ja. Die Nachricht, die ich für Herness überbringen sollte, war ein Vorwand. Ich wollte zu meinem Vater. Als ich in der Höhle eintraf, war er schon tot.“ Seine Stimme begann bedenklich zu schwanken, und Tränen glitzerten in seinen Augen. „Man hatte ihn ermordet und verstümmelt. Ich ... ich habe nie zuvor einen Menschen gesehen, der so schrecklich zugerichtet worden ist.“

Deleja schlug entsetzt die Hände vor den Mund. Deshalb war es Shaan an jenem Tag so schlecht gegangen. Und sie ahnte noch etwas anderes. „Dein Vater war das erste Opfer des Mörders, nicht wahr?"

„Ja. Der Mörder hatte wie bei den späteren Morden eine Botschaft zurückgelassen. Sie galten immer mir."

„Du wusstest von Anfang an, dass weitere Morde geschehen würden?"

Shaan nickte gequält. „Ja. Ich habe versucht zu helfen, aber ich kam immer zu spät."

Deleja entschied, dass es an der Zeit war, alle Karten aufzudecken. „Kannst du es spüren, wenn jemand in Gefahr ist?"

Shaan riss die Augen auf. „Wie kommst du darauf?"

Da erzählte sie ihm, welche Beobachtungen sie gemacht und welche Schlüsse sie daraus gezogen hatte, und sie verschwieg auch nicht, dass sie ihn sowie die Nähe des Mörders spüren konnte.

Shaans Augen wurden immer größer. Als sie geendet hatte, zögerte er kurz, als fechte er einen inneren Kampf aus, dann nickte er. „Du hast recht."

„Ich wusste es!", rief Deleja aufgeregt. „Wann hast du erfahren, wer der Mörder ist?"

„Nach Afnans Anschlag auf dich hat mir Hauptmann Stain unabsichtlich den letzten Hinweis gegeben."

„Deshalb hast du in der Nacht das Kontor verlassen! Du wolltest dein Versprechen einlösen. Du wolltest sie aufhalten."

„Sie?"

„Ich kenne den Mörder ebenfalls! Es ist eine junge Frau, kaum älter als wir. Ich habe sie gesehen, als sie den Brand bei den Genades legte."

Shaan wurde kalkweiß, nickte jedoch. „Sie heißt Marna Varnein."

Deleja erzitterte. Ihr war, als hätte die dämonische Schattenfrau aus ihren Träumen durch Shaans Bestätigung endgültig Substanz – und Macht – erhalten. „Wieso tut sie das? Wieso versucht sie, mich zu töten und wieso hat sie die anderen Mädchen getötet?"

„Du kennst die Antwort. Was verbindet dich und Liss Banagi?"

„Wir sind schon seit Langem befreundet."

„Das meine ich nicht."

Deleja überlegte weiter. „Liss hat im gleichen Monat wie ich Geburtstag, und sie ist im gleichen Jahr geboren worden."

Shaan nickte ernst.

Deleja erschrak zutiefst. „Heißt das, Marna will alle Mädchen umbringen, die im gleichen Monat wie ich geboren worden sind?"

„So ist es. Die bisherigen Opfer, Liss und auch du, ihr steht im Geburtenbuch der Stadt alle auf derselben Seite."

„Hast du nachgesehen?"

„Ja."

Deleja fröstelte. „Aber warum? Was haben wir ihr denn getan?"

Zum ersten Mal seit Beginn des Gespräches wich Shaan ihrem Blick aus und schwieg.

Deleja brach der kalte Schweiß aus. „Kennst du den Grund?"

Shaans Blick blieb gesenkt. „Ja."

„Dann sag ihn mir."

„Das geht nicht."

„Bitte, Shaan, ich muss es wissen! Es sind noch so viele Fragen offen! Wieso hat Marna deinen Vater getötet? Das passt nicht ins Bild. Und warum hat sie Nachrichten an dich gerichtet, wenn du sie bis vor Kurzem gar nicht gekannt hast? Und wie hat sie unschuldige Menschen dazu gebracht, die Morde für sie zu begehen? Wie hat sie es bei Afnan geschafft? Trägt sie das Böse in sich?"

Shaan hob abwehrend die Hände. „Ich kann dir dazu nichts sagen."

„Warum nicht? Ich bin nicht wie mein Vater oder Hauptmann Stain. Ich fühle das Gleiche wie du! Ich kann es verstehen!"

„Das weiß ich, aber darum geht es nicht."

„Worum geht es dann?"

„Auch das kann ich dir nicht sagen."

„Du willst nicht."

„Ich *kann* nicht!"

„Vertraust du mir nicht?"

Shaans Augen richteten sich offen auf sie. Er nahm ihre Hand und drückte sie sanft. „Du bist der einzige Mensch, dem ich überhaupt vertraue."

Für einen Moment ließ er seine Hand noch auf ihrer ruhen, dann zog er sie so plötzlich zurück, als fürchte er, zu weit gegangen zu sein.

Blut schoss Deleja in die Wangen. „Ist das wahr?", hauchte sie.

Shaan wich ihrem Blick nicht mehr aus. „Ja. Du weißt nicht, wie gern ich dir alles sagen würde, aber ich kann es nicht - jetzt noch nicht. Bitte, Deleja, eins musst du mir glauben: Es tut mir leid, dass ich dich je belogen habe, und ich schwöre, dass ich es nie wieder tun werde. Ich will es nicht mehr!"

Während er sprach, war er immer heftiger geworden, und seine Miene verzerrte sich unter einem qualvollen Konflikt, der sich irgendwo in den Tiefen seine Seele abspielen musste. In diesem Moment wirkte er so verletzlich, einsam und verzweifelt wie nie zuvor.

Deleja vergaß ihre Fragen und ihre Furcht. „Ich glaube dir, und ich werde warten."

Der Blick, den Shaan ihr daraufhin zuwarf, war Belohnung genug für sie. Sie glaubte Erleichterung, Freude und vielleicht auch noch etwas anderes darin zu erkennen.

* * *

Auch am Nachmittag schlief Shaan viel, noch immer geschwächt von den Schmerzen und dem Kampf gegen das Fieber, am Abend fühlte er sich jedoch etwas besser. Deleja wich keinen Moment von seiner Seite. Er war froh darüber, spürte aber auch ihre Angst.

Es quälte ihn, ihre Furcht nicht lindern zu können. So gern wollte er ihr alles sagen, aber er durfte nicht. Sein Zorn auf die Tyrannei der bizarren Regeln, denen er unterworfen war, wuchs mit jeder Stunde, und ab und an spielte er sogar mit dem Gedanken, sie zu brechen, sich einfach kühn über alle Schranken hinwegzusetzen, aber er wusste, dass er das niemals wagen würde. Dazu stand zu viel auf dem Spiel, nicht zuletzt Delejas Leben.

Umso erleichterter war er, dass Deleja tatsächlich nicht mehr nach Marna und ihren Motiven fragte, sondern überraschend schnell auf seine angebliche Geschichte zu sprechen kam. Vermutlich spürte sie längst unbewusst, dass die Erzählung viel mit ihr selbst zu tun hatte.

Shaan nahm die Gelegenheit dankbar wahr. Er musste alles tun, um Deleja an ihr wahres Ich heranzuführen, denn auch Marna würde nun, da sie glaubte, er und Deleja wären tot, ihre gesamte Energie darauf verwenden, Enjun zum Yinyal erwachen zu lassen. Er sollte ihr besser zuvorkommen.

Deleja lauschte seiner Erzählung gespannt, erst als sie sich dem Ende näherte, begann sie, Fragen zu stellen.

„Du hast inzwischen schon oft erwähnt, dass die Lanhal erwachen muss, bevor der letzte Kampf ausgetragen wird, aber ich kann mir noch immer nicht recht vorstellen, was mit ihr in diesem Moment geschieht", meinte sie stirnrunzelnd.

„Das Erwachen betrifft nicht nur die Lanhal, sondern auch den Yinyal. Beide sind sich zunächst ihrer wahren Bedeutung nicht bewusst. Das Erwachen ist der Augenblick, in dem der Yinyal oder die Lanhal erkennen, wer sie sind. Es ist sehr wichtig, dass ihre Shais darüber schweigen, denn wenn sie die Einsicht nicht aus eigener Kraft gewännen, könnten sie nicht ihre Magie empfangen, und damit wäre der Kampf für sie verloren."

Deleja legte die Stirn in noch tiefere Falten. „Das Erwachen ist also ein sehr bedeutsames Ereignis."

„So ist es, und daher reagiert die Natur ebenfalls darauf. Wird sich zum Beispiel der Yinyal seiner Identität bewusst, beginnt die Erde zu beben und zu zittern."

„Ist die Shai'yinyal dafür verantwortlich?"

„Nein, sie verliert ihre Kräfte, sobald der Yinyal erwacht. Ihre Zaubermacht geht auf ihn über."

„Wird der Aufruhr der Elemente wieder so heftig wie bei der Geburt der Inkarnationen und ihrer Shais?“

„Nein. Da Yinyal und Lanhal im Grunde nie zur gleichen Zeit erwachen, fällt die Reaktion der Natur nicht so stark aus, außerdem manifestiert sie sich jeweils nur durch ein Element, beim Yinyal durch die Erde, bei der Lanhal durch den Wind.“

„Schwächt das nicht die Kräfte der Inkarnationen?“

Shaan schüttelte den Kopf. „Die Beben und der Sturm sind eine Warnung der Natur vor dem kurz bevorstehenden Kampf. Die Inkarnationen erzeugen sie nicht, deshalb zehren sie auch nicht an ihnen. Trotzdem ist es gut, dass die letzte Schlacht auf diese Weise eingeläutet wird. Vor allem die Erdbeben sorgen dafür, dass die Menschen aus der Nähe des Kampfplatzes fliehen. Die Gefahr, dass Unschuldige verletzt oder getötet werden, wird dadurch geringer.“

Ein Schauder lief über Delejas schmale Gestalt. „Ich würde auch weglaufen“, sagte sie leise. „Ich habe noch nie erlebt, dass die Erde bebt. Es ist bestimmt ziemlich unheimlich.“

Shaan sah sie eindringlich an. „Ich habe es ebenfalls noch nicht erlebt, aber ich stimme dir zu. Es ist unheimlich - und gefährlich.“

Es dauerte eine Weile, bis Deleja die nächste Frage stellte. „Weiß der Shai der anderen Inkarnation, wenn die Gegenseite erwacht ist? Das wäre doch gewiss wichtig für ihn, immerhin hat er es anschließend mit einem anderen Gegner zu tun.“

„Er weiß es durch die Erdbeben oder den Sturm, außerdem kann er es direkt fühlen. Es schmerzt.“

Deleja machte ein nachdenkliches Gesicht. „Wenn der Yinyal zuerst erwacht und der Shai'lanhal das spüren kann, könnte er die Lanhal dann nicht fortbringen, damit der Yinyal sie nicht findet?“

„Das würde nicht viel nützen. Der Yinyal kann nach seinem Erwachen genau wahrnehmen, wo sich die Lanhal gerade aufhält. Er würde ihr überallhin folgen. Auf diese Weise kann der Kampf bestenfalls hinausgezögert, aber niemals umgangen werden.“

„Aber was geschieht, wenn der Yinyal die Lanhal stellt, bevor sie ebenfalls erwacht ist?“

„Dann muss der Shai'lanhal sie beschützen.“

„Kann er das denn? Ich dachte, er darf ihr seine Magie nicht zeigen.“

Shaan hob die Schultern und schwieg.

„Das ist unmöglich zu schaffen!“, rief Deleja empört. „Sie werden beide sterben!“

„Im schlimmsten Fall - ja.“

Deleja schüttelte sich so stark, als wollte sie ein Tier abwerfen, das sich in ihren Nacken verbissen hatte. „Erzähl mir, wie es bei deiner Geschichte weitergeht“, bat sie ein wenig zu hastig.

„Die Lanhal und ihr Shai hatten Glück. Sie erwachte vor dem Yinyal."

Deleja beugte sich gespannt nach vorn. „Hat sie ihn angegriffen?"

„Nein. Sie wartete, bis auch er erwacht war. Sie wollte einen fairen Kampf."

„Hat sie gewonnen?"

„Ja."

„Das ist gut", seufzte Deleja erleichtert. Gleich darauf verdüsterte sich ihr Gesicht. „Offenbar ist die Inkarnation, die zuletzt erwacht, stets im Nachteil. Sie hat keine Zeit, sich an ihre neuen Kräfte zu gewöhnen und sie zu erproben."

„Das muss sie auch nicht. Mit der Magie wird auch das Wissen um ihre Anwendung von dem Shai auf die Inkarnation übertragen. Alles, was der Shai jemals mit seiner Macht getan hat, kann auch die Inkarnation tun; dafür ist keine Übung nötig. Die Inkarnationen erhalten alle Stärken - und auch die Schwächen - ihrer Shais."

„Schwächen?", fragte Deleja verwundert. „Die Fähigkeit, ein Element zu beherrschen, ist so stark, dass ich mir keine Schwäche vorstellen kann, die damit verbunden sein könnte."

„Trotzdem existieren sie." Marna besaß eine, und Deleja musste unbedingt davon erfahren. Es gab zwar keinen Kampf, in dem eine Shai'yinyal eine ähnliche Einschränkung besessen hätte, aber hatte nicht Deleja vor nicht allzu langer Zeit zu ihm gesagt, er könnte seine Geschichten mit künstlerischer Freiheit ausschmücken oder verändern, wie es ihm gefiel? Genau das würde er nun tun. Er würde einfach eine passende Geschichte erfinden.

„In einem der Kämpfe gab es eine Shai'yinyal, die sehr stark, aber auch sehr arrogant und eigensinnig war. Sie liebte das Feuer. Natürlich beherrschte sie auch das Element Erde, aber sie nutzte es nur selten. Das Feuer war heißer, wilder und entsprach viel mehr ihrem Temperament, und so vernachlässigte sie die Erdmagie und erschloss sich mit ihr nicht so viele Möglichkeiten. Das hat sich später gerächt."

„Was ist passiert?", fragte Deleja atemlos.

„Noch bevor die Lanhal erwachte, gelang es der Shai'yinyal, sie und den Shai'lanhal in einem Kreis aus Feuer zu fangen. Sie versuchte, sie beide zu töten, aber der Shai'lanhal löschte das Feuer mithilfe seiner Luft- und Wassermagie. Die Lanhal bemerkte nichts davon. Was hätte auch an einem plötzlich einsetzenden Regenschauer verdächtig sein können? So konnte der Shai'lanhal ihr Leben retten, ohne die Regeln zu verletzen. Hätte die Shai'yinyal einen Erdzauber beschworen, wäre das unmöglich gewesen."

„Ich verstehe", sagte Deleja versonnen. „Hat ihre Schwäche auch einen Einfluss auf den Kampf zwischen dem Yinyal und der Lanhal gehabt? Kam es überhaupt dazu?"

„Ja, die Lanhal und der Yinyal standen sich schließlich gegenüber", sponn Shaan den Faden weiter. „Der Yinyal erwachte zuerst, aber dem Shai'lanhal gelang es, die Lanhal so lange aus seiner Nähe herauszuhalten, bis auch sie ihre wahre Identität erkannte. Danach nahm er die Shai'yinyal gefangen, damit sie sich nicht einmischen konnte, und die Lanhal stellte sich dem Yinyal. Als der Kampf begann, hinderte sie ihn daran, seine Feuermagie einzusetzen."

„Wie?"

„Der Yinyal kann wie seine Shai das Feuer nicht aus dem Nichts heraus erzeugen. Er benötigt wenigstens einen kleinen Funken, auf den er mit seiner Macht einwirken kann. Die Lanhal hat jeden Funken gelöscht, bevor er ihn nähren konnte, deshalb musste er auf einen Erdzauber zurückgreifen. Er versuchte, sie in einer Erdspalte zu verschlingen, aber da ihm das Erdelement und seine Schwächen unvertraut waren, rechnete er nicht damit, dass die Lanhal sich mithilfe eines Luftzaubers über die Spalte erheben würde. Hätte er sofort versucht, sie in der Erde einsinken zu lassen oder sie mit steinernen Klauen am Boden festzuhalten, wäre sie ihm wahrscheinlich nicht entwischt."

„Wie ging es weiter?"

„Die Lanhal griff ihrerseits an. Sie rief einen heftigen Regen herbei, der den Kampfplatz überschwemmte. Das Wasser stieg schnell, sodass der Yinyal gezwungen war, sich mithilfe der Erdmagie darüber emporzuheben. Einfacher wäre es für ihn gewesen, in der Erde Kavernen zu schaffen, in denen das Wasser versickern konnte, aber daran hat er nicht gedacht. Schließlich hatte er sich so verausgabt, dass er sich nicht länger über Wasser halten konnte. Er ertrank."

Deleja atmete tief durch. „Und das Gute hat gesiegt."

„Ja. Die nächsten zwanzig Generationen konnten in Sicherheit leben. Es gab niemanden, der über die Macht verfügt hätte, sie mit magischen Mitteln zu knechten. Selbst die Lanhal verliert ihre Zauberkraft, nachdem sie den Kampf gewonnen hat."

Deleja riss erstaunt die Augen auf. „Sie verschwindet einfach?"

„Ja."

„Und auch der Shai'lanhal gewinnt die Kraft nicht zurück?"

„Nein. Er war nie etwas anderes als der Träger und Hüter der Magie, bis die Lanhal erwacht und den Zauber im Kampf gegen den Yinyal einsetzt."

„Das ist sehr schade."

„Nein, es ist das Beste für sie. Stell dir nur vor, die Lanhal behielte ihre Kraft. Würde sie sich dann nicht dazu verpflichtet fühlen, sie einzusetzen, um anderen Menschen zu helfen?"

Deleja nickte zögernd.

„Das würde sie nicht zur Ruhe kommen lassen“, fuhr Shaan ernst fort. „Sie müsste ein Leben in ewiger Wanderschaft führen, um stets dort präsent sein zu können, wo ihre Macht am nötigsten gebraucht wird. Wie könnte sie da noch ihre eigenen Bedürfnisse erfüllen oder gar eine Familie gründen? Und sie wäre einsam und ohne Freunde, da niemand ihre Kraft verstünde, die Menschen vielleicht sogar Angst vor ihr hätten.“

„Der Shai'lanhal weiß um ihre Magie, immerhin hat er sie selbst lange Zeit benutzt.“

„Aber nun hat er sie unwiderruflich verloren. Er könnte der Lanhal weder helfen noch wirklich an ihrem Leben teilhaben. Er wäre nur noch ein nutzloses Anhängsel, das über den Zeitpunkt seines Gebrauchs hinaus mitgeschleppt wird. Und wenn er seine Kräfte zurückbekäme, wäre er zur gleichen Ruhelosigkeit wie die Lanhal verdammt. Wäre es nicht viel schöner, wenn sie beide ein völlig normales, unbeschwertes Leben führen könnten? Sie haben so viel für die Menschen getan. Haben sie es sich nicht verdient, bei ihren Familien zu sein?“

Bekümmert senkte er den Kopf. Sein Großvater musste inzwischen in Golgamat eingetroffen sein.

„Du hast recht“, sagte Deleja leise.

Es dauerte einen Moment, bis Shaan erkannte, dass ihre Worte eine Antwort auf seine Fragen waren. Mit grober Gewalt drängte er seinen Kummer beiseite. Deleja sollte ihn nicht bemerken, sonst würde sie ihn nach dem Grund für seine plötzliche Traurigkeit fragen, und er wollte sie nicht schon wieder mit Schweigen abspeisen.

Zum Glück schien Deleja zu sehr von seiner Geschichte gefesselt zu sein, denn sie überlegte einen Augenblick lang, bevor sie nachdenklich fragte: „Und was geschieht, wenn der Yinyal gewinnt? Behält *er* seine Kräfte?“

„Ja. Sein Sieg läutet das Zeitalter des Bösen ein, in der Magie und Zauberei hemmungslos wuchern können. Der Yinyal wird seine Macht nutzen, um sich alle Menschen, die ihn umgeben, untertan zu machen, und je länger er lebt, desto stärker wird er werden. Seine Kraft wird sich an seine Nachkommen vererben, in ihnen anwachsen und sich mit ihnen über die Welt verbreiten. Keiner von ihnen wird Skrupel haben, andere Menschen zu quälen, zu zerstören und alles, wonach es ihnen gelüstet, an sich zu reißen. Viele Nachfahren des Yinyals werden Kriege gegeneinander führen, um ihre Konkurrenten aus dem Weg zu räumen, und sie werden Tausende und Abertausende Menschen in diesen Kriegen in den Tod schicken. Und sie werden es *genießen*!“

Deleja Augen weiteten sich erschrocken. „Wie gut, dass es nur eine Geschichte ist. In so einer Welt würde ich nicht leben wollen.“

„Ich auch nicht“, murmelte Shaan und sackte erschöpft in seinem Kissen zurück. Solange Deleja noch nicht erwacht war, war es an ihm allein, das Zeitalter des Bösen abzuwenden. Er hoffte inständig, dass ihr Erwachen bald geschah, denn das des Yinyal war sicher nicht mehr fern.

24. Der Yinyal erwacht

Bereits am nächsten Morgen versuchte Shaan, eine Weile auf den Beinen zu bleiben, so sehr Deleja sich auch bemühte, es ihm auszureden. Er ging im Haus umher, bis er vor Erschöpfung zu zittern begann, schleppte sich ins Bett zurück, schlief ein paar Stunden, stand dann wieder auf.

Tags darauf begann er sogar mit einigen körperlichen Übungen, mit denen er seine Kraft und Geschmeidigkeit zurückzuerlangen hoffte, und hätte ihm nicht der alte Arzt, den Gelnin Genade zu ihnen geschickt hatte, einen festen Verband angelegt, der unbedachte Bewegungen seines rechten Arms verhinderte, hätte er sich mit Sicherheit die langsam verheilende Wunde ein ums andere Mal wieder aufgerissen.

Deleja beobachtete Shaans Genesung mit gemischten Gefühlen. Einerseits freute sie sich natürlich darüber, andererseits machte es sie traurig, dass das zarte Pflänzchen der Nähe und des Vertrauens, das zwischen ihnen zu wachsen begonnen hatte, so schnell wieder zu verkümmern drohte. Je besser es Shaan ging, desto besessener arbeitete er daran, seine Kräfte vollständig wiederherzustellen, und desto weniger sprachen sie miteinander.

Anfangs hatten sie noch über seine Geschichte geredet, da sie sich erhofft hatte, auf diese Weise ergründen zu können, was in Golgamat vor sich ging, aber auch in seinen Erzählungen hatte sie keine hilfreichen Anhaltspunkte gefunden, sie hatten ihr lediglich das quälende Gefühl beschert, dass sie etwas Wichtiges übersah, dass die Wahrheit dicht vor ihren Augen lag und sie nur noch zugreifen musste, um den Schleier endgültig wegzuziehen. Doch wann immer sie es versuchte, glitt er ihr wie Sand durch die Finger, und alle Andeutungen zerstoben wie Rauch am Winterhimmel, statt sich zu einem klaren Bild zu formen.

Shaan schien um ihr inneres Ringen zu wissen, und obwohl er darüber schwieg, spürte sie, dass er jedes Mal enttäuscht war. Das schürte ihre Frustration nur noch mehr. Wenn er so verdammt klug war, sollte er es ihr gefälligst sagen! Wieso ließ er sie rätseln, wenn ein Wort von ihm Licht ins geheimnisvolle Dunkel hätte bringen können?

So vergingen mehrere Tage. Shaan stand jeden Morgen früher auf, und heute war er sogar eher auf den Beinen gewesen als sie selbst und half ihr bei der Zubereitung des Frühstücks. Sie aßen schweigend, anschließend machte sich Shaan sofort daran, seine Muskulatur zu kräftigen.

Deleja sah ihm, in Ermangelung einer anderen sinnvollen Beschäftigung, müßig dabei zu. Shaans Bewegungen wirkten beinahe wieder so geschmeidig wie früher, seine Schulter war so gut verheilt, dass er nur noch einen leichten Verband benötigte, und der Glanz war in seine Augen zurückgekehrt. Doch je mehr seine Gesundung voranschritt, desto rastloser und ungeduldiger wurde er auch.

Sie merkte es an seinen gedankenschweren Blicken, an dem kurzen Zögern, das sich immer häufiger zwischen zwei Bewegungen einschlich – und an dem Schatten, der sich über seine Züge legte, je mehr Tage verstrichen und je deutlicher er erkannte, dass die Zeit der Untätigkeit bald vorüber war.

Shaans wiedererwachte Energie erfüllte sie mit einer unbestimmten Furcht. Immer häufiger fiel ihr Blick auf die langsam verblassenden Striemen, die Marnas Feuer auf seiner Brust, seinem Bauch und seinem Hals hinterlassen hatte, Male, die es ihr unmöglich machten zu vergessen, wie knapp Shaan dem Tode entronnen war.

Irgendwann hielt sie es nicht mehr aus. Sie wandte sich ab, floh aus dem Raum und irrte im Haus umher, bis sie ein Fenster fand, von dem aus sie die Straße betrachten, selbst aber nicht gesehen werden konnte.

Als sie es öffnete, schlug ihr die brennend heiße Luft wie eine massive Wand entgegen. Die Sonne musste zwar bis zum Zenitstand noch ein gutes Stück Weg zurücklegen, trotzdem waren ihre Strahlen bereits jetzt grell und sengend. Sie dörrten die Luft und die Erde aus, entrissen ihr jeden Tropfen Feuchtigkeit und zwangen Tier und Mensch, in den kühleren Häusern Schutz zu suchen.

Selbst die Insekten hatten vor der grausamen Hitze die Flucht ergriffen. Atemlose Stille hielt Golgamat gefangen, als sei die Welt in Agonie erstarrt.

Staub beherrschte die Straßen, wallte in dichten Wolken auf und nieder und vollführte in der flimmernden Luft spöttische Tänze. Es gab kein Fenster, keine Wand, kein Dach und keine Pflanze in Golgamat, die nicht mit einer dicken Schicht davon bedeckt waren. Ein kräftiger Regenguss wäre eine Gnade der Götter gewesen, aber es war weit und breit keine Wolke in Sicht, und es schien nicht so, als würde sich das in absehbarer Zeit ändern.

Als Deleja spürte, wie sich das Raunen näherte, umklammerte sie mit beiden Händen das Fensterbrett und biss sich auf die Lippe. Schon konnte sie Shaans Schritte hinter sich hören, doch sie drehte sich nicht zu ihm um. Stocksteif blieb sie stehen, bis er an ihre Seite trat und sie leise ansprach.

„Deleja."

Seine Stimme klang sanft und fragend zugleich. Sie genoss das eine, fürchtete das andere.

Sie fuhr herum. Shaan stand dicht vor ihr, hatte sich ein Hemd übergezogen, es jedoch wegen der Hitze nicht geschlossen. Sie sah ein Stück des Verbandes – und die von Marnas Feuerball verursachten Narben, die wie in Vorfreude auf das bald vergossene Blut rötlich schimmerten.

„Was ... was wird jetzt geschehen?", würgte sie erstickt hervor.

Shaan sah sie mit seinen großen, dunklen Augen an, magischen Spiegeln gleich, die ihren Kummer getreu reflektierten. „Wir können nicht ewig hierbleiben", erwiderte er sachte.

Deleja senkte den Blick, wünschte, er wäre nicht so schnell wieder auf die Beine gekommen. „Ich weiß."

„Wir können auch nicht ins Kontor zurückkehren. Solange Marna nach uns sucht, wären wir dort nicht sicher."

Deleja nickte, wagte nicht aufzusehen. Sie wollte zurück, wollte ihren Vater wiedersehen, aber nicht zu dem Preis, dass Shaan sich erneut der grausamen Mörderin stellen musste, nicht zum Preis seines Lebens.

Sie hob ruckartig den Kopf, griff gleichzeitig nach Shaans Hand. „Lass uns Golgamat verlassen! Wir ... wir könnten uns außerhalb der Stadt verstecken, bis ..." sie überlegte fieberhaft, „... bis Marna es müde geworden ist, nach uns zu suchen."

Seine Miene verdüsterte sich, verriet ihr mehr, als sie wissen wollte. Konnte das Böse die Geduld verlieren? Shaan glaubte nicht daran - und sie selbst tat es auch nicht.

Trotzdem ließ sie ihn nicht los. „Bitte, Shaan! In Golgamat sind wir nirgendwo wirklich sicher!"

Er sah sie lange und ernst an, holte dann tief Luft. „Wir können uns nicht auf Dauer verstecken."

Deleja biss die Zähne fest aufeinander, schmeckte Blut auf der Zunge. „Könnte sie uns überall finden?"

Shaan zögerte. „Unser Leben wäre in Gefahr, ganz gleich, wo wir uns aufhalten", sagte er schließlich ausweichend.

Wieder einmal keine klare Antwort, aber auch keine Lüge, das spürte sie. Und gerade das machte ihr Angst, hieß es doch nicht mehr und nicht weniger, als dass das Böse sie irgendwann unwiderruflich stellen und wahrscheinlich töten - würde.

„Können wir wenigstens einen Aufschub erlangen?", fragte sie schaudernd.

„Vielleicht."

Das war genug. Deleja umfasste Shaans Hand fester. „Dann lass uns gehen!"

Davonlaufen, wenn auch nur für kurze Zeit, war immer noch besser, als Shaan in einen erneuten Kampf gegen Marna ziehen zu lassen. Vielleicht tötete sie ihn dieses Mal, vielleicht konnte sie ihn aber auch mit dem Bösen, das ihr innewohnte, infizieren. Deleja hätte nicht zu sagen vermocht, welche Möglichkeit schrecklicher war.

Shaan überlegte lange, dann sanken seine Schultern herab. „Einverstanden."

Deleja seufzte erleichtert, nur um sofort von neuem Kummer erfüllt zu werden. Selbst wenn sie gingen, waren sie nicht sicher, daran hatte Shaan keinen Zweifel gelassen. Womöglich sah sie ihren Vater nie wieder. Sie schluckte hart.

„Ich ... ich sollte meinem Vater erklären, was passiert ist."

Shaans Augen weiteten sich entsetzt. „Du darfst nicht zu ihm gehen! Das wäre viel zu gefährlich."

„Das weiß ich. Aber könnte ich ihm nicht eine Nachricht zukommen lassen?"

„Das halte ich für keine gute Idee. Marna könnte davon erfahren."

„Ist sie denn allmächtig?", rief Deleja verzweifelt. „Sie hält uns schließlich für tot!"

Shaan wich ihrem Blick aus. „Marna wird trotzdem aufmerksam sein. Sie wird das Kontor vielleicht nicht ständig beobachten, aber es wird ihr sicher auffallen, wenn dein Vater nicht mehr über dein Verschwinden trauert. Und wenn das geschieht, wäre das nicht nur schlecht für uns, sondern auch für ihn, da sie ganz gewiss mit der Suche nach uns bei ihm beginnen würde."

Deleja erschrak. „Du meinst, sie könnte meinem Vater etwas antun?"

„Sie hat meinen Vater getötet, um etwas über mich zu erfahren. Wieso sollte sie vor deinem haltmachen?"

„Mein Vater ist reich und mächtig."

„Unwissend wäre gesünder."

„Dann werde ich ihn in der Botschaft bitten, niemandem zu verraten, dass er sie bekommen hat."

Shaan wirkte wenig überzeugt. „Das ist nicht das einzige Problem, Deleja. Wer sollte den Brief überbringen?"

„Lardin Jeffnei wird mir diesen Dienst sicher nicht abschlagen."

„Darum darfst du ihn nicht bitten", erwiderte Shaan heftig. „Wenn Marna auch nur den geringsten Verdacht schöpft, wird sie nicht nur deinen Vater, sondern auch den Überbringer der Botschaft eindringlich *befragen*!"

Deleja überlief es eiskalt. Nie hätte sie gedacht, dass ein so harmloses Wort einen so bedrohlichen Klang haben könnte. Tränen quollen in ihr empor.

„Aber ... aber dann wird er nie erfahren, was aus mir geworden ist!", schluchzte sie.

Ein Ruck ging durch Shaans Gestalt. „Er wird es erfahren. Ich werde gehen."

Deleja hob den Kopf, sah ihn an. Er erwiderte ihren Blick offen und entschlossen zugleich. Wieder einmal wurde ihr klar, dass er alles für sie tun würde.

„Ich ... ich will nicht, dass du dich in Gefahr bringst", schniefte sie.

Er zuckte mit den Achseln. „Ich werde versuchen, das Risiko so gering wie möglich zu halten. Am besten wird es sein, wenn ich am Nachmittag aufbreche, dann sind mehr Leute auf den Straßen unterwegs als morgens oder gegen Mittag. In der Menge wird man mich hoffentlich nicht bemerken."

„Aber wenn dich die Leute im Kontor sehen, werden sie dich vielleicht nicht mehr gehen lassen. Manche glauben immerhin, du hättest mich entführt!"

„Ich habe nicht vor, mich so weit vorzuwagen. Ich werde mich bis zum Pförtnerhäuschen schleichen, abwarten, bis es kurz unbesetzt ist und deinen Brief dort ablegen. Anschließend komme ich sofort zurück."

„Du wirst nicht versuchen, mit Marna zu kämpfen?"

„Nein. Wenn sie mich tötet, wärst du gänzlich ohne Schutz. Von jetzt an werde ich besonnener handeln."

Deleja wünschte inständig, er würde sie nur einmal erkennen lassen, dass ihm auch um seiner selbst willen etwas an seinem Leben lag. Aber da würde sie wohl lange warten müssen.

„Versprichst du mir das?", fragte sie bang.

„Ja. Und ich verspreche dir auch, dass ich mich beeilen werde."

Sie sah ihm in die Augen, sah, dass er nicht log. Er hielt sein Versprechen, ehrlich zu ihr zu sein, wenn er auch über so vieles weiterhin beharrlich schwieg.

„Und was soll ich tun, während du fort bist?", fragte sie beklommen.

„Du bleibst im Haus und lässt dich an keinem der Fenster blicken. Ich denke zwar, dass du hier sicher bist, aber du solltest keinerlei Risiko eingehen. Und du solltest mir auf gar keinen Fall folgen."

Sein Tonfall war eindringlich, nicht anklagend, trotzdem sanken ihre Schultern herab. Einmal hatte sie beinahe seinen Tod verursacht, indem sie ihm nachschlich. Diesen Fehler würde sie nicht wiederholen.

„Ich werde mich daran halten."

„Gut. Falls du allerdings wieder Gefahr spüren solltest, zweifle nicht an deinem Gefühl, sondern verlasse sofort das Haus und lauf so schnell du kannst!"

Ihr Herzschlag beschleunigte sich, und ihre Handflächen wurden feucht. „Glaubst du, Marna ist uns auf der Spur?"

Shaan zögerte. In seinem Gesicht arbeitete es. „Nicht nur Marna ist für dich gefährlich", sagte er schließlich stockend. „Du musst dich auch vor Enjun in acht nehmen."

„Haben Marna und Enjun etwa miteinander zu tun?", rief Deleja überrascht.

„Ja. Sie ist seine Geliebte."

„Dann ist Enjun ebenfalls in die Morde verwickelt?"

„Noch hat er nicht getötet, aber er wird es sicher bald tun."

Deleja schwindelte. Hatte Enjun gewusst, was Marna in Golgamat trieb? Hatte er ihre Taten gedeckt? Möglich wäre es. Sein zweifelhafter

Charakter war vermutlich der perfekte Nährboden für den Keim des Bösen, den Marna anderen einzupflanzen versuchte.

„Ich werde mich also auch von Enjun fernhalten", schloss sie. „Am besten werde ich mich verstecken, wenn ich sehe, dass er ums Haus schleicht."

Shaan packte sie an beiden Schultern. „Nein! Das darfst du nicht! Wenn du Enjun siehst, lauf weg! Du kannst dich nicht vor ihm verstecken."

„Wie könnte ..."

„Tu es einfach! Bitte!"

Seine Heftigkeit erschreckte sie. „Aber wie willst du mich wiederfinden, wenn ich fortlaufen muss?"

„Ich werde dich finden."

Seine Antwort klang sicher. Deleja ahnte dahinter eine weitere Wahrheit. Bevor sie das neue Detail jedoch ins Puzzle einfügen konnte, sprach Shaan weiter.

„Schreibe deinen Brief. Wenn ich mich beeile, können wir noch heute die Stadt verlassen."

Deleja nickte. Wenn sie Shaan aus Marnas Nähe heraushaben wollte, war es wohl am besten so.

* * *

Shaan hatte kein gutes Gefühl dabei, als sich einige Zeit später die Tür des Anwesens hinter ihm schloss und er hörte, wie Deleja die Riegel von innen vorschob. Er sollte sie nicht allein lassen, er sollte bei ihr bleiben und seine Pflicht tun. Doch wie könnte er ihren Kummer ignorieren? Die Stadt zu verlassen, bedeutete für sie, auch von ihrem Vater und all jenen im Kontor getrennt zu werden, die sie liebte und die ihr vertraut waren. Und es gab keine Garantie dafür, dass sie sie noch einmal wiedersehen würde.

Er verstand ihr Bedürfnis nach einer Erklärung, nach einem Wort des Abschieds, wenn auch nur in schriftlicher Form, nur zu gut. Das Gleiche hätte er sich gewünscht, bevor er das Hallagat verließ, um Delejas Ruf zu folgen, und er brachte es nicht übers Herz, ihr dasselbe anzutun, was ihm angetan worden war. Es war schlimm genug, dass sie durch sein Versagen so unvermittelt aus ihrer Familie herausgerissen worden war. Er wollte ihr nicht auch noch den letzten Trost nehmen.

Als er sich auf den Weg machte, zog er sich die Krempe des Huts, den er zum Schutz vor den Sonnenstrahlen, aber auch als notdürftige Tarnung trug, tief in die Stirn, froh darüber, dass er die Zeit richtig gewählt hatte. Die Straßen waren tatsächlich belebter als am Morgen und würden ihm hoffentlich ausreichend Deckung bieten.

Fuhrwerke rumpelten knarrend über das Kopfsteinpflaster, Pferde schnauften unter der Anstrengung und der Hitze, und die Kutscher ließen ihre Peitschen knallen, ohne jedoch eine sichtbare Wirkung zu erzielen. Die Tiere reagierten kaum, und selbst die Fliegen, die sich auf ihren Leibern niedergelassen hatten, waren so träge, dass sie eher einen tödlichen Schlag riskierten, als davonzufliegen.

Alte und junge Menschen, Frauen und Männer gingen schwitzend und stöhnend ihrer täglichen Arbeit nach, ein jeder eifrig darum bemüht, sich im Schatten der Häuser oder der Markisen zu halten, die vor den Läden aufgespannt worden waren.

Shaan hielt sich inmitten der Leute, versuchte, sich ihrer Geschwindigkeit anzupassen und mit der Menge zu verschmelzen. Einmal verbarg er sich hinter einem Knecht, der tief gebeugt eine schwere Kiste auf seinen Schultern durch die Stadt schleppte, später lief er im Schatten eines Ochsenkarrens, der sich ächzend über das Pflaster wälzte und den Eindruck erweckte, er müsste jeden Augenblick in seine Bestandteile zerspringen, und schließlich mischte er sich unter eine Schar junger Handwerker, die laut debattierend in die gleiche Richtung gingen, die auch er einschlagen musste. So näherte er sich langsam, aber unauffällig dem Kontor.

Als er den *Platz des gerechten Maßes* erreichte, drängte er sich noch tiefer in den Schatten und sah sich aufmerksam nach allen Seiten um. Marna und Enjun konnte er nirgends entdecken, dennoch wuchs seine Anspannung sprunghaft an. Er fühlte sich wie ein Kaninchen auf freiem Feld, über dem hoch am Himmel die Bussarde kreisen, bereit, blitzschnell herabzustoßen und ihm ihre Krallen in den Leib zu schlagen.

Er überquerte den Platz nicht auf gerader Linie, sondern umrundete ihn, indem er sich dicht bei den Fronten der Häuser hielt. Schließlich musste er an dem Geschäft vorbei, das zum Kontor der Albites gehörte. Ein schneller Blick durch die Scheibe zeigte ihm Delejas Vater, der gerade mit einem Kunden verhandelte. Hastig senkte er den Kopf und eilte weiter, damit Morujan Albite ihn nicht entdeckte.

Wenige Schritte später gelangte er zum Tor des Kontors, das wie immer während des Tages offen stand, und lugte vorsichtig um die Ecke in Richtung des kleinen Pförtnerhäuschens. Er hatte Glück. Der baumlange Kerl mit den mächtigen Bizeps, der Afnan Janei schon früher vertreten und dessen Aufgaben und Pflichten er nach Afnans Tod übernommen hatte, hielt sich nicht darin auf. Shaan entdeckte ihn ein paar Meter hofeinwärts, wo er gerade mit Hauptmann Stain diskutierte.

Leise fluchend zuckte er zurück. Sofort gab er seinen Plan, sich in den Unterstand zu schleichen und den Brief dort abzulegen, auf. Es musste genügen, wenn er ihn durchs Fenster schob. Das kleine Kuvert würde mit Sicherheit auffallen, auch wenn es zu Boden fiel.

Behutsam tastete er zum Gürtel, in dem er den Brief verborgen hatte, ohne seine Augen von Hauptmann Stain und dem Wachposten zu nehmen. Falls sie ihn bemerkten, musste er sofort fliehen. Deleja durfte nicht schutzlos bleiben. Schon bereute er seinen unausgegorenen Plan und wünschte, er hätte besser nachgedacht, bevor er sich leichtsinnig in die Höhle des Löwen begab.

Seine Hand hatte eben seinen Gürtel erreicht, als plötzlich hinter ihm Kieselsteine unter leisen Schritten knirschten. Gleichzeitig zischte ein Schlagholz durch die Luft. Shaan erkannte den vibrierenden Laut sofort und fuhr erschrocken herum, konnte jedoch nicht mehr ausweichen. Der Hieb fegte ihm den Hut vom Kopf und krachte hart gegen seine Schläfe. Shaan verlor augenblicklich das Bewusstsein.

* * *

Als er wieder zu sich kam, fiel es ihm schwer, sich zu orientieren. Ihn schwindelte so stark, als sei der Boden unter ihm in heftige Bewegung geraten, und sein Schädel dröhnte mit solcher Inbrunst, als hämmerten tausend satanische Zwerge mit Spitzhacken auf ihn ein. Er bekam kaum die Augen auf, lediglich verschwommen sah er die Gestalt, die dicht neben ihm stand und wild gestikulierend auf jemand anderen einredete. Er musste sie jedoch nicht erkennen, um zu wissen, wer es war. Die Stimme war unverwechselbar.

„Ich habe immer wieder gesagt, dass mit Shaan Bajanare etwas nicht stimmt!", ereiferte sich Trist mit der Vehemenz eines wahren Fanatikers. „Ihr hättet ihn nie bei Euch aufnehmen dürfen! Er hat Deleja gegen mich aufgehetzt und sie dann verschleppt. Seht Ihr nun ein, wie teuflisch der Kerl seine Fäden gesponnen hat?"

Shaan stöhnte im Stillen. Vermutlich hatte Trist ihn vor dem Kontor stehen sehen, die Gelegenheit erkannt, sich an ihm zu rächen, und sie ohne Zögern genutzt. Er hatte sich angeschlichen und ihn niedergeschlagen, und er hatte offensichtlich seinen ganzen aufgestauten Hass in den Hieb hineingelegt. Ein Wunder, dass er ihm nicht den Schädel zertrümmert hatte.

Mühsam hob er den Kopf, um herauszufinden, an wen Trist ihn ausgeliefert hatte und mit wem er gerade sprach. Nachdem er zweimal vergeblich den trüben Schleier vor seinen Augen fortzublinzeln versucht hatte, klärte sich sein Blick endlich, und er erkannte Morujan Albite und seine nähere Umgebung.

Sie hatten ihn in das Pförtnerhäuschen gebracht, auf einen Stuhl gesetzt, jedoch nicht gefesselt. Eine Flucht war dennoch aussichtslos. Morujan Albite stand dicht vor ihm, Hauptmann Stain nur einen Schritt dahinter, und der Eingang wurde von Afnans Nachfolger bewacht. An keinem von ihnen würde er so ohne Weiteres vorbeigelangen können, und Trist würde vermutlich nicht zögern, ihn erneut seinen Stock spüren zu lassen, falls er auch nur die geringste verdächtige Bewegung machte.

Als Morujan Albite bemerkte, dass er erwacht war, sprang er vor, packte ihn hart bei den Schultern und schüttelte ihn heftig.

„Wo ist meine Tochter? Wo ist Deleja? Was hast du mit ihr gemacht?“, brüllte er mit wutverzerrtem Gesicht.

Die rüde Behandlung ließ die Welt um Shaan rotieren. Er stöhnte leise.

„Prügelt es aus ihm heraus, wenn er nicht reden will“, knurrte Trist, und sein Tonfall ließ keinen Zweifel daran zu, wie gern er seinen Vorschlag selbst in die Tat umgesetzt hätte. „Er weiß, wo Deleja ist. Ich habe es von Anfang an gesagt. Er hat sie entführt, und nun ist er gekommen, um Lösegeld zu fordern!“

„Das ist nicht wahr!“, rief Shaan schwach. „Deleja ist in Sicherheit.“

Sofort verstärkte sich Morujan Albites Griff. „Wohin hast du sie gebracht? Warum hast du sie mir weggenommen?“

Shaan schauderte. Er hatte den Kaufmann nie zuvor derart aufgebracht und verzweifelt erlebt.

„Er will sie für sich“, geiferte Trist, und jedes seiner Worte triefte vor Hass. „Das war von Anfang an sein Plan. Deshalb hat er sich auf dem Fest eingemischt. Er wollte meinen Ruf ruinieren und sich bei Euch und Deleja einschmeicheln. Und als er das geschafft hatte, hat er seine teuflische Fratze enthüllt!“

Shaan war noch immer benommen. Er suchte nach Worten, nach einer richtigen Antwort, einer, die nicht alles noch schlimmer machte, aber er fand sie nicht so schnell.

Morujan Albite schüttelte ihn erneut. „Wo ist Deleja?“, brüllte er mit schwankender Stimme und grub ihm schmerzhaft die Finger ins Fleisch.

Da griff Hauptmann Stain ein. Er nahm Morujan Albite beim Arm und zog ihn von Shaan fort. „Lasst den Jungen erst einmal richtig zu sich kommen, dann wird er uns sicher antworten.“

Trist stemmte empört die Hände in die Hüften. „Der Mistkerl hat keine sanfte Behandlung verdient! Er ist ein Betrüger, ein Entführer und vielleicht sogar ein Mörder! Ist denn niemandem außer mir aufgefallen, dass die Morde begonnen haben, seitdem er sich in der Stadt aufhält?“

„Es sind eine Menge Leute zur gleichen Zeit wie Shaan in Golgamat angekommen“, gab Hauptmann Stain kühl zurück.

„Wollt Ihr etwa das Offensichtliche ignorieren?“

„Das werde ich nicht, aber es sind meine Ermittlungen. Ich führe sie auf meine Weise, und ich ziehe es vor, anderen nicht den Schädel einzuschlagen, selbst dann nicht, wenn sie sich verdächtig gemacht haben.“

In diesem Moment spürte Shaan das Blut, das ihm warm von der Schläfe über die Wange rann. Erschrocken zuckte er zusammen. „Wie lange war ich ohne Bewusstsein?"

Trist wirbelte abrupt zu ihm herum, als habe sich Shaan gerade in eine Giftschlange verwandelt. „Du hast kein Recht, hier irgendwelche Fragen zu stellen! Sag uns endlich, wohin du Deleja verschleppt hast! Was hast du mit ihr gemacht? Hast du sie nur geschändet oder sie gleich getötet?"

Morujan Albite stöhnte entsetzt auf, und es schien, als wollten er und Trist sich gemeinsam auf ihn stürzen. Nur eine schnelle, aber nichtsdestotrotz energische Handbewegung des Hauptmanns hielt Herrn Albite zurück, dann wandte sich der Soldat Trist zu.

„Es ist besser, wenn du jetzt gehst", sagte er mit kalter Stimme, die keinen Zweifel daran ließ, dass er mit seiner Geduld am Ende war.

Trist machte ein Gesicht, als stecke ihm ein Knödel im Rachen, dann lief er rot an und ballte die Fäuste. „Das werde ich ganz bestimmt nicht tun! Ich habe das Recht zu erfahren, was mit Deleja geschehen ist, immerhin sollte sie mit mir verlobt werden!"

„Wenn ich mich nicht irre, hat sie die Verlobung abgesagt. Es sieht so aus, als ginge dich die Angelegenheit nicht das Geringste an."

„Aber ich habe den Verdächtigen festgenommen!"

„Wer verdächtig ist oder nicht, entscheidest nicht du, sondern ich. Bislang nimmt sich die Situation für mich so aus, dass du jemanden auf offener Straße brutal überfallen und mit einem Knüppel bearbeitet hast. Dafür könnte ich dich für mindestens einen Tag ins Stadtgefängnis werfen."

„Das wagt Ihr nicht! Mein Vater ..."

„... würde dir auch nicht helfen können. Warum glauben nur so viele Leute, reiche Eltern wären ein Freibrief, um ungestraft randalieren und unbescholtene Bürger belästigen zu können? Ich sage es dir zum letzten Mal: Geh!"

Trist atmete tief durch, als hole er Luft für eine weitere Schimpftirade, dann wirbelte er auf dem Absatz herum und stürmte davon. Morujan Albite hingegen rührte sich nicht vom Fleck. Sein Blick durchbohrte Shaan wie eine Lanze aus Eis.

Allmählich wurde Shaan wieder etwas klarer im Kopf. Rasch ging er seine Möglichkeiten durch. Seine Lage war übel. Er hatte drei große, mehr oder weniger kampferfahrene Männer gegen sich, die nicht zögern würden, sich auf ihn zu stürzen, sollte er sie anzugreifen versuchen. Doch so viele Gegner hätte er nicht einmal in körperlicher Bestform besiegen können, jedenfalls nicht, ohne seine Magie einzusetzen.

Das aber war keine Option. Marna würde es spüren, und damit hätte er Deleja verraten und sie in akute Gefahr gebracht. Er musste abwarten. Vielleicht kam er glimpflich aus der Angelegenheit heraus. Hauptmann

Stain schien nicht grundsätzlich gegen ihn eingestellt zu sein. Jetzt reichte er ihm sogar ein Tuch. Shaan nahm es, tupfte das Blut von seinem Gesicht und presste es anschließend auf die pochende Wunde, aus der noch immer ein feiner Strom sickerte. Der Hauptmann bedachte ihn mit einem scharfen Blick.

„Auch wenn ich es nur ungern zugebe, muss ich Trist Olvive in vielem zustimmen. Du bist uns eine Menge Antworten schuldig, Shaan Bajanare."

Shaan ignorierte ihn und wandte sich Delejas Vater zu. „Es geht Deleja gut. Ich habe sie nicht entführt. Sie wurde von dem Mörder bedroht, deshalb habe ich sie in Sicherheit gebracht."

„Wo ist sie?" Morujan Albites Stimme war hart wie Stahl und machte unmissverständlich klar, dass er nicht gewillt war, sich mit Ausflüchten zufriedenzugeben.

„Das kann ich nicht sagen."

Hauptmann Stain schüttelte den Kopf und seufzte. „Deine Worte klingen wenig glaubwürdig, wenn du dich weigerst, uns ihren Aufenthaltsort zu nennen."

„Das würde sie in Gefahr bringen."

„Denkst du nicht, dass ich sie schützen könnte?"

Als Shaan schwieg, fixierte ihn der Soldat mit grimmig zusammengezogenen Brauen. „Du kannst nicht erwarten, dass ich deiner Geschichte Glauben schenke, wenn du nicht mit weiteren Einzelheiten herausrückst oder Deleja deine Worte bestätigt - und das ist ja wohl nicht der Fall."

„Doch, das ist es!", rief Shaan aufgeregt und zog den Brief aus dem Gürtel. Er hatte ihn in dem ganzen Durcheinander vollkommen vergessen gehabt. „Das ist ein Brief, den Deleja an ihren Vater geschrieben hat. Ich wollte ihn hier abliefern."

Morujan Albite riss ihm das Papier aus den Fingern. Seine Blicke flogen über die Seite, und auf seinen Zügen wechselten Hoffnungen und Ängste einander ab wie Wolkenschatten, die über eine Ebene ziehen.

„Ist das Delejas Handschrift?", fragte der Hauptmann skeptisch.

Morujan Albite nickte stumm und reichte ihm den Brief. Der Soldat las ihn ebenfalls. Sein Gesicht blieb unbewegt, als er Shaan nachdenklich musterte.

„Du wirst mir jetzt genau erzählen, was in jener Nacht passiert ist! Und du wirst kein Detail auslassen!"

Shaan hob entschuldigend die Hände. „Das kann ich nicht."

„Heißt das, du willst nichts mehr dazu sagen?"

„So ist es."

Hauptmann Stains Miene verfinsterte sich, als würde sich ein Gewitter zusammenbrauen, das sich jeden Augenblick entladen konnte. „Du solltest deine Situation begreifen, Junge. Aus dem Brief lässt sich herauslesen, dass Deleja und du den Mörder kennt. Ihr seid dazu verpflichtet, es mir zu sagen, wenn es so ist. Und wenn ich herausfinde, dass du es schon lange gewusst hast, dann ..."

Er ließ den Rest offen, aber der Zorn, der in seinen Augen glomm, war deutlich genug. Shaan begriff, dass er nicht gänzlich schweigen durfte, sonst sah es schlecht für ihn aus.

„Wir haben es nicht gewusst. In der Nacht, als wir verschwanden, habe ich das Kontor verlassen, um frische Luft zu schnappen."

Der Soldat hob zweifelnd eine Augenbraue. „Mitten in der Nacht?"

„Ja. Ich konnte nicht schlafen. Es war so viel Schreckliches an jenem Tag geschehen, das mir im Kopf herumging, dass ich es einfach nicht mehr in meinem Zimmer ausgehalten habe."

„Und was ist dann passiert?"

„Deleja folgte mir. Ich wusste nichts davon, und als ich sie bemerkte, griff uns auch schon der Mörder aus einem Hinterhalt an. Ich weiß nicht, wer er war. Wir haben ihn nicht gesehen, dazu war es zu dunkel. Deleja kam unverletzt davon, ich wurde bei dem Überfall verwundet." Er öffnete die beiden oberen Knöpfe seines Hemdes und zeigte ihnen seinen Schulterverband. „Danach haben wir nach einem Unterschlupf gesucht."

„Warum seid ihr nicht ins Kontor zurückgekehrt?", fragte Morujan Albite vorwurfsvoll.

„Weil uns der Mörder dicht auf den Fersen war. Er hat Deleja noch ein weiteres Mal angegriffen, und wir sind nur knapp mit dem Leben davongekommen. Ich hatte Angst, dass er Deleja beim Kontor auflauert."

„Ich hätte schon für ausreichenden Schutz gesorgt", erklärte Hauptmann Stain nicht weniger anklagend als zuvor Morujan Albite.

Shaan senkte den Blick und schwieg.

„Warum habt ihr euch mir nur nicht anvertraut?", sagte Morujan Albite leise. „Ich habe tausend Ängste ausgestanden!"

Shaan sah wieder auf. „Deshalb hat Deleja den Brief geschrieben."

Bevor der Kaufmann etwas darauf erwidern konnte, mischte sich eine neue Stimme ein.

„Ich hoffe, Ihr setzt dem Jungen nicht allzu sehr zu, Herr Albite."

Die Köpfe aller Anwesenden wandten sich synchron dem Eingang zu. Madala Olvive trat ein. Als ihr Blick auf Shaan fiel, weiteten sich ihre Augen, sie eilte zu ihm und begutachtete seine Verletzung.

„Wer hat ihm das angetan?", rief sie empört und funkelte Hauptmann Stain zornig an.

Der Soldat verzog keine Miene. „Euer Sohn, werte Frau Olvive."

Lady Olvive sah aus, als sei sie kurz davor, jemandem eine saftige Ohrfeige zu verpassen. „Ich hätte es wissen müssen", sagte sie mit wutbebender Stimme. „Ich wollte eben zum Markt, als ich Trist in der Nähe des Kontors traf. Er fluchte und zeterte herum wie ein betrunkener

Hafenarbeiter. Ich habe ihn kaum verstanden, sondern nur begriffen, dass Shaan ins Kontor zurückgekehrt ist. Deshalb bin ich sofort gekommen." Sie bemaß Morujan Albite und den Hauptmann der Stadtwache mit einem strengen Blick. „Ich hoffe sehr, Ihr glaubt meinem Sohn nicht ein einziges Wort. Trist ist fest davon überzeugt, dass Shaan Deleja die Verlobung ausgeredet hat, weil er zu dumm ist, um zu erkennen, dass sein eigenes rüpelhaftes Benehmen dafür verantwortlich ist. Ich für meinen Teil bin froh, dass Deleja den Mut hatte, meinem eingebildeten Sprössling einmal gehörig den Kopf zu waschen."

Sie sah Delejas Vater an. Morujan Albite nickte nach kurzem Zögern.

Madala Olvive wandte sich an Hauptmann Stain. „Ihr seht, es gibt keinerlei Grund, den Worten meines Sohnes mehr Aufmerksamkeit zu schenken als dem Gekläffe irgendeines streunenden Straßenköters. Seit Deleja die Verlobung abgesagt hat, hat er auf Shaan geschimpft und geschworen, sich an ihm zu rächen. Als er ihn vor dem Kontor sah, glaubte er wohl, seine große Chance sei gekommen."

Sie trat zu Shaan, stellte sich neben ihn und legte ihm eine Hand auf die Schulter.

„Selbst wenn Shaan mit Deleja fortgelaufen wäre, hättet Ihr keinen Grund, ihn zu richten", fuhr sie mit fester Stimme fort. „Shaan ist ein *guter* Mensch. Ihm kann man Deleja getrost anvertrauen."

Shaan sah überrascht zu ihr auf. In den letzten Wochen schien Lady Olvive zu einer Quelle innerer Stärke gefunden zu haben, die ihr zuvor verschlossen gewesen war. Trotz seiner eigenen verfahrenen Lage freute er sich für sie.

Sie lächelte ihm zu. „Du hast mein Leben gerettet, und ich weiß, dass du dasselbe auch für Deleja tun willst."

„Aber das ist *meine* Aufgabe!", rief Hauptmann Stain entnervt.

„Ihr könnt nicht wissen, welche besonderen Umstände in diesem Fall bestehen. Vielleicht ist es wirklich das Beste für Deleja, dass Shaan sie versteckt hat."

„Das ist Unsinn", mischte sich Morujan Albite ein. „Ich will zu meiner Tochter! Wenn sie wirklich in Gefahr ist, werde *ich* sie beschützen!"

Augenblicklich verfielen er und Hauptmann Stain in eine hitzige Debatte darüber, wem diese ehrenvolle Aufgabe zukam. Madala Olvive beugte sich zu Shaan hinunter.

„Es ist besser, wenn du den beiden sagst, wo du Deleja versteckt hast", raunte sie ihm zu.

„Das kann ich nicht", erwiderte Shaan genauso leise. „Es würde sie in große ..."

Er brach ab, als ein fernes Grollen ertönte, als hätten sich Gewitterwolken über den Bergen zusammengebraut. Es schwoll in Sekundenbruchteilen zu dröhnendem Donner an, während gleichzeitig grelle Pein in ihm aufflammte, die ihn wie mit feurigen Krallen durchbohrte und lodernde Sonnenglut durch seine Adern jagte. Er schnappte erstickt nach Luft, krümmte sich auf seinem Stuhl zusammen und schlang sich wimmernd die Arme um den Leib. Die Welt schwankte um ihn, und diesmal war nicht Trists brutaler Schlag dafür verantwortlich. Die Erde bebte!

Hauptmann Stain und Morujan Albite verstummten überrascht, Madala Olvive stieß einen erschrockenen Schrei aus und versuchte, das Gleichgewicht zu wahren.

Shaan verlor es, fiel vom Stuhl und landete hart auf der zuckenden Erde. Krämpfe schüttelten seinen Körper und drohten, ihn von innen heraus zu zerreißen. Panik füllte sein Herz. Die schlimmste aller Möglichkeiten war eingetreten.

Eine erneute Bebenwelle, heftiger als die vorhergehende, lief durch den Boden. Die Deckenbalken des Pförtnerhäuschens knirschten bedenklich, Staub und Putz rieselten von der Decke. Doch wenigstens ließ der grausame Schmerz in seinem Inneren langsam nach. Shaan kam wieder zu Atem und kämpfte sich auf die Füße.

„Wir müssen hier raus!", schrie er den anderen zu. „Die Beben könnten die Häuser zum Einsturz bringen!"

Hauptmann Stains Augen waren groß vor Entsetzen. „So etwas habe ich noch nie erlebt!"

„Es wird noch schlimmer werden, glaubt mir", rief Shaan, wankte gleichzeitig mit unsicheren Schritten in Richtung Tür.

Morujan Albite machte einen Satz auf ihn zu und packte ihn hart am Arm. „Wo willst du hin?"

„Ich muss zu Deleja. Sie ist in Gefahr!"

Ein Grollen wie das Knurren eines riesenhaften Wolfes, das aus den Tiefen der Erde empordröhnte, unterstrich seine Worte. Für Sekunden wellte sich der Boden unter ihren Füßen, warf sie beinahe um.

„Ich komme mit!", brüllte Morujan Albite, um den Lärm zu übertönen.

Shaan nickte nur. Es spielte keine Rolle mehr. Er musste zu Deleja, koste es, was es wolle.

„Ich komme ebenfalls mit", erklärte Hauptmann Stain kategorisch, während sie allesamt dem Ausgang entgegenstolperten.

„Ihr solltet Euch lieber darum kümmern, die Stadt zu evakuieren", rief Shaan ihm zu. „Die Beben waren nur ein Vorspiel zu der Katastrophe, die bald folgen wird. Wenn den Menschen Golgamats ihr Leben lieb ist, sollten sie ihre Beine in die Hand nehmen und laufen, so schnell sie es vermögen."

Hauptmann Stain starrte ihn schockiert an.

Madala Olvive reagierte zuerst. „Ich werde es jedem sagen, dem ich begegne", versprach sie, hielt inne und umarmte ihn kurz. „Viel Glück."

Damit ging sie. Hauptmann Stain eilte ihr fluchend nach. „Wartet!"

Shaan achtete weder auf ihn noch auf Morujan Albite, der dicht hinter ihm war. Er folgte Delejas Ruf. Unter seinen Füßen grollte und zitterte die Erde nun ohne Unterlass, kündete vom schlimmsten Fall, der hätte eintreten können: Der Yinyal war erwacht.

25. Der letzte Kampf

Während sie auf Shaans Rückkehr wartete, streifte Deleja ruhelos wie ein Raubtier im Käfig durch das Haus, und je länger er fortblieb, desto inständiger wünschte sie, er wäre nicht gegangen. Wenn er nun Marna begegnete, oder Enjun...

Sie könnten ihn angreifen, ihn gefangen nehmen oder töten, und selbst wenn er nur ihrem Vater über den Weg lief, konnte er in üble Schwierigkeiten geraten.

Ihre Angst wuchs mit jeder Minute, und ihre Selbstvorwürfe wurden heftiger. Als sie Shaan vorgeschlagen hatte, die Stadt zu verlassen, war es ihr noch wichtig erschienen, ihrem Vater wenigstens eine Botschaft zukommen zu lassen, wenn sie sich schon nicht persönlich von ihm verabschieden konnte. Doch hatte sie nicht aus Golgamat fortgehen wollen, um Shaans Leben zu schützen? Wieso war sie aber dann so erpicht darauf gewesen, ihn möglicherweise geradewegs in den Rachen des Löwen zu treiben, indem sie ihn zwang, ihren dummen Brief zu überbringen?

Die Antwort war einfach und von beschämender Bitterkeit. Wie auf ihrem Geburtstagsfest, wie auch an dem Tag, an dem ihr Vater ihr verkündet hatte, sie mit Trist verheiraten zu wollen, hatte sie die Gefühle ihres Vaters über ihre eigenen und, was noch viel schlimmer war, über Shaans Sicherheit gestellt. Sie lernte es einfach nicht, ihr eigenes Leben zu leben und allein für sich selbst zu entscheiden.

Verzweifelt schlug sie die Hände vors Gesicht und kauerte sich in einem Sessel zusammen. Wenn Shaan etwas zustieß, würde sie sich das niemals verzeihen. Am liebsten wäre sie aufgesprungen, um ihn zurückzuholen, aber das Raunen in ihrem Inneren ließ sie erkennen, dass sein Vorsprung viel zu groß war, und sie wollte auch nicht das Versprechen brechen, das sie ihm gegeben hatte. Und so blieb ihr nur das bange, qualvolle Warten und das schreckliche Gefühl, einen schweren Fehler begangen zu haben.

Die Minuten verrannen zäh wie klebriger Sirup, schienen sich wie Spinnweben über sie zu legen und jede Bewegung zu lähmen. Irgendwann hielt sie es nicht mehr aus. Sie sprang wie von einer Nadel gestochen aus ihrem Sessel hoch und nahm ihre rastlose Wanderung durch die leeren Räume und Hallen des Anwesens wieder auf, unfähig, länger als ein paar Sekunden reglos auf einem Fleck zu verweilen. Als sie gerade die Küche betreten wollte, um ihre Nervosität mit Obst und einer Tasse Eistee zu bekämpfen, entflammte plötzlich ein gleißendes Licht in ihrem Inneren und ließ sie so abrupt innehalten, als sei sie gegen eine unsichtbare Barriere geprallt. Der grelle Funke wuchs rasend schnell heran, loderte auf wie die fast erloschene Glut eines Feuers, in das ein belebender Luftstrom fuhr, und brannte sich wie mit spitzen Zähnen in sie hinein. Deleja schrie gequält auf, taumelte und sackte in die Knie.

Das Licht durchflutete sie in heißen, weißglühenden Wellen, trieb Krallen der Qual in ihren Leib und schien sie innerlich zerreißen zu wollen. Deleja wimmerte. Bunte Flecken tanzten vor ihren Augen, ließen die Umgebung um sie herum verschwimmen. Der Schmerz wurde unerträglich - und brach so abrupt ab, wie er gekommen war. Das Licht erlosch, machte einer betäubenden Leere Platz, die ihre Seele mit Finsternis füllte.

Schwer atmend fiel Deleja mit dem Gesicht voran zu Boden. Tränen rannen über ihre Wangen, und sie zitterte wie unter Krämpfen. Eisiges Entsetzen hielt sie wie ein Raubtier gepackt, drohte, ihr das Genick zu brechen. Die Furcht, die sie aus tausend Albträumen kannte, schlug mit der Wucht einer Flutwelle über ihr zusammen, lähmte sie, nahm ihr die Luft zum Atmen und schnitt wie mit scharfen Klingen in ihr Fleisch.

Aber dies hier war kein Traum! Sie spürte die Gefahr, spürte, wie der namenlose Schrecken unzähliger Nächte Substanz gewann, seine grauenvolle Gegenwart das Gefüge der Wirklichkeit verzerrte und mit seiner abgrundtiefen Bösartigkeit besudelte. Ein Gefühl gieriger Freude und beinahe obszöner Lust am Töten strahlte wie fauliger Atem von ihm aus, ließ Deleja das Blut in den Adern gefrieren.

Wie betäubt hob sie den Kopf. Im gleichen Moment ließ ein heftiger Erdstoß den Boden erzittern. Die Wände und die Decke ächzten bedrohlich, und Staub rieselte von oben auf sie herab.

Ihre Starre brach wie eine Glaskugel unter einem Hammerschlag. Hastig rappelte sie sich hoch und stolperte über die schwankende Diele in Richtung Tür. Sie durfte hier nicht bleiben. Sie musste das Haus verlassen, sonst mochte es bald über ihr zusammenstürzen.

Aber selbst wenn die Erdbeben nicht gewesen wären, hätte sie keine Sekunde länger in ihrem Versteck verweilt. Shaan schien es vorausgeahnt zu haben: Sie spürte die Bedrohung ihres Lebens so deutlich, wie eine Maus den heißen Atem der Katze fühlen musste, kurz bevor sich ihre Zähne in ihr Genick bohrten. Er hatte ihr gesagt, sie sollte fortlaufen, und sie tat nichts lieber als das. Denn was auch immer die Quelle des unheimlichen Gefühls sein mochte - sie bewegte sich direkt auf sie zu!

* * *

Mit Delejas Namen auf den Lippen und eisiger Furcht im Herzen hetzte Shaan durch Golgamat, eilte über Straßen, die sich unter ihm wie wilde, bockige Tiere aufbäumten. Die Erde wallte und zuckte wie unter Peitschenhieben, Menschen stürzten aus ihren Häusern, schrien, jammerten und kreischten, wurden umgeworfen, sprangen wieder auf und liefen in Panik weiter.

Ringsum stürzten Gebäude krachend in sich zusammen, Ziegel fielen wie Hagelkörner vom Himmel herab, zerbarsten dröhnend auf dem Kopfsteinpflaster. Staub wallte in dichten Wolken auf, schwebte wie ein Leichentuch über den Dächern und verdunkelte die Sonne.

Steine splitterten aus den Fassaden der Häuserfronten, und Männer und Frauen kreischten voller Schmerz, wenn sie von ihnen getroffen wurden. Ein Meer aus Blut und Tränen begleitete die Menschen, die Hals über Kopf den Stadttoren entgegenströmten, um der Vernichtung Golgamats zu entkommen.

Shaan kämpfte sich gegen den Strom der Menschenmassen voran. Delejas Vater war längst weit hinter ihm zurückgeblieben. Die Menge hatte ihn von ihm abgedrängt und mit sich gerissen.

Ein erneutes Beben rollte über Golgamat hinweg, zerriss die Straße nur wenige Meter vor ihm. Wie das gierige Maul eines Ungeheuers öffnete sich ein gezackter Spalt im Boden und verschlang mehrere Männer und Frauen, die sich nicht rechtzeitig hatten retten können. Verzweifelte Schreie gellten auf, als die Unglücklichen in den Tod stürzten.

Shaan blieb keine Zeit, sich um sie Gedanken zu machen. Er lief ein paar Meter zurück, nahm Anlauf und sprang mit einem gewaltigen Satz über die Spalte. Auf der anderen Seite geriet er erneut in die vorwärtswälzenden Menschenmassen. Panik füllte sein Herz. Auf diese Weise würde er Deleja nie erreichen, bevor der Yinyal es tat.

Rechts von ihm brach erneut ein Haus zusammen und wirbelte dichte Staubschwaden auf. Die Menge spritzte auseinander, Shaan jedoch rührte sich nicht vom Fleck. Grimmig knirschte er mit den Zähnen. Die Erde mochte das Element des Yinyals sein, trotzdem konnte er sie für seine Zwecke nutzen.

Er entfachte einen Wind, verdichtete den Staub zu einer dunklen, kompakten Wolke, die kein Auge zu durchdringen vermochte, schob sich mitten hinein und hob sie und sich selbst vom Boden ab.

Augenblicklich blieben die Beben und das unwegsame Gelände unter ihm zurück. Vom Staub vor den Blicken derjenigen geschützt, die ihn nicht sehen durften, flog er über die Dächer Golgamats, eilte schnell wie ein Falke dem Ruf der Lanhal entgegen. Erst als er schon fast bei ihr war, zwang er die Wolke dem Boden entgegen, ließ den Staub fahren, nachdem seine Füße festen Halt gefunden hatten, und rannte los.

Als er um die nächste Ecke bog, sah er Deleja auch schon. Sie stolperte auf der Mitte der Straße voran, fiel, rappelte sich wieder auf und taumelte weiter. Die Beben ließen kaum noch einen sicheren Schritt zu. Als sie erneut fiel, blickte sie in seine Richtung. Panische Angst flackerte in ihren Augen.

„Shaan!"

„Ich komme!", brüllte er, lief noch schneller, erreichte sie, griff nach ihrer Hand und zog sie vom Boden hoch.

Er gönnte sich nur eine einzige Sekunde der Erleichterung, dann umfasste er ihre Hand fester. „Komm!"

Sie zögerte, sah sich furchtsam um. „Was bei allen Göttern geht hier vor?"

Sie hatte ihre Frage kaum ausgesprochen, als an den Häusern ringsum die Feuerzinnen abbrachen und in Staub und Trümmern auf die Straße herabregneten. Shaan riss Deleja zurück, presste sie an sich und schützte sie mit seinem Körper. Mehrere Splitter zischten wie Geschosse an ihnen vorbei, wurden jedoch von seiner Luftmagie in eine andere Richtung gelenkt, sodass sie ihnen nicht gefährlich werden konnten.

Als sich der Staub wieder legte, ließ er Deleja los. Sie löste sich nur zögernd von ihm. Mit Tränen in den Augen und dreckverschmiertem Gesicht sah sie zitternd zu ihm auf.

Shaan ahnte den Grund ihrer Furcht. Sie fühlte, dass der Yinyal nahte. Vermutlich blieb ihnen nicht mehr viel Zeit, auch nicht mehr genug für eine Flucht.

Er nahm sie an beiden Schultern, blickte sie eindringlich an. „Deleja, vertraust du mir?"

Sie nickte stumm.

„Wirst du tun, was ich dir sage?"

Wieder ein Nicken.

Shaan riss einen Ärmel von seinem Hemd ab und teilte den Stoff längs bis fast zum Ende durch, sodass ein langer Streifen entstand.

„Ich werde dir die Augen verbinden", erklärte er hastig. „Behalte die Binde auf und versuche nicht, darunter hervorzusehen, ganz gleich, was passiert und was du hören magst. Du darfst sie unter gar keinen Umständen abnehmen, sonst werden wir beide sterben!"

Delejas Augen weiteten sich erschrocken, aber sie stellte keine Fragen. „Ich verspreche es."

„Gut."

Er legte ihr die Binde an, knotete den Stoff zusammen und prüfte kurz, ob sie etwas sah. Das schien nicht der Fall zu sein. Mit wild klopfendem Herzen nahm er sie bei der Hand.

„Ich werde dich führen."

Ihre Finger schlossen sich fest um die seinen, dann gingen sie weiter. Shaan half ihr über den Trümmerberg hinweg, geleitete sie an Spalten, die sich in der Erde aufgetan hatten, vorbei und sorgte dafür, dass sie sich auch weiterhin in der Mitte der Straße hielt, wo die wenigsten Steine sie treffen konnten. Und wann immer ihr einer doch zu nahe kam, nutzte er seine Magie und ließ ihn harmlos neben ihr zu Boden plumpsen.

Deleja zuckte jedes Mal zusammen, wenn sie ein Krachen, Splittern oder Scheppern dicht neben sich hörte, und er wünschte, er könnte mehr tun, als nur beruhigend ihre Hand zu drücken. Am liebsten hätte er sie auf den Arm genommen und sie über das Chaos in den Straßen hinweggetragen, aber das durfte er nicht. Der Yinyal war ihnen schon viel zu nahe und Deleja noch immer nicht erwacht. Deshalb konnte er es sich nicht erlauben, auch nur eine Unze Kraft zu vergeuden. An einen eigenen Angriff brauchte er nicht einmal zu denken. Im offenen Schlagabtausch würde er sofort verlieren, und auch wenn er sich lediglich darauf beschränkte, sich selbst und Deleja zu verteidigen, würde es fast unmöglich für ihn werden, gegen Enjun zu bestehen.

Allein deshalb blieb er in Bewegung. Der Yinyal konnte Deleja zwar überallhin folgen, aber solange er sie noch nicht gestellt hatte, konnte er versuchen, mit ihr einen besseren Ort für den finalen Kampf zu finden. Auf den engen Straßen waren sie entschieden im Nachteil. Er brauchte eine offene, freie Fläche, auf der er seine Windmagie ungehindert zum Einsatz bringen konnte. Zum Glück wusste er, wohin er sich wenden musste.

Zielsicher suchte er sich seinen Weg, obwohl die Gassen kaum noch denen glichen, die er nach seiner Ankunft in Golgamat kennengelernt hatte. Die Beben hatten in manchen Straßenzügen keinen Stein auf dem anderen gelassen. Hier und da sah er staubige, reglose Körper unter den Trümmern liegen, bedauernswerte Opfer von Enjuns Erwachen. Wer jedoch noch einigermaßen laufen konnte, hatte die Stadt inzwischen verlassen. Niemand aber lief in die Richtung, die er eingeschlagen hatte. Niemand versuchte, zum Zentrum der Stadt, zur weitesten Fläche in ganz Golgamat, zu gelangen.

Während Shaan durch die verwüsteten Straßen hastete und Deleja mit sich zog, begann die Wunde an seiner Schläfe dumpf zu pochen, und er spürte, dass erneut Blut an seiner Wange hinabrann.

Verbissen drängte er den Schmerz zurück und fluchte im Stillen auf Trist. Die Verletzung ruinierte seine ohnehin schon geringen Chancen, länger als ein paar Minuten im Kampf gegen den Yinyal zu überleben. Enjun war als wahrer Träger der Macht viel stärker, als Marna es jemals hätte werden können, und er hatte nicht einmal im Vollbesitz seiner Kräfte gegen sie bestehen können. Wie könnte er also Enjun aufhalten, angeschlagen, wie er war?

Resignation senkte sich bleiern auf seine Schultern herab und drohte, ihn zu Boden zu drücken, aber er verlangsamte seine Schritte nicht. Um Delejas willen musste er sich zusammenreißen.

Endlich erreichten sie den menschenleeren Marktplatz, auf dem ein heilloses Durcheinander herrschte. Stände und Buden waren von den heftigen Erdstößen wie Spielzeug umgeworfen worden, Obst, Gemüse und andere Waren lagen wild auf dem Boden verstreut, und Zeltplanen und Stangen ragten wie die Knochen toter Tiere aus dem Gewühl hervor. Nur dort, wo die breitesten Wege zwischen den Ständen hindurchgeführt hatten, konnte man jetzt noch unbeschadet einen Fuß vor den anderen setzen.

Shaan führte Deleja durch eine solche Gasse bis zur Mitte des Platzes, wo ein prachtvoller Brunnen aufragte, dessen Verzierungen und gemauertes Überlaufbecken durch die Beben jedoch stark gelitten hatten. Einzelne Bronzestatuen waren umgekippt und lagen mit dem Gesicht nach unten im Wasser, das durch einen Spalt in der Umrandung des Beckens hinaussickerte und bereits eine große Lache auf den Pflastersteinen gebildet hatte. Shaan zog Deleja mit sich, bis sie sich inmitten der Pfütze befanden, dann blieb er stehen.

„Wo sind wir?", fragte Deleja mit zitternder Stimme.

„Wir sind auf dem Markplatz, gleich neben dem Brunnen. Wir werden hierbleiben."

„Aber ..."

Deleja brach gleich wieder ab, aber der Schauder, der über ihre zierliche Gestalt jagte, entging ihm nicht. Er nahm sie bei den Schultern. „Was hast du?"

„Ich ... ich möchte nicht hierbleiben."

„Warum nicht?"

„Wir sind hier nicht sicher."

„Die Trümmer der Häuser können uns hier nicht treffen."

„Ich weiß, aber ... *es* kommt näher!"

„Was?"

„Spürst du es nicht?"

Shaan umfasste ihre Schultern fester. „Es spielt keine Rolle, was ich fühle. Vertraue auf *deine* Gefühle!"

„Aber ich begreife das alles nicht!", schluchzte Deleja.

„Das wirst du. Lausche in dich hinein. Die Antworten, die du suchst und die ich dir nicht geben kann, sind alle in dir. Du kannst sie ..."

Shaan verstummte, als die Erdmagie des Yinyal heiß in ihm aufloderte. Er warf den Kopf herum und sah sofort die Bewegung am Rande des Platzes. Enjun kam.

Hoch aufgerichtet stand er auf dem Kamm einer Bebenwelle, die den Boden aufwölbte, als wäre er nicht fester als Wasser. In jeder Hand hielt er eine Fackel. Der Widerschein ihrer Flammen zuckte über seine geschmeidige, muskulöse Gestalt, ließ scheinbar Funken auf seine dunkelblonden Haare überspringen, die wilder denn je von seinem Kopf abstanden. Jetzt hob er eine seiner Fackeln und schwenkte sie, sodass sie vor der vom Staub verdunkelten Luft einen grellen Lichtbogen erzeugte.

Shaan presste Deleja dicht an sich und hielt sie fest. Gleichzeitig begann das Wasser der Pfütze, in der sie standen, nach oben zu wirbeln, verband sich mit der Luft und schuf in Sekundenbruchteilen die schimmernde Blase aus schützender Magie um sie herum.

Deleja wurde aschfahl. „Es ist hier!“, keuchte sie erstickt. Gleichzeitig fuhren ihre Hände zu der Binde hinauf.

„Tu das nicht!“, schrie Shaan erschrocken.

Ihre Finger stoppten auf halbem Weg.

„Du darfst die Binde auf keinen Fall abnehmen!“, rief Shaan bebend. „Deleja, bitte, vertraue mir! Lausche nach innen! Suche dort nach Antworten!“

Deleja ließ die Hand sinken, erschlaffte beinahe in seinen Armen.

Shaan presste die Lippen aufeinander und hoffte, dass sie verstand. Sie musste erwachen, oder sie waren beide verloren.

Die Erde grollte, wölbte sich noch höher auf und trug den Yinyal heran. Er hob jetzt auch die zweite Fackel, und beide Flammen verschmolzen über seinem Kopf zu einem einzigen, grellweißen Licht.

Shaan zuckte entsetzt zusammen, als Enjun zum ersten Mal einen Feuerzauber beschwor. Er war brennend heiß und mörderisch stark, viel stärker als Marnas. Ein gewaltiger Feuerball löste sich von Enjuns Gestalt, raste auf sie zu und krachte wuchtig gegen ihren Schutzzauber. Die Blase erzitterte, Wasser verdampfte zischend. Das Feuer dellte die Kugel nach innen ein wie eine riesige Faust, die dünnes Blech zu durchschlagen versuchte.

Mit aller Macht drängte Shaan es zurück. Die Flammen brüllten protestierend und verloschen widerwillig. Die Delle verschwand, doch damit war nichts gewonnen. Shaan ahnte, dass er noch lange nicht die gesamte Macht des Yinyal zu spüren bekommen hatte.

Als hätte er seine Gedanken gelesen, lachte Enjun verächtlich.

Deleja zuckte in seinen Armen zusammen.

„Ist das Enjun?“, flüsterte sie.

„Ja.“

„Und Marna?“

„Sie ist nicht hier.“

Und sie würde auch nicht kommen. Die Übertragung der Magie von einem Shai auf die Inkarnation war für den Shai stets mit großem Schmerz verbunden. Marna dürfte sich nach so kurzer Zeit kaum davon erholt haben, deshalb würde sie nicht in den Kampf eingreifen können. Es war ohnehin nicht mehr der ihre. Jetzt war es Enjuns.

Der Yinyal griff erneut an. Eine riesige Feuerwalze wölbte sich über seiner Gestalt drohend in den Himmel auf. Lodernde Flammen huschten wie kleine Schlangen, die begierig auf Nahrung warteten, zuckend über ihre Ränder. Enjun war jetzt kaum noch ein Dutzend Meter von ihnen entfernt. Sein Blick bohrte sich in Shaan, er schürzte abfällig die Lippen, machte dann eine knappe Bewegung. Die Feuerwalze raste los.

Hastig zog Shaan alles Wasser, das er in der Nähe fand, zusammen, um seinen Schutzzauber zu stärken. Die Feuerwand bäumte sich wie eine gewaltige Woge vor der Kugel auf und schlug über ihr zusammen.

Augenblicklich waren er und Deleja auf allen Seiten von Flammen umgeben, die wie kreischende Dämonen mit ihren Klauen auf die blau schimmernde Blase einhackten. Das Zischen des verdampfenden Wassers übertönte jeden anderen Laut.

Deleja drehte hilflos den Kopf hin und her, lauschte auf die unheimlichen Geräusche. Ihre Hände hatten sich in den Stoff seines Hemds gekrallt, aber sie sprach kein Wort, hielt still und versuchte nicht noch einmal, die Binde abzunehmen.

Inständig hoffte er, dass sie es auch weiterhin nicht tat. Er könnte sie nicht daran hindern, denn er brauchte all seine Kraft, um Enjuns wüstem Angriff standzuhalten. Der Ansturm seines Feuers war gewaltig. Die schützende Hülle aus Wasser und Luft wurde immer dünner, verlor mehr und mehr an Substanz, so sehr er sich auch bemühte, sie beisammenzuhalten. Die Hitze der Flammen drang bereits zu ihnen herein.

Einen stillen Schrei auf den Lippen, aktivierte er all seine Kräfte, mehr als jemals zuvor in seinem Leben. Wasser und Luft, die eben noch von ihm fortzuweichen drohten, verdichteten sich wieder, und er zog die Zauberhülle eng um sich und Deleja zusammen, um die Fläche, die er gegen Enjuns Feuer stabilisieren musste, zu verkleinern.

Trotzdem wurde die Hitze langsam unerträglich. Schweiß rann ihm in Strömen die Stirn herab, lief in seine Augen und brannte in ihnen genauso wie in der Wunde an seiner Schläfe. Stechende Schmerzen drangen mit jedem Pulsschlag tiefer in seinen Schädel vor, Hitzewellen rasten über seinen Körper hinweg und schüttelten ihn durch wie im Fieber, und seine gerade erst verheilte Brandverletzung fühlte sich an, als habe jemand kochendes Öl darübergegossen. Auch der Schwindel kehrte zurück. Shaan verlor die Orientierung. Umgeben von Enjuns Höllenfeuer sah er weder den Boden noch den Himmel.

Dunkle Schatten schoben sich lauernd in den Rand seines Gesichtsfeldes, streckten sich begierig nach ihm aus, aber er zuckte vor ihnen zurück, schloss die Augen, biss die Zähne zusammen und kämpfte weiter.

Delejas Nähe gab ihm Kraft. Durch die Anstrengung, durch den Schmerz hindurch spürte er ihre Wärme, ihr Zittern. Nie zuvor war sie ihm so nahe gewesen wie jetzt, und er hielt sie eisern fest, umschlang sie schützend mit beiden Armen, während er seinen aussichtslosen, einsamen Kampf ausfocht. Falls er sich seiner Schwäche ergab, falls er zuließ, dass

Enjun die magische Barriere durchbrach, würden sie beide in Sekundenschnelle verglühen.

Tränen liefen über seine Wangen, Schreie gellten in seinem Herzen. Deleja durfte nicht sterben! Sie sollte leben – und er wollte es ebenfalls.

Wie ein Geist aus einer anderen Zeit erschien das Wappen der Geyserés vor seinem inneren Auge. Wenn er heute nicht versagte, konnte er seine Familie kennenlernen! Sein Großvater war so nahe, nur einen Steinwurf entfernt auf der Insel Talgolma. Aber auch er würde sterben, wenn er den Yinyal gewinnen ließ.

Doch trotz seines verzweifelten Aufbegehrens war sein Tod nur noch eine Frage der Zeit, falls Deleja nicht erwachte, und Enjun wusste das ebenfalls. Wild und ungebrochen tobte sein Feuer außerhalb der Schutzblase, und er lachte, lachte triumphierend über den Sieg, den er schon bald erringen würde.

Das Lachen traf Shaan wie Peitschenschläge. Sein Innerstes verkrampfte sich, und obwohl Schwäche und Schmerz ihn halb blind machten, quoll heißer Zorn in ihm empor. Seine Lippen formten einen lautlosen Schwur. Dieses Mal würde er nicht aufgeben! Er würde den Schutzzauber aufrechterhalten, bis das Fieber ihn von innen heraus verzehrte, bis seine Muskeln sich weigerten, den nächsten Atemzug zu unterstützen, und bis sein Herz ihm den Dienst versagte. Erst dann hatte Enjun gewonnen, nicht eine Sekunde früher.

* * *

Bebend und zitternd presste sich Deleja gegen Shaans Brust. Sie hörte das Prasseln des Feuers, das Brüllen der Flammen und das Zischen des Wassers, und sie spürte die Hitze auf ihrem Gesicht. Das Feuer musste ihnen sehr, sehr nahe sein. Was hielt es jetzt noch davon ab, sie und Shaan zu verschlingen?

Und nur wenige Meter von ihnen entfernt lauerte das Böse, loderte die grässliche, verderbte Aura wie ein Riss im Gewebe der Wirklichkeit, durch den faulige Gase in die Welt strömten und alles Leben mit ihrem Gestank besudelten. Sie wollte fortlaufen, weg von der grauenhaften Präsenz, weg von den unheilvollen, dämonischen Flammen. Immer wieder wollte sie Shaan zurufen, er sollte sie absetzen, damit sie fliehen konnten, doch ihr Hals war wie zugeschnürt. Sie bekam keinen einzigen Ton heraus.

Trotzdem versuchte sie nicht, sich von Shaan loszumachen oder die Binde abzunehmen. Shaan hatte gesagt, dass sie beide sterben würden, wenn sie es tat. Sie verstand es nicht, aber sie glaubte ihm.

Ängstlich presste sie sich gegen ihn, konnte sein Herz in seiner Brust wummern hören. Sein Hemd war nass von Schweiß, und durch den dünnen Stoff konnte sie fühlen, dass seine Haut stetig wärmer wurde. Wieder einmal griff das Fieber nach ihm, stieg mit unerbittlicher Geschwindigkeit.

Schüttelfrost überlief Shaan in so heftigen Wellen, dass sich sein Körper wie unter Krämpfen bog. Seine Atmung ging schnell und flach, und manchmal stöhnte er gequält, als leide er Schmerzen. Auch das Raunen hatte sich verändert. Es wurde schwächer und schwächer, so als drifte er von ihr fort, obwohl er doch so dicht bei ihr war. Noch hielt er sie eisern fest, presste sie so verzweifelt an sich, als wollte er sie beschützen, doch sie spürte, dass er jede Sekunde zusammenbrechen konnte.

Aber dann würden sie beide sterben, das wusste sie mit unerschütterlicher Gewissheit. Sie schluchzte auf. Sie wollte nicht sterben, nicht heute und nicht auf diese Weise, zu Asche verbrannt von der schrecklichen Höllenglut, die um sie herumtoste. Doch was könnte sie retten? Das Böse war gekommen, war so nahe, dass es ihr beinahe körperliche Schmerzen bereitete. Wie sollten sie ihm jetzt noch entfliehen? Die Kraft des Guten hatte sie im Stich gelassen, war nicht stark genug gewesen, der Finsternis zu trotzen.

Wieder brüllten die Flammen dicht neben ihnen auf. Deleja fuhr erschrocken zusammen. Shaan krümmte sich, als würde es ihn innerlich zerreißen. Raue, abgehackte Schreie mischten sich in das erstickte Keuchen, mit dem er Luft zu holen versuchte. Seine Haut und sein Atem glühten kaum weniger als das Feuer, das sie umgab.

Deleja ahnte, dass er es war, der sie vor den Flammen schützte, und sie spürte auch, dass er nicht mehr lange durchhalten konnte. Verzweifelt lehnte sie sich gegen die Angst und die Panik auf, die sie umschlungen hielten. Shaan hatte gesagt, sie solle auf ihre Gefühle hören, er hatte gesagt, alle Antworten seien in ihr. Sie musste sie finden, und das *bald*, sonst war alles verloren.

Und das durfte nicht sein. Es musste doch etwas geben, was das Böse zu stoppen vermochte! So lange Jahre hatte sie es in ihren Albträumen gespürt. Das musste eine Warnung gewesen sein, ein Hinweis, den die Kraft des Guten geschickt hatte, um sie auf die kommenden Ereignisse vorzubereiten. Aber warum? Und wieso war das Böse nun so nahe, dass sie nur die Hand ausstrecken musste, um es berühren zu können?

Panik würgte in ihrer Kehle, drohte, ihr jeden klaren Gedanken zu entreißen, doch Deleja hielt verbissen an ihren Überlegungen fest. Sie musste die Antwort finden, hier und jetzt! Eine weitere Chance würde sie nicht bekommen.

Angestrengt versuchte sie, ihre Gedanken zu ordnen. Sie wusste, wer die Quelle des Bösen war. Nicht mehr Marna – Shaan hatte gesagt, sie sei nicht einmal hier –, sondern Enjun. Sein hämisches Lachen würde sie unter Tausenden erkennen.

Und wo sie bei Marna, die so schreckliche Gräueltaten begangen hatte, lediglich ein unbestimmtes Gefühl der Bedrohung verspürt hatte, empfand sie bei Enjun ein Entsetzen, das jedes vorstellbare Maß überstieg und ihre Seele mit namenlosem Grauen erfüllte. Aber warum spürte sie das erst jetzt?

Sie war Enjun oft zuvor begegnet. Sie hatte ihn nie gemocht, sich aus seiner Nähe herauszuhalten versucht, wo es ihr möglich war, aber das war in keiner Weise mit dem panischen Schrecken zu vergleichen, der sie nun gepackt hielt. Was also hatte sich verändert? Wie konnte aus einem unsympathischen, aber letztlich normalen Jungen ein Mensch werden, den eine so intensive Aura des Bösen umgab, als sei er dessen alleinige Verkörperung? *Konnte* ein Mensch überhaupt so schlecht sein?

Widerhaken des Zweifels gruben sich in ihre Seele, zerfetzten ihre Gedanken, verspotteten sie, nannten sie eine abergläubische Närrin, so wie ihr Vater es getan hätte. Doch ihre Gefühle blieben, waren stärker als jeder Zweifel.

Ihr war, als könnte sie erneut Shaans Worte hören.

Vertraue auf deine Gefühle! Vertraue auf das, was du spürst!

Das tat sie längst. Sie vertraute dem Raunen, das sie ein ums andere Mal zu Shaan geführt hatte, und sie vertraute der Furcht, die sie zweimal vor Marna gewarnt hatte. Beide Gefühle waren real, hatten sich als unbestreitbare Tatsachen erwiesen, ihr und Shaan sogar das Leben gerettet. Also musste ihr jetziges Gefühl ebenfalls real sein.

Das hatte Shaan gemeint! Ihre Gefühle waren der Schlüssel, der Schlüssel zu den Antworten, die sie suchte und die er ihr nicht geben konnte. Und ihre Gefühle sagten ihr, dass sich in Enjun die Kraft des Bösen manifestiert hatte.

Deleja stieß einen leisen Schrei aus, verkrampfte sich in Shaans Armen. Ihre Gedanken begannen zu rasen. Marna hatte sie gejagt und zu töten versucht. Ihr Element war das Feuer gewesen, und jetzt war es Enjuns. Und durch das Prasseln und Tosen der Flammen konnte sie noch immer das Grollen der Erde hören.

Ihr schwindelte. Es hatte noch nie Erdbeben in Golgamat gegeben, schon gar nicht so heftige, aber Shaan hatte vor nicht allzu langer Zeit von einem Beben gesprochen. Es begleitete das Erwachen des Yinyal.

Deleja stöhnte auf. All das war ihr vertraut! Shaan hatte ihr längst alle Antworten gegeben! Die Geschichte des bizarren kosmischen Kampfes war keine Fiktion, sie war real, und sie steckte mitten darin!

Alle Einzelteile des Geheimnisses wirbelten durcheinander wie Schneeflocken in einem Wintersturm und fügten sich plötzlich mühelos zusammen. Marna hatte grausam und skrupellos junge Mädchen ermordet und dabei die Macht des Feuers oder der Erde benutzt. Gleichzeitig wurde sie Enjuns Geliebte, konnte so in seiner Nähe bleiben.

Die Shai'yinyals in Shaans Geschichten hatten stets in gleicher Weise gehandelt. Sie hatten die Mädchen verfolgt, die möglicherweise die Lanhal waren, und der Junge, dessen Gesellschaft sie suchten, war niemand anders als der Yinyal, die Inkarnation des Bösen.

Deleja erzitterte unter der Wucht der Erkenntnis. Genau das war es, was sie Enjun gegenüber fühlte. *Er* war der Yinyal! Aber wenn das stimmte, wer war dann ...

Ihr Herz setzte einen Schlag aus. Mit einem Mal begriff sie alles. Sie verstand, warum Shaan so plötzlich in Golgamat aufgetaucht war, verstand, warum er Marna aufzuhalten versucht hatte, verstand sein aufopferungsvolles Bestreben, sie zu beschützen. Vor allem aber begriff sie, warum er stets geschwiegen hatte. Er hatte ihr nichts sagen dürfen, denn er war ihr Shai. Sie selbst war die Lanhal.

Deleja öffnete die Lippen, schrie die Worte heraus.

„Ich bin die Lanhal!"

Augenblicklich begann Shaan zu stöhnen, als habe sich ihm eine Klinge in den Leib gebohrt. Seine Macht strömte auf sie über. Überall, wo sie sich berührten, prasselte die Magie wie ein kühlender, kraftvoller Regenschauer auf ihre Haut, durchdrang sie und floss tausend belebenden Wasserströmen gleich in sie hinein. Jeder Muskel, jede Sehne, jede Faser ihres Körpers wurde von ihr erfüllt, und sie suchte sich wie von selbst den Weg in ihr Herz und ihre Seele. Dort erblühte sie wie die Knospen einer Rose, schenkte ihr all das Wissen, das Shaan je über die Wind- und Wassermagie besessen hatte, und mehr Kraft, als ihm jemals zuteilgeworden war.

Deleja riss sich die Binde von den Augen und sah noch, wie der Schutzzauber, den Shaan um sie gewirkt hatte, erlosch. Gleichzeitig erschlaffte Shaan. Er ließ sie los, und sie fielen beide zu Boden, doch noch bevor sie aufschlugen, erschuf Deleja den Schutzzauber von Neuem. Eine tiefblaue, rauschende Blase aus Luft und Wasser fing sie auf und hüllte sie ein. Shaan schwebte genau in ihrer Mitte, sein Körper zusammengekrümmt wie der eines Embryos. Seine Augen waren geschlossen, und er rührte sich nicht. Die Übertragung seiner Macht auf sie hatte ihn ohnmächtig werden lassen.

Ihn sicher wissend, richtete sich Deleja inmitten der schützenden Hülle auf und sah nach oben. Dunkle Wolken schoben sich düster und regenschwer über den Himmel, und ein mächtiger Sturm, der vom Meer her über die Stadt hinwegfegte, blies die Flammen auf dem Platz aus, als wären sie nichts weiter als armselige Kerzenflämmchen, pfiff, raunte und sang in den Trümmern und Ruinen Golgamats. Deleja erfreute sich an den klaren, kraftvollen Tönen, die ihre Seele streichelten und in ihr Saiten zum Schwingen brachten, die sie nie zuvor auch nur geahnt hatte. Dies war *ihr* Sturm! Er begleitete ihr Erwachen.

Nur wenige Meter von ihr entfernt krümmte sich Enjun. Er war in die Knie gesackt, hatte einen Arm um den Leib geschlungen, den anderen auf dem Boden aufgestützt. Neben ihm lagen zwei Fackeln. Eine war erloschen, die andere brannte nur noch mit kleiner Flamme. Sie zitterte im Sturm, und nur mit Mühe konnte er auch dieses Feuer vorm Ersterben bewahren. Sein Gesicht war schmerzverzerrt. Ihr Erwachen quälte ihn nicht weniger, als seines sie gequält hatte.

Jetzt knurrte er kehlig. Er klang kaum noch wie ein Mensch. Seine Augen glühten, als erfülle ihn das Feuer auch von innen.

Doch Deleja hatte keine Furcht. Zum ersten Mal in ihrem Leben machte alles einen Sinn. Dies war der Moment, auf den sie insgeheim all die Jahre gewartet hatte. Sie betrachtete Enjun stumm und genoss die Stärke und Kraft, die sie wie ein reines, klares Licht durchströmten. Sie war bereit. Der Kampf konnte beginnen.

Nur zwei Wimpernschläge später hatte Enjun sich erholt. Mit einem wütenden Schrei sprang er auf, riss mit einer einzigen, fließenden Bewegung die Fackeln vom Boden hoch, ließ das Feuer von einer zur anderen überspringen und beide Flammen hell auflodern. Zwei Lanzen aus grellweißem Licht durchschnitten die Luft und rasten mit vernichtender Wucht auf den Schutzzauber zu.

Deleja reagierte sofort, gab der magischen Hülle einen kleinen Stoß. Sie schoss nach oben. Das Feuer verfehlte sie, doch die Flammen machten augenblicklich kehrt, folgten der Blase wie züngelnde Schlangen, die ihre Giftzähne in den Körper ihrer Beute schlagen wollen und nicht gewillt sind, sie noch einmal entkommen zu lassen. Erneut wich sie ihnen geschickt aus. Sie kamen nicht einmal in die Nähe ihrer schützenden Kugel.

Enjun brüllte zornig und führte beide Flammenlanzen zusammen. Als sie sich berührten, erstrahlten sie in blendendem Licht, fächerten dann zu einer gewaltigen Feuerwand auseinander. Wie ein riesiges Fangnetz warf Enjun das Feuer in Richtung der Kugel.

Deleja konnte ihm nicht ausweichen. Instinktiv stärkte sie den Schutzzauber und beschwor gleichzeitig einen scharfen Wind herauf, der sich wie ein Messer durch das brodelnde, sonnenhell lohende Gebirge hindurchbohrte, ihr eine Gasse in der Feuerwand öffnete und sie entkommen ließ.

Die Flammen sanken wie ein Teppich, aus dem der tragende Faden gezogen worden war, zu Boden. Enjun stand mitten unter ihnen, sie umtosten ihn, hüllten ihn in ihren flackernden Schein, folgten jeder seiner Bewegungen und umschmeichelten ihn wie sklavisch ergebene Tiere, die nach der Zuwendung und Beachtung ihres Herren geiferten.

Der Yinyal zögerte nur eine Sekunde, verdichtete dann die Flammen und schleuderte sie ihr erneut entgegen. Deleja rief einen kleinen

Wirbelsturm herbei. Er griff nach den gleißenden Lichtspeeren, warf sie aus der Bahn und ließ sie als glühende Tropfen auf den Platz herabregnen. Der Teil der Stände, der noch nicht durch die Beben restlos zerstört worden war, begann zu brennen. Unzählige kleinere Feuer erfüllten mit einem Mal den Platz.

Enjun lachte spöttisch. Deleja erschrak. Ihr unbedachtes Handeln hatte Enjun viele neue Feuerquellen beschert, die er gegen sie einsetzen konnte. Hastig versuchte sie mit ihrer Windmagie, die Feuer zu löschen, indem sie den Flammen die Luft entzog, aber der Yinyal war darauf gefasst. Etwa die Hälfte der Brände gab er kampflos auf, ließ seine Magie dafür in die anderen fließen. Brüllend eruptierten mehrere Dutzend heißer Vulkane aus dem Boden. Ihre Glut krachte mit mörderischer Wucht auf mehreren Seiten gegen den Schutzzauber.

Wasserdampf entwich zischend aus der blauen, rotierenden Blase. Deleja riss es mit Macht zurück, konnte aber nicht alles halten. Eine kleine weiße Wolke entschwand, wurde vom Feuer zerfetzt und war unwiderruflich verloren.

Ihre Zuversicht schwand. Enjun war ein starker, ebenbürtiger Gegner, und sie befand sich im Nachteil, weil sie um Shaans und ihrer selbst willen den Schutzzauber aufrechterhalten musste. Das band einen großen Teil ihrer Kraft. Sie konnte nicht auch noch all die Flammen vernichten, die Enjun mit unbändiger Vehemenz nährte. Und wenn er sie erst mit seinem zweiten Element angriff, würde es noch schwerer werden.

Besorgt schaute sie hinab. Wenn Enjun auf die Idee kam, die Zauberkugel unter einer Welle aufgeworfener Erde zu begraben, sah es übel für sie aus. Er könnte sie sogar in massives Felsgestein einschließen, sie auf diese Weise am Boden festhalten und in aller Ruhe mit seinen Feuerbällen bearbeiten, bis die schützende Hülle ihrer Blase vollständig zerstört war. Doch er versuchte es nicht einmal.

Und da begriff sie. Shaan hatte es ihr zu erklären versucht, dass dies die Schwäche der Shai'yinyal und damit auch des Yinyal war. Marna und Enjun nutzten vorzugsweise die Feuermagie.

Mit einem grimmigen Lächeln auf den Lippen ließ sie ihre Anstrengungen fahren, die Flammen zu löschen. Sie konnte ihnen auf einfacherem Wege entkommen - und den Kampf in ein Territorium verlegen, das ihr zugutekam.

Ein leichter Impuls ließ die Blase aus Luft und Wasser hoch in den Himmel aufsteigen. Enjun sah ihr verdutzt nach, legte den Kopf weit in den Nacken und schickte ihr die Flammenzungen hinterher.

Deleja sah sie kommen, stieg höher und höher, und bald geriet das Feuer unter den Einfluss des Sturms, der über Golgamat brauste. Die Feuerbälle wurden herumgewirbelt, verloren ihr Ziel und verpufften wirkungslos im Nichts. Enjun versuchte, sie wieder auf ihr ursprüngliches

Ziel zurückzulenken, aber als sie zusätzlich zu dem Wind, der ihr Erwachen verkündete, noch mit einer eigenen Luftmagie eingriff, verlor er die Kontrolle über sein Feuer. Er war jetzt zu weit von ihm entfernt. Wenn er weiter mit ihr kämpfen wollte, musste er sich ihr wieder nähern, und da er den Wind nicht beherrschen konnte und das Feuer ihn kaum tragen würde, musste er auf ein anderes Element zurückgreifen - die Erde.

Enjun zögerte. In diesem Moment sah Deleja eine Bewegung am Rande des Platzes. Marna trat schwankend zwischen den verwüsteten Häusern hervor. Deleja konnte sie kaum erkennen, da sie so hoch über der Stadt schwebte, aber Mamas langes, wallendes Haar, das im heftigen Wind wie eine Fahne hinter ihr her wehte, war unverwechselbar. Sie stolperte genau auf Enjun zu. Offenbar wollte sie ihm zur Seite stehen.

Der Yinyal hatte sie nicht bemerkt, denn er stand mit dem Rücken zu ihr und starrte mit hassverzerrtem Gesicht zu Deleja hoch. Das Brüllen des Sturms und das Prasseln des Feuers schluckten jeden Ruf, den Marna an ihn richten mochte.

Die ehemalige Shai war nur noch wenige Meter von ihm entfernt, als plötzlich eine gewaltige Bebenwelle konzentrisch über den Platz zum Zentrum hin lief und die Erde dort aufwölbte, wo Enjun stand. Mit atemberaubender Geschwindigkeit schoss ein Pfeiler aus festem Gestein nach oben, trug Enjun auf seiner Spitze in den Himmel hinauf. An den senkrecht abfallenden Hängen des Pfeilers brachen Felsbrocken und große Klumpen Erde heraus und stürzten als Geröllllawine in die Tiefe.

Marna wurde von dem wilden Zucken des Bodens umgeworfen. Ihre Beine und Hände verfingen sich in Spalten, die sich plötzlich unter ihr auftaten und sich spinnennetzartig nach allen Seiten verästelten. Sie steckte fest, starrte nach oben und riss entsetzt die Augen auf, als sie die herabregnenden Trümmer genau auf sich zurasen sah. Das Dröhnen der Felsmassen verschlang ihren Schrei, dann versank sie in einer dichten Wolke aus Staub und Geröll, wurde zerschmettert und begraben von dem Element, das sie einst so sicher beherrscht hatte.

Im selben Moment war Enjun mit der schützenden Kugel auf gleicher Höhe und attackierte sie sofort heftig mit Feuerbällen. Sie waren kleiner als die Flammenlanzen zuvor, leuchteten dafür aber greller als jedes andere Feuer, das Deleja je gesehen hatte.

Das gleißende Licht ließ Tränen in ihre Augen schießen; es war, als habe Enjun die Sonne selbst vom Himmel herabgeholt und zu seinem verderbten Werkzeug gemacht. Hastig verstärkte sie ihren Schutzzauber. Keine Sekunde später prasselten die Feuerbälle wie ein Hagel Katapultgeschosse gegen die blau schimmernde Kugelhülle, fächerten augenblicklich auseinander und breiteten sich wie ein Ölfilm auf Wasser blitzartig über ihre Oberfläche aus.

Kreischend und zischend drangen die Flammen auf die Schutzblase ein, versuchten, ihre Hülle zu durchbrechen. Dabei griff Enjun nie auf der gesamten Fläche an, sondern trieb das Feuer wie spitze Dornen in die Kugel hinein. Ständig wechselte er die Position, sodass Deleja nie wusste, wo sein nächster Angriff erfolgte.

Schweiß trat ihr auf die Stirn. Verbissen mühte sie sich ab, Enjuns ungestümen Attacken standzuhalten, aber die feurigen Dornen stießen immer wilder zu, drohten, ihre Kugel wie dünnes Pergament zu zerfetzen. Angst und beginnende Erschöpfung verwandelten ihre Atemzüge in ein hektisches Keuchen und legten sich wie ein Tonnengewicht auf ihre Brust. Es kostete sie viel mehr Kraft, Enjuns Angriffe abzuwehren, als ihn, sie auszuführen. Sie musste unbedingt das Feuer loswerden.

Eilig stieg sie noch höher auf und ließ gleichzeitig die Kugel von Enjuns Pfeiler forttreiben, doch das verfluchte Feuer haftete wie Pech an ihr fest.

Verzweifelt beschwor sie einen Sturm herauf, aber auch ihm vermochten die Flammen zu trotzen, und wann immer eine lodernde Klinge erneut zustach, musste sie ihren Versuch abbrechen, um ihre magische Hülle zu stabilisieren.

Ein Eisklumpen begann sich in ihrem Magen zu bilden. Sie hatte sich in die Defensive drängen lassen. So hatte sie sich das nicht vorgestellt, als sie in luftige Höhe floh. Hier oben sollte *sie* im Vorteil sein!

Inmitten der Kugel kauerte sie sich zusammen, legte eine Hand auf Shaans Schulter. Sogleich erfüllte sie neue Entschlossenheit. Grimmig presste sie die Lippen aufeinander, starrte in die Flammen, die sich in die Hülle krallten – und begriff plötzlich, wie sie sie loswerden konnte. Augenblicklich versetzte sie den Schutzzauber in Rotation, ließ ihn sich schneller und schneller drehen, so schnell wie ein Wirbelsturm.

Enjuns Höllenfeuer schien wütend aufzuheulen, als es den Halt verlor und in glühenden Funken von der Blase weggeschleudert wurde, in den über Golgamat tobenden Sturm geriet und erlosch.

Sofort stoppte Deleja die Drehung der Kugel und ließ sie auf Enjuns Pfeiler zuschießen. Er sah sie kommen, fluchte, warf Feuer nach ihr, aber sie wich ihm geschmeidig aus, ließ nicht zu, dass er erneut einen Mantel aus Flammen um sie wob.

Im ätherischen, tödlichen Tanz mit den zuckenden Flammenspeeren fand sie neue Kraft und Entschlossenheit und ging nun ihrerseits zum Angriff über. Enjun erkannte es und zog hastig eine schützende Wand aus Fels vor sich hoch, als sie ihm eine scharfe Böe entgegenschleuderte. Der Windstoß prallte wirkungslos daran ab, und sofort fiel die Mauer wieder in sich zusammen, und Feuertentakel peitschten dorthin, wo die Kugel eben noch geschwebt hatte. Deleja hatte sie jedoch längst weiterdriften lassen, formierte ihre Windmagie neu und warf sie Enjun entgegen.

Ihm blieb nichts anderes übrig, als sein Feuer fahren zu lassen, dafür Erdmagie zu beschwören und sich erneut mit einem Wall aus Stein zu schützen. Der Wind zerstob daran, er schlug zurück, verfehlte sie jedoch abermals.

So ging es Schlag auf Schlag, sie griff an, er verteidigte sich, versuchte eine Konterattacke, kam aber stets zu spät. Deleja ließ ihn nicht zur Ruhe kommen, umkreiste mit eleganten, beinahe verspielt wirkenden Pirouetten den Pfeiler, auf dem sich Enjun wie ein gejagtes Tier zu verschanzen suchte.

Wind und Feuer fochten einen elementaren Kampf aus, brüllten, tosten und schrien, und doch rückten alle Laute von Deleja ab, als sei sie in die tiefsten Tiefen des Ozeans hinabgesunken, an einen Ort, der weder Licht noch Tönen jemals Zutritt gewährte. Eine eigentümliche Ruhe überkam sie, als sie den aufkeimenden Schrecken in Enjuns Gesicht sah. Ihre aufgewühlte Seele glättete sich wie das Meer nach einem Sturm, wurde glatt wie der Spiegel eines zugefrorenen Sees. Und aus der Kühle und Stille heraus formte sich eine Idee, wurde aus Shaans Wissensschatz geboren, von ihr vervollkommnet.

Enjun mochte es ahnen, versuchte er doch plötzlich, seinen Felspfeiler wieder im Boden versinken zu lassen, aber er hatte noch nicht einmal ein Dutzend Meter nach unten geschafft, als sie mit aller Macht zuschlug. Sie zog Magie aus ihrer Schutzblase ab, legte dafür fast ihre gesamte Kraft in eine Windböe, stärkte sie, bis sie selbst festes Mauerwerk in Sekundenbruchteilen zermalmen konnte, rief Wasser herbei, wob es hinein, ließ es gefrieren.

Eine Kugel aus Eis raste auf Enjun zu. Er schrie auf, zog überstürzt eine Mauer aus Fels vor sich hoch, doch das Eis durchschlug sie wie brüchiges Glas. Gesteinssplitter und Staub stoben in alle Richtungen davon. Enjun blieb schutzlos zurück, ihr kaum geschrumpftes Geschoss traf ihn mit elementarer Wucht gegen die Brust, schleuderte ihn über fünfzig Meter weit horizontal durch die Luft, dann begann er zu fallen.

Hilflos mit den Armen rudernd, stürzte er rasend schnell dem Boden entgegen, rief noch seine Erdmagie herbei, konnte sie jedoch nicht mehr ausreichend kontrollieren. Zwar wölbte sich vom Marktplatz her ein zweiter Pfeiler in den Himmel empor, war aber zu langsam, um Enjun noch sanft auffangen zu können. Mit dem Rücken prallte er auf die Felsen, blieb mit zerschmetterten Gliedern liegen.

Angespannt ließ Deleja ihre Schutzblase tiefer sinken, bis sie direkt über Enjun schwebte. Er lebte noch. Seine Augen waren weit geöffnet und fanden die ihren. Verzehrender Hass verzerrte seine Gesichtszüge zu einer entstellten Fratze. Blut rann ihm aus Nase, Ohren und Mund und bildete schaumige Blasen auf seinen Lippen. Sein zerschundener Körper bäumte sich auf, als wolle er mit bloßen Händen nach ihr greifen, gleichzeitig schwoll seine Magie ein letztes Mal an. Steine hoben sich vom Boden an und flogen auf ihre Kugel zu, fielen jedoch wieder herab, lange bevor sie ihr Ziel erreichten.

Enjuns Augen brachen. Sein Körper lag nun still.

Einen Augenblick lang schien die Welt den Atem anzuhalten, dann begannen plötzlich die beiden von Enjun erschaffenen Pfeiler zu bröckeln. Erst lösten sich nur kleine Steine und kollerten in die Tiefe, doch in Sekundenschnelle rissen sie immer größere Brocken mit sich, und gleich darauf stürzten die Felssäulen dröhnend in sich zusammen, verschwanden in einer Wolke aus wallendem Staub, der sofort vom Sturm davongeweht wurde.

Deleja senkte den Blick. Der Marktplatz unter ihr sah aus, als sei er von einem Riesen umgepflügt worden. Von Enjuns Pfeilern war keine Spur zurückgeblieben, von ihm selbst und Marna ebenfalls nicht. Die Erde hatte sie verschlungen.

Erst jetzt begann Deleja heftig zu zittern, presste schluchzend eine Hand auf den Mund, um nicht vor Erleichterung zu schreien. Es war vorbei. Der Kampf war vorüber!

Innerlich und äußerlich bebend, ließ sie ihre Kugel langsam auf den Platz hinabsinken. Als sie den Boden berührte, erlosch der Zauber plötzlich, gleichzeitig verließ sie die Magie, strömte wie ein sanfter Windhauch aus ihr heraus, so mühelos, wie sie ihr gegeben worden war.

Deleja lehnte sich nicht dagegen auf. Sie wusste, dass sie die Kraft nicht halten konnte, und sie wollte es auch nicht. Sie hatte ihren Zweck erfüllt.

Als sich der letzte Funke Magie von ihr löste, sackte sie erschöpft in die Knie. Sie zitterte noch immer, jetzt vor Schwäche, und hätte sich am liebsten einfach vornüberfallen lassen, um zu schlafen, da fiel ihr Blick auf Shaan.

Er lag nur zwei Schritte von ihr entfernt, mit geschlossenen Augen und so regungslos, dass sie augenblicklich Angst um ihn bekam. Sein Gesicht war kreidebleich, seine rechte Schläfe mit Blut verschmiert, seine Wangen tief eingefallen. Seine Brust hob und senkte sich kaum, so schwach waren seine Atemzüge.

Deleja kroch zu ihm, berührte ihn sachte an der Schulter und rief seinen Namen, doch er rührte sich nicht. Und seine Haut war noch immer glühend heiß!

Tränen traten ihr in die Augen. Sie hatte am eigenen Leib erfahren, wie stark Enjun gewesen war, und sie wusste auch, was Shaan ihm hatte entgegensetzen können. Seine Kräfte waren im Vergleich zu denen des Yinyals nicht mehr gewesen als die eines Kindes, das mit bloßen Händen versucht, einen einstürzenden Berg aufzuhalten. Und doch hatte er gegen Enjun bestanden, bis sie erwacht war. Er musste alles gegeben haben, vielleicht sogar zu viel.

„Shaan, bitte wach auf!", flehte sie.

Doch Shaan zeigte keine Regung. Seine Atmung wurde zusehends flacher, und es dauerte immer länger, bis er den nächsten Atemzug tat. Und auch das Raunen in ihrem Inneren wurde schwächer, versickerte wie lebensspendendes Wasser in der Dürre der Wüste.

Deleja schlug entsetzt die Hände vors Gesicht. Shaan *starb*! Er starb direkt vor ihren Augen, und sie konnte nichts dagegen tun!

„Nein!", schrie sie gequält.

Verzweifelt blickte sie zum Himmel empor. Das durfte einfach nicht wahr sein! Es durfte nicht geschehen, dass sie den Kampf gewann und Shaan trotzdem verlor.

„Bitte, bitte hilf ihm!", flehte sie die Kraft des Guten an. „Shaan hat für dich gekämpft. Er hat alles für dich gegeben. Nur ihm habe ich meinen Sieg zu verdanken. Lass ihn jetzt nicht im Stich! Lass ihn nicht sterben!"

Wie als Antwort auf ihr Flehen rissen die Wolken über der Stadt auf und der Sturm flaute ab, wurde zu einer leichten Brise, die vom Meer her kam und den Geruch von Tang, Algen, Muscheln und Salz mit sich trug. Sanfte Sonnenstrahlen liebkosten ihr Gesicht, und es war, als sei der Schrecken der letzten Stunden auf einmal nichts als ein böser Traum gewesen.

Deleja senkte den Kopf und schluchzte. Alle Schönheit war bedeutungslos, wenn sie Shaan verlor. Tränen strömten über ihre Wangen, als sie seine Hand umklammerte. Das Raunen war jetzt kaum noch hörbar, seine Atemzüge fast erloschen, sein Tod nur noch wenige Herzschläge entfernt.

„Shaan!", rief sie erstickt.

Ohnmächtiger, verzweifelter Zorn quoll in ihr hoch. Das Gute hatte ihn verraten, ihn benutzt und dann wie ein kaputtes Spielzeug weggeworfen!

Da, plötzlich, glitt ein kleiner Schatten über sie hinweg, strich über Shaans reglose Gestalt und ließ Deleja unwillkürlich aufblicken.

Eine zierliche, schneeweiße Seeschwalbe kreiste dicht über ihnen. Die aufmerksamen, schwarzen Augen des Vogels schien die ihren zu treffen; im gleichen Moment löste sich eine Feder aus seinem Gefieder. Er zog noch eine enge, verspielte Spirale über ihren Köpfen, stieg dann hoch in den Himmel auf und wurde vom tiefen Blau, das durch die aufgerissenen Wolken schimmerte, verschluckt.

Die Feder jedoch blieb, sank langsam dem Boden entgegen und reflektierte auf ihrem leuchtenden Weiß die Strahlen der Sonne wie ein funkelnder Diamant. Ein leichter Windhauch hob sie an und versetzte sie in eine sanfte Drehung, dann ging sie nieder und legte sich auf Shaans Brust.

Im gleichen Moment keuchte Deleja verwundert auf. Ein eigentümliches Prickeln rieselte über die Finger, mit denen sie Shaans

Hand umklammerte, in sie hinein, erfrischte sie und nahm jeden Hauch von Schwäche von ihr. Nur Sekunden später fühlte sie sich so erholt, als hätte nie ein Kampf stattgefunden.

Sie bemerkte es nicht einmal. Fassungslos starrte sie auf Shaan. Die Wunde an seiner Schläfe verheilte in Sekundenschnelle, ließ nicht einmal eine Narbe zurück. Hastig beugte sie sich vor, knöpfte sein Hemd auf und sah, wie die roten Striemen, Erinnerungen an Marnas Höllenfeuer, und die Prellung, die das Pferd ihm zugefügt hatte, blasser und schließlich gänzlich unsichtbar wurden. Und als sie den Verband um seine Schulter löste, fand sie auch hier nur unversehrte Haut. Selbst die unzähligen Narben aus seiner Vergangenheit, die seinen Körper über und über bedeckt hatten, waren restlos verschwunden.

Gleichzeitig fiel sein Fieber, seine Atemzüge wurden tiefer, sein Herzschlag kräftiger, und das Raunen hob frisch und klar wie das Tosen der Meeresbrandung in alter Stärke in ihr an.

Da begriff sie. Das Gute hatte ihn doch nicht verraten. Shaan würde leben, und sie würde das Raunen auch weiterhin spüren; ein Rest Magie, ein letztes Geschenk an sie und Shaan. Auch in Zukunft würden ihre Seelen so eng miteinander verbunden sein, wie es nur bei der Lanhal und ihrem Shai möglich war.

Deleja lächelte, strich Shaan zärtlich über die Wange. Da öffnete er die Augen, erkannte sie, und Verstehen schimmerte in ihnen auf.

„Du hast ihn besiegt", hauchte er.

Deleja antwortete nicht, sondern schlang ihm die Arme um den Hals, presste ihr Gesicht an seine Brust und begann, hemmungslos zu weinen.

26. Überlebende

Es dauerte lange, bis Deleja sich wieder beruhigte, doch irgendwann versiegten ihre Tränen, und sie ließ Shaan los. Seine dunklen Augen blieben dennoch auf sie gerichtet; ein Blick, der ihr den Hals eng werden und ihr Herz schneller schlagen ließ. Wortlos stand er auf, reichte ihr die Hand und half ihr auf die Beine.

Er fragte nicht nach Enjun, nicht nach Marna, sondern sah sie so aufmerksam an, als sei sie der einzige Mensch auf Erden. Im Augenblick stimmte das sogar – zumindest, was Golgamat betraf.

„Möchtest du nachsehen, ob das Kontor noch steht?“, fragte er nach kurzem Zögern.

Deleja erschrak. An ihren Vater, an Linari, Herness und ihre Schwestern hatte sie überhaupt noch nicht gedacht. Die Beben könnten sie getötet haben!

„Ja, bitte“, erwiderte sie mit schwankender Stimme. „Ich ... ich muss wissen, was mit ihnen geschehen ist!“

Shaan nickte verständig. Ihre Hand noch immer festhaltend, half er ihr vorsichtig über mehrere große Trümmerstücke hinweg. Deleja hielt ihn ihrerseits fest, grimmig entschlossen, nicht zuzulassen, dass er sie losließ, sobald die Straße besser wurde.

Aber Shaan versuchte nicht einmal, sich ihr zu entziehen. Er ging schweigend neben ihr, den Blick in eine unbestimmbare Ferne gerichtet. Deleja musterte ihn, und plötzlich wurde ihr klar, dass er im Grunde ein Fremder für sie war. Sie wusste nicht einmal seinen Namen.

„Wer bist du wirklich?“, fragte sie leise.

Shaan zuckte zusammen, und als er sich ihr zuwandte, waren seine dunklen Augen von tiefem Kummer erfüllt.

„Es tut mir leid, dass ich dich anlügen musste. Ich ... hatte keine Wahl.“

Deleja drückte beruhigend seine Hand. „Das weiß ich längst. Die Regeln des Kampfes haben dich dazu gezwungen. Und ich weiß auch, dass du ehrlich gewesen wärst, wäre es dir erlaubt gewesen.“

Shaan errötete, und plötzlich sah er wieder so jung aus wie bei ihrem ersten Treffen im Hof. Es schien eine Ewigkeit her zu sein.

„Ich bin nicht Herness' Neffe, aber ich heiße tatsächlich Shaan.“

„Wer ist deine Familie?“

Ein zaghaftes Lächeln erschien auf seinen Lippen. „Falls das Kontor noch steht, kann ich es dir zeigen. Ich besitze ein Wappen meiner Familie. Du wirst es vermutlich kennen.“

„Tatsächlich?“, fragte Deleja erstaunt. Nicht viele Familien besaßen ein Wappen, nur die sehr reichen oder gesellschaftlich hochstehenden. In Golgamat und Umgebung gab es nicht einmal ein Dutzend Wappenträger. „Du machst mich neugierig.“

Shaan senkte den Kopf. „Ich kann noch gar nicht glauben, dass ich nun endlich Teil meiner Familie sein kann. Ich ... war so lange fort."

Seine Stimme brach; ein Schluchzen entrang sich seiner Kehle.

Deleja wagte nicht weiter zu fragen, drückte lediglich tröstend seine Hand.

Schweigend gingen sie weiter. Erst jetzt sahen sie, wie schwer Golgamat unter den Beben tatsächlich gelitten hatte. Viele Häuser waren eingestürzt, geborstene Trümmer lagen dort, wo sich einst stolze Bauten erhoben hatten, und vormals prachtvolle Alleebäume waren mit dickem Staub bedeckt oder von den zusammenfallenden Bauwerken wie Schilfrohr umgerissen worden.

Atemlose Stille lastete über der Stadt. Tier und Mensch waren aus Golgamat geflohen, aber am Wegesrand sahen sie immer wieder die zerschundenen, blutigen Körper der Unglücklichen, die es nicht rechtzeitig geschafft hatten. Shaan kniete bei jedem von ihnen nieder, fühlte nach dem Puls, musste jedoch ein ums andere Mal bekümmert den Kopf schütteln. Außer ihnen trug Golgamat zu dieser Stunde kein Leben.

Je weiter sie sich vom zentralen Platz entfernten, desto geringer wurden jedoch die Zerstörungen. Mehr und mehr Häuser waren stehengeblieben, und als sie schließlich den *Platz des gerechten Maßes* erreichten, fanden sie ihn zwar menschenleer, aber doch nahezu unversehrt vor. Auch das Kontor ihres Vaters machte bis auf einige feine Risse, die sich wie ein Spinnennetz quer über den gesamten Putz zogen, aber nicht besonders tief ins Mauerwerk zu reichen schienen, einen weitgehend unbeschädigten Eindruck.

„Das Haus steht noch!", rief Deleja erleichtert und beschleunigte ihre Schritte.

Shaan hielt sich dicht neben ihr. „Rechne besser nicht damit, dort auf jemanden zu treffen. Linari, Herness und die anderen werden sich wie der Rest der Einwohner vor die Tore der Stadt geflüchtet haben."

„Ich weiß", gab Deleja etwas atemlos zurück. „Es genügt mir vorerst schon zu wissen, dass nicht alles verloren ist. Wir können im Kontor auf die Rückkehr meiner Familie warten."

Hand in Hand gingen sie durch den verlassenen, großen Innenhof des Kontors und gelangten durch den Bogengang in den kleineren Hof des eigentlichen Anwesens. Hier sah man fast überhaupt keine Spuren der Verwüstung mehr. Der Brunnen war unbeschädigt, die Altanen ebenso, und es summten sogar einige Insekten hin und her, suchten emsig nach Pollen und Nektar. Der rote Rosenstock an der Südmauer stand noch immer in voller Blüte, so als wäre nur ein Tag und nicht eine ganze Woche vergangen, seit sie das Kontor verlassen hatten. Ein schwerer, süßer Duft hing betörend in der warmen Luft, berauschte ihre Sinne wie ein geflüstertes Versprechen in einer lauen Sommernacht.

Deleja atmete tief ein. Eine nie gekannte Wärme füllte ihr Herz. Sie sah Shaan an.

„Zeigst du mir jetzt das Wappen?“

Er nickte und führte sie in sein Zimmer, das außer einer umgestürzten Kommode keine weiteren Schäden davongetragen hatte. Er ließ ihre Hand los und richtete das Möbelstück wieder auf. Sein Gesicht war ernst und angespannt, als er sich niederkniete, langsam die unterste Schublade öffnete und seinen Rucksack hervorzog.

Atemlos kniete sich Deleja neben ihn. Shaan hatte die Tasche bereits geöffnet und tastete mit der Hand darin herum. Gleich darauf zuckte er zusammen, schloss die Augen und holte tief Luft. Als er sie wieder ansah, glänzten seine Augen verräterisch. Behutsam, als berge er einen kostbaren Schatz, zog er die Hand aus seinem Rucksack hervor und streckte sie ihr entgegen.

„Das ist meine Familie“, erklärte er mit zitternder Stimme und öffnete die Faust.

In seiner Handfläche kam eine kleine, metallene Plakette zum Vorschein. Zwei weiße Möwen auf blauem Grund leuchteten ihr entgegen. Deleja erkannte das Wappen sofort.

„Du bist ein Geyseré?“, fragte sie verblüfft.

Shaan nickte. „Ja. Ich bin Shaan Geyseré, der Enkel des Herzogs Garbass Geyseré.“

Er sprach so langsam und betont, als müsse er sich erst selbst davon überzeugen.

„Dann ist es kein Zufall, dass der Herzog gerade jetzt hier ist?“

Shaan schüttelte den Kopf. „Mein Großvater wusste nicht, dass ich mich in Golgamat aufhalte. Und selbst wenn er es gewusst hätte, hätte er doch auf der Straße an mir vorbeigehen können, ohne mich zu erkennen.“ Seine Miene überschattete sich. „Vielleicht ist das sogar geschehen.“

„Wie ist das möglich?“, fragte Deleja verwirrt.

Shaan seufzte. „Mein Großvater hat mich nie gesehen. Mein Vater brachte mich kurz nach meiner Geburt fort, um mich in der Abgeschiedenheit der Berge auf meine Aufgabe vorzubereiten.“

„Dann ist es also wahr, was du erzählt hast? Du hast all die Jahre deines Lebens allein mit deinem Vater in einem einsamen Tal gelebt?“

„Es ist wahr. Fast alles, was ich dir über mich erzählt habe, war die Wahrheit.“

Seine Schultern sanken herab, und sein Gesicht wurde zu einem Spiegel des Leids, das die Jahre der Einsamkeit und die gnadenlose Härte, mit der sein Vater ihm begegnet war, ihm zugefügt hatten. Hastig sprang Deleja auf die Beine, beugte sich zu ihm herab, nahm seine Hand und zog ihn ebenfalls hoch.

„Komm!“

„Wohin?“, fragte er irritiert.

„Nach Talgolma. Dein Großvater ist doch dort. Vielleicht hat er nicht gewusst, dass du in Golgamat warst, als er hier eintraf, aber das hat sich durch das Getöse, das Enjun veranstaltet hat, ganz sicher geändert. Er kennt doch die Geschichte, oder?“

„Ja. Er hat sie an meinen Vater weitergegeben.“

„Dann lass uns zu ihm gehen. Bestimmt wartet er schon voller Sorge darauf, etwas von dir zu hören.“

Shaan sah sie unsicher an. „Glaubst du das wirklich?“

„Ich bin davon überzeugt. Er muss all die Jahre in großer Angst um dich gelebt haben. Du hättest schließlich sterben können, und er wusste das.“

Shaans Miene versteinerte. „Das war mir ebenfalls bewusst. Deshalb wollte ich meine Familie kennenlernen, bevor der Kampf begann. Aber mein Vater hat es mir verweigert.“

Es schien, als wolle er noch etwas sagen, stockte aber und wandte den Blick von ihr ab. Deleja verstand sofort.

„Ich bin sicher, dass deine Großeltern dich ebenso gern gesehen hätten wie du sie. Nicht alle Menschen sind so grausam wie dein Vater!“

Shaans Gesichtszüge lockerten sich nur wenig. „Könnte es nicht sein, dass mein Großvater genauso denkt, wie mein Vater es getan hat? Dass ich ... nur ein Werkzeug bin, ohne Recht auf ein eigenes Leben?“

Deleja drückte seine Hand. „Das glaube ich nicht, aber es gibt nur eine Möglichkeit für dich, dir Gewissheit zu verschaffen. Wirst du sie nutzen?“

Ein Schauder lief über Shaans Gestalt, und seine Augen verdunkelten sich. „Es gibt nichts, was mich jetzt noch davon abhalten könnte.“

„Darf ich dich begleiten?“

Shaan musterte sie zaghaft. „Würdest du das für mich tun?“

Deleja berührte ihn sanft an der Wange. „Natürlich! Diesen Weg musst du nicht allein gehen.“

Shaan seufzte schwer. „Danke. Ich ...“

Er brach ab, suchte offenbar nach den richtigen Worten. Deleja lächelte ihm zu, nahm das Wappen aus seiner Hand und hängte es ihm um. „Gehen wir nach Talgolma.“

Shaan atmete tief durch, dann nickte er.

* * *

Am Kai der Albites suchten Shaan und Deleja nach einem geeigneten Boot, fanden bald eins, stiegen ein und legten ab. Shaan umklammerte die Griffe der Ruder so fest, als wolle er sie in kleine Stücke zerbrechen, und seine Schläge waren bei Weitem nicht so gleichmäßig, wie sie es hätten sein können.

Deleja lächelte ihm immer wieder aufmunternd zu, trotzdem raste sein Herz fast so schnell, als müsste er noch einmal gegen die Shai'yinyal antreten. Würde Deleja recht behalten? Würde sein Großvater mit Sorge auf ihn warten - oder ihn mit kalter Geringschätzung mustern und ihn für seine Unfähigkeit mit Verachtung strafen?

Shaan schluckte hart und ließ den Kopf hängen. In den Jahren seines Trainings hatte er genug Abweisung für ein ganzes Leben hinnehmen müssen. Er könnte es nicht ertragen, falls der Herzog damit fortfuhr.

Seine Finger krampften sich um das Holz der Ruder. Der Yinyal war besiegt, seine Zeit in Golgamat damit abgelaufen. Wohin könnte er sonst gehen, wenn nicht zu seiner Familie? Ganz sicher nicht zurück in die Einsamkeit des Hallagat!

Aber wenn sie ihn nun nicht wollten? Das Wappen war der einzige Beweis, den er für seine Identität erbringen konnte. Hoffentlich war er ausreichend. Was war, wenn sie ihm nicht glaubten, ihn einen Lügner und Betrüger schimpften und wie einen räudigen Straßenköter davonjagten?

Plötzlich legte sich eine Hand auf seinen Arm. Deleja hatte sich zu ihm herübergebeugt, sah ihm in die Augen und nickte leicht, während ein zartes Lächeln ihre Züge verzauberte. Ihre Nähe und ihre Zuversicht linderten seine Furcht ein wenig, ohne dass sie lange Worte des Zuspruchs finden musste.

Sein Blick wurde von ihrer lieblichen Schönheit eingefangen. Delejas langes, rötliches Haar fiel offen über ihre Schultern, und der Wind zupfte verspielt an ihren Locken, während über dem Boot ein paar Möwen am blauen Himmel kreisten. Ihre Schreie mischten sich in das sanfte Rauschen der Brandung, die das Boot leicht anhob und wieder absenkte und eine Magie ganz eigener Art um sie wob.

Deleja sah nach oben, beobachtete die Vögel einen Moment lang, dann verloren sich ihr Blick und ihre Gedanken in der Ferne. Das Lächeln auf ihren Lippen vertiefte sich; es war, als würde sie von innen heraus strahlen, während das warme Licht der Abendsonne ihre zarte Gestalt in Gold badete und ihre Schönheit noch vollkommener machte. Shaan begriff plötzlich, dass er sie stundenlang einfach nur ansehen könnte, ohne ihres Anblicks müde zu werden. Verlegen senkte er den Kopf und konzentrierte sich auf seine Ruder.

Bald darauf hatten sie sich Talgolma so weit genähert, dass sie Einzelheiten erkennen konnten. Über die gesamte Flanke der Insel hinweg zog sich eine hohe, lang gestreckte Mauer am Ufer entlang. Sie reichte bis tief unter die Brandungslinie und erhob sich ebenso weit darüber, um viele Meter über dem Wasserspiegel schließlich in eine trutzige Brüstung mit Wehrzinnen überzugehen.

Lediglich an einer einzigen Stelle gab es einen Einschnitt in dem Festungswall. Dort reichte eine flache Rampe ins Wasser; große, eiserne

Ringe, an denen man ein Boot festmachen konnte, staken im Felsgestein, und auf beiden Seiten führten Treppen zum oberen Ende der Mauer.

Shaan ruderte das Boot auf die Anlegestelle zu, suchte gleichzeitig die Brüstung der Mauer mit den Augen ab, konnte aber niemanden entdecken. Die Beben und der Sturm hatten wohl auch die Bewohner Talgolmas so in Angst und Schrecken versetzt, dass sie den normalen Wachdienst vernachlässigten. Inständig hoffte er, dass es nicht auch hier Verletzte oder gar Tote gegeben hatte. Der Kampf hatte in Golgamat mehr als genug Opfer gefordert.

Wenig später hatte das Boot die Mole erreicht. Shaan sprang heraus, zog es ein Stück die flache Neigung hinauf und vertäute es sorgfältig an einem der Ringe, damit die Flut, sobald sie höher stieg, es nicht davontragen konnte, danach half er Deleja beim Aussteigen. Als sie die Treppe erklommen, hielt er sich sichernd dicht neben ihr - ein alter Reflex, den er nicht zu unterdrücken vermochte.

Die Wehrmauer war tatsächlich so verlassen, wie es vom Wasser aus den Anschein gehabt hatte. Sie hielten sich dort nicht weiter auf und gelangten bald in eine grüne Parkanlage, durch die ein breiter Weg bis zum Eingangsportal des Schlosses führte.

Dort sahen sie zum ersten Mal Wachen. Zwei Soldaten standen mit grimmigen Gesichtern neben dem Tor. Beide waren bewaffnet und musterten sie mit scharfen, wenig einladenden Blicken.

Shaan schlug das Herz bis in den Hals, als er sich ihnen Schritt für Schritt näherte. Die Soldaten ließen sie herankommen, erst als sie nur noch wenige Meter von ihnen entfernt waren, hob der ältere der Männer abrupt die Hand. Shaan blieb stehen, und auch Deleja verhielt an seiner Seite.

„Der Herzog hat keine Gäste geladen", knurrte der Gardist. „Und er hat derzeit auch wenig Interesse daran, Bittsteller zu empfangen. Verschwindet!"

Shaan umklammerte unwillkürlich das Medaillon vor seiner Brust. „Wir sind keine Bittsteller, und wir verlangen auch nicht nach einer Audienz beim Herzog Gerais. Wir möchten zum Herzog Geyseré. Ist er noch auf Talgolma zu Gast?"

„Das ist er, aber auch er ist nicht zu sprechen."

„Ist er etwa verletzt worden?", rief Shaan erschrocken und ließ das Wappen los. Jetzt baumelte es offen vor seiner Brust.

Der Blick des Soldaten heftete sich auf die kleine Plakette. Seine Augenbrauen zogen sich Unheil verkündend zusammen, und auf seiner Stirn entstand eine steile Falte.

„Das ist das Wappen der Geyserés! Wie bist du dazu gekommen, Junge?"

„Sein Vater hat es ihm gegeben", kam eine neue Stimme seiner Antwort zuvor.

Shaan, Deleja und die Wachen fuhren herum. Die Tür zum Schloss war aufgeschwungen. Ein hochgewachsener, elegant gekleideter Mann trat hindurch und kam mit ausgreifenden Schritten auf sie zu. Die Wärme und abgeklärte Ruhe in seinen Augen zeugten von vielen erfüllten Lebensjahren, sein Haar war jedoch lediglich grau meliert, und auch sein dunkler Vollbart zeigte nur hier und da silberne Fäden. Seine Haltung war gerade, drückte Stolz und große Kraft aus.

Die beiden Soldaten verneigten sich tief vor ihm. Er musterte sie kurz, gab ihnen dann einen knappen Wink.

„Lasst uns allein!"

Als die Gardisten verschwunden waren, wandte sich der Mann Shaan zu.

Shaan sah mit klopfendem Herzen zu ihm auf. Sein Gegenüber war einen guten Kopf größer als er selbst. Dunkle Augen musterten ihn eindringlich.

„Weißt du, wer deinem Vater dieses Wappen gegeben hat?"

Shaan schluckte. „Der ... der Herzog Geyseré."

Da legte ihm der Mann beide Hände auf die Schultern. *„Ich* war es!"

„Dann ... dann seid Ihr der Herzog?", presste Shaan seine Frage an dem engen Knoten in seinem Hals vorbei.

„Ja. Ich bin der Herzog - und dein Großvater, Shaan."

Mit diesen Worten zog er Shaan an sich und umarmte ihn innig. Shaan erschauerte. Als sein Großvater ihn wieder losließ, blinzelte er mühsam die Tränen fort.

„Dann ist das Wappen Beweis genug?", krächzte er.

Der Herzog lächelte, streckte die Hand nach ihm aus und nahm ihn beim Kinn.

„Ich brauche das Wappen nicht, um dich zu erkennen, mein Junge! Du hast dieselben Augen wie deine Mutter, ihr schwarzes Haar und ihr hübsches Gesicht. Marzen Besite hat uns das immer wieder berichtet, und endlich - endlich kann ich es mit eigenen Augen sehen!"

Seine Rührung und die ehrliche Freude, die seine Stimme schwanken ließen, schmolzen die klamme Angst, die Shaan im Herzen spürte, wie dünnes Eis unter den ersten Strahlen der Frühlingssonne. Er war *willkommen*!

Plötzlich verschwamm die Welt vor seinen Augen. Tränen strömten haltlos über seine Wangen, und als der Herzog sie sah, schloss er erneut die Arme um ihn und hielt ihn fest. Jetzt zitterte er kaum weniger als Shaan.

„Ich hatte so gehofft, dass du kommst", flüsterte er. „Schon als ich von den Morden hörte, ahnte ich, dass der Kampf dieses Mal in Golgamat ausgetragen werden würde, und die Beben bestätigten meinen Verdacht.

Ich habe die Stadt nicht einen Moment lang aus den Augen gelassen, doch ich konnte nicht erkennen, ob ihr gewonnen habt oder ..."

Er schauderte, hielt Shaan eine Armeslänge von sich. Die quälenden Ängste und die bange Ungewissheit, die er in den letzten Tagen durchlitten haben musste, ließen sein Gesicht auf einmal älter wirken. Staunend schüttelte er den Kopf, als könne er es noch immer nicht recht fassen, dass sie sich nun hier gegenüberstanden.

„Der Kampf ist vorüber", erklärte Shaan tonlos. „Deleja hat den Yinyal besiegt."

Erst jetzt wandte sich der Herzog Deleja zu und verneigte sich leicht vor ihr. „Verehrte Lanhal, verzeiht, dass ich Euch erst jetzt begrüße."

Deleja errötete, knickste unsicher.

Der Herzog nahm ihre Hand. „Als ich hörte, dass Herr Albites Tochter zusammen mit einem Jungen namens Shaan verschwunden ist, ahnte ich, wer du bist."

Ein Schatten legte sich auf Delejas Gesicht. „Ihr habt ein schärferes Auge als ich, Herzog."

„Ihr habt beide überlebt. Allein darauf kommt es an."

* * *

Schließlich geleitete Shaans Großvater sie beide ins Schloss des Herzogs Gerais, führte sie in ein abgelegenes, kleines Zimmer, in dem sie ungestört reden konnten, und ließ sich von ihnen genauestens den Ablauf des Kampfes berichten.

Am Anfang war Shaan noch befangen, aber je häufiger er seinen Großvater anblickte und sah, dass sein Lächeln allein ihm galt und nicht verschwinden würde, ganz gleich, was er auch sagen oder tun mochte, sprudelten die Worte immer schneller aus ihm hervor, und er erzählte ausführlich, was sich seit seiner Ankunft in Golgamat zugetragen hatte.

Deleja hörte ihm genauso aufmerksam zu wie sein Großvater, denn vieles war für sie ebenso neu wie für den Herzog, und manchen Zusammenhang schien sie erst jetzt vollständig zu begreifen. Sie scheute sich auch nicht, hier und da einzuflechten, wie sie den Kampf aus ihrer Sicht erlebt und mit welchen Gefühlen, Ängsten und Zweifeln sie in den vergangenen Wochen gerungen hatte, bis sie endlich zu ihrer wahren Identität erwacht war.

Nach einer Weile wurde sie jedoch merklich stiller, und als Shaan schließlich mit seinem Bericht am Ende war und seinen Großvater bat, ihm etwas über seine Familie zu erzählen, sagte sie gar nichts mehr, sondern starrte mit umwölktem Blick ins Leere. Und je länger sie schwieg, desto bekümmerter wurde ihre Miene.

Shaan bemerkte die Veränderung ihrer Stimmung, obwohl er seinem Großvater gespannt lauschte, und schaute immer wieder fragend zu ihr hinüber, doch sie wich seinem Blick aus. Schließlich erhob sie sich unvermittelt; ihre Schultern waren verkrampft, und ihr seidiges Haar wirkte mit einem Mal stumpf und matt, als läge ihr Gesicht plötzlich im Schatten.

„Entschuldigt mich bitte", sagte sie mit gesenktem Kopf. „Ich möchte für eine Weile frische Luft schnappen."

„Geh nur, Kind", erwiderte der Herzog sanft.

Deleja zog sich zurück. Shaan sah ihr ratlos nach, und als sich die Tür hinter ihr schloss, war es, als habe sich plötzlich ein tiefes, schwarzes Loch in seinem Inneren aufgetan, in das er kopfüber hineinstürzte.

Hastig stand er auf. „Ich ... ich möchte ihr nachgehen", stammelte er.

Der Herzog nickte. „Ich weiß."

Shaan seufzte dankbar und eilte zur Tür, doch bevor er sie erreichte, hörte er noch einmal die Stimme seines Großvaters in seinem Rücken.

„Shaan, was auch immer dein Vater zu dir gesagt haben mag, spielt jetzt keine Rolle mehr. Der Kampf ist vorbei."

Shaan verstand nicht recht, was er damit meinte. Er war zu besorgt, um klar denken zu können, und so nickte er lediglich fahrig und eilte aus dem Raum. Deleja war nirgends zu sehen.

Nach ein paar Umwegen und Hinweisen freundlicher Diener fand er einen Weg nach draußen und traf Deleja schließlich im Rosengarten des Herzogs. Sie schlenderte tief in Gedanken versunken zwischen den prachtvollen Rosenstöcken einher, strich versonnen über ihre Blätter und beugte sich zu ihren leuchtenden Blüten herab, um ihren betörenden Duft einzuatmen. Ihr Gesicht jedoch war noch immer verschattet, und auch ihre Schultern und ihr Kopf blieben herabgesunken. Anders als früher schienen ihr die Blumen heute keinen Trost zu spenden.

Mit einigen schnellen Schritten eilte Shaan an ihre Seite. „Deleja, was hast du denn? Du wirkst so bedrückt."

Sie sah ihn nicht an. „Es ist nichts."

Shaan trat noch ein Stück näher. „Machst du dir Sorgen um deine Familie? Wenn du magst, können wir jetzt gleich nach Golgamat zurückkehren und auf sie warten. Möglicherweise treffen wir sie sogar schon im Kontor."

Deleja winkte ab. „Mein Vater kommt zurecht. Ihm und den anderen geht es sicher gut."

„Das glaube ich auch. Trotzdem könnten wir nachsehen."

Da ließ Deleja den Kopf so sehr hängen, dass ihr Kinn beinahe ihr Brustbein berührte. „Ich ... ich möchte dich nicht wieder von deinem Großvater trennen."

„Das tust du nicht! Ich möchte bei dir bleiben, bis du Gewissheit über das Schicksal deiner Familie erlangt hast. Schließlich hast du nicht weniger für mich getan."

Noch immer sah Deleja ihn nicht an. „Und was wirst du tun, nachdem du mich bei meinem Vater abgeliefert hast? Wirst du nach Talgolma zurückkehren?"

„Ja. Mein Großvater und ich haben noch so viel zu bereden. Ich möchte alles über meine Familie erfahren."

„Und wenn er abreist, wirst du ihn vermutlich begleiten."

Ihr Kummer färbte plötzlich auf ihn ab, seine Freude schlug in Unsicherheit um. „Ich ... ich denke schon. Ich musste lange darauf warten, meine Familie kennenzulernen."

Ein Schauder lief über Delejas schmale Gestalt. Abrupt blickte sie zu ihm auf. Nahe Tränen glänzten in ihren wunderschönen, grünen Augen.

„Ich will nicht, dass du gehst", flüsterte sie.

Shaan war wie vor den Kopf geschlagen. Er verstand, was ihre Tränen bedeuteten, verstand, was ihre Worte ihm sagen wollten, aber er konnte es nicht glauben. Sie war die Lanhal und er nur...

Eine Sekunde später begriff er, was sein Großvater ihm hatte sagen wollen. Deleja war nicht mehr die Lanhal, und er war nicht mehr ihr Shai. Sie waren jetzt nur noch zwei völlig normale Menschen, und vor ihm lag ein Leben, von dem er niemals zu träumen gewagt und nach dem er sich dennoch mit jeder Faser seines Herzens verzehrt hatte. Und er spürte, dass er es nicht ohne sie verbringen wollte.

Er atmete tief durch, streifte im Geiste die letzten, lähmenden Fesseln, die sein Vater ihm angelegt hatte, ab und streckte ihr auffordernd die Hand hin.

„Komm mit mir, Deleja."

Delejas Tränen versiegten. Hoffend und bangend zugleich blickte sie auf seine ausgestreckte Hand.

„Möchtest du das wirklich?"

Shaan nickte ernst. „Mehr als alles andere auf der Welt!"

Ein Lächeln erblühte wie eine kostbare Blume auf Delejas Lippen, als sie ohne weiteres Zögern ihre Hand in die seine legte.

Epilog

Mit feierlicher Miene setzte Shaan die Feder ab und betrachtete die dunkle Tinte, die langsam auf dem schweren Papier zu trocknen begann. Deleja stand dicht neben ihm, hatte die gesamte Zeit über eine Hand auf seine Schulter gelegt und schlang nun liebevoll die Arme um ihn.

Es war vollbracht. Sie hatten ihre Pflicht erfüllt und den Ablauf ihres Kampfes für die kommenden Generationen festgehalten.

Als die Schrift gänzlich getrocknet war, schlug Shaan das Buch zu. Deleja löste sich von ihm, nahm es vom Tisch auf und trug es zu einem der Regale hinüber. Dort fand es seinen Platz zwischen den anderen Folianten.

Deleja ordnete es sorgfältig und mit großem Ernst ein, doch als sie sich wieder zu ihm umdrehte, strahlte sie übers ganze Gesicht.

„Jetzt können wir endlich nach Golgamat zurückkehren!", jubelte sie.

Shaan ging zu ihr, umarmte sie und küsste sie auf die Stirn. „Das werden wir."

Auch er freute sich. Viel zu lange hatten sie darauf warten müssen. Bereits vier Monate waren seit dem Kampf vergangen. In dieser Zeit hatte er endlich seine Familie kennengelernt.

Deleja war ihm in die Burg der Geyserés gefolgt, doch sie beide hatten schon nach kurzer Zeit das Meer, die endlosen Weiten und den salzigen Wind zu vermissen begonnen. Die hohen Berge, die die Festung auf allen Seiten umschlossen, waren ganz eindeutig nicht die richtige Umgebung für sie.

Delejas Vater, der sie mehrmals in der Burg besucht hatte, hatte deshalb in der Nähe von Golgamat ein kleines Haus für sie erbauen und nach ihren Wünschen herrichten lassen. In seinen zahllosen Briefen wurde er es nicht müde, ihnen stolz die Fortschritte seines Unternehmens kundzutun und ungeduldig auf ihre Rückkehr zu drängen.

Shaan lächelte versonnen. Die Kraft des Guten hatte Deleja und ihm einen letzten, unerwarteten Dienst erwiesen. Niemand in Golgamat erinnerte sich daran, dass er sich als Herness Bajanares Neffe ausgegeben und für eine Weile im Haus Albite gelebt hatte. Alle glaubten, er hätte seinen Großvater bei dessen Besuch beim Herzog Gerais begleitet und Deleja bei einem gesellschaftlichen Treffen kennen- und liebengelernt.

Morujan Albite, Herness, Linari, Delejas Schwestern und selbst Madala Olvive, Trist und Hauptmann Stain erkannten in ihm nur noch Shaan Geyseré, den Enkel des Herzogs Geyseré. Sie wussten zwar noch, dass er Lady Olvive einmal das Leben gerettet und sich ein anderes Mal schützend vor Deleja gestellt hatte, aber die genaueren Umstände der grauenhaften Morde versanken für Golgamats Einwohner innerhalb kürzester Zeit im Dunkel des Vergessens. Und niemand wäre auf die Idee gekommen, in dem Beben, das Golgamat beim Erwachen des Yinyals erschüttert hatte und dessen Schäden selbst jetzt noch nicht gänzlich beseitigt waren, etwas anderes als eine eigenwillige Laune der Natur zu sehen.

Enjuns und Marnas Leichen waren niemals gefunden worden. Man reihte sie in die Liste jener Unglücklichen ein, die während des Bebens ums Leben gekommen waren. Nur er selbst und Deleja wussten es besser, wussten, dass das Böse für die nächsten zwanzig Generationen zurückgedrängt worden war.

Als sich Deleja eng an ihn schmiegte und ihn zärtlich küsste, vertrieb sie alle weiteren Gedanken an den Yinyal und seine mörderische Shai mühelos aus seinem Kopf. Er schloss die Augen und gab sich ihrer Nähe hin, genoss ihre Wärme, ihren Duft, ihre Schönheit und die Geborgenheit, die sie ihm gab, und umschlang sie seinerseits mit seinen Armen.

Er konnte es kaum erwarten, endlich nach Golgamat zurückzukehren. Sobald sie dort eintrafen, würden sie heiraten, mit einer Zeremonie am Meer, dem Element, dem sie sich auf ewig verbunden fühlen würden. Allein deshalb hatten sie in den letzten Wochen jeden Tag über Stunden an der Aufzeichnung ihrer Geschichte gearbeitet, und nun, endlich, war es soweit.

Schließlich nahm er Deleja bei der Hand und führte sie zur Tür des Turmzimmers. Auf der Schwelle blieben sie kurz stehen, sahen sich noch einmal um und ließen ihre Blicke durch den Raum schweifen. Nur noch ein einziges Mal mussten sie hierher zurückkehren. Irgendwann, in naher Zukunft, würden sie den Namen ihres erstgeborenen Kindes ins Verzeichnis der Ahnen eintragen.

Das war ihre letzte Pflicht. Erst in der zwanzigsten Generation nach ihnen würde sich der Kreis schließen und der Kampf von Neuem beginnen. Und ganz sicher würde der nächste Shai'lanhal ihre Geschichte lesen.

Shaan hoffte, dass er daraus Mut und Hoffnung schöpfen konnte.

Deleja legte einen Arm um ihn und lächelte. Shaan erwiderte ihr Lächeln und zog die Tür hinter ihnen zu.

Ende

Weitere Bücher von Susanne Gavénis

Fantasy-Romane

„Wächter des Elfenhains“, kindle direct publishing 2018

„Der Dunkelelf“, kindle direct publishing 2017

Gwailor-Chronik 1 - „Im Schatten der Prophezeiung“, AAVAA-Verlag 2014

Gwailor-Chronik 2 - „Schicksalspfade“, AAVAA-Verlag 2014

SF-Romane

Der Gambler I: „Invasion“, kindle direct publishing 2017

Der Gambler II: „Abgrund“, kindle direct publishing 2017

Schreibratgeber

„Aller Anfang ist gar nicht schwer“, kindle direct publishing 2017

Mehr Informationen über diese Romane und die Autorin selbst finden Sie auf:

www.susanne-gavenis.de

www.facebook.com/susannegavenis

Printed in Poland
by Amazon Fulfillment
Poland Sp. z o.o., Wrocław

72166669R00275